D1561710

COLLECTION
FOLIO CLASSIQUE

Le Coran

*

Préface
par J. Grosjean
Introduction, traduction et notes
par D. Masson

Gallimard

PRÉFACE

Un livre sacré s'adresse d'abord à ceux qui savent sa langue. Il la consacre et il la propage. Mais il ne peut s'empêcher de rayonner plus loin qu'elle. Alors commencent les traductions à leurs risques et périls.

Celle qu'on va lire est due à trente ans d'attention au texte en terre d'Islam. Louis Massignon l'attendait avec confiance. « Votre patient labeur portera ses fruits », écrivait-il dans ses derniers jours à D. Masson. Et encore : « Vous devez avoir achevé cette redoutable traduction; puisse-t-elle montrer toutes les prières d'abandon absolu à Dieu qui y ont été pour moi si précieuses. »

Le Coran malgré ses envoûtantes beautés n'est pas un poème. L'architecture des mots, le heurt des images, la musique puissante et colorée des versets n'y cachent jamais le sens. Il fonde un mode de vie et de pensée. Et, bien qu'il défie parfois ses auditeurs de rien produire de comparable, il répète souvent qu'il parle en claire langue arabe, qu'il est une explication flagrante. Il faut louer D. Masson d'avoir eu d'abord cette fidélité-là et de parler en claire langue française.

Mais peut-on laisser ignorer le caractère pressant, impératif, scandé, de cette prédication dont l'efficacité fut et demeure si grande. Le texte coranique est un sacrement : il apporte la grâce de le croire. Sa naissance fut miracle. Est-ce qu'un traducteur peut refaire un miracle ? Il peut du moins, à force de respect pour ce texte, en livrer le reflet. D. Masson l'a humblement et patiemment essayé et arrive, par une sorte d'ascèse, à rendre contagieux le mouvement de ce langage.

Le lecteur français doit toutefois se rappeler que, voilées par nos langues indo-européennes, les notions sur lesquelles se fonde tout monothéisme sont évidentes dans les langues sémitiques. Par exemple le verbe y exprime plus le mode que le temps. Ses formes indiquent avec naturel si l'acte non seulement est subi ou se réfléchit mais encore son intensité, son intention, son effet ou sa cause, sa réciprocité, etc. Au contraire, nos précisions de temps sont secondaires et ne s'obtiennent que par des moyens accessoires. Les deux seuls temps réels ne font que distinguer entre ce qui est achevé, certain, et ce qui ne l'est pas, sans préjuger l'époque, au point qu'une action future peut être déjà faite.

C'est donc à travers nos conjugaisons d'occasion que la version laissera sentir l'omniprésence de Dieu et les nuances de ses initiatives. (Les impasses de nos théologies, sur les rapports entre la prédestination et la liberté, viennent de l'infirmité de nos grammaires plus aptes à la mécanique qu'à la métaphysique.) Sera déroutée aussi une autre de nos habitudes mentales, la distinction du profane et du sacré ou du politique et du mystique, car les religions vivantes y voient moins une différence de nature que de degré.

Notons encore que les paroles du Prophète ont été recueillies comme celles de ses prédécesseurs, sans nos soucis d'ordre chronologique ou de distribution logique. En eût-il été autrement que nous ne resterions pas moins surpris par les brusques changements de personnes à l'intérieur du discours. La traduction invente une ponctuation et remplace parfois les pronoms par des noms pour éviter que nous soyons perdus, mais demeure aussi près que possible de l'ubiquité de ce langage direct.

Sans doute, enfin, le français ne sait-il guère avoir un ton oral qui soit à la fois très simple et très grave. Mais ne nous plaignons pas trop; les défauts de notre langue font ses vertus: après des transpositions trop acclimatées pour rendre compte de la véhémence originelle et après des transcriptions qui ont su épouser les anfractuosités de la syntaxe arabe aux dépens de l'efficacité directe, voici maintenant une traduction qui, en gardant tout ce qui se peut d'une structure mentale étrangère et des mouvements de l'exhortation prophétique, arrive à rester naturelle dans le dépaysement et à nous livrer les dimensions du ton.

Si le Prophète en effet dut comme saint Paul contourner les inébranlables synagogues cimentées par des siècles d'épreuves et s'il ne put ni peut-être ne voulut étouffer l'inextinguible veilleuse chrétienne concentrée sur le mystère de la Passion, il submergea toute autre croyance. D'abord persécuté, il s'imposa vite par la force de l'évidence. Non seulement les éparses tribus païennes s'éveillèrent, dans cette clarté, à une fraternité qu'elles ignoraient, mais tout l'Orient reconnut d'emblée son propre cœur dans cette voix arabe. Le vernis hellénique qu'on aurait pu croire moins précaire craqua du Nil à l'Euphrate. (Ses restes seront distillés dans des alambics de philosophes abstèmes.) Les victoires d'Alexandre, l'administration de César, l'iconolâtrie de Constantin furent balayées sans résistance. Les chrétiens, se souvenant de ce que Rome leur avait infligé au nom du culte impérial, puis au nom des dogmes occidentaux, regardèrent le triomphe de l'Islam comme une revanche de Dieu.

Quoi qu'il en soit, le Coran est aussi et surtout une parole intérieure. S'il sert de clé à nombre d'événements historiques jusqu'à nos jours c'est parce qu'il est un événement intemporel en l'homme. Son langage reste un dévoilement et une délivrance pour ceux qui l'écoutent. Or il n'est ici, semble-t-il, qu'écouté. Il est une lumière dans l'âme.

JEAN GROSJEAN.

INTRODUCTION

par

D. MASSON

SOMMAIRE DE L'INTRODUCTION

I. LA RÉVÉLATION TELLE QUE LA CONÇOIVENT LES ADEPTES DES TROIS GRANDES RELIGIONS MONOTHÉISTES

Le Coran, Livre sacré des Musulmans, a été transmis au Prophète, instrument passif de la Révélation, tel qu'il est conservé au ciel, de toute éternité, sur la Table gardée (LXXXV, 22). Le Livre qui nous est présenté est donc, selon la Tradition la plus constante, la réplique de l'archétype céleste, révélé par Allah, dans la forme précise, littérale, qui nous est parvenue. Il constitue en lui-même un miracle; il est inimitable (II, 23). Écoutons Massignon : « Le texte du Coran se présente comme une dictée surnaturelle enregistrée par le Prophète inspiré; simple messager chargé de la transmission de ce dépôt, il en a toujours considéré la forme littéraire comme la preuve souveraine de son inspiration prophétique personnelle, miracle de style supérieur à tous les miracles physiques. Le Prophète Mohammed, et tous les Musulmans à sa suite vénèrent dans le Coran une forme parfaite de la Parole divine; si la Chrétienté est, fondamentalement, l'acceptation et l'imitation du Christ, avant l'acceptation de la Bible, en revanche l'Islam est l'acceptation du Coran avant l'imitation du Prophète*. » Mais cette nouvelle « Révélation », « en langue arabe claire » (XVI, 103) venait aussi « confirmer » la Révélation antérieure contenue dans la Tora et l'Évangile. C'est pourquoi, les fils d'Israël et les Chrétiens sont appelés : « les gens du Livre ». D'autre part, les croyants monothéistes appartenant à ces trois religions, se plaisent à reconnaître en Abraham, leur père commun. D'après la Tradition juive, le message transcende la personnalité du prophète auquel il est adressé. Les prophètes de l'Ancien Testament sont considérés comme les porte-parole, les interprètes

* L. Massignon, *Situation de l'Islam* (1939) p. 9; *Opera Minora* I, p. 16.

et les instruments de Dieu. Ils transmettaient donc les messages divins selon leurs moyens habituels de concevoir des images ou des idées et de les exprimer. Les Chrétiens sont d'accord sur ce point, mais ils voient dans le Christ beaucoup plus qu'un prophète et un thaumaturge; il est le Verbe de Dieu lui-même fait chair. Jésus n'est pas venu « avec un Livre », il *est* la Parole éternelle, engendrée par le Père de toute éternité; il s'est incarné et s'est manifesté aux hommes.

La collection des écrits qui composent le Nouveau Testament n'a été achevée qu'au milieu du IIe siècle*. Des citations rencontrées chez les Pères de l'Église et des allusions à des lectures liturgiques démontrent l'existence de recueils qui, en général, n'avaient fait que fixer des traditions orales. Ces textes sont avant tout des « témoins » de l'authenticité de la personne et de la doctrine de Jésus. L'Église est née du groupement des premiers croyants, unis dans une même foi. L'Évangile, c'est-à-dire « la bonne nouvelle », leur avait été transmis sous les noms de quatre rédacteurs de langues et de formations diverses; les textes originaux n'ont pas été conservés et on ignore en quel dialecte la plupart furent d'abord composés. Peu importe, le Christ demeure, pour les Chrétiens, et jusqu'à la fin des temps, une Personne vivante et agissante.

* Le « Canon » proprement dit n'a été fixé qu'à partir des IVe et Ve siècles.

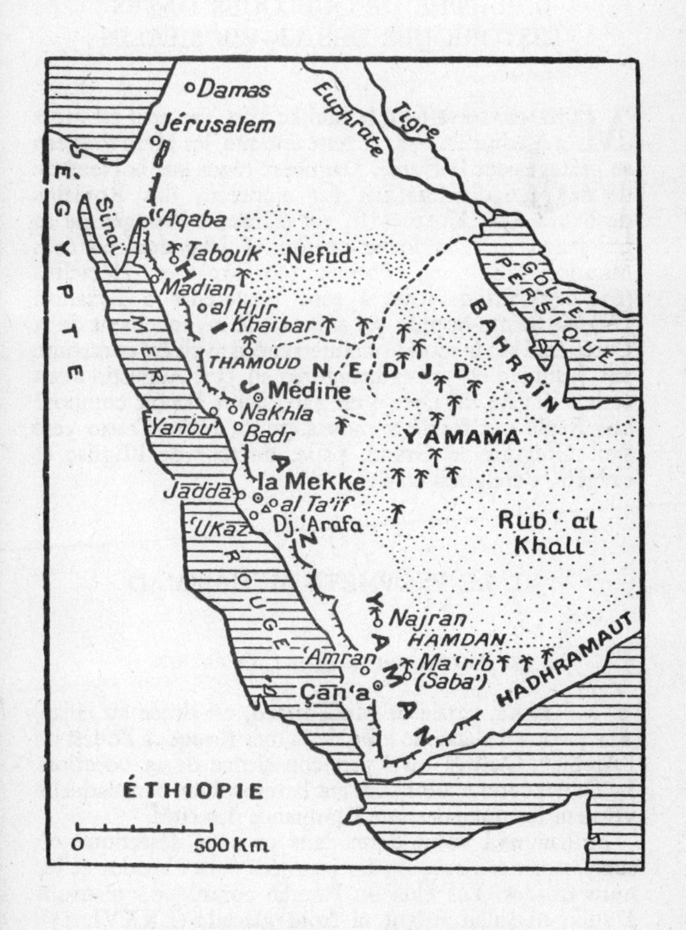

I. L'ARABIE AU TEMPS DU PROPHÈTE MUHAMMAD.

II. RAPPEL DE QUELQUES DATES HISTORIQUES DES VIe-VIIe SIÈCLES

MUHAMMAD est né à la Mekke vers 570 et il est mort à Médine en 632. A cette époque, les Mérovingiens se partageaient la Gaule. Dagobert régna sur la Neustrie de 628 à 639. Héraclius fut empereur des Romains de 610 à 641; Kosroès II, roi d'Iran, à l'apogée de sa puissance, prit Antioche en 610 et Jérusalem en 614. Maurice (582-602), Phocas (602-610) et Héraclius (610-641) furent tour à tour empereurs à Byzance. L'église Sainte-Sophie qui affirmait le rayonnement de la Chrétienté sur le monde méditerranéen avait été construite par Justinien en 532 et inaugurée en 537. Augustin avait écrit « la Cité de Dieu » en 420; Saint Benoît composé sa « Règle » et fondé le monastère du Mont-Cassin vers 530. Grégoire le Grand, pape, docteur de l'Église et exégète, s'éteignait en 604.

III. LE PROPHÈTE MUHAMMAD

1. NOTES SUR LE HIJAZ, SA PATRIE.

LA MEKKE, patrie de Muhammad, est située au Hijaz, pays qui s'étale le long de la mer Rouge, à l'ouest de l'Arabie*. C'est là qu'il prit conscience de sa vocation. Le Coran évoque plus souvent l'atmosphère dans laquelle vivaient les nomades que l'ambiance des cités.

Muhammad vécut donc dans ce pays désertique où surgissent des oasis, où les journées sont chaudes et les nuits froides. Les élus du Paradis coranique « n'auront à subir ni soleil ardent ni froid glacial » (LXXVI, 13). De rares pluies font « fleurir le désert » : le Coran

* On trouvera des indications sur cette contrée dans l'*Histoire Universelle* (Encyclopédie de la Pléiade), tome II, Maxime Rodinson : *L'Arabie avant l'Islam*, pp. 1-35.

utilise l'image de la terre desséchée que l'eau semble faire « revivre », comme preuve de la Résurrection des morts (voir VII, 57 et p. LXXVI).

Mais, grâce aux sources abondantes, les oasis sont remplies d'une végétation qui entretient la fraîcheur et invite au repos : des palmiers, des arbres, et, peut-être des vignes. (On retrouvera les sources, les arbres et les fruits dans les descriptions des « Jardins » promis aux bienheureux dans la vie future.)

Des caravanes parcourent le désert (CVI, 2). Les troupeaux constituent une des richesses des habitants de ces pays. La laine sert à tisser des vêtements chauds et des tentes ; la chair des animaux permis est « une excellente nourriture » :

> Ils vous semblent beaux
> quand vous les ramenez le soir
> et quand vous partez au matin.
> (XVI, 6)

Le Coran énumère, parmi les bienfaits divins, les animaux utiles ; les montures telles que chameaux, chevaux, mulets, ânes, « mises au service de l'homme » et qui lui permettent de se rendre dans des contrées qu'il n'atteindrait « qu'avec peine » (XVI, 7). Il cite encore les oiseaux, les abeilles « qui habitent dans les montagnes » et qui fournissent « une liqueur diaprée » (XVI, 68-69) ; l'araignée « qui tisse elle-même sa demeure » (XXIX, 41).

La mer, toute proche, est également évoquée dans le livre sacré. Les navires, eux aussi « sont mis au service de l'homme » ; ils comptent parmi les faveurs d'Allah (XIV, 32). Ils transportent des marchandises et des voyageurs. La tempête invite parfois les navigateurs croyants à implorer le secours de Dieu, mais ces « insolents » oublient ensuite le péril auquel ils ont échappé (X, 22-23). La mer procure, avec les poissons qu'elle contient, une « excellente nourriture ».

La Mekke, capitale du Hijaz, était un centre commercial et une riche cité. Soixante-douze kilomètres la séparent de son port Jadda. Yathrib, située à environ 400 kilomètres au nord de la Mekke, débouchait également sur la mer Rouge, face à l'Abyssinie, grâce au port de Yanbu'. La foire qui se tenait à 'Ukaz, dans les environs de la Mekke, donnait lieu à des joutes poétiques.

Les activités commerciales auxquelles se livrent les citadins et les nomades dans les agglomérations urbaines, les marchés, les foires, les lieux de pèlerinage se trouvent reflétées dans le Coran qui use parfois d'un vocabulaire emprunté au monde du négoce*.

La Mekke était en outre, depuis des siècles, un lieu de pèlerinage. En effet, les Arabes idolâtres et polythéistes révéraient, dans la Ka'ba (litt. : « cube ») leurs divinités tribales ainsi que la Pierre noire descendue du ciel. Ce temple, cette « Maison de Dieu » (*baït Allah*) mesure 12 mètres sur 10 et son élévation est de 15 mètres. Le Prophète Muhammad fera disparaître les idoles, comme on le verra plus loin, mais il gardera le nom du Dieu unique, le Dieu par excellence : *al 'Ilah* (Allah) appelé aussi dans les tribus du Sud de l'Arabie : *al Rahman*, le Miséricordieux**; il respectera la Pierre noire que les Musulmans vénèrent encore aujourd'hui et le puits de Zemzem. Les pratiques cultuelles anciennes, c'est-à-dire : les circuits autour de l'édifice sacré et l'immolation d'animaux à 'Arafa, à l'issue du pèlerinage annuel, seront maintenues.

Outre les idolâtres et les polythéistes, c'est-à-dire « ceux qui ignorent » tout de la Révélation (*al jahiloun*), la population du Hijaz comprenait des Juifs et des Chrétiens. En tant que croyants, ces « gens du Livre » sont estimables car ils ont reçu la Tora et l'Évangile, mais ils se montrent parfois « pervers » (III, 110). Allah dit :

> « Ô fils d'Israël!
> Souvenez-vous des bienfaits dont je vous ai comblés.
> Je vous ai préférés à tous les mondes. »
>
> (II, 47 et 122)

Cependant, les Juifs se sont rendus coupables « en altérant sciemment la Parole de Dieu » (II, 75); de plus,

---

* Voir Torrey, *The commercial theological terms in the Koran* (1892).

** Ce nom, d'après Ryckmans (*Les Religions arabes préislamiques*, pp. 23 et 27) « désigne le Dieu unique dans les inscriptions monothéistes sabéennes ».

« ils ont rompu leur alliance; ils n'ont pas cru aux Signes de Dieu; ils ont tué les prophètes » (IV, 155) :

> Ceux qui étaient chargés de la Tora
> et qui, ensuite, ne l'ont plus acceptée,
> ressemblent à l'âne chargé de livres.
> (LXII, 5)

Le Coran dit encore, en s'adressant au Prophète Muhammad :

> Tu constateras
> que les hommes les plus hostiles aux croyants
> sont les Juifs et les polythéistes.
>
> Tu constateras
> que les hommes les plus proches des croyants
> par l'amitié
> sont ceux qui disent :
> « Oui, nous sommes chrétiens ! »
> parce qu'on trouve parmi eux
> des prêtres et des moines
> qui ne s'enflent pas d'orgueil.
> (V, 82)

Ailleurs, la vie monastique est considérée comme une « invention » des hommes (LVII, 27); et les Chrétiens sont blâmés de prendre « leurs docteurs, leurs moines et le Messie » comme « Seigneurs » (IX, 31). Le Coran accuse encore les Chrétiens d'adorer « trois » divinités (IV, 171 etc.); ils sont donc « impies » et ils seront punis dans l'au-delà (V, 73); on sait, de plus, qu'ils se sont divisés en sectes car Allah « a suscité entre eux l'hostilité et la haine, jusqu'au Jour de la Résurrection » (V, 14).

2. Noms des lieux mentionnés dans le Coran et allusions à des événements historiques.

Quels sont les noms de lieux retenus par le Coran? Outre la Mekke, le mont ʿArafa, Çafaʾ et Marwa (II, 158) en rapport avec le pèlerinage; Yathrib (XXXIII, 13) devenue : *Madinat al Nabi*, la Ville du Prophète, ou Médine; deux sites, rendus illustres par des victoires musulmanes sont mentionnés : Badr (III, 123), au sud-ouest de Médine, et une autre agglomération assez importante : Hunaïn (IX, 25) bâtie derrière le mont 'Arafa*.

Le Coran connaît le pays des Saba' au sud (XXXIV, 15-16); Thamoud (cité 26 fois) et Madian au nord de l'Arabie. Jérusalem est désignée sous le nom de *masjid al 'aqça :* la Mosquée très éloignée (XVII, 1).

D'autres noms de lieux, cités dans le Coran, tels que le mont Sinaï, l'Égypte, sont déjà connus de la Bible. L'arche de Noé s'arrêta, d'après le Coran, sur le mont Joudi (XI, 44) que l'on a parfois situé en haute Djéziré.

Le Coran rappelle encore, d'une façon assez précise, deux événements historiques.

La Sourate XXX porte le titre : « Les Romains » (*al Roum*); elle débute ainsi :

> Les Romains ont été vaincus
> dans le pays voisin;
> mais après leur défaite
> ils seront vainqueurs
> dans quelques années...
>
> Ce jour-là, les croyants se réjouiront
> de la victoire de Dieu...
>
> C'est une promesse de Dieu :
> Dieu ne manque pas à sa promesse,
> mais la plupart des hommes ne savent pas...

Les commentateurs ont cru reconnaître dans ce texte, une allusion aux démêlés qui ont mis aux prises les Byzantins, désignés ici sous le nom de « Romains » et les Persans commandés par le roi Kosroès en 624 (?).

La Sourate LXXXV (versets : 4-8) en citant « Les hommes du Fossé » (*açhab al 'ukhdoud*) qui périrent dans un « feu sans cesse alimenté » désigne sans doute Harith et ses compagnons, martyrs chétiens du Najran que le roi yamanite Dhou Nuwas fit brûler en 523**.

3. Les principales étapes de la vie du Prophète.

On se contentera d'indiquer brièvement les faits principaux qui ont marqué la carrière du Prophète Muhammad. Les éléments en sont connus grâce à des

* Voir II, 198. — '*Arafa* est le nom d'une plaine située à 21 kilomètres environ de la Mekke. Une crête, portant ce même nom la limite au nord. (Cf. *Encyclopédie de l'Islam*, 1957, à ce mot.)

** Voir LXXXV, 4 et note 1.

allusions rencontrées dans le Coran et par des traditions recueillies par son entourage immédiat et qui ont plus tard servi à rédiger la Sounna et les Hadith. Les sources qui ont permis, jusqu'à présent, de composer la biographie du Prophète sont purement traditionnelles, mais elles sont abondantes. On les doit principalement à al Waqidi, mort en 822, à Ibn Hicham, mort en 834 et surtout à al Tabari, mort en 923. Elles ont été adoptées *ad litteram* par les Musulmans et, jusqu'à ce jour, les spécialistes n'ont pas été à même d'en vérifier le bien-fondé.

Le Coran ne contient aucune indication de date et ne porte les noms que de deux personnages contemporains, proches du Prophète : Abou Lahab, c'est-à-dire : « le père de la flamme », surnom qui lui avait été donné à cause de sa beauté. Il était un des oncles de Muhammad mais il lui montra une telle hostilité que celle-ci lui valut les accents vengeurs de la Sourate CXI. Le Coran cite encore Zaïd, le fils adoptif de Muhammad (XXXIII, 37). Le nom même du Prophète paraît quatre fois sous la forme : *Muhammad*; une fois sous la forme : *Ahmad* (LXI, 6). (Ces deux formes, dérivées de la même racine : *h-m-d,* signifient : « le très glorieux ».) Enfin les Quraïch auxquels le Prophète appartenait par sa naissance et qui luttèrent contre lui, sont cités dans la Sourate CVI.

Une date est absolument sûre, c'est celle de l'Hégire : l'an I de l'Islam, marqué par l'émigration du Prophète et de ses cent cinquante fidèles qui quittèrent la Mekke pour s'installer à Médine en 622.

La date généralement adoptée pour fixer la naissance du Prophète Muhammad à la Mekke est l'an 570. La Tradition musulmane veut que cette année soit celle « de l'éléphant », en souvenir d'une expédition du roi yamanite Abraha à laquelle la Sourate CV fait allusion mais que la plupart des historiens placent à un autre moment*.

Son père s'appelait ʿAbd Allah, il appartenait à la famille des banou Hachim et à la tribu des Quraïch. ʿAbd Allah mourut avant la naissance du Prophète et

---

* Voir CV et la note 1 qui renvoie à : *Encyclopédie de l'Islam* (1964), article : *al Fil* et (1954), article : *Abraha.*

sa mère 'Amina le laissa orphelin dès l'âge de 5 ou 6 ans. Son grand-père 'Abd al Muttalib mourut quelques années plus tard. Cette condition d'orphelin pauvre est rappelée dans la Sourate XCIII où on lit :

> (Dieu)
> ne t'a-t-il pas trouvé orphelin
> et il t'a procuré un refuge.
> Il t'a trouvé errant
> et il t'a guidé.
> Il t'a trouvé pauvre
> et il t'a enrichi.
> (XCIII, 6-8)

L'orphelin fut confié à son oncle qui portait le même nom que son grand-père : 'Abd al Muttalib. Louis Gardet écrit : « Il fut élevé par une nourrice bédouine *[Halima]*, dont la tradition musulmane garde un souvenir attendri. Il connut auprès d'elle la vie nomade. Adolescent, puis homme fait, il vécut à la Mekke, participant à l'activité des caravanes commerciales, principale source des revenus municipaux. Il entra au service de Khadija, riche et jeune veuve d'un marchand mais nettement plus âgée que lui. Il en dirigea, semble-t-il, les entreprises. Il l'épousa et, tant qu'elle vécut, n'eut point d'autre femme. Elle lui donna quatre filles, et probablement quelques fils, morts très jeunes*. » Parmi ses filles on retiendra le nom de Fatima qui épousa 'Ali en l'an I ou II de l'hégire et eut pour fils : Hasan et Husaïn.

La Tradition musulmane se plaît à décrire le caractère méditatif de Muhammad qui aimait faire de longues retraites dans les cavernes du mont Hira, appelé aujourd'hui : « Mont de la lumière », proche de la Mekke. C'est là que le surprit la première révélation qui, plus tard, constituera la Sourate XCVI. Elle commence ainsi :

> Lis au nom de ton Seigneur qui a créé!...
> Lis!...
> Car ton Seigneur est le Très-Généreux
> qui a instruit l'homme au moyen du calame,
> et lui a enseigné ce qu'il ignorait.

* L. Gardet : *Connaître l'Islam*, p. 17.

Le Prophète prit pour première confidente de cet événement sa femme Khadija; il lui confia ses craintes; elle le rassura et l'encouragea. Elle fut donc la première « croyante ». D'autres révélations survinrent qui amenèrent à Muhammad ses premiers disciples : Abou Bakr, son ami et conseiller fidèle, commerçant mekkois dont le Prophète épousera la fille 'Aïcha et qui sera ensuite le premier Calife; 'Ali ben Abou Talib, son jeune cousin qui épousera plus tard sa fille Fatima, et Zaïd, son fils adoptif. Malgré l'hostilité des Mekkois, le cercle des premiers disciples s'agrandit assez rapidement mais certains durent s'expatrier en Abyssinie, pays monothéiste.

Khadija mourut vers 620 et son époux en ressentit une peine profonde. On place généralement à cette époque, c'est-à-dire à la fin de « la période mekkoise », deux faits surnaturels mentionnés dans le Coran : le « Voyage nocturne » que Muhammad aurait accompli miraculeusement de la Mekke à Jérusalem (cf. XVII, 1), (la Tradition ajoute qu'il fut transporté par un animal céleste nommé al Buraq) et son ascension au ciel durant laquelle il bénéficia d'une mystérieuse révélation (cf. LIII, 1-18).

Devant l'animosité de ses concitoyens (cf. VIII, 30), Muhammad résolut de quitter sa ville natale. Il conclut un pacte avec les gens de Yathrib qui promirent aide et assistance au Prophète et à ses fidèles. Ceux-ci partirent par groupes, puis Muhammad et Abou Bakr s'enfuirent secrètement. Le Coran (IX, 40) et la Tradition nous apprennent qu'ils durent se réfugier dans une grotte pour échapper à leurs adversaires. Ils arrivèrent le 20 ou le 24 septembre 622 à Quba', faubourg de Yathrib, rejoignant ainsi leurs compagnons « émigrés » qui les avaient précédés à Médine. Le Coran définit ces *muhajjiroun* comme « ceux qui ont quitté leurs maisons et leurs biens pour rechercher la grâce de Dieu et prêter assistance au Prophète » (LIX, 8). Cet événement, nommé par conséquent : *hégire*, c'est-à-dire, expatriement, émigration, marque le début de l'ère musulmane. Mais pour que celle-ci commence avec le premier mois lunaire de l'année traditionnelle, le calife 'Umar décréta en 637 que le point de départ de la numération des années serait fixé au 16 juillet 622*.

* L'année musulmane comprend 12 mois lunaires de 29 ou 30 jours et compte 354 jours. Elle se trouve donc en avance de 11 jours

C'est donc à Médine, la ville du Prophète, que commence pour lui une vie nouvelle. « Au lien du sang, qui fondait toute la vie tribale, écrit L. Gardet*, va se substituer le lien du pacte religieux, librement consenti. » Les croyants, désormais, doivent se considérer comme des frères (XLIX, 10).

Muhammad s'affirme comme Prophète (*nabi*) et « envoyé de Dieu », *rasoul Allah,* mais il est aussi le chef de la Communauté (*'Umma*) nouvelle; en tant que tel, il devient législateur et juge. Il doit aussi assurer la sécurité de ses fidèles et l'expansion de la foi nouvelle. Il eut à combattre des ennemis acharnés et nombreux; c'est ainsi qu'on le vit se transformer en guerrier dirigeant lui-même les combats et répartissant le butin selon des normes fixées par le Coran.

La Tradition musulmane nous apprend que Muhammad tenta un certain rapprochement avec les Juifs de Yathrib mais qu'il dut y renoncer. Cette tentative correspond avec le moment où les nouveaux croyants cessèrent de se tourner vers Jérusalem pour prier. Ce changement de *qibla,* confirmé par une révélation (II, 142-150), se place aux environs de l'an II de l'hégire (624). Les Musulmans devront désormais se tourner pour prier dans la direction de la Mekke, c'est-à-dire de la Ka'ba qui devient la « mosquée sacrée » par excellence, bâtie, selon le Coran, par Abraham et son fils Ismaël (II, 127). De plus, le vendredi, VIe jour de la semaine et jour où Adam fut créé, est choisi pour réunir les fidèles à l'occasion d'une prière solennelle (LXII, 9-11) accompagnée d'un sermon. Ce jour s'appellera

---

par an, environ, sur l'année solaire. La formule suivante où « H » représente l'année de l'hégire et « G », celle du calendrier grégorien, est proposée par Pareja (*Islamologie,* p. 13), bien, dit l'auteur, qu'elle ne fournisse que « des données approximatives » :

$$G = H + 622 - \frac{H}{33}; \quad H = G - 622 + \frac{G - 622}{32}.$$

Il ajoute (p. 11) : « Dans la computation populaire, le commencement et la fin du mois dépendent de la première observation directe du croissant de la nouvelle lune dans le ciel. La néoménie astronomique est toujours en avance d'un jour ou même de deux sur l'observation populaire ».

* Ouvrage cité, p. 18.

précisément « le jour de la réunion* ». Les fidèles seront dès lors appelés à la prière par la voix du muezzin (le premier fut Bilal) qui remplacera la trompette des Juifs ou le *nuqous* (crécelle) des Chrétiens. (La formule *Allah 'akbar :* « Dieu est très grand », proclamée à chaque appel à la prière, n'est pas dans le Coran.)

La première victoire des Musulmans sur les infidèles se situe à Badr (an II/624). Le Coran a retenu ce nom glorieux; il note l'hésitation des croyants et il affirme que trois mille anges vinrent aider les combattants (III, 121-127). On pense que trois cents Musulmans seulement furent engagés contre un millier d'ennemis; ils perdirent quatorze des leurs. L'année suivante vit la défaite des croyants à Uhud. Ceux-ci étaient pourtant plus nombreux que les Mekkois dont l'armée comprenait alors trois mille hommes. Muhammad fut blessé et son oncle, Hamza, tué. On sait que la fille du Prophète, Fatima, et plusieurs de ses compagnes soignèrent les blessés et prièrent sur les tombes des fidèles tués dans la bataille. Les commentateurs s'accordent à trouver dans le Coran plusieurs allusions à cet échec, notamment dans la Sourate III (versets : 165-166; 172).

L'événement principal qui suivit fut la bataille dite du « Fossé » (*khandaq*). Sur les conseils de Salman le Persan, les Musulmans creusèrent une tranchée pour protéger les voies d'accès à Médine, contre les envahisseurs : dix mille hommes commandés par Abu Sufyan. Un de leurs chefs fut tué par 'Ali, gendre du Prophète. Cette campagne eut lieu en l'an V/ 627. L'année suivante, en 628, Muhammad résolut d'aller visiter les lieux saints et d'y offrir les sacrifices d'usage. Mais les Mekkois s'y opposèrent (XXII, 25). Finalement les deux partis acceptèrent de négocier et ce fut 'Uthman, gendre du Prophète, qui se rendit auprès des Quraïch. Durant ce temps, quatorze cents fidèles, d'après la Tradition, réunis autour de Muhammad, lui prêtèrent un serment d'allégeance. Cela se passa à Hudaïbiya; le Prophète se tenait sous un arbre. Il lui fut dit :

> Dieu était satisfait des croyants
> quand ils te prêtaient serment sous l'arbre.
> (XLVIII, 18; voir verset 10)

* Voir plus loin p. LXVI.

Ce serment est appelé : *bay'a al ridwan*, c'est-à-dire : « le serment de la satisfaction » (d'Allah).

La trêve de dix ans conclue avec les Mekkois (elle dura, en fait, deux ans), stipulait que les Musulmans auraient la faculté de se rendre l'année suivante, et pour trois jours, en pèlerinage à la Mekke.

Les troupes musulmanes se dirigèrent ensuite vers l'oasis et les habitations fortifiées des Juifs de Khaïbar; elles s'en emparèrent. L'année suivante (an VIII/ 630), Muhammad, accompagné de deux mille fidèles, se rendit pour un pèlerinage restreint à la Mekke dont les habitants s'étaient retirés, le temps que les pèlerins accomplissent les rites habituels et selon les termes du pacte conclu l'année précédente.

Après plusieurs expéditions dont l'une, dirigée par Zaïd, mena des Musulmans jusqu'à Mu'ta, au nord de l'Arabie, Muhammad résolut de revenir pacifiquement et victorieusement à la Mekke. Son armée, cette fois-ci, ne rencontra pas de résistance et, aussitôt entré dans la ville, le Prophète, monté sur sa chamelle, accomplit autour de la Ka'ba les sept circuits rituels en touchant la Pierre noire de son bâton. Presque tous les Mekkois embrassèrent l'Islam. Muhammad les traita avec mansuétude et il leur offrit des présents. La Tradition rapporte qu'il ordonna la destruction de toutes les idoles que contenait le Temple, et dont le nombre se serait élevé à trois cent soixante. Aucune idole ne dut subsister dans les maisons et il fallut détruire aussi Manat à Muchallal et 'Uzza à Nakhla*. Or ces deux déesses, Manat et 'Uzza, étaient vénérées par les gens de la Mekke. Le Coran les cite une fois (LIII, 19-20). Désormais, comme Dieu ordonne à son Prophète de le proclamer :

> La Vérité est venue!
> L'erreur a disparu!
> L'erreur doit disparaître.
> (XVII, 81)

Durant cette même année 630, les Musulmans remportèrent sur les Hawazin une victoire dans la vallée de Hunaïn, située derrière le mont 'Arafa. La plupart des vaincus se convertirent à l'Islam. (Le Coran a retenu le

* Watt, *Mahomet à Médine*, p. 89.

nom de *Hunaïn* : IX, 25-26.) Muhammad, ensuite, s'empara de la cité d'al Taïf, entourée de beaux vergers.

Abou Bakr dirigea le pèlerinage de l'année 631; 'Ali y prononça le sermon d'usage et utilisa, d'après la Tradition, des textes empruntés à la Sourate IX qui attaque violemment les polythéistes, c'est-à-dire « ceux qui associent » à Allah des divinités. L'accès du territoire sacré leur sera désormais interdit. On lit en effet :

> Ô vous qui croyez!
> Les polythéistes ne sont qu'impureté :
> ils ne s'approcheront donc plus
> de la Mosquée sacrée
> après que cette année se sera écoulée.
> (IX, 28)

Ainsi, petit à petit, à force d'expéditions au nord et au sud du Hijaz, expéditions qui prenaient des allures de plus en plus pacifiques (comme celle de Tabouk au nord), l'Arabie entière devenait musulmane.

C'est en l'an X de l'hégire (632) que la Tradition place la rencontre solennelle de Muhammad et des Chrétiens nestoriens venus du Najran (contrée ou ville du Yaman septentrional). Ceci se passa à Médine. Les notables chrétiens, dont un évêque, portaient des vêtements de brocart. Muhammad les invita à devenir musulmans et leur proposa « l'ordalie d'exécration réciproque pour le lendemain matin : 4 chawwal de l'an X (15 janvier 631)* ». C'est la *mubahala* à laquelle la Sourate III fait allusion en disant au Prophète :

> Si quelqu'un te contredit
> après ce que tu as reçu en fait de science, dis :
> « Venez!
> Appelons nos fils et vos fils;
> nos femmes et vos femmes;
> nous-mêmes et vous-mêmes :
> nous ferons alors une exécration réciproque
> en appelant une malédiction de Dieu sur les menteurs. »
> (III, 61)

Les auteurs musulmans sont d'accord pour désigner les membres de la famille du Prophète qui assistèrent à cette

* L. Massignon, *La mubahala de Médine et l'hyperdulie de Fatima*, (1944) p. 11; *Opera Minora I*, pp. 550-572. — Cf. L. Gardet, ouvrage cité, pp. 30-32.

ordalie : sa fille, Fatima, son gendre, ʿAli et ses deux petits-fils : Hasan et Husaïn. Tels sont les « cinq », les « gens de la Maison » ou de la famille (*ahl al baït* en XXXIII, 33), qui se portent garants de la Vérité de la Révélation coranique. Le pacte fut conclu, les Chrétiens avaient cédé : ils avaient obtenu le maintien de leur culte, mais ils s'engageaient à payer un tribut (*jiziya*) et à assurer la sécurité des voyageurs se rendant au Yaman.

Enfin cette même année X/632 vit le dernier pèlerinage solennel, dit pèlerinage d'adieu, accompli par le Prophète au milieu d'une foule compacte de croyants. Il consacre le triomphe définitif de l'Islam sur le polythéisme : la communauté des croyants, la « 'Umma », peut dès lors se lancer à la conquête du monde. La Tradition a conservé le texte du discours que Muhammad prononça à cette occasion, alors qu'il se sentait déjà malade. Voici la conclusion de ce sermon retenu par Tabari et traduit par Gaudefroy Demombynes : « Hommes, écoutez mes paroles et pesez-les; car j'ai accompli ma vie; et je laisse en vous ce par quoi, si vous êtes fidèles, vous éviterez à jamais l'égarement, une chose claire, le Livre d'Allah et la *sunna* de son prophète. Écoutez mes paroles et pesez-les. Sachez que tout musulman est un frère pour un autre musulman; que les musulmans sont frères; que n'est licite pour un homme sur la part de son frère que ce que celui-ci lui donne de son plein gré. Et ne faites point tort à vos propres personnes. Ai-je rempli ma tâche? — Par Allah, oui, répondit la foule. — Par Allah, je rends témoignage* ».

Le Prophète se souvint sans doute d'un texte qu'Allah lui avait dicté et qui semblait convenir parfaitement à cette célébration :

> Aujourd'hui, j'ai rendu votre Religion parfaite;
> j'ai parachevé ma grâce sur vous.
> J'agrée l'Islam comme étant votre Religion
> (V, 3)

---

* Gaudefroy Demombynes, *Mahomet, l'homme et son message, naissance du monde musulman,* (1957) p. 219, qui cite : Tabari, *Annales*, I, 1753 et s. — Voir R. Blachère : *L'allocution de Mahomet lors du pèlerinage d'adieu; Mélanges Louis Massignon,* (1956), tome I, pp. 223-249.

Muhammad gravement atteint par la fièvre passa ses dernières heures auprès de son épouse préférée : ʿAïcha; il mourut dans ses bras le 23 rabiʿ I de l'an XI de l'hégire (lundi 8 juin 632). Sa tombe fut creusée à l'endroit même où il avait rendu le dernier soupir, c'est-à-dire dans la chambre d'ʿAïcha, proche de la mosquée de Médine. Dès le VIIIe siècle, les anciens et humbles bâtiments furent remplacés par la mosquée où les croyants ont pris l'habitude de se rendre à l'issue de leur pèlerinage à la Mekke. Muhammad laissait peu de choses : une monture, des armes et quelques parcelles de terrain. On peut dire qu'il mourut pauvre, restant fidèle à la simplicité dans laquelle il s'était toujours maintenu au long de sa vie. Abou Bakr prit alors le titre de *Khalifa Rasoul Allah :* « calife du Prophète de Dieu » comme chef de la Communauté des croyants, aussi bien sur le plan religieux que sur le plan temporel.

On a trop longuement épilogué sur la vie privée du Prophète. Celle-ci est sans rapport avec son message : il ne nous appartient pas de la juger. Nous savons qu'après la mort de sa première femme, Khadija, il pratiqua la polygamie, limitant le nombre de ses épouses à quatre, comme l'impose le Coran en stipulant que chaque épouse doit être traitée équitablement « afin que toutes soient contentes » (XXXIII, 51). Il eut plusieurs filles dont la Tradition a retenu les noms. Fatima est la plus connue. Il ne laissa aucun fils (XXXIII, 40) car Ibrahim, le seul qui lui naquit de sa concubine copte Marya, mourut vers son seizième mois, le jour d'une éclipse de lune, le 17 janvier 632. Son père en ressentit un vif chagrin.

La personnalité, certainement très accusée, de Muhammad présente une juxtaposition de plusieurs caractères. L'homme, à travers les récits des chroniqueurs, apparaît juste, bon, humble et simple. Le chef de la Communauté est énergique, courageux, et, au nom d'Allah, il exige de la part de ses disciples : respect, confiance et obéissance aveugle*. Mais, d'autre part, plusieurs textes du Coran

* La formule : « Obéissez à Dieu et au Prophète » paraît plusieurs fois dans le Coran. On trouve encore quatre fois la recommandation : « Croyez en Dieu et en son Prophète »; et une fois : « Craignez Dieu, croyez en son Prophète ».

nous permettent de pressentir le « croyant », docile à l'inspiration et respectueux de la Parole divine qui lui est communiquée. On s'attachera donc, maintenant, à découvrir les tendances religieuses du Prophète, à partir du Livre sacré.

4. Traits caractéristiques de la personnalité de Muhammad d'après le Coran.

Muhammad, apôtre ardent d'un monothéisme sans équivoque, profondément respectueux de la Révélation qui est *descendue* sur lui, est humble. Mû par l'inspiration, il déclare à deux reprises à ses interlocuteurs : « Je ne suis vraiment qu'un mortel semblable à vous » (XVIII, 110 et XLI, 6) et il rappelle aux Quraïch qu'il appartient à leur tribu (II, 151); qu'il a passé sa vie au milieu d'eux (X, 16). Il sait qu'il mourra et il craint le Juge suprême; il affirme :

> « Oui, je crains, si je désobéis à mon Seigneur,
> le châtiment d'un Jour terrible. »
>
> (X, 15)

L'envoyé céleste l'invite à reconnaître ses fautes, quand il lui dit : « Sois constant!... Demande pardon pour ton péché »... (XL, 55 etc.). Mais Dieu lui-même l'a purifié : il lui dit :

> « N'avons-nous pas ouvert ton cœur?
> Ne t'avons-nous pas débarrassé de ton fardeau
> qui pesait sur ton dos? »
>
> (XCIV, 1-3)

« Il lui a enseigné ce qu'il ne savait pas » (IV, 113), car il ne connaissait primitivement « ni le Livre révélé ni la foi » (XLII, 52). Dieu lui ordonne de déclarer d'une façon catégorique :

> « Je ne vous dis pas :
> " Je possède les trésors de Dieu "
> — car je ne connais pas le mystère incommunicable —
>
> Je ne vous dis pas :
> " Je suis un ange "
> — car je ne fais que suivre ce qui m'a été révélé » —
>
> (VI, 50)

Il sait que Dieu le dirige et le préserve de l'égarement Il dit :

« Si je suis égaré,
je ne suis égaré qu'à mon propre détriment.
Si je suis bien dirigé,
c'est grâce à ce que mon Seigneur me révèle. »
(XXXIV, 50)

Muhammad est, avant tout, « celui qui avertit » les hommes des réalités de la vie future et qui « annonce » aux croyants « la bonne nouvelle » du Paradis promis à ceux qui font le bien. Il n'a pas le pouvoir d'accomplir des miracles (XVII, 90-93), car il n'est qu'un simple mortel auquel Dieu a bien voulu montrer de « grands Signes » (cf. LIII, 1-18). Il ignore l'avenir (XLVI, 9) mais, d'une façon générale, il a reçu la Science des choses divines. Dieu le conduit sur « la voie droite » et lui inspire les pratiques religieuses qui sont encore imposées à tous les Musulmans notamment la récitation du Coran et la prière. Il dit :

« J'ai seulement reçu l'ordre
d'adorer le Seigneur de cette cité...

J'ai reçu l'ordre
d'être au nombre de ceux qui sont soumis (à Dieu)
et de réciter le Coran. »
(XXVII, 91-92)

Le Coran mentionne les prières du matin et du soir et la pratique des pieuses veillées. On lit, en effet, à l'adresse du Prophète :

« Oui, ton Seigneur sait
que toi,
et un grand nombre de ceux qui sont avec toi,
vous vous tenez debout en prière
près des deux tiers ou de la moitié
ou du tiers de la nuit...

Récitez donc à haute voix
ce qui vous est possible du Coran. »
(LXXIII, 20)

Muhammad est un apôtre zélé; l'incroyance, l'aveuglement, les fautes de ses compatriotes lui sont à charge. Dieu lui dit :

« L'éloignement des incrédules te pèse :
si tu le pouvais, tu souhaiterais
creuser un trou dans la terre
ou construire une échelle dans le ciel
pour leur en rapporter un Signe. »
(VI, 35)

« Tu vas, peut-être,
s'ils ne croient pas à ce récit,
te consumer de chagrin sur leur façon d'agir. »
(XVIII, 6)

Voici encore comment le Coran le décrit aux hommes de sa génération :

Un Prophète pris parmi vous est venu à vous.
Le mal que vous faites lui pèse;
il est avide de votre bien;
il est bon et miséricordieux envers les croyants.
(IX, 128)

Dieu lui a en effet accordé d'être bon et d'user de mansuétude à l'égard de certains de ses concitoyens, hostiles ou hésitants. Le Coran constate :

« Tu as été doux à leur égard
par une miséricorde de Dieu.
Si tu avais été rude et dur de cœur
ils se seraient séparés de toi.

Pardonne-leur.
Demande pardon pour eux;
consulte-les sur toute chose;
mais lorsque tu as pris une décision,
place ta confiance en Dieu. »
(III, 159)

Il sait, d'autre part, que la foi l'unit aux nouveaux convertis, car :

Le Prophète est plus proche des croyants
qu'ils ne le sont les uns des autres;
ses épouses sont leurs mères.
(XXXIII, 6)

Il est complètement désintéressé. Il répète : « Je ne vous demande aucun salaire » (VI, 90, etc.). Il n'entend pas se faire servir (III, 79). Il distribuait lui-même les aumônes (IX, 58) et veillait à une juste répartition du butin. Le Coran insiste trop souvent sur la précarité des biens de ce bas monde (*dunya*) pour que le Prophète n'en ait pas été persuadé, comme il apparaît dans son comportement habituel, tel que le décrit la Tradition.

> Sachez que la vie de ce monde n'est que jeu,
> divertissement,
> vaine parure, lutte de vanité entre vous,
> rivalité dans l'abondance
> des richesses et des enfants.
>
> Elle est semblable à une ondée :
> la végétation qu'elle suscite plaît aux incrédules,
> puis elle se fane.
> Tu la vois jaunir
> et elle devient ensuite sèche et cassante.
> (LVII, 20)

Non seulement le Prophète pratiquait la justice dans la vie courante, mais Dieu lui avait donné, sur ses concitoyens, un vrai pouvoir de juridiction; il lui dit :

> « Nous avons fait descendre sur toi
> le Livre avec la Vérité
> afin que tu juges entre les hommes
> d'après ce que Dieu te fait voir. »
> (IV, 105)

Les croyants doivent lui soumettre leurs différends (IV, 59) et accepter ses décisions (IV, 65). Il devra se montrer « patient » et pratiquer généreusement le pardon des offenses (XV, 85, etc.). Tels sont, résumés, les principaux caractères de la personnalité de Muhammad dans la vie privée : piété, humilité, équité, bonté.

Essayons maintenant d'entrevoir comment Muhammad envisageait sa mission de Prophète et envoyé de Dieu : *Rasoul Allah*. Il est « le premier Musulman » (VI, 14, 163; XXXIX, 12), c'est-à-dire, le premier, de sa génération, à se soumettre, à s'abandonner totalement à Dieu. Mais, déjà, dans les temps anciens, Abraham était un croyant « soumis au Seigneur des mondes » (II, 131). Il déclare lui-même :

> « En vérité, j'ai reçu l'ordre d'adorer Dieu
> en lui rendant un culte pur.
>
> J'ai reçu l'ordre
> d'être le premier de ceux qui se soumettent (à Dieu). »
> (XXXIX, 11-12)

Il doit se considérer comme « le sceau des prophètes » (XXXIII, 40), c'est-à-dire le dernier en date et le meilleur des prophètes; celui qui clôt l'ère de la prophétie et qui a été envoyé pour fonder « la Religion parfaite » (XLVIII, 28). Cependant, le Coran n'a fait que « confirmer » la Révélation déjà contenue dans la Tora et l'Évangile. Le Coran revient treize fois sur cette affirmation*. Les traits essentiels de la foi monothéiste sont donc retenus par les Musulmans qui nient cependant, de la façon la plus énergique, toute idée d'incarnation. Non seulement Muhammad se place dans la lignée des prophètes (IV, 163) mais le Coran fait dire à Jésus, fils de Marie :

> « Ô fils d'Israël!
> Je suis, en vérité,
> le prophète de Dieu envoyé vers vous
> pour confirmer ce qui, de la Tora,
> existait avant moi;
> pour vous annoncer la bonne nouvelle
> d'un Prophète qui viendra après moi
> et dont le nom sera 'Ahmad. »
> (LXI, 6)

Bien que ce nom : « le très glorieux » ne soit nulle part mentionné dans le Nouveau Testament, la Tradition musulmane tient cette prophétie pour authentique.**

Muhammad prêchait aux hommes la soumission totale à Dieu, l'Unique. Mais, comme tous les prophètes, il rencontra de nombreux ennemis : ceux-ci le provoquaient et lui demandaient d'accomplir des miracles (XVII, 90-93); ils se moquaient de lui (XXV, 41); ils le traitaient souvent de menteur. Les « riches notables », habitants des cités, se sont toujours opposés aux envoyés, quels qu'ils soient (VI, 123) : ils se croient supérieurs et à l'abri de toute adversité en cette vie et dans l'autre. Allah dit :

> « Nous n'avons jamais envoyé d'avertisseur à une cité
> sans que ceux qui y vivent dans l'aisance ne disent :
> « Nous sommes incrédules envers votre message...
>
> Nous sommes abondamment pourvus
> de richesses et d'enfants;
> nous ne serons donc pas châtiés »...
> (XXXIV, 34-35)

---

* Voir II, 41 et la note.

** Voir LXI, 6, note 2.

Muhammad n'a pas échappé à leur haine. Ses contradicteurs allèrent même jusqu'à prétendre qu'il avait créé ou imaginé le Coran de toute pièce :

> « Voici plutôt un amas de rêves
> qu'il a inventés lui-même;
> c'est un poète!
> Qu'il nous apporte un Signe
> comme il en a été envoyé aux Anciens. »
> (XXI, 5)

Muhammad se défend d'être un « poète » (les poètes passaient pour être doués de pouvoirs secrets et redoutables qu'ils pouvaient tenir des djinns); ses ennemis le traitent de « possédé » et de « magicien ». C'est probablement Satan, l'adversaire déclaré de tous les prophètes (XXII, 52), qui excite l'animosité des incroyants contre l'envoyé d'Allah et inspire ses calomniateurs; on sait qu'ils seront châtiés et leurs complots déjoués. Dieu rassure Muhammad en lui disant :

> « Tu n'es, par la grâce de ton Seigneur,
> ni un devin, ni un homme possédé »...
> (LII, 29)

et lui-même met au défi ses adversaires de ne rien réciter de comparable aux versets du Livre sacré :

> Si les hommes et les djinns s'unissaient
> pour produire quelque chose de semblable à ce Coran,
> ils ne produiraient rien qui lui ressemble,
> même s'ils s'aidaient mutuellement.
> (XVII, 88)

Enfin, les parfaits Musulmans sont décrits à la fin de la Sourate XLVIII en des termes qui semblent s'appliquer au Prophète lui-même :

> Muhammad est le Prophète de Dieu.
> Ses compagnons sont violents envers les impies,
> bons et compatissants entre eux.
>
> Tu les vois, inclinés, prosternés,
> recherchant la grâce de Dieu et sa satisfaction...
> (XLVIII, 29)*

---

* Pour tout ce paragraphe voir D. Masson, *Monothéisme coranique et Monothéisme biblique*, p. 290-309.

IV. LE CORAN

1. Le texte.

La critique historique et scripturaire, basée sur l'épigraphie et l'archéologie, n'a pas encore été appliquée au Coran suivant les normes habituelles. (La Bible elle-même n'est confrontée que depuis le début du XXe siècle aux diverses disciplines intéressées par son contenu.)

On pense, en général, que Muhammad ne savait pas écrire et qu'il se contentait de répéter les paroles entendues lorsque la Révélation « descendait » sur lui. Peu à peu les premiers croyants recueillirent de sa bouche les versets révélés; ils les apprirent par cœur afin de s'en pénétrer et de pouvoir les transmettre autour d'eux. Puis certains fidèles confièrent à l'écriture ces éléments fragmentaires dont l'ensemble formera plus tard le Livre sacré. On distingue donc, schématiquement, trois étapes qui préparent la rédaction définitive :

I. La récitation de mémoire.

II. La fixation par écrit des textes, sur des matériaux de fortune : omoplates de chameaux, morceaux de cuir, etc.

III. La réunion, en un recueil, au temps du calife 'Uthman, des éléments épars.

'Uthman, gendre du Prophète, fut le IIIe calife; il dirigea la communauté musulmane de 644 à 655 (23-35 de l'hégire). C'est lui qui ordonna de réunir en un « livre » les textes recueillis par les croyants; mais aucun manuscrit datant de cette époque n'a été conservé; les plus anciens remonteraient au VIIIe ou IXe siècle. De plus, la calligraphie ancienne, maintenue, croit-on, jusqu'au IXe siècle ne comportait ni points diacritiques, ni voyelles brèves. (Les lettres n, t, b, y ne pouvaient se distinguer les unes des autres, non plus que les lettres : q et f. etc.) Ces écrits étaient utilisés à titre d'aide-mémoire par des récitants qui en connaissaient d'avance le contenu, lequel aurait d'ailleurs paru incompréhensible à ceux qui demeuraient étrangers au message de la révélation coranique. Ce mode d'écriture a donné lieu à diverses interprétations ou « lectures ». Au début du xe siècle, le choix autorisé des variantes fut limité à sept « leçons ». La recension d'ʿUthman avait suscité les critiques des Chiites qui lui reprochaient d'avoir volontairement supprimé certains textes concernant ʿAli.

Enfin, malgré des controverses, on peut dire que le texte actuellement en notre possession, contient les critères d'une fidélité substantielle; il est universellement considéré comme authentique. L'imprimerie en a heureusement fixé le contenu d'une façon définitive. L'édition reconnue comme officielle par les plus hautes autorités musulmanes a été imprimée une première fois au Caire en 1923 : c'est l'édition, dite de Boulaq, dont l'auteur de la présente traduction s'est uniquement servi.

Le mot *Qur'an* (Coran), dérivé du verbe : *q-r-'* signifie « lecture » ou « récitation ». Les différents chapitres du Livre, au nombre de 114, se nomment : *Sourates,* mot venu du syriaque avec le sens de « texte écrit ». Chaque verset porte, en arabe, le nom de *'aya* (pluriel : *'ayat*), traduit par *signe,* témoignage, miracle, prodige*. La descente du ciel, la révélation de chaque verset est considérée comme un don céleste et miraculeux.

La division en chapitres et les titres placés avant chaque Sourate ne datent vraisemblablement que du xe siècle. Ces appellations, tirées parfois d'un mot caractéristique contenu dans le chapitre, ou d'une circonstance, ou d'un récit particulier, ne répondent pas à un classement par sujets. L'ordre lui-même qui a présidé au classement numérique des Sourates ne répond pas davantage à un plan arrêté et ne concorde nullement avec la chronologie. La Sourate II est la plus longue du Coran et les dernières Sourates ne comportent que quelques versets. La Tradition musulmane s'est contentée d'indiquer en tête de chaque Sourate s'il s'agit d'un texte dicté à la Mekke, durant la première période de la vie du Prophète ou, plus tard, à Médine (deuxième période). Elle considère cependant la Sourate XCVI comme la première, révélée à Muhammad au début de sa vocation, dans la grotte du mont Hira.

---

* Voir *note clé : Signe.*

Chaque Sourate (à l'exception de la IXe) débute par l'invocation : *bismi Llah*, etc. : « Au nom de Dieu, celui qui fait miséricorde, le Miséricordieux », simple formule liturgique.

On a tenté plusieurs classements chronologiques des Sourates; certains auteurs musulmans, dès les premiers siècles de l'hégire, s'y employèrent mais sans parvenir à des conclusions identiques. Leurs tentatives ont été reprises, en particulier par William Muir, Sprenger, Nöldeke, Schwally et enfin Blachère dont la traduction en deux volumes date de 1949-1950. Aucun de ces classements n'a été favorablement accueilli par les docteurs de l'Islam*.

Si le texte originel du Coran est, suivant la Tradition, inimitable; s'il est le résultat d'un miracle, comment pourrait-on parvenir à transposer dans une autre langue ce qui fait sa valeur propre? Bien plus, comment s'exposer à trahir et même à profaner le Livre qui alimente la foi de 400 millions d'êtres humains répandus dans le monde entier? Cependant le nombre des hommes qui s'intéressent aux grandes religions allant croissant, on a pensé qu'une traduction nouvelle n'était pas superflue. Il s'agissait alors, tout en restant très proche de l'arabe, de maintenir, dans toute la mesure du possible, les qualités de clarté et d'élégance de la langue française. On nous excusera d'emprunter à la Préface placée par E. Osty en tête de sa traduction des *Psaumes* ces lignes qui correspondent exactement à nos propres préoccupations; il écrit : « Nous nous sommes efforcé de ne pas trahir notre modèle. Nous avons recherché avec passion l'exactitude, et premièrement celle de la pensée. Mais non une exactitude matérielle, photographique, servile. Il est des fidélités infidèles. La vraie fidélité consiste à faire passer tout le contenu du texte original dans la *vraie* langue de la traduction. Jargonner n'est pas traduire, et c'est manquer de tact et de respect que de laisser croire que l'Esprit-Saint est un barbare. Saint Jérôme voulait que l'on rendît la Bible non seulement *in linguam latinam*, mais encore *latine*. Nous nous sommes rappelé ce sage

* Le lecteur qui désire des précisions sur l'élaboration du texte coranique les trouvera chez R. Blachère, *Introduction au Coran;* voir aussi Pareja, ouvrage cité, pp. 597-619.

conseil et nous avons eu le constant souci d'écrire non seulement *en langue française*, mais encore *en français*. Et nous avons opté délibérément pour le français classique. Le livre des Psaumes — devenu classique par excellence — appelait une langue classique, de belle tenue, respectueuse de toutes les susceptibilités du goût français. En même temps, et dans le même souci d'exactitude, nous avons voulu une traduction qui coule et qui chante. Ce serait un contresens total que de traduire prosaïquement une œuvre poétique. Ce contresens, nous avons entendu l'éviter. Autant qu'il nous a été possible, et sans prétendre restituer le rythme de l'original, nous avons essayé de donner à notre phrase légèreté, nombre, mouvement, allégresse. Lorsque le vers s'est présenté, nous ne l'avons pas repoussé. Nous l'avons même recherché, regrettant à maintes reprises que nos obligations de traducteur nous empêchent de le laisser chanter plus souvent* ».

A notre tour, expliquons ce qui nous a conduits à utiliser dans notre traduction, des strophes d'inégales longueurs. Le style particulièrement concis, éclatant, cinglant, parfois haché des dernières Sourates où chaque phrase résonne, tantôt comme un coup destiné à fouailler les impies, tantôt comme un éclair qui jaillit pour proclamer la gloire de Dieu, était une précieuse indication concernant la technique adéquate. Le Coran est composé de phrases courtes, logiquement construites et qui commencent habituellement par le verbe (l'arabe place le verbe avant le sujet); les périodes sont ponctuées de conjonctions, d'adverbes, d'affirmations (*certes..., en vérité...*), si bien que le rythme général, rythme libre, le plus souvent, tantôt harmonieux, tantôt heurté, impose certaines coupes. L'obligation tardive de numéroter les versets entraîna un fractionnement du texte qui peut paraître arbitraire : ainsi arrive-t-il qu'une phrase reste en suspens et ne s'achève que dans le verset suivant. (La Bible a, du reste, subi un découpage analogue.) Notre présentation du texte par coupes formant des sortes de stances irrégulières, tente d'évoquer ces pauses légères, ces « respirations » qui invitent le croyant à la méditation. Les strophes présentent encore l'avantage

---

* E. Osty, *Les Psaumes*, Paris, 1964, Préface, pp. VII-VIII.

de faire ressortir les antithèses, les répétitions proprement dites, les reprises voulues d'une même idée exprimée en des termes différents; elles rendent ainsi moins difficile une lointaine approche de la clarté, de la concision, de la force du style coranique.

Les rimes sont assez rares pour ne pas entraîner le traducteur sur la voie de recherches littéraires incompatibles avec une fidélité scrupuleuse.

Enfin, détail typographique qui demande une justification : les phrases placées entre tirets renferment souvent des réflexions destinées à souligner la portée d'une pensée dont elles semblent interrompre le développement; d'autres fois elles renferment un hommage rendu en passant au Créateur, un rappel de ses dons, de sa bonté, de certains de ses attributs ou bien encore, une invitation à la louange, un élan de reconnaissance et d'admiration vers le Dieu tout-puissant et miséricordieux.

2. Le contenu du Coran.

Il s'agit maintenant de souligner les principaux thèmes qui ne cessent de réapparaître dans le Coran, comme pour obliger le croyant à s'imprégner des vérités essentielles dont il doit nourrir sa foi. Ces éléments seront classés d'après le plan traditionnel adopté dans notre précédent ouvrage : « Le Coran et la Révélation judéo-chrétienne ». Il peut, sans doute, paraître arbitraire de situer dans un cadre logique des matériaux arrachés çà et là à un Livre dont la « rédaction » a échappé à toutes les lois de la composition littéraire et à un classement quelconque des éléments qui l'ont constitué. Mais un aperçu, même schématique, des principales idées qui s'en dégagent, aidera peut-être le lecteur à en apprécier la valeur.

L'idée fondamentale, de la Révélation coranique est que tout vient de Dieu, en tant que Créateur universel, et retourne à lui en tant que rémunérateur suprême. Comme pour l'auteur de l'Apocalypse, « Il est le Premier et le Dernier » (LVII, 3)*. Ce double mouvement de jaillis-

* Il convient de rappeler que la Bible commence avec le récit de la Création et s'achève avec l'Apocalypse.

sement et de retour au centre*; ce balancement, pourrait-on dire, entre le commencement et la fin, est constamment évoqué. De plus, Dieu a parlé, il s'est manifesté aux prophètes pour se faire connaître et il leur a enseigné la Loi, leur indiquant ainsi le « chemin » que les hommes doivent suivre pour parvenir heureusement à la vie future. Le Coran, « descendu » en entier sur le Prophète Muhammad, allait, en montrant aux hommes « la voie droite », leur enseigner les préceptes de la « Religion parfaite », la Religion de la « soumission » à Dieu : l'Islam.

Voici le tableau des thèmes qui seront étudiés dans cette introduction.

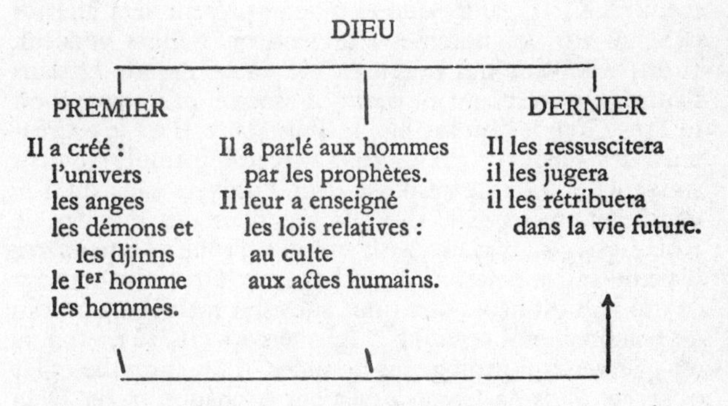

A. Les noms et attributs de Dieu.

Les noms donnés à Dieu dans le Coran et dans la Bible se rapprochent parfois au point que le Dieu de Moïse et des prophètes de l'Ancien Testament, semblerait s'identifier avec celui de Muhammad**.

Allah est un, unique et absolument transcendant. Il est « le Saint » d'une façon absolue, dans le sens d'une « séparation » d'avec tout le créé, car nul ne peut être son égal ni lui être comparé. (Le Coran s'attaque violemment

* Les lignes de certains éléments décoratifs de l'art « musulman » qui, partant du centre, retournent au centre, symbolisent ce thème primordial.

** La plupart de ces noms se retrouvent aussi dans l'épigraphie sud-sémitique.

à une sorte de « tri-théisme » étranger au dogme chrétien de la Trinité mais que la Tradition musulmane a coutume de lui attribuer*.) « Les regards des hommes n'atteignent pas Dieu » (VI, 103). Il demeure mystérieux, il est « celui qui demeure caché » (LVII, 3) :

> Il connaît parfaitement le mystère
> mais il ne montre à personne
> le secret de son mystère.
> (LXXII, 26)

Il est cependant proche de l'homme en ce sens qu'il répond à sa prière (XI, 61); il est « plus près de lui que la veine de son cou » (L, 16); Dieu est celui qui subsiste éternellement (XX, 73), alors que le monde présent sera anéanti (LV, 26-27); les hommes « reviendront » alors vers lui. Il est le Vivant qui donne la vie en ce monde et dans l'autre. Dieu est tout-puissant, il crée ce qu'il veut; il est le Très Grand, l'Invincible, le Très Haut. Il est le « Créateur des cieux et de la terre » (cette formule revient souvent) et rien ne se passe dans l'univers sans qu'il le veuille expressément. Il est le Seigneur des mondes, le Roi qui siège aux cieux, assis sur un « Trône »; cependant, il veille sur la création. Il accorde aux êtres vivants tout ce qui leur est nécessaire pour subsister mais il n'a besoin de personne, « il se suffit à lui-même » (II, 267, etc.). Il est généreux, il protège les hommes, il les surveille et les observe. Mais, le Coran y revient à chaque page, Dieu est avant tout « miséricordieux »; il est « celui qui fait miséricorde** ». Il est celui qui pardonne, celui qui a l'habitude de pardonner. Celui qui revient sans cesse vers le pécheur repentant. Il est bon, compatissant et il aime les hommes (dix-huit versets font allusion à l'amour de Dieu envers les hommes). Il est fidèle; il ne peut oublier le pacte qu'il a conclu avec les prophètes et avec les croyants.

Allah est la Vérité, le Réel (*al haqq*); la Vérité évidente : il est « la lumière des cieux et de la terre » (XXIV, 35) et il communique sa lumière aux hommes par le moyen de la Révélation. Il sait tout, il entend tout, il voit tout; il est le témoin constant des actions des hommes. Il est

* Voir D. Masson, ouvrage cité, p. 95-119.
** Voir *note clé* à ce mot.

celui qui connaît toute chose, il est « bien informé », il est « le Sage »; « il embrasse toute chose en sa science » (LXV, 12, etc.). Il est « le Savant » par excellence : « Il connaît ce qui est caché et ce qui est apparent » (VI, 73 et onze autres fois) :

> Dieu connaît le mystère des cieux et de la terre.
> Il connaît parfaitement le contenu des cœurs.
> (XXXV, 38)
>
> Le poids d'un atome n'échappe à ton Seigneur
> ni sur la terre, ni dans les cieux.
>
> Il n'y a rien de plus petit ou de plus grand que cela
> qui ne soit inscrit dans un Livre explicite.
> (X, 61)

Il est présent en tout lieu :

> L'orient et l'occident appartiennent à Dieu :
> quel que soit le côté vers lequel vous vous tournez,
> la face de Dieu est là !
> Dieu est présent partout et il sait.
> (II, 115)

Ce Dieu tout-puissant et omniscient, commencement et fin de toute chose, ressuscitera les hommes au dernier jour : il les jugera, puis il récompensera les justes dans un Paradis de délices et il punira les impies dans le feu de l'Enfer. Dieu rendra donc la vie aux morts; il les rappellera (VI, 36) et il les « rassemblera » au Jour de la Résurrection (IV, 87, etc.); il est « celui qui réunira les hommes en un Jour au sujet duquel il n'y a pas de doute possible » (III, 9). Il fera un compte exact des actions des hommes, des bonnes et des mauvaises. « Il est prompt à faire les comptes » et « à faire rendre compte ». Il est donc le Juge par excellence; le jugement suprême lui appartient. Malgré la miséricorde qu'il veut bien exercer, sa colère s'appesantira sur les pécheurs et les incrédules; il est celui qui détient « la vengeance » (voir : III, 4, etc.).

Telles sont, brièvement résumées, les notions majeures contenues dans le Coran et concernant le Dieu unique. On retrouvera certaines d'entre elles dans la Sourate LIX (versets 1; 22-24)*.

* Voir L. Gardet : *Encyclopédie de l'Islam* (1956) article : *'Allah.*

B. La Création.

« Le Coran ne contient pas un récit suivi de la Création du monde par Dieu, comparable à celui de la Genèse, mais on y retrouve les traits essentiels du récit biblique*. »

Comme le Dieu de Moïse, Allah crée par sa Parole toute-puissante. Lui-même dit :

> « Lorsque nous voulons une chose
> nous lui disons seulement : « Sois »
> et elle est. » (XVI, 40)

Ainsi a-t-il créé Adam, le premier homme, et Jésus, né miraculeusement de la Vierge Marie (III, 59).

Allah a créé le ciel et la terre en six jours (VII, 54, etc.). Il a « établi les ténèbres et la lumière » (VI, 1); il a fait du ciel « une voûte » (XXI, 32). Il a disposé « la nuit et le jour »; « la nuit, le soleil, la lune et les étoiles »; il a fait de la terre un « séjour stable », un « lit »; un « tapis ». Il a établi sur la terre des montagnes et des fleuves, des jardins et des fruits; le vent, porteur d'une pluie bienfaisante est une « annonce de sa miséricorde » (VII, 57) :

> N'est-ce pas lui qui a créé les cieux et la terre
> et qui, pour vous, a fait descendre du ciel une eau
> grâce à laquelle nous faisons croître
> des jardins remplis de beauté
> dont vous ne sauriez faire pousser les arbres?
> — Ou bien existe-t-il une divinité à côté de Dieu? —
>
> N'est-ce pas lui qui a établi la terre
> comme un lieu de séjour;
> qui a fait jaillir les rivières,
> qui a placé les montagnes sur la terre
> et une barrière entre les deux mers?
> — Ou bien existe-t-il une divinité à côté de Dieu? —
> (XXVII, 60-61)

Le Coran revient souvent sur le rôle primordial tenu par l'eau, dans la nature (voir : XXI, 30).

Dieu a donc créé tous les êtres vivants. Les merveilles de la nature sont considérées comme autant de « Signes », de témoignages de la puissance et de la bonté divines. Elles ont été créées pour l'homme et « mises à son service ».

---

* D. Masson, ouvrage cité, p. 123.

Adam est, dans le monde, le « lieutenant d'Allah ». Dieu a formé harmonieusement son corps à partir de la terre et « il a insufflé en lui de son Esprit » (XXXII, 9), puis il ordonna aux anges de se prosterner devant lui et c'est Adam qui leur enseigna les noms de tous les êtres (II, 30-33).

Le début de la Sourate IV fait allusion à la création d'Ève, sans toutefois retenir son nom. On lit :

> Ô vous les hommes!
> Craignez votre Seigneur
> qui vous a créés d'un seul être;
> puis, de celui-ci, il a créé son épouse
> et il a fait naître de ce couple
> un grand nombre d'hommes et de femmes.

La puissance créatrice intervient encore dans la procréation. Dieu forme l'embryon dans le sein de la femme; il dit :

> Nous déposons dans les matrices ce que nous voulons
> jusqu'à un terme fixé;
> puis nous vous en faisons sortir petits enfants,
> pour que vous atteigniez plus tard votre maturité.
> (XXII, 5)

Puis l'homme meurt au moment fixé par Dieu. « Dieu est celui qui fait vivre, qui fait mourir » (LIII, 44) et qui renouvellera l'univers entier lors de la Résurrection, considérée comme une « seconde création » (LIII, 47 et p. LXXVI).

Dieu a créé les anges à partir du « feu ». Le rôle des anges au ciel est de louer Dieu, « de célébrer ses louanges nuit et jour sans se lasser » (XXI, 20). Ils défendent le ciel contre les incursions indiscrètes des démons (XXXVII, 1-10) et « ils porteront le trône d'Allah » lors du Jugement dernier (XL, 7). Les anges servent souvent d'intermédiaires entre Dieu et les prophètes chargés de transmettre aux hommes les messages divins. C'est Gabriel qui est plus particulièrement envoyé au Prophète Muhammad. Son nom, sous la forme *Jibril,* paraît deux fois dans le Coran, mais il est parfois désigné sous le vocable : « l'Esprit » *al Rouh* (cf. XXVI, 192-195). On a déjà mentionné (p. XXIX) le rôle des armées célestes venues pour assurer la victoire des Musulmans sur les incrédules, lors de la bataille de Badr.

Deux anges écrivains se tiennent de chaque côté de l'homme : ils recueillent et enregistrent ses actions en vue du Jugement dernier (L, 17-18). Le Coran reconnaît encore leur pouvoir d'intercession auprès de Dieu en faveur des croyants (XXI, 28; XL, 7).

L'ange de la mort est mentionné une seule fois (XXXII, 11) mais il existe aussi des anges chargés de rappeler et de recueillir les hommes au moment de leur passage dans l'autre monde (VI, 61).

Enfin les anges apparaîtront au Jugement dernier (LXXXIX, 22). Ils accueilleront les élus en leur disant :

> « La paix soit sur vous!
> Entrez au Paradis,
> en récompense de vos actions. »
> (XVI, 32)

alors qu'ils « emporteront les incrédules »; qu'« ils frapperont leurs visages et leurs dos », en leur disant :

> « Goûtez le châtiment du Feu,
> pour prix de ce que vous avez fait »...
> (VIII, 50-51)

Dix-neuf anges sont en enfer « gardiens du Feu » (LXXIV, 30-31).

Dieu a également créé les démons, nommés parfois : *chayatin*, pluriel de *al Chaytan*, le Satan, le Démon, l'ennemi déclaré des croyants, et les djinns (*jinn*) déjà connus des temps préislamiques. Ces êtres mystérieux, forment, d'après le Coran, tout « un peuple » (XLVI, 29-31). Ils écoutent ce qui se dit au ciel (LXXII, 9); ils entendent la lecture du Livre sacré (XLVI, 29-31; LXXII, 1-15); certains d'entre eux ont la foi et d'autres sont incrédules; ils seront tous réunis au dernier jour et jugés en même temps que le genre humain; ils seront punis en raison du mal qu'ils auront fait à celui-ci (VI, 128). Ils ont la faculté de pénétrer à l'intérieur de l'homme : le malheureux est alors « possédé » par les djinns, *majnoun :* fou ou sorcier.

C. La Révélation.

Dieu, Créateur et Maître de l'univers a bien voulu se manifester aux hommes dans la mesure où ceux-ci peuvent le connaître et selon un mode adapté à leurs possibilités d'approcher le mystère, qui n'en demeure pas moins impénétrable. On lit dans le Coran :

> Si la mer était une encre
> pour écrire les paroles de mon Seigneur;
> la mer serait assurément tarie
> avant que ne tarissent les paroles de mon Seigneur,
> même si nous apportions encore
> une quantité d'encre égale à la première.
> (XVIII, 109)

> Si tous les arbres de la terre étaient des calames
> et si la mer, et sept autres mers avec elle
> leur fournissaient de l'encre,
> les Paroles de Dieu ne les épuiseraient pas
> (XXXI, 27)

Cependant, comme on l'a dit au début de cette *Introduction,* le Livre révélé au Prophète Muhammad est la réplique en « langue arabe claire » (XXVI, 195)* d'un archétype qui demeure au ciel, auprès de Dieu (XIII, 39), gravé sur « la Table gardée » (LXXXV, 22) et considéré comme « la Mère du Livre » (voir : III, 7, etc.). C'est un Livre « caché » (LVI, 78). Mais en passant par la bouche du Prophète, à qui a été donnée « la Science du Livre » (XIII, 43) il est devenu, pour les hommes : lumière, clarté, évidence, illumination, sagesse, direction. Chacun des versets qui le composent est considéré comme un miracle; il est, par conséquent, inimitable (voir p. XXXIX).

Cependant, Muhammad mentionne plusieurs fois la Tora, l'Évangile et les Psaumes (de David) qui ont apporté aux Anciens une direction et une lumière. Le Coran lui-même s'appuie sur ces premiers livres révélés : il est venu les compléter et confirmer les vérités qu'ils contiennent (voir p. XXXVIII). Les Musulmans sont invités à répéter :

> « Nous croyons en Dieu,
> à ce qui nous a été révélé;
> à ce qui a été révélé

* Au sujet des caractéristiques de la langue arabe en tant que « langue sacrée », voir L. Massignon : *L'arabe, langue liturgique de l'Islam : Opera Minora* II, pp. 543-546; *La syntaxe intérieure des langues sémitiques et le mode de recueillement qu'elles inspirent,* pp. 570-580.

à Abraham, à Ismaël, à Isaac,
à Jacob et aux tribus;
à ce qui a été donné à Moïse et à Jésus
à ce qui a été donné aux prophètes
de la part de leur Seigneur.
Nous n'avons de préférence pour aucun d'entre eux.
Nous sommes soumis à Dieu. »
(II, 136)

a. Les Prophètes.

Le Coran retient les noms de quelques prophètes de la Bible et relate un certain nombre d'épisodes les concernant. La Tradition musulmane est cependant unanime pour affirmer qu'il ne s'agit pas d'emprunts aux Livres des Anciens, mais que tout ce qui intéresse ces personnages a été directement révélé à Muhammad. On lit, en effet, à la suite de « l'histoire de Noé » :

Ceci fait partie des récits que nous t'avons révélés,
concernant le mystère.
Ni toi, ni ton peuple ne les connaissaient auparavant.
(XI, 49)*

En tout cas, et d'une façon générale, tous ces prophètes se sont conduits en parfaits « musulmans »; ils ont prêché le Dieu unique à des peuples polythéistes qui les ont accusés d'imposture.

Comme on l'a dit plus haut (p. XLVIII), deux d'entre eux sont nés grâce à une intervention directe du Créateur : ce sont Adam et Jésus.

La conception, dans des conditions humainement impossibles, de trois d'entre eux est annoncée par des anges : Abraham et sa femme, trop âgés pour engendrer auront un fils : Isaac; le vieux Zacharie dont la femme est stérile, sera le père de Jean (XIX, 1-15); la Vierge Marie sera la mère de Jésus (XIX, 16-22).

Quatre personnages, au temps de leur jeunesse, échappent à la mort grâce à une intervention providentielle. Abraham est ainsi arraché à la fournaise dans laquelle l'avaient précipité des polythéistes dont il détruisit les idoles (XXI, 69); le jeune Joseph est retiré du puits où

* Voir XII, 102 : la même remarque au sujet de l'histoire coranique de Joseph.

ses frères jaloux l'avaient jeté pour se débarrasser de lui (XII, 15, 19); Moïse enfant est recueilli alors que la nacelle qui le portait était abandonnée aux caprices du « fleuve » (XX, 39-40); Marie qui a enfanté au désert voit surgir une source et des dattes qui sauvent sa vie et celle de son fils (XIX, 24-25). (Agar, enceinte d'Ismaël, s'était elle aussi enfuie au désert où, d'après la Genèse (XVI, 7-14) un ange la rencontra auprès d'une source.)

Le Prophète qui tient une place privilégiée dans le Coran est Jésus, fils de Marie. Maryam est le seul nom propre féminin retenu par le Coran. Les autres « femmes » ne sont pas nommées; qu'il s'agisse de la femme d'Adam, des femmes d'Abraham, de celles de Jacob, de la femme de Loth ou de celle de Zaïd. L'expression : « Jésus, fils de Marie », revient treize fois; Jésus, le Messie, fils de Marie, trois fois, etc.* Ces deux créatures sont l'objet de grâces spéciales. Dieu dit :

> « Du fils de Marie et de sa Mère,
> nous avons fait un Signe. »
> (XXIII, 50; cf. XXI, 91)

Trois Sourates particulièrement, rappellent par leurs titres et leur contenu, des données connues de la Tradition chrétienne : la Sourate V, intitulée : « La Table servie » en souvenir du miracle caractéristique accompli par Jésus; la Sourate III, intitulée : « La famille de 'Imran** » et la Sourate XIX qui porte la suscription : « Marie*** ». Celle-ci relate aussi l'histoire de Zacharie père de Jean (Baptiste).

Des épisodes concernant la vie de Marie, le Coran a retenu sa nativité et son séjour au Temple (III, 33-37) :

> Les anges dirent :
> « O Marie!
> Dieu t'a choisie, en vérité;
> il t'a purifiée,
> il t'a choisie
> de préférence à toutes les femmes de l'univers.
> (III, 42)

---

* Voir D. Masson, ouvrage cité, p. 311.

** C'est-à-dire : la famille de Moïse à laquelle se rattachent Marie, sa sœur et Marie, la mère de Jésus.

*** D. Masson, ouvrage cité, p. 309-310.

Mais la Sourate XIX, parallèlement à l'histoire de la naissance de Marie, consacre ses quinze premiers versets à la venue au monde de Jean, fils de Zacharie. Cette même Sourate relate ensuite l'annonce faite par l'ange ou l'Esprit à la Vierge Marie de la conception miraculeuse de Jésus, puis elle raconte sa naissance au désert (XIX, 16-34) dans les circonstances auxquelles on vient de faire allusion. Le Coran fait dire à Jésus enfant :

> « Je suis, en vérité, le serviteur de Dieu.
> Il m'a donné le Livre;
> il a fait de moi un prophète;
> il m'a béni, où que je sois.
> Il m'a recommandé la prière et l'aumône »...
> (XIX, 30-31)

Dès le berceau, « il parle comme un vieillard »; encore enfant, « il crée des oiseaux » en utilisant « de la terre », comme on le voit déjà dans l'Évangile apocryphe de Thomas ainsi que dans des textes éthiopiens* et, plus tard il accomplira des miracles (voir V, 110) dont le principal est celui de « la Table servie », descendue du ciel à la demande des apôtres; miracle auquel les hommes doivent croire sous peine d'un châtiment exemplaire (V, 115). Le Coran rappelle les doutes des Juifs au sujet de sa crucifixion et de sa mort (IV, 157). On suppose qu'il ressuscitera et sera élevé au ciel, comme Jean, avec une bénédiction particulière**, mais conformément à ce qui se passera pour les autres mortels. Enfin, Jésus apparaîtra au moment du Jugement dernier, comme une « annonce » ou « un signal de l'Heure » (XLIII, 61) et il sera un « témoin » accablant pour « les gens du Livre » (IV, 159).

Voici maintenant, suivant l'ordre de leur apparition dans l'Ancien Testament, les personnages retrouvés dans le Coran.

Adam, le premier homme, a donc été créé par Dieu « de la terre » (III, 59), constitué « lieutenant », calife d'Allah (II, 30); à l'heure de sa création, les anges ont dû se prosterner devant lui. Dieu le place avec son épouse

---

* Cf. III, 49 et note 2.

** La même formule est utilisée à propos de Jésus et de Jean en XIX, 33 et 15.

dans le Jardin en leur interdisant de s'approcher de l'Arbre (VII, 19); le Démon les tente en leur montrant « l'Arbre d'immortalité », ils en goûtent et ils sont exclus du Paradis. Dès lors, les hommes issus de ce premier couple humain seront « ennemis les uns des autres » (XX, 120-123). Le Coran, en effet, retrace l'histoire des « deux fils d'Adam » et du meurtre de l'un d'entre eux (V, 27-32), (les auteurs musulmans les appellent : *Qabil* (Caïn) et *Habil* (Abel)); il ajoute :

> Voilà pourquoi nous avons prescrit aux fils d'Israël :
> « Celui qui a tué un homme (injustement)...
> est considéré comme s'il avait tué tous les hommes
> et celui qui sauve un seul homme
> est considéré comme s'il avait sauvé tous les hommes. »
> (V, 32)

On a établi des rapprochements entre 'Idris du Coran et Hénok, descendant de Seth, d'après la Bible; tous deux « élevés » ou « enlevés » au ciel. (Comparer : Coran, XIX, 56-57 et Genèse V, 24.)

Noé est un prophète dont l'histoire est contée dans la Sourate XI (versets 25-49) : il est « dirigé par Allah »; envoyé à son peuple comme « avertisseur explicite »; il fait profession de foi monothéiste; il est « soumis à Dieu » (musulman); il annonce aux incrédules « le tourment d'un Jour douloureux », mais ceux-ci l'attaquent dans les termes mêmes que les adversaires du Prophète Muhammad utiliseront contre celui-ci : « Nous ne voyons en toi qu'un mortel semblable à nous » et ils le traitent de menteur. Noé répond, comme le fera Muhammad :

> « Je ne vous dis pas :
> " Je possède les trésors de Dieu "...
> (voir p. XXXIV)

Dieu lui ordonne de construire le vaisseau qui le sauvera du déluge, lui et sa famille, à l'exception d'un de ses fils. L'eau est ensuite « absorbée » : l'arche s'arrête « sur le Mont Joudi » et Noé descend avec la bénédiction divine, pour lui et sa postérité. Comme la Genèse (IX, 29), le Coran (XXIX, 14) le fait mourir à l'âge de 950 ans.

Abraham, patriarche, prophète et « ami de Dieu » inaugure une période nouvelle dans l'histoire de la

Révélation*. Désormais, les Sémites invoqueront le Dieu UN, comme étant : « le Dieu d'Abraham, d'Isaac et de Jacob » et le Coran reprend plusieurs fois des formules analogues (II, 136, etc.). Abraham est communément reconnu comme « le Père des croyants monothéistes ». Le Coran souligne que « la religion d'Abraham » consiste essentiellement à se « soumettre » parfaitement à Dieu; il fait de lui le fondateur de la Kaʿba et des pratiques cultuelles qui sont encore observées de nos jours. (La prière malikite pour les morts continue à mentionner son nom.)

La tradition judéo-chrétienne attache une grande importance à son émigration d'Ur en Chaldée; le Coran dit seulement qu'il « s'éloigna de son père et des idolâtres » (XIX, 46-48), mais il insiste sur les raisons de cette séparation. Le jeune Abraham avait détruit les idoles; leurs adorateurs le précipitèrent dans la fournaise, mais le feu se changea miraculeusement en « fraîcheur » (XXI, 69). C'est alors que Dieu le dirigea « vers une terre bénie » (XXI, 71).

Le Coran raconte l'épisode des « hôtes d'Abraham » qui ne sont autres que les anges venus lui annoncer la bonne nouvelle de la naissance d'Isaac. Sa femme en rit et elle dit :

> « Malheur à moi!
> Est-ce que je vais enfanter,
> alors que je suis vieille,
> et que celui-ci, mon mari, est un vieillard?
> Voilà vraiment une chose étrange! »
>
> (XI, 72)

mais l'ordre de Dieu s'accomplit.

Le crime et le châtiment de Sodome sont retenus, bien que le nom de la cité coupable ne soit pas mentionné; on sait aussi que Loth fut sauvé et que sa femme périt.

Le Coran consacre plusieurs textes au sacrifice du « fils d'Abraham » sans désigner celui-ci nominalement. (Contrairement au donné biblique, les auteurs musul-

---

* Voir L. Massignon : *Les trois prières d'Abraham, seconde prière* (1935); *Les trois prières d'Abraham, Opera Minora* III, pp. 804-816; Y. Moubarak : *Abraham dans le Coran.*

mans auraient tendance à croire que le fils immolé était Ismaël.) Mais Dieu arrêta le couteau du sacrifice et il dit : « Nous avons racheté » le fils d'Abraham « par un sacrifice solennel » (XXXVII, 107). Voilà pourquoi les Musulmans ont conservé la coutume d'immoler un mouton le Xe jour du mois du pèlerinage, perpétuant ainsi le souvenir du sacrifice d'Abraham.

Isaac fut un enfant « doux de caractère » (XXXVII, 101), « prophète parmi les justes » (XXXVII, 112). Dieu dit :

« A Abraham nous avons donné Isaac et Jacob
puis nous avons établi pour sa descendance
la prophétie et le Livre. »
(XXIX, 27)

Le Coran cite Ismaël parmi les prophètes qu'Allah a dirigés « dans la voie droite » et qu' « il a élevés au-dessus des mondes » (VI, 84-86). Allah dit à Muhammad :

« Mentionne Ismaël dans le Livre;
il était sincère en sa promesse;
ce fut un apôtre et un prophète.

Il ordonnait à sa famille la prière et l'aumône;
il était agréé par son Seigneur.
(XIX, 54-55)

Le Coran retient encore le nom de Jacob, fils d'Isaac et petit-fils d'Abraham, et, seul parmi les douze fils de Jacob, celui de Joseph. L'histoire de ce dernier est racontée dans les cent onze versets de la Sourate qui lui est consacrée (Sourate XII).

Le Joseph du Coran, tout comme celui de la Bible, eut un rêve dont le récit irrita ses frères. Ceux-ci, sous l'empire de la jalousie, le précipitèrent dans un puits et firent croire à leur père qu'un « loup » avait dévoré l'enfant. Des voyageurs le découvrirent et l'emmenèrent en Égypte où il fut recueilli et élevé par la femme du grand intendant. Lorsqu'il fut parvenu à l'âge d'homme, celle-ci s'éprit de lui, puis elle le calomnia; il fut jeté en prison. Ses compagnons de captivité s'aperçurent qu'il était capable d'interpréter les songes. Le roi le libéra et lui confia « l'intendance de tous les dépôts du pays d'Égypte ». La famine poussa bientôt ses frères à venir s'approvisionner auprès de lui. Joseph les reconnut aussitôt, mais ce n'est qu'après plusieurs épreuves qu'il consentit à se faire reconnaître. Il fit enfin venir son vieux père qui recouvra miraculeusement la vue au contact de la tunique de son fils bien-aimé qu'il avait cru perdu et qu'il retrouvait. Joseph fit alors « monter son père et sa mère sur le trône » et ses frères se prosternèrent devant eux. (C'était la réalisation du songe prophétique de sa jeunesse.)

Joseph, lui aussi, est déclaré « soumis à Dieu », musulman. Son histoire coranique a fait l'objet, comme celle de Noé, d'une révélation particulière au Prophète Muhammad (voir p. LII).

Alors qu'Abraham est « l'ami de Dieu », le Moïse de la Tradition musulmane est, par excellence, « l'interlocuteur de Dieu »; « celui à qui Dieu a réellement parlé » (IV, 164); comme on parle « à un confident » (XIX, 52).

Quand il était encore petit enfant, et pour le sauver d'un massacre général, Allah révéla à sa mère :

> « Jette-le dans le coffret,
> puis jette celui-ci dans le fleuve
> pour que le fleuve le rejette sur la rive. »
> (XX, 39)

Mais il fut recueilli et élevé ensuite par la famille de Pharaon (comme l'avait été Joseph). Dieu lui accorda « la sagesse et la science » (XXVIII, 14). La Sourate XXVIII (versets 1-28) raconte comment il tua un habitant du pays pour défendre un de ses « frères », puis les circonstances de sa fuite au pays de Madian où il rencontra sa future épouse auprès d'un puits. Mais, comme l'avait fait le Jacob de la Bible qui, lui, travailla deux fois sept ans dans des conditions analogues (Gen., XXIX) il dut servir durant dix ans le père de la jeune fille avant de la prendre pour femme.

Le Coran revient trois fois sur l'épisode du feu aperçu « du côté du Mont » (XXVIII, 29) dans la vallée où il entend une voix :

> « Ô Moïse!
> Je suis, en vérité, ton Seigneur!
> Ôte tes sandales;
> tu es dans la vallée sainte de Tuwa.

Je t'ai choisi!
Écoute ce qui t'est révélé :
Moi, en vérité, je suis Dieu.
Il n'y a de Dieu que moi!
Adore-moi donc!
Observe la prière en invoquant mon nom!

Oui, l'Heure approche...
pour que chacun soit rétribué d'après ses actes. »
(XX, 11-15)

La suite de cette même Sourate décrit le miracle du bâton changé en serpent, de la main couverte de lèpre, puis guérie. Muni de ces Signes, Moïse est alors envoyé, ainsi que son frère Aaron, à Pharaon. Mis en présence de celui-ci il renouvelle le double miracle; il est confronté avec les magiciens et il l'emporte sur eux (XXVI, 31-51). Mais les Égyptiens s'obstinent dans leur incrédulité malgré les « neuf Signes manifestes » (XVII, 101) et les châtiments divins ainsi énumérés : « inondation, sauterelles, poux, grenouilles et sang » (VII, 133). Dieu, finalement, révéla à Moïse : « Pars de nuit avec mes serviteurs » (XXVI, 52). La mer se retira pour les laisser passer « à pied sec » (XX, 77) mais les armées de Pharaon périrent dans les eaux qui avaient repris leur cours normal. Le peuple hébreu vécut quarante ans au désert (V, 26). Dieu le nourrissait en lui envoyant « la manne et les cailles » (XX, 80-81) et Moïse, frappant un jour « le rocher » de son bâton, en fit jaillir douze sources (II, 60).

Moïse se rendit enfin à « la rencontre de Dieu », tandis que le peuple séjournait aux abords du mont Sinaï :

Lorsque son Seigneur se manifesta sur le Mont,
il le mit en miettes
et Moïse tomba foudroyé.

Lorsqu'il se fut ressaisi, il dit :
« Gloire à toi!
Je reviens à toi!
Je suis le premier des croyants! »

Le Seigneur dit :
« Ô Moïse!
Je t'ai choisi de préférence à tous les hommes
pour que tu transmettes mes messages et ma Parole »...
(VII, 143-144)

et c'est alors que Dieu remit à Moïse les « tables » (VII, 145). Le contenu des Tables de la Loi, c'est-à-dire les dix commandements, se retrouvent en divers passages du Coran sans référence à la révélation mosaïque. En effet, le culte du Dieu unique y est prêché à chaque page; le croyant doit éviter « la souillure des idoles » (XXII, 30); il ne doit pas invoquer vainement le nom de Dieu dans ses serments (II, 224). Il doit être bon envers ses parents (XVII, 23); ne pas tuer ses semblables (IV, 93). L'adultère (XXIV, 2) et le vol (V, 38) sont sévèrement punis; le mensonge interdit (XXII, 30) ainsi que l'envie (IV, 32) et la calomnie (XXIV, 15).

« La rencontre » de Moïse avec Dieu dura quarante jours (VII, 142). Le peuple israélite profita de son absence pour fabriquer une idole en forme de « veau mugissant »; mais ce veau « ne leur répondait pas; il ne pouvait ni leur nuire, ni leur être utile » (XX, 88-89). Moïse, dans sa colère, « jeta à terre les Tables » [de la Loi] (VII, 150) et il fit « brûler » l'idole (XX, 97). Dieu pardonna ensuite cet égarement (IV, 153) et maintint l'alliance contractée avec son peuple (II, 63-64). La Sourate II est intitulée : « la Vache » et elle consacre les versets 67-71 à la description de la vache que le peuple doit immoler à Dieu.

Puis « la très belle promesse » divine s'accomplit : les fils d'Israël reçurent en héritage « la Terre bénie » (VII, 137), « la Terre sainte de Dieu » (V, 21).

Le Coran ajoute à ces récits qui rappellent la Bible, la relation d'un voyage accompli par Moïse en compagnie d'un « serviteur de Dieu » appelé *Khadir* par la Tradition musulmane. Celui-ci soumet son disciple à des épreuves pleines d'enseignements (XVIII, 60-82).

Le Coran cite Coré et Haman avec Pharaon parmi ceux qui se montrèrent « orgueilleux sur la terre » et qui s'opposèrent à Moïse. Pharaon dit :

> « Ô Haman !
> Allume-moi du feu sur la glaise.
> Construis-moi une tour
> peut-être, alors, monterai-je
> jusqu'au Dieu de Moïse »...
> (XXVIII, 38)

Ce texte rappelle sans doute la Tour de Babel. La Bible connaissait déjà la richesse fabuleuse de Coré, et la façon dont il périt, englouti par la terre (comparer Coran : XXVIII, 76-82 et Nombres : XVI).

Le Coran consacre aussi quelques pages aux trois premiers rois d'Israël : Saül (*Talout*), David (*Dawd*) et Salomon (*Sulaïman*).

Les Anciens du peuple d'Israël demandèrent à leur prophète de leur désigner un roi. Celui-ci leur dit : « Dieu vous a envoyé Saül comme roi »... Puis, le Saül coranique, comme le Gédéon de la Bible, soumet ses troupes à l'épreuve de la rivière où les hommes ne peuvent calmer leur soif que sous certaines conditions; ils sont prêts ensuite à marcher contre « Goliath (*Jalout*) et son armée »; mais c'est David qui tua Goliath (cf. II, 246-251).

Dieu « a donné les Psaumes à David » (XVII, 55); il les lui a inspirés; c'est ainsi que David prête sa voix à toute la création pour célébrer les louanges du Créateur. Allah dit :

> « Nous lui avons soumis les montagnes
> pour qu'elles célèbrent avec lui nos louanges
> soir et matin
> ainsi que les oiseaux, rassemblés autour de lui...
>
> Nous avons affermi sa royauté,
> nous lui avons donné la Sagesse
> et l'art de prononcer des jugements »...
> (XXXVIII, 18-20)

Les versets suivants (21-25) contiennent l'apologue du possesseur de 99 brebis qui voulait encore s'emparer de l'unique brebis d'un pauvre homme. (Ceci, d'après le IIe livre de Samuel (XII, 1-15) appartient au prophète Nathan qui reprochait à David de s'être approprié la femme d'Urie.) Le Coran dit seulement que David « demanda pardon à son Seigneur », sans parler de sa faute. David, comme Adam (II, 30), est le « lieutenant de Dieu » sur la terre (XXXVIII, 26). David et Salomon bénéficièrent d'une science spéciale et ils disaient :

> « Louange à Dieu qui nous a préférés
> à beaucoup de ses serviteurs croyants »...
> (XXVII, 15)

Salomon hérita de David (XXVII, 16). Il comprenait le langage des oiseaux et des fourmis; ses armées étaient composées « de djinns, d'hommes et d'oiseaux » (XXVII, 17). Allah dit :

Nous avons soumis le vent à Salomon...
nous avons fait couler pour lui la source d'airain.

Certains djinns étaient à son service
— avec la permission de son Seigneur —...
Ils fabriquaient pour lui ce qu'il voulait :
des sanctuaires, des statues
des chaudrons grands comme des bassins
et de solides marmites.

(XXXIV, 12-13)

Un jour, « la huppe » lui parla de la reine des Saba'; celle-ci vint lui rendre visite; elle fut remplie d'admiration pour les richesses et les pouvoirs miraculeux du roi Salomon; elle renonça au polythéisme et se soumit « au Seigneur des mondes » (XXVII, 15-44).

Après sa mort, le cadavre de Salomon resta quelque temps debout, appuyé sur son bâton (XXXIV, 14).

Telle est l'histoire de ce roi sage, savant, thaumaturge, architecte et possesseur de richesses considérables.

Le Coran n'a pas retenu les noms des « grands prophètes » d'Israël. Il mentionne seulement : Élie, Élisée, Jonas et Job.

Élie est cité avec Zacharie, Jean et Jésus au nombre des « justes » ou des saints (VI, 85) et il est prophète. Il dit aux incrédules :

« Ne craindrez-vous pas Dieu?
Invoquerez-vous Ba'al?
Délaisserez-vous le meilleur des créateurs?
Dieu, votre Seigneur,
le Seigneur de vos premiers ancêtres? »

Ils le traitèrent de menteur...
(XXXVII, 124-127)

Élisée (*'Alyasa'*), avec Ismaël et *Dhou al Kifl* sont « les meilleurs parmi les prophètes » (XXXVIII, 48). Ismaël, Élisée, Jonas et Loth ont été élevés « au-dessus des mondes » (VI, 86).

Le prophète Jonas est « l'homme au poisson » (LXVIII, 48 et XXI, 87). Le Coran résume son histoire en des termes qui rappellent le Livre de la Bible qui porte son nom (cf. XXXVII, 139-148).

La Sourate XXXVIII (41-44) dépeint en quatre versets les traits essentiels du caractère et du comportement de Job, exemple typique du « Juste » souffrant, serviteur modèle du Très-Haut.

Deux légendes chrétiennes sont retenues par le Coran : celle des martyrs du Najran : « les hommes du Fossé » (voir LXXXV, 4-9, et p. XXIV) et celle des « hommes de la Caverne », autrement dit, des « Sept Dormants d'Éphèse » (XVIII, 9-26).*

La Sourate XVIII (83-98) relate l'histoire de *Dhou al Quarnaïn* qui rappelle par quelques traits les légendes concernant Alexandre le Grand**. Les noms de Gog et Magog qui paraissent dans ce récit (voir verset 94 et la note) sont connus de la Bible.

Luqman qui a donné son nom à la Sourate XXXI a reçu de Dieu la Sagesse (XXXI, 12). Il adresse à son fils un discours qui contient l'essentiel des conseils qu'Ahikar l'Assyrien donnait déjà au sien, cinq siècles avant notre ère; conseils de prudence, de modération, de discrétion (voir versets 12-19 et les notes).

Le Coran cite encore les noms de trois prophètes purement arabes : *Houd,* prophète de *'Ad, Çalih* envoyé au peuple de *Thamoud* et *Chu'aïb* à *Madian****.

Il s'agit, chaque fois, d'un prophète issu du peuple même auquel il s'adresse; peuple idolâtre auquel le prophète prêche le Dieu unique; tous trois furent traités de menteurs et leurs détracteurs punis. Houd et Chu'aïb disent, comme Muhammad : « Craignez Dieu et obéissez-moi » (XXVI, 126, 179); Chu'aïb recommande l'honnêteté dans le commerce (VII, 85). Çalih s'adresse au peuple de Thamoud qui habite au nord de l'Arabie des

---

* Voir XVIII, 9, note 1.

** Voir XVIII, 83 et note.

*** On renvoie le lecteur aux notes de la présente traduction : Sourate VII : pour Houd : verset 65, note 2; pour Çalih : verset 73, note 1; pour Chu'aïb : verset 85, note 1.

demeures creusées dans les montagnes (VII, 74; XXVI, 149). Il intervient au sujet d'une chamelle indûment sacrifiée (VII, 77, etc.).

D'après le Coran, les « avertissements » divins se sont donc fait entendre souvent au cours des siècles. Dieu, en effet, a envoyé « un prophète à chaque communauté » (X, 47); « un témoin » qui les accablera au Jour du Jugement (XVI, 89); un « Livre » a été donné « pour chaque époque bien déterminée » (XIII, 38). Mais ces prophètes ont toujours rencontré l'opposition des incrédules. Allah dit :

> « Nous avons suscité à chaque prophète
> un ennemi parmi les coupables. »
> (XXV, 31)

Tous ces prophètes étaient des hommes inspirés, mais ils n'étaient pas immortels (XXI, 7-8). Dieu dit encore à Muhammad :

> « Nous n'avons envoyé aucun prophète avant toi,
> sans lui révéler :
> " Il n'y a de Dieu que moi,
> adorez-moi !" »
> (XXI, 25)

La Sourate XXXVII se termine ainsi :

> Paix aux prophètes!
> Louange à Dieu,
> le Seigneur des mondes!
> (XXXVII, 181-182)

b. Les lois.

Le culte.

Dieu a parlé aux hommes par ses prophètes et il leur a exprimé ses volontés concernant le culte qu'ils doivent lui rendre et les lois qui règlent les actes humains; l'observance des pratiques religieuses et l'accomplissement des œuvres bonnes étant les moyens donnés à l'homme pour « revenir » vers Dieu qui l'a créé et accéder à la vie future, au bonheur sans fin.

Le Coran, fondement essentiel du dogme et de la loi, formule également les obligations auxquelles tout Musulman est astreint*.

La foi islamique, comme il ressort des pages précédentes, consiste à croire en un Dieu unique, Créateur de tout ce qui existe; Créateur des hommes, des anges et des démons; il faut croire que Muhammad est le Prophète de Dieu par excellence et que le Coran contient dans son texte toute la vérité; il faut, en outre, attendre le Jugement dernier et la vie future :

> L'homme bon est celui qui croit en Dieu,
> au dernier Jour, aux anges,
> au Livre et aux prophètes.
> (II, 177)

Les Musulmans ramènent généralement les obligations religieuses au nombre de cinq :
la profession de foi,
la prière,
le jeûne,
l'aumône,
le pèlerinage.

La première partie de la profession de foi : « il n'y a de Dieu qu'Allah » revient souvent dans le Coran. La seconde partie : « et Muhammad est le Prophète d'Allah » a été ajoutée par la Tradition.

Le Coran pose, d'une façon générale, la nécessité de la prière :

> « Célèbre les louanges de ton Seigneur
> et demande-lui pardon. »
> (CX, 3)

> Invoquez votre Seigneur
> humblement et en secret.
> Il n'aime pas les transgresseurs,
> (VII, 55)

---

* Il convient de remarquer que les sujets sont traités ici uniquement en fonction du Coran. Le lecteur trouvera les informations voulues sur le développement du dogme, du culte, du droit, de la « morale » dans les ouvrages spécialisés dont les principaux titres sont donnés dans la bibliographie sommaire du présent ouvrage.

il n'aime pas non plus les hypocrites qui prient avec indolence ou ostentation, sans penser à Dieu (IV, 142); mais il dit au croyant :

> « Souviens-toi de ton Seigneur,
> en toi-même, à mi-voix
> avec humilité, avec crainte,
> le matin et le soir. »
>
> (VII, 205)

Outre cette indication sur ces deux moments de la prière, le Coran fait encore allusion à la prière du milieu du jour (II, 238) et aux prières nocturnes, comme on l'a vu plus haut (p. xxxv) à propos de la piété de Muhammad. La prière est une obligation stricte pour tout croyant et pour toute croyante; elle doit être faite à « des moments déterminés » (IV, 103). L'obligation particulière d'assister à la prière plus solennelle dite chaque vendredi vers une heure de l'après-midi, est stipulée dans la Sourate intitulée précisément : « le Vendredi » (voir LXII, 9-10 et p. XXVIII). La Tradition musulmane a maintenu cinq prières quotidiennes obligatoires. (La prière et l'aumône sont souvent citées ensemble par le Coran comme étant les devoirs essentiels des croyants.)

Bien que :

> la piété ne consiste pas à tourner votre face
> vers l'orient ou vers l'occident,
>
> (II, 177)

le Musulman devra se tourner vers la Mekke pour prier :

> « Tourne donc ta face
> dans la direction de la Mosquée sacrée.
> Où que vous soyez,
> tournez votre face dans sa direction. »
>
> (II, 144)

Les attitudes actuellement observées durant la prière rituelle sont indiquées par le Coran lorsqu'il désigne les croyants comme « ceux qui s'inclinent et ceux qui se prosternent » (IX, 112, etc.). La prière, le jeûne et le pèlerinage ne sont valables que s'ils sont accomplis en état de pureté légale. On trouve dans la Sourate V (verset 6) des indications sur les ablutions rituelles. Le texte qui reparaît plusieurs fois dans chaque prière quotidienne est la première Sourate, « la Fatiha ». Le

Coran, en plus de ces prières « canoniques », recommande la prière spontanée, les prières dites en certaines circonstances; il fait mention de prières pour les morts récitées sur les tombes; enfin la lecture ou récitation du Livre sacré était connue du temps même du Prophète.

L'obligation et la pratique du jeûne durant tout le mois de Ramadan sont nettement indiquées dans la Sourate II. Il faudra tout d'abord que quelqu'un ait vu la nouvelle lune pour être sûr que le mois commence vraiment. Le croyant devra s'abstenir de manger et de boire depuis le lever du soleil jusqu'à son coucher. Certains cas de dispense sont prévus, mais celui qui en aura profité devra « jeûner ensuite un nombre égal de jours » (II, 185).

Les interdictions alimentaires maintenues en Islam portent en définitive sur le porc, comme dans la Loi juive; le sang, et par conséquent sur toute viande non saignée, selon ce qui fut prescrit à Noé (Gen. IX, 4); la chair des animaux sacrifiés à des divinités étrangères*. La chair d'un animal ne peut être consommée que si celui-ci a été immolé au nom d'Allah. Le poisson et le gibier sont néanmoins permis. Le vin et toute boisson fermentée sont interdits.

Le Coran place, parmi les obligations religieuses, l'aumône sur le même rang que la prière. Il utilise concurremment les deux termes : *zaka* et *çadaqa,* le premier concernant plutôt l'aumône légale et le second, l'aumône spontanée. La Tradition musulmane a établi ensuite une nette distinction entre l'une et l'autre. La *zaka* a été assimilée à la « dîme ». Les produits de l'aumône doivent subvenir aux besoins des pauvres, de ceux qui les recueillent et les distribuent, des nouveaux convertis à l'Islam; ils serviront à la libération des esclaves, au paiement des dettes contractées par les croyants; ils aideront ceux qui luttent pour l'Islam ainsi que les voyageurs (IX, 60). L'homme pieux est celui qui « donne de son bien pour se purifier » (XCII, 18). Boukhari ajoute : « Dieu fit de la *zaka* une purification de la fortune** ». Certaines

---

* Cette interdiction préoccupait encore les Chrétiens au temps de Paul (cf. *I Cor.* VIII, 7-10).

** Boukhari, *Traditions,* tome I, chapitre : *Obligation de la zaka.*

conditions morales sont en outre exigées. On lit dans le Coran :

> Si vous donnez vos aumônes d'une façon apparente,
> c'est bien.
> Si vous les cachez pour les donner aux pauvres,
> c'est préférable pour vous.
> Elles effaceront vos mauvaises actions...
> Ce que vous dépensez en aumônes
> vous sera exactement rendu,
> vous ne serez pas lésés.
> (II, 271-272).

> Une parole convenable et un pardon
> sont meilleurs qu'une aumône suivie d'un tort.
> (II, 263)

Le prophète Isaïe (II, 2-3) voyait déjà toutes les nations affluer vers le Mont où s'élevait le Temple de Iahvé. Les Israélites devaient, en effet, se réunir plusieurs fois par an à Jérusalem. Le sens profond du pèlerinage est le retour au centre, symbolisant le retour final de tous les hommes vers Dieu. C'est ainsi que les croyants se retrouvent chaque année dans un lieu de pèlerinage (*maqam*) pour accomplir ensemble les rites dictés par leur foi. La région désignée par la Tradition et les cultes ancestraux est alors considérée comme « le nombril » de la terre et le site « le plus élevé », sinon en altitude, du moins en dignité*.

On a déjà vu (p. xxx) que le Prophète Muhammad détruisit les idoles de la Mekke afin que la Ka'ba ne serve plus, désormais, qu'aux adorateurs du Dieu unique qui devront jusqu'à la fin des temps se tourner, pour prier et pour immoler des victimes, dans la direction de la Mekke, « la Mère des cités » (VI, 92 et XLII, 7). L'accès de ce territoire sera désormais interdit aux infidèles (IX, 28; voir p. xxxi). La mosquée sacrée, construite par Abraham et Ismaël (II, 127, etc. et p. LVI) revenait ainsi à sa destination première. Les Musulmans cependant, continuèrent à observer les anciens rites : les circuits autour de la « maison sacrée »; l'immolation des victimes (voir XXII, 26, 28-30 et p. XXII) et ils ont

* Voir D. Masson, ouvrage cité, p. 500 et n. 147 ; L. Massignon, *Le pèlerinage, Opera Minora* III, p. 821; Mircea Éliade, *Traité d'Histoire des Religions* (1949), p. 203 s., 321-329.

maintenu les anciennes coutumes relatives à l'état de sacralisation : *'ihram**. Le pèlerinage a lieu à une époque déterminée (XXII, 28).

Il incombe à tous les Musulmans de lutter pour la défense ou l'expansion de l'Islam. Cette guerre s'appelle en arabe : *jihad* mot qui, d'après son étymologie, signifie : « effort tendu vers un but déterminé », d'où son emploi ultérieur dans un sens moral. Dieu dit aux croyants : « le combat vous est prescrit » (II, 216) :

> Combattez les polythéistes totalement
> comme ils vous combattent totalement.
> (IX, 36)

Tous les biens de ce monde, y compris femmes et enfants, ne comptent plus lorsque le croyant est appelé « au combat dans le chemin d'Allah » (IX, 24). L'expression « chemin d'Allah » revient une trentaine de fois dans le Coran, associée à l'idée de *jihad*. Les combattants sont, par excellence, des témoins, *chuhada*. Dieu leur réserve sa miséricorde; le Paradis leur est promis. On lit :

> « Ne dites pas
> de ceux qui sont tués dans le chemin de Dieu :
> « Ils sont morts ! »
> Non !
> Ils sont vivants. »
> (II, 154; cf. III, 169)

Les actes humains.

La révélation coranique, tout orientée sur des perspectives eschatologiques, ne s'appesantit pas sur la valeur morale des actes humains. Quiconque cherche à savoir si une véritable éthique ressort du Livre sacré, se heurte tout d'abord à un dilemme insoluble. Dieu est le Créateur universel de tout ce qui existe. Rien ne se passe, où que ce soit, sans son intervention expresse; mais, d'autre part, il récompense et il punit les actions des hommes en toute rigueur et exactitude.

Le Coran emploie volontiers le verbe « acquérir » et

---

* Cf. II, 196-197; V, 1-2; D. Masson, ouvrage cité, p. 531-540.

ses dérivés* avec le sens d'« accomplir », pour les actes que l'homme pose en vue de la rétribution future, celle-ci étant considérée comme le « salaire » (*'ajr*) des actions accomplies ici-bas. Louis Gardet, se plaçant dans la perspective des docteurs de l'Islam, écrit : « C'est l'imputation juridique des actes « *acquis* » par l'homme qui entraîne le problème de la récompense et du châtiment. Car Dieu a décrété que tels actes, par lui ordonnés, seraient récompensés et tels autres, par lui interdits, châtiés... La récompense divine... est une « pure faveur » et le châtiment une « pure justice », en ce sens que l'obéissance ne saurait impliquer de soi récompense, ni la désobéissance punition. Obéissance et désobéissance ne sont que des « signes » qui indiquent la récompense pour celui qui obéit et le châtiment pour le réprouvé. A tel point que si Dieu voulait punir l'obéissance et récompenser la désobéissance, il ne saurait y avoir injustice de sa part, car il n'y a pas à lui demander compte de ce qu'il fait** ». On peut dire, en gros, que d'après les Musulmans : le bien est ce que Dieu commande, le mal est ce qu'il interdit. Le péché est donc considéré comme une désobéissance à la loi; un manquement qui peut être compensé de différentes façons, prévues à l'avance en application de règles quasi juridiques. L'Islam ne s'est pas arrêté à la notion métaphysique qui identifie Dieu avec le « Bien » absolu***. On retrouve dans le Coran, comme on l'a déjà remarqué plus haut (p. LX), l'essentiel des commandements dictés, d'après la Bible, à Moïse sur le mont Sinaï.

L'homme bon, d'après le Coran, ou plutôt l'homme *juste*****, est celui qui remplit parfaitement et en toute sincérité ses obligations religieuses; celui qui observe aussi les prescriptions qui régissent sa vie familiale et sa vie sociale, de membre de la « Communauté des croyants ». Celui qui se soumet en toutes choses à Dieu, c'est-à-dire le parfait « musulman » (*muslim*) et le « croyant » (*mu'min*) : celui qui est patient, constant,

---

* Voir *note clé* à ce mot.

** L. Gardet : *La mesure de notre liberté* (Tunis, 1945), p. 45 et 53. — Cf. *Dieu et la destinée de l'homme*, p. 79-107, 291-305.

*** Cf. D. Masson, ouvrage cité, p. 661.

**** Voir *note clé* à ce mot.

fidèle*, équitable; celui, en un mot, qui suit « le chemin droit » (I, 6) indiqué par le Coran.

Le pire des crimes, le péché impardonnable en cette vie et dans l'autre, est celui qui consiste à « associer » une créature quelconque à Dieu** :

> Dieu ne pardonne pas
> qu'on lui associe quoi que ce soit.
> Il pardonne à qui il veut
> des péchés moins graves que celui-ci...
> (IV, 116)

L'expression « traiter de mensonges », nier, en désignant la Révélation ou le contenu de la foi, revient plus de deux cent cinquante fois dans le Coran pour stigmatiser le péché d'incrédulité. En effet :

> Qui donc est plus injuste
> que celui qui ment sur Dieu
> et que celui qui traite de mensonge la Vérité
> lorsqu'elle leur parvient?
> (XXXIX, 32)

Les incrédules sont en même temps des égarés, des hypocrites, des transgresseurs des lois. « Dieu n'aime pas l'insolent plein de gloriole » (XXXI, 18). Il punira dans la Géhenne ceux qui sont insouciants, inattentifs aux messages qui leur sont communiqués et négligents dans l'accomplissement de leurs devoirs religieux.

Mais les Musulmans ont encore pour mission essentielle « d'ordonner ce qui est bien et d'interdire le mal » (cf. III, 104 et note 2).

Ils ont encore d'autres devoirs à remplir envers autrui; et tout d'abord celui de respecter la vie humaine. On lit :

---

* Le Coran qualifie de « fidèle », adjectif appliqué à une personne sûre en qui on peut avoir confiance : l'Ange Gabriel (XXVI, 193; LXXXI, 21) ainsi que plusieurs prophètes : Noé (XXVI, 107), Loth (XXVI, 162), Houd (VII, 68 et XXVI, 125), Çalih (XXVI, 143), Chuʿaïb (XXVI, 178). La Tradition musulmane se plaît à employer l'expression : « le fidèle » (*al Amin*) appliquée au Prophète Muhammad.

** Voir *note clé : polythéistes*.

Ne tuez personne injustement,
Dieu vous l'a interdit.
(VI, 151)

Celui qui tue volontairement un croyant
aura la Géhenne pour rétribution,
il y demeurera immortel.

Dieu exerce son courroux contre lui,
il le maudit ;
il lui a préparé un terrible châtiment.
(IV, 93)

Le croyant doit user « envers les hommes, de paroles de bonté » (II, 83). Le Coran loue « ceux qui repoussent le mal par le bien » (XIII, 22). Il interdit la calomnie (XXIV, 15) et le mensonge (XXII, 30) comme on l'a vu plus haut (p. LX) à propos du Décalogue. Il ordonne de donner « le poids et la mesure exacts » (VI, 152) et il interdit l'usure (II, 275). Il n'omet pas non plus d'indiquer les règles élémentaires de la politesse :

« Quand vous pénétrez dans des maisons,
adressez-vous mutuellement
une salutation venue de Dieu,
bénie et bonne.
(XXIV, 61)

Quand une salutation courtoise vous est adressée,
saluez d'une façon encore plus polie
ou bien, rendez simplement le salut.
(IV, 86)

Les contemporains du Prophète ne devaient pas pénétrer les uns chez les autres sans en avoir sollicité la permission (cf. XXIV, 27-28).

Le Coran recommande plusieurs fois au croyant d'être bon envers son père et sa mère (II, 83) et il précise :

Nous avons recommandé à l'homme
la bonté envers son père et sa mère.

Sa mère l'a porté et l'a enfanté avec peine.
Depuis le moment où elle l'a conçu
jusqu'à l'époque de son sevrage
trente mois se sont écoulés.
(XLVI, 15)

(L'allaitement dure deux ans : voir II, 233 et XXXI, 1

Le Coran a, en outre, fourni les bases qui ont servi plu tard à fixer, en terre d'Islam, le statut personnel des Musulmans : les lois relatives au mariage et aux successions.

Bien que la femme soit inférieure à l'homme (II, 228), les mêmes devoirs religieux lui incombent et elle participera aux délices du Paradis.

Il est interdit aux Musulmans d'épouser des femmes polythéistes (II, 221); mais un Musulman peut prendre une femme appartenant aux « gens du Livre », c'est-à-dire une juive ou une chrétienne (V, 5). Il est, par contre, interdit à une musulmane d'épouser un non-musulman, peut-être en vertu de ce texte : « Ne prenez pas de *protecteur* (ou de patron) parmi les incrédules » (IV, 89).

Le Coran interdit le mariage entre parents proches (IV, 22-24). Il pose le principe du douaire; il admet la répudiation à condition que l'homme pourvoie aux besoins de la femme répudiée et de ses enfants. « Le père doit assurer leur nourriture et leurs vêtements, conformément à l'usage » (II, 233). La loi musulmane admet un maximum de quatre épouses légitimes à condition que le mari ait la possibilité de subvenir équitablement à leur entretien (IV, 3) et elle ne refuse pas au croyant le droit de conserver les captives de guerre en en faisant ses concubines.

Le Livre sacré impose au croyant l'obligation de faire un testament en faveur de ses parents et de ses proches (II, 180-182) en présence de deux témoins (V, 106-108). D'autres textes précisent comment les biens laissés devront être répartis entre les héritiers : les femmes ne bénéficieront, à degré de parenté égale, que de la moitié de la part qui reviendrait à un homme. La priorité sera toutefois donnée aux créanciers du défunt (voir IV, 7-14; 176).

Le croyant doit veiller sur les biens des orphelins qui lui sont confiés; il est écrit :

> Ceux qui dévorent injustement les biens des orphelins
> avalent du feu dans leurs entrailles :
> ils tomberont bientôt dans le Brasier.
>
> (IV, 10)

Le Coran prévoit des sanctions : la loi du talion est maintenue (II, 178) mais un arrangement entre les familles peut intervenir (V, 45). Le couple adultère sera puni de cent coups de fouet (XXIV, 2); le calomniateur d'une Musulmane recevra quatre-vingts coups de fouet (XXIV, 4); on tranchera les mains du voleur et de la voleuse (V, 38). Les infidèles seront tués (IV, 89). Enfin, il est dit à propos de ceux qui luttent contre l'Islam :

...Ceux qui font la guerre
contre Dieu et contre son Prophète
et ceux qui exercent la violence sur la terre...
 seront tués ou crucifiés,
ou bien leur main droite
et leur pied gauche seront coupés,
ou bien ils seront expulsés du pays...

Tel sera leur sort :
la honte en ce monde
et le terrible châtiment
dans la vie future.

(V, 33)

Mais, ajoute ce même texte : « Dieu est celui qui pardonne, il est miséricordieux ». Tout pécheur repentant peut « revenir » vers Dieu et Dieu efface les péchés quand il en a librement décidé ainsi dans sa toute-puissance.

D. La Vie future.

On a insisté, au cours de cet exposé sur le caractère eschatologique du Coran. Il semble donc que l'essentiel du message coranique consiste à rappeler à ceux qui le reçoivent, les événements futurs qui se produiront certainement : la fin du monde, la Résurrection des morts et le Jugement dernier suivi de l'immortalité dans l'au-delà. Le Coran est donc « descendu » sur le Prophète pour « avertir » les hommes de l'avènement de ces réalités supra-terrestres (XVIII, 1-4); tous les prophètes sont considérés comme « ceux qui avertissent » (XLVI, 21); il n'y a pas de peuple qui n'ait reçu le sien (XXXV, 24). On lit dans le Coran :

Voici un avertissement
parmi les anciens avertissements.

(LIII, 56)

Le rôle essentiel de toute prophétie est résumé ainsi :

> Dieu lance l'Esprit qui provient de son Commandement
> sur qui il veut, parmi ses serviteurs
> avec la mission d'avertir les hommes
> du Jour de la Rencontre,
> du Jour où ils comparaîtront...
> (XL, 15)

Ce sera le Jour du « retour » de l'homme vers Dieu. Ce Jour « dernier », « promis », « inéluctable » sera « terrible », « redoutable », « douloureux ». L'Heure fatale de ce Jour est appelée « celle qui fracasse » dans la Sourate CI; elle sera marquée par des bouleversements cosmiques; elle est encore comparée à une « calamité », à un « cataclysme », un coup du châtiment de Dieu, car elle viendra soudainement :

> L'Ordre concernant l'Heure sera comme un clin d'œil
> ou plus bref encore.
> (XVI, 77)

Dieu seul connaît le moment fixé par lui (LVI, 50) : Muhammad en ignore la date qui est peut-être « proche » (XVII, 51). Des phénomènes cosmiques marqueront ce dernier jour : les étoiles seront « dispersées », « effacées »; la lune et le soleil « réunis » (LXXV, 9); les cieux « pliés » (XXI, 104) :

> Le ciel, ce Jour-là, sera semblable à du métal fondu
> et les montagnes, à des flocons de laine.
> (LXX, 8-9)

Le ciel se fendra et les anges en descendront, il sera « déchiré », « ouvert ». La terre et les montagnes seront ébranlées; des jets de feu et de l'airain fondu seront lancés (LV, 35). La terre s'entrouvrira pour rejeter les morts (L, 44); Allah ressuscitera tous ceux qui gisaient dans leurs tombes (XXII, 7), mais ensuite : « la terre sera remplacée par une autre terre... les cieux seront remplacés par d'autres cieux » (XIV, 48).

Le jour de la Résurrection arrivera certainement; aucun doute n'est possible au sujet de ce Jour. De même que Dieu a créé l'homme une première fois, il renouvellera cette création : la Résurrection est une seconde naissance. On lit :

Dieu qui a créé les cieux et la terre...
possède le pouvoir de rendre la vie aux morts.
(XLVI, 33).

Comment pouvez-vous ne pas croire en Dieu?
Il vous a donné la vie
alors que vous n'existiez pas.

Il vous fera mourir
puis il vous ressuscitera
et vous serez ramenés à lui.
(II, 28)

La création première sert de preuve à la Résurrection future. Les merveilles de la nature sont, elles aussi, des « Signes irréfutables » de la puissance divine : Dieu renouvelle et restaure ce qu'il veut :

C'est lui qui déchaîne les vents
comme une annonce de sa miséricorde.
Lorsqu'ils portent de lourds nuages
nous les poussons vers une terre morte
nous en faisons tomber l'eau
avec laquelle nous faisons croître
toutes sortes de fruits.

Nous ferons ainsi surgir les morts.
Peut-être réfléchirez-vous?
(VII, 57)

De même que Dieu fait « revivre » la terre désséchée et « morte » en lui envoyant la pluie, de même il est « celui qui rend la vie aux morts » (XXX, 50).

Le Jour de la Résurrection est aussi « le Jour du rassemblement » ou de la réunion (XLII, 7) de tous les hommes en vue du Jugement; c'est le Jour de la « rencontre » avec Allah, le Jour de la « décision » finale, « le Jour du compte », « le Jour de la foi ». Il sera annoncé par une « trompette » ou un « cri ». Le trône de Dieu apparaîtra, porté par huit anges (LXIX, 17); les hommes seront alors jugés en toute justice (XXXIX, 75).

Dieu est « le Roi du Jour du Jugement » (I, 4); il est le meilleur des juges; il est le témoin attentif des actions des hommes et « il est prompt à en faire le compte ». Il est parfaitement informé et rien ne lui échappe; il montrera aux hommes ce qu'ils ont fait :

Celui qui aura fait
le poids d'un atome de bien le verra;
celui qui aura fait
le poids d'un atome de mal le verra.
(XCIX, 7-8)

Les actions des hommes seront en effet pesées sur une balance :

Ce jour-là, la pesée se fera :
— telle est la vérité —
ceux dont les œuvres seront lourdes .
voilà ceux qui seront heureux.

Ceux dont les œuvres seront légères
voilà ceux qui se seront eux-mêmes perdus,
parce qu'ils ont été injustes envers nos Signes.
(VII, 8-9)

Trois sortes de livres apparaîtront : le Livre des destinées, la liste des justes et celle des incrédules et les livres où sont inscrites les actions des hommes. (On a vu, p. L, que des anges sont chargés de les enregistrer.) :

Toutes leurs actions sont consignées dans les Livres;
chaque chose, petite ou grande, est inscrite.
(LIV, 52-53)

Nulle intercession ne sera plus acceptée, nulle compensation admise (II, 48); chaque pécheur portera son propre fardeau (LIII, 38). Dieu dit : « Laisse-moi seul avec celui que j'ai créé » (LXXIV, 11). Le sort de chacun sera irrémédiablement fixé : les justes seront admis au Paradis et les impies précipités en Enfer.

Comment les croyants peuvent-ils se représenter ce lieu de damnation à travers les descriptions fournies par le Coran?

Le mot « Géhenne » y revient soixante-dix-sept fois. L'arabe *jahannam* rappelle l'hébreu : *Gé-hinnom:* nom d'une vallée proche de Jérusalem; au temps du Prophète Jérémie (VII, 30-33) on y laissait les cadavres décomposés se consumer lentement par le feu*. On trouve encore, dans le Coran, plusieurs vocables qui signifient : feu, fournaise, brasier, abîme. Cet « affreux lieu de séjour » est une « détestable demeure »; le feu est, pour les damnés

* Cf. II, 206, note 2.

« une demeure d'éternité » (XLI, 28); le châtiment sera sans fin, à moins qu'Allah n'en décide autrement (XI, 107).

Les réprouvés seront enchaînés, torturés par des anges armés de fouets. Ils seront abreuvés d'eau bouillante et de boissons fétides; ils n'auront pour nourriture que des épines (LXXXVIII, 6-7) et les produits de l'arbre maudit appelé *Zaqqoum*. Ils seront couverts d'opprobre, confondus d'humiliations et de regrets stériles. Ils feront entendre des gémissements et des sanglots, mais « la Géhenne les entourera »; « le châtiment les enveloppera » de tous les côtés (XXIX, 54-55).

« De même que le feu, les flammes et l'eau bouillante figurent, dans le Coran, les tourments subis par les réprouvés dans l'au-delà, les symboles utilisés pour décrire la béatitude future promise aux justes sont centrés sur des descriptions de jardins, ombragés d'arbres fruitiers, arrosés par des fleuves d'eau pure et de boissons délicieuses; agrémentés des éléments les plus propres à évoquer le repos, la joie, la richesse sous la forme de toutes les jouissances terrestres connues*. »

Le mot, en effet, qui revient le plus souvent dans les descriptions du bonheur des élus est le mot « jardin » (*janna,* au singulier ou au pluriel). Son équivalent, venu du grec ou du pehlevi : *firdaws,* dont le français a fait : « Paradis », n'apparaît que deux fois. L'expression : « jardin d'Éden » de la Genèse hébraïque se retrouve onze fois dans le Coran.

Mais, tandis que ce premier Éden était arrosé, d'après la Genèse, par quatre fleuves d'eau courante, on trouvera dans le Paradis musulman :

...des fleuves dont l'eau est incorruptible,
des fleuves de lait au goût inaltérable,
des fleuves de vin,
délices pour ceux qui en boivent
des fleuves de miel purifié.

(XLVII, 15)

(Le vin, interdit aux Musulmans en cette vie (voir p. LXVII) est donc réservé à la vie future; il est encore question ailleurs d' « un vin rare, cacheté par un cachet de musc »

* D. Masson, ouvrage cité, p. 743.

(LXXXIII, 25-26) destiné aux élus; or, chez certains mystiques, le vin est devenu le symbole de la connaissance divine.)

Le lieu réservé aux élus est encore appelé : « la Maison de la Paix » : *dar al Salam* (VI, 127 et X, 25). Ils y jouiront d'un bonheur sans fin; ils seront immortels. Allah leur dira :

> « Entrez ici en paix :
> voici le Jour de l'éternité. »
> (L, 34)

Les jardins du Paradis sont remplis de sources, d'arbres, de fruits; on y retrouvera des palmiers et des grenadiers (LV, 48, 50, 52, 68); toutes sortes d'excellentes nourritures; une grande abondance de fruits et de boissons (XXXVIII, 51). Il y aura aussi des « jujubiers sans épines », des « acacias bien alignés »; les bienheureux « jouiront de spacieux ombrages » (LVI, 28-30); ils seront « accoudés sur des tapis aux revers de brocart... sur des coussins verts et sur de beaux tapis » (LV, 54 et 76); « ils seront vêtus de satin et de brocart » (XLIV, 53); « parés de bracelets d'or, vêtus d'habits verts de soie et de brocart » (XVIII, 31); « parés de bracelets d'or et de perles, vêtus de soie » (XXII, 23); « des éphèbes immortels, semblables à des perles, circuleront autour d'eux » (LXXVI, 19) :

> On fera circuler parmi eux
> des vaisseaux d'argent et des coupes de cristal,
> de cristal d'argent
> et remplies jusqu'au bord.
> (LXXVI, 15-16)

Allah leur donnera « pour épouses, des houris aux grands yeux » (LII, 20); « vierges, aimantes et d'égale jeunesse » (LVI, 36-37).

« Les contempteurs de l'Islam s'imaginent que le Coran matérialise à l'excès ses descriptions (du Paradis) alors qu'il reprend des notions déjà pressenties sous les voiles d'un mystère impénétrable et intraduisible et qu'il développe les thèmes connus sous des symboles cachant des réalités autres, en des termes accessibles à tous*. »

* D. Masson, ouvrage cité, p. 684.

Le Christ lui-même avait dit : « Vous mangerez et boirez à ma table en mon royaume » (Luc, XXII, 30). Jean, dans l'Apocalypse (XIX, 7-8) évoque « les noces de l'Agneau » pour signifier l'union profonde et définitive des élus avec Dieu même. « La Cité sainte, Jérusalem nouvelle... s'est faite belle, comme une jeune mariée parée pour son époux » (Apoc. XXI, 2). Personne n'a jamais pensé qu'il s'agisse d'autre chose que de purs symboles.

Massignon a écrit fort justement : « Le symbolisme des houris du Paradis... vise, au fond, la simple récupération, par le genre humain, du premier Paradis où la vie sexuelle était bien établie. Depuis la Pentecôte, les chrétiens savent qu'une vie mystique nous est offerte, bien plus haute que ce Paradis-là, et que le mariage n'est que la préfiguration d'une Union absolument chaste* ».

D'après les chrétiens, l'essentiel de la béatitude future réside dans la vision, c'est-à-dire la connaissance de Dieu (Jean, XVII, 3) et on lit dans le Coran :

> Nul ne sera récompensé auprès de Dieu, par un bienfait,
> sinon celui qui aura uniquement recherché
> la Face de son Seigneur, le Très-Haut :
> son désir sera bientôt comblé.
> (XCII, 19-21)

Ailleurs, il est question d'une satisfaction réciproque d'Allah et des élus :

> Dieu est satisfait d'eux;
> ils sont satisfaits de lui :
> voilà le bonheur sans limites!
> (V, 119)

(Cette formule revient dans trois autres textes).

C'est ainsi, comme on le disait au début de ce chapitre, que d'après les trois religions monothéistes qui se réclament de leur fondateur Abraham : « Tout vient de Dieu », et « retourne à lui ». Allah, en effet, dira à l'homme juste :

> « Ô toi!... Âme apaisée!
> Retourne vers ton Seigneur,
> satisfaite et agréée »...
> (LXXXIX, 27-28)

---

* L. Massignon, *Mystique et continence en Islam, Opera Minora* II, p. 436.

V. L'EXPANSION DE L'ISLAM DANS LE MONDE

L'Islam, aux yeux de tous, apparaît comme la « Communauté » (*'Umma*) des croyants auxquels Allah dit :

« Vous formez la meilleure Communauté
suscitée pour les hommes :
Vous ordonnez ce qui est convenable,
vous interdisez ce qui est blâmable;
vous croyez en Dieu. »
(III, 110)

« Nous avons fait de vous
une Communauté éloignée des extrêmes, »
(II, 143)

« une Communauté unique » (XXI, 92); et Muhammad, d'après la Tradition, aurait dit : « Ma communauté ne tombera pas d'accord sur une erreur* ». On a vu plus haut (p. LXIX) que le croyant doit tout sacrifier pour elle et mourir, s'il le faut, dans la lutte pour la défense ou l'expansion de l'Islam. Les résultats tangibles de cet esprit de foi et de conquête ont été foudroyants. La diffusion de la nouvelle religion, commencée dès la mort du Prophète, s'est tout d'abord étendue très rapidement pour atteindre, au cours des siècles, l'univers entier. D'après Vincent Monteil, dont le beau livre *Le Monde Musulman* nous a fourni les chiffres et les dates de la présente documentation, l'Islam compte actuellement 400 millions d'adeptes et, par conséquent, on peut dire qu'un homme sur six, dans le monde, est musulman**.

Muhammad est mort en 632. Son beau-père, Abou Bakr, lui succéda en prenant le titre de calife (voir p. XXXIII). La conquête des pays commença aussitôt : Syrie,

* Cf. Massignon : *L'Umma et ses synonymes, notion de « Communauté sociale » en Islam, Opera Minora* I, p. 97-103.

** V. Monteil, *Le Monde Musulman* (1963), p. 245-247. Ce chiffre s'élevait à environ 700 millions en 1979.

Mésopotamie, Perse, Égypte, Cyrénaïque. La dynastie omayyade choisit ensuite Damas comme capitale. En un siècle, elle parvint à porter l'Islam jusqu'en Chine à l'est et à l'Atlantique à l'ouest. Dès 750, les Abbassides s'installèrent à Bagdad. La conquête de l'Afrique du Nord et de l'Espagne eut lieu dès le début du Ier siècle de l'hégire. La bataille de Poitiers se situe en 732 : un siècle après la mort du Prophète. « L'Islam s'est implanté au Kan-Sou dès le VIIIe siècle... Dès le Xe siècle, les marins venus du golfe Persique touchent Canton et la côte Sud-Est; au XIIIe siècle un gouverneur mongol introduira l'Islam au Yun-Nan. Enfin l'Islam pénètre le subcontinent indien : Sind, au début du VIIIe siècle et Panjab au IXe siècle*. » La puissance des Turco-mongols contribua à l'hégémonie de l'Islam du XIe à la fin du XVIIe siècle. Tamerlan domina l'Asie de l'Inde à la Syrie et à l'Anatolie (il mourut en 1405). L'Empire turc ottoman dura six siècles, son apogée se situe au XVIe siècle. Sumatra et Java connaissent l'Islam aux XIVe et XVe siècles.

Dès le VIIIe siècle, l'État musulman oriental avait commencé à se procurer de la main-d'œuvre en Afrique noire. Le XIe siècle voit l'inauguration des grands « Empires » soudanais : la ville de Tombouctou fut fondée en 1077. Le Mali était musulman au XIVe siècle mais l'extension de l'Islam sur le continent africain s'est surtout fait sentir au XIXe siècle. Enfin, le XXe siècle, le siècle de la libération de l'Afrique et de l'Asie, est aussi celui de la création des grands États musulmans, tels que l'Indonésie (1945) et le Pakistan (1947). Cependant l'Islam « demeure encore minoritaire en Yougoslavie, en Chine et surtout en Union Soviétique** ». On trouve, en outre, à l'heure actuelle, des communautés musulmanes dans plusieurs pays d'Europe : Serbie, Bulgarie, Grèce, Roumanie, Pologne, Finlande. La diaspora musulmane s'est répandue à travers le monde, atteignant l'Australie, les États-Unis, l'Amérique du Sud. La France compte environ 350.000 Musulmans, venus surtout d'Afrique du Nord***. Il faut ajouter à cela que des mosquées

* V. Monteil, ouvrage cité, p. 250.

** V. Monteil, ouvrage cité, p. 273.

*** Les recensements de 1985 portaient ce chiffre à 2.500.000 (?).

construites en France, en Hollande, en Angleterre, suscitent des conversions à l'Islam*.

Telles sont les grandes étapes de l'expansion de l'Islam, pour autant que l'on ose résumer en deux pages, douze siècles d'Histoire. Mais la présentation du Livre sacré des Musulmans exigeait que l'on donne au lecteur de rapides aperçus sur son apparition au Hijaz, son contenu et sa diffusion parmi les races, les climats et les civilisations les plus variés. Ceci est une preuve du caractère universaliste attaché au « message » qu'il contient et de ses possibilités d'adaptation à tous les peuples.

On lit dans le Coran :

> Les hommes ne formaient qu'une seule communauté
> puis ils se sont opposés les uns aux autres.
> (X, 19)

« Si Dieu l'avait voulu », il aurait groupé les hommes « en une seule communauté » (V, 48, etc.). Quoi qu'il en soit, le retour de tous les hommes à une communauté unique est le rêve de tout croyant. L'assemblée annuelle, à la Mekke, des Musulmans venus de toutes les parties du monde est l'image du rassemblement futur de tous les hommes au Jugement dernier, et celle aussi, de la Cité idéale.

D. MASSON.

* Cf. L. Gardet, *Connaître l'Islam*, p. 122 (cf. p. 112-122). — Y. Moubarac, *L'Islam* (1962), p. 127-141, 180-182; *Historical Atlas of the Muslim peoples*, Amsterdam, 1957.

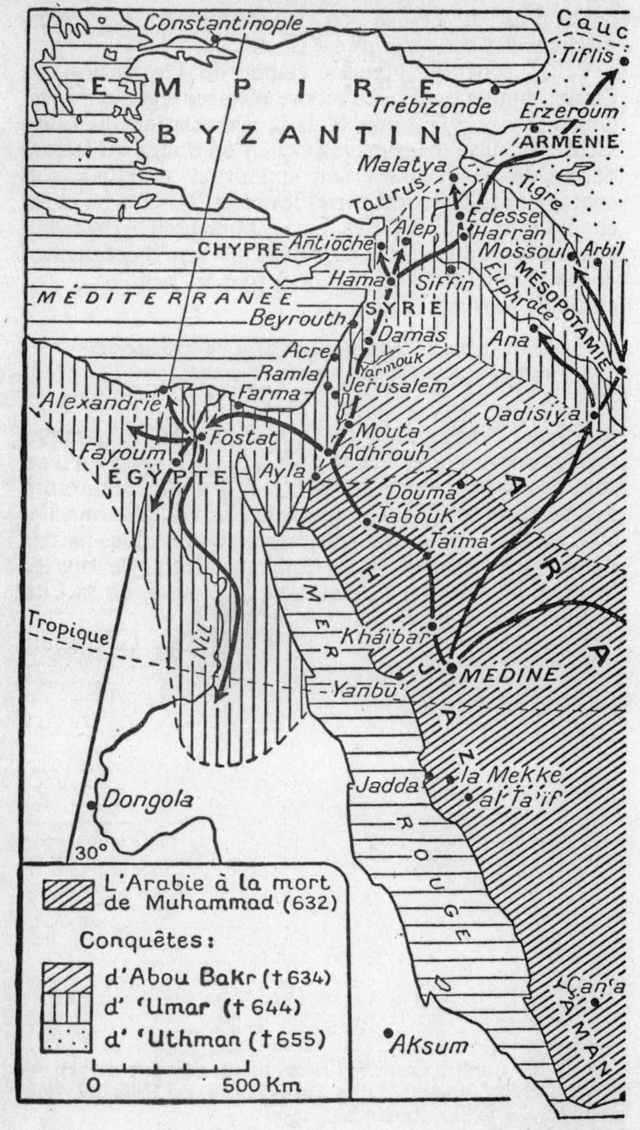

II. L'ARABIE À LA

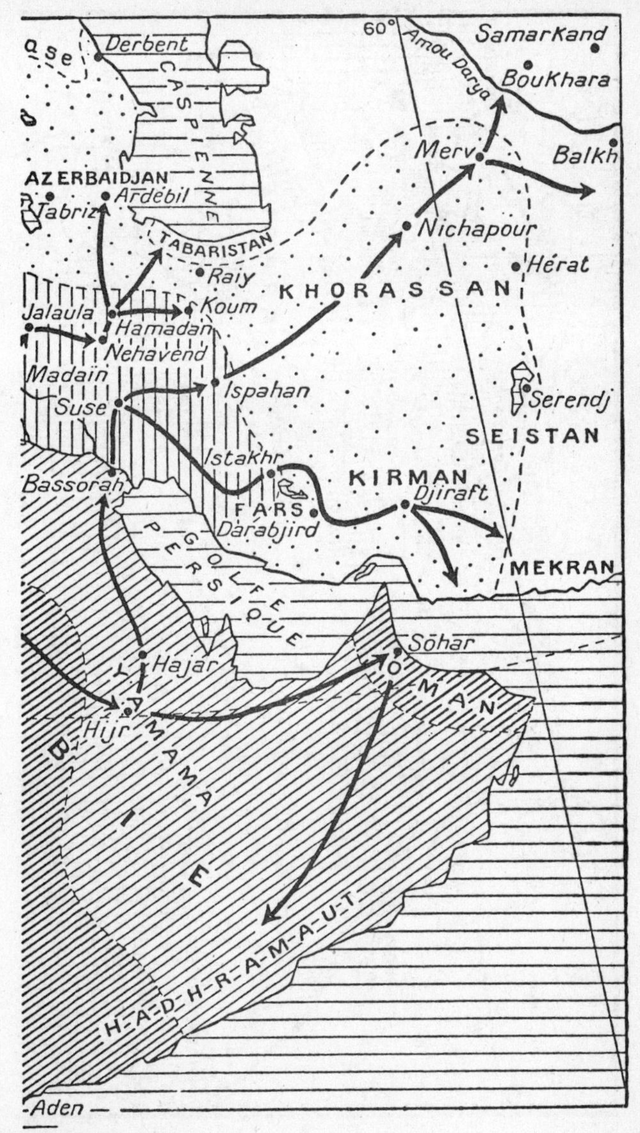

MORT DE MUHAMMAD.

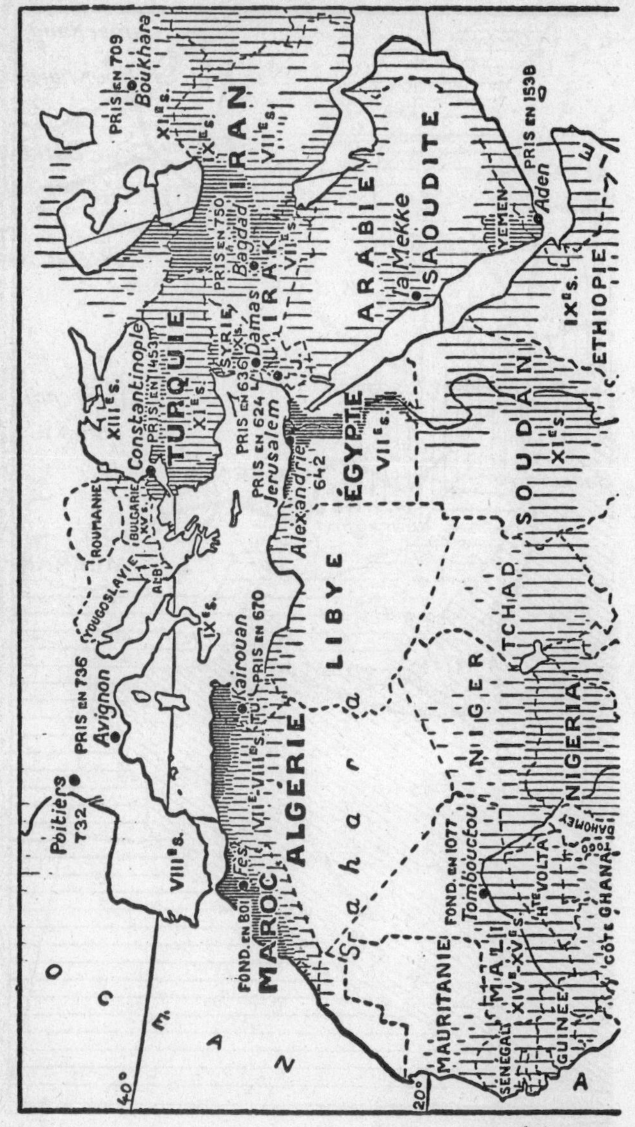

III. PÉNÉTRATION
(Pourcentage des Musulmans

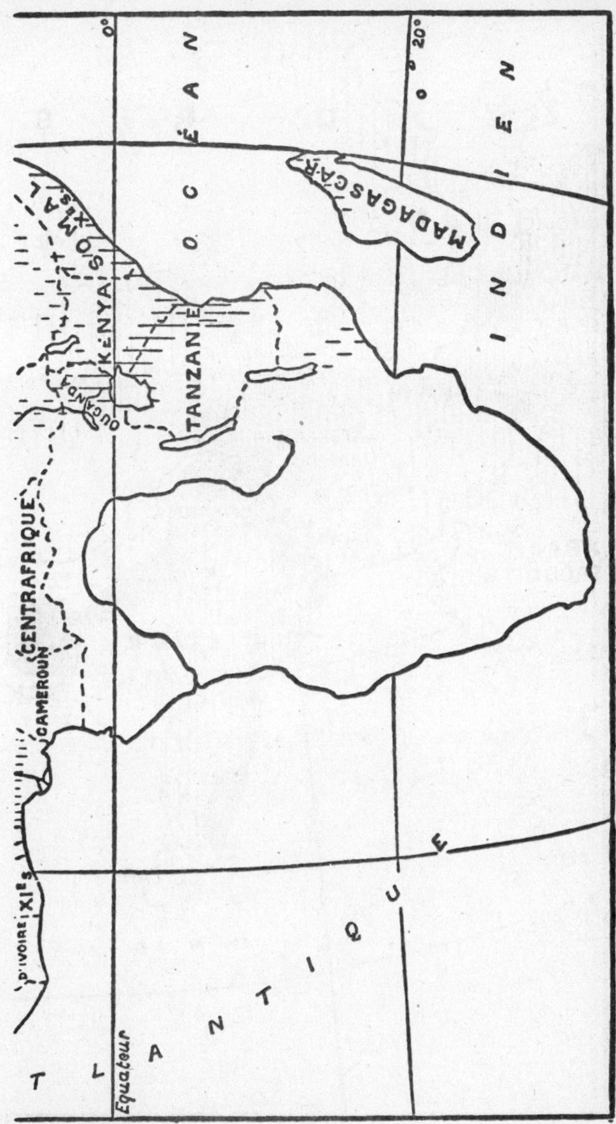

DE L'ISLAM.
proportionnel à l'intensité des grisés.)

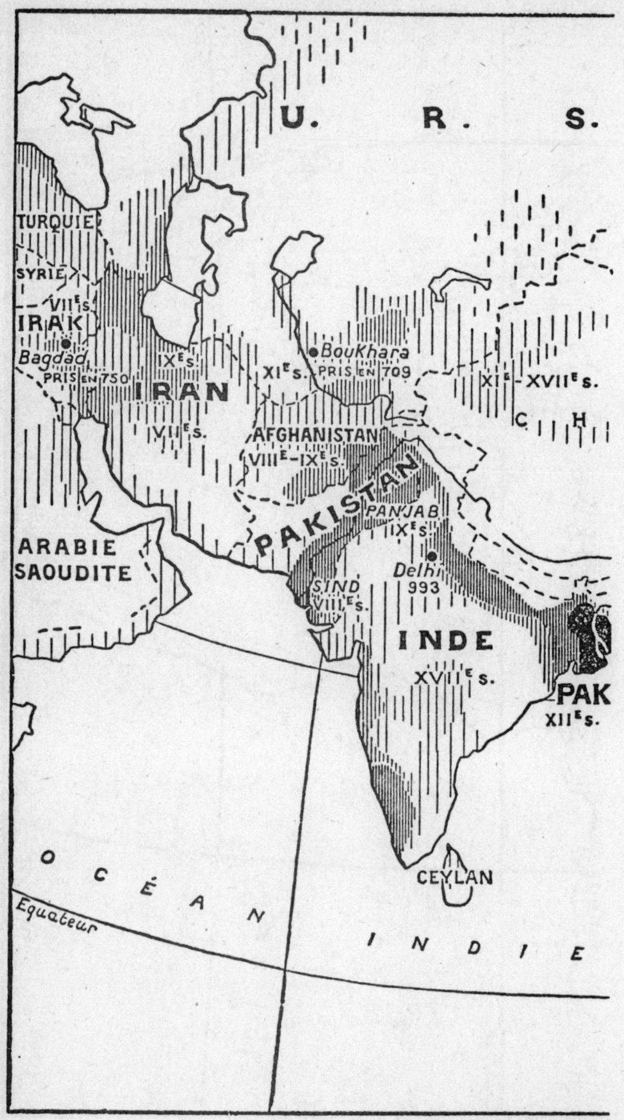

III *bis*. PÉNÉTRATION
(Pourcentage des Musulmans

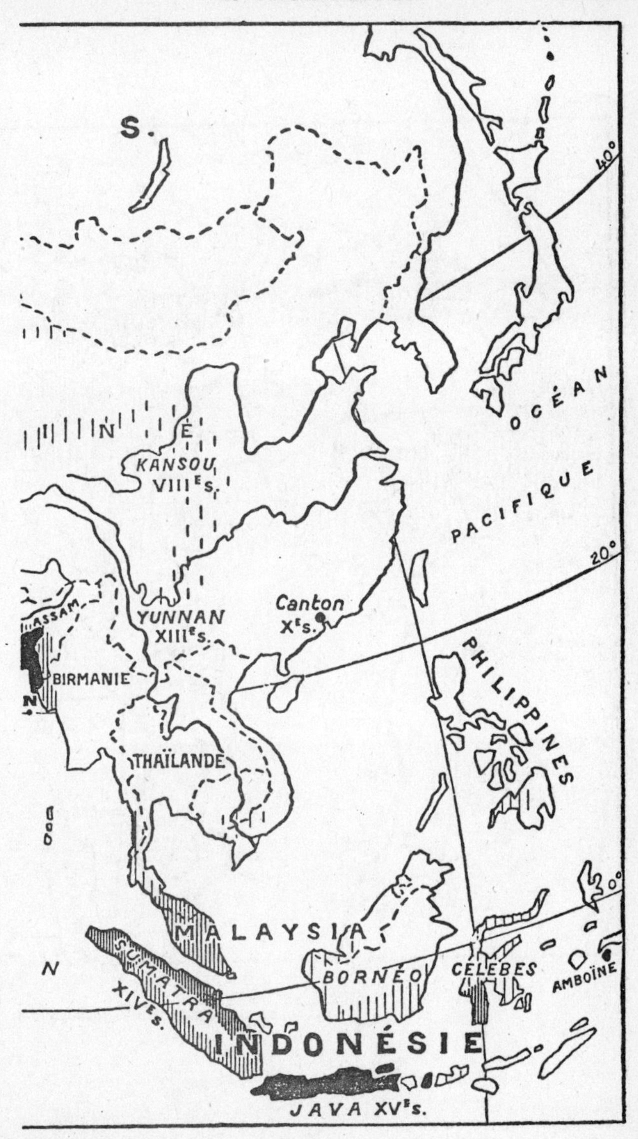

DE L'ISLAM.
proportionnel à l'intensité des grisés.

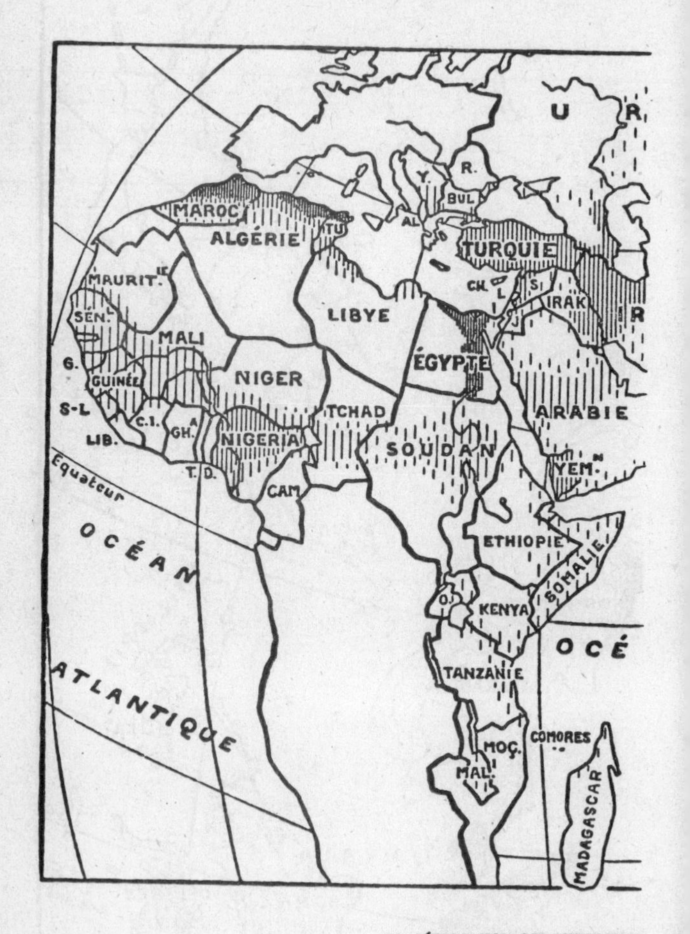

IV. RÉPARTITION DES MUSULMANS

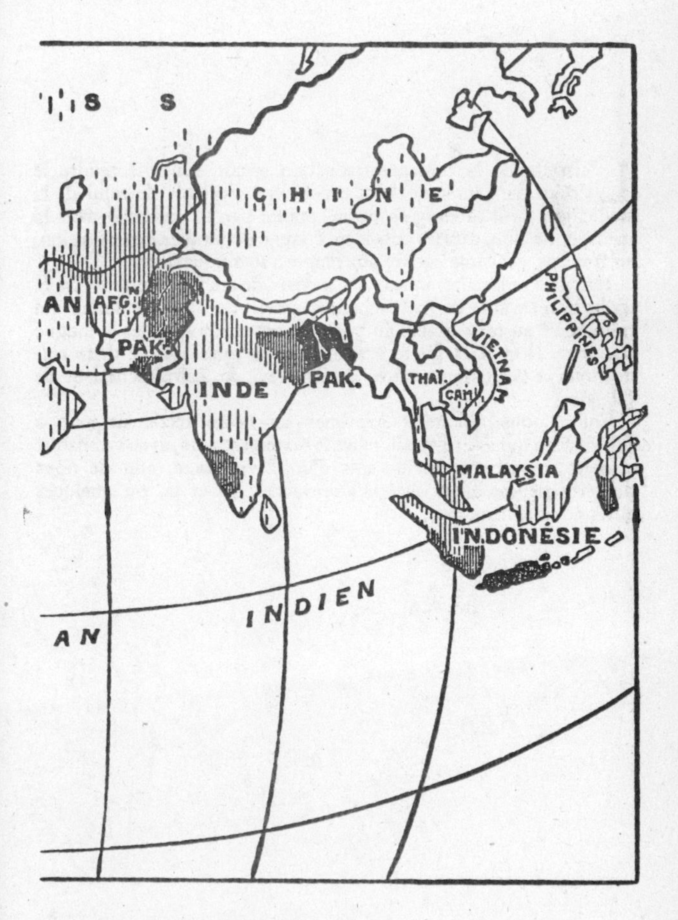

DANS LE MONDE (XXe SIÈCLE).

L'AUTEUR de la présente traduction aurait souhaité rendre le Coran dans un style aussi proche que possible de celui de la traduction de l'*Ancien Testament* publié par E. Dhorme dans la même collection, car il la considère comme un modèle de restitution, en français, du génie propre aux langues sémitiques.

Il tient à rendre hommage aux travaux de ses prédécesseurs : à la traduction savante de R. Blachère et à celle de M. Hamidullah qui reste fidèle au texte arabe, au point de peser souvent sur la langue française. Il ne s'est guère écarté, pour le fond, de ces deux traductions et des commentaires de Baïdawi, de Zamakhchari et de Jalalaïn.

Enfin, nous tenons à exprimer ici notre reconnaissance à J. Grosjean qui a bien voulu relire le texte avec soin, avec sympathie et avec respect, puisqu'il s'agit d'un Livre sacré, afin de nous suggérer délicatement quelques retouches, çà et là, ou quelques notes complémentaires.

SYSTÈME DE TRANSCRIPTION

L'Introduction et la traduction elle-même ne comportent pas de signes diacritiques. L'orthographe choisie vise à la clarté. Il convient toutefois de remarquer que le son « u » n'existe pas dans les langues sémitiques et qu'il faut lire : « ou ». (Le « u » long sera parfois rendu par « w »). La lettre « y » remplacera parfois le « i » long, lorsque celui-ci est considéré comme une consonne.

ا	*a*	ط	*ṭ*
ب	*b*	ظ	*ẓ*
ت	*t*	ع	*ʿ*
ث	*ṯ*	غ	*ġ*
ج	*j*	ف	*f*
ح	*ḥ*	ق	*q*
خ	*ḫ*	ك	*k*
د	*d*	ل	*l*
ذ	*ḏ*	م	*m*
ر	*r*	ن	*n*
ز	*z*	ه	*h*
س	*s*	و	*u* et *w*
ش	*š*	ي	*i* et *y*
ص	*ṣ*	ء	*ʾ*
ض	*ḍ*		

voyelles brèves : *a*, *i*, *u*.
voyelles longues : *ā*, *ī* (ou : *y*), *ū* (ou : *w*)

NOTE CLÉ

NOTE CLÉ

Ce lexique a pour but de préciser le sens et la portée des mots français utilisés dans la présente Traduction. Employées dans le langage courant, certaines expressions perdent de leur force en s'éloignant de leur sens primitif ou de leur acception religieuse. On citera comme exemple typique le mot « juste » qui se réfère habituellement à la justice humaine, sociale, alors que dans le vocabulaire religieux, il qualifie le croyant observateur de la Loi. Limitée à l'étude des expressions françaises (au nombre de soixante-deux) qui ont été utilisées pour traduire approximativement certaines expressions coraniques fondamentales, cette note clé, spécifiant certaines nuances de vocabulaire, est mise là pour aider les lecteurs soucieux de mieux comprendre un texte arabe, inimitable, et qui utilise des termes ayant rarement leur correspondant exact en français.

REMARQUES GÉNÉRALES CONCERNANT LA TRADUCTION

I° : Le Coran emploie volontiers les verbes au parfait quand il s'agit de Dieu. On aurait plutôt tendance, en français, comme en latin, à utiliser le temps présent, car l'éternité est considérée comme un « présent continu », une sorte d'actualité permanente sur le plan divin. — Le Coran emploie aussi le parfait quand il s'agit de la vie dernière, alors que le français exige le futur. Le lecteur ne s'étonnera donc pas de ces transpositions.

II° : Le génie propre au rythme de la langue coranique exige l'emploi fréquent de particules affirmatives : certes, en vérité, oui... La traduction en tiendra compte dans la mesure où le sens de la phrase le demande. Elle les supprimera le plus souvent, particulièrement quand il s'agit des noms ou attributs de Dieu qui lui appartiennent souverainement.

ACCOMPLIR : une action qui sera rétribuée dans la vie future, *voir* : ACQUÉRIR.

ACQUÉRIR. Le verbe *kasaba* signifie : « acquérir », mais, surtout acquérir quelque chose en « accomplissant » une action qui sera rétribuée dans la vie future. Le bien que le croyant « accomplit » lui reste « acquis », sous forme de gain, il en sera récompensé. Le mal qu'il a commis est également enregistré sur le livre qui contient la liste de ses actions; il est, pour ainsi dire, porté à son compte (acquis, lui aussi, mais à son détriment). L'expression *ma kasabtum* signifie littéralement « ce que vous avez acquis », sous-entendu : par les œuvres bonnes ou mauvaises que vous avez accomplies; celles-ci sont consignées par écrit en vue du Jugement dernier et elles seront récompensées ou punies. *kasaba* et ses dérivés seront donc rendus, suivant le contexte, par « acquérir » (au moyen des œuvres); « accomplir » (de bonnes actions); « faire » (le bien); « commettre » (le mal).

ACTIONS OU ŒUVRES BONNES. Les mots : les actions ou les « œuvres bonnes » ou plus simplement « le bien » (avec le verbe « faire ») serviront indifféremment à traduire les deux mots arabes *'al çaliḥāt* et *'al ḫayrāt*. — Il convient cependant de remarquer que la racine du premier : *ç-l-ḥ* signifie : être en bon état, être juste, intègre, tandis que la deuxième renferme simplement l'idée de « bonté », de bien, d'excellence.

AUMÔNE. Le Coran utilise deux termes qui, au temps du Prophète Muhammad, ne semblent pas avoir revêtu de significations différentes : *çadaqa* et *zakā*. La tradition musulmane postérieure a donné au premier le sens d'« aumône spontanée » et au second celui d'« aumône légale »; un impôt religieux comparable à la « dîme ». (Cf. Watt, *Mahomet à la Mecque*, pp. 207-217; *Mahomet à Médine*, p. 306.) — En outre, une allusion au « droit » *(ḥaqq)* à payer sur les récoltes paraît en VI, 141. — La racine *z-k-a* signifie : purifier. L'aumône prélevée obligatoirement sur les biens est donc considérée comme une « purification » (cette même idée est exprimée avec *çadaqa* en IX, 103). Celui qui fait l'aumône se purifie de ses péchés, ou bien, il purifie les biens sur lesquels elle a été prélevée, rendant ainsi leur possession légitime.

Bienfaits. *ni'ama* signifie : bienfait, faveur, grâce (synonyme : *faḍl ; voir :* Grâce). — Les mots dérivés de la racine *n-'-m* s'appliquent surtout aux grâces et aux bienfaits que Dieu accorde aux justes sur cette terre (bien-être, prospérité matérielle) et aux bienheureux dans le Paradis ; le mot *na'im* (délice, félicité) est appliqué aux récompenses de la vie future. *ni'ama* paraît, en général, dans le Coran, au singulier ; mais, en français, le pluriel semble mieux rendre l'idée d'abondance et de générosité divine que ce terme évoque. — Les mots « bienfait, don et part » serviront aussi parfois à rendre l'arabe : *rizq,* bien que celui-ci désigne plus précisément les moyens de subsistance que Dieu accorde (« attribue ») à chaque être vivant dans une mesure et pour une durée déterminées par lui.

Cœur. Le cœur est considéré, par les Sémites, comme l'organe des facultés intellectuelles : mémoire, attention, intelligence, sagesse. — Outre le mot *qalb* (pluriel : *qulūb*) répondant à cette définition, le Coran emploie encore les mots : *fū'ād* (pluriel : *'af'idā*) qui signifie, littéralement : « viscères, entrailles », comme synonyme du terme précédent et *çadr* (pluriel : *çudūr*) : poitrine. C'est pourquoi on écrira : « Dieu connaît le contenu des cœurs », plutôt que : « Dieu sait ce qu'il y a dans les poitrines ». De plus, on préférera la formule : « ceux dont les cœurs sont malades » à « ceux dans les cœurs desquels (est) une maladie ».

Compagnon. *çaḥib* (pluriel : *'açḥāb*) signifie littéralement : « compagnon », ami ; mais encore : « habitant d'un lieu, hôte ». — La traduction portera : « les hôtes du Jardin » ou du Paradis ; « les hôtes du Feu » (c'est-à-dire : « les damnés ») ; on dira cependant : « les hommes (c'est-à-dire les habitants) de la Caverne » ; « l'homme au poisson » (expression qui désigne Jonas).

Compte. *'al ḥisāb* est « le compte », le compte par excellence : celui du Jugement dernier. (Le Jour du Jugement est précisément appelé *yawm al ḥisāb :* « le Jour du compte » ; cf. XXXVIII, 16, 26, etc.) Dieu fait le compte des actions des hommes et ceux-ci, à leur tour, seront contraints de lui en rendre un compte exact, le Jour

« où rien ne sera plus caché ». L'expression *sarī' al ḥisāb,* appliquée à Dieu, signifie que Dieu est prompt à faire le compte des actions des hommes et à leur faire rendre compte. On la traduira simplement par : « Dieu est prompt dans (ses) comptes ».

CONVENABLE. Le participe passif : *ma'rūf* (racine : *'-r-f,* connaître) signifie : « connu », mais il sert, dans le Coran et la Tradition, à désigner ce qui est connu, reconnu, accepté comme conforme au bien ou à la coutume; en un mot, comme : « convenable ». — L'expression *bi al ma'rūf* sera rendue par : « de la manière convenable » ou reconnue comme telle; ou simplement par : « convenable »; ou encore : « selon la coutume »; « conformément à l'usage ». — L'expression *'amara bi al ma'rūf* sera traduite par : « il ordonne le bien » ou : « ce qui est convenable » (c'est-à-dire : ce qui est reconnu comme étant le bien).

CRAINTE DE DIEU. Le verbe *'attaqa* est un terme coranique que l'on rendra par « craindre Dieu », même lorsque, et c'est le cas le plus fréquent, le nom de « Dieu » est seulement sous-entendu. (Ce verbe s'emploie aussi dans le sens de : « avoir peur », redouter quelque chose ou quelqu'un). — *'al muttaqūn* sont donc ceux qui craignent Dieu d'une crainte révérencielle; les pieux croyants qui observent la Loi et qui s'abstiennent du mal en vue de la vie future. — La crainte révérencielle de Dieu embrasse toute la religion d'Israël. Elle inspire la piété du croyant, son obéissance à la Loi, sa fidélité et son amour de Dieu (*Deut.* X, 12-13). Elle est le commencement de la sagesse, de la connaissance et le fondement de la religion (*Prov.* I, 7; *Ps.* CXI, 10, etc.); elle est accompagnée de confiance en Dieu (*Eccli.* II, 7-18).

CRÉER. On rencontre, dans le Coran, plusieurs verbes qui rendent l'idée de « créer » avec des nuances qu'il convient de spécifier. — *ḫalaqa :* créer. Cet acte appartient en propre au Dieu Créateur. (Cependant, Jésus « crée » de terre, des oiseaux. Les faux dieux sont incapables de créer quoi que ce soit.) — *bara'a* est à rapprocher de l'hébreu par sa signification, sa portée et son emploi. — *'anša'a* signifie, littéralement : faire croître. — *bada'a :* donner un commencement à une chose. — Le nom à forme de participe actif *al fāṭir* désigne le Créateur comme étant « celui qui sépare », « celui qui commence » et *'al badī'* comme « celui qui produit quelque chose de nouveau ».

CROYANT. Le *mu'min* (la racine : *'a-m-n* évoque une idée de confiance et de sécurité) est le croyant vrai, sincère, fidèle, celui qui sera récompensé au Paradis. — Le *muslim* est celui qui se soumet à Dieu (*voir plus loin :* MUSULMAN); mais, au contraire du précédent, son appartenance à l'Islam peut parfois n'être qu'extérieure. — Le *muḫliç* (racine *ḫ-l-ç :* être pur, sans mélange) est celui qui pratique avec sincérité le « culte pur » : *'iḫlāç,* éloigné de tout « polythéisme ». — Le *ḥanīf* est le croyant monothéiste qui existait déjà avant l'Islam (ce mot est employé huit fois au sujet d'Abraham). — L'expression : *yaqīn* signifie « certitude » et s'emploie aussi pour évoquer la fermeté dans la foi.

DE... La particule *min* sera traduite par : « émanant de, venant de... » quand il s'agit de Dieu et par : « issu de... » dans les autres cas. Quand il est question de la « Science » que Dieu accorde à son Prophète, *min* précédant le mot *'ilm* indique que le Prophète participe, en quelque sorte et d'une certaine façon, à la Science divine : il reçoit en communication quelque chose de cette Science que Dieu possède en propre. — Le mot *min,* placé devant *'Allah* dans les textes relatifs au Jugement dernier et au châtiment considéré comme inéluctable et voulu par Dieu, sera rendu par : « contre Dieu » avec l'idée que rien ne peut s'opposer à sa décision et que rien ne préservera le coupable du châtiment mérité. — *min* placé avant un participe actif au pluriel a un sens partitif. On le rendra en général par : « au nombre des... » avec le sens de : « parmi les... ». Ou bien encore, au lieu de traduire littéralement un tel est « au nombre des coupables », ou : « au nombre des justes », on écrira « un tel est coupable », « un tel est juste », chaque fois que le contexte permettra cette simplification.

DÉCRET (divin). Le mot *qadar* s'applique au décret immuable de Dieu; à la réalisation de son commandement : *'amr.* L. Gardet écrit (*Encyclopédie de l'Islam,* 1956, article : *Allah,* p. 424) : « Le *qadar* est la relation de la Volonté essentielle avec les choses dans leur réalisation particulière... *Qadar* : passage des possibles du non-être à l'être, un à un, conformément au *qaḍa'*. Le *Qaḍa'* est de l'ordre de la prééternité *(azal)*, le *qadar* relève du cours présent des choses ». L'expression coranique : *quḍiyā al 'amr* signifie donc : le commandement ou le décret est fixé, prédéterminé, décidé, prononcé.

Démon. On trouve dans le Coran le mot : *šayṭān*, pluriel : *šayāṭīn*, le plus souvent avec l'article, employé comme un nom commun. Le français « Satan » qui a la même origine hébraïque est considéré comme le nom propre donné au chef des démons ; c'est pourquoi on rendra *'al šayṭān* par : « le Démon » (c'est-à-dire : Satan) et *'al šayāṭīn* par : « les démons ».

Désavouer. Ce verbe servira parfois à rendre, tant bien que mal, l'idée de dégagement, d'exemption, puis d'innocence et d'immunité contenue dans l'arabe : *b-r-'a*. L'expression *barī' min* peut désigner « celui qui n'est pas responsable de... », « celui qui est pur, innocent de... » et « celui qui désavoue » telle faute ou telle attitude.

Descente, *voir* : Révélation.

Dieu. *'allāh* est le nom sous lequel les Musulmans invoquent Dieu. On retrouve dans ce nom le terme ancien *'ilāh* (forme amplifiée de : *'il*), précédé de l'article *'al*. D'autre part, *'il*, *'al*, *'el*, *'ilu* sont les appellations les plus communes données à la Divinité par l'ensemble des peuples sémites. *'allāh* désigne donc « le Dieu » par excellence. Dans le Coran (II, 133) le Dieu des patriarches est appelé : *'ilāh*, mais ce terme peut également s'appliquer à un faux dieu (cf. VII, 138, 140). On a choisi, dans la présente traduction, de rendre *'allāh* par « Dieu » parce que le Coran se présente lui-même comme une confirmation et un achèvement de la Révélation monothéiste contenue dans la Tora et l'Évangile : le Dieu de l'Islam est considéré comme étant celui d'Abraham. D'autre part, les Chrétiens arabes utilisent indifféremment dans leur liturgie et dans le langage courant, les formes : *'ilāh* et *'allāh*. — Le Dieu un, étant essentiellement le même dans les trois religions monothéistes, les notions qui le concernent s'expriment avec des nuances propres à chacune d'entre elles. Si ces trois religions s'accordent pour affirmer que Dieu est unique, bon, miséricordieux, transcendant, Créateur tout-puissant et qu'il se suffit à lui-même, le contenu de chacun de ces termes n'est pas absolument identique. Une terminologie semblable exprime alors des concepts sensiblement différents au regard de la théologie.

DIRECTION. Chaque fois que le Coran emploie des mots qui signifient : direction, diriger, guider, il faut comprendre qu'il s'agit de la « Direction » dans la voie droite, celle qui conduit les hommes vers la vraie religion et qui les y maintient. Le Coran est la « Direction » par excellence. (La Tora et l'Évangile sont aussi considérés comme une Direction.) Les mots : « direction, voie ou chemin » renfermeront donc une idée de droiture et d'excellence dans la perspective de la foi monothéiste. Souvent les verbes signifiant : « diriger » ne comportent pas de complément direct dans la langue coranique. La traduction ajoutera « les hommes » ou « les croyants » mots sous-entendus. (L'impie est, par contre, « celui qui n'est pas dirigé » ou celui qui n'a pas de guide.) Le Coran utilise la particule « vers » devant les mots qui signifient : chemin, direction, voie. Dieu dirige les hommes « vers le chemin droit », c'est-à-dire vers l'Islam, puis il les maintient « dans » cette voie; si bien qu'en français on emploiera cette seconde préposition de préférence à la première.

DJINNS. On trouve dans le Coran les mots : *jānn, jinn* et *jinna,* rendus par « Djinn » en français pour désigner des êtres mystérieux dont on ignore la nature qui semble parfois les rapprocher, soit des anges (car certains d'entre eux sont bons), soit des démons. Ils ont été créés « du feu de la fournaise ardente » (XV, 27). Il y a parmi eux des « mâles » (LXXII, 6) ce qui laisse supposer que ce sont des êtres corporels; ils sont appelés à adorer Dieu (LI, 56); certains d'entre eux lui sont « soumis » (LXXII, 14); ils entendent la lecture du Coran (XLVI, 29); ils essayent, au ciel, de surprendre les secrets divins (LXXII, 9); ils seront punis dans le Feu de la Géhenne (VII, 38, 179, etc.). — L'homme possédé (ensorcelé ou fou) est dit : *majnūn.*

Émigrer. La racine : *h-j-r* et ses dérivés évoquent, dans le Coran et la Tradition musulmane, un fait historique : le départ du Prophète Muhammad et de ses partisans lorsqu'ils quittèrent la Mekke pour émigrer à Yathrib en 622, événement qui marque le début de l'Islam : l'hégire. — Le participe actif pluriel *'al muhājirūn* désigne donc les croyants qui ont quitté leur cité pour suivre le Prophète Muhammad.

Esprit. La nature, comme l'action de l'Esprit *(rūḥ)* dans le Coran, reste mystérieuse. Les auteurs musulmans reconnaissent en lui l'Ange Gabriel, ce qui apparaît nettement dans le récit concernant l'annonce faite à Marie de la naissance miraculeuse de son fils (XIX, 17) et dans deux textes (XXVI, 193 et LXXXI, 19) où ce même Ange est considéré comme l'instrument de la Révélation coranique; de plus, l'Esprit est nommé avec les anges en quatre versets (cf. XVI, 2; LXX, 4 et note 1). On sait que « l'Esprit provient du commandement » divin *('amr)*, mais on ignore la nature de cet « instrument » surnaturel qui intervient entre le Créateur et les hommes. Dieu dit, en parlant d'Adam : « après... que j'aurai insufflé en lui de mon Esprit », sous-entendu : pour lui donner la vie (XV, 29; XXXII, 9; XXXVIII, 72). L'Esprit est encore mentionné comme un instrument de la conception miraculeuse de Jésus (XXI, 91; LXVI, 12) il est « un Esprit émanant de Dieu » (IV, 171); « l'Esprit de sainteté » *(rūḥ al qudus)* est envoyé à Jésus pour le « fortifier » (II, 87, 253; V, 110), ainsi qu'aux croyants (XVI, 102).

Feu (considéré comme châtiment réservé aux damnés), *voir :* Géhenne.

Fleuves, *voir :* Ruisseaux.

Géhenne. *jahannam* paraît soixante-dix-sept fois dans le Coran. Ce nom vient de l'hébreu *Gé-hinnom* (voir II, 206, note 2) et il est devenu synonyme de *Shéol.* — On trouve dans le Coran deux autres appellations considérées comme des noms propres : *saqar* (quatre fois) et *'al ḥutama* (une fois). — Voici les autres expressions qui caractérisent le châtiment réservé aux damnés : *'al nār* « le Feu » (plus de cent fois); *'al jaḥīm* « la Fournaise » (vingt-six fois); *sa'īr* (synonyme du précédent), rendu par « Brasier » ou par « flamme brûlante » (seize fois); *laḍa* « Brasier » (une fois); *'aḏāb al ḥarīq* « le châtiment du Feu » (cinq fois).

Gloire, *voir* : Louange.

Grâce, faveur, bienfait (*voir* ce dernier mot). — *faḍl* (synonyme : *ni'ama*) peut se rendre par : « grâce, faveur » ou « bienfait accordé par Dieu ». La faveur, comme la grâce, implique le don, le bienfait libre et gratuit. Cependant le mot « grâce » convient mieux au vocabulaire religieux, bien que la notion de grâce dans le langage théologique chrétien comporte un sens spirituel de « participation » à un ordre surnaturel que les Musulmans n'attribuent pas au *faḍl*. — Dans la langue coranique, le *faḍl* vient le plus souvent de Dieu. Il peut consister en « bienfaits » d'ordre temporel; en « biens de ce monde »; en une « protection » particulière de Dieu; mais encore, c'est par sa grâce que Dieu dirige les croyants dans la « voie droite » (II, 64); l'accès au Paradis est une grâce (XXXV, 35). Dieu seul en est le Maître : « il la répand sur qui il veut » (II, 90; III, 152, etc.). Les croyants la recherchent (V, 2; XVI, 14, etc.).

Heureux. Le terme *'al mufliḥūn* signifie littéralement : « les gagnants », ceux qui l'emportent, ceux qui ont réussi et qui obtiennent les récompenses méritées par leurs bonnes actions; ceux qui ont choisi les moyens les plus propres à assurer leur bonheur futur. Les « perdants » (*voir :* Perdre) sont, au contraire, ceux qui perdent tout par leur faute. (Ces deux termes évoquent l'idée de négoce, transposée sur le plan religieux.)

Ignorance. Le mot *jāhiliyā* désigne, à proprement parler, l'ignorance de ceux qui ne connaissent pas la Révélation coranique. Le temps de l'ignorance est l'époque préislamique. Le *jāhil*, l'ignorant, est donc celui qui ne connaît pas l'Islam, ou bien celui qui vit sans loi révélée. Son ignorance se situe surtout par rapport au Coran.

IMMENSE, INCOMMENSURABLE. Le nom-adjectif *'azīm* signifie : immense, grand, considérable, incommensurable. Appliqué à Dieu, on le rendra par « inaccessible » (*voir :* L. Gardet, *Encyclopédie de l'Islam,* 1958, article : *al asma' al husna*). Appliqué au Nom de Dieu, on le rendra par « très grand »; appliqué à la grâce de Dieu, on le rendra par « incommensurable »; appliqué à la récompense et au bonheur de la vie future, on le rendra par « sans limites »; appliqué au châtiment de la Géhenne, on le rendra par « terrible ».

INATTENTIF, *voir :* INSOUCIANT.

INCRÉDULITÉ. Le verbe *kafara* signifie : être ingrat et incrédule. *kufr* sera rendu par « incrédulité ». Il s'agit, non seulement de l'attitude négative de ceux qui n'ont pas la foi, mais d'une incroyance voulue, coupable; une « ingratitude » à l'égard de Dieu qui a bien voulu révéler le Livre à son Prophète Muhammad; un refus de croire qui constitue le péché inexpiable en cette vie et dans l'autre; le péché qui entraîne forcément la damnation. *'al kāfirūn* sont donc, à la fois, « les incrédules » volontairement incrédules, les incroyants, les infidèles, les impies, les renégats, coupables du plus grand des crimes.

INJUSTE. *zālim* (le substantif *zulm* signifie à la fois : injustice, méchanceté et obscurité) sera rendu par « injuste » mais il convient de remarquer que ce mot doit être pris dans un sens qui, en dernière analyse, se rapporte à la foi. — « Injuste », dans le langage courant, désigne celui qui agit contrairement à la justice. Dans le Coran, comme dans la Bible, le terme « juste » est appliqué à celui qui vit conformément à la Loi divine et qui se comporte, envers ses semblables, selon les règles dictées par cette même Loi. — L'injuste est donc celui qui n'en tient pas compte : il est coupable, pécheur, pervers. — D'après le Coran, « les incrédules *('al kāfirūn)* sont les injustes *('al zalimūn)* » (II, 229, 254). — Les *dallūn* sont les « égarés », en général.

INSOUCIANT. Le mot *ġāfil* accompagné de la négation et en parlant de Dieu sera rendu par « Dieu n'est pas inattentif ». — Les *ġāfilūn* sont les hommes insouciants par ignorance ou mépris de la Révélation; ils se montrent négligents et distraits, alors qu'ils devraient écouter les messages prophétiques et observer les préceptes religieux.

INVOCATION DE DIEU, *voir* : SOUVENIR.

ISLAM, *voir* : MUSULMAN.

JARDIN, PARADIS. Le mot *janna* (employé souvent au pluriel, dans le Coran) signifie « jardin ». Lorsqu'il s'applique à la vie future, on a parfois préféré, par souci de clarté, le rendre par « Paradis » (expression passée dans le Coran sous la forme : *firdaūs* et qui signifie, elle aussi « jardin » ; cf. XVIII, 107, note 2).

JOUISSANCE ÉPHÉMÈRE. Cette expression servira à traduire l'arabe *matā'* qui s'applique à la jouissance temporaire des biens de ce bas monde *(dunyā)*; jouissance accordée par Dieu sous forme de choses utiles et agréables.

JUSTE. Le mot *ḥakīm* peut se rendre à la fois par « juste » et par « sage »; le sage étant celui qui sait, qui possède la Science et qui est par conséquent capable de porter un jugement équitable. — Dieu sait tout et il « juge » en parfaite connaissance de cause. Il est « le Juge » par excellence. — On rendra *ḥakīm* par « sage » dans les textes qui se rapportent à la Science divine et par « juste » dans ceux qui font allusion à une rétribution en ce monde ou dans l'autre.

JUSTE (appliqué à l'homme). Le « juste » est le croyant qui observe parfaitement la Loi divine et qui agit selon les règles que lui dicte sa foi. — La racine *ç-l-ḥ* signifie : être sans défaut, être probe, intègre, vertueux. Le nom-adjectif *çāliḥ* sera rendu par « juste » dans un sens proprement religieux qui évoque l'idée de perfection, de sainteté; ou par « saint ». — Cette notion revient souvent dans l'Ancien Testament avec le terme *çādiq*. Le mot arabe de même forme s'applique dans le Coran à celui qui est juste, sincère, véridique et qui est fidèle à tenir ses promesses. (*Voir* : INJUSTE.)

LOUANGE DIVINE. Ce mot a deux équivalents en arabe : *ḥamd* et *subḥān*. Cependant, le deuxième sera plus souvent rendu par « gloire », notamment dans l'exclamation : « Gloire à Dieu ! » par laquelle le croyant exprime le souhait, le désir de voir Dieu loué, exalté, glorifié par toute sa création.

MAÎTRE. L'appellation *rabb,* Seigneur et Maître, convient essentiellement à Dieu. — *ḏū,* appliqué à Dieu, sera parfois traduit par « Maître »; mais ce mot désigne « celui qui détient », qui possède quelque chose; celui qui est doué d'un talent, d'une qualité, d'une capacité quelconque. — Le *walī* est celui qui est proche : l'ami, le protecteur, le défenseur, le patron et celui aussi qui détient une autorité. Ce mot sera parfois rendu par « maître » (au singulier et au pluriel) avec le sens de « patron ».

MESSAGE PROPHÉTIQUE. Le substantif *balāġ* (et non le verbe) sert uniquement, dans le Coran, à désigner la mission essentielle du Prophète qui est de transmettre le message prophétique.

MISÉRICORDIEUX. La racine *r-ḥ-m* signifie : être compatissant, bon, clément et « faire miséricorde ». *raḥmān* et *raḥīm* sont deux noms-adjectifs synonymes qui signifient : « miséricordieux », avec une idée de clémence, de compassion, de bienfaisance (attribut de volonté quand il s'agit de Dieu). Cependant, le premier qualifie plutôt celui qui fait une action, alors que le deuxième revêt la forme la plus courante du nom-adjectif. On a voulu marquer cette nuance en traduisant *'al raḥmān* par « celui qui fait miséricorde » et *'al raḥīm* par « le Miséricordieux » (c'est-à-dire : celui qui est miséricordieux par essence). (Cf. la formule hébraïque *rahoum vé ḥanūn :* « Dieu de tendresse et de pitié », en *Ex.* XXXIV, 6-7, etc.) — Mais au cours de plusieurs Sourates (XIX, XXI, XLIII, LXVII) *'al raḥmān* a été simplement rendu par « le Miséricordieux », nom-adjectif que l'on a parfois considéré comme un nom propre et qui, selon Ghazzali, ne peut être appliqué qu'à Dieu. — Le nom *Raḥmanan,* « le Miséricordieux », désigne le Dieu monothéiste dans les inscriptions judéo-sabéennes, et Dieu le Père dans la formule trinitaire chrétienne. (Cf. Ryckmans, *Les Noms propres sud-sémitiques,* tome I, p. 31.)

MONDE. Le mot *dunyā* (racine *d-n-a :* être proche)

désigne ce bas monde, ce monde présent et proche, par opposition à *'al 'āḫira* l'autre monde, le dernier, celui de la vie future. Le premier sera rendu par « ce monde » et le deuxième sera traduit le plus souvent par « la vie future ».

MONDES (au pluriel). *'al 'ālamīn* sera rendu par « les mondes » par référence à l'hébreu *'olam* ou bien par « l'univers ».

MUSULMAN. Le verbe de IVe forme *'aslama* signifie : se soumettre, se confier à quelqu'un. Celui qui se soumet à Dieu est *muslim;* c'est un vrai croyant, un Musulman, celui dont la religion est l'Islam. L'acception de ce terme, devenu courant dans toutes les langues, est évidemment postérieure au Coran; c'est pourquoi on a préféré traduire *'islām* par « soumission à Dieu » dans le sens d'une remise totale de soi-même à Dieu; *muslim* sera rendu par « celui qui se soumet à Dieu ».

MYSTÈRE. Le verbe *ġāba* signifie : être caché, invisible, mystérieux; et *ġāba 'an,* être absent, être loin. Chaque fois que, dans le Coran, *'al ġayb* est mis en opposition avec *'al šahādā* (litt. : ce qui est présent, apparent), on le rendra par « ce qui est caché ». Mais le plus souvent le nom-adjectif *'al ġayb* s'applique à ce qui est mystérieux, secret, inaccessible à l'intelligence humaine, bien que Dieu, dans sa miséricorde, ait « communiqué quelque chose de son Mystère » aux Prophètes. La traduction : « Mystère incommunicable » (ou impénétrable) préconisée par L. Massignon, rappelle que, d'après les docteurs de l'Islam, nul ne peut prétendre essayer de pénétrer ce « Mystère », tandis qu'à partir du moment où le Verbe s'est incarné, les Chrétiens sont appelés, non pas à connaître d'une façon adéquate l'Être divin, ce qui demeure une impossibilité radicale, mais à s'en approcher, sous la motion de l'Esprit-Saint et même à participer, d'une certaine manière, à la vie même de Dieu.

NÉGOCE. Le mot *tijāra* signifie : négoce, commerce, échange, troc. C'est le verbe « troquer » qui a été retenu, chaque fois que le Coran parle du marchandage ou de l'échange malheureux auquel se livrent ceux qui préfèrent l'erreur à la foi; la vie présente à la vie future. (*Voir* à PERDRE l'opposition entre les « perdants » et les « gagnants », un autre exemple du vocabulaire commercial transposé sur le plan religieux.)

ŒUVRES BONNES, *voir* : ACTIONS.

ORDRE (commandement). Quand le mot *'amr* est employé en parlant de Dieu, il signifie « ordre », « décret » *(voir ce mot)*, « commandement » réalisé par la Parole créatrice, ou simplement « commandement » relatif aux actes humains. — Lorsque ce mot concerne l'homme, on peut le rendre par « affaire » ou une « chose » quelconque le concernant.

PARDONNER. Dieu est, par excellence « celui qui pardonne » (verbe : *ġafara*); celui qui ne cesse de pardonner : *ġaffār* et *ġafūr*. Il est essentiellement « miséricordieux » (*voir ce mot*). — Il revient (racine : *t-w-b*) sans cesse vers le pécheur repentant, il est *'al tawwāb; tāba 'alā*... se dit de Dieu qui « revient » vers l'homme coupable et *tāba 'ilā 'allāh* signifie que l'homme repentant « revient vers Dieu ». — Dieu « efface » les péchés *('afā)*, c'est-à-dire qu'il les absout; il n'en tient plus compte; il les « efface » du Livre des actions des hommes. Ce mot sera traduit le plus souvent par le verbe « pardonner », bien que la Tradition musulmane lui donne un sens particulier. Le pardon de Dieu répond au repentir de l'homme, mais Dieu peut librement « effacer » des fautes dont l'homme ne s'est pas repenti.

PAROLE DIVINE. Le français : « Parole » servira, le plus souvent, à rendre trois mots arabes qui marquent cependant des nuances distinctes : *qawl*, attribué à Dieu, désigne « la Parole créatrice », ou une sentence divine, un « ordre » (*voir ce mot*) ou le Coran lui-même. (Le verbe : *q-w-l* a souvent, dans le Coran, Dieu pour sujet.) — *kalām, kalima* (et son pluriel *kalimāt*) est la Parole de Dieu exprimée par la bouche des prophètes avant l'Islam et par l'intermédiaire du prophète Muhammad. Ce mot revêt, lui aussi, le sens de « décret » divin.

PATIENCE. *çabr* signifie, à la fois : patience et constance vertueuse, persévérance dans le bien et soumission à la volonté de Dieu.

PERDRE. Le Coran emploie l'expression *'al ḫasirūn :* « les perdants », ceux qui perdent, pour désigner les incrédules car ils perdent tout, en effet, en étant privés du Paradis. Le terme opposé est « gagnants ». (*Voir au mot :* HEUREUX.)

PEUPLE. Le mot *qawm,* en tant que collectif, est considéré, grammaticalement, comme un pluriel. Construit avec un pluriel au génitif, on le traduira, soit par « peuple », soit par « les gens » ou « les hommes ». — Au lieu de traduire textuellement, par exemple « le peuple des coupables », on préférera la formule « le peuple coupable », ou bien « les hommes coupables ».

POLYTHÉISTES. Le Coran emploie le verbe *'ašraka* (et le participe actif pluriel *mušrikūn*) qui signifie simplement « associer » quelqu'un ou quelque chose à..., chaque fois qu'il s'agit de ceux qui prêtent des « associés » à Dieu; de ceux qui placent de faux dieux (*šurakā'* littéralement : « associés ») à côté du Dieu unique en leur rendant un culte qui n'est dû qu'à lui. — *mušrikūn* sera rendu par « polythéistes » (en opposition à « monothéistes » : adorateurs du Dieu unique), bien que ce terme ne corresponde pas exactement avec celui employé par le Coran.

PROPHÈTE. Le « Prophète » est celui qui, mû par l'inspiration divine, parle au nom de Dieu pour révéler aux hommes ce qu'ils doivent connaître touchant les mystères cachés et les lois. Deux mots utilisés par le Coran peuvent être rendus par « prophète » avec des nuances particulières que le mot français ne spécifie pas : *rasūl* (verbe *rasala :* envoyer quelque chose à quelqu'un) est celui qui est « envoyé » par Dieu vers les hommes; il est également « apôtre »; *nabī* (verbe de IVe forme *'anbā' :* informer quelqu'un) est celui qui annonce, qui fait savoir aux hommes ce que Dieu veut bien leur faire connaître. — Le mot « prophète » sera préféré dans ces deux cas à « envoyé », « apôtre » ou « annonciateur ». (Le *nadīr* est aussi un prophète en ce sens qu'il est « celui qui avertit »; il est l'avertisseur.)

PROTECTEUR. On rendra *wakīl,* le plus souvent, par « protecteur » alors qu'il signifie, littéralement : « gérant, procurateur » et, quand il s'agit de Dieu : « celui à qui tout est confié, qui prend en charge tous les besoins des créatures ». (L. Gardet, *Encyclopédie de l'Islam,* 1958, article : *al asma' al husna,* p. 737. N° 53). Deux fois cependant, on écrira que Dieu « veille » sur toute chose (VI, 102 et XI, 12) et deux fois que Dieu est « garant » d'une parole donnée (XII, 66 et XXVIII, 28).

PUISSANCE DE DIEU. On trouve, dans le Coran, plusieurs noms-adjectifs comportant l'idée de « puissance », de toute-puissance attribuée à Dieu. Les trois mots suivants seront rendus par « Puissant » ou « Tout-Puissant » : *qādir, qadīr* et la forme renforcée *muqtadir; 'azīz* qui signifie à la fois : « fort », « puissant » et précieux; *qawī* sera rendu par « fort »; Dieu a tout pouvoir sur l'univers entier; le nom *'al jabbār,* « le très fort », est appliqué une fois à Dieu (LIX, 23) ainsi que l'expression : « le Maître *(d̲ū)* inébranlable *(matīn)* de la force » (LI, 58).

RELIGION. Ce mot vient du latin *religio* qui signifie : obligation, observation exacte du devoir, culte religieux, doctrine ou prescription religieuse et dette de religion, engagement pris envers Dieu. « Religion » désigne à la fois la doctrine et les pratiques cultuelles. — L'arabe *dīn* peut revêtir différentes nuances qui se ramènent, en bref, à trois sens distincts. I° : il s'emploie pour désigner le Jugement, la rétribution finale (il est alors à rapprocher de la racine hébraïco-araméenne de même forme). II° : il signifie coutume religieuse avec le sens de dette *(dayn);* ce qui est « dû » à Dieu, c'est-à-dire le culte, l'ensemble des obligations imposées par Dieu. III° : il est encore employé dans le sens de « religion » (*pehlevi, dēn:* religion, révélation) et de « foi ». L'Islam est « la Religion » par excellence. — L'arabe *milla* (mot d'origine araméenne signifiant : parole, révélation) signifie « religion » ou « loi » groupant une communauté. Il paraît quinze fois dans le Coran, dont huit fois construit avec le nom d'Abraham, dans l'expression : *milla 'ibrāhim,* la religion d'Abraham; ce patriarche étant considéré comme le premier croyant qui se soumit parfaitement à Dieu. Le mot *milla* désigne encore une religion quelconque pratiquée par une communauté déterminée.

REPENTIR. Outre l'expression *tāba 'ilā :* revenir repentant vers Dieu (*voir :* PARDON), on trouve dans le Coran le verbe *'anāba* (participe actif *munīb*) qui évoque la même idée de « conversion ». Ces deux formules caractérisent l'acte vertueux du croyant qui recherche le pardon divin.

RÉTRIBUTION, *voir :* SALAIRE.

RÉVÉLATION. La Révélation coranique est essentiellement considérée comme une « descente » : *tanzīl* (verbe *nazzala :* faire descendre). Dieu fait donc « descendre » sur les hommes ses dons, ses bienfaits, ses grâces dont la principale et la plus précieuse est le Coran. — Il fait aussi « descendre » la pluie, symbole et effet de sa miséricorde. — Les mots se rattachant à cette racine seront rendus par « révéler » (le plus souvent); « faire descendre » (la pluie) ou simplement, dans un sens plus général « accorder ».

RUISSEAUX ET FLEUVES. Le Paradis ou bien les « Jardins » *(voir ce mot)* sont copieusement irrigués. Le mot *'anhār* peut se rendre par « fleuves », ruisseaux, cours d'eau. Dans les textes qui décrivent le lieu de séjour des élus, lieu assimilé à un « Jardin », on emploiera le mot « ruisseaux »; mais quand il s'agira d'images évoquant l'abondance des dons célestes on lui préférera le mot « fleuves ». — L'expression coranique *min taḥtiha* (le pronom *ha* désignant le ou les jardins) signifie littéralement que les ruisseaux coulent « sous » le ou les jardins. Cette expression fait sans doute allusion aux frondaisons évoquées par l'image du jardin; c'est pourquoi on préférera employer la particule « où » avec le sens de « dans »; ce qui donnera : « Les Jardins où coulent les ruisseaux ».

SAGESSE. La Sagesse *(ḥikma)* aussi bien dans la Bible que dans le Coran est, à la fois, une connaissance de Dieu, une rectitude morale et un don prophétique. Elle est accordée aux Prophètes comme une lumière intérieure et une règle de conduite. Baïdawi, dans son Commentaire (*voir :* II, 129), écrit que la Sagesse est contenue dans le Coran et dans la Loi et qu'elle est la connaissance des obligations religieuses.

SALAIRE. *'ajr* signifie littéralement : « salaire ». Il sera rendu par « rétribution » (synonyme : *jaza'ā*) du bien ou du mal, lorsqu'il s'agit des récompenses ou des châtiments de la vie future et par « récompense » lorsque ce mot désigne expressément le bonheur réservé aux élus. Le pluriel *'ujūr* sera traduit par « douaire » lorsque le contexte l'exige (IV, 24, 25, etc. — Synonyme : *çaduqāt* en IV, 4) et par « pension » en LXV, 6, car il s'agit là de la pension due aux épouses répudiées, pour l'entretien de leurs enfants.

SCIENCE DIVINE. Le nom-adjectif *'alīm,* savant, appliqué à Dieu, signifie que Dieu sait tout, qu'il est omniscient, qu'il connaît tout parfaitement et que la « Science » lui appartient en propre. Pour indiquer que la Science divine s'étend à toute chose, le Coran emploie le verbe *'aḥāṭa* suivi de la particule *bi* (participe actif : *muḥīṭ*) qui signifie « embrasser », envelopper, encercler. La formule qui, traduite mot à mot, donnerait : « Certes Dieu est celui qui enveloppe tout »... (« en sa science » étant sous-entendu) deviendra, dans la traduction : « La Science de Dieu s'étend à tout ».

SERVITEUR. Le mot *'abd* est plus fort que le français « serviteur », car il signifie aussi : esclave et adorateur. Le verbe *'abada* se traduit par « adorer », rendre un culte, servir (Dieu).

SIGNES. Le mot « Signe », dans le Coran (*'aya,* pluriel : *'ayāt*) signifie à la fois « verset » et « miracle » ayant une valeur de « signe », de preuve irréfutable. (L'étymologie du mot *'aya* lui donnerait le sens primitif de « signal »; voir : Jeffery, *Encyclopédie de l'Islam,* 1958, article : *'aya*). Chaque verset du Coran est donc considéré comme un fait miraculeux qui entraîne l'adhésion du croyant. — Le mot *'ayāt* désigne encore les phénomènes de la nature, considérés comme autant de « preuves » de la toute-puissance divine, dans l'ordre de la Création, de la Résurrection et de la vie future. — Des prodiges et des faits miraculeux sont également des « signes » qui garantissent l'authenticité de la mission des prophètes, celle de Moïse et celle de Jésus en particulier. — Le mot *'ayāt* sera donc rendu par « Signes », sauf quand il s'agit d'une façon certaine des « versets » du Livre, destinés à être lus, comme, par exemple, au début des Sourates X, XII, XIII.

SOUVENIR DE DIEU. La traduction la plus approchée de *d̲ikr* serait « remémoration »; à ce sens primitif il faut ajouter « la mention orale du souvenir » (L. Gardet, *Encyclopédie de l'Islam,* 1961, article : *dhikr*), puis l'invocation du Nom de Dieu. (La répétition inlassable de ce « Nom » est devenue un procédé technique utilisé surtout par les Soufis; voir l'article cité.) — *d̲ikr* sera rendu ici, d'après le contexte, par « souvenir », « rappel » (le Coran lui-même est un « Rappel » : *tad̲kīra* en XX, 3), souvenir de Dieu ou invocation de son Nom.

SUBSISTANCE. Le verbe *razaqa,* avec Dieu pour sujet, signifie : pourvoir les êtres vivants de ce qui est nécessaire à leur subsistance (cette idée est à rapprocher de la demande contenue dans la prière chrétienne « le Pater » : « donne-nous aujourd'hui notre pain de ce jour » (*Mt.* VI, 11; cf. *Prov.* XXX, 8-9); Dieu accorde ainsi aux hommes, comme une faveur et un bienfait, de quoi vivre *(rizq)* en vertu d'un décret fixé à l'avance. (*rizq* est employé aussi dans le langage courant avec le sens de : provisions, vivres.) Dieu est, par excellence, celui qui pourvoit aux besoins des hommes; il est nommé *'al razzāq* car il est le « Dispensateur de tous les biens » (LI, 58; seule fois).

SUIVRE. Le verbe *tabi'a,* « suivre », employé souvent à la VIIIe forme, sera rendu parfois par « se conformer à... » ou par « s'attacher à... » ou encore par « approuver ».

VOIR, quand il s'agit de Dieu. L'arabe *'al baçīr* signifie : « le Clairvoyant ». On traduira cette expression par « celui qui voit parfaitement » en comprenant que Dieu voit, non seulement ce qui est apparent, mais encore ce qui est caché et ce qui n'est connu que de lui seul.

LE CORAN

SOURATE I

LA FATIHA[0]

[1] Au nom de Dieu :
celui qui fait miséricorde,
le Miséricordieux[1].

[2] Louange à Dieu,
Seigneur des mondes :
[3] celui qui fait miséricorde,
le Miséricordieux,
[4] le Roi du Jour du Jugement.

[5] C'est toi que nous adorons,
c'est toi
dont nous implorons le secours.

[6] Dirige-nous dans le chemin droit[1] :
[7] le chemin de ceux que tu as comblés de bienfaits;
non pas le chemin de ceux qui encourent ta colère[1]
ni celui des égarés[2].

SOURATE II

LA VACHE

Au nom de Dieu:
celui qui fait miséricorde,
le Miséricordieux.

1 ALIF. Lam. Mim[1].
2 Voici le Livre!
Il ne renferme aucun doute;
il est une Direction pour ceux qui craignent Dieu;
3 ceux qui croient au Mystère[1];
ceux qui s'acquittent de la prière[2];
ceux qui font l'aumône avec les biens[3]
que nous leur avons accordés[4];
4 ceux qui croient à ce qui t'a été révélé
et à ce qui a été révélé avant toi[1];
ceux qui croient fermement à la vie future.

5 Voilà ceux qui suivent une Voie
indiquée par leur Seigneur;
voilà ceux qui sont heureux!

6 Quant aux incrédules :
il est vraiment indifférent pour eux
que tu les avertisses
ou que tu ne les avertisses pas;
ils ne croient pas.

7 Dieu a mis un sceau[1]
sur leurs cœurs et sur leurs oreilles;
un voile est sur leurs yeux[2]
et un terrible châtiment les attend.

8 Certains hommes disent :
« Nous croyons en Dieu et au Jour dernier »,
mais ils ne croient pas.

9 Ils essayent de tromper Dieu et les croyants;
ils ne trompent qu'eux-mêmes
et ils n'en ont pas conscience.

10 Leur cœur est malade[1] :
Dieu aggrave cette maladie.
Un châtiment douloureux sera le prix de leur mensonge.

11 Lorsqu'on leur dit :
« Ne semez pas la corruption[1] sur la terre »,
ils répondent :
« Nous ne sommes que des réformateurs! »

12 Ne sont-ils pas eux-mêmes des corrupteurs?
Et ils n'en ont pas conscience!

13 Lorsqu'on leur dit :
« Croyez, comme croient les gens »,
ils répondent :
« Croirons-nous comme croient les insensés? ».

Ne sont-ils pas eux-mêmes des insensés?
Et ils ne le savent pas!

14 Chaque fois qu'ils rencontrent des croyants,
ils disent :
« Nous croyons! »
Mais lorsqu'ils se retrouvent seuls avec leurs démons,
ils disent :
« Nous sommes avec vous;
nous ne faisions que plaisanter! »

15 C'est Dieu qui se moque d'eux
et qui les fait persister dans leur révolte.
Ils perdent la tête!

16 Voilà ceux qui troquent l'erreur contre la voie droite;
leur négoce est sans profit;
ils ne sont pas dirigés.

17 Ils ressemblent à ceux qui ont allumé un feu.
Lorsque le feu éclaire ce qui est alentour,
Dieu leur retire la lumière;
il les laisse dans les ténèbres,
— eux ne voient rien —
18 sourds, muets, aveugles,
ils ne reviendront jamais vers Dieu.

19 Ils sont semblables[1] à un nuage du ciel
qui apporte des ténèbres, le tonnerre et des éclairs.
Ils mettent leurs doigts dans leurs oreilles
par crainte de la foudre
et pour se préserver de la mort.
— Dieu cerne les incrédules de tous les côtés —

20 Peu s'en faut
que l'éclair ne leur ôte la vue.

Lorsque l'éclair brille,
ils marchent à sa clarté.
Lorsque survient l'obscurité,
ils s'arrêtent.

Si Dieu le voulait,
il les priverait de l'ouïe et de la vue.
Dieu est puissant sur toute chose!

21 Ô vous les hommes!
Servez votre Seigneur qui vous a créés,
vous, et ceux qui ont vécu avant vous[1].
— Peut-être le craindrez-vous —

22 De la terre, il a fait pour vous un lit de repos,
et du firmament, un édifice.
Il fait descendre du ciel une eau
grâce à laquelle il fait surgir des fruits
pour assurer votre subsistance.

N'attribuez pas à Dieu de rivaux,
alors que vous savez.

23 Si vous êtes dans le doute
au sujet de ce que nous avons révélé
à notre serviteur[1],

apportez-nous une Sourate semblable à ceci[2];
appelez vos témoins autres que Dieu,
si vous êtes véridiques.

[24] Si vous ne le faites pas
— et vous ne le ferez pas —
craignez le Feu
qui a pour aliment[1] les hommes et les pierres
et qui a été préparé pour les incrédules.

[25] Annonce la bonne nouvelle
à ceux qui croient et qui font le bien :
ils posséderont des jardins où[1] coulent les ruisseaux.

Chaque fois qu'un fruit leur sera offert, ils diront :
« Voilà ce qui nous était accordé autrefois »,
— car des mets semblables leur étaient donnés —

Ils trouveront là[2] des épouses pures,
et là, ils demeureront immortels.

[26] Dieu ne répugne pas
à proposer en parabole un moucheron
ou quelque chose de plus relevé.
Les croyants savent
que c'est la Vérité venue de leur Seigneur.
Les incrédules disent :
« Qu'est-ce que Dieu a voulu signifier
par cette parabole? »

Il en égare ainsi un grand nombre
et il en dirige un grand nombre;
mais il n'égare que les pervers.

[27] Ceux qui violent le pacte de Dieu
après avoir accepté son alliance[1];
ceux qui tranchent les liens
que Dieu a ordonné de maintenir;
ceux qui corrompent la terre :
voilà les perdants!

[28] Comment pouvez-vous ne pas croire en Dieu?
Il vous a donné la vie,

alors que vous n'existiez pas[1].
Il vous fera mourir,
puis il vous ressuscitera
et vous serez ramenés à lui[2].

29 C'est lui qui a créé pour vous
tout ce qui est sur la terre.
Il s'est ensuite tourné vers le ciel
qu'il a organisé en sept cieux[1].
— Il connaît toute chose —

30 Lorsque ton Seigneur dit aux anges :
« Je vais établir un lieutenant sur la terre[1] »,
ils dirent :
« Vas-tu y établir quelqu'un qui fera le mal
et qui répandra le sang,
tandis que nous célébrons tes louanges en te glorifiant
et que nous proclamons ta sainteté[2] ? »

Le Seigneur dit :
« Je sais ce que vous ne savez pas ».

31 Il apprit à Adam le nom de tous les êtres[1],
puis il les présenta aux anges en disant :
« Faites-moi connaître leurs noms,
si vous êtes véridiques ».

32 Ils dirent :
« Gloire à toi !
Nous ne savons rien
en dehors de ce que tu nous as enseigné ;
tu es, en vérité, celui qui sait tout, le Sage ».

33 Il dit :
« Ô Adam !
Fais-leur connaître les noms de ces êtres ! »

Quand Adam en eut instruit les anges,
le Seigneur dit :
« Ne vous ai-je pas avertis ?
Je connais le mystère des cieux et de la terre ;
je connais ce que vous montrez
et ce que vous tenez secret ».

34 Lorsque nous avons dit aux anges :
« Prosternez-vous devant Adam[1] ! »
ils se prosternèrent,
à l'exception d'Iblis qui refusa
et qui s'enorgueillit[2] :
il était au nombre des incrédules.

35 Nous avons dit :
« Ô Adam !
Habite avec ton épouse dans le jardin;
mangez de ses fruits comme vous le voudrez;
mais ne vous approchez pas de cet arbre,
sinon vous seriez au nombre des injustes[1] ».

36 Le Démon[1] les fit trébucher
et il les chassa du lieu où ils se trouvaient.

Nous avons dit :
« Descendez, et vous serez ennemis les uns des autres.
Vous trouverez, sur la terre,
un lieu de séjour et de jouissance éphémère ».

37 Adam accueillit les paroles de son Seigneur
et revint à lui, repentant[1].
Dieu est, en vérité, celui qui revient sans cesse
vers le pécheur repentant[2];
il est miséricordieux.

38 Nous avons dit :
« Descendez tous !
Une Direction vous sera certainement donnée
de ma part ».
— Ni crainte, ni tristesse n'affligeront
ceux qui suivent ma Direction —

39 Quant aux incrédules;
à ceux qui traitent nos Signes de mensonges :
voilà ceux qui seront les hôtes du Feu :
ils y demeureront immortels.

40 Ô fils d'Israël !
Souvenez-vous des bienfaits dont je vous ai comblés.
Soyez fidèles à mon alliance;

je serai fidèle à votre alliance[1].
— Craignez-moi! —

41 Croyez à ce que j'ai révélé,
confirmant[1] ce que vous avez déjà reçu.
Ne soyez pas les premiers à ne pas y croire;
ne troquez pas mes Signes à vil prix.
— Craignez-moi! —

42 Ne dissimulez pas la Vérité en la revêtant du mensonge.
Ne cachez pas la Vérité, alors que vous savez.

43 Acquittez-vous de la prière,
faites l'aumône[1];
inclinez-vous avec ceux qui s'inclinent[2].

44 Commanderez-vous aux hommes la bonté,
alors que, vous-mêmes, vous l'oubliez?
Vous lisez le Livre;
ne comprenez-vous pas?

45 Demandez l'aide de la patience[1] et de la prière :
c'est vraiment pénible,
sauf pour les humbles
46 car ils savent qu'ils rencontreront leur Seigneur,
et qu'ils retourneront à lui.

47 Ô fils d'Israël!
Souvenez-vous des bienfaits dont je vous ai comblés.
Je vous ai préférés à tous les mondes[1]!

48 Redoutez un Jour :
où nul ne sera récompensé pour autrui,
où nulle intercession ne sera acceptée,
où nulle compensation ne sera admise,
où personne ne sera secouru[1].

49 Nous vous avons délivrés des gens de Pharaon[1] :
ils vous infligeaient de graves tourments :
ils égorgeaient vos fils
et ils laissaient vivre vos filles[2] :
Ce fut, de la part de votre Seigneur,
une terrible épreuve.

50 Nous avons fendu la mer pour vous;
nous vous avons sauvés;
nous avons englouti, sous vos yeux,
les gens de Pharaon[1].

51 Nous avons fait un pacte avec Moïse,
durant quarante nuits[1];
puis, en son absence, vous avez préféré le veau[2].
Vous avez été injustes.

52 Nous vous avons ensuite pardonné[1].
Peut-être en serez-vous reconnaissants !

53 Nous avons donné à Moïse le Livre et le discernement[1].
Peut-être serez-vous dirigés !

54 Moïse dit à son peuple :
« Ô mon peuple !
Vous vous êtes lésés vous-mêmes en préférant le veau.
Revenez à votre Créateur et entretuez-vous[1] :
ce sera meilleur pour vous auprès de votre Créateur.
Il reviendra vers vous;
il est, en vérité, celui qui revient sans cesse
vers le pécheur repentant;
il est miséricordieux ».

55 Vous avez dit :
« Ô Moïse !
Nous ne croirons pas en toi,
tant que nous ne verrons pas Dieu clairement ».

La foudre vous emporta, alors que vous regardiez,
56 puis, après votre mort, nous vous avons ressuscités;
peut-être serez-vous reconnaissants !

57 Nous avons fait planer sur vous la nuée[1];
nous avons fait descendre la manne et les cailles[2] :
« Mangez des bonnes choses
que nous vous avons accordées ».

Ils ne nous ont pas lésé,
mais ils se sont fait tort à eux-mêmes.

[58] Nous avons dit :
« Entrez dans cette cité;
mangez de ses produits à satiété,
partout où vous voudrez;
franchissez-en la porte en vous prosternant[1]
et dites : " Pardon " ».

Nous vous pardonnerons vos péchés;
nous donnerons davantage à ceux qui font le bien.

[59] Mais ceux qui étaient injustes
substituèrent une autre parole,
à la parole qui leur avait été dite.

Nous avons fait tomber du ciel un courroux
sur les injustes,
pour prix de leur perversité.

[60] Moïse demanda à boire pour son peuple.
Nous lui avons dit :
« Frappe le rocher avec ton bâton ».

Douze sources en jaillirent :
chacun sut où il devait boire[1].

Mangez et buvez des biens que Dieu vous a accordés;
n'usez pas de violence sur la terre, en la corrompant.

[61] Vous avez dit :
« Ô Moïse!
Nous ne supporterons plus
toujours la même nourriture.
Invoque ton Seigneur en notre faveur,
afin que, pour nous, il fasse pousser
des produits de la terre :
des légumes, des concombres, de l'ail,
des lentilles et des oignons[1] ».

Il répondit :
« Voulez-vous échanger ce qui est bon
contre ce qui est vil?
Descendez donc en Égypte,
vous y trouverez ce que vous demandez ».

Ils furent frappés par l'humiliation et la pauvreté.
La colère de Dieu les éprouva
parce qu'ils n'avaient pas cru aux Signes de Dieu,
parce qu'ils tuaient injustement[2] les prophètes,
parce qu'ils étaient désobéissants et transgresseurs.

62 Ceux qui croient,
ceux qui pratiquent le Judaïsme,
ceux qui sont Chrétiens[1] ou Çabéens[2],
ceux qui croient en Dieu et au dernier Jour,
ceux qui font le bien :
voilà ceux qui trouveront leur récompense
auprès de leur Seigneur.
Ils n'éprouveront plus alors aucune crainte,
ils ne seront pas affligés[3].

63 Nous avons contracté une alliance avec vous;
nous avons élevé le Mont[1] au-dessus de vous :
« Prenez avec fermeté
la loi que nous vous avons donnée[2] :
rappelez-vous son contenu[3].
— Peut-être craindrez-vous Dieu » —

64 Vous vous êtes ensuite détournés...
Sans la grâce et la miséricorde de Dieu,
vous seriez au nombre des perdants[1].

65 Vous connaissez ceux des vôtres
qui ont transgressé le Sabbat?
Nous leur avons dit :
« Soyez des singes abjects[1] ».

66 Nous en avons fait un exemple
pour leurs contemporains et pour leurs descendants;
et un avertissement pour ceux qui craignent Dieu.

67 Moïse dit à son peuple :
« En vérité, Dieu vous ordonne
d'immoler une vache[1] ».

Ils dirent :
« Te moques-tu de nous? »

Il dit :
« Que Dieu me préserve
d'être au nombre des ignorants! »

68 Ils dirent :
« Demande pour nous à ton Seigneur
de nous indiquer clairement ce qu'elle doit être ».

Il dit :
« Dieu dit :
Oui... Ce sera une vache, ni vieille, ni jeune,
mais d'âge moyen;
faites ce qui vous est ordonné ».

69 Ils dirent :
« Demande pour nous à ton Seigneur
de nous indiquer clairement
quelle doit être sa couleur ».

Il dit :
« Dieu dit :
Oui... Ce sera une vache rousse,
d'une couleur franche et agréable à voir ».

70 Ils dirent :
« Demande pour nous à ton Seigneur
de nous indiquer clairement ce qu'elle doit être;
toutes les vaches sont semblables à nos yeux,
mais, si Dieu le veut, nous serons bien dirigés ».

71 Il dit :
« Dieu dit :
Oui... Ce sera une vache
qui n'aura pas été avilie par le labour de la terre,
ou par l'arrosage des champs :
une vache sans marque ni défaut ».

Ils dirent :
« Tu nous as maintenant apporté la Vérité »;
et ils immolèrent la vache.
— Ils avaient failli s'en abstenir —

72 Rappelez-vous qu'après avoir tué un homme,
vous vous êtes rejeté ce crime les uns sur les autres;
mais Dieu a mis au grand jour ce que vous cachiez ».

73 Nous avons dit :
« Frappez le cadavre avec un membre de la vache ».

Voici comment Dieu rend la vie aux morts;
il vous montre ses Signes.
— Peut-être comprendrez-vous! —

74 Vos cœurs, ensuite, se sont endurcis.
Ils sont semblables à un rocher, ou plus durs encore[1].

Il en est, parmi les rochers,
d'où jaillissent les ruisseaux;
il en est qui se fendent, et l'eau en sort;
il en est qui s'écroulent par crainte de Dieu.
— Dieu n'est pas inattentif à ce que vous faites —

75 Comment pouvez-vous désirer qu'ils[1] croient avec vous,
alors que certains d'entre eux
ont altéré sciemment la Parole de Dieu,
après l'avoir entendue[2]?

76 Chaque fois qu'ils rencontrent des croyants, ils disent :
« Nous croyons! »

Mais, lorsqu'ils se retrouvent entre eux, ils disent :
« Allez-vous leur parler de ce que Dieu vous a accordé[1],
pour qu'ils en fassent un argument contre vous
auprès de votre Seigneur?
Ne le comprenez-vous pas? »

77 Ne savent-ils pas
que Dieu connaît ce qu'ils cachent
et ce qu'ils divulguent?

78 Certains d'entre eux sont infidèles.
Ils ne connaissent pas le Livre,
mais seulement des contes imaginés.
Ils ne formulent que des suppositions.

79 Malheur à ceux qui écrivent le Livre de leurs mains,
et qui disent, ensuite, pour en retirer un faible prix :
« Ceci vient de Dieu! »

Malheur à eux!
à cause de ce que leurs mains ont écrit.
Malheur à eux!
à cause de ce qu'ils ont fait[1].

80 Ils ont dit :
« Le feu ne nous touchera que durant un temps limité[1] ».

Dis :
« N'avez-vous pas conclu une alliance avec Dieu ?
Dieu ne manquera pas à son alliance;
ou bien, dites-vous contre Dieu
ce que vous ne savez pas ? »

81 Non !...
Ceux qui ont commis un péché
et que leur faute a enveloppés :
voilà ceux qui seront les hôtes du Feu;
ils y demeureront immortels.

82 Ceux qui croient et qui font le bien
seront les hôtes du Paradis[1];
ils y demeureront immortels.

83 Nous avons fait alliance avec les fils d'Israël :
« Vous n'adorerez que Dieu[1];
soyez bons à l'égard de vos parents, de vos proches,
des orphelins et des pauvres.
Usez envers les hommes de paroles de bonté;
acquittez-vous de la prière;
faites l'aumône ».

Vous vous êtes ensuite détournés,
— à l'exception d'un petit nombre d'entre vous —
vous vous êtes écartés...

84 Nous avons conclu une alliance avec vous :
« Ne répandez pas votre sang;
ne vous expulsez pas les uns les autres de vos maisons ».

Vous avez accepté, vous en témoignez;
85 mais voilà comment vous vous comportez[1] ensuite :
vous vous entretuez;
vous expulsez de leurs maisons certains d'entre vous;
vous vous liguez[2] contre eux
pour leur causer du tort et commettre des crimes.
S'ils se constituent prisonniers[3], vous les rançonnez,
alors qu'il vous est interdit de les chasser.

Croyez-vous donc à une certaine partie du Livre
et restez-vous incrédules à l'égard d'une autre?

Quelle sera la rétribution
de celui d'entre vous qui agit ainsi,
sinon d'être humilié durant la vie de ce monde
et d'être refoulé vers le châtiment le plus dur,
le Jour de la Résurrection?
— Dieu n'est pas inattentif à ce que vous faites —

86 Voilà ceux qui ont troqué la vie future
contre la vie de ce monde.
Le châtiment ne sera pas allégé pour eux;
ils ne seront pas secourus.

87 Nous avons, en vérité, donné le Livre à Moïse,
et nous avons envoyé des prophètes après Lui[1].

Nous avons accordé des preuves incontestables
à Jésus, fils de Marie[2]
et nous l'avons fortifié par l'Esprit de sainteté[3].

Chaque fois qu'un prophète est venu à vous,
en apportant ce que vous ne vouliez pas,
vous vous êtes enorgueillis;
vous avez traité plusieurs d'entre eux de menteurs
et vous en avez tué quelques autres.

88 Ils ont dit[1] :
« Nos cœurs sont incirconcis! »
Non!...
Que Dieu les maudisse, à cause de leur incrédulité[2].
Petit est le nombre des croyants.

89 Lorsqu'un Livre venant de Dieu
et confirmant ce qu'ils avaient reçu
leur est parvenu,
— ils demandaient auparavant la victoire
sur les incrédules —
lorsque ce qu'ils connaissaient déjà leur est parvenu,
ils n'y crurent pas.
— Que la malédiction de Dieu tombe
sur les incrédules! —

90 Combien est exécrable
ce contre quoi ils ont troqué leurs âmes
en ne croyant pas à ce que Dieu a révélé;
en se révoltant à l'idée
que Dieu a gratifié de la Révélation
ceux de ses serviteurs qu'il a choisis.

Ils ont encouru colère sur colère.
Un châtiment ignominieux est réservé aux incrédules.

91 Lorsqu'on leur a dit :
« Croyez à ce que Dieu a révélé »,
ils ont répondu :
« Nous croyons à ce qui nous a été révélé »;
mais ils sont incrédules
à l'égard de ce qui vint ensuite
et qui est la Vérité confirmant ce qu'ils ont déjà reçu.

Dis :
« Pourquoi donc, si vous êtes croyants,
avez-vous, autrefois, tué les prophètes de Dieu?

92 Moïse est venu à vous avec des preuves irréfutables;
puis, en son absence, vous avez préféré le veau[1].
Vous avez été injustes ».

93 Nous avons accepté votre alliance;
nous avons élevé le Mont au-dessus de vous :
« Prenez avec fermeté ce que nous vous avons donné
et écoutez! »

Ils répondirent :
« Nous avons écouté, et nous avons désobéi ».

Ils furent abreuvés du veau, en leur cœur,
à cause de leur incrédulité.

Dis :
« Si vous êtes croyants,
ce que vous ordonne votre foi est très mauvais ».

94 Dis :
« Si la demeure dernière auprès de Dieu
vous est réservée, de préférence à tous les hommes,
souhaitez donc la mort, si vous êtes sincères ».

95 Mais ils ne la souhaitent jamais,
à cause des œuvres que leurs mains ont accomplies[1].
— Dieu connaît les injustes —

96 Tu les trouveras les plus avides des hommes à vivre.
Tel, parmi les polythéistes[1], voudrait durer mille ans;
cela ne leur éviterait pas le châtiment.
— Dieu voit parfaitement ce qu'ils font[2] —

97 Dis :
« Qui est l'ennemi de Gabriel[1] ? »...
— C'est lui qui a fait descendre sur ton cœur
avec la permission de Dieu
le Livre qui confirme[2] ce qui était avant lui :
Direction et bonne nouvelle pour les croyants —
98 « Celui qui est ennemi de Dieu,
de ses anges, de ses prophètes,
de Gabriel et de Mikaël ».
— Dieu est l'ennemi des incrédules —

99 Nous t'avons révélé des versets parfaitement clairs.
Seuls, les pervers n'y croient pas.

100 Chaque fois qu'ils concluent un pacte,
plusieurs d'entre eux le rejettent :
le plus grand nombre d'entre eux ne croit pas.

101 Lorsqu'un prophète envoyé par Dieu est venu à eux,
confirmant ce qu'ils avaient déjà reçu,
plusieurs de ceux auxquels le Livre avait été donné
rejetèrent derrière leur dos le Livre de Dieu,
comme s'ils ne savaient rien.

102 Ils ont approuvé[1] ce que les démons leur racontaient
touchant le règne de Salomon.
Salomon n'était pas incrédule,
mais les démons sont incrédules[2].

Ils enseignent aux hommes la magie,
et ce qui, à Babil[3], avait été révélé
aux deux anges Harout et Marout[4].

Ces deux-là n'instruisent personne sans dire :
« Nous ne constituons qu'une tentation,
ne sois donc pas incrédule ».

Les démons apprennent auprès d'eux
les moyens de séparer le mari de son épouse;
mais ils ne peuvent nuire à personne,
sans la permission de Dieu.

Les démons enseignent
ce qui ne peut nuire aux hommes,
ni leur être d'aucune utilité.
Les hommes savent
que celui qui fait l'acquisition de ces vanités
n'aura aucune part dans la vie future.
Le troc auquel ils consentent est vraiment détestable.
— S'ils avaient su! —

103 S'ils avaient cru,
s'ils avaient craint Dieu,
une récompense de Dieu aurait été meilleure pour eux.
— S'ils avaient su! —

104 Ô vous qui croyez!
Ne dites pas : « Favorise-nous! »
mais dites : « Regarde-nous[1]! »
Écoutez!
Un châtiment douloureux attend les incrédules.

105 Ceux d'entre les gens du Livre[1] qui sont incrédules
et les polythéistes
ne voudraient pas qu'une grâce de votre Seigneur
descende sur vous.

Dieu accorde, en particulier, sa miséricorde
à qui il veut.
Dieu est le Maître de la grâce incommensurable.

106 Dès que nous abrogeons un verset
ou dès que nous le faisons oublier,
nous le remplaçons par un autre, meilleur ou semblable[1].
— Ne sais-tu pas
que Dieu est puissant sur toute chose? —

107 Ne sais-tu pas
que la Royauté des cieux et de la terre appartient à Dieu[1]
et qu'en dehors de Dieu
il n'est, pour vous, ni maître, ni défenseur?

108 Voulez-vous interroger votre Prophète,
comme autrefois, on a interrogé Moïse?

Quiconque échange la foi contre l'incroyance
s'écarte de la voie droite[1].

109 Poussés par la jalousie[1]
un grand nombre des gens du Livre voudraient,
— bien que la Vérité se soit manifestée à eux —
vous faire revenir à l'incrédulité
après que vous avez eu la foi.

Pardonnez et oubliez[2]
jusqu'à ce que Dieu vienne avec son Jugement[3].
— Dieu est puissant sur toute chose —

110 Soyez assidus à la prière;
faites l'aumône;
vous retrouverez auprès de Dieu le bien
que vous aurez acquis à l'avance, pour vous-mêmes[1].
— Dieu voit parfaitement ce que vous faites —

111 Ils ont dit :
« Personne n'entrera au Paradis,
s'il n'est juif ou chrétien ».
— Tel est leur souhait chimérique —

Dis :
« Apportez votre preuve décisive,
si vous êtes véridiques ».

112 Non!...
Celui qui s'est soumis[1] à Dieu et qui fait le bien
aura sa récompense auprès de son Seigneur...

Ils n'éprouveront plus aucune crainte,
ils ne seront pas affligés.

113 Les Juifs ont dit :
« Les Chrétiens ne sont pas dans le vrai[1] ! »

Les Chrétiens ont dit :
« Les Juifs ne sont pas dans le vrai ! »
et pourtant, ils lisent le Livre[2].

Bam! -D Ceux qui ne savent rien prononcent les mêmes paroles;
Dieu jugera entre eux
le Jour de la Résurrection,
et il tranchera leurs différends.

114 Qui donc est plus injuste
que celui qui s'oppose à l'invocation du nom de Dieu
dans les mosquées de Dieu,
et que ceux qui s'acharnent à détruire celles-ci,
alors qu'ils ne devraient y pénétrer qu'en tremblant?

L'opprobre les atteindra en ce monde,
et, dans la vie future, un terrible châtiment les attend.

115 L'Orient et l'Occident appartiennent à Dieu.
Quel que soit le côté vers lequel vous vous tournez,
la face de Dieu est là[1].
— Dieu est présent partout et il sait ! —

116 Ils[1] ont dit :
« Dieu s'est donné un fils ! »
Mais gloire à lui !
Ce qui se trouve dans les cieux et sur la terre
lui appartient en totalité[2] :
tous lui adressent leurs prières[3].

117 Créateur des cieux et de la terre,
lorsqu'il a décrété une chose,
il lui dit seulement : « Sois ! » et elle est[1].

118 Ceux qui ne savent rien ont dit :
« S'il n'en était pas ainsi, Dieu nous le dirait
ou bien, alors, un Signe nous parviendrait ».

Ceux qui vécurent avant eux
ont prononcé les mêmes paroles,
leurs cœurs se ressemblent.

Nous avons cependant montré les Signes
à un peuple qui croit fermement.

119 Nous t'avons envoyé avec la Vérité
pour annoncer la bonne nouvelle et pour avertir.

Tu ne seras pas interrogé
au sujet des hôtes de la Fournaise[1].

120 Les Juifs et les Chrétiens ne seront pas contents de toi
tant que tu ne suivras pas leur religion.

Dis :
« La Direction de Dieu est vraiment la Direction ».

Si tu te conformes à leurs désirs[1]
après ce qui t'est parvenu en fait de Science,
tu ne trouveras ni maître, ni défenseur
susceptible de s'opposer à Dieu.

121 Ceux à qui nous avons donné le Livre
le récitent comme il se doit.
Voilà ceux qui y croient.
Ceux qui n'y croient pas sont les perdants.

122 « Ô fils d'Israël!
Souvenez-vous des bienfaits dont je vous ai comblés;
je vous ai préférés à tous les mondes.

123 Redoutez un Jour où personne ne sera récompensé
pour autrui,
où nulle compensation ne sera admise,
où nulle intercession ne sera utile.
— Personne, alors, ne sera secouru » —

124 Lorsque son Seigneur éprouva Abraham
par certains ordres[1]
et que celui-ci les eut accomplis,
Dieu dit :

« Je vais faire de toi un guide[2] pour les hommes »,
Abraham dit :
« Et pour ma descendance aussi[3] ? »
Le Seigneur dit :
« Mon alliance ne concerne pas les injustes ».

125 Nous avons fait de la Maison
un lieu où l'on revient souvent[1]
et un asile pour les hommes.
Prenez donc la station d'Abraham[2]
comme lieu de prière.

Nous avons confié une mission à Abraham et Ismaël[3].
« Purifiez ma Maison
pour ceux qui accomplissent les circuits[4];
pour ceux qui s'y retirent pieusement,
pour ceux qui s'inclinent et se prosternent ».

126 Abraham dit :
« Mon Seigneur!
Fais de cette cité[1] un asile sûr;
accorde à ses habitants des fruits comme nourriture,
à ceux d'entre eux qui auront cru en Dieu
et au dernier Jour ».

Le Seigneur dit :
« J'accorde une brève jouissance à l'incrédule;
je le précipiterai[2] ensuite dans le châtiment du Feu ».
— Quelle détestable fin[3] ! —

127 Abraham et Ismaël élevaient les assises de la Maison :
« Notre Seigneur!
Accepte cela de notre part :
tu es celui qui entend[1] et qui sait tout.

128 Notre Seigneur!
Fais de nous deux des croyants qui te seront soumis;
fais de notre descendance
une communauté qui te sera soumise;
indique-nous les rites que nous devrons observer;
pardonne-nous!
Tu es celui qui revient sans cesse
vers le pécheur repentant;
tu es le Miséricordieux.

129 Notre Seigneur!
Envoie-leur un prophète pris parmi eux[1] :
il leur récitera tes Versets[2];
il leur enseignera le Livre et la Sagesse[3];
il les purifiera.
Tu es le Tout-Puissant, le Sage! »

130 Qui donc éprouve de l'aversion
pour la Religion d'Abraham[1],
sinon celui qui est insensé?

Nous avons, en vérité, choisi Abraham en ce monde
et, dans l'autre, il sera au nombre des justes.

131 Son Seigneur lui dit :
« Soumets-toi! »

Il répondit :
« Je me soumets au Seigneur des mondes! »

132 Abraham a ordonné à ses enfants :
— et Jacob fit de même —
« Ô mes enfants!
Dieu a choisi pour vous la Religion;
ne mourez que soumis à lui ».

133 Étiez-vous présents, lorsque la mort se présenta à Jacob
et qu'il dit à ses enfants[1] :
« Qu'allez-vous adorer après moi? »

Ils dirent :
« Nous adorons ton Dieu,
le Dieu de tes pères : Abraham, Ismaël et Isaac,
— Dieu unique[2]! —
et nous nous soumettons à lui ».

134 Cette communauté a passé.
Ce qu'elle a acquis par ses œuvres lui appartient,
et ce que vous avez acquis vous revient;
vous ne serez pas interrogés sur leurs actes.

135 Ils ont dit :
« Soyez juifs, ou soyez chrétiens,
vous serez bien dirigés ».

Dis :
« Mais non !...
Suivez la Religion d'Abraham, un vrai croyant[1]
qui n'était pas au nombre des polythéistes ».

136 Dites :
« Nous croyons en Dieu,
à ce qui nous a été révélé,
à ce qui a été révélé
à Abraham, à Ismaël, à Isaac, à Jacob et aux tribus[1];
à ce qui a été donné à Moïse et à Jésus[2];
à ce qui a été donné aux prophètes,
de la part de leur Seigneur.
Nous n'avons de préférence pour aucun d'entre eux;
nous sommes soumis à Dieu ».

137 S'ils croient à ce que vous croyez,
ils sont bien dirigés;
mais s'ils se détournent,
ils se trouvent alors dans un schisme[1].
— Dieu te suffit vis-à-vis d'eux[2];
il est celui qui entend et qui sait —

138 L'onction[1] de Dieu !
Qui peut, mieux que Dieu, donner cette onction ?
Nous sommes ses serviteurs[2] !

139 Dis :
« Discuterez-vous avec nous au sujet de Dieu ?
Il est notre Seigneur et votre Seigneur.
Nos actions nous appartiennent
et vos actions vous appartiennent.
Nous lui rendons un culte pur[1] ».

140 Diront-ils :
« Abraham, Ismaël, Isaac, Jacob et les tribus,
étaient-ils vraiment juifs ou chrétiens ? »

Dis :
« Est-ce vous, ou bien Dieu, qui êtes les plus savants ? »
Qui est plus injuste que celui qui cache un témoignage
qu'il a reçu de Dieu ?
— Dieu n'est pas inattentif à ce que vous faites —

141 Cette communauté a passé;
ce qu'elle a acquis par ses œuvres lui appartient
et ce que vous avez acquis vous revient.
Vous n'êtes pas responsables[1] de ce qu'ils ont fait.

142 Les insensés d'entre les hommes disent :
« Qui donc les a détournés de la Qibla[1]
vers laquelle ils s'orientaient ? »

Dis :
« L'Orient et l'Occident appartiennent à Dieu;
il guide qui il veut dans un chemin droit ».

143 Nous avons fait de vous
  une Communauté éloignée des extrêmes[1]
pour que vous soyez témoins contre les hommes,
et que le Prophète soit témoin contre vous.

Nous n'avions établi la Qibla
  vers laquelle vous vous tourniez[2]
que pour distinguer ceux qui suivent le Prophète
  de ceux qui retournent sur leurs pas.
C'est là, vraiment, un grand péché,
sauf pour ceux que Dieu dirige.
Ce n'est pas Dieu qui rendra vaine votre foi[3].
— Dieu est, en vérité, bon et miséricordieux —

144 Nous te voyons souvent la face tournée vers le ciel;
nous t'orienterons vers une Qibla qui te plaira.
Tourne donc ta face
  dans la direction de la Mosquée sacrée.

Où que vous soyez,
  tournez votre face dans sa direction.
Ceux qui ont reçu le Coran savent
qu'il est la Vérité venue de leur Seigneur.
— Dieu n'est pas inattentif à ce qu'ils font —

145 Si tu apportais quelque Signe
  à ceux qui ont reçu le Livre,
ils n'adopteraient pas ta Qibla
et tu n'adopterais pas leur Qibla.
Plusieurs d'entre eux n'adoptent pas
  la Qibla des autres.

Si tu te conformais à leurs désirs,
après ce qui t'est parvenu en fait de Science,
tu serais certainement au nombre des injustes.

146 Ceux auxquels nous avons donné le Livre
le connaissent,
comme ils connaissent leurs propres enfants.
Plusieurs d'entre eux, cependant, cachent la Vérité,
bien qu'ils la connaissent.

147 La Vérité vient de ton Seigneur.
Ne sois pas au nombre de ceux qui doutent.

148 Il y a pour chacun,
une Direction vers laquelle il se tourne.
Cherchez à vous surpasser les uns les autres
dans les bonnes actions.

Dieu marche avec vous tous, où que vous soyez.
Dieu est puissant sur toute chose.

149 Quel que soit le lieu d'où tu viennes[1]
tourne ta face dans la direction de la Mosquée sacrée :
là est la Vérité venue de ton Seigneur.
— Dieu n'est pas inattentif à ce que vous faites —

150 Quel que soit le lieu d'où tu viennes,
tourne ta face dans la direction de la Mosquée sacrée.

Où que vous soyez,
tournez vos faces dans sa direction,
afin que les gens n'aient pas d'arguments
à vous opposer
— à l'exception de ceux d'entre eux
qui sont dans l'erreur —
Ne les craignez pas, craignez-moi
afin que je parachève ma grâce en votre faveur.
— Peut-être serez-vous bien dirigés ! —

151 Nous vous avons envoyé un Prophète
pris parmi vous[1] :
Il vous communique nos Signes;
il vous purifie[2];

il vous enseigne le Livre et la Sagesse;
il vous enseigne ce que vous ne saviez pas.

152 Souvenez-vous de moi[1],
je me souviendrai de vous.
Soyez reconnaissants envers moi,
ne soyez pas ingrats envers moi.

153 Ô vous qui croyez!
Demandez l'aide de la patience et de la prière.
Dieu eſt avec ceux qui sont patients.

154 Ne dites pas
de ceux qui sont tués dans le Chemin de Dieu :
« Ils sont morts! »
Non!...
Ils sont vivants,
mais vous n'en avez pas conscience[1].

155 Nous vous éprouvons par un peu de crainte, de faim;
par des pertes légères
de biens, d'honneurs ou de récoltes[1].

Annonce la bonne nouvelle à ceux qui sont patients,
156 à ceux qui disent, lorsqu'un malheur les atteint :
« Nous sommes à Dieu et nous retournons à lui ».

157 Voilà ceux sur lesquels descendent
des bénédiƈtions et une miséricorde de leur Seigneur.
Ils sont bien dirigés.

158 Al Çafa' et al Marwa comptent vraiment
parmi les choses sacrées de Dieu.

Celui qui fait le grand Pèlerinage à la Maison
ou bien le petit pèlerinage[1]
ne commet pas de péché
s'il accomplit les circuits rituels ici et là[2].
Celui qui s'en acquitte de bon gré fait bien.
— Dieu eſt reconnaissant et il sait —

159 Ceux qui cachent les Signes manifeſtes
et la direƈtion que nous avons révélée
depuis que nous les avons fait connaître aux hommes

au moyen du Livre :
voilà ceux que Dieu maudit,
et ceux qui maudissent, les maudissent,
160 à l'exception de ceux qui sont revenus repentants
et de ceux qui se sont manifestement amendés :
voilà ceux vers lesquels je reviendrai.
Je suis celui qui revient sans cesse
vers le pécheur repentant,
je suis le Miséricordieux.

161 Quant aux incrédules qui meurent
dans leur incrédulité :
voilà ceux sur lesquels tombe
la malédiction de Dieu, des anges
et de tous les hommes :
162 ils y demeureront immortels;
leur châtiment ne sera pas allégé,
personne ne les regardera.

163 Votre Dieu est un Dieu unique!
Il n'y a de Dieu que lui[1] :
celui qui fait miséricorde,
le Miséricordieux.

164 Dans la création des cieux et de la terre,
dans la succession de la nuit et du jour,
dans le navire qui vogue sur la mer
portant ce qui est utile aux hommes,
dans l'eau que Dieu fait descendre du ciel
et qui rend la vie à la terre après sa mort,
— cette terre où il a disséminé
toutes sortes d'animaux —
dans les variations des vents,
dans les nuages assujettis à une fonction
entre le ciel et la terre,
il y a vraiment des Signes
pour un peuple qui comprend!

165 Certains hommes prennent des associés
en dehors de Dieu;
ils les aiment comme on aime Dieu;
mais les croyants sont les plus zélés
dans l'amour de Dieu.

Lorsque les injustes verront le châtiment,
ils verront que la puissance entière appartient à Dieu.
et que Dieu est redoutable dans son châtiment.

166 Lorsque ceux qui auront été suivis
désavoueront ceux qui les suivaient,
quand ils verront le châtiment,
quand tous les liens seront tranchés,
167 quand ceux qui auront suivi diront :
« Ah ! s'il nous était possible de revenir[1],
nous les désavouerions
comme ils nous ont désavoués ».

Dieu leur montre ainsi leurs œuvres :
Malheur à eux !
Ils ne pourront pas sortir du Feu.

168 Ô vous, les hommes !
Mangez ce qui est licite et bon sur la terre;
ne suivez pas les traces du Démon :
il est pour vous un ennemi déclaré;
169 il vous ordonne le mal et les turpitudes;
il vous ordonne de dire sur Dieu
ce que vous ne savez pas.

170 Lorsqu'on leur dit :
« Conformez-vous à ce que Dieu a révélé »,
il répondent :
« Non !...
Nous suivons la coutume de nos pères ».

Et si leurs pères ne comprenaient rien ?
Et s'ils ne se trouvaient pas sur la voie droite ?

171 Les incrédules sont semblables à un bétail
contre lequel on vocifère[1]
et qui n'entend qu'un cri et un appel :
sourds, muets, aveugles;
ils ne comprennent rien.

172 Ô vous qui croyez !
Mangez de ces bonnes choses
que nous vous avons accordées;
remerciez Dieu, si c'est lui que vous adorez.

173 Dieu vous a seulement interdit
la bête morte, le sang, la viande de porc
et tout animal sur lequel on aura invoqué
un autre nom que celui de Dieu[1].

Nul péché ne sera imputé
à celui qui serait contraint d'en manger
sans pour cela être rebelle, ni transgresseur[2].
— Dieu est celui qui pardonne, il est miséricordieux —

174 Ceux qui cachent ce que Dieu a révélé du Livre
et qui le troquent à vil prix :
voilà ceux qui n'avaleront, dans leurs entrailles,
que le feu.

Dieu ne leur parlera pas,
le Jour du Jugement,
il ne les purifiera pas.
Un châtiment douloureux leur est réservé.

175 Voilà ceux qui ont troqué
le chemin droit contre l'erreur;
le pardon contre le châtiment.
Qui donc leur fera supporter le Feu?

176 Il en est ainsi
parce que Dieu a révélé le Livre avec la Vérité.
Ceux qui sont en désaccord[1] au sujet du Livre
se trouvent dans un schisme qui les éloigne de la foi[2].

177 La piété ne consiste pas à tourner votre face
vers l'Orient ou vers l'Occident.

L'homme bon est celui qui croit en Dieu,
au dernier Jour, aux anges,
au Livre et aux prophètes[1].
Celui qui, pour l'amour de Dieu[2], donne de son bien
à ses proches, aux orphelins, aux pauvres,
au voyageur, aux mendiants
et pour le rachat des captifs[3].

Celui qui s'acquitte de la prière;
celui qui fait l'aumône.

Ceux qui remplissent leurs engagements;
ceux qui sont patients dans l'adversité, le malheur
et au moment du danger :
voilà ceux qui sont justes!
Voilà ceux qui craignent Dieu!

178 Ô vous qui croyez!
La loi du talion[1] vous est prescrite en cas de meurtre :
l'homme libre pour l'homme libre;
l'esclave pour l'esclave;
la femme pour la femme.

On doit user de procédés convenables
envers celui auquel son frère a remis
une partie de la dette,
et lui-même dédommagera celui-ci
de la meilleure façon[2]
cela constitue un allégement et une miséricorde
accordés par votre Seigneur.

Un châtiment douloureux est réservé
à quiconque, après cela, aura transgressé la loi.

179 Il y a pour vous, une vie, dans le talion.
Ô vous, les hommes doués d'intelligence!
Peut-être craindrez-vous Dieu!

180 Voici ce qui vous est prescrit :
Quand la mort se présente à l'un de vous,
si celui-ci laisse des biens,
il doit faire un testament en faveur de ses père et mère,
de ses parents les plus proches,
conformément à l'usage[1].
C'est un devoir pour ceux qui craignent Dieu.

181 Le péché de celui qui altère ce testament
après l'avoir entendu,
ne sera imputé qu'à ceux qui l'altèrent.
— Dieu entend et il sait tout —

182 Celui qui rétablit la concorde entre les héritiers,
par crainte d'une injustice ou d'un péché
imputable au testateur,

ne commet pas de faute.
— Dieu est celui qui pardonne, il est miséricordieux —

183 Ô vous qui croyez !
Le jeûne vous est prescrit
comme il a été prescrit
aux générations qui vous ont précédés.
— Peut-être craindrez-vous Dieu —

184 Jeûnez durant des jours comptés.
Celui d'entre vous qui est malade ou qui voyage
jeûnera ensuite un nombre égal de jours.

Ceux qui pourraient jeûner et qui s'en dispensent,
devront, en compensation, nourrir un pauvre.
Celui qui, volontairement, fera davantage
y trouvera son propre bien.

Jeûner est un bien pour vous.
Peut-être le comprendrez-vous.

185 Le Coran a été révélé durant le mois de Ramadan.
C'est une Direction pour les hommes;
une manifestation claire de la Direction et de la Loi.

Quiconque d'entre vous, verra la nouvelle lune
jeûnera le mois entier.
Celui qui est malade ou celui qui voyage
jeûnera ensuite le même nombre de jours[1].

Dieu veut la facilité pour vous,
il ne veut pas, pour vous, la contrainte.

Achevez cette période de jeûne;
exaltez la grandeur de Dieu qui vous a dirigés.
— Peut-être serez-vous reconnaissants —

186 Quand mes serviteurs t'interrogent à mon sujet,
je suis proche, en vérité;
je réponds à l'appel de celui qui m'invoque,
quand il m'invoque[1].

Qu'ils répondent donc à mon appel;
qu'ils croient en moi.
— Peut-être seront-ils bien dirigés —

187 La cohabitation avec vos femmes vous est permise
durant la nuit qui suit le jeûne[1].
Elles sont un vêtement pour vous,
vous êtes, pour elles, un vêtement.

Dieu savait que vous vous lésiez vous-mêmes;
il est revenu vers vous;
il vous a pardonné.
Cohabitez maintenant avec vos femmes.
Recherchez ce que Dieu vous a prescrit.

Mangez et buvez
jusqu'à ce que l'on puisse distinguer à l'aube
un fil blanc d'un fil noir[2].
Jeûnez, ensuite, jusqu'à la nuit.

N'ayez aucun rapport avec vos femmes
lorsque vous êtes en retraite dans la mosquée.

Telles sont les Lois de Dieu;
ne les transgressez pas[3].
Voilà comment Dieu explique aux hommes ses Signes.
Peut-être le craindront-ils!

188 Ne dévorez pas à tort vos biens entre vous;
n'en faites pas présent aux juges
dans le but de manger injustement
une part des biens d'autrui.
Vous le savez parfaitement.

189 Ils t'interrogent au sujet des nouvelles lunes.
Dis :
« Ce sont, pour les hommes, des indications
qui leur permettent de fixer
les époques du Pèlerinage[1] ».

La piété[2] ne consiste pas
à pénétrer dans vos maisons par derrière.

La piété consiste à craindre Dieu.
Entrez dans vos maisons par les portes habituelles[3].

Craignez Dieu;
peut-être, alors, serez-vous heureux.

190 Combattez dans le chemin de Dieu[1]
ceux qui luttent contre vous.
— Ne soyez pas transgresseurs;
Dieu n'aime pas les transgresseurs —
191 Tuez-les partout où vous les rencontrerez;
chassez-les des lieux d'où ils vous auront chassés.
— La sédition est pire que le meurtre —

Ne les combattez pas auprès de la Mosquée sacrée,
à moins qu'ils ne luttent contre vous en ce lieu même.
S'ils vous combattent, tuez-les :
telle est la rétribution des incrédules.

192 S'ils s'arrêtent,
sachez alors que Dieu est celui qui pardonne
il est miséricordieux.

193 Combattez-les jusqu'à ce qu'il n'y ait plus de sédition
et que le culte de Dieu soit rétabli.

S'ils s'arrêtent, cessez de combattre,
sauf contre ceux qui sont injustes.

194 Le mois sacré, contre le mois sacré.
Toute profanation tombe sous la loi du talion[1].

Soyez hostiles envers quiconque vous est hostile,
dans la mesure où il vous est hostile.

Craignez Dieu!
Sachez que Dieu est avec ceux qui le craignent.

195 Dépensez vos biens dans le chemin de Dieu;
Ne vous exposez pas, de vos propres mains,
à la perdition.

Accomplissez des œuvres bonnes;
Dieu aime ceux qui font le bien.

[196] Accomplissez, pour Dieu,
le grand et le petit pèlerinages[1].
Si vous en êtes empêchés[2],
envoyez en compensation[3]
l'offrande qui vous est facile.
Ne vous rasez pas la tête,
avant que l'offrande n'ait atteint sa destination.

Si l'un de vous est malade;
s'il souffre d'une affection de la tête,
il doit se racheter par des jeûnes,
par une aumône, ou par des sacrifices[4].

Lorsque la sécurité sera revenue,
quiconque jouira d'une vie normale
entre le petit et le grand pèlerinages,
enverra l'offrande qui lui sera facile.

Celui qui n'en trouvera pas les moyens la compensera[5]
par un jeûne de trois jours, durant le pèlerinage
et de sept jours lorsque vous serez de retour,
soit, dix jours entiers.

Voilà pour celui qui n'a pas de famille
auprès de la Mosquée sacrée.

Craignez Dieu!
Sachez que Dieu est terrible dans son châtiment.

[197] Le Pèlerinage a lieu en des mois déterminés.
Le pèlerin devra s'abstenir
de toute cohabitation avec une femme,
de libertinage et de disputes,
durant le pèlerinage.
— Dieu connaît le bien que vous faites —

Emportez des provisions de voyage;
mais, vraiment, la meilleure provision de voyage
est la crainte révérencielle de Dieu.

Ô vous, les hommes doués d'intelligence!
Craignez-moi!

198 Vous ne faites aucun mal
si vous recherchez une faveur de votre Seigneur[1].

Lorsque vous déferlez d'‘Arafa,
invoquez Dieu auprès du monument sacré;
invoquez-le, puisqu'il vous a dirigés,
alors que vous étiez, auparavant,
au nombre des égarés.

199 Déferlez ensuite par où les gens déferlent.
Demandez pardon à Dieu.
— Dieu est celui qui pardonne, il est miséricordieux —

200 Souvenez-vous de Dieu en accomplissant vos rites
comme vous vous souvenez de vos ancêtres
ou d'un souvenir encore plus vif.

Certains hommes disent :
« Notre Seigneur!
Accorde-nous les biens de ce monde »;
mais ils n'auront aucune part dans la vie future.

201 Certains hommes disent :
« Notre Seigneur!
Accorde-nous des biens en ce monde
et des biens dans la vie future.
Préserve-nous du châtiment du Feu ».

202 Voilà ceux qui posséderont
une partie de ce qu'ils ont acquis.
— Dieu est prompt dans ses comptes —

203 Invoquez Dieu aux jours désignés[1].
Celui qui se hâte en deux jours
ne commet pas de péché
et celui qui s'attarde ne commet pas de péché[2].
— Voilà pour celui qui craint Dieu —

Craignez Dieu!
Sachez que vous serez rassemblés en sa présence[3].

204 Il en est un parmi les hommes
dont la parole concernant la vie de ce monde te plaît.

Il prend Dieu à témoin du contenu de son cœur;
mais c'est un querelleur acharné.

205 Dès qu'il te tourne le dos,
il s'efforce de corrompre ce qui est sur la terre;
il détruit les récoltes et le bétail.
— Dieu n'aime pas la corruption —

206 Lorsqu'on lui dit :
« Crains Dieu »,
la puissance du péché le saisit :
son partage[1] sera la Géhenne[2] :
quel détestable lit de repos[3]!

207 Il en est un, parmi les hommes,
qui s'est vendu lui-même
pour plaire à Dieu.
— Dieu est bon envers ses serviteurs —

208 Ô vous qui croyez!
Entrez tous dans la paix[1];
ne suivez pas les traces du Démon :
il est votre ennemi déclaré.

209 Si vous avez trébuché
après que les preuves évidentes vous sont parvenues,
sachez que Dieu est puissant et juste.

210 Qu'attendent-ils,
sinon que Dieu vienne à eux avec les anges,
dans l'ombre des nuées?
Le destin[1] est fixé :
toute chose revient à Dieu.

211 Interroge les fils d'Israël :
Combien leur avons-nous donné
de preuves irréfutables!
Mais Dieu est terrible dans son châtiment,
pour celui qui change le bienfait de Dieu,
après l'avoir reçu.

212 La vie de ce monde a paru belle aux incrédules.
Ils se sont moqués des croyants.
Ceux qui craignent Dieu seront au-dessus d'eux

le Jour de la Résurrection.
— Dieu accorde ses bienfaits à qui il veut,
sans compter —

213 Les hommes formaient une seule communauté[1].
Dieu a envoyé les prophètes
pour leur apporter la bonne nouvelle
et pour les avertir.
Il fit ainsi[2] descendre le Livre avec la Vérité
pour juger entre les hommes
et trancher leurs différends
mais seuls, et par jalousie entre eux,
ceux qui avaient reçu le Livre
furent en désaccord à son sujet
alors que des preuves irréfutables
leur étaient parvenues.

Dieu a dirigé ceux qui ont cru à cette part de Vérité
au sujet de laquelle d'autres se sont disputés,
avec sa permission.
Dieu dirige qui il veut, sur le chemin droit.

214 Pensez-vous entrer au Paradis,
alors que vous n'avez pas encore été éprouvés
comme l'ont été ceux qui ont vécu avant vous,
par des malheurs, des calamités[1]
et des tremblements de terre[2].

Le Prophète et ceux qui croient avec lui, diront alors :
« Quand donc viendra la victoire de Dieu ? »
La victoire de Dieu n'est-elle pas proche ?

215 Ils t'interrogent
au sujet de ce que vous devez dépenser :
dis :
« Ce que vous dépensez sera
pour vos père et mère, vos proches,
pour les orphelins, les pauvres et pour le voyageur.
— Dieu connaît ce que vous faites de bien —

216 Le combat[1] vous est prescrit,
et vous l'avez en aversion.

Il se peut que vous ayez de l'aversion pour une chose,
et elle est un bien pour vous.

Il se peut que vous aimiez une chose,
  et elle est un mal pour vous ».
— Dieu sait, et vous, vous ne savez pas —

217 Ils t'interrogent
au sujet du combat durant le mois sacré.
Dis :
« Combattre en ce mois est un péché grave;
mais, écarter les hommes du chemin de Dieu,
être impie envers lui et la Mosquée sacrée,
en chasser ses habitants,
tout cela est plus grave encore devant Dieu ».

La persécution est plus grave que le combat.
Ceux qui combattent ne cesseront pas,
tant qu'ils ne vous auront pas contraints,
— s'ils le pouvaient —
de renoncer à votre Religion.

Ceux qui, parmi vous, s'écartent de leur religion
et qui meurent incrédules :
voilà ceux dont les actions seront vaines en ce monde
  et dans la vie future;
voilà ceux qui seront les hôtes du Feu;
ils y demeureront immortels.

218 En vérité, ceux qui ont cru,
ceux qui ont émigré[1],
ceux qui ont combattu dans le chemin de Dieu :
voilà ceux qui espèrent la miséricorde de Dieu.
— Dieu est celui qui pardonne, il est miséricordieux —

219 Ils t'interrogent au sujet du vin[1] et du jeu de hasard;
dis :
« Ils comportent tous deux, pour les hommes,
un grand péché et un avantage,
mais le péché qui s'y trouve est plus grand
  que leur utilité ».

Ils t'interrogent au sujet des aumônes;
dis :
« Donnez votre[2] superflu ».

Voilà comment Dieu vous explique les Signes.
Peut-être méditerez-vous
220 sur ce bas monde et sur la vie future.

Ils t'interrogent au sujet des orphelins;
dis :
« Leur faire du bien est une bonne action;
ils sont vos frères
dès que vous les admettez parmi vous ».

Dieu distingue le corrupteur de celui qui fait le bien.
Si Dieu le voulait, il vous affligerait.
— Dieu est puissant et juste —

221 N'épousez pas de femmes polythéistes,
avant qu'elles croient.
Une esclave croyante vaut mieux
qu'une femme libre et polythéiste,
même si celle-ci vous plaît.

Ne mariez pas vos filles à des polythéistes,
avant qu'ils croient.
Un esclave croyant vaut mieux
qu'un homme libre et polythéiste,
même si celui-ci vous plaît[1].

Voilà ceux qui vous appellent au Feu;
Dieu vous appelle, avec sa permission,
au Paradis et au pardon.
Il explique ses Signes aux hommes;
peut-être réfléchiront-ils!

222 Ils t'interrogent
au sujet de la menstruation des femmes;
dis :
« C'est un mal.
Tenez-vous à l'écart des femmes
durant leur menstruation;
ne les approchez pas, tant qu'elles ne sont pas pures[1].

Lorsqu'elles sont pures,
allez à elles, comme Dieu vous l'a ordonné ».
— Dieu aime ceux qui reviennent sans cesse vers lui;
il aime ceux qui se purifient —

[223] Vos femmes sont pour vous un champ de labour[1] :
allez à votre champ, comme vous le voudrez,
mais faites, auparavant, une bonne action
à votre profit.

Craignez Dieu!
Sachez que vous le rencontrerez;
et toi, annonce la bonne nouvelle aux croyants.

[224] Ne faites pas de Dieu l'objet de vos serments[1],
afin d'être bons,
de craindre Dieu,
de rétablir la concorde entre les hommes.
— Dieu est celui qui entend et qui sait —

[225] Dieu ne vous punira pas
pour un serment fait à la légère;
mais il vous punira
pour ce que vos cœurs ont accompli.
— Dieu est celui qui pardonne,
il est plein de mansuétude[1] —

[226] Un délai de quatre mois est prescrit
à ceux qui se sont engagés par serment
à s'abstenir de leurs femmes.
Mais s'ils reviennent sur leur décision...
— Dieu est celui qui pardonne, il est miséricordieux —

[227] S'ils décident de répudier leurs femmes,
— Dieu est celui qui entend, celui qui sait —
[228] les femmes répudiées attendront trois périodes
avant de se remarier[1].
Il ne leur est pas permis de cacher
ce que Dieu a créé dans leurs entrailles.
— Si toutefois elles croient
en Dieu et au dernier Jour —
Mais si leurs maris désirent la réconciliation,
ils ont le droit de les reprendre durant ce temps[2].

Les femmes ont des droits
équivalents à leurs obligations,
et conformément à l'usage.

Les hommes ont cependant une prééminence sur elles[3].
— Dieu est puissant et juste —

229 La répudiation peut être prononcée deux fois[1].
Reprenez donc votre épouse
d'une manière convenable,
ou bien renvoyez-la décemment.

Reprendre quelque chose de ce que vous lui avez donné
ne vous est pas permis.
— A moins que tous deux craignent
de ne pas observer les lois de Dieu —

Si vous craignez de ne pas observer les lois de Dieu,
nulle faute ne sera imputée à l'un ou à l'autre,
si l'épouse offre une compensation[2].

Telles sont les lois de Dieu;
ne les transgressez pas.
Ceux qui transgressent les lois de Dieu sont injustes.

230 Si un homme répudie sa femme,
elle n'est plus licite pour lui,
tant qu'elle n'aura pas été remariée à un autre époux.

S'il la répudie,
et qu'ensuite, tous deux se réconcilient,
aucune faute ne leur sera imputée,
à condition qu'ils croient observer ainsi
les lois de Dieu.

Telles sont les lois de Dieu;
il les explique au peuple qui comprend.

231 Quand vous aurez répudié vos femmes,
et qu'elles auront atteint le délai fixé[1],
reprenez-les d'une manière convenable,
ou bien renvoyez-les décemment.

Ne les retenez pas par contrainte,
vous transgresseriez les lois.
— Quiconque agirait ainsi,
se ferait du tort à lui-même —

Ne considérez pas les Signes de Dieu en plaisantant.
Souvenez-vous des bienfaits de Dieu à votre égard
et de ce qu'il vous a révélé du Livre et de la Sagesse,
par lesquels il vous exhorte.

Craignez Dieu!
Sachez qu'en vérité, Dieu sait tout.

232 Quand vous aurez répudié vos femmes
et qu'elles auront atteint le délai fixé,
ne les empêchez pas
de se remarier avec leurs nouveaux époux,
s'ils se sont mis d'accord, conformément à l'usage.

Voilà ce à quoi est exhorté
celui d'entre vous qui croit en Dieu et au dernier Jour.
Voilà ce qui est plus pur et plus net pour vous.
— Dieu sait, et vous, vous ne savez pas —

233 Les mères qui veulent donner à leurs enfants
un allaitement complet,
les allaiteront deux années entières[1].

Le père doit assurer leur nourriture
et leurs vêtements, conformément à l'usage.
Mais chacun n'est tenu à cela,
que dans la mesure de ses moyens.

La mère n'a pas à subir de dommage,
à cause de son enfant,
ni le père, à cause de son enfant.
— Les mêmes obligations incombent à l'héritier —

Si, d'un commun accord,
les parents veulent sevrer leur enfant,
aucune faute ne leur sera reprochée.

Si vous désirez mettre vos enfants en nourrice,
aucune faute ne vous sera reprochée, à condition
que vous acquittiez la rétribution convenue,
conformément à l'usage.

Craignez Dieu!
Sachez que Dieu voit parfaitement ce que vous faites.

234 Certains d'entre vous meurent en laissant des épouses :
Celles-ci devront observer un délai
de quatre mois et dix jours.
Passé ce délai, on ne vous reprochera pas
la façon dont elles disposeront d'elles-mêmes,
conformément à l'usage.
— Dieu est bien informé de ce que vous faites —

235 Il n'y aura aucune faute à vous reprocher,
si vous faites allusion à une demande en mariage[1],
ou si vous ne parlez à personne de votre intention[2];
— Dieu sait que vous pensez à telles femmes —
cependant, ne leur promettez rien en secret;
dites-leur simplement les paroles qui conviennent.

Ne décidez pas la conclusion du mariage[3],
avant l'expiration du délai prescrit.

Sachez que Dieu sait ce qui est en vous.
Prenez garde à lui!
Sachez que Dieu est celui qui pardonne
et qu'il est plein de mansuétude.

236 Il n'y aura aucune faute à vous reprocher
si vous répudiez les femmes
que vous n'aurez pas touchées
ou celles à l'égard desquelles
vous n'avez pas d'obligation[1].
Donnez-leur le nécessaire :
l'homme aisé donnera selon ses moyens,
et l'homme pauvre, selon ses moyens,
— conformément à l'usage —
C'est un devoir pour ceux qui font le bien.

237 Si vous répudiez des femmes
avant de les avoir touchées
ou celles auxquelles vous avez déjà versé
ce qui leur est dû,
donnez-leur la moitié
de ce à quoi vous vous étiez engagés;

à moins qu'elles n'y renoncent,
ou que celui qui détient le contrat de mariage
ne se désiste.

Il est plus conforme à la piété[1] de se désister[2].
N'oubliez pas d'user de générosité
les uns envers les autres.
Dieu voit parfaitement ce que vous faites.

238 Soyez assidus aux prières
et à la prière du milieu du jour.
Tenez-vous debout pour prier Dieu avec piété.

239 En cas de danger, priez,
soit à pied soit à cheval.

Lorsque vous vous sentez en sécurité,
souvenez-vous de Dieu, comme il vous l'a enseigné,
alors que vous ne saviez rien.

240 Ceux d'entre vous qui sont rappelés à nous
et qui laissent des épouses,
feront, en leur faveur, un legs
qui assurera leur entretien durant un an.
Elles ne seront pas expulsées de leurs maisons[1],
mais, si elles en sortent, on ne vous reprochera pas
la façon dont elles disposeront d'elles-mêmes,
conformément à l'usage[2].
— Dieu est puissant et juste —

241 Les femmes répudiées ont droit
à une pension[1] convenable :
la leur assurer est un devoir
pour ceux qui craignent Dieu.

242 Voilà comment Dieu vous explique ses Signes.
Peut-être comprendrez-vous !

243 N'as-tu pas vu ceux qui, craignant de mourir,
sont sortis par milliers de leurs maisons ?
Dieu leur a dit : « Mourez ! »
Mais il les a fait ensuite revivre.
Dieu est celui qui dispense la grâce aux hommes,
mais la plupart d'entre eux ne sont pas reconnaissants.

244 Combattez dans le chemin de Dieu.
Sachez que Dieu entend et sait tout.

245 A celui qui fait à Dieu un beau prêt,
Dieu le rendra avec abondance[1].
Dieu referme sa main, ou bien il l'ouvre.
Vous reviendrez à lui.

246 N'as-tu pas considéré
les Anciens du peuple[1] d'Israël après Moïse?
Ils dirent à leur prophète :
« Donne-nous un roi,
nous combattrons alors dans le chemin de Dieu[2] ».

Il dit :
« S'il vous est prescrit de combattre,
il se peut que vous ne combattiez pas ».

Ils dirent :
« Il nous est impossible
de ne pas combattre dans le chemin de Dieu,
alors que nous avons été chassés de nos maisons
et séparés de nos enfants ».

Mais lorsque le combat leur fut prescrit,
ils tournèrent le dos
— à l'exception d'un petit nombre d'entre eux —
Dieu connaît les injustes.

247 Leur prophète leur dit :
« Dieu vous a envoyé Saül comme roi[1] ».

Ils dirent :
« Comment aurait-il de l'autorité sur nous?
Nous avons plus de droit que lui à la royauté,
et il n'a même pas l'avantage de la richesse[2] ».

Il dit :
« Dieu l'a choisi de préférence à vous tous
et il lui a octroyé une supériorité sur vous
grâce à la science et à la stature dont il est doué[3] ».

Dieu donne sa royauté à qui il veut;
Dieu est présent partout et il sait.

248 Leur prophète leur dit :
« Voici quel sera le signe de sa royauté :
l'arche viendra vers vous, portée par les anges.
Elle contient une sakina[1] de votre Seigneur
et une relique laissée par la famille de Moïse
et par la famille d'Aaron[2].
Voilà vraiment un Signe pour vous,
si vous êtes croyants ».

249 Saül dit, lorsqu'il se mit en route avec son armée :
« Dieu va sûrement vous éprouver avec une rivière :
celui qui y boira ne fera pas partie des miens,
et celui qui n'y boira pas, sera des miens,
— à l'exception de celui qui puisera
un peu d'eau avec la main » —
Ils burent ensuite,
sauf un petit nombre d'entre eux.
Lorsqu'il eut franchi la rivière avec ceux qui croyaient,
ceux-ci dirent :
« Nous n'avons aucune puissance, aujourd'hui,
pour nous opposer à Goliath et à son armée ».

Quant à ceux qui pensaient rencontrer Dieu,
ils dirent :
« Combien de fois une petite troupe d'hommes
a vaincu une troupe nombreuse,
avec la permission de Dieu[1] ? »
— Dieu est avec ceux qui sont patients —

250 Ils dirent, en marchant contre Goliath et son armée[1] :
« Notre Seigneur !
Verse en nous la patience;
affermis nos pas;
donne-nous la victoire sur le peuple incrédule ».

251 Ils le mirent en fuite, avec la permission de Dieu.
David tua Goliath.
Dieu accorda à David la royauté[1] et la sagesse;
il lui enseigna ce qu'il voulut.

Si Dieu ne repoussait pas certains hommes par d'autres,
la terre serait corrompue.
Mais Dieu est celui qui dispense la grâce aux mondes.

252 Voilà les Signes de Dieu :
nous te les communiquons, en vérité,
car tu es au nombre des prophètes.

253 Nous avons élevé certains prophètes
au-dessus des autres.
Il en est à qui Dieu a parlé[1],
et Dieu a élevé plusieurs d'entre eux
à des degrés supérieurs.

Nous avons donné à Jésus, fils de Marie,
des preuves évidentes.
Nous l'avons fortifié par l'Esprit de sainteté.

Si Dieu l'avait voulu,
ceux qui vinrent après eux ne se seraient pas entre-tués,
alors que des preuves indubitables
leur étaient déjà parvenues.

Mais ils n'étaient pas d'accord :
Certains, parmi eux, ont cru
et d'autres furent incrédules.

Si Dieu l'avait voulu,
ils ne se seraient pas entre-tués,
mais Dieu fait ce qu'il veut.

254 Ô vous qui croyez!
Dépensez en aumône
une partie de ce que nous vous avons accordé
avant la venue d'un Jour
où ni marchandage, ni amitié, ni intercession
ne subsisteront.
— Les incrédules sont les injustes —

255 Dieu!
Il n'y a de Dieu que lui :
le Vivant;
celui qui subsiste par lui-même[1]!

Ni l'assoupissement, ni le sommeil
n'ont de prise sur lui[2]!
Tout ce qui est dans les cieux et sur la terre
lui appartient!

Qui intercédera auprès de lui, sans sa permission ?
Il sait
ce qui se trouve devant les hommes et derrière eux,
alors que ceux-ci n'embrassent, de sa Science,
que ce qu'il veut.

Son Trône s'étend sur les cieux et sur la terre :
leur maintien dans l'existence[3]
ne lui est pas une charge.
Il est le Très-Haut[4], l'Inaccessible[5].

256 Pas de contrainte en religion !
La voie droite se distingue de l'erreur.

Celui qui ne croit pas aux Taghout[1],
et qui croit en Dieu,
a saisi l'anse la plus solide et sans fêlure.
— Dieu est celui qui entend et qui sait tout —

257 Dieu est le Maître[1] des croyants :
il les fait sortir des ténèbres vers la lumière[2].

Les incrédules ont pour patrons les Taghout :
ceux-ci les font sortir de la lumière vers les ténèbres :
ils seront les hôtes du Feu
où ils demeureront immortels.

258 N'as-tu pas vu celui qui a discuté avec Abraham,
au sujet de son Seigneur ;
parce que Dieu lui avait donné la royauté.

Abraham lui dit :
« Mon Seigneur est celui qui fait vivre
et qui fait mourir[1] ».

Il répondit :
« C'est moi qui fais vivre et qui fais mourir ! »

Abraham dit :
« Dieu fait venir le soleil de l'Orient,
fais-le donc venir de l'Occident ! »

Celui qui ne croyait pas fut confondu .
Dieu ne dirige pas le peuple injuste.

259 Et celui qui passa auprès d'une cité ?
Celle-ci était vide et effondrée[1].

Il dit :
« Comment Dieu la fera-t-il revivre après sa mort ? »

Dieu le fit mourir cent ans;
il le ressuscita ensuite,
puis il lui dit :
« Combien de temps es-tu resté là ? »

Il répondit :
« J'y suis resté un jour, ou une partie d'un jour ».

Dieu dit :
« Non, tu y es resté cent ans.
Regarde ta nourriture et ta boisson :
elles ne sont pas gâtées.
Regarde ton âne;
— Nous faisons de toi un Signe pour les hommes —
regarde les ossements :
voilà comment nous les réunirons,
puis nous les revêtirons de chair[2] ».

Devant cette évidence, l'homme dit :
« Je sais que Dieu est puissant sur toute chose ».

260 Abraham dit :
« Mon Seigneur !
Montre-moi comment tu rends la vie aux morts ».

Dieu dit :
« Est-ce que tu ne crois pas ? »

Il répondit :
« Oui, je crois,
mais c'est pour que mon cœur soit apaisé ».

Dieu dit :
« Prends quatre oiseaux;
coupe-les en morceaux;
place ensuite les parts sur des monts séparés,
puis, appelle-les :

ils accourront vers toi en toute hâte[1].
Sache que Dieu est puissant et sage ».

261 Ceux qui dépensent leurs biens dans le chemin de Dieu
sont semblables à un grain qui produit sept épis;
et chaque épi contient cent grains.

Dieu accorde le double à qui il veut.
Dieu est présent partout et il sait.

262 Ceux qui dépensent leurs biens dans le chemin de Dieu
et qui ne font pas suivre leurs dons
de reproches ou de torts :
voilà ceux qui recevront leur récompense
auprès de leur Seigneur.
Ils n'éprouveront plus alors aucune crainte,
ils ne seront pas affligés.

263 Une parole convenable et un pardon
sont meilleurs qu'une aumône suivie d'un tort.
— Dieu se suffit à lui-même[1]
et il est plein de mansuétude —

264 Ô vous qui croyez!
Ne rendez pas vaines vos aumônes
en y joignant un reproche ou un tort[1],
comme celui qui dépense son bien
pour être vu des hommes[2],
et qui ne croit ni en Dieu ni au Jour dernier.

Il ressemble à un rocher recouvert de terre :
une forte pluie l'atteindra et le laissera dénudé[3].

Ces gens-là ne peuvent rien retirer de ce qu'ils ont acquis.
— Dieu ne dirige pas le peuple incrédule —

265 Ceux qui dépensent leurs biens,
avec le désir de plaire à Dieu
et pour affermir leurs âmes,
ressemblent à un jardin planté sur une colline :
si une forte pluie l'atteint,
il donnera deux fois le double de fruits;
si une forte pluie ne l'atteint pas,

la rosée y suppléera.
— Dieu voit parfaitement ce que vous faites —

266 Chacun d'entre vous ne souhaiterait-il pas
posséder un jardin planté de palmiers et de vignes,
où coulent les ruisseaux
et qui contiendrait toute sorte de fruits?

Voici que la vieillesse l'a atteint;
ses enfants sont chétifs;
un vent de feu a atteint le jardin et l'a brûlé.
Voilà comment Dieu vous montre les Signes.
— Peut-être réfléchirez-vous! —

267 Ô vous qui croyez!
Faites l'aumône des meilleures choses
que vous avez acquises
et des fruits que, pour vous,
nous avons fait sortir de la terre.
Ne choisissez pas[1] ce qui est vil
pour le donner en aumône.

Vous ne choisissez ce qui est vil
que dans la mesure où vous fermez les yeux.
Sachez qu'en vérité Dieu se suffit à lui-même
et qu'il est digne de louanges.

268 Le Démon vous menace de la pauvreté;
il vous ordonne des turpitudes.
Dieu vous promet un pardon et une grâce.
Dieu est présent partout et il sait.

269 Il donne la sagesse à qui il veut.
Celui à qui la sagesse a été donnée
bénéficie d'un grand bien.
Ceux qui sont doués d'intelligence
sont les seuls à s'en souvenir.

270 Quelque dépense en aumône que vous fassiez,
quel que soit le vœu par lequel vous vous êtes engagés,
Dieu le sait vraiment.
Les injustes ne trouvent pas de défenseurs.

271 Si vous donnez vos aumônes d'une façon apparente,
c'est bien.
Si vous les cachez pour les donner aux pauvres,
c'est préférable pour vous.
Elles effacent en partie[1] vos mauvaises actions.
— Dieu est bien informé de ce que vous faites —

272 Il ne t'incombe pas de diriger les incrédules.
Dieu dirige qui il veut.

Ce que vous dépensez en aumônes est à votre avantage.
Ne donnez que poussés par le désir de la face de Dieu[1].
Ce que vous dépensez en aumônes
vous sera exactement rendu;
vous ne serez pas lésés.

273 Quant aux aumônes que vous donnez[1] aux pauvres
qui ont été réduits à la misère dans le chemin de Dieu
et qui ne peuvent plus parcourir la terre;
— L'ignorant les croit riches,
à cause de leur attitude réservée[2].
Tu les reconnais à leur aspect :
ils ne demandent pas l'aumône avec importunité —
Dieu sait parfaitement
ce que vous dépensez pour eux en bonnes œuvres.

274 Ceux qui dépensent leurs biens,
la nuit et le jour,
en secret et en public,
trouveront leur récompense auprès de leur Seigneur :
ils n'éprouveront plus alors aucune crainte;
ils ne seront pas affligés.

275 Ceux qui se nourrissent de l'usure[1]
ne se dresseront, au Jour du Jugement[2],
que comme se dresse
celui que le Démon a violemment frappé[3].

Il en sera ainsi, parce qu'ils disent :
« La vente est semblable à l'usure ».
Mais Dieu a permis la vente
et il a interdit l'usure.

Celui qui renonce au profit de l'usure,
dès qu'une exhortation de son Seigneur lui parvient,
gardera ce qu'il a gagné.
Son cas relève de Dieu.

Mais ceux qui retournent à l'usure
seront les hôtes du Feu
où ils demeureront immortels.

276 Dieu anéantira les profits de l'usure[1]
et il fera fructifier l'aumône.
Il n'aime pas l'incrédule, le pécheur.

277 Ceux qui croient;
ceux qui font le bien,
ceux qui s'acquittent de la prière,
ceux qui font l'aumône :
voilà ceux qui trouveront leur récompense
auprès de leur Seigneur.
Ils n'éprouveront plus alors aucune crainte;
ils ne seront pas affligés.

278 Ô vous qui croyez !
Craignez Dieu !
Renoncez, si vous êtes croyants,
à ce qui vous reste des profits de l'usure.

279 Si vous ne le faites pas,
attendez-vous à la guerre
de la part de Dieu et de son Prophète.

Si vous vous repentez,
votre capital vous restera.
Ne lésez personne
et vous ne serez pas lésés.

280 Si votre débiteur se trouve dans la gêne,
attendez qu'il soit en mesure de vous payer[1].
Si vous faites l'aumône en abandonnant vos droits[2],
c'est préférable pour vous.
Si vous saviez !

281 Redoutez un Jour durant lequel vous reviendrez à Dieu;
un Jour où chaque homme recevra le prix de ses actes;
un Jour où personne ne sera lésé.

282 Ô vous qui croyez!
Écrivez la dette que vous contractez
et qui est payable à une échéance déterminée.

Qu'un écrivain, choisi parmi vous,
l'écrive honnêtement;
qu'aucun écrivain ne refuse de l'écrire
comme Dieu le lui a enseigné.
Qu'il écrive ce que le débiteur dicte;
qu'il craigne son Seigneur;
qu'il ne retranche rien de la dette.

Si le débiteur est fou ou débile,
s'il ne peut dicter lui-même,
que son représentant dicte honnêtement.

Demandez le témoignage de deux témoins[1]
parmi vos hommes.
Si vous ne trouvez pas deux hommes,
choisissez un homme et deux femmes,
parmi ceux que vous agréez comme témoins.

Si l'une des deux femmes se trompe,
l'autre lui rappellera ce qu'elle aura oublié[2].

Que les témoins ne se dérobent pas
lorsqu'ils sont appelés à témoigner.

N'hésitez pas à écrire cette dette, petite ou grande,
en fixant son échéance.

Voilà ce qui est plus juste devant Dieu,
ce qui donne plus de valeur au témoignage
et ce qui est le plus apte à vous ôter
toute espèce de doute,
à moins qu'il ne s'agisse d'un marché
que vous concluez immédiatement entre vous.
Il n'y a pas alors de faute à vous reprocher,
si vous ne l'inscrivez pas.

Appelez des témoins,
lorsque vous vous livrez à des transactions.
N'exercez de violence ni sur l'écrivain ni sur le témoin.
Si vous le faisiez,
vous montreriez votre perversité.

Craignez Dieu!
Dieu vous instruit.
Dieu connaît toute chose.

283 Si vous êtes en voyage
et que vous ne trouviez pas d'écrivain,
vous laisserez des gages.

Si l'un d'entre vous confie un dépôt à un autre,
celui qui a reçu le dépôt devra le restituer.
Qu'il craigne Dieu, son Seigneur!

Ne refusez pas de témoigner[1].
Celui qui refuse de témoigner pèche en son cœur.
— Dieu sait ce que vous faites —

284 Ce qui est dans les cieux et ce qui est sur la terre appartient à Dieu.

Si vous dévoilez ce qui est en vous,
ou si vous le cachez,
Dieu vous en demandera compte.

Il pardonne à qui il veut;
il punit qui il veut.
Dieu est puissant sur toute chose.

285 Le Prophète a cru à ce qui est descendu sur lui
de la part de son Seigneur.

Lui et les croyants;
tous ont cru en Dieu, en ses anges,
en ses Livres et en ses prophètes.

Nous ne faisons pas de différence entre[1] ses prophètes.
Ils ont dit :
« Nous avons entendu et nous avons obéi ».

Ton pardon, notre Seigneur!
Vers toi est le retour final!

[286] Dieu n'impose à chaque homme
que ce qu'il peut porter[1].

Le bien qu'il aura accompli lui reviendra,
ainsi que le mal qu'il aura fait.

Notre Seigneur!
Ne nous punis pas pour des fautes commises
par oubli ou par erreur.

Notre Seigneur!
Ne nous charge pas d'un fardeau semblable
à celui dont tu chargeas ceux qui ont vécu avant nous.

Notre Seigneur!
Ne nous charge pas de ce que nous ne pouvons porter.

Efface nos fautes!
Pardonne-nous!
Fais-nous miséricorde!

Tu es notre Maître!
Donne-nous la victoire sur le peuple incrédule.

SOURATE III

LA FAMILLE DE 'IMRAN

Au nom de Dieu :
celui qui fait miséricorde,
le Miséricordieux.

[1] ALIF, Lam, Mim.
[2] Dieu!...
Il n'y a de Dieu que lui :
le Vivant,
celui qui subsiste par lui-même[1]!

[3] Il a fait descendre sur toi le Livre avec la Vérité[1];
celui-ci déclare véridique ce qui était avant lui[2].

Il avait fait descendre la Tora et l'Évangile
[4] — direction, auparavant, pour les hommes —
et il avait fait descendre le discernement[1].

Un terrible châtiment est destiné
à ceux qui ne croient pas aux Signes de Dieu.
— Dieu est puissant, il est le Maître de la vengeance[2] —

[5] Rien n'est caché à Dieu sur la terre et dans le ciel.
[6] C'est lui qui vous façonne dans le sein de vos mères,
comme il le veut[1].

Il n'y a de Dieu que lui,
le Puissant, le Sage!

[7] C'est lui qui a fait descendre sur toi le Livre.
On y trouve des versets clairs
— la Mère du Livre[1] —
et d'autres figuratifs[2].

Ceux dont les cœurs penchent vers l'erreur
s'attachent[3] à ce qui est dit en figures[4]
car ils recherchent la discorde
et ils sont avides d'interprétations;
mais nul autre que Dieu
ne connaît l'interprétation du Livre.

Ceux qui sont enracinés dans la Science disent :
« Nous y croyons!
Tout vient de notre Seigneur! »
mais seuls,
les hommes doués d'intelligence[5] s'en souviennent.

[8] Notre Seigneur!
Ne détourne pas nos cœurs après nous avoir dirigés;
accorde-nous une miséricorde venant de toi.
Tu es le continuel Donateur.

[9] Notre Seigneur!
Tu es, en vérité, celui qui réunira les hommes un jour :
nul doute n'est possible à ce sujet
car Dieu ne manque pas à sa promesse[1].

[10] Les biens et les enfants des incrédules
ne leur serviront à rien auprès[1] de Dieu :
voilà ceux qui seront l'aliment du Feu[2].

[11] Tel a été le sort des gens de Pharaon
et de ceux qui vécurent avant eux.
Ils ont traité nos Signes de mensonges;
Dieu les a punis pour leurs péchés.
— Dieu est terrible dans son châtiment —

[12] Dis aux incrédules :
« Vous serez vaincus;
vous serez rassemblés dans[1] la Géhenne ».
— Quel détestable lit de repos! —

[13] Un Signe vous a été donné[1]
lorsque les deux troupes se rencontrèrent :
les uns combattaient dans la voie de Dieu
et les autres étaient incrédules;
ceux-ci, de leurs propres yeux, voyaient les croyants
en nombre deux fois supérieur au leur[2].
— Dieu assiste, de son secours, qui il veut —

Voilà vraiment un enseignement
pour ceux qui sont doués de clairvoyance.

[14] L'amour des biens convoités est présenté aux hommes
sous des apparences belles et trompeuses[1];
tels sont les femmes, les enfants,
les lourds amoncellements[2] d'or et d'argent,
les chevaux racés, le bétail, les terres cultivées :
c'est là une jouissance éphémère de la vie de ce monde,
mais le meilleur lieu de retour[3]
sera auprès de Dieu.

[15] Dis :
« Vous annoncerai-je
une chose meilleure pour vous que tout cela? »

Ceux qui craignent leur Seigneur
trouveront pour toujours[1] auprès de lui,
des jardins où coulent les ruisseaux,
des épouses pures et la satisfaction de Dieu.
— Dieu voit parfaitement ses serviteurs —

16 Pour ceux qui disent :
« Oui, nous avons cru!
Pardonne-nous nos péchés,
préserve-nous du châtiment du Feu ».

17 Pour ceux qui sont patients, sincères et pieux;
pour ceux qui font l'aumône
et qui implorent, dès l'aube, le pardon de Dieu.

18 Dieu témoigne
et avec lui les anges
et ceux qui sont doués d'intelligence :
« Il n'y a de Dieu que lui;
lui qui maintient la justice...
Il n'y a de Dieu que lui,
le Puissant, le Sage! »

19 La Religion, aux yeux de Dieu,
est vraiment la Soumission[1].

Ceux auxquels le Livre a été donné
ne se sont opposés les uns aux autres, et par jalousie,
qu'après avoir reçu la Science.

Quant à celui qui ne croit pas aux Signes de Dieu,
qu'il sache que Dieu est prompt dans ses comptes.

20 Dis à ceux qui argumentent contre toi :
« Je me suis soumis à Dieu,
moi et ceux qui m'ont suivi[1] ».

Dis à ceux auxquels le Livre a été donné
et aux infidèles :
« Êtes-vous soumis à Dieu? »

S'ils sont soumis à Dieu, ils sont bien dirigés;
s'ils se détournent...

Tu es seulement chargé
de transmettre le message prophétique
— Dieu voit parfaitement ses serviteurs —

21 Annonce un châtiment douloureux
à ceux qui ne croient pas aux Signes de Dieu;
à ceux qui tuent les prophètes injustement[1];
à ceux qui, parmi les hommes,
tuent ceux qui ordonnent la justice.

22 Voilà ceux dont les actions sont vaines
en ce monde et dans la vie future.
— Ils ne trouveront pas de défenseurs —

23 N'as-tu pas vu ceux qui ont reçu une partie du Livre[1]
en appeler au Livre de Dieu, comme à un juge[2]?
Certains d'entre eux se sont ensuite détournés
et il se sont éloignés.

24 C'est pour avoir dit :
« Le Feu ne nous touchera que durant un temps limité[1] »
qu'ils se sont laissé égarer dans leur religion
par tout ce qu'ils ont inventé.

25 Qu'adviendra-t-il lorsque nous les réunirons un jour :
— nul doute n'est possible à ce sujet —
chaque homme recevra alors
la rétribution de ce qu'il aura accompli
et personne ne sera lésé[1].

26 Dis :
« Ô Dieu! Souverain du Royaume[1] :
Tu donnes la royauté à qui tu veux
et tu enlèves la royauté à qui tu veux.
Tu honores qui tu veux
et tu abaisses qui tu veux.
Le bonheur est dans ta main,
tu es, en vérité, puissant sur toute chose[2].

27 Tu fais pénétrer la nuit dans le jour
et tu fais pénétrer le jour dans la nuit.
Tu fais sortir le vivant du mort
et tu fais sortir le mort du vivant[1].
Tu donnes le nécessaire à qui tu veux, sans compter ».

[28] Que les croyants ne prennent pas pour amis[1]
des incrédules de préférence aux croyants.
Celui qui agirait ainsi,
n'aurait rien à attendre de Dieu.
— à moins que ces gens-là
ne constituent un danger pour vous —

Dieu vous met en garde contre lui-même[2];
le retour final sera vers Dieu.

[29] Dis :
« Si vous cachez ce qui est dans vos cœurs,
ou bien, si vous le montrez,
Dieu le connaît[1] ».

Il connaît ce qui est dans les cieux
et ce qui est sur la terre.
— Dieu est puissant sur toute chose —

[30] Le Jour où chaque homme[1] trouvera présent devant lui
ce qu'il aura fait de bien et ce qu'il aura fait de mal,
il souhaitera qu'un long intervalle
le sépare de ce Jour[2].

Dieu vous met en garde contre lui-même,
Dieu est bon envers ses serviteurs.

[31] Dis :
« Suivez-moi, si vous aimez Dieu;
Dieu vous aimera et vous pardonnera vos péchés.
Dieu est celui qui pardonne, il est miséricordieux ».

[32] Dis :
« Obéissez à Dieu et au Prophète[1].
Mais si vous vous détournez,
sachez que Dieu n'aime pas les incrédules ».

[33] Oui, Dieu a choisi, de préférence aux mondes[1] :
Adam, Noé, la famille d'Abraham, la famille de 'Imran[2],
[34] en tant que descendants les uns des autres.
— Dieu est celui qui entend et qui sait —

35 La femme de ʻImran dit[1] :
« Mon Seigneur !
Je te consacre[2] ce qui est dans mon sein ;
accepte-le de ma part.
Tu es, en vérité, celui qui entend et qui sait ».

36 Après avoir mis sa fille[1] au monde, elle dit :
« Mon Seigneur !
J'ai mis au monde une fille ».
— Dieu savait ce qu'elle avait enfanté :
un garçon n'est pas semblable à une fille —
« Je l'appelle Marie,
je la mets sous ta protection, elle et sa descendance,
contre Satan, le réprouvé[2] ».

37 Son Seigneur accueillit la petite fille
en lui faisant une belle réception ;
il la fit croître d'une belle croissance
et il la confia à Zacharie.

Chaque fois que Zacharie allait la voir, dans le Temple[1],
il trouvait auprès d'elle la nourriture nécessaire,
et il lui demandait :
« Ô Marie ! D'où cela te vient-il ? »

Elle répondait :
« Cela vient de Dieu :
Dieu donne, sans compter, sa subsistance à qui il veut ».

38 Alors Zacharie invoqua son Seigneur[1] ;
il dit :
« Mon Seigneur !
Accorde-moi, venant de toi,
une excellente descendance.
Tu es, en vérité, celui qui exauce la prière ».

39 Tandis qu'il priait debout dans le Temple,
les anges lui crièrent :
« Dieu t'annonce
la bonne nouvelle de la naissance de Jean :
celui-ci déclarera véridique un Verbe
émanant de Dieu[1] ;
un chef, un chaste, un Prophète parmi les justes ».

[40] Zacharie dit :
« Mon Seigneur !
Comment aurais-je un garçon ?
La vieillesse m'a atteint,
et ma femme est stérile ».

Il dit :
« Il en sera ainsi, Dieu fait ce qu'il veut ».

[41] Zacharie dit :
« Mon Seigneur !
Donne-moi un Signe ».

Il dit :
« Ton Signe sera
que tu ne parleras aux hommes que par gestes,
trois jours durant[1].
Invoque souvent ton Seigneur ;
glorifie-le au crépuscule et à l'aube ».

[42] Les anges dirent :
« Ô Marie !
Dieu t'a choisie, en vérité ;
il t'a purifiée ;
il t'a choisie
de préférence à toutes les femmes de l'univers[1].

[43] Ô Marie !
Sois pieuse envers ton Seigneur ;
prosterne-toi et incline-toi avec ceux qui s'inclinent ».

[44] Ceci fait partie des récits
concernant le mystère[1] que nous te révélons.

Tu n'étais pas parmi eux
lorsqu'ils jetaient leurs roseaux[2]
pour savoir qui d'entre eux se chargerait de Marie.

Tu n'étais pas non plus parmi eux
lorsqu'ils se disputaient.

[45] Les anges dirent[1] :
« Ô Marie !
Dieu t'annonce

la bonne nouvelle d'un Verbe émanant de lui :
Son nom est : le Messie[2], Jésus, fils de Marie;
illustre en ce monde et dans la vie future;
il est au nombre de ceux qui sont proches de Dieu.
46 Dès le berceau,
il parlera aux hommes comme un vieillard[1];
il sera au nombre des justes ».

47 Elle dit :
« Mon Seigneur!
Comment aurais-je un fils?
Nul homme ne m'a jamais touchée[1] ».

Il dit :
« Dieu crée ainsi ce qu'il veut :
lorsqu'il a décrété une chose,
il lui dit : « Sois! »...
et elle est[2] ».

48 Dieu lui enseignera le Livre, la Sagesse,
la Tora et l'Évangile;
49 et le voilà prophète, envoyé[1] aux fils d'Israël :
« Je suis venu à vous avec un Signe de votre Seigneur :
je vais, pour vous, créer d'argile,
comme une forme d'oiseau.
Je souffle en lui, et il est : « oiseau[2] »,
— avec la permission de Dieu —

Je guéris l'aveugle et le lépreux;
je ressuscite les morts[3]
— avec la permission de Dieu —

Je vous dis ce que vous mangez
et ce que vous cachez dans vos demeures.

Il y a vraiment là un Signe pour vous,
si vous êtes croyants.

50 Me voici,
confirmant ce qui existait avant moi de la Tora
et déclarant licite pour vous,
une partie de ce qui vous était interdit[1].

Je suis venu à vous avec un Signe de votre Seigneur;
— Craignez-le et obéissez-moi[2] —
[51] Dieu est, en vérité, mon Seigneur et votre Seigneur[1] :
Servez-le : c'est là le chemin droit ».

[52] Jésus dit, après avoir constaté leur incrédulité :
« Qui sont mes auxiliaires dans la voie de Dieu[1] ? »

Les apôtres[2] dirent :
« Nous sommes les auxiliaires de Dieu;
nous croyons en Dieu;
sois témoin de notre soumission[3].

[53] Notre Seigneur!
Nous avons cru à ce que tu nous as révélé;
nous avons suivi le Prophète;
inscris-nous parmi les témoins[1] ».

[54] Les fils d'Israël rusèrent contre Jésus[1].
Dieu ruse aussi;
Dieu est le meilleur de ceux qui rusent.

[55] Dieu dit :
« Ô Jésus!
Je vais, en vérité, te rappeler à moi;
t'élever vers moi[1];
te délivrer[2] des incrédules.
Je vais placer ceux qui t'ont suivi
au-dessus des incrédules,
jusqu'au Jour de la Résurrection;
votre retour se fera alors vers moi;
je jugerai entre vous et trancherai vos différends.

[56] Quant à ceux qui ne croient pas,
je les châtierai d'un terrible châtiment
en ce monde et dans la vie future.
— Ils ne trouveront pas d'auxiliaires » —

[57] Quant à ceux qui auront cru et qui auront fait le bien,
Dieu leur donnera leur récompense.
— Dieu n'aime pas les injustes —

[58] Voilà une partie des Signes et du sage Rappel
que nous te communiquons.

[59] Oui, il en est de Jésus comme d'Adam auprès de Dieu :
Dieu l'a créé de terre,
puis il lui a dit : « Sois », et il est[1].

[60] La Vérité émane de ton Seigneur.
Ne sois pas au nombre de ceux qui doutent.

[61] Si quelqu'un te contredit
après ce que tu as reçu en fait de science, dis[1] :
« Venez !
Appelons nos fils et vos fils,
nos femmes et vos femmes,
nous-mêmes et vous-mêmes :
nous ferons alors une exécration réciproque
en appelant une malédiction de Dieu sur les menteurs[2] ».

[62] Voilà le récit, la Vérité :
Il n'y a de Dieu que Dieu.
Dieu est le Puissant, le Sage.

[63] S'ils se détournent
qu'ils sachent que Dieu connaît les corrupteurs.

[64] Dis :
« Ô gens du Livre !
Venez à une parole commune entre nous et vous :
nous n'adorons que Dieu ;
nous ne lui associons rien ;
nul parmi nous ne se donne de Seigneur,
en dehors de Dieu ».

S'ils se détournent, dites-leur :
« Attestez que nous sommes vraiment soumis ».

[65] Ô gens du Livre !
Pourquoi vous disputez-vous au sujet d'Abraham,
alors que la Tora et l'Évangile n'ont été révélés
qu'après lui ?
Ne comprenez-vous pas ?

[66] Voilà comment vous vous comportez[1] :
vous qui vous disputiez
au sujet de ce dont vous aviez connaissance,
pourquoi vous disputez-vous
au sujet de ce dont vous n'avez aucune connaissance?
— Dieu sait, et vous, vous ne savez pas —

[67] Abraham n'était ni juif ni chrétien[1]
mais il était un vrai croyant[2] soumis à Dieu;
il n'était pas au nombre des polythéistes.

[68] Les hommes les plus proches d'Abraham[1]
sont vraiment ceux qui l'ont suivi,
ainsi que ce Prophète et ceux qui ont cru.
— Dieu est le Maître des croyants[2] —

[69] Une partie des gens du Livre aurait voulu vous égarer :
ils n'égarent qu'eux-mêmes
et ils n'en ont pas conscience.

[70] Ô gens du Livre!
Pourquoi êtes-vous incrédules
envers les Signes de Dieu,
alors que vous en êtes témoins?

[71] Ô gens du Livre!
Pourquoi dissimulez-vous la Vérité sous le mensonge?
Pourquoi cachez-vous la Vérité, alors que vous savez?

[72] Une partie des gens du Livre dit :
« Au début du jour,
croyez à ce qui a été révélé aux croyants;
à son déclin, soyez incrédules ».
— Peut-être reviendront-ils —
[73] Ne croyez qu'à ceux qui suivent votre Religion.

Dis :
« Oui, la voie droite est la voie de Dieu.
Il peut donner à n'importe qui ce qu'il vous a donné ».

Ou bien encore, ils argumentent contre vous
au sujet de votre Seigneur.
Dis ·

« La grâce est dans la main de Dieu[1] :
il la donne à qui il veut ».
— Dieu est présent partout et il sait —

74 Il accorde spécialement sa miséricorde à qui il veut :
Dieu est le Maître de la grâce incommensurable.

75 Certains, parmi les gens du Livre,
te rendront le qintar[1] que tu leur as confié.
D'autres ne te rendent le dinar que tu leur as confié
que si tu les harcèles.

Il en est ainsi, parce qu'ils disent :
« Les infidèles n'ont aucun moyen de nous contraindre ».

Ils profèrent des mensonges contre Dieu,
alors qu'ils savent.

76 Quant à celui qui remplit son engagement
et qui craint Dieu,
qu'il sache que Dieu aime ceux qui le craignent.

77 Ceux qui vendent à vil prix
le pacte de Dieu et leurs serments :
voilà ceux qui n'auront aucune part dans la vie future.
Dieu ne leur parlera pas;
il ne les regardera pas, le Jour de la Résurrection;
il ne les purifiera pas
et un châtiment douloureux les attend.

78 Certains d'entre eux altèrent le Livre en le récitant[1]
pour faire croire
que leurs inventions appartiennent au Livre,
mais elles sont étrangères au Livre[2].

Ils disent que tout cela vient de Dieu
mais cela ne vient pas de Dieu.
Ils profèrent des mensonges contre Dieu,
alors qu'ils savent.

79 Il n'appartient pas à un mortel
auquel Dieu a donné le Livre,
la Sagesse et la prophétie,

de dire ensuite aux hommes :
« Soyez mes serviteurs, et non pas ceux de Dieu »;
mais il dira :
« Soyez des maîtres puisque vous enseignez le Livre
et que vous l'avez étudié ».

80 Dieu ne vous ordonne pas
de prendre pour seigneurs les anges et les prophètes.
Vous ordonnerait-il l'incrédulité,
alors que vous lui êtes soumis?

81 Dieu dit[1], en recevant le pacte des prophètes[2] :
« Je vous ai vraiment donné quelque chose
d'un Livre et d'une Sagesse.
Un Prophète est ensuite venu à vous,
confirmant ce que vous possédiez déjà.
Croyez en lui et aidez-le.
Êtes-vous résolus et acceptez-vous mon alliance
à cette condition? »

Ils répondirent :
« Nous y consentons! »

Il dit :
« Soyez donc témoins,
et moi, me voici avec vous, parmi les témoins ».

82 Quant à ceux qui se détourneront ensuite:
voilà les pervers.

83 Désirent-ils une autre religion que celle de Dieu,
alors que tout ce qui est dans les cieux et sur la terre
se soumet à lui, de gré ou de force
et qu'ils seront ramenés vers lui?

84 Dis :
« Nous croyons en Dieu;
à ce qui nous a été révélé;
à ce qui a été révélé
à Abraham, à Ismaël, à Isaac, à Jacob et aux tribus;
à ce qui a été donné à Moïse, à Jésus, aux prophètes
de la part de leur Seigneur[1].
Nous n'avons pas de préférence pour l'un d'entre eux :
nous sommes soumis à Dieu ».

85 Le culte de celui qui recherche une religion
en dehors de la Soumission
n'est pas accepté.
Cet homme sera, dans la vie future,
au nombre de ceux qui ont tout perdu.

86 Comment Dieu dirigerait-il
ceux qui sont devenus incrédules
après avoir été croyants[1];
après avoir été témoins de la véracité du Prophète
et des preuves irréfutables qui leur sont parvenues?
— Dieu ne dirige pas le peuple injuste —

87 Quelle sera leur récompense?
La malédiction de Dieu,
celle des anges et de tous les hommes réunis
tombera certainement sur eux.
88 Ils y demeureront immortels;
le châtiment ne sera pas allégé en leur faveur;
on ne les regardera pas;
89 à l'exception
de ceux qui, par la suite, s'étaient repentis
et qui s'étaient amendés.
— Dieu est celui qui pardonne, il est miséricordieux —

90 Quant à ceux qui auront été incrédules
après avoir été croyants
et qui, ensuite, se sont entêtés dans leur incrédulité[1] :
leur repentir ne sera pas accepté :
voilà ceux qui sont égarés.

91 Oui, si les incrédules, morts dans leur incrédulité,
donnaient tout l'or de la terre pour se racheter,
cela ne serait accepté d'aucun d'entre eux.
Un châtiment douloureux leur est réservé
et ils ne trouveront pas d'auxiliaires.

92 Vous n'atteindrez pas à la piété vraie[1],
tant que vous ne donnerez pas en aumône
ce que vous aimez.
Quoi que vous donniez en aumône,
Dieu le sait.

93 Tout aliment était licite pour les fils d'Israël,
à part ce qu'Israël s'était interdit à lui-même,
avant que la Tora n'ait été révélée[1].

Dis :
« Apportez donc la Tora;
lisez-la, si vous êtes véridiques ».

94 Quant à ceux qui forgent ensuite
un mensonge contre Dieu :
voilà ceux qui sont injustes.

95 Dis :
« Dieu est véridique
suivez la Religion d'Abraham[1] un vrai croyant;
qui n'était pas au nombre des polythéistes ».

96 Le premier Temple[1] qui ait été fondé pour les hommes
est, en vérité, celui de Bakka[2] :
il est béni et il sert de Direction aux mondes.

97 On trouve des Signes évidents
dans ce lieu où se tenait Abraham[1].
Quiconque y pénètre est en sécurité.

Il incombe aux hommes,
— à celui qui en possède les moyens[2] —
d'aller, pour Dieu, en pèlerinage à la Maison.

Quant à l'incrédule,
qu'il sache que Dieu se suffit à lui-même,
et qu'il n'a pas besoin de l'univers[3].

98 Dis :
« Ô gens du Livre!
Pourquoi ne croyez-vous pas aux Signes de Dieu? »
— Dieu est témoin de vos actions[1] —

99 Dis :
« Ô gens du Livre!
Pourquoi détournez-vous le croyant de la voie de Dieu
et voudriez-vous la rendre tortueuse,
alors que vous êtes témoins? »
— Dieu n'est pas inattentif à ce que vous faites —

100 Ô vous qui croyez !
Si vous obéissez
à certains de ceux qui ont reçu le Livre,
ils vous rendront incrédules,
après que vous aurez eu la foi.

101 Comment êtes-vous encore incrédules,
alors que les Versets de Dieu vous sont récités,
alors que son Prophète est parmi vous ?

Celui qui s'attache fortement à Dieu
sera dirigé sur la voie droite.

102 Ô vous qui croyez !
Craignez Dieu de la crainte qu'il mérite.
Ne mourez qu'étant soumis à lui.

103 Attachez-vous tous, fortement, au pacte de Dieu ;
ne vous divisez pas ;
souvenez-vous des bienfaits de Dieu[1] :

Dieu a établi la concorde en vos cœurs ;
vous êtes, par sa grâce, devenus frères
alors que vous étiez des ennemis
les uns pour les autres.
Vous étiez au bord d'un abîme de feu
et il vous a sauvés.

Voici comment Dieu vous explique ses Signes,
peut-être serez-vous bien dirigés.

104 Puissiez-vous former[1] une Communauté
dont les membres appellent les hommes au bien :
leur ordonnent ce qui est convenable
et leur interdisent ce qui est blâmable[2] :
voilà ceux qui seront heureux[3] !

105 Ne soyez pas comme ceux qui se sont divisés
et qui se sont opposés les uns aux autres
après que les preuves décisives leur sont parvenues.

Voilà ceux auxquels un terrible châtiment est destiné
106 le Jour où certains visages s'éclaireront
tandis que d'autres visages seront noirs[1].

On dira à ceux dont les visages seront noirs :
« Avez-vous été incrédules après avoir eu la foi?
Goûtez donc le châtiment,
pour prix de votre incrédulité ».

107 Ceux dont les visages seront clairs
jouiront de la miséricorde de Dieu[1]
dans laquelle ils demeureront immortels.

108 Tels sont les Versets de Dieu.
Nous te les récitons en toute vérité.
— Dieu ne veut pas de mal[1] pour les mondes —

109 Ce qui est dans les cieux et ce qui est sur la terre
appartient à Dieu.
Toute chose revient à Dieu!

110 Vous formez la meilleure Communauté[1]
suscitée pour les hommes :
vous ordonnez ce qui est convenable,
vous interdisez ce qui est blâmable,
vous croyez en Dieu.

Si les gens du Livre croyaient,
ce serait meilleur pour eux.
Parmi eux se trouvent des croyants,
mais la plupart d'entre eux sont pervers.

111 Ils ne vous nuiront que faiblement.
S'ils vous combattent,
ils tourneront vite le dos
et, ensuite, ils ne seront pas secourus.

112 L'humiliation les a frappés,
là où ils se trouvaient,
à l'exception de ceux qui étaient protégés[1]
par une alliance de Dieu et une alliance des hommes.

Ils ont encouru la colère de Dieu;
la pauvreté les a frappés.

Il en fut ainsi :
parce qu'ils ne croyaient pas aux Signes de Dieu
et qu'ils tuaient injustement les prophètes.

Il en fut ainsi :
parce qu'ils ont désobéi
et qu'ils ont été transgresseurs.

113 Tous ne sont pas semblables :
il existe, parmi les gens du Livre,
 une communauté droite
dont les membres récitent, durant la nuit,
 les Versets de Dieu[1].

Ils se prosternent;
114 ils croient en Dieu et au Jour dernier;
ils ordonnent ce qui est convenable,
ils interdisent ce qui est blâmable;
ils s'empressent[1] de faire le bien :
voilà ceux qui sont au nombre des justes.

115 Quelque bien qu'ils accomplissent,
il ne leur sera pas dénié,
car Dieu connaît ceux qui le craignent.

116 Les biens et les enfants appartenant aux incrédules
ne leur serviront à rien contre Dieu[1].
Voilà ceux qui seront les hôtes du Feu
où ils demeureront immortels.

117 Ce que les hommes dépensent pour la vie de ce monde
est semblable à un vent chargé de grêle[1] :
celui-ci a frappé et détruit la récolte
 de ceux qui se sont fait tort à eux-mêmes :
Dieu ne les a pas lésés,
mais ils se sont fait tort à eux-mêmes.

118 Ô vous qui croyez!
N'établissez des liens d'amitié qu'entre vous,
les autres ne manqueront pas de vous nuire;
ils veulent votre perte;
la haine se manifeste dans leurs bouches
mais ce qui est caché dans leurs cœurs est pire encore.

Nous vous avons expliqué les Signes;
si seulement vous compreniez!

119 Voilà comment vous vous comportez :
vous les aimez, et ils ne vous aiment pas
et vous croyez dans le Livre tout entier.

Ils disent, lorsqu'ils vous rencontrent :
« Nous croyons »;
et lorsqu'ils se retrouvent entre eux[1],
ils se mordent les doigts de rage contre vous.

Dis :
« Mourez de votre rage! »
— Dieu connaît le contenu des cœurs[2] —

120 Si un bien vous arrive, ils s'en affligent;
si un malheur vous atteint, ils s'en réjouissent.

Si vous êtes patients et si vous craignez Dieu,
leur ruse ne vous nuira en rien.
— La Science de Dieu s'étend à toutes leurs actions[1] —

121 Il en fut ainsi quand tu as quitté ta famille au matin
pour placer les croyants à des postes de combat
— Dieu entend et il sait —
122 et lorsque deux de vos troupes songèrent à fléchir,
alors que Dieu est leur protecteur à toutes deux...
— Les croyants doivent se confier à Dieu —

123 Dieu vous a cependant secourus à Badr[1],
alors que vous étiez humiliés.
Craignez Dieu!
Peut-être serez-vous reconnaissants!

124 Lorsque tu disais aux croyants :
« Ne vous suffit-il pas que votre Seigneur vous aide
avec trois mille de ses anges descendus vers vous[1]? »

125 Oui, si vous êtes patients,
si vous craignez Dieu
et que vos ennemis foncent sur vous,
votre Seigneur vous enverra en renfort
cinq mille de ses anges qui se lanceront sur eux[1].

126 Dieu n'a fait cela
que pour vous annoncer une bonne nouvelle
afin que vos cœurs soient tranquillisés.
La victoire ne vient que de Dieu, le Puissant, le Juste,
127 afin de tailler en pièces ou de culbuter
une partie des incrédules,
et qu'ils repartent vaincus.

128 Cette affaire ne te concerne pas :
soit que Dieu revienne vers eux[1],
soit qu'il les châtie;
ils sont injustes.

129 Ce qui est dans les cieux et ce qui est sur la terre
appartient à Dieu.
Il pardonne à qui il veut;
il châtie qui il veut.
Dieu est celui qui pardonne, il est miséricordieux.

130 Ô vous qui croyez!
Ne vivez pas de l'usure
produisant plusieurs fois le double[1].
Craignez Dieu!
Peut-être serez-vous heureux.

131 Craignez le Feu préparé pour les incrédules.
132 Obéissez à Dieu et au Prophète.
Peut-être vous sera-t-il fait miséricorde.

133 Hâtez-vous vers le pardon de votre Seigneur
et vers un Jardin large comme les cieux et la terre[1],
préparé pour ceux qui craignent Dieu;
134 pour ceux qui font l'aumône,
dans l'aisance ou dans la gêne;
pour ceux qui maîtrisent leur colère;
pour ceux qui pardonnent[1] aux hommes
— Dieu aime ceux qui font le bien —
135 pour ceux qui, après avoir accompli
une mauvaise action
ou s'être fait tort à eux-mêmes,
se souviennent de Dieu
et lui demandent pardon pour leurs péchés;
— Quel est celui qui pardonne les péchés,
si ce n'est Dieu? —

pour ceux qui ne s'entêtent pas dans leurs agissements;
alors qu'ils savent.

136 Voilà ceux qui obtiendront leur récompense :
un pardon de leur Seigneur;
des Jardins où coulent les ruisseaux;
ils y demeureront immortels.
Comme est belle la récompense
de ceux qui font le bien!

137 Des événements[1] se sont passés avant vous;
parcourez la terre :
voyez quelle fut la fin de ceux qui criaient au mensonge.

138 Voici une explication claire destinée aux hommes;
une Direction et une exhortation
pour ceux qui craignent Dieu.

139 Ne perdez pas courage;
ne vous affligez pas,
alors que vous êtes des hommes supérieurs,
si vous êtes croyants.

140 Si une blessure vous atteint,
une même blessure atteint le peuple incrédule.

Nous faisons alterner ces journées-là[1] pour les hommes
afin que Dieu reconnaisse ceux qui croient
et qu'il prenne des témoins parmi vous;
— Dieu n'aime pas les injustes —
141 afin que Dieu éprouve les croyants
et qu'il anéantisse les incrédules.

142 Comptez-vous entrer au Paradis,
avant que Dieu reconnaisse
ceux d'entre vous qui ont combattu,
et qu'il reconnaisse ceux qui sont patients?

143 Oui, vous souhaitiez la mort avant de la rencontrer;
mais vous l'avez vue et vous l'attendez[1].

144 Muhammad[1] n’est qu’un prophète;
des prophètes ont vécu avant lui.
Retourneriez-vous sur vos pas,
s’il mourait, ou s’il était tué?

Celui qui retourne sur ses pas
ne nuit en rien à Dieu;
mais Dieu récompense ceux qui sont reconnaissants.

145 Il n’appartient à personne de mourir
si ce n’est avec la permission de Dieu
et d’après ce qui est irrévocablement fixé par écrit[1].

A quiconque désire la récompense de ce monde,
nous lui en donnons une part;
à quiconque désire la récompense de la vie future,
nous lui en donnons une part.
Nous récompenserons bientôt
ceux qui sont reconnaissants.

146 Combien de prophètes ont combattu,
en ayant avec eux de nombreux disciples[1];
ils ne se sont pas laissé abattre par les difficultés
qu’ils rencontraient[2] dans la voie de Dieu.
Ils n’ont pas faibli,
ils n’ont pas cédé.
— Dieu aime ceux qui sont patients —

147 Leur seule parole était[1] :
« Notre Seigneur!
Pardonne-nous nos péchés
et nos excès dans notre conduite[2].
Affermis nos pas[3].
Secours-nous contre le peuple incrédule ».

148 Dieu leur donna donc la récompense de ce monde,
ainsi que la meilleure récompense de la vie future.
— Dieu aime ceux qui font le bien —

149 Ô vous qui croyez!
Si vous obéissez aux incrédules,
ils vous feront revenir sur vos pas;
vous reviendrez, alors, ayant tout perdu.

150 Mais non!...
Dieu est votre Maître,
lui, le meilleur des auxiliaires!

151 Nous jetterons l'épouvante
dans les cœurs des incrédules
parce qu'ils ont associé à Dieu
ce à quoi nul pouvoir n'a été concédé[1].
Leur demeure sera le Feu.
Quel affreux séjour pour les impies!

152 Dieu a rempli sa promesse[1] envers vous,
quand, avec sa permission,
vous anéantissiez vos ennemis,
jusqu'au moment où vous avez fléchi,
où vous avez soulevé des contestations
au sujet de cette affaire[2].
Vous avez désobéi
après que Dieu vous eut montré ce que vous souhaitiez.

Certains d'entre vous désirent le monde présent,
certains d'entre vous désirent la vie future.
Dieu, ensuite, et pour vous éprouver,
a fait fuir vos ennemis devant vous.
Il vous a certainement pardonné.
Dieu est le Maître de la grâce en faveur des croyants.

153 Lorsque vous remontiez[1]
sans vous retourner sur personne,
et que le Prophète
vous appelait à l'arrière des troupes[2],
Dieu a changé pour vous
une tristesse en une autre tristesse,
afin que vous ne vous affligiez
ni de ce qui vous échappait,
ni de ce qui vous atteignait.
— Dieu est bien informé de ce que vous faites —

154 Après l'affliction, il fit descendre sur vous la sécurité :
un sommeil qui enveloppa une partie d'entre vous,
alors que les autres étaient inquiets[1].

Leur opinion sur Dieu,
n'était pas conforme à la Vérité;
c'était une supposition émanant de l'ignorance[2].

Ils disaient :
« Y a-t-il quoi que ce soit qui nous concerne
en cette affaire? »

Dis :
« L'affaire tout entière appartient à Dieu ».

Ils cachent en eux-mêmes ce qu'ils ne te montrent pas.
Ils disent :
« Si l'affaire avait dépendu de nous,
les nôtres n'auraient pas été tués ici[3] ».

Dis :
« Même si vous étiez restés dans vos maisons
la mort aurait atteint dans leur lit
ceux dont le meurtre était écrit,
afin que Dieu éprouve ce qui se trouve dans vos cœurs
et qu'il en purifie le contenu ».
— Dieu connaît le contenu des cœurs —

155 S'il y en a eu, parmi vous, qui se sont détournés
le jour où les deux troupes se sont rencontrées,
c'est seulement parce que le Démon les a fait trébucher,
à cause de ce qu'ils ont accompli.
Mais Dieu leur a pardonné.
Dieu est, en vérité, celui qui pardonne :
il est plein de mansuétude.

156 Ô vous qui croyez!
Ne soyez pas semblables aux incrédules!
Ils ont dit de leurs frères
qui parcouraient la terre ou qui combattaient :
« Ils ne seraient pas morts,
ils n'auraient pas été tués,
s'ils étaient restés avec nous ».

Que Dieu en fasse un sujet d'angoisse dans leurs cœurs!
Dieu fait vivre et il fait mourir.
Dieu voit parfaitement ce que vous faites.

[157] Si vous êtes tués dans le chemin de Dieu
ou si vous mourez,
un pardon et une miséricorde de Dieu
sont vraiment meilleurs que ce qu'ils amassent.

[158] Si vous mourez ou si vous êtes tués,
vous serez certainement rassemblés vers Dieu.

[159] Tu as été doux à leur égard
par une miséricorde de Dieu.
Si tu avais été rude et dur de cœur,
ils se seraient séparés de toi[1].

Pardonne-leur !
Demande pardon pour eux;
consulte-les sur toute chose[2];
mais, lorsque tu as pris une décision,
place ta confiance en Dieu.
— Dieu aime ceux qui ont confiance en lui —

[160] Si Dieu vous secourt,
nul ne l'emportera sur vous.
S'il vous abandonne,
qui donc, en dehors[1] de lui, pourrait vous secourir ?
— Les croyants placent leur confiance en Dieu —

[161] Il ne convient pas à un prophète de frauder.
Quiconque fraude, viendra avec son péché[1]
le Jour de la Résurrection.

Chaque homme recevra alors
le prix de ce qu'il aura accompli.
Personne ne sera lésé.

[162] Celui qui a suivi le bon plaisir de Dieu
serait-il semblable
à celui qui a encouru la colère de Dieu
et qui aura la Géhenne pour demeure ?
— Quelle détestable fin ! —

[163] Ils constituent une hiérarchie[1] auprès de Dieu;
Dieu voit parfaitement ce qu'ils font.

164 Dieu a accordé une grâce aux croyants
lorsqu'il leur a envoyé un Prophète pris parmi eux[1]
qui leur récite ses Versets,
qui les purifie,
qui leur enseigne le Livre et la Sagesse[2],
même s'ils avaient été auparavant
dans une erreur manifeste.

165 Lorsqu'un malheur vous a atteints,
— mais vous en aviez infligé
le double à vos ennemis[1] —
n'avez-vous pas dit :
« D'où vient cela ? »

Réponds :
« Cela vient de vous ».
— Dieu est puissant sur toute chose —

166 Ce qui vous a atteints,
le jour où les deux troupes se sont rencontrées,
s'est produit avec la permission de Dieu,
afin qu'ils reconnaissent les croyants
167 et afin qu'ils reconnaissent les hypocrites.

On leur a dit :
« Avancez !
Combattez dans le chemin de Dieu ! »
Ou bien :
« Défendez-vous ! »

Ils ont répondu :
« Si nous savions combattre,
nous vous suivrions certainement ».
— Ils se trouvèrent, ce jour-là,
plus près de l'incrédulité que de la foi —

Ils disent avec leurs bouches
ce qui n'est pas en leurs cœurs.
— Dieu connaît parfaitement ce qu'ils cachent —

168 Tranquillement assis dans leurs demeures[1],
ils disaient de leurs frères :
« Ils n'auraient pas été tués,
s'ils nous avaient obéi ! »

Dis :
« Échappez donc vous-mêmes à la mort,
si vous êtes véridiques ! »

169 Ne crois surtout pas
que ceux qui sont tués
dans le chemin de Dieu sont morts.
Ils sont vivants[1] !

Ils seront pourvus de biens auprès de leur Seigneur,
170 ils seront heureux de la grâce que Dieu leur a accordée.

Ils se réjouissent parce qu'ils savent
que ceux qui viendront après eux
et qui ne les ont pas encore rejoints
n'éprouveront plus aucune crainte.
et qu'ils ne seront pas affligés.

171 Ils se réjouissent d'un bienfait et d'une grâce de Dieu;
Dieu ne laisse pas perdre la récompense des croyants.

172 Une récompense sans limite est réservée[1]
à ceux qui ont répondu à Dieu et au Prophète,
malgré leurs blessures[2];
à ceux d'entre eux qui faisaient le bien
et qui craignaient Dieu.

173 Ceux auxquels on disait :
« Les gens ont sûrement réuni leurs forces contre vous,
craignez-les »,
leur foi augmentait alors, et ils répondaient :
« Dieu nous suffit !
Quel excellent Protecteur[1] ! »

174 Ils sont revenus avec un bienfait et une grâce de Dieu.
Aucun mal ne les a touchés.
Ils ont recherché[1] le bon plaisir de Dieu.
— Dieu est le Maître d'une grâce incommensurable —

175 Le Démon est ainsi :
il effraye ses suppôts.
Ne les craignez pas,
craignez-moi,
si vous êtes croyants !

[176] Que ceux qui se précipitent vers l'incrédulité
ne t'attristent pas.
Ils ne nuisent vraiment en rien à Dieu.
Dieu ne veut leur donner aucune part
dans la vie future.
Un terrible châtiment leur est réservé.

[177] Ceux qui ont troqué la foi contre l'incrédulité
ne nuisent vraiment en rien à Dieu.
Un châtiment douloureux leur est réservé.

[178] Que ceux qui sont incrédules ne pensent pas
que le délai que nous leur accordons
soit un bien pour eux.

Le délai que nous leur accordons
augmentera[1] leur péché.
Un châtiment ignominieux leur est réservé.

[179] Il ne convient pas à Dieu de laisser les croyants
dans la situation où vous vous trouvez,
si ce n'est le temps
de discerner l'homme mauvais du bon.

Dieu ne vous fera pas connaître le Mystère;
mais Dieu choisit qui il veut parmi ses prophètes.

Croyez donc en Dieu et en ses prophètes.
Si vous croyez, si vous craignez Dieu,
une récompense sans limite vous est réservée.

[180] Que ceux qui sont avares
de ce que Dieu leur a donné de sa faveur
ne le considèrent pas comme un bien personnel;
c'est, au contraire, un mal.

Bientôt, le Jour de la Résurrection,
ils porteront autour du cou
ce dont ils se montraient avares.

L'héritage des cieux et de la terre appartient à Dieu.
Dieu est bien informé de ce que vous faites.

181 Dieu a sûrement entendu la parole de ceux qui ont dit :
« Dieu est pauvre, et nous sommes riches ! »

Nous consignons leurs paroles par écrit
en retenant qu'ils ont tué injustement les prophètes.

Nous leur dirons :
« Goûtez le châtiment du Feu
182 pour prix de ce que vos mains ont accompli[1] ».
— Dieu n'est pas injuste envers ses serviteurs —

183 Ces gens-là ont dit :
« Dieu a conclu une alliance avec nous,
nous ordonnant de ne pas croire en un prophète
tant qu'il ne nous aura pas montré[1]
un sacrifice que le feu consume[2] ».

Dis :
« Avant moi,
des prophètes sont venus avec des preuves décisives,
et avec ce dont vous parlez.
Pourquoi les avez-vous tués,
si vous êtes véridiques[3] ? »

184 S'ils t'accusent de mensonge,
ils ont aussi traité de menteurs
les prophètes venus avant toi,
avec des preuves
avec les Écritures[1],
et avec le Livre lumineux.

185 Tout homme goûtera la mort :
vous recevrez sûrement votre rétribution[1]
le Jour de la Résurrection.

Celui qui sera préservé du Feu
et introduit au Paradis
aura trouvé le bonheur.

La vie de ce monde
n'est qu'une jouissance éphémère et trompeuse.

186 Vous serez certainement éprouvés
dans vos biens et dans vos personnes;

vous entendrez beaucoup d’injures[1] de la part
de ceux auxquels le Livre a été donné avant vous
et de la part des polythéistes.

Si vous êtes constants,
si vous craignez Dieu :
voilà vraiment les dispositions nécessaires
pour entreprendre quelque chose.

187 Lorsque Dieu contracta une alliance
avec ceux auxquels le Livre a été donné,
il leur dit[1] :
« Vous l’expliquerez aux hommes,
vous ne le garderez pas caché »,
mais ils l’ont rejeté derrière leurs dos[2];
ils l’ont vendu à vil prix.
Quel détestable troc!

188 Ne compte pas
que ceux qui se réjouissent de ce qu’ils ont fait
et qui aiment à être loués
pour ce qu’ils n’ont pas fait,
ne compte pas qu’ils soient à l’abri du châtiment.
Un douloureux châtiment leur est réservé.

189 La Royauté des cieux et de la terre appartient à Dieu.
Dieu est puissant sur toute chose.

190 Dans la création des cieux et de la terre,
dans la succession de la nuit et du jour,
il y a vraiment des Signes
pour ceux qui sont doués d’intelligence,
191 pour ceux qui pensent à Dieu, debout, assis ou couchés[1]
et qui méditent sur la création des cieux et de la terre.

Notre Seigneur!
Tu n’as pas créé tout ceci en vain[2]!
Gloire à toi!
Préserve-nous du châtiment du Feu.

192 Notre Seigneur!
Tu couvres d’opprobres

celui que tu introduis dans le Feu.
Il n'y a pas de défenseurs pour les injustes.

193 Notre Seigneur!
Nous avons entendu un crieur,
criant pour nous appeler à la foi;
« Croyez en votre Seigneur! »
et nous avons cru.

Notre Seigneur!
Pardonne-nous nos péchés!
Efface[1] nos mauvaises actions!
Rappelle-nous à toi avec ceux qui sont bons[2].

194 Notre Seigneur!
Accorde-nous
ce que tu nous as promis par la voix de tes prophètes;
ne nous afflige pas le Jour de la Résurrection.
— Tu ne manques jamais à ta promesse —

195 Leur Seigneur les a exaucés :
« Je ne laisse pas perdre l'action
de celui qui, parmi vous, homme ou femme, agit bien.
Vous dépendez les uns des autres[1].

J'effacerai les mauvaises actions[2]
de ceux qui ont émigré,
de ceux qui ont été expulsés de leurs maisons,
de ceux qui ont souffert dans mon chemin,
de ceux qui ont combattu et qui ont été tués.

Je les ferai certainement entrer dans des Jardins
où coulent les ruisseaux.
Ce sera une récompense de la part de Dieu ».
Dieu!...
La plus belle des récompenses se trouve auprès de lui!

196 Que l'agitation des incrédules habitant ce pays
ne te trouble pas.
197 Piètre jouissance éphémère!
La Géhenne sera ensuite leur demeure :
quel détestable lit de repos!

198 Mais les Jardins où coulent les ruisseaux
sont promis à ceux qui craignent leur Seigneur;
ils y demeureront immortels;
ils seront les hôtes de Dieu[1].
— Tout ce que l'on trouve auprès de Dieu
est meilleur pour ceux qui sont bons. —

199 Il y a, parmi les gens du Livre,
des hommes qui croient[1] en Dieu,
à ce qui vous a été révélé,
et à ce qui leur a été révélé.
Humbles devant Dieu,
ils n'ont pas vendu à vil prix les Signes de Dieu.

Ceux-là trouveront leur récompense
auprès de leur Seigneur.
Dieu est, en vérité, prompt dans ses comptes.

200 Ô vous qui croyez!
Soyez patients!
Encouragez-vous mutuellement à la patience!

Soyez fermes!
Craignez Dieu!
Peut-être serez-vous heureux!

SOURATE IV

LES FEMMES

Au nom de Dieu :
celui qui fait miséricorde,
le Miséricordieux.

1 Ô vous les hommes!
Craignez votre Seigneur
qui vous a créés d'un seul être[1],
puis, de celui-ci, il a créé son épouse[2]
et il a fait naître de ce couple[3]
un grand nombre d'hommes et de femmes.

Craignez Dieu!
— vous vous interrogez à son sujet —
et respectez les entrailles qui vous ont portés[4].
— Dieu vous observe. —

[2] Donnez aux orphelins
les biens[1] qui leur appartiennent.
Ne substituez pas ce qui est mauvais à ce qui est bon[2].
Ne mangez pas leurs biens en même temps que les vôtres :
ce serait vraiment un grand péché.

[3] Si vous craignez de ne pas être équitables
à l'égard des orphelins...

Épousez, comme il vous plaira,
deux, trois ou quatre femmes[1].
Mais si vous craignez de n'être pas équitables,
prenez une seule femme
ou vos captives de guerre[2].
Cela vaut mieux pour vous,
que de ne pas pouvoir subvenir
aux besoins d'une famille nombreuse.

[4] Donnez spontanément leur douaire[1] à vos femmes;
mais, si elles sont assez bonnes
pour vous en abandonner une part,
mangez celle-ci en paix et tranquillité.

[5] Ne confiez[1] pas aux insensés les biens
que Dieu vous a donnés
pour vous permettre de subsister.
Donnez-leur le nécessaire, prélevé sur ces biens;
donnez-leur de quoi se vêtir
et adressez-leur des paroles convenables.

[6] Éprouvez les orphelins
jusqu'à ce qu'ils aient atteint l'âge de se marier.
Si vous découvrez en eux un jugement sain[1]
remettez-leur les biens qui leur appartiennent.
Ne mangez pas ces biens avec prodigalité et dissipation
avant que les orphelins n'aient atteint leur majorité.

Celui qui est riche s'abstiendra d'en profiter;
celui qui est pauvre en usera modérément[2].

Quand vous leur remettrez leurs biens,
assurez-vous la présence de témoins[3];
mais Dieu suffit pour tenir le compte de tout.

[7] Remettez aux hommes une part
de ce que leurs parents[1] et leurs proches ont laissé,
et aux femmes, une part
de ce que leurs parents et leurs proches ont laissé;
que cela représente peu ou beaucoup :
c'est une part déterminée.

[8] Attribuez aussi une part
aux proches, aux orphelins et aux pauvres
lorsqu'ils assistent au partage,
et adressez-leur des paroles convenables.

[9] Ceux qui laisseraient après eux
une postérité sans ressources[1]
et qui seraient inquiets à leur sujet,
recourront à Dieu avec crainte et piété
et ils prononceront une parole juste.

[10] Ceux qui dévorent injustement les biens des orphelins
avalent du feu dans leurs entrailles[1] :
Ils tomberont[2] bientôt dans le Brasier.

[11] Quant à vos enfants
Dieu vous ordonne d'attribuer au garçon
une part égale à celle de deux filles.
Si les filles sont plus de deux,
les deux tiers de l'héritage leur reviendront;
s'il n'y en a qu'une, la moitié lui appartiendra.

Si le défunt[1] a laissé un fils,
un sixième de l'héritage reviendra à ses père et mère.
S'il n'a pas d'enfants
et que ses parents héritent de lui :
le tiers reviendra à sa mère.
S'il a des frères :

le sixième reviendra à sa mère,
après que ses legs ou ses dettes auront été acquittés.

Vous ignorez
si ce sont vos ascendants ou vos descendants
qui vous sont le plus utiles.

Telle est l'obligation imposée par Dieu[2] :
Dieu est celui qui sait, il est juste.

[12] Si vos épouses n'ont pas d'enfants,
la moitié de ce qu'elles vous ont laissé vous revient.
Si elles ont un enfant,
le quart de ce qu'elles vous ont laissé vous revient,
après que leurs legs ou leurs dettes
auront été acquittés.

Si vous n'avez pas d'enfants,
le quart de ce que vous avez laissé
reviendra à vos épouses.
Si vous avez un enfant,
le huitième de ce que vous avez laissé leur appartient,
après que vos legs ou vos dettes auront été acquittés.

Quand un homme ou une femme
n'ayant ni parents, ni enfants
laisse un héritage :
s'il a un frère ou une sœur :
le sixième en reviendra à chacun d'entre eux.
S'ils sont plusieurs :
ils se répartiront le tiers de l'héritage,
après que ses legs ou ses dettes auront été acquittés,
sans préjudice pour quiconque.

Tel est le commandement de Dieu.
Dieu est celui qui sait et il est plein de mansuétude.

[13] Telles sont les lois de Dieu :
celui qui obéit à Dieu et à son prophète
sera introduit dans des Jardins
où coulent les ruisseaux;
ils y demeureront immortels :
voilà le bonheur sans limites!

[14] Celui qui désobéit à Dieu et à son Prophète
et qui transgresse ses lois
sera introduit dans le Feu.
Il y demeurera immortel;
un châtiment ignominieux lui est destiné.

[15] Appelez quatre témoins que vous choisirez,
contre celles de vos femmes qui ont commis
une action infâme.
S'ils témoignent :
enfermez les coupables, jusqu'à leur mort[1],
dans des maisons,
à moins que Dieu ne leur offre un moyen de salut[2].

[16] Si deux d'entre vous commettent une action infâme,
sévissez contre eux,
à moins qu'ils ne se repentent et ne se corrigent.
— Dieu revient sans cesse vers le pécheur repentant;
il est miséricordieux. —

[17] Dieu ne pardonne
qu'à ceux qui font le mal par ignorance
et qui s'en repentent, sitôt après.
Dieu revient à eux;
Dieu est celui qui sait et il est juste.

[18] Mais il n'y a pas de pardon pour ceux qui font le mal
jusqu'au moment
où la mort se présentant à l'un d'entre eux,
il dit :
« Oui, je me repens, maintenant! »
Il n'y a pas de pardon non plus pour les incrédules :
voilà ceux pour lesquels nous avons préparé
un châtiment douloureux.

[19] Ô vous qui croyez!
Il ne vous est pas permis
de recevoir des femmes en héritage contre leur gré[1],
ni de les empêcher de se remarier[2]
pour vous emparer
d'une partie de ce que vous leur aviez donné,
à moins qu'elles n'aient manifestement commis
une action infâme.
Comportez-vous envers elles suivant la coutume.

Si vous éprouvez de l'aversion pour elles,
il se peut que vous éprouviez de l'aversion
contre une chose en laquelle
Dieu a placé un grand bien.

[20] Si vous voulez échanger une épouse contre une autre,
et si vous avez donné un qintar à l'une des deux,
n'en reprenez rien.
Le reprendre serait une infâmie et un péché évident.

[21] Comment le reprendriez-vous,
alors que vous étiez liés l'un à l'autre
et que vos femmes ont bénéficié
d'une alliance solennelle[1] contractée avec vous?

[22] N'épousez pas les femmes
que vos pères ont eues pour épouses,
— exception faite pour le passé —
ce serait vraiment un acte abominable et haïssable,
un chemin détestable.

[23] Vous sont interdites[1] :
vos mères, vos filles, vos sœurs,
vos tantes paternelles, vos tantes maternelles,
les filles de vos frères, les filles de vos sœurs,
vos mères qui vous ont allaités, vos sœurs de lait,
les mères de vos femmes,
les belles-filles placées sous votre tutelle,
nées de vos femmes
avec qui vous avez consommé le mariage,
— Nulle faute cependant ne vous sera imputée
si le mariage n'a pas été consommé —
les épouses de vos fils, issus de vos reins.

Il vous est encore interdit[2]
d'épouser deux sœurs[3]
— exception faite pour le passé —
— Dieu est, en vérité, celui qui pardonne,
il est miséricordieux —

[24] Vous sont encore interdites :
les femmes mariées de bonne condition[1]

à moins qu'elles ne soient vos captives de guerre[2].
— Voilà ce que Dieu vous a prescrit —

Hormis les interdictions mentionnées,
il vous est permis de satisfaire vos désirs,
en utilisant vos biens d'une façon honnête
et sans vous livrer à la débauche.

Versez le douaire[3] prescrit
aux femmes dont vous aurez joui.
Pas de faute à vous reprocher
pour ce que vous déciderez d'un commun accord,
après avoir observé ce qui vous est ordonné.
— Dieu est celui qui sait, il est juste. —

25 Celui qui, parmi vous, n'a pas les moyens
d'épouser des femmes croyantes et de bonne condition,
prendra des captives de guerre croyantes.
— Dieu seul connaît votre foi
et vous descendez les uns des autres. —

Épousez-les, avec la permission de leur famille.
Donnez-leur leur douaire, suivant la coutume,
comme à des femmes de bonne condition,
et non comme à des débauchées.

Lorsque ces femmes ayant accédé à une bonne condition
commettront une action infâme,
elles subiront la moitié du châtiment
que subiraient des femmes de bonne condition.

Telles sont les règles à observer
par celui d'entre vous qui redoute la débauche.
Mais il est meilleur pour vous d'être patients.
— Dieu est celui qui pardonne, il est miséricordieux —

26 Dieu veut vous faire connaître les actions
de ceux qui ont vécu avant vous,
pour vous diriger et vous pardonner.
— Dieu est celui qui sait, il est juste —

[27] Dieu veut revenir vers vous,
alors que ceux qui suivent leurs passions
veulent vous entraîner sur une pente dangereuse[1].

[28] Dieu veut alléger vos obligations
car l'homme a été créé faible.

[29] Ô vous qui croyez!
ne mangez pas inutilement vos biens entre vous,
sauf quand il s'agit d'un négoce par consentement mutuel.
Ne vous entre-tuez pas.
— Dieu est miséricordieux envers vous —

[30] Nous jetterons bientôt dans le Feu
celui qui agit méchamment et d'une façon injuste ·
voilà qui est facile pour Dieu!

[31] Si vous évitez les plus grands péchés
qui vous sont interdits,
nous effacerons[1] vos mauvaises actions
et nous vous introduirons avec honneur au Paradis[2].

[32] Ne convoitez pas les faveurs dont Dieu a gratifié
certains d'entre vous de préférence aux autres[1] :
une part
de ce que les hommes auront acquis par leurs œuvres
leur reviendra;
une part
de ce que les femmes auront acquis par leurs œuvres
leur reviendra.
Demandez à Dieu qu'il vous accorde sa grâce[2].
Dieu connaît toute chose.

[33] Nous avons désigné pour tous des héritiers légaux[1] :
les père et mère, les proches
et ceux auxquels vous êtes liés par un pacte.
Donnez-leur la part qui doit leur revenir.
— Dieu est témoin de toute chose —

[34] Les hommes ont autorité sur les femmes[1],
en vertu de la préférence
que Dieu leur a accordée sur elles,
et à cause des dépenses qu'ils font
pour assurer leur entretien.

Les femmes vertueuses sont pieuses :
elles préservent dans le secret ce que Dieu préserve.

Admonestez celles dont vous craignez l'infidélité;
reléguez-les dans des chambres à part et frappez-les.
Mais ne leur cherchez plus querelle,
si elles vous obéissent.
— Dieu est élevé et grand —

35 Si vous craignez la séparation entre des conjoints[1],
suscitez un arbitre de la famille de l'époux,
et un arbitre de la famille de l'épouse.
Dieu rétablira la concorde entre eux deux,
s'ils veulent se réconcilier.
— Dieu est celui qui sait et qui est bien informé —

36 Adorez Dieu!
Ne lui associez rien!
Vous devez user de bonté
envers vos parents, vos proches,
les orphelins, les pauvres,
le client qui est votre allié
et celui qui vous est étranger;
le compagnon qui est proche de vous;
le voyageur et vos esclaves.

Dieu n'aime pas
celui qui est insolent et plein de gloriole,
37 ceux qui sont avares
et qui ordonnent l'avarice aux hommes,
ceux qui dissimulent
ce que Dieu leur a donné de sa grâce;
— nous avons préparé un châtiment ignominieux
pour les incrédules —
38 ceux qui dépensent leurs biens en aumônes
pour être vus des hommes[1]
et qui ne croient pas en Dieu et au Jour dernier.
Celui qui a le Démon pour compagnon
n'a qu'un détestable compagnon!

39 Quel dommage auraient-ils donc subi,
s'ils avaient cru en Dieu et au Jour dernier

et s'ils avaient dépensé en aumônes
une partie des biens que Dieu leur a accordés?
— Dieu les connaît parfaitement —

40 Dieu ne fera tort à personne du poids d'un atome[1].
S'il s'agit d'une bonne action,
il l'estimera au double de sa valeur
et il lui donnera une récompense sans limites.

41 Que feront-ils,
lorsque nous ferons venir
un témoin de chaque communauté,
et que nous te ferons venir
comme témoin contre eux?
42 Ceux qui auront été incrédules,
ceux qui auront désobéi au Prophète
souhaiteront, ce Jour-là, que la terre les recouvre.
Ils ne pourront rien cacher à Dieu[1].

43 Ô vous qui croyez!
N'approchez pas de la prière, alors que vous êtes ivres
— attendez de savoir ce que vous dites! —
ou impurs — à moins que vous ne soyez en voyage —
— attendez de vous être lavés —

Si vous êtes malades, ou si vous voyagez,
ou si l'un de vous revient du lieu caché,
ou si vous avez touché des femmes
et que vous ne trouviez pas d'eau,
recourez à du bon sable
que vous vous passerez sur le visage et sur les mains[1].
— Dieu est celui qui efface les péchés et qui pardonne —

44 N'as-tu pas vu
ceux auxquels une partie du Livre a été donnée?
Ils achètent l'égarement
et ils veulent
que vous vous égariez hors de la voie droite.

45 Dieu connaît bien vos ennemis;
Dieu suffit comme protecteur;
Dieu suffit comme défenseur.

46 Certains Juifs altèrent le sens des paroles révélées[1];
ils disent :
« Nous avons entendu et nous avons désobéi...
Entends, sans que personne te fasse entendre;
regarde-nous[2] »...

Ils tordent leurs langues
et ils attaquent la Religion.

Mais s'ils avaient dit :
« Nous avons entendu et nous avons obéi...
Entends... Regarde-nous »...
C'eût été certainement meilleur pour eux et plus droit.

Dieu les a maudits à cause de leur incrédulité.
Ils ne croient pas.
— A l'exception d'un petit nombre d'entre eux —

47 Ô vous, à qui le Livre a été donné!
Croyez à ce que nous vous avons révélé,
confirmant ce que, déjà, vous possédiez;
avant que nous n'effacions les visages,
soit que nous les fassions retourner en arrière,
soit que nous les maudissions,
comme nous avons maudit les gens du Sabbat[1].
— L'ordre de Dieu est accompli! —

48 Dieu ne pardonne pas
qu'on lui associe quoi que ce soit;
il pardonne à qui il veut
des péchés moins graves que celui-ci.
Celui qui associe quoi que ce soit à Dieu,
commet un crime immense.

49 N'as-tu pas vu ceux qui se prétendent purs?
Mais c'est Dieu qui purifie qui il veut :
ils ne seront pas lésés d'une pellicule de datte[1].

50 Considère leur façon de forger le mensonge contre Dieu :
cela suffit pour être coupable d'un crime incontestable.

51 N'as-tu pas vu
ceux auxquels une partie du Livre a été donnée?

Ils croient aux Jibt et aux Taghout[1];
ils disent, en parlant des incrédules :
« Ils sont mieux dirigés que les croyants ».

52 Voilà ceux que Dieu maudit :
— Tu ne trouveras pas de défenseur
pour celui que Dieu maudit! —
53 Ils possèdent une part de richesse
et ils n'en distraient pas une pellicule de datte,
54 ou bien ils sont jaloux des hommes
à cause des bienfaits que Dieu leur a accordés.

Nous avons, en effet, donné à la famille d'Abraham
le Livre et la Sagesse.
Nous leur avons accordé un immense royaume.

55 Il en est parmi eux qui croient en lui
tandis que d'autres s'en écartent
— La Géhenne leur suffira comme brasier —

56 Nous jetterons bientôt dans le Feu
ceux qui ne croient pas à nos Signes.
Chaque fois que leur peau sera consumée[1],
nous leur en donnerons une autre
afin qu'ils goûtent le châtiment.
— Dieu est, en vérité, puissant et juste —

57 Nous introduirons ceux qui croient et qui font le bien
dans des Jardins où coulent les ruisseaux.
Ils y demeureront, à tout jamais, immortels;
ils y trouveront des épouses pures[1];
nous les introduirons sous d'épais ombrages.

58 Dieu vous ordonne de restituer les dépôts
et de juger selon la justice,
lorsque vous jugez entre les hommes.

Ce à quoi Dieu vous exhorte est vraiment bon.
Dieu est celui qui entend et qui voit parfaitement.

59 Ô vous qui croyez!
Obéissez à Dieu!
Obéissez au Prophète
et à ceux d'entre vous qui détiennent l'autorité.

Portez vos différends devant Dieu
et devant le Prophète[1];
— si vous croyez en Dieu et au Jour dernier —
c'est mieux ainsi;
c'est le meilleur arrangement.

60 N'as-tu pas vu ceux qui prétendent croire
à ce que nous t'avons révélé,
et à ce qui a été révélé avant toi?
Ils veulent s'en rapporter aux Taghout
bien qu'ils aient reçu l'ordre de ne pas croire en eux.
— Le Démon veut les jeter
dans un profond[1] égarement —

61 Lorsqu'on leur dit :
« Venez à ce que Dieu a révélé;
venez au Prophète! »,
tu vois les hypocrites
se détourner de toi en s'éloignant.

62 Que feront-ils, lorsqu'une calamité les atteindra
pour prix des œuvres que leurs mains ont accomplies[1]
Ils viendront à toi,
ils jureront par Dieu :
« Nous ne voulions que le bien et la concorde! »

63 Ceux-là, Dieu connaît le contenu de leurs cœurs.
Écarte-toi d'eux,
exhorte-les en leur adressant des paroles convaincantes
qui s'appliquent à leur propre cas.

64 Nous n'avons envoyé un Prophète
que pour qu'il soit obéi,
avec la permission de Dieu.

Si ces gens qui se sont fait tort à eux-mêmes
venaient à toi en implorant le pardon de Dieu
et si le Prophète demandait pardon pour eux,
ils trouveraient sûrement Dieu prêt à revenir vers eux
et à leur faire miséricorde.

65 Non!... Par ton Seigneur!...
Ils ne croiront pas,

tant qu'ils ne t'auront pas fait juge
de leurs différends.
Ils ne trouveront plus ensuite, en eux-mêmes,
la possibilité d'échapper à ce que tu auras décidé
et ils s'y soumettront totalement.

66 Si nous leur avions prescrit :
« Entre-tuez-vous[1] !... »
Ou bien :
« Sortez de vos maisons !... »
ils ne l'auraient pas fait,
à l'exception d'un petit nombre d'entre eux.

Il serait vraiment meilleur pour eux
et plus efficace pour leur affermissement
de suivre les exhortations reçues.
67 Nous leur donnerions alors une récompense sans limites
68 et nous les dirigerions sur un chemin droit.

69 Ceux qui obéissent à Dieu et à son Prophète
sont au nombre
de ceux que Dieu a comblés de bienfaits;
avec les prophètes, les justes,
les témoins et les saints :
voilà une belle assemblée[1] !
70 C'est une grâce venue de Dieu;
Dieu possède une Science suffisante[1] !

71 Ô vous qui croyez !
Prenez garde !
Lancez-vous en campagne par groupes
ou bien lancez-vous en masse.

72 Il y en a un parmi vous qui temporise :
Quand un malheur vous atteint, il dit :
« Dieu m'a comblé de bienfaits,
je n'étais pas avec eux pour porter témoignage[1] ! »

73 Mais, si Dieu vous favorise, il dit :
— comme si nulle affection n'existait entre vous et lui —
« Oh ! Si je m'étais trouvé avec eux,
je me serais assuré un gain considérable ! »

[74] Que ceux qui troquent la vie présente
contre la vie future
combattent donc dans le chemin de Dieu.
Nous accorderons une récompense sans limites
à celui qui combat dans le chemin de Dieu,
qu'il soit tué ou qu'il soit victorieux.

[75] Pourquoi ne combattez-vous pas
dans le chemin de Dieu,
alors que les plus faibles parmi les hommes,
les femmes et les enfants disent :
« Notre Seigneur!
Fais-nous sortir de cette cité
dont les habitants sont injustes.
Donne-nous un protecteur choisi[1] par toi;
donne-nous un défenseur choisi par toi! »

[76] Les croyants combattent dans le chemin de Dieu;
les incrédules combattent dans le chemin des Taghout.
Combattez donc les suppôts de Satan;
les pièges de Satan sont vraiment faibles.

[77] N'as-tu pas vu ceux auxquels on a dit :
« Déposez vos armes[1]!
Acquittez-vous de la prière!
Faites l'aumône! »

Quand le combat leur est prescrit,
voici que certains d'entre eux craignent les hommes
de la crainte dûe à Dieu, ou d'une crainte plus forte.

Ils disent :
« Notre Seigneur!
Pourquoi nous as-tu prescrit le combat?
Pourquoi ne pas l'avoir reporté à plus tard? »

Dis :
« La jouissance de la vie de ce monde est précaire;
la vie future est meilleure pour celui qui craint Dieu.
Vous ne serez pas lésés d'une pellicule de datte ».

[78] Où que vous soyez, la mort vous atteindra;
même si vous vous tenez dans des tours fortifiées.

Si un bien leur arrive, ils disent :
« Cela vient de Dieu ! »

Si un mal les atteint, ils disent :
« Cela vient de toi ! »

Dis :
« Tout vient de Dieu ! »

Mais pourquoi ces gens sont-ils incapables
de comprendre aucun discours ?

79 Tout bien qui t'arrive vient de Dieu ;
tout mal qui t'atteint vient de toi-même.

Nous t'avons envoyé aux hommes comme Prophète
et Dieu suffit comme témoin !

80 Ceux qui obéissent au Prophète obéissent à Dieu[1].
Quant à ceux qui se détournent, laisse-les[2] :
nous ne t'avons pas envoyé vers eux comme gardien.

81 Ils disent :
« Nous obéissons[1] !... »
Mais aussitôt qu'ils sont hors de chez toi,
certains d'entre eux tiennent de nuit
des propos étrangers à ce que tu dis.

Dieu consigne par écrit leurs propos nocturnes.
Écarte-toi d'eux !
Confie-toi en Dieu !
Dieu suffit comme protecteur !

82 Ne méditent-ils pas sur le Coran ?
Si celui-ci venait d'un autre que Dieu,
ils y trouveraient de nombreuses contradictions.

83 Lorsqu'une nouvelle leur parvient[1],
— objet de sécurité ou d'alarme —
ils la font connaître autour d'eux.
Si on l'avait rapportée au Prophète
et à ceux qui, parmi eux, détiennent l'autorité,
pour leur demander leur avis,

ils auraient su s'il fallait l'accréditer,
car on se réfère habituellement à leur opinion[2].

Si la faveur et la miséricorde de Dieu
n'étaient pas sur vous,
vous auriez certainement suivi le Démon;
à l'exception d'un petit nombre d'entre vous.

84 Combats dans le chemin de Dieu.
Tu n'es responsable que de toi-même.

Encourage les croyants!
Dieu arrêtera peut-être la violence des incrédules.
Dieu est plus redoutable qu'eux dans sa violence,
et plus redoutable qu'eux dans son châtiment.

85 Celui qui intercède d'une bonne intercession
en obtiendra une part[1].
Celui qui intercède d'une mauvaise intercession
en sera pleinement responsable.
— Dieu est témoin de tout[2] —

86 Quand une salutation courtoise vous est adressée,
saluez d'une façon encore plus polie,
ou bien rendez simplement le salut[1].
— Dieu tient compte de tout —

87 Dieu!
Il n'y a de Dieu que lui!
Il vous réunira, sans aucun doute possible,
le Jour de la Résurrection.
Qui donc serait plus véridique que Dieu
quand il parle[1]?

88 Pourquoi êtes-vous divisés[1] au sujet des hypocrites?
Dieu les a refoulés à cause de leurs agissements.
Voudriez-vous diriger celui que Dieu égare?
Tu ne trouveras pas de direction
pour celui que Dieu égare.

89 Ils aimeraient vous voir incrédules,
comme ils le sont eux-mêmes,
et que vous soyez ainsi semblables à eux.

Ne prenez donc aucun protecteur parmi eux,
jusqu'à ce qu'ils émigrent dans le chemin de Dieu.
S'ils se détournent, saisissez-les;
tuez-les partout où vous les trouverez[1].

Ne prenez ni protecteur, ni défenseur parmi eux
90 à l'exception de ceux qui sont les alliés d'un peuple
avec lequel vous avez conclu un pacte,
ou de ceux qui viennent à vous
le cœur serré d'avoir à combattre contre vous
ou à combattre contre leur propre peuple.

Si Dieu l'avait voulu,
il leur aurait donné pouvoir sur vous,
et ils vous auraient alors combattus.

S'ils se tiennent à l'écart[1],
s'ils ne combattent pas contre vous,
s'ils vous offrent la paix,
Dieu ne vous donne plus alors
aucune raison[2] de lutter contre eux.

91 Vous trouverez
d'autres gens qui désirent la paix avec vous
et la paix avec leur propre peuple.

Chaque fois qu'ils sont poussés à la révolte,
ils y retombent en masse.
S'ils ne se retirent pas loin de vous;
s'ils ne vous offrent pas la paix;
s'ils ne déposent pas leurs armes;
saisissez-les;
tuez-les partout où vous les trouverez.
Nous vous donnons tout pouvoir sur eux!

92 Il n'appartient pas à un croyant de tuer un croyant
— mais une erreur peut se produire —
Celui qui tue un croyant par erreur
affranchira un esclave croyant
et remettra le prix du sang à la famille du défunt;
à moins que celle-ci ne le donne en aumône.

Si le croyant qui a été tué
appartenait à un groupe ennemi,

le meurtrier affranchira un esclave croyant.
S'il appartenait à un groupe auquel un pacte vous lie,
le meurtrier remettra le prix du sang
à la famille du défunt
et il affranchira un esclave croyant.

Celui qui n'en a pas les moyens
jeûnera deux mois de suite,
en signe de repentir imposé par Dieu.
— Dieu est celui qui sait, il est juste —

93 Celui qui tue volontairement un croyant
aura la Géhenne pour rétribution :
il y demeurera immortel.

Dieu exerce son courroux contre lui;
il le maudit;
il lui a préparé un terrible châtiment.

94 Ô vous qui croyez!
Soyez lucides[1]
lorsque vous vous engagez dans le chemin de Dieu;
ne dites pas à celui qui vous offre la paix :
« Tu n'es pas croyant! »
Vous rechercheriez ainsi
les biens de la vie de ce monde;
mais le butin est abondant auprès de Dieu!

Vous vous comportiez ainsi autrefois :
Dieu vous a accordé sa grâce;
soyez lucides!
Dieu est bien informé de ce que vous faites!

95 Les croyants qui s'abstiennent de combattre[1];
— à l'exception des infirmes —
et ceux qui combattent[2] dans le chemin de Dieu,
avec leurs biens et leurs personnes,
ne sont pas égaux!
Dieu préfère[3]
ceux qui combattent avec leurs biens et leurs personnes
à ceux qui s'abstiennent de combattre.

Dieu a promis à tous d'excellentes choses;
mais Dieu préfère les combattants aux non-combattants
et il leur réserve une récompense sans limites.

96 Il les élève, auprès de lui, de plusieurs degrés
en leur accordant pardon et miséricorde.
— Dieu est celui qui pardonne, il est miséricordieux —

97 Au moment de les emporter[1],
les Anges disent
à ceux qui se sont fait tort à eux-mêmes :
« En quel état étiez-vous? »

Ils répondent :
« Nous étions faibles sur la terre ».

Les Anges disent :
« La terre de Dieu n'est-elle pas assez vaste
pour vous permettre d'émigrer[2]? »

Voilà ceux qui auront la Géhenne pour refuge :
quelle détestable fin !
98 A l'exception de ceux qui sont faibles et incapables
parmi les hommes, les femmes et les enfants;
car ils ne sont pas dirigés sur le chemin droit.

99 Tels sont ceux que Dieu absoudra peut-être.
Dieu est celui qui efface les péchés;
il est miséricordieux.

100 Celui qui émigre dans le chemin de Dieu
trouvera sur la terre
de nombreux refuges et de l'espace.

La rétribution de celui qui sort de sa maison
pour émigrer vers Dieu et son Prophète,
et qui est frappé par la mort,
incombe à Dieu.
— Dieu est celui qui pardonne, il est miséricordieux —

101 Lorsque vous parcourez la terre,
vous ne commettez pas de faute
si vous abrégez la prière

par crainte d'être surpris par les incrédules.
— Les incrédules sont vos ennemis déclarés —

102 Lorsque tu te trouves avec les croyants
et que tu diriges la prière :
un groupe d'entre eux
se tiendra debout avec toi pour prier[1],
tandis qu'un autre groupe prendra les armes.
Lorsque ceux qui prient se prosternent,
les autres doivent se tenir derrière vous.

L'autre groupe qui n'a pas encore prié
viendra ensuite prier avec toi
tandis que le premier assurera la garde
et prendra les armes.

Les incrédules voudraient
vous voir négliger vos armes et vos bagages
afin de fondre sur vous d'un seul coup.

Il n'y a pas de faute à vous reprocher,
si vous déposez vos armes
lorsque vous êtes gênés par la pluie
ou lorsque vous êtes malades.
Mais, prenez garde!
Dieu a préparé un châtiment ignominieux
pour les incrédules.

103 Pensez encore à Dieu[1] debout, assis ou couchés[2],
lorsque vous avez achevé la prière.

Acquittez-vous de la prière,
quand vous êtes en sécurité.
La prière est prescrite aux croyants
à des moments déterminés.

104 Ne faiblissez pas dans la poursuite de ces gens.
Si vous souffrez,
ils souffrent, eux aussi, comme vous;
attendez donc de Dieu ce qu'ils n'en espèrent pas.
— Dieu est celui qui sait, il est juste —

105 Nous avons fait descendre sur toi
le Livre avec la Vérité,
afin que tu juges entre les hommes
d'après ce que Dieu te fait voir.

Ne sois pas l'avocat des traîtres;
106 Demande pardon à Dieu.
Dieu est celui qui pardonne, il est miséricordieux.

107 Ne discute pas
en faveur de ceux qui se trahissent eux-mêmes.
Dieu n'aime pas celui qui est traître et pécheur.

108 Ils voudraient se cacher des hommes,
mais ils ne cherchent pas à se cacher de Dieu.
Dieu est auprès d'eux
lorsqu'ils tiennent la nuit
des propos que Dieu n'agrée pas,
lui, dont la Science s'étend à tout ce qu'ils font.

109 Voilà que vous avez soutenu en ce monde
des controverses en faveur des impies.
Qui donc prendra leur défense devant Dieu,
le Jour de la Résurrection?
Qui sera leur protecteur?

110 Quiconque fait le mal ou se fait tort à lui-même
et demande ensuite pardon à Dieu,
trouvera Dieu clément et miséricordieux.

111 Quiconque commet un péché,
le commet contre lui-même.
— Dieu est celui qui sait; il est juste —

112 Quiconque commet une faute ou un péché,
puis le rejette sur un innocent,
se charge manifestement d'une infamie et d'un péché.

113 Sans la grâce de Dieu et sa miséricorde envers toi,
certains de ces gens auraient voulu t'égarer;
mais ils n'égarent qu'eux-mêmes,
et ils ne te nuisent en rien.

Dieu a fait descendre sur toi le Livre et la Sagesse;
il t'a enseigné ce que tu ne savais pas.
La grâce de Dieu envers toi est incommensurable.

114 La plupart de leurs entretiens
ne comportent rien de bon,
sauf la parole de celui qui ordonne une aumône
ou un bien notoire[1]
ou une réconciliation entre les hommes.
Nous donnerons bientôt une récompense sans limites
à celui qui agit ainsi avec le désir de plaire à Dieu.

115 Quant à celui qui se sépare du Prophète
après avoir clairement connu la vraie Direction
et qui suit un chemin différent de celui des croyants :
nous nous détournerons de lui,
comme lui-même s'est détourné;
nous le jetterons dans la Géhenne :
quelle détestable fin !

116 Dieu ne pardonne pas
qu'on lui associe quoi que ce soit.
Il pardonne à qui il veut
des péchés moins graves que celui-ci :
mais celui qui lui donne des associés
s'égare profondément[1].

117 Ils n'invoquent en dehors de lui que des femelles !
Ils n'invoquent qu'un Démon rebelle.
118 — Que Dieu le maudisse —

Il a dit :
« Oui, je prendrai un nombre déterminé
de tes serviteurs;
119 je les égarerai et je leur inspirerai de vains désirs;
je leur donnerai un ordre :
et ils fendront les oreilles des bestiaux[1];
je leur donnerai un ordre :
et ils changeront la création de Dieu ».

Quiconque prend le Démon pour patron,
en dehors de Dieu[2],
est irrémédiablement perdu.

[120] Le Démon leur fait des promesses;
il leur inspire de vains désirs;
mais ses promesses ne sont que des mensonges.

[121] Voilà ceux dont la demeure sera la Géhenne;
ils ne trouveront aucun moyen d'y échapper.

[122] Nous introduirons dans des Jardins
où coulent les ruisseaux
ceux qui croient et qui font le bien.
Ils y demeureront, à tout jamais, immortels.
Telle est, en toute vérité, la promesse de Dieu.
Qui donc est plus véridique que Dieu quand il parle?

[123] Cela ne dépend ni de vos souhaits,
ni des souhaits des gens du Livre.

Quiconque fait le mal sera rétribué en conséquence.
Il ne trouvera, en dehors de Dieu,
ni protecteur, ni défenseur.

[124] Tous les croyants, hommes et femmes, qui font le bien:
voilà ceux qui entreront au Paradis.
Ils ne seront pas lésés d'une pellicule de datte.

[125] Qui donc professe une meilleure Religion[1]
que celui qui se soumet à Dieu,
celui qui fait le bien,
celui qui suit la Religion d'Abraham un vrai croyant[2]?
— Dieu a pris Abraham pour ami[3] —

[126] Ce qui est dans les cieux
et ce qui est sur la terre
appartient à Dieu.
La Science de Dieu s'étend à toute chose.

[127] Ils[1] te demandent une décision au sujet des femmes.
Dis :
« Dieu vous a fait part d'une décision
— elle vous a été lue dans le Livre —
relative aux orphelines
auxquelles vous n'avez pas remis ce qui est prescrit,

avec l'intention de les épouser;
et une autre, relative aux garçons mineurs ».

Vous devez agir avec équité en faveur des orphelins.
Dieu connaît le bien que vous faites.

128 Quand une femme redoute
l'abandon[1] ou l'indifférence de son mari;
nul péché ne leur sera imputé
s'ils se réconcilient vraiment,
car la réconciliation est un bien.

Les hommes sont portés à l'avarice.
Si vous faites le bien et si vous craignez Dieu
sachez que Dieu est bien informé
de ce que vous faites.

129 Vous ne pouvez être parfaitement équitables
à l'égard de chacune de vos femmes,
même si vous en avez le désir.
Ne soyez donc pas trop partiaux
et ne laissez pas l'une d'entre elles comme en suspens[1].

Si vous établissez la concorde,
si vous craignez Dieu,
sachez qu'il est celui qui pardonne
et qu'il est miséricordieux.

130 Si les époux se séparent,
Dieu les enrichira tous deux de son abondance.
— Dieu est présent partout et il est juste —

131 Ce qui est dans les cieux
et ce qui est sur la terre
appartient à Dieu.

Oui, nous avons recommandé
à ceux qui ont reçu le Livre avant vous
et à vous-mêmes :
« Craignez Dieu! »
Mais si vous êtes incrédules...

Ce qui est dans les cieux
et ce qui est sur la terre

appartient à Dieu.
Dieu se suffit à lui-même;
il est digne de louanges!

132 Ce qui est dans les cieux
et ce qui est sur la terre
appartient à Dieu.
Dieu suffit comme protecteur!

133 Ô vous les hommes!
Il vous anéantira, s'il le veut,
et il mettra d'autres hommes à votre place.
Dieu est assez puissant pour le faire!

134 Que celui qui souhaite la récompense de ce monde
sache que la récompense de ce monde
et celle de la vie future
dépendent de Dieu.
— Dieu entend et il voit parfaitement. —

135 Ô vous qui croyez!
Pratiquez avec constance la justice
en témoignage de fidélité envers Dieu,
et même à votre propre détriment
ou au détriment de vos père et mère et de vos proches,
qu'il s'agisse d'un riche ou d'un pauvre,
car Dieu a la priorité sur eux deux.
Ne suivez pas les passions au détriment de l'équité;
mais si vous louvoyez ou si vous vous détournez,
sachez que Dieu est bien informé de ce que vous faites.

136 Ô vous qui croyez!
Croyez en Dieu et en son Prophète[1],
au Livre qu'il a révélé à son Prophète
et au Livre qu'il a révélé auparavant.

Quiconque ne croit pas en Dieu, à ses Anges,
à ses Livres, à ses prophètes et au Jour dernier,
se trouve dans un profond égarement.

137 Ceux qui avaient cru
et qui sont ensuite devenus incrédules,
puis, de nouveau, croyants, puis incrédules,

et qui n'ont fait que s'entêter dans leur incrédulité :
Dieu ne leur pardonnera pas;
il ne les dirigera pas sur une voie droite.

138 Annonce aux hypocrites
qu'un châtiment douloureux les attend.
139 Ils prennent pour amis des incrédules
de préférence aux croyants.
Recherchent-ils la puissance auprès d'eux?
La puissance, en totalité, appartient à Dieu.

140 Oui, il vous a révélé dans le Livre :
« Lorsque vous écoutez les Versets de Dieu,
certains n'y croient pas et s'en moquent.
Ne restez donc pas en leur compagnie
tant qu'ils ne discuteront pas sur un autre sujet,
sinon vous deviendriez semblables à eux ».
— Dieu rassemblera tous ensemble dans la Géhenne,
les hypocrites et les incrédules. —

141 Ils sont là à vous épier :
Si Dieu vous accorde une victoire, ils disent :
« Ne sommes-nous pas avec vous? »

Si les incrédules obtiennent un avantage,
ils disent :
« N'est-ce pas nous qui l'emportions sur vous
et qui vous défendions contre les croyants? »

Dieu jugera entre vous, le Jour de la Résurrection.
Dieu ne permettra pas aux incrédules
de l'emporter sur les croyants.

142 Les hypocrites cherchent à tromper Dieu,
mais c'est lui qui les trompe.

Lorsqu'ils se lèvent pour la prière,
ils se lèvent, insouciants,
pour être vus des hommes[1]
et ils ne pensent guère à Dieu.

[143] Ils sont indécis,
ils ne suivent ni les uns ni les autres.
Tu ne trouveras pas de chemin
pour celui que Dieu égare.

[144] Ô vous qui croyez!
Ne prenez pas les incrédules pour amis,
de préférence aux croyants.
Voudriez-vous donner à Dieu
une raison certaine de vous condamner[1]?

[145] Les hypocrites résideront au fond de l'abîme du Feu[1].
Tu ne trouveras pas de défenseur pour eux,
[146] sauf pour ceux qui se sont repentis,
pour ceux qui se sont amendés,
pour ceux qui se sont placés sous la protection de Dieu,
pour ceux qui ont offert à Dieu un culte pur.
Ceux-là seront en compagnie des croyants.
Dieu accordera bientôt aux croyants
une récompense sans limites.

[147] Pourquoi Dieu vous infligerait-il un châtiment,
si vous êtes reconnaissants et si vous croyez?
— Dieu est reconnaissant et il sait —

[148] Dieu n'aime pas que l'on divulgue
des paroles méchantes[1],
à moins qu'on n'en ait été victime.
— Dieu est celui qui entend et qui sait —

[149] Si vous divulguez le bien[1] ou si vous le cachez,
ou si vous pardonnez le mal,
sachez que Dieu est celui qui efface les péchés
et qui est puissant.

[150] Ceux qui ne croient pas en Dieu et en ses prophètes;
ceux qui veulent établir une distinction
entre Dieu et ses prophètes en disant :
« Nous croyons en certains d'entre eux,
nous ne croyons pas en certains autres »;
ceux qui veulent suivre une voie intermédiaire :
[151] ceux-là sont vraiment incrédules.
Nous avons préparé un châtiment ignominieux
pour les incrédules.

152 Dieu donnera leur récompense
à ceux qui croient en lui et en ses prophètes
sans faire aucune distinction entre eux.
— Dieu est celui qui pardonne, il est miséricordieux —

153 Les gens du Livre te demandent
de faire descendre du ciel un Livre sur eux.

Ils avaient demandé à Moïse
quelque chose de plus considérable que cela
quand ils avaient dit :
« Fais-nous voir Dieu clairement[1] ».
La foudre les a emportés, à cause de leur impiété.

Ils préférèrent ensuite le veau[2],
alors que des preuves décisives
leur étaient déjà parvenues.
Nous leur avons pardonné cela
et nous avons donné à Moïse
une autorité incontestable.

154 Nous avons élevé le Mont au-dessus d'eux,
en vertu de l'alliance contractée avec eux.

Nous leur avons dit :
« Franchissez la porte en vous prosternant[1] ».

Nous leur avons dit :
« Ne transgressez pas le Sabbat ».

Nous avons accepté
de conclure avec eux une alliance solennelle.

155 Nous les avons punis[1]
parce qu'ils ont rompu leur alliance,
parce qu'ils n'ont pas cru[2] aux Signes de Dieu,
parce qu'ils ont tué injustement des prophètes[3],
et parce qu'ils ont dit :
« Nos cœurs sont incirconcis[4] ».

Non ...
Dieu a mis un sceau sur leurs cœurs,

à cause de leur incrédulité :
ils ne croient donc pas.
— à l'exception d'un petit nombre d'entre eux —

156 Nous les avons punis
parce qu'ils n'ont pas cru,
parce qu'ils ont proféré
une horrible calomnie contre Marie[1]
157 et parce qu'ils ont dit :
« Oui, nous avons tué le Messie,
Jésus, fils de Marie,
le Prophète de Dieu ».

Mais ils ne l'ont pas tué;
ils ne l'ont pas crucifié,
cela leur est seulement apparu ainsi[1].

Ceux qui sont en désaccord à son sujet
restent dans le doute;
ils n'en ont pas une connaissance certaine;
ils ne suivent qu'une conjecture;
ils ne l'ont certainement pas tué,
158 mais Dieu l'a élevé vers lui[1] :
Dieu est puissant et juste.

159 Il n'y a personne, parmi les gens du Livre,
qui ne croie en lui avant sa mort[1]
et il sera un témoin contre eux[2],
le Jour de la Résurrection.

160 Nous avons interdit aux Juifs d'excellentes nourritures
qui leur étaient permises auparavant :
c'est à cause de leur prévarication;
parce qu'ils se sont souvent écartés du chemin de Dieu,
161 parce qu'ils ont pratiqué l'usure
qui leur était pourtant défendue[1];
parce qu'ils ont mangé injustement les biens des gens.
Nous avons préparé un châtiment douloureux
pour ceux d'entre eux qui sont incrédules.

162 Mais ceux d'entre eux qui sont enracinés
dans la Science,
les croyants, qui croient à ce qui t'a été révélé
et à ce qui a été révélé avant toi;

ceux qui s'acquittent de la prière,
ceux qui font l'aumône,
ceux qui croient en Dieu et au Jour dernier :
voilà ceux auxquels nous donnerons bientôt
une récompense sans limites.

163 Nous t'avons inspiré
comme nous avions inspiré Noé
et les prophètes venus après lui.

Nous avions inspiré Abraham,
Ismaël, Isaac, Jacob, les Tribus,
Jésus, Job, Jonas, Aaron, Salomon[1]
et nous avions donné des Psaumes à David[2].

164 Nous avons inspiré[1] les prophètes
dont nous t'avons déjà raconté l'histoire
et les prophètes
dont nous ne t'avons pas raconté l'histoire.
— Dieu a réellement parlé à Moïse[2] —

165 Nous avons inspiré les prophètes :
ils annoncent la bonne nouvelle;
et ils avertissent les hommes,
afin qu'après la venue des prophètes,
les hommes n'aient aucun argument à opposer à Dieu.
— Dieu est puissant et juste —

166 Dieu témoigne qu'il a révélé avec sa Science
tout ce qu'il t'a révélé.
Les Anges en témoignent...
Dieu suffit comme témoin.

167 Ceux qui ont été incrédules
et qui ont écarté les hommes du chemin de Dieu.
se trouvent dans un profond égarement.

168 Quant à ceux qui ont été incrédules
et qui se sont égarés,
Dieu ne leur pardonnera pas;
il ne les dirigera pas sur le chemin droit,
169 mais seulement sur le chemin de la Géhenne.
Ils y demeureront, à tout jamais immortels :
voilà qui est facile pour Dieu.

170 Ô vous les hommes!
Le Prophète est venu à vous
avec la Vérité émanant de votre Seigneur :
croyez donc;
c'est un bien pour vous.
Si vous ne croyez pas...

Ce qui est dans les cieux et sur la terre
appartient à Dieu.
Dieu sait et il est juste.

171 Ô gens du Livre!
Ne dépassez pas la mesure dans votre religion;
ne dites, sur Dieu, que la vérité.

Oui, le Messie[1],
Jésus, fils de Marie, est le Prophète de Dieu,
sa Parole[2] qu'il a jetée en Marie,
un Esprit émanant de lui[3].

Croyez donc en Dieu et en ses prophètes.
Ne dites pas : « Trois[4] »;
cessez de le faire;
ce sera mieux pour vous.

Dieu est unique!
Gloire à lui!
Comment aurait-il un fils[5]?

Ce qui est dans les cieux et sur la terre lui appartient.
Dieu suffit comme protecteur!

172 Le Messie n'a pas trouvé indigne de lui
d'être serviteur de Dieu[1];
non plus que les Anges qui sont proches de Dieu.

Dieu rassemblera bientôt devant lui
ceux qui refusent de l'adorer,
et ceux qui s'enorgueillissent.

173 Il donnera leur récompense,
en y ajoutant un surcroît de sa grâce,
à ceux qui auront cru et qui auront fait le bien.

Un châtiment douloureux est préparé
pour ceux qui se sont détournés
et qui se sont enorgueillis.
Ils ne trouveront, en dehors de Dieu,
ni protecteur, ni défenseur.

174 Ô vous les hommes!
Une preuve décisive vous est déjà parvenue
de la part de votre Seigneur :
nous avons fait descendre, sur vous,
une lumière éclatante[1].

175 Dieu introduira bientôt
dans sa miséricorde et sa grâce
ceux qui auront cru en lui
et qui se seront placés sous sa protection.
Il les dirigera vers lui dans un chemin droit.

176 Ils te demandent
une décision concernant les successions[1].
Dis :
« Dieu vous donne des instructions
au sujet de la parenté éloignée :

Si quelqu'un meurt sans laisser d'enfants,
mais seulement une sœur,
la moitié de sa succession reviendra à celle-ci.

Un homme hérite de sa sœur,
si celle-ci n'a pas d'enfants.

S'il a deux sœurs,
les deux tiers de la succession leur reviendront.

S'il laisse des frères et des sœurs,
une part égale à celle de deux femmes
revient à un homme ».

Dieu vous donne une explication claire
afin que vous ne vous égariez pas.
Dieu connaît toute chose.

SOURATE V

LA TABLE SERVIE

Au nom de Dieu :
celui qui fait miséricorde,
le Miséricordieux.

1 Ô vous qui croyez!
Respectez vos engagements[1].

Les bêtes des troupeaux vous sont permises,
à l'exception de celles qui vous ont été énumérées.

La chasse ne vous est pas permise
lorsque vous êtes en état de sacralisation[2].
— Dieu vous ordonne ce qu'il veut —

2 Ô vous qui croyez!
Ne déclarez profanes[1]
ni les rites de Dieu,
ni le mois sacré,
ni les offrandes,
ni les guirlandes[2],
ni ceux qui se dirigent vers la Maison sacrée[3],
recherchant la grâce
et la satisfaction de leur Seigneur.
Chassez lorsque vous êtes revenus à l'état profane.

Que la haine envers un peuple
qui vous a écartés de la Mosquée sacrée
ne vous incite pas à commettre des injustices.

Encouragez-vous mutuellement à la piété
et à la crainte révérencielle de Dieu.
Ne vous encouragez pas mutuellement
au crime et à la haine.
Craignez Dieu!
Dieu est terrible en son châtiment.

[3] Voici ce qui vous est interdit[1] :
la bête morte, le sang, la viande de porc;
ce qui a été immolé à un autre que Dieu;
la bête étouffée,
ou morte à la suite d'un coup,
ou morte d'une chute,
ou morte d'un coup de corne,
ou celle qu'un fauve a dévorée
— sauf si vous avez eu le temps de l'égorger —
ou celle qui a été immolée sur des pierres[2].

Il vous est également interdit[3]
de consulter le sort au moyen de flèches[4].
Tout cela est perversité.

Les incrédules désespèrent aujourd'hui
de vous éloigner de votre Religion.
Ne les craignez pas!
Craignez-moi!

Aujourd'hui, j'ai rendu votre Religion parfaite;
j'ai parachevé ma grâce sur vous;
j'agrée l'Islam comme étant votre Religion.

A l'égard de celui qui, durant une famine,
serait contraint de consommer des aliments interdits[5]
sans vouloir commettre de péché,
Dieu est celui qui pardonne, il est miséricordieux.

[4] Ils te demandent ce qui leur est permis :
Dis :
« Les bonnes choses vous sont permises.
Vous pourrez manger
après avoir invoqué sur elles le Nom de Dieu[1],
les proies saisies pour vous par les animaux
que vous avez dressés[2] comme des chiens de chasse,
d'après ce que Dieu vous a enseigné ».

Craignez Dieu!
Dieu est prompt dans ses comptes.

[5] Aujourd'hui, les bonnes choses vous sont permises.
La nourriture de ceux auxquels le Livre a été donné
vous est permise,
et votre nourriture leur est permise.

L'union avec les femmes croyantes et de bonne condition,
et avec les femmes de bonne condition
faisant partie du peuple auquel le Livre
a été donné avant vous,
vous est permise, si vous leur avez remis leur douaire,
en hommes contractant une union régulière
et non comme des débauchés,
ou des amateurs de courtisanes.

Les actions de quiconque rejette la foi, sont vaines
et, dans la vie future, il sera au nombre des perdants.

[6] Ô vous qui croyez !
Lorsque vous vous disposez à la prière :
lavez vos visages et vos mains jusqu'aux coudes ;
passez les mains sur vos têtes
et sur vos pieds, jusqu'aux chevilles.

Si vous êtes en état d'impureté légale, purifiez-vous.
Si vous êtes malades, ou en voyage ;
si l'un de vous vient du lieu caché ;
si vous avez eu commerce avec des femmes
et que vous ne trouviez pas d'eau,
recourez à du bon sable
que vous passerez sur vos visages et sur vos mains[1].

Dieu ne veut pas
vous imposer de charges supplémentaires,
mais il veut
vous purifier et parachever sa grâce en vous.
— Peut-être serez-vous reconnaissants ! —

[7] Rappelez-vous la grâce que Dieu vous a accordée
et l'alliance qu'il a contractée avec vous,
lorsque vous avez dit :
« Nous avons entendu et nous avons obéi ! »

Craignez Dieu!
Dieu connaît le contenu des cœurs.

[8] Ô vous qui croyez!
Tenez-vous fermes comme témoins, devant Dieu,
en pratiquant la justice.
Que la haine envers un peuple
ne vous incite pas à commettre des injustices.

Soyez justes!
La justice est proche de la piété[1].
Craignez Dieu!
Dieu est bien informé de ce que vous faites.

[9] Dieu a promis à ceux qui croient et qui font le bien
un pardon et une récompense sans limites.

[10] Quant à ceux qui sont incrédules
et qui traitent nos Signes de mensonges :
Voilà ceux qui seront les hôtes de la Fournaise.

[11] Ô vous qui croyez!
Rappelez-vous les grâces que Dieu vous a accordées :
lorsqu'un peuple s'apprêtait
 à porter les mains sur vous,
il a détourné leurs mains.

Craignez Dieu!
Que les croyants se confient à Dieu!

[12] Dieu a contracté une alliance avec les fils d'Israël
et nous avons suscité douze chefs parmi eux[1].

Dieu a dit :
« Moi, en vérité, je suis avec vous :
si vous vous acquittez de la prière,
si vous faites l'aumône,
si vous croyez en mes prophètes
 et si vous les assistez,
si vous faites à Dieu un beau prêt.

J'effacerai alors vos mauvaises actions
et je vous introduirai dans des Jardins
où coulent les ruisseaux. »

Celui d'entre vous qui, après cela, serait incrédule
s'égarerait loin de la voie droite.

13 Mais ils ont rompu leur alliance,
nous les avons maudits
et nous avons endurci leurs cœurs.

Ils altèrent le sens des paroles révélées[1];
ils oublient une partie de ce qui leur a été rappelé[2].

Tu ne cesseras pas de découvrir leur trahison
— sauf chez un petit nombre d'entre eux —
Oublie leurs fautes[3] et pardonne.
— Dieu aime ceux qui font le bien. —

14 Parmi ceux qui disent :
« Nous sommes Chrétiens[1],
nous avons accepté l'alliance »,
certains ont oublié une partie de ce qui leur a été rappelé.

Nous avons suscité entre eux l'hostilité et la haine[2],
jusqu'au Jour de la Résurrection.
— Dieu leur montrera bientôt ce qu'ils ont fait —

15 Ô gens du Livre!
Notre Prophète est venu à vous.
Il vous explique une grande partie du Livre,
que vous cachiez.
Il en abroge une grande partie.

Une lumière et un Livre clair vous sont venus de Dieu.
16 Dieu dirige ainsi dans les chemins du Salut[1]
ceux qui cherchent à lui plaire.

Il les fait sortir des ténèbres vers la lumière[2],
— avec sa permission —
et il les dirige sur un chemin droit.

17 Ceux qui disent :
« Dieu est, en vérité, le Messie, fils de Marie[1] »,
sont impies.

Dis :
« Qui donc pourrait s'opposer à Dieu,

s'il voulait anéantir le Messie, fils de Marie,
ainsi que sa Mère,
et tous ceux qui sont sur la terre? »

La royauté des cieux et de la terre
et de ce qui est entre les deux
appartient à Dieu.

Il crée ce qu'il veut,
il est puissant sur toute chose.

18 Les Juifs et les Chrétiens ont dit :
« Nous sommes les fils de Dieu et ses préférés ».

Dis :
« Pourquoi, alors, vous punit-il pour vos péchés?
Non!...
vous êtes des mortels, comptés parmi ses créatures.
Il pardonne à qui il veut;
il punit qui il veut ».

La royauté des cieux et de la terre
et de ce qui est entre les deux
appartient à Dieu.
Le retour final se fera vers lui.

19 Ô peuple du Livre!
Notre Prophète est venu à vous pour vous instruire
après une interruption de la prophétie[1],
de crainte que vous ne disiez :
« Nul annonciateur de bonne nouvelle,
nul avertisseur n'est venu à nous! »

Mais voilà qu'un annonciateur de bonne nouvelle,
un avertisseur est venu à vous.
— Dieu est puissant sur toute chose —

20 Lorsque Moïse dit à son peuple :
« Ô mon peuple!
Souvenez-vous de la grâce de Dieu à votre égard,
quand il a suscité parmi vous des prophètes;
quand il a suscité pour vous des rois!

Il vous a accordé ce qu'il n'avait donné
à nul autre parmi les mondes!

21 Ô mon peuple!
Entrez dans la Terre sainte[1] que Dieu vous a destinée;
évitez de retourner sur vos pas,
car vous vous retrouveriez ayant tout perdu ».

22 Ils dirent :
« Ô Moïse!
Un peuple d'hommes très forts[1] réside en ce pays.
Nous n'y entrerons pas,
tant qu'ils n'en seront pas sortis.
S'ils en sortent, nous y entrerons ».

23 Deux hommes d'entre eux qui craignaient Dieu,
et auxquels Dieu avait accordé sa faveur, dirent :
« Franchissez ses frontières[1],
vous vaincrez, dès que vous serez entrés.
Confiez-vous à Dieu, si vous êtes croyants ».

24 Ils dirent :
« Ô Moïse!
Nous n'y entrerons certainement pas,
tant qu'ils seront là.
Mets-toi en marche, toi et ton Seigneur;
combattez tous deux;
quant à nous, nous restons ici ».

25 Moïse dit :
« Mon Seigneur!
Je n'ai de pouvoir que sur moi-même et sur mon frère.
Éloigne de nous ce peuple pervers ».

26 Il dit :
« Ce pays leur est interdit;
ils erreront sur la terre durant quarante an[1].
Ne te tourmente donc pas pour ce peuple pervers ».

27 Raconte en toute vérité l'histoire des deux fils d'Adam :
ils offrirent chacun un sacrifice[1] :
celui du premier fut agréé;
celui de l'autre ne fut pas accepté;

il dit alors :
« Oui! Je vais te tuer! »

Le premier répondit :
« Dieu n'agrée que les offrandes de ceux qui le craignent.
28 Si tu portes la main sur moi, pour me tuer
je ne porterai pas la main sur toi pour te tuer.

Je crains Dieu, le Seigneur des mondes.
29 Je veux que tu prennes sur toi mon péché et ton péché,
et que tu sois au nombre des hôtes du Feu ».
— Telle est la rétribution des injustes —

30 Sa passion le porta à tuer son frère;
il le tua donc
et se trouva alors au nombre des perdants.

31 Dieu envoya un corbeau qui se mit à gratter la terre
pour lui montrer
comment cacher le cadavre[1] de son frère.

Il dit :
« Malheur à moi!
Suis-je incapable d'être comme ce corbeau
et de cacher le cadavre de mon frère? »
— Il se trouva alors
au nombre de ceux qui se repentent —

32 Voilà pourquoi nous avons prescrit aux fils d'Israël :
« Celui qui a tué un homme
qui lui-même n'a pas tué,
ou qui n'a pas commis de violence sur la terre,
est considéré comme s'il avait tué tous les hommes;
et celui qui sauve un seul homme
est considéré comme s'il avait sauvé tous les hommes[2] ».

Nos prophètes étaient venus à eux
avec des preuves irréfutables,
mais, par la suite, un grand nombre d'entre eux
se mirent à commettre des excès sur la terre.

33 Telle sera la rétribution
de ceux qui font la guerre

contre Dieu et contre son Prophète,
et de ceux qui exercent la violence sur la terre :
Ils seront tués ou crucifiés,
ou bien
leur main droite et leur pied gauche[1] seront coupés,
ou bien ils seront expulsés du pays.

Tel sera leur sort :
la honte en ce monde
et le terrible châtiment dans la vie future;
34 — sauf pour ceux qui se sont repentis
avant d'être tombés sous votre domination —

Sachez que Dieu est celui qui pardonne;
il est miséricordieux.

35 Ô vous qui croyez!
Craignez Dieu!
Recherchez les moyens d'aller à lui!
Combattez dans son chemin!
— Peut-être serez-vous heureux —

36 Si les incrédules possédaient
tout ce qui se trouve sur la terre, et même le double,
et s'ils l'offraient en rançon
pour éviter le châtiment du Jour de la Résurrection,
on ne l'accepterait pas de leur part[1] :
un douloureux châtiment leur est réservé.

37 Ils voudront sortir du feu,
mais ils n'en sortiront pas :
un châtiment permanent leur est réservé.

38 Tranchez les mains du voleur et de la voleuse[1] :
ce sera une rétribution pour ce qu'ils ont commis
et un châtiment de Dieu.
— Dieu est puissant et juste —

39 Dieu reviendra sûrement[1]
à celui qui reviendra vers lui après sa faute,
et qui s'amendera.
— Dieu est celui qui pardonne, il est miséricordieux —

[40] Ne sais-tu pas
que Dieu possède la royauté des cieux et de la terre?
Il punit qui il veut;
il pardonne à qui il veut.
Dieu est puissant sur toute chose.

[41] Ô Prophète[1]!
Ne t'attriste pas en considérant[2]
ceux qui se précipitent vers l'incrédulité;
ceux qui disent de leurs bouches : « Nous croyons! »
alors que leurs cœurs ne croient pas[3];
ceux qui, étant juifs,
écoutent habituellement le mensonge,
ceux qui écoutent habituellement d'autres gens[4]
qui ne sont pas venus à toi.

Ils altèrent le sens des paroles révélées[5].
Ils disent :
« Si cela vous a été donné, recevez-le;
sinon, prenez garde! »

Tu ne peux rien faire contre Dieu
pour protéger celui que Dieu veut exciter à la révolte.
voilà ceux dont Dieu ne veut pas purifier les cœurs :
ils subiront l'opprobre en ce monde
et un terrible châtiment dans la vie future.

[42] Quant à ceux qui écoutent habituellement le mensonge,
et ceux qui dévorent des gains illicites[1] :
juge entre eux,
ou bien détourne-toi d'eux,
s'ils viennent à toi.
Si tu te détournes d'eux,
ils ne te nuiront en rien.
Si tu les juges,
juge-les avec équité.
— Dieu aime ceux qui jugent avec équité —

[43] Mais comment te prendraient-ils pour juge?
Ils ont la Tora où se trouve le jugement de Dieu.
Ils se sont ensuite détournés :
voilà ceux qui n'ont rien de commun
avec les croyants.

[44] Nous avons, en vérité, révélé la Tora
où se trouvent une Direction et une Lumière.
D'après elle, et pour ceux qui pratiquaient le Judaïsme,
les prophètes qui s'étaient soumis à Dieu,
les maîtres et les docteurs rendaient la justice,
conformément au Livre de Dieu
dont la garde leur était confiée
et dont ils étaient les témoins.

Ne craignez pas les hommes;
craignez-moi!
Ne vendez pas mes Signes à vil prix.

Les incrédules sont ceux qui ne jugent pas les hommes
d'après ce que Dieu a révélé.

[45] Nous leur avons prescrit, dans la Tora[1] :
vie pour vie, œil pour œil, nez pour nez,
oreille pour oreille, dent pour dent[2].
Les blessures tombent sous la loi du talion;
mais celui qui abandonnera généreusement son droit
obtiendra l'expiation de ses fautes.

Les injustes sont ceux qui ne jugent pas les hommes
d'après ce que Dieu a révélé.

[46] Nous avons envoyé, à la suite des prophètes,
Jésus, fils de Marie,
pour confirmer ce qui était avant lui, de la Tora.

Nous lui avons donné l'Évangile
où se trouvent une Direction et une Lumière,
pour confirmer ce qui était avant lui de la Tora :
une Direction et un Avertissement
destinés à ceux qui craignent Dieu.

[47] Que les gens de l'Évangile jugent les hommes
d'après ce que Dieu y a révélé.
Les pervers sont ceux qui ne jugent pas les hommes
d'après ce que Dieu a révélé.

[48] Nous t'avons révélé le Livre et[1] la Vérité,
pour confirmer ce qui existait du Livre, avant lui[3],
en le préservant de toute altération.

Juge entre ces gens d'après ce que Dieu a révélé;
ne te conforme pas à leurs désirs
en te détournant de ce que tu as reçu de la Vérité.
Nous avons donné, à chacun d'entre eux,
  une règle et une Loi.

Si Dieu l'avait voulu,
il aurait fait de vous une seule communauté[3].
Mais il a voulu vous éprouver
par le don qu'il vous a fait.

Cherchez à vous surpasser les uns les autres
  dans les bonnes actions.
Votre retour, à tous, se fera vers Dieu;
il vous éclairera, alors, au sujet de vos différends.

49 Juge entre eux, d'après ce que Dieu a révélé;
ne te conforme pas à leurs désirs;
prends garde qu'ils n'essayent de t'écarter
d'une partie de ce que Dieu t'a révélé.

S'ils se détournent,
sache que Dieu veut les frapper
pour certains de leurs péchés.
— Un grand nombre d'hommes sont pervers —

50 Recherchent-ils le jugement de l'ignorance[1] ?
Qui donc est meilleur juge que Dieu
envers un peuple qui croit fermement?

51 Ô vous qui croyez!
Ne prenez pas pour amis les Juifs et les Chrétiens;
ils sont amis les uns des autres.

Celui qui, parmi vous, les prend pour amis,
  est des leurs.
— Dieu ne dirige pas le peuple injuste —

52 Tu vois ceux dont les cœurs sont malades
se précipiter vers eux, en disant :
« Nous craignons qu'un coup du sort nous atteigne ».

Dieu apportera peut-être le succès
ou un ordre émanant de lui ?
Ils regretteront alors leurs pensées secrètes.

[53] Les croyants disent :
« Est-ce donc ceux-là
qui juraient par Dieu, en leurs serments solennels,
qu'ils étaient avec vous ? »

Leurs œuvres sont vaines;
ils perdent tout.

[54] Ô vous qui croyez!
Quiconque d'entre vous rejette sa religion...

Dieu fera bientôt venir des hommes;
il les aimera, et eux aussi l'aimeront.

Ils seront humbles à l'égard des croyants;
fiers à l'égard des incrédules.

Ils combattront dans le chemin de Dieu;
ils ne craindront pas le blâme de celui qui blâme.

Ceci est une grâce de Dieu :
il la donne à qui il veut.
— Dieu est présent partout et il sait —

[55] Vous n'avez pas de maître
en dehors de Dieu et de son Prophète,
et de ceux qui croient :
ceux qui s'acquittent de la prière,
ceux qui font l'aumône
tout en s'inclinant humblement.

[56] Ceux qui prennent pour maîtres :
Dieu, son Prophète et les croyants :
voilà ceux qui forment le parti de Dieu
et qui seront les vainqueurs!

[57] Ô vous qui croyez!
Ne prenez pas pour amis
ceux qui considèrent votre religion

comme un sujet de raillerie et de jeu
parmi ceux auxquels le Livre a été donné avant vous,
et parmi les impies.
Craignez Dieu!
Si vous êtes croyants!

58 Ils considèrent votre appel à la prière
comme un sujet de raillerie et de jeu.
Il en est ainsi
parce que ce sont des gens qui ne comprennent pas.

59 Dis :
« Ô gens du Livre!
De quoi nous accusez-vous?
Sinon de croire en Dieu,
à ce qui est descendu vers nous
et à ce qui était descendu auparavant?
La plupart d'entre vous sont pervers! »

60 Dis :
« Vous annoncerai-je
que la rétribution, auprès de Dieu, sera pire que cela? »

Dieu a transformé en singes[1] et en porcs
ceux[2] qu'il a maudits;
ceux contre lesquels il est courroucé
et ceux qui ont adoré les Taghout.

Voilà ceux qui se trouvent dans la pire des situations :
ils sont les plus profondément égarés
hors de la voie droite.

61 Lorsqu'ils viennent à vous, ils disent :
« Nous croyons! »

Mais ils arrivent avec l'incrédulité
et repartent avec elle.
— Dieu connaît parfaitement ce qu'ils cachent —

62 Tu vois un grand nombre d'entre eux
se précipiter vers le péché et l'injustice,
et manger des gains illicites.
Que leurs actions sont donc exécrables!

[63] Pourquoi leurs maîtres et leurs docteurs
ne leur interdisent-ils pas
de pécher en paroles
et de manger des gains illicites?
Que leurs œuvres sont donc exécrables!

[64] Les Juifs disent :
« La main de Dieu est fermée! »

Que leurs propres mains soient fermées
et qu'ils soient maudits à cause de leurs paroles.

Bien au contraire!
Les mains de Dieu sont largement ouvertes
et Dieu accorde ses dons comme il le veut[1].

Ce qui est descendu vers toi, émanant de ton Seigneur,
accroît certainement, chez beaucoup d'entre eux,
la révolte et l'incrédulité.
Nous avons suscité[2], parmi eux,
l'hostilité et la haine,
jusqu'au Jour de la Résurrection.

Chaque fois qu'ils allument un feu pour la guerre,
Dieu l'éteint.

Ils s'efforcent à corrompre la terre.
Dieu n'aime pas les corrupteurs.

[65] Oui, si les gens du Livre croyaient et craignaient Dieu,
nous aurions effacé leurs mauvaises actions;
nous les aurions introduits dans les Jardins du Délice.

[66] S'ils avaient observé la Tora, l'Évangile
et ce qui leur a été révélé par leur Seigneur,
ils auraient certainement joui
des biens du ciel et de ceux de la terre[1].

Il existe, parmi eux, des gens[2] modérés,
mais beaucoup d'entre eux font le mal.

[67] Ô Prophète!
Fais connaître ce qui t'a été révélé par ton Seigneur.

Si tu ne le fais pas,
tu n'auras pas fait connaître son message.

Dieu te protègera contre les hommes;
Dieu ne dirige pas le peuple incrédule.

68 Dis :
« Ô gens du Livre!
Vous ne vous appuyez sur rien,
tant que vous n'observez pas la Tora, l'Évangile
et ce qui vous a été révélé par votre Seigneur ».

Mais ce qui t'a été révélé par ton Seigneur,
accroît la rébellion et l'incrédulité
de beaucoup d'entre eux.
Ne t'afflige pas au sujet des incrédules.

69 Ceux qui croient :
les Juifs, les Çabéens et les Chrétiens[1],
— quiconque croit en Dieu et au dernier Jour
et fait le bien —
n'éprouveront plus aucune crainte
et ils ne seront pas affligés.

70 Nous avons conclu l'alliance avec les fils d'Israël
et nous leur avons envoyé des prophètes.
Mais chaque fois qu'un prophète s'est présenté à eux
en contrariant leurs désirs,
ils ont accusé de mensonges plusieurs prophètes
et ils ont tué les autres[1].

71 Ils ont cru qu'il n'en résulterait aucun dommage[1],
mais ils sont devenus aveugles et sourds.

Dieu est ensuite revenu à eux;
puis, beaucoup d'entre eux
sont redevenus aveugles et sourds.
— Dieu voit parfaitement ce qu'ils font —

72 Oui, ceux qui disent :
« Dieu est le Messie, fils de Marie, »
sont impies[1].

Or le Messie a dit :
« Ô fils d'Israël!
Adorez Dieu, mon Seigneur et votre Seigneur[2] ».

Dieu interdit le Paradis
à quiconque attribue des associés à Dieu.
Sa demeure sera le Feu.
Il n'existe pas de défenseurs pour les injustes.

73 Oui, ceux qui disent :
« Dieu est, en vérité, le troisième de trois[1] »
sont impies.

Il n'y a de Dieu qu'un Dieu unique.
S'ils ne renoncent pas à ce qu'ils disent,
un terrible châtiment atteindra
ceux d'entre eux qui sont incrédules.

74 Ne reviendront-ils pas à Dieu?
Ne lui demanderont-ils pas pardon?
— Dieu est celui qui pardonne, il est miséricordieux —

75 Le Messie, fils de Marie, n'est qu'un prophète;
les prophètes sont passés avant lui.

Sa mère était parfaitement juste.
Tous deux se nourrissaient de mets[1].

Vois comment nous leur[2] expliquons les Signes.
Vois, ensuite, comment ils s'en détournent.

76 Dis :
« Adorerez-vous, en dehors de Dieu,
ce qui ne peut ni vous nuire,
ni vous être utile[1]? »
— Dieu, lui, est celui qui entend et qui sait tout —

77 Dis :
« Ô peuple du Livre!
Ne vous écartez pas de la Vérité
dans votre religion.

Ne vous confòrmez pas aux désirs des hommes
qui se sont égarés autrefois
et qui en ont égaré beaucoup d'autres
hors du droit chemin ».

78 Ceux qui, parmi les fils d'Israël, ont été incrédules,
ont été maudits par la bouche[1] de David
et par celle de Jésus, fils de Marie;
parce qu'ils ont été rebelles,
parce qu'ils ont été transgresseurs.

79 Ils ne s'interdisaient pas mutuellement
les actions blâmables qu'ils commettaient.
— Que leurs actions étaient donc exécrables! —

80 Tu verras un grand nombre d'entre eux
s'allier avec les impies.

Le mal qu'ils ont commis est si pernicieux[1],
que Dieu se courrouce contre eux :
ils demeureront immortels dans le châtiment.

81 S'ils avaient cru en Dieu, au Prophète
et à ce qui a été révélé à celui-ci,
ils n'auraient pas pris pour amis les incrédules.
— Beaucoup d'entre eux sont pervers —

82 Tu constateras
que les hommes les plus hostiles aux croyants
sont les Juifs et les polythéistes.

Tu constateras
que les hommes les plus proches des croyants
par l'amitié
sont ceux qui disent :
« Oui, nous sommes Chrétiens! »
parce qu'on trouve parmi eux
des prêtres et des moines[1]
qui ne s'enflent pas d'orgueil[2].

83 Tu vois leurs yeux déborder de larmes
lorsqu'ils entendent ce qui est révélé au Prophète,
à cause de la Vérité qu'ils reconnaissent en lui.

Ils disent :
« Notre Seigneur!
Nous croyons!
Inscris-nous donc parmi les témoins!

[84] Pourquoi ne croirions-nous pas en Dieu
et à la Vérité qui nous est parvenue?
Pourquoi ne désirerions-nous pas
que notre Seigneur nous introduise
en la compagnie des justes? »

[85] Dieu leur accordera,
en récompense de leurs affirmations,
des Jardins où coulent les ruisseaux.
Ils y demeureront immortels :
telle est la récompense de ceux qui font le bien.

[86] Quant à ceux qui n'auront pas cru,
ceux qui auront traité nos Signes de mensonges :
voilà ceux qui seront les hôtes de la Fournaise.

[87] Ô vous qui croyez!
Ne déclarez pas illicites
les excellentes nourritures que Dieu vous a permises[1].
Ne soyez pas des transgresseurs.
— Dieu n'aime pas les transgresseurs —

[88] Mangez ce que Dieu vous a accordé de licite et de bon.
Craignez Dieu, puisque vous croyez en lui!

[89] Dieu ne vous punira pas
pour des serments faits à la légère;
mais il vous punira
pour les serments prononcés délibérément[1].

L'expiation en sera
de nourrir dix pauvres
— de ce dont vous nourrissez normalement
votre famille —
ou de les vêtir,
ou d'affranchir un esclave.

Un jeûne de trois jours sera imposé
à quiconque n'aura pas les moyens
de s'acquitter autrement.

Telle est l'expiation pour vos serments,
lorsque vous aurez juré.
Mais, tenez vos serments,
car Dieu vous montre ses Signes de cette façon.
— Peut-être serez-vous reconnaissants —

[90] Ô vous qui croyez!
Le vin, le jeu de hasard[1], les pierres dressées
et les flèches divinatoires[2]
sont une abomination et une œuvre du Démon.
Évitez-les...
— Peut-être serez-vous heureux —

[91] Satan veut susciter parmi vous l'hostilité et la haine
au moyen du vin et du jeu de hasard.
Il veut ainsi vous détourner
du souvenir de Dieu et de la prière.
— Ne vous abstiendrez-vous pas? —

[92] Obéissez à Dieu!
Obéissez au Prophète!
Prenez garde!
Mais si vous vous détournez
sachez qu'il incombe seulement à notre Prophète
de transmettre le message prophétique en toute clarté

[93] La nourriture de ceux qui croient et qui font le bien
ne comporte pas de péché,
pourvu qu'ils craignent Dieu,
qu'ils croient et qu'ils fassent le bien,
puis, qu'ils craignent Dieu et qu'ils croient,
puis, qu'ils craignent Dieu et qu'ils fassent le bien.
— Dieu aime ceux qui font le bien —

[94] Ô vous qui croyez!
Dieu va vous éprouver à propos du gibier
que vos mains et vos lances vous ont procuré.
Dieu connaîtra ainsi celui qui le craint en secret.

Un châtiment douloureux est réservé
à quiconque par la suite sera transgresseur.

95 Ô vous qui croyez !
Ne tuez pas le gibier
lorsque vous êtes en état de sacralisation[1].
Celui qui parmi vous en tuerait intentionnellement,
enverra en offrande[2] à la Ka'ba[3], comme compensation,
un animal de son troupeau, équivalant au gibier tué,
d'après la décision
de deux hommes intègres d'entre vous[4].

Une réparation équivalente consistera encore
à nourrir un pauvre ou à jeûner
afin que celui qui est fautif
goûte les conséquences de son acte[5].

Dieu pardonne ce qui appartient au passé,
mais Dieu tirera vengeance de celui qui récidive.
— Dieu est puissant, il est le Maître de la vengeance[6] —

96 Le gibier de la mer
et la nourriture qui s'y trouve vous sont permis :
c'est une jouissance pour vous et pour les voyageurs.

Le gibier de la terre vous est interdit
aussi longtemps que vous êtes en état de sacralisation.
— Craignez Dieu vers qui vous serez rassemblés —

97 Dieu a institué la Ka'ba,
— Maison sacrée édifiée[1] pour les hommes —
le mois sacré, l'offrande, les guirlandes[2],
afin que vous sachiez que Dieu connaît
ce qui est dans les cieux et ce qui est sur la terre
et que Dieu connaît toute chose.

98 Sachez que Dieu est terrible dans son châtiment,
que Dieu est aussi celui qui pardonne
et qu'il est miséricordieux.

99 Il n'incombe au Prophète
que de transmettre le message.
Dieu connaît
ce que vous manifestez et ce que vous cachez.

100 Dis :
« Ce qui est mauvais n'est pas semblable
à ce qui est excellent »,
même si l'abondance du mal te surprend.

Vous, qui êtes doués d'intelligence,
craignez Dieu!
Peut-être serez-vous heureux!

101 Ô vous qui croyez!
Ne posez pas de questions
sur des choses qui vous nuiraient,
si elles vous étaient montrées.

Si vous posez des questions à leur sujet
au moment où le Coran est révélé,
elles vous seront expliquées.
— Dieu, alors, vous pardonnera[1].
Dieu est miséricordieux et plein de mansuétude —

102 Avant vous, des hommes avaient posé des questions
à propos desquelles ils devinrent ensuite incrédules.

103 Dieu n'a institué
ni Bahira, ni Sa'ība, ni Waçila, ni Hami[1].
Les incrédules ont forgé des mensonges contre Dieu.
Beaucoup d'entre eux ne comprennent rien.

104 Lorsqu'on leur dit :
« Venez à ce que Dieu a révélé au Prophète »,
ils répondent :
« L'exemple que nous trouvons chez nos pères
nous suffit ».
Et si leurs pères ne savaient rien?
Et s'ils n'étaient pas dirigés?

105 Ô vous qui croyez!
Vous êtes responsables de vous-mêmes[1].
Celui qui est égaré ne vous nuira pas,
si vous êtes bien dirigés.

Vous êtes tous destinés à retourner vers Dieu.
Dieu vous fera connaître ce que vous faisiez.

106 Ô vous qui croyez!
Quand la mort se présente à l'un de vous,
deux hommes intègres, choisis parmi les vôtres,
seront appelés comme témoins
au moment du testament,
— ou bien deux étrangers[1], si vous êtes en voyage
et que la calamité de la mort vous surprenne —
vous retiendrez ces deux témoins après la prière.

Si vous n'êtes pas sûrs d'eux,
vous les ferez jurer par Dieu :
« Nous ne ferons pas argent de cela,
même au bénéfice d'un proche.
Nous ne cacherons pas le témoignage de Dieu,
car nous serions, alors, au nombre des pécheurs ».

107 Si l'on découvre
que ces deux témoins sont coupables de péché,
deux autres plus intègres,
parmi ceux auxquels le tort a été fait,
prendront leur place.

Tous deux jureront par Dieu :
« Oui, notre témoignage est plus sincère
que celui des deux autres.
Nous ne sommes pas transgresseurs,
car nous serions, alors, au nombre des injustes. »

108 Il sera ainsi plus facile d'obtenir
que les hommes rendent un témoignage vrai[1]
ou qu'ils craignent de voir récuser leurs serments
après qu'ils les auront prononcés[2].

Craignez Dieu et écoutez :
Dieu ne dirige pas les pervers.

109 Dieu dira, le Jour où il rassemblera les prophètes :
« Que vous a-t-on répondu ? »

Ils diront :
« Nous ne détenons aucune science.
Toi seul, en vérité, connais parfaitement
les mystères incommunicables ».

110 Dieu dit[1] :
« Ô Jésus, fils de Marie !
Rappelle-toi mes bienfaits à ton égard
et à l'égard de ta mère.
Je t'ai fortifié par l'Esprit de sainteté[2].
Dès le berceau, tu parlais aux hommes
comme un vieillard[3] ».

Je t'ai enseigné le Livre, la Sagesse,
La Tora et l'Évangile.

Tu crées, de terre, une forme d'oiseau
— avec ma permission —
Tu souffles en elle, et elle est : oiseau
— avec ma permission —

Tu guéris le muet et le lépreux
— avec ma permission —
Tu ressuscites les morts,
— avec ma permission[4] —

J'ai éloigné de toi les fils d'Israël.
Quand tu es venu à eux avec des preuves irréfutables,
ceux d'entre eux qui étaient incrédules, dirent :
« Ce n'est évidemment que de la magie[5] ! »

111 J'ai révélé aux Apôtres[1] :
« Croyez en moi et en mon Prophète[2] ».

Ils dirent :
« Nous croyons !
Atteste que nous sommes soumis ».

112 Les Apôtres dirent :
« Ô Jésus, fils de Marie !
Ton Seigneur peut-il, du ciel,
faire descendre sur nous une Table servie ? »

Il dit :
« Craignez Dieu, si vous êtes croyants ! »

[113] Ils dirent :
« Nous voulons en manger
et que nos cœurs soient rassurés;
nous voulons être sûrs que tu nous as dit la vérité,
et nous trouver parmi les témoins ».

[114] Jésus, fils de Marie, dit :
« Ô Dieu, notre Seigneur!
Du ciel, fais descendre sur nous
une Table servie!

Ce sera pour nous une fête,
— pour le premier et pour le dernier d'entre nous —
et un Signe venu de toi.

Pourvois-nous des choses nécessaires à la vie;
tu es le meilleur des dispensateurs de tous les biens[1] ».

[115] Dieu dit :
« Moi, en vérité, je la fais descendre sur vous,
et moi, en vérité, je châtierai d'un châtiment
dont je n'ai encore châtié personne dans l'univers[1]
celui d'entre vous qui restera incrédule après cela ».

[116] Dieu dit :
« Ô Jésus, fils de Marie!
Est-ce toi qui as dit aux hommes :
« Prenez, moi et ma mère, pour deux divinités,
en dessous de Dieu[1]? »

Jésus dit :
« Gloire à toi!
Il ne m'appartient pas de déclarer
ce que je n'ai pas le droit de dire.

Tu l'aurais su, si je l'avais dit.
Tu sais ce qui est en moi,
et je ne sais ce qui est en toi.
Toi, en vérité, tu connais parfaitement
les mystères incommunicables.

[117] Je ne leur ai dit
que ce que tu m'as ordonné de dire :

" Adorez Dieu,
mon Seigneur et votre Seigneur! "

J'ai été contre eux un témoin,
aussi longtemps que je suis resté avec eux,
et quand tu m'as rappelé auprès de toi,
c'est toi qui les observais[1],
car tu es témoin de toute chose.

118 Si tu les châties...
Ils sont vraiment tes serviteurs.

Si tu leur pardonnes...
Tu es, en vérité, le Puissant, le Juste ».

119 Dieu dit :
« Voilà le Jour
où la sincérité des justes leur sera profitable :
ils demeureront, à tout jamais immortels,
au milieu de Jardins où coulent les ruisseaux »

Dieu est satisfait d'eux;
ils sont satisfaits de lui[1] :
Voilà le bonheur sans limites!

120 La royauté des cieux et de la terre
et de ce qu'ils contiennent
appartient à Dieu.
Dieu est puissant sur toute chose!

SOURATE VI

LES TROUPEAUX

Au nom de Dieu :
celui qui fait miséricorde,
le Miséricordieux.

1 LOUANGE à Dieu qui a créé les cieux et la terre[1]
et qui a établi les ténèbres et la lumière[2]!
Mais ceux qui ne croient pas en leur Seigneur
lui donnent des égaux.

[2] C'est lui qui vous a créés d'argile,
puis il a décrété un terme pour chacun de vous,
un terme fixé par lui[1].
Mais vous restez dans le doute.

[3] Il est Dieu dans les cieux et sur la terre.
Il connaît ce que vous cachez et ce que vous divulguez;
il connaît vos actions[1].

[4] Nul Signe parmi les Signes de leur Seigneur
ne leur parvient
sans qu'ils s'en détournent.

[5] Lorsque la Vérité vient à eux,
ils la traitent de mensonge;
ils auront bientôt des nouvelles
de ce dont ils se moquaient.

[6] Ne voient-ils pas
combien de générations nous avons fait périr avant eux?
Nous les avions cependant établies sur la terre
plus solidement que nous ne l'avions fait pour vous[1].

Nous leur avions envoyé du ciel une pluie abondante;
nous avions créé les fleuves coulant à leurs pieds
puis, nous les avons fait périr à cause de leurs péchés
et nous avons fait naître d'autres générations
après eux.

[7] Même si nous avions fait descendre sur toi
un Livre écrit sur un parchemin
et qu'ils l'aient touché de leurs mains,
les incrédules auraient dit :
« Cela n'est évidemment que de la magie! »

[8] Ils disent :
« Pourquoi
n'a-t-on pas fait descendre un Ange vers lui? »

Si nous avions fait descendre un Ange,
leur sort aurait été réglé sans délai[1].

[9] Si nous avions fait de lui un Ange,
nous lui aurions donné une apparence humaine[1];
nous l'aurions vêtu comme se vêtent les hommes.

[10] On s'est moqué des prophètes venus avant toi :
mais les rieurs ont été assaillis de toutes parts[1]
par cela même dont ils se moquaient.

[11] Dis :
« Parcourez la terre :
voyez quelle a été la fin des calomniateurs ».

[12] Dis :
« A qui appartient
ce qui est dans les cieux et sur la terre? »

Dis :
« A Dieu! »

Dieu se prescrit[1] à lui-même la miséricorde.
Il vous rassemblera sûrement
le Jour de la Résurrection;
nul ne peut douter de la venue de ce Jour[2];
les incrédules sont ceux qui se perdent eux-mêmes.

[13] C'est à lui qu'appartient
ce qui subsiste dans la nuit et le jour.
Il est celui qui entend et qui sait.

[14] Dis :
« Prendrai-je pour Seigneur[1] un autre que Dieu,
le Créateur[2] des cieux et de la terre;
alors qu'il nourrit les êtres
et qu'il n'a pas besoin qu'on le nourrisse[3]? »

Dis :
« Oui, j'ai reçu l'ordre
d'être le premier à me soumettre[4].
Ne soyez pas au nombre des polythéistes ».

[15] Dis :
« Oui, je crains, si je désobéis à mon Seigneur,
le châtiment d'un Jour terrible ».

[16] Dieu fait miséricorde
à celui qui est épargné en ce Jour :
c'est là le bonheur évident.

[17] Si Dieu te frappe[1] d'un malheur,
nul, en dehors de lui, ne t'en délivrera;
mais s'il t'accorde un bonheur,
sache qu'il est puissant sur toute chose.

[18] Il est le Maître absolu de ses serviteurs[1];
il est le Sage; il est parfaitement informé.

[19] Dis :
« Quelle preuve plus certaine
pourrait-on apporter comme témoignage? »

Dis :
« Dieu est témoin entre moi et vous.
Ce Coran m'a été révélé pour que je vous avertisse,
vous et ceux auxquels il est parvenu.

Est-ce que, vraiment, vous témoignerez
qu'il existe une autre divinité avec Dieu? »

Dis :
« Je ne témoignerai pas! »

Dis :
« Il est, en vérité, un Dieu unique,
et moi, je désavoue ce que vous lui associez ».

[20] Ceux auxquels nous avons donné le Livre
connaissent le Prophète[1],
comme ils connaissent leurs propres enfants.
Les incrédules sont ceux qui se perdent eux-mêmes.

[21] Qui est plus injuste
que celui qui forge un mensonge contre Dieu,
ou que celui qui traite ses Signes de mensonges?

Il n'y aura pas de bonheur pour les injustes :
[22] nous les réunirons tous, un jour,
puis nous dirons aux polythéistes :

« Où sont donc ceux que vous considériez
comme les associés de Dieu[1] ? »

23 Dans leur égarement, ils ne pourront alors que dire :
« Par Dieu, notre Seigneur !
Nous n'étions pas polythéistes ! »

24 Vois comment ils mentent à leur propre détriment :
leurs inventions ont disparu loin d'eux !

25 Certains d'entre eux t'écoutent,
mais nous avons placé un voile épais sur leurs cœurs;
nous avons rendu leurs oreilles pesantes[1]
afin qu'ils ne comprennent pas.
Verraient-ils tous les Signes, qu'ils n'y croiraient pas.

Les incrédules disent
même lorsqu'ils viennent discuter avec toi :
« Ce ne sont que des histoires
racontées par les Anciens ».

26 Ils en écartent les autres et ils s'en éloignent,
mais ils ne font que se perdre eux-mêmes
et ils n'en ont pas conscience.

27 Si tu les voyais !...
Ils diront,
quand ils se tiendront debout devant le Feu :
« Hélas !
Si nous pouvions être ramenés sur la terre
pour ne plus traiter de mensonges
les Signes de notre Seigneur
et nous trouver au nombre des croyants ! »

28 Ils parleront ainsi[1]
parce qu'on leur montrera clairement
ce qu'ils cachaient auparavant.
Mais s'ils étaient ramenés sur la terre,
ils reviendraient à ce qui leur était interdit.
Ce sont des menteurs !

29 Ils disent :
« Seule existe notre vie de ce monde;
nous ne ressusciterons pas[1] ! »

[30] Si tu les voyais!...
Leur Seigneur dira,
lorsqu'ils se tiendront debout devant lui :
« Ceci n'est-il pas la Vérité? »

Ils répondront :
« Oui, par notre Seigneur! »

Il dira :
« Goûtez donc le châtiment,
pour prix de votre incrédulité! »

[31] Ceux qui traitent de mensonge la rencontre de Dieu
sont perdus.
Ils diront,
lorsque l'Heure viendra soudainement à eux :
« Malheur à nous!
Ô quel regret de ne pas y avoir fait attention! »

Ils porteront leurs fardeaux sur leurs dos.
Leur charge n'est-elle pas exécrable?

[32] La vie de ce monde n'est que jeu et divertissement[1].
La demeure de la vie future est sûrement meilleure
pour ceux qui craignent Dieu.
Ne le comprenez-vous pas?

[33] Oui, nous savons que leurs propos t'affligent.
Ils ne te convaincront pas de mensonge,
mais les injustes nient les Signes de Dieu.

[34] Des prophètes venus avant toi
ont été traités de menteurs.
Ils supportèrent patiemment
d'être traités de menteurs
et d'être persécutés
jusqu'au moment où nous les avons secourus.

Nul ne peut modifier les paroles de Dieu.
Une partie de l'histoire des prophètes
t'est certainement parvenue

[35] L'éloignement des incrédules te pèse :
si tu le pouvais, tu souhaiterais

creuser un trou dans la terre
ou construire une échelle dans le ciel
pour leur en rapporter un Signe[1].

Si Dieu l'avait voulu,
il les aurait rassemblés,
et guidés sur la voie droite.
— Ne sois pas au nombre des ignorants[2] —

36 Seuls, ceux qui entendent, répondent;
quant aux morts :
Dieu les ressuscitera,
puis ils retourneront à lui.

37 Ils disent :
« Pourquoi un Signe de son Seigneur
n'est-il pas descendu sur lui[1] ? »

Dis :
« Oui, Dieu a le pouvoir de faire descendre un Signe »,
mais la plupart d'entre eux ne savent rien.

38 Il n'y a pas de bêtes sur la terre;
il n'y a pas d'oiseaux volant de leurs ailes
qui ne forment, comme vous, des communautés.
— Nous n'avons rien négligé dans le Livre —
Ils seront ensuite rassemblés vers leur Seigneur.

39 Ceux qui traitent nos Signes de mensonges
sont sourds, muets et plongés dans les ténèbres.
Dieu égare qui il veut;
il place qui il veut sur un chemin droit.

40 Dis :
« Que vous en semble ?
Si le châtiment de Dieu vient à vous
ou si l'Heure vient à vous,
invoquerez-vous un autre que Dieu,
si vous êtes véridiques ? »

41 Non !...
C'est lui que vous invoquerez :
il dissipera, s'il le veut,

ce dont vous lui demandiez d'être délivrés
et vous oublierez ce que vous lui aviez associé.

42 Nous avons envoyé, avant toi,
des prophètes à des communautés,
puis nous avons frappé celles-ci
de détresse et de malheur.
— Peut-être s'humilieront-elles ? —

43 Si seulement elles s'étaient humiliées
lorsque notre rigueur les a atteintes !
Mais leurs cœurs se sont endurcis
et le Démon leur a présenté leurs propres actions
sous des apparences belles et trompeuses[1].

44 Lorsque ces gens eurent oublié
ce qui leur avait été rappelé,
nous leur avons ouvert les portes de toute chose;
mais après qu'ils eurent joui des biens
qui leur avaient été accordés,
nous les avons emportés brusquement
et ils se trouvèrent désespérés.
45 Tout ce qui restait de ce peuple injuste
fut alors retranché.
Louange à Dieu,
le Maître des mondes !

46 Dis :
« Que vous en semble ?
Si Dieu vous enlevait l'ouïe et la vue;
s'il mettait un sceau sur votre cœur,
quelle divinité, autre que Dieu, vous les rendrait ? »

Vois comment nous utilisons les Signes
et comment, ensuite, ils s'en détournent !

47 Dis :
« Que vous en semble ?
Si le châtiment de Dieu vient à vous
à l'improviste ou au grand jour,
qui donc fera-t-on périr,
si ce n'est le peuple injuste ? »

48 Nous n'avons envoyé les prophètes
que comme annonciateurs de la bonne nouvelle
et comme avertisseurs.

Ceux qui croient et qui s'amendent[1]
n'éprouveront plus aucune crainte,
ils ne seront pas affligés.

49 Le châtiment atteindra
ceux qui traitent nos Signes de mensonges,
à cause de leur perversité.

50 Dis :
« Je ne vous dis pas :
"Je possède les trésors de Dieu";
— car je ne connais pas le mystère incommunicable —

Je ne vous dis pas :
"Je suis un ange[1]"
— car je ne fais que suivre ce qui m'a été révélé » —

Dis :
« L'aveugle est-il semblable à celui qui voit ?
Ne réfléchissez-vous pas ? »

51 Avertis ceux qui ont peur
d'être rassemblés devant[1] leur Seigneur,
qu'ils ne trouveront, en dehors de lui,
ni protecteur, ni intercesseur.
Peut-être craindront-ils Dieu ?

52 Ne repousse pas
ceux qui prient matin et soir leur Seigneur
et qui recherchent sa Face[1].

Ils n'ont aucun compte
à te rendre en quoi que ce soit
et tu n'as aucun compte
à leur rendre en quoi que ce soit.

Si tu les repoussais,
tu serais alors au nombre des injustes.

[53] Nous les avons éprouvés les uns par les autres
afin qu'ils disent :
« Est-ce là ceux d'entre nous
sur lesquels Dieu a répandu ses bienfaits? »
— Dieu ne connaît-il pas
ceux qui sont reconnaissants? —

[54] Lorsque ceux qui croient en nos Signes viennent à toi,
dis-leur :
« Salut sur vous!
Votre Seigneur s'est prescrit à lui-même
la miséricorde ».

Que celui d'entre vous qui commet le mal par ignorance
et qui, ensuite, s'en repent et s'amende
sache que Dieu est celui qui pardonne
et qu'il est miséricordieux.

[55] Voilà comment nous expliquons les Signes
afin que le chemin des coupables soit clairement connu.

[56] Dis :
« Il m'est interdit d'adorer
ceux que vous invoquez en dehors de Dieu ».

Dis :
« Je ne me conformerai pas à vos désirs,
sinon je m'égarerais
et je ne serais plus au nombre de ceux qui sont dirigés ».

[57] Dis :
« Oui, je m'en tiens à une preuve indubitable
de mon Seigneur
et vous la traitez de mensonge.
Ce que vous semblez chercher avec ardeur
ne dépend pas de moi.

Oui, le jugement n'appartient qu'à Dieu.
Il fera connaître la Vérité;
il est le meilleur des juges[1] ».

[58] Dis :
« Si je possédais

ce que vous semblez chercher avec ardeur,
l'affaire serait réglée entre moi et vous ».

Dieu connaît les injustes;
59 il possède les clés[1] du mystère
que lui seul connaît parfaitement.

Il connaît ce qui est sur la terre et dans la mer.
Nulle feuille ne tombe sans qu'il le sache.
Il n'y a pas un grain dans les ténèbres de la terre,
ni rien de vert ou de desséché
qui ne soit mentionné dans le Livre explicite[2].

60 C'est lui qui vous rappelle[1] durant la nuit.
Il sait ce que vous accomplissez le jour.
Il vous ressuscitera ensuite, durant le Jour,
pour que le temps fixé soit accompli.
Puis, vous reviendrez à lui
et il vous montrera ce que vous avez fait.

61 Il est le Maître absolu de ses serviteurs.
Il envoie vers vous ceux qui enregistrent vos actes[1].

Ainsi lorsque surviendra l'heure de la mort
pour l'un d'entre vous,
nos envoyés[2] le rappelleront aussitôt,
car ils ne sont pas négligents.

62 Les hommes seront ensuite ramenés à Dieu,
leur Maître, la Vérité.
Le Jugement ne lui appartient-il pas[1]?
Il est très prompt à régler les comptes.

63 Dis :
« Qui donc invoqueriez-vous
humblement et secrètement
et qui serait capable de vous délivrer
des ténèbres de la terre et de la mer?
"Si, vraiment, il nous délivre de cela,
nous serons au nombre
de ceux qui sont reconnaissants" ».

64 Dis :
« Dieu vous délivre de cela et de toute affliction,
et vous lui donnez ensuite des associés ? »

65 Dis :
« Il a le pouvoir de susciter contre vous
un châtiment d'en-haut, ou de dessous vos pieds
ou bien de vous jeter dans la confusion[1] des sectes
afin que certains d'entre vous
goûtent la violence des autres ».

Vois comment nous utilisons les Signes.
Peut-être comprendront-ils !

66 Ton peuple a traité cela de mensonge,
alors que c'est la Vérité.

Dis :
« Je ne suis pas un protecteur pour vous.
67 Chaque nouvelle est annoncée en son temps ;
vous le saurez bientôt ».

68 Quand tu vois des gens
plongés dans la discussion au sujet de nos Signes,
écarte-toi d'eux
jusqu'à ce qu'ils discutent d'autre chose.

Le Démon te fera certainement oublier
cette prescription ;
mais lorsque tu t'en souviendras,
ne t'assieds pas en compagnie des injustes[1].

69 Il n'appartient pas à ceux qui craignent Dieu
de s'enquérir de leurs actes,
mais seulement de leur faire entendre[1] le Rappel.
— Peut-être craindront-ils Dieu —

70 Détourne-toi de ceux qui considèrent leur religion
comme un jeu et un divertissement.
La vie de ce monde les a trompés.
Rappelle-leur tout cela
de peur qu'ils ne soient entraînés à leur perte[1]
à cause de leurs œuvres.

Il n'y a pour eux, en dehors de Dieu,
ni maître, ni intercesseur
et, quelle que soit la compensation qu'ils offriraient,
elle ne serait pas acceptée.

Voilà ceux qui sont perdus à cause de leurs œuvres :
une boisson brûlante
et un châtiment douloureux leur sont destinés,
pour prix de leur incrédulité.

71 Dis :
« Invoquerez-vous, en dehors de Dieu,
ce qui ne peut ni vous être utile, ni vous nuire ?

Reviendrons-nous sur nos pas
après que Dieu nous aura dirigés,
comme celui que les démons ont rendu fou,
et qu'ils ont égaré sur la terre ? »

Des compagnons l'appellent sur la voie droite :
« Viens avec nous ! »

Dis :
« Oui, la voie de Dieu est la voie droite.
Il nous est ordonné
de nous soumettre au Maître des mondes ».

72 Acquittez-vous de la prière.
Craignez Dieu !
Il est celui devant qui vous serez rassemblés.

73 C'est lui qui, en toute vérité, a créé les cieux et la terre.
Le jour où il dit : « Sois ! »
Cela est[1].

Sa Parole est la Vérité.
La Royauté lui appartiendra
le Jour où l'on soufflera dans la trompette[2].
Il connaît ce qui est caché et ce qui est apparent.
Il est le Sage ; il est parfaitement informé.

74 Abraham dit à son père Azar[1] :
« Prendras-tu des idoles pour divinités ?

Je te vois, toi et ton peuple,
dans un égarement manifeste ».

[75] Ainsi avons-nous montré à Abraham
le royaume[1] des cieux et de la terre
pour qu'il soit au nombre
de ceux qui croient fermement.

[76] Lorsque la nuit l'enveloppa,
il vit une étoile[1] et il dit :
« Voici mon Seigneur! »

Mais il dit, lorsqu'elle eut disparu :
« Je n'aime pas ceux qui disparaissent ».

[77] Lorsqu'il vit la lune qui se levait, il dit :
« Voici mon Seigneur! »

Mais il dit, lorsqu'elle eut disparu :
« Si mon Seigneur ne me dirige pas,
je serai au nombre des égarés ».

[78] Lorsqu'il vit le soleil qui se levait, il dit :
« Voici mon Seigneur!
C'est le plus grand! »

Mais il dit, lorsqu'il eut disparu :
« Ô mon peuple!
Je désavoue ce que vous associez à Dieu[1].
[79] Je tourne mon visage, comme un vrai croyant,
vers celui qui a créé les cieux et la terre.
Je ne suis pas au nombre des polythéistes ».

[80] Son peuple discuta avec lui;
il dit alors :
« Vous disputerez-vous avec moi au sujet de Dieu,
alors qu'il m'a dirigé?
Je ne crains rien venant de ce que vous lui associez,
sauf ce que permettra mon Seigneur.
La Science de mon Seigneur s'étend à toute chose.
Ne réfléchissez-vous pas?

81 Comment redouterais-je ce que vous lui associez,
alors que vous ne craignez pas d'associer à Dieu
ce à quoi il n'a conféré[1] aucun pouvoir sur vous?

Quel est celui des deux partis qui est le plus sûr[2]?
Si vous compreniez!... »

82 Ceux qui croient
et ceux qui ne revêtent pas leur foi de prévarication,
se trouvent en sécurité,
car ils sont bien dirigés.

83 Tel est l'argument décisif
que nous avons donné à Abraham,
contre son peuple.

Nous élevons le rang de qui nous voulons.
Ton Seigneur est juste;
il est celui qui sait.

84 Nous lui avons donné Isaac et Jacob
— nous les avons tous deux dirigés —
nous avions auparavant dirigé Noé,
et, parmi ses descendants :
David, Salomon, Job, Joseph, Moïse, Aaron,
— nous récompensons ainsi ceux qui font le bien —
85 Zacharie, Jean, Jésus, Élie,
— ils étaient tous au nombre des justes —
86 Ismaël, Élisée, Jonas et Loth.

Nous avons préféré chacun d'entre eux aux mondes[1]
87 ainsi que plusieurs de leurs ancêtres,
de leurs descendants et de leurs frères.
Nous les avons choisis
et nous les avons guidés sur une voie droite.

88 Voilà la Direction de Dieu.
Il dirige qui il veut parmi ses serviteurs.
S'ils avaient été polythéistes,
leurs actions ne leur auraient pas été profitables.

89 Voilà ceux auxquels nous avons donné
le Livre, la Sagesse et la prophétie.

Si les autres n'y croient pas;
nous en avons confié le dépôt
à des gens qui ne sont pas incrédules.

90 Voilà ceux que Dieu a dirigés.
Dirige-toi d'après leur direction.
Dis :
« Je ne vous demande aucun salaire pour cela :
c'est un Rappel adressé aux mondes ».

91 Ils n'apprécient pas Dieu à sa juste mesure
lorsqu'ils disent :
« Dieu n'a jamais rien fait descendre sur un mortel! »

Dis :
« Qui donc a révélé le Livre avec lequel Moïse est venu?
— c'est une Lumière et une Direction
pour les hommes —
Vous l'écrivez sur des parchemins pour le montrer,
mais vous cachez une grande partie de son contenu;
alors que maintenant vous savez
ce que vous-mêmes et vos ancêtres ignoraient ».

Dis : « C'est Dieu! »
et laisse-les ensuite s'amuser à discuter.

92 Ceci est un Livre que nous avons révélé :
un Livre béni, confirmant ce qui était avant lui[1],
afin que tu avertisses la Mère des cités[2]
et ceux qui se tiennent dans les environs.

Ceux qui croient à la vie future
croient aussi au Livre
et ils sont assidus à leurs prières.

93 Qui est plus injuste
que celui qui forge un mensonge contre Dieu;
ou celui qui dit :
« J'ai reçu une révélation »,
alors que rien ne lui a été révélé[1]?

Ou celui qui dit :
« Je vais faire descendre quelque chose de semblable
à ce que Dieu a fait descendre! »

Si tu voyais les injustes
lorsqu'ils seront dans les abîmes de la mort,
et que les Anges, leurs mains tendues, diront :
« Dépouillez-vous de vous-mêmes[2],
vous serez rétribués aujourd'hui
par le châtiment de l'humiliation,
pour avoir dit, sur Dieu, le contraire de la vérité,
et pour vous être, par orgueil, détournés de ses Signes ».

[94] Vous voilà venus à nous, seuls[1],
comme nous vous avons créés une première fois.

Vous avez abandonné[2]
ce que nous vous avions accordé.

Nous ne voyons pas vos intercesseurs près de vous,
ceux que vous considériez comme vos associés.

Ceux que vous considériez ainsi[3] ont rompu avec vous;
ils ont disparu loin de vous.

[95] Dieu fend le grain et le noyau.
Il fait sortir le vivant du mort;
et il fait sortir le mort du vivant[1].
Dieu est ainsi.
Pourquoi vous détournez-vous de lui?

[96] Il fend le ciel à l'aube.
Il a fait de la nuit un repos;
du soleil et de la lune, une mesure du temps[1].
— Voilà le décret du Puissant, de celui qui sait! —

[97] C'est lui qui, pour vous, a établi les étoiles
afin que vous vous dirigiez d'après elles
dans les ténèbres de la terre et de la mer.
— Nous exposons les Signes aux hommes qui savent —

[98] C'est lui qui vous a fait naître d'une personne unique
— réceptacle et dépôt[1] —
— Nous exposons les Signes
aux hommes qui comprennent —

[99] C'est lui qui, du ciel fait descendre l'eau
avec laquelle nous faisons croître
la végétation de toute plante.
Nous en faisons surgir la verdure
d'où nous faisons sortir les grains groupés en épis;
et de la spathe du palmier,
des régimes de dattes à portée de la main[1].

Nous faisons croître[2] des jardins plantés de vignes,
des oliviers et des grenadiers,
semblables ou différents les uns des autres.

Considérez leurs fruits
lorsqu'ils fructifient et qu'ils mûrissent[3].
— Voilà des Signes, pour un peuple qui croit[4]! —

[100] Ils ont attribué à Dieu les Djinns comme associés,
mais c'est lui qui a créé les Djinns.

Ils ont imaginé, dans leur ignorance,
que Dieu a des fils et des filles.
Gloire à lui!
Il est très élevé au-dessus de ce qu'ils imaginent[1]!

[101] Créateur des cieux et de la terre,
comment aurait-il un enfant,
alors qu'il n'a pas de compagne[1],
qu'il a créé toute chose
et qu'il connaît tout?

[102] Tel est Dieu, votre Seigneur.
Il n'y a de Dieu que lui,
le Créateur de toute chose.
Adorez-le!
Il veille[1] sur tout.

[103] Les regards des hommes ne l'atteignent pas[1],
mais il scrute les regards.
Il est le Subtil[2], il est parfaitement informé.

[104] Des appels à la clairvoyance[1] vous sont parvenus
de la part de votre Seigneur.

Qui est clairvoyant l'est pour soi-même;
qui est aveugle l'est à son détriment.
Je ne suis pas un gardien pour vous.

105 Nous expliquons ainsi les Signes, pour qu'ils disent :
« Tu as étudié[1] »,
et afin que nous les exposions clairement
à des hommes qui savent.

106 Conforme-toi à ce que ton Seigneur t'a révélé :
il n'y a de Dieu que lui.
Éloigne-toi des polythéistes.

107 Si Dieu l'avait voulu,
ils n'auraient pas été polythéistes.

Nous ne t'avons pas placé auprès d'eux
comme un protecteur;
tu n'as pas à t'occuper d'eux[2].

108 N'insultez pas ceux qu'ils invoquent
en dehors de Dieu,
sinon ils insulteraient Dieu
par hostilité et par ignorance[1].

Nous avons ainsi embelli
aux yeux de chaque communauté
ses propres actions.
Ceux qui en font partie
retourneront ensuite vers leur Seigneur;
il leur fera alors connaître ce qu'ils faisaient.

109 Ils ont juré par Dieu,
en leurs serments les plus solennels,
que si un Signe leur parvenait,
ils y croiraient.

Dis :
« Les Signes ne se trouvent qu'auprès de Dieu ! »

Mais qui donc vous fait pressentir
qu'ils ne croiraient pas,
lorsque les Signes leur parviendraient?

110 Parce qu'ils n'ont pas cru la première fois,
nous détournerons leurs cœurs et leurs yeux;
nous les laisserons marcher aveuglément,
dans leur rébellion.

111 Si nous avions fait descendre les Anges vers eux,
si les morts leur avaient parlé,
si nous avions rassemblé toutes choses devant eux,
ils n'auraient cru que si Dieu l'avait voulu.
— Mais la plupart d'entre eux sont ignorants —

112 Nous avons suscité, à chaque prophète, un ennemi :
des hommes démoniaques et des djinns
qui se suggèrent les uns aux autres
le clinquant des paroles trompeuses.

Si ton Seigneur l'avait voulu,
ils ne l'auraient pas fait.
Laisse-les donc, eux et ce qu'ils inventent.

113 Nous avons agi ainsi[1],
pour que les cœurs
de ceux qui ne croient pas à la vie future
soient attirés[2] vers tout cela;
pour qu'ils s'y complaisent
et pour qu'ils supportent
les conséquences de leurs actes[3].

114 Chercherai-je un autre juge que Dieu?
C'est lui qui a fait descendre sur vous
le Livre exposé intelligiblement[1].

Ceux auxquels nous avons donné le Livre savent
qu'il a été révélé par ton Seigneur, en toute Vérité.
— Ne soyez pas au nombre de ceux qui doutent! —

115 La Parole de ton Seigneur s'est accomplie
en toute Vérité et Justice.
Nul ne peut modifier ses Paroles.
Il est celui qui entend et qui sait.

116 Si tu obéis
au plus grand nombre de ceux qui sont sur la terre,

ils t'égareront hors du chemin de Dieu.
Ils ne suivent que des conjectures
et ils se contentent de suppositions.

117 Ton Seigneur connaît parfaitement
ceux qui s'égarent hors de son chemin;
et il connaît parfaitement
ceux qui sont bien dirigés.

118 Si vous croyez en ses Signes
mangez ce sur quoi le nom de Dieu a été invoqué.

119 Qu'avez-vous à ne pas manger
ce sur quoi le nom de Dieu a été invoqué,
alors qu'il vous a déjà indiqué
ce qui vous était interdit
à moins que vous ne soyez contraints d'y recourir[1] ?

Beaucoup d'hommes égarent les autres
à cause de leurs passions et de leur ignorance.
Ton Seigneur est celui qui connaît parfaitement
les transgresseurs.

120 Abandonnez le péché extérieur et intérieur[1] :
les pécheurs seront sûrement rétribués
pour ce qu'ils auront accompli.

121 Ne mangez pas
ce sur quoi le nom de Dieu n'aura pas été invoqué,
car ce serait une perversité.

Les démons inspirent à leurs suppôts
de discuter avec vous.
Si vous les écoutiez,
vous deviendriez polythéistes.

122 Celui qui était mort,
que nous avons ressuscité
et à qui nous avons remis une lumière
pour se diriger au milieu des hommes,
est-il semblable à celui qui est dans les ténèbres
d'où il ne sortira pas ?

Ainsi, les actions des incrédules sont revêtues
d'apparences belles et trompeuses.

123 Ainsi nous avons placé, dans chaque cité,
ses grands pécheurs
pour qu'ils tendent des pièges;
mais ils ne tendent de pièges qu'à eux-mêmes
et ils n'en ont pas conscience.

124 Ils disent, lorsqu'un Signe leur parvient :
« Nous ne croirons pas,
tant que nous ne recevrons pas un don semblable
à celui qui a été accordé aux prophètes de Dieu[1] ».
— Dieu sait où placer son message —

Une humiliation venant de Dieu
et un terrible châtiment
atteindront, à cause de leurs stratagèmes,
ceux qui ont péché.

125 Dieu ouvre à la soumission
le cœur de celui qu'il veut diriger[1].

Il resserre et oppresse le cœur
de celui qu'il veut égarer
comme si celui-ci faisait un effort
pour monter jusqu'au ciel.
Dieu fait ainsi peser son courroux sur les incrédules.

126 Voici, en toute droiture, le chemin de ton Seigneur.
Nous avons exposé les Signes à un peuple qui réfléchit.

127 Le séjour de la Paix[1] leur est destiné,
en récompense de leurs actions,
auprès de leur Seigneur qui sera leur Maître.

128 Il dira[1], le Jour où il les rassemblera tous :
« Ô Assemblée des Djinns!
Vous avez abusé des hommes! »

Leurs suppôts parmi les hommes répondront :
« Notre Seigneur!
Nous nous sommes rendu service mutuellement;
nous avons atteint le terme que tu nous as fixé ».

Dieu dira :
« Le Feu est votre demeure !
Vous y demeurerez immortels,
à moins que Dieu ne le veuille pas[2]. »
— Ton Seigneur est juste et il sait tout —

129 Nous donnons ainsi, à certains hommes injustes,
une autorité sur d'autres,
pour prix de ce qu'ils ont accompli.

130 « Ô assemblée des djinns et des hommes !
Des prophètes choisis parmi vous
ne sont-ils pas venus à vous,
en vous exposant mes Signes,
en vous avertissant de la Rencontre
de votre Jour que voici ? »

Ils diront :
« Nous avons témoigné contre nous-mêmes ».
La vie de ce monde les a égarés :
ils ont témoigné contre eux-mêmes
qu'ils étaient incrédules.

131 Il en est ainsi,
car il ne convient pas
que ton Seigneur détruise sans raison
une cité dont les habitants sont encore insouciants[1].

132 Il existe, pour tous les hommes,
des degrés en rapport avec leurs œuvres.
Ton Seigneur n'est pas inattentif à ce qu'ils font.

133 Ton Seigneur est celui qui se suffit à lui-même
et il est le Maître de la miséricorde.

Il vous supprimera, s'il le veut,
puis il vous remplacera[1] par ce qu'il voudra;
tout comme il vous a fait naître
de la descendance d'un autre peuple.

134 Ce qui vous a été promis vient sûrement;
vous ne réduirez pas Dieu à l'impuissance[1].

135 Dis :
« Ô mon peuple!
Agissez selon votre situation,
moi, j'agis selon la mienne.
Vous saurez bientôt
à qui appartient la demeure inéluctable ».
— Les injustes ne seront pas heureux —

136 Ils destinent à Dieu
une part de la récolte et des troupeaux
que Dieu a fait croître[1].

Ils disent :
« Ceci est à Dieu;
— voilà ce qu'ils prétendent —
ceci appartient à nos dieux[2] ».

Mais ce qui est destiné à leurs associés
ne parvient pas à Dieu;
tandis que ce qui est destiné à Dieu
parvient à leurs associés.
— Leur jugement est détestable —

137 Ainsi les dieux de nombreux polythéistes
leur ont fait croire qu'il était bon
de tuer leurs enfants[1].
C'était dans le but de les faire périr eux-mêmes
et de couvrir leur religion d'obscurité.
— Ils ne l'auraient pas fait, si Dieu l'avait voulu.
Laisse-les à ce qu'ils ont inventé —

138 Ils disent :
« Voici des animaux et une récolte qui sont sacrés,
— voilà ce qu'ils prétendent —
nul ne doit en manger sans que nous le voulions ».

Il y a des animaux dont on ne doit pas se servir
comme bêtes de somme[1]
et des animaux sur lesquels ils n'invoquent pas
le nom de Dieu :
tout cela est une invention contre lui.
Ils seront rétribués pour ce qu'ils ont inventé.

139 Ils disent :
« Ce qui se trouve dans le ventre de ces animaux
est licite pour nos hommes[1] et interdit à nos épouses ».

S'il s'agit d'une bête morte, tous y participent.
Dieu les rétribuera pour leurs distinctions.
Il est juste et il sait tout!

140 Ceux qui, dans leur folie et leur ignorance,
tuent leurs propres enfants;
ceux qui déclarent illicite
ce que Dieu leur a accordé pour leur subsistance;
— tel est le mensonge inventé contre Dieu —
voilà ceux qui sont perdus :
ils sont égarés et ils ne sont pas dirigés.

141 C'est lui qui a fait croître des jardins
en treilles ou non en treilles;
les palmiers et les céréales comme nourritures variées,
les oliviers et les grenadiers,
semblables ou dissemblables.

Mangez de leurs fruits, quand ils en produisent;
payez-en les droits le jour de la récolte.
Ne commettez pas d'excès;
Dieu n'aime pas ceux qui commettent des excès.

142 Certains de vos bestiaux portent des fardeaux
et d'autres vous procurent de la laine[1].

Mangez ce que Dieu vous a accordé
pour votre nourriture.
Ne suivez pas les traces de Satan;
il est votre ennemi déclaré.

143 Dieu a créé, pour vous, huit animaux par couples :
deux parmi les bovins et deux parmi les caprins.

Dis :
« A-t-il déclaré illicites
les deux mâles ou les deux femelles,
ou bien ce que renferment

les entrailles des deux femelles ?
Faites-le-moi savoir exactement,
si vous êtes véridiques ».

144 Dieu a créé pour vous[1]
deux couples parmi les chameaux
et deux couples parmi les bovins.

Dis :
« A-t-il déclaré illicites
les deux mâles ou les deux femelles ;
ou bien ce que renferment
les entrailles des deux femelles ?
Étiez-vous témoins,
lorsque Dieu vous a ordonné cela ? »

Qui donc est plus injuste
que celui qui forge un mensonge contre Dieu
afin d'égarer les hommes par ignorance ?
— Dieu ne dirige pas le peuple injuste —

145 Dis :
« Je ne trouve pas d'interdictions
au sujet de la nourriture,
dans ce qui m'a été révélé,
à part la bête morte,
le sang répandu et la viande de porc
— car c'est une souillure —
et ce qui, par perversité, a été sacrifié
à un autre que Dieu.

Quant à celui qui est contraint d'en user,
par nécessité,
sans être pour cela rebelle, ni transgresseur,
ton Seigneur lui pardonnera,
car il est miséricordieux[1]. »

146 Nous avons interdit toute bête à ongles
à ceux qui pratiquent le Judaïsme[1].
Nous leur avons interdit
la graisse des bovins et des ovins,
à l'exception de celle de leurs dos, de leurs entrailles
et de celle qui est mêlée aux os[2].

Nous les avons ainsi punis pour leur rébellion.
Nous sommes véridiques!

147 Dis-leur, s'ils t'accusent de mensonge :
« Votre Seigneur détient une immense miséricorde,
mais sa rigueur ne sera pas détournée
d'un peuple coupable ».

148 Bientôt, les polythéistes diront :
« Si Dieu l'avait voulu,
nous et nos pères, nous n'aurions pas été polythéistes,
et nous n'aurions rien déclaré illicite ».

Voilà comment ceux qui vivaient avant eux
criaient au mensonge
jusqu'au moment où ils ont goûté notre rigueur.

Dis :
« Avez-vous quelque science à nous exhiber?
Vous ne suivez que des conjectures
et vous vous contentez de suppositions ».

149 Dis :
« L'argument décisif appartient à Dieu.
Il vous aurait certainement tous dirigés,
s'il l'avait voulu ».

150 Dis :
« Venez avec vos témoins :
ils affirmeront que Dieu vous a interdit ces choses! »

S'ils témoignent,
ne témoigne pas avec eux.
Ne te conforme pas aux désirs
de ceux qui traitent nos Signes de mensonges,
de ceux qui ne croient pas à la vie future,
tandis qu'ils attribuent des égaux à leur Seigneur.

151 Dis :
« Venez!
Je vous dirai ce que votre Seigneur vous a interdit :
ne lui associez rien[1];
soyez bons envers vos parents;

ne tuez pas vos enfants par crainte de la pauvreté;
— nous vous accorderons votre subsistance
avec la leur —
éloignez-vous[2] des péchés abominables,
apparents ou cachés;
ne tuez personne injustement;
Dieu vous l'a interdit ».

Voilà ce que Dieu vous ordonne.
Peut-être comprendrez-vous!

152 Ne touchez à la fortune de l'orphelin,
jusqu'à ce qu'il ait atteint sa majorité,
que pour le meilleur usage.

Donnez le poids et la mesure exacts[1].
— Nous n'imposons à chaque homme
que ce qu'il peut porter[2] —
Lorsque vous parlez, soyez équitables
même s'il s'agit d'un parent proche.
Soyez fidèles au pacte de Dieu.

Voilà ce qu'il vous ordonne.
Peut-être réfléchirez-vous!

153 Tel est, en toute droiture, mon chemin;
suivez-le donc!
Ne suivez pas les chemins
qui vous éloigneraient[1] du chemin de Dieu.

Voilà ce qu'il vous ordonne.
Peut-être le craindrez-vous!

154 Nous avons ensuite donné le Livre à Moïse :
il est parfait pour celui qui l'observe de son mieux[1];
c'est une explication de toute chose;
une Direction et une Miséricorde.
— Peut-être croiront-ils[2]
à la rencontre de leur Seigneur —

155 Voici un Livre béni que nous avons fait descendre :
suivez-le donc;

craignez Dieu!
— Peut-être vous sera-t-il fait miséricorde —

156 Vous ne direz pas[1] :
« On n'a fait descendre le Livre
que sur deux peuples[2] avant nous;
nous en ignorions les enseignements ».

157 Vous ne direz pas :
« Si c'était sur nous que le Livre était descendu,
nous aurions été mieux dirigés qu'eux ».

Votre Seigneur vous a fait parvenir
une preuve irréfutable
qui est aussi une Direction et une Miséricorde.

Qui donc est plus injuste
que celui qui traite de mensonges les Signes de Dieu
et qui s'en détourne?

Nous rétribuerons bientôt, par un dur châtiment,
ceux qui se détournent de nos Signes,
parce qu'ils se sont détournés.

158 Qu'attendent-ils?
Sinon que les anges viennent à eux,
ou que ton Seigneur vienne,
ou qu'un Signe de ton Seigneur vienne?

Le jour où un Signe de ton Seigneur viendra,
la profession de foi ne sera d'aucune utilité
à quiconque, avant cela, ne croyait pas
ou à celui qui, avec sa foi, n'aurait fait aucun bien.

Dis :
« Attendez!
Nous aussi, nous attendons! »

159 Tu n'es pas responsable
de ceux qui ont morcelé leur religion
et qui ont formé des sectes.
Leur sort dépend de Dieu;
il les informera plus tard de ce qu'ils ont fait.

160 Celui qui se présentera avec une bonne action
recevra en récompense dix fois autant[1].

Celui qui se présentera avec une mauvaise action
ne sera rétribué que par quelque chose d'équivalent.
Personne ne sera lésé[2].

161 Dis :
« Mon Seigneur m'a dirigé sur une voie droite :
c'est une Religion immuable,
la Religion d'Abraham, un vrai croyant[1] ».
— Il n'était pas au nombre des polythéistes —

162 Dis :
« Oui, ma prière, mes pratiques religieuses,
ma vie et ma mort appartiennent à Dieu,
le Maître des mondes;
163 il n'a pas d'associés!

Voilà ce qui m'a été ordonné :
je suis le premier de ceux qui se soumettent ».

164 Dis :
« Chercherai-je un autre Seigneur que Dieu?
Il est le Seigneur de toute chose ».

Chaque homme ne commet[1] le mal
qu'à son propre détriment.
Nul ne portera le fardeau d'un autre[2].

Vous reviendrez ensuite vers votre Seigneur :
il vous montrera
ce sur quoi vous n'étiez pas d'accord.

165 C'est lui qui a fait de vous
ses lieutenants sur la terre.
Il a élevé certains d'entre vous
de plusieurs degrés au-dessus des autres
pour vous éprouver en ce qu'il vous a donné.

Ton Seigneur est prompt dans son châtiment.
il est aussi celui qui pardonne;
il est miséricordieux.

SOURATE VII

AL 'ARAF

Au nom de Dieu :
celui qui fait miséricorde,
le Miséricordieux.

[1] Alif. Lam. Mim. Çad.
[2] Un Livre est descendu sur toi;
— n'en conçois aucune inquiétude[1] —
afin que, grâce à lui, tu avertisses les hommes
et qu'il soit un Rappel pour les croyants.

[3] Suivez ce qui est descendu sur vous,
de la part de votre Seigneur;
ne suivez aucun maître en dehors de lui.
— Vous réfléchissez peu! —

[4] Que de cités nous avons détruites!
Notre rigueur s'est abattue[1] sur elles
durant le sommeil de la nuit
ou le repos de la journée[2].

[5] Lorsque notre rigueur s'est abattue sur elles,
leur seul cri d'appel a été :
« Oui! Nous avons été injustes! »

[6] Nous interrogerons
ceux à qui des messages sont parvenus,
et nous interrogerons aussi les prophètes.

[7] Nous leur raconterons leurs histoires,
en toute connaissance;
car nous n'étions pas absent.

[8] Ce Jour-là, la pesée se fera :
— telle est la Vérité —
ceux dont les œuvres[1] seront lourdes :
voilà ceux qui seront heureux!

[9] Ceux dont les œuvres seront légères :
voilà ceux qui se seront eux-mêmes perdus,
parce qu'ils ont été injustes envers nos Signes.

[10] Nous vous avons établis sur la terre;
nous vous y avons donné des moyens de vivre.
— Comme vous êtes peu reconnaissants ! —

[11] Oui, nous vous avons créés
et nous vous avons modelés[1];
puis, nous avons dit aux Anges :
« Prosternez-vous devant Adam[2] ».

Ils se prosternèrent, à l'exception d'Iblis,
car il n'a pas été de ceux qui se sont prosternés.

[12] Dieu dit :
« Qu'est-ce qui t'empêche de te prosterner,
lorsque je te l'ordonne ? »

Il dit :
« Je suis meilleur que lui.
Tu m'as créé de feu
et tu l'as créé d'argile[1] ».

[13] Dieu dit :
« Descends d'ici[1] !
Tu n'as pas à te montrer orgueilleux en ce lieu.
Sors !
Tu es au nombre de ceux qui sont méprisés ! »

[14] Il dit :
« Accorde-moi un délai
jusqu'au Jour où ils seront ressuscités ».

[15] Dieu dit :
« Oui, ce délai t'est accordé ».

[16] Il dit :
« A cause de l'aberration que tu as mise en moi,
je les guetterai sur ta voie droite,
[17] puis, je les harcélerai,
par-devant et par-derrière,

sur leur gauche et sur leur droite.
Tu ne trouveras, chez la plupart d'entre eux,
aucune reconnaissance. »

18 Dieu dit :
« Sors d'ici, méprisé, rejeté!
Je remplirai la Géhenne de vous tous
et de tous ceux qui t'auront suivi ».

19 « Ô Adam!
Habite le jardin, toi et ton épouse.
Mangez[1] de ses fruits partout où vous voudrez;
mais n'approchez pas de cet arbre que voici,
sinon vous seriez au nombre des injustes ».

20 Le Démon les tenta afin de leur montrer leur nudité
qui leur était encore cachée.
Il dit :
« Votre Seigneur vous a interdit cet arbre
pour vous empêcher de devenir des anges
ou d'être immortels ».

21 Il leur jura :
« Je suis, pour vous, un conseiller digne de confiance »
22 et il les fit tomber par sa séduction.

Lorsqu'ils eurent goûté aux fruits de l'arbre,
leur nudité leur apparut;
ils disposèrent alors sur eux des feuilles du jardin[1].

Leur Seigneur les appela :
« Ne vous avais-je pas interdit cet arbre?
Ne vous avais-je pas dit
que Satan est, pour vous, un ennemi déclaré? »

23 Ils dirent :
« Notre Seigneur!
Nous nous sommes lésés nous-mêmes.
Si tu ne nous pardonnes pas,
et si tu ne nous fais pas miséricorde,
nous serons au nombre des perdants ».

24 Dieu dit :
« Descendez !
Vous serez ennemis les uns des autres.
Vous trouverez sur la terre
un séjour et une jouissance pour un temps limité ».

25 Il dit encore :
« Vous y vivrez,
vous y mourrez
et on vous en fera sortir.

26 Ô fils d'Adam !
Nous avons fait descendre sur vous
un vêtement qui cache votre nudité et des parures[1];
mais le vêtement de la crainte révérencielle de Dieu
est meilleur ! »

Voilà un des Signes de Dieu.
Peut-être s'en souviendront-ils !

27 Ô fils d'Adam !
Que le Démon ne vous tente pas
comme au jour où il a fait sortir vos parents du jardin
en leur arrachant leurs vêtements
afin qu'ils voient leur nudité.

Lui et sa cohorte vous voient
alors que vous ne les voyez pas.
Nous avons donné les démons comme amis
à ceux qui ne croient pas.

28 Quand ceux-ci commettent un acte abominable,
ils disent :
« Nous avons trouvé que nos pères en faisaient autant.
Dieu nous l'a ordonné ».

Dis :
« Dieu ne vous ordonne pas l'abomination.
Direz-vous sur Dieu ce que vous ne savez pas ? »

29 Dis :
« Mon Seigneur a ordonné la justice.

Tournez vos visages en tout lieu de prière.
Invoquez-le en lui rendant un culte pur[1].

De même qu'il vous a créés,
vous retournerez à lui ».

[30] Il dirige certains hommes
alors que d'autres ont mérité d'être égarés[1].
Ils ont pris les démons pour maîtres,
en dehors de Dieu,
et ils s'imaginent être bien dirigés.

[31] Ô fils d'Adam!
Portez vos parures[1] en tout lieu de prière.
Mangez et buvez;
ne commettez pas d'excès.
Dieu n'aime pas ceux qui commettent des excès.

[32] Dis :
« Qui donc a déclaré illicites
la parure que Dieu a produite pour ses serviteurs,
et les excellentes nourritures qu'il vous a accordées ? »

Dis :
« Ceci appartient aux croyants
durant leur vie de ce monde,
mais surtout, le Jour de la Résurrection ».

Voilà comment nous expliquons les Signes
à un peuple qui sait.

[33] Dis :
« Mon Seigneur a seulement interdit :
les turpitudes apparentes ou cachées[1],
le péché et la violence injuste.

Il a interdit[2] d'associer à Dieu
ce qui n'a reçu[3] de lui aucun pouvoir
et de dire contre Dieu ce que vous ne savez pas ».

[34] Un terme est fixé à chaque communauté;
lorsque son terme arrive,
elle ne peut ni le faire reculer
ni l'avancer d'une heure[1].

[35] Ô fils d'Adam!
Si des prophètes pris parmi vous viennent à vous
en vous exposant mes Signes :
ceux qui craignent Dieu et qui s'amendent
n'auront plus rien à redouter;
ils ne seront pas affligés.

[36] Ceux qui traitent nos Signes de mensonges,
ceux qui, par orgueil, s'en détournent :
voilà ceux qui seront les hôtes du Feu;
ils y demeureront immortels.

[37] Qui donc est plus injuste
que celui qui forge un mensonge contre Dieu,
ou celui qui traite ses Signes de mensonges?

Les injustes subiront le sort
qui est inscrit pour eux dans le Livre[1],
jusqu'au moment où nos envoyés[2] viendront les rappeler
en leur disant :
« Où sont donc ceux que vous invoquiez
en dehors de Dieu? »

Ils répondront :
« Ils nous ont abandonnés ».

Ils témoigneront alors contre eux-mêmes
qu'ils étaient incrédules.

[38] Dieu dira :
« Pénétrez dans le Feu
auprès des communautés de Djinns et d'hommes
qui vous ont précédés ».

Chaque fois qu'une communauté entrera dans le Feu,
elle maudira sa sœur.

Lorsqu'elles s'y retrouveront toutes,
la dernière arrivée dira de la première :
« Notre Seigneur!
Voilà ceux qui nous ont égarés;
impose-leur donc un double châtiment du feu ».

Dieu dira :
« A chacun le double, mais vous n'en savez rien ».

39 La première dira à la dernière arrivée :
« Vous n'avez aucun avantage sur nous;
goûtez donc le châtiment mérité par vos actes ».

40 Les portes du ciel ne seront pas ouvertes
à ceux qui auront traité nos Signes de mensonges
et à ceux qui s'en seront détournés par orgueil :
ils n'entreront pas dans le Paradis
aussi longtemps qu'un chameau ne pénétrera pas
dans le trou de l'aiguille[1].
C'est ainsi que nous rétribuons les pécheurs.

41 Ils trouveront, dans la Géhenne, des lits
avec des couvertures qui les envelopperont[1].
C'est ainsi que nous rétribuons les injustes.

42 Ceux qui croient et qui font le bien :
— nous n'imposons à chacun que selon sa capacité[1] —
voilà ceux qui seront les hôtes du Paradis;
ils y demeureront immortels.

43 Nous avons arraché de leurs cœurs
la haine qui s'y trouvait encore.

Les ruisseaux couleront à leurs pieds.
Ils diront :
« Louange à Dieu qui nous a conduits ici.
Nous n'aurions pas été dirigés,
si Dieu ne nous avait pas dirigés.
Les prophètes de notre Seigneur sont venus
avec la Vérité ».

On leur criera :
« Voici le Jardin dont vous héritez
en récompense de ce que vous avez fait ».

44 Les hôtes du Jardin crieront aux hôtes du Feu :
« Nous avons trouvé vrai
ce que notre Seigneur nous a promis;
trouvez-vous vrai
ce que votre Seigneur vous a promis ? »

Ils diront :
« Oui, certainement! »
Un crieur parmi eux, criera alors :
« Que la malédiction de Dieu soit sur les injustes
45 qui détournent les hommes de la voie de Dieu
et qui veulent la rendre tortueuse,
parce qu'ils ne croient pas à la vie future ».

46 Un voile épais est placé
entre le Paradis et la Géhenne[1] :
des hommes, se connaissant les uns et les autres
d'après leurs traits distinctifs,
seront sur les 'Araf[2].
Ils crieront aux hôtes du Paradis :
« Salut sur vous! »
mais ils n'y entreront pas, bien qu'ils le veuillent.

47 Lorsque leurs regards se porteront
sur les hôtes du Feu,
ils diront :
« Notre Seigneur!
Ne nous mets pas avec le peuple injuste ».

48 Les compagnons des 'Araf crieront aux hommes
qu'ils reconnaîtront à leurs marques :
« Ce que vous avez accumulé
et ce qui faisait votre orgueil
ne vous a nullement enrichis »...

49 Les autres[1] ne sont-ils pas
ceux à propos desquels vous juriez
que Dieu ne leur accorderait pas sa miséricorde?

« Entrez dans le Jardin :
vous n'aurez plus rien à craindre
et vous ne serez pas affligés ».

50 Les hôtes du Feu crieront aux hôtes du Paradis :
« Répandez de l'eau sur nous,
ou quelque chose des biens que Dieu vous a accordés[1] ».

Ceux-ci diront :
« Dieu a interdit l'un et l'autre aux incrédules

[51] qui ont considéré leur religion
comme un jeu et un divertissement ».

La vie de ce monde les a trompés.
Nous les oublierons en ce Jour,
comme ils ont oublié la Rencontre de leur Jour
lorsqu'ils niaient nos Signes.

[52] Oui, nous leur avons apporté un Livre
et nous l'avons expliqué
pour le faire bien comprendre :
c'est une Direction et une Miséricorde
pour un peuple qui croit.

[53] Qu'attendent-ils
sinon son accomplissement[1] ?
Le Jour où viendra son accomplissement
ceux qui avaient auparavant oublié le Livre diront :
« Les prophètes de notre Seigneur
nous ont déjà apporté la Vérité.
Existe-t-il pour nous des intercesseurs
qui intercéderont en notre faveur?
Ou bien, pourrons-nous revenir sur la terre?
Nous agirions autrement ».

Ils se sont eux-mêmes perdus
et ce qu'ils ont inventé[2] les a abandonnés.

[54] Votre Seigneur est Dieu :
il a créé les cieux et la terre en six jours[1],
puis il s'est assis en majesté sur le Trône[2].

Il couvre le jour de la nuit
qui poursuit celui-ci sans arrêt.
Le soleil, la lune et les étoiles
sont soumis à son ordre.

La Création et l'ordre ne lui appartiennent-ils pas?
Béni soit Dieu, le Maître des mondes!

[55] Invoquez votre Seigneur, humblement et en secret[1];
il n'aime pas les transgresseurs.

[56] Ne semez pas le scandale sur la terre
après qu'elle a été réformée.

Invoquez votre Seigneur avec crainte et désir ardent.
La miséricorde de Dieu est proche
de ceux qui font le bien.

[57] C'est lui qui déchaîne[1] les vents
comme une annonce[2] de sa miséricorde.
Lorsqu'ils portent de lourds nuages,
nous les poussons vers une terre morte;
nous en faisons tomber l'eau
avec laquelle nous faisons croître
toutes sortes de fruits.

Nous ferons ainsi surgir les morts.
Peut-être réfléchirez-vous[3]?

[58] Dans un bon pays,
les plantes poussent à profusion;
— avec la permission de son Seigneur —
et dans un mauvais pays,
elles ne sortent que clairsemées.

Nous expliquons ainsi les Signes
à un peuple qui se montre reconnaissant.

[59] Nous avons envoyé Noé à son peuple[1].
Il dit :
« Ô mon peuple!
Adorez Dieu!
Il n'y a pas, pour vous, d'autre Dieu que lui.
Je crains, pour vous le châtiment d'un Jour terrible ».

[60] Les chefs[1] de son peuple dirent :
« Nous te voyons dans une erreur évidente ».

[61] Il dit :
« Ô mon peuple!
Je ne suis pas égaré[1]!
Je suis un envoyé du Seigneur des mondes!

[62] Je vous communique les messages de mon Seigneur.
Je suis, pour vous, un bon conseiller.
Je sais, par la grâce de Dieu, ce que vous ignorez.

[63] Êtes-vous étonnés
que, par l'intermédiaire d'un homme issu de vous[1],
un Rappel de votre Seigneur vous soit parvenu
pour vous avertir
et pour que vous craigniez Dieu?
— Peut-être vous sera-t-il fait miséricorde — »

[64] Mais ils le traitèrent de menteur.
Nous l'avons sauvé, dans le vaisseau,
lui et les siens,
et nous avons englouti
ceux qui traitaient nos Signes de mensonges.
— C'était un peuple aveugle —

[65] Aux 'Ad,
nous avons envoyé[1] leur frère Houd[2].
Il dit :
« Ô mon peuple!
Adorez Dieu!
Il n'y a pas, pour vous, d'autre Dieu que lui.
Ne le craindrez-vous pas? »

[66] Les chefs qui, parmi son peuple, étaient incrédules,
dirent :
« Nous voyons ta folie[1]!
Nous te considérons comme un menteur! »

[67] Il dit :
« Ô mon peuple!
Je ne suis pas fou!
je suis un envoyé du Seigneur des mondes.
[68] Je vous ai fait parvenir les messages de mon Seigneur.
Je suis, pour vous, un conseiller digne de confiance.

[69] Êtes-vous étonnés
que par l'intermédiaire d'un homme issu de vous,
un Rappel de votre Seigneur vous soit parvenu,
pour vous avertir?

Souvenez-vous!
Lorsque votre Seigneur a fait de vous ses lieutenants[1],
après la disparition du peuple de Noé,
il a développé votre expansion dans le monde[2].
Souvenez-vous des bienfaits de Dieu;
peut-être serez-vous heureux ».

70 Ils dirent :
« Es-tu venu à nous
pour que nous adorions Dieu, l'unique,
et que nous abandonnions ce que nos pères adoraient?
Apporte-nous donc ce dont tu nous menaces,
si tu es véridique ».

71 Houd dit :
« Le courroux et la colère de votre Seigneur
tombent sur vous!
Allez-vous discuter avec moi
sur les noms que vous et vos pères avez donnés
à ceux auxquels Dieu n'a accordé aucun pouvoir?
Attendez donc!
je suis, avec vous, parmi ceux qui attendent! »

72 Nous l'avons sauvé,
lui et les siens,
par une miséricorde venue de nous.
Nous avons exterminé
ceux qui traitaient nos Signes de mensonges
et qui n'étaient pas croyants.

73 Aux Thamoud[1],
nous avons envoyé leur frère Çalih.
Il dit :
« Ô mon peuple!
Adorez Dieu!
Il n'y a pas pour vous d'autre Dieu que lui.
Une preuve de votre Seigneur vous est parvenue :
Voici la chamelle de Dieu[2];
— c'est un Signe pour vous —
laissez-la donc manger sur la terre de Dieu[3];
ne lui faites pas de mal,
sinon, un châtiment douloureux vous saisirait ».

[74] Souvenez-vous :
il vous a désignés comme ses lieutenants,
après les 'Ad
et il vous a établis sur la terre.
Vous avez construit des châteaux dans ses plaines
et vous avez creusé des demeures dans les montagnes[1].

Souvenez-vous des bienfaits de Dieu.
Ne commettez pas de crimes sur la terre
en la corrompant.

[75] Les chefs qui, parmi son peuple,
étaient remplis d'orgueil
dirent à ceux qui étaient faibles,
à ceux qui, parmi eux, avaient cru :
« Savez-vous que Çalih est un envoyé de son Seigneur ? »

Ils répondirent :
« Oui, nous croyons à ce qui a été envoyé par lui ».

[76] Ceux qui étaient remplis d'orgueil dirent :
« Nous ne croyons certainement pas
en ce que vous croyez ».

[77] Ils coupèrent les jarrets de la chamelle[1],
ils désobéirent à l'ordre de leur Seigneur
et ils dirent :
« Ô Çalih !
Apporte-nous ce que tu nous promets,
si tu es au nombre des envoyés ».

[78] Le cataclysme fondit sur eux,
et, le matin suivant[1],
ils gisaient dans leurs demeures.

[79] Çalih se détourna d'eux et il dit :
« Ô mon peuple !
Je vous ai fait parvenir le message de mon Seigneur;
j'ai été pour vous un bon conseiller,
mais vous n'aimez pas les conseillers ».

[80] Souvenez-vous[1] de Loth !
Il dit à son peuple :

« Vous livrez-vous à cette abomination
que nul, parmi les mondes, n'a commise avant vous?

[81] Vous vous approchez des hommes
de préférence aux femmes
pour assouvir vos passions.
Vous êtes un peuple pervers. »

[82] La seule réponse de son peuple fut de dire :
« Chassez-les de votre cité;
ce sont des gens qui affectent la pureté[1] ».

[83] Nous l'avons sauvé, lui et sa famille,
à l'exception de sa femme :
elle se trouvait
parmi ceux qui étaient restés en arrière[1].

[84] Nous avons fait pleuvoir sur eux une pluie[1]...
Vois quelle a été la fin des criminels!

[85] Aux gens de Madian[1],
nous avons envoyé leur frère Chu'aïb.
Il dit :
« Ô mon peuple!
Adorez Dieu!
Il n'y a pas, pour vous, d'autre Dieu que lui.
Une preuve de votre Seigneur vous est déjà parvenue.

Donnez la mesure et le poids exacts[2].
Ne causez pas de tort aux hommes dans leurs biens.
Ne semez pas le scandale sur la terre,
après sa réforme.
— Si vous êtes croyants, ce sera un bien pour vous —

[86] Ne vous placez pas sur tous les chemins
pour menacer et détourner de la voie de Dieu
celui qui croit en lui
en souhaitant rendre cette voie tortueuse.

Souvenez-vous!
Il vous a multipliés,
le jour où vous étiez en petit nombre.
— Vois quelle a été la fin des corrupteurs —

87 Si une partie d'entre vous
croit au message avec lequel j'ai été envoyé,
et qu'une autre partie ne croit pas,
patientez jusqu'à ce que Dieu juge entre nous.
Il est le meilleur des juges ».

88 Les chefs qui, parmi son peuple,
étaient remplis d'orgueil, dirent :
« Nous te chasserons de notre cité, ô Chu'aïb !
Toi et ceux qui ont cru en même temps que toi,
à moins que vous ne reveniez à notre religion ».

Il dit :
« Eh quoi ! Même si nous la détestons ? »

89 Si nous revenions à votre religion,
c'est que nous aurions forgé un mensonge contre Dieu.
Il ne nous appartient pas d'y retourner
après que Dieu nous en a délivrés[1],
à moins que Dieu, notre Seigneur, le veuille.
La Science de notre Seigneur s'étend à toute chose.
Nous nous confions à Dieu.

Notre Seigneur !
Prononce, en toute vérité, un jugement
entre nous et ton peuple.
Tu es le meilleur des juges[2].

90 Les chefs qui, parmi son peuple, étaient incrédules,
dirent :
« Si vous suivez Chu'aïb,
vous serez certainement perdants ».

91 Le cataclysme fondit sur eux,
et, le matin suivant,
ils gisaient dans leurs demeures.

92 Ceux qui avaient traité Chu'aïb de menteur disparurent
comme s'ils n'y avaient jamais habité.
Voilà les perdants !

93 Chu'aïb se détourna d'eux, puis il dit :
« Ô mon peuple !

Je vous ai fait parvenir les messages de mon Seigneur;
j'ai été un bon conseiller pour vous.
Comment éprouverais-je de la peine
au sujet d'un peuple incrédule? »

94 Nous n'avons envoyé aucun prophète dans une cité
sans frapper ses habitants de malheur et de calamité.
— Peut-être se seraient-ils humiliés —

95 Nous avons ensuite changé le mal en bien.
Ayant tout oublié, ils dirent :
« Déjà nos pères avaient éprouvé la calamité et la joie».

Nous les avons emportés brusquement,
tandis qu'ils ne s'y attendaient pas.

96 Si les habitants de cette cité avaient cru;
s'ils avaient craint Dieu;
nous leur aurions certainement accordé[1]
les bénédictions du ciel et de la terre.

Mais ils ont crié au mensonge.
Nous les avons emportés
à cause de leurs mauvaises actions.

97 Les habitants de cette cité sont-ils sûrs
que notre rigueur ne les atteindra pas la nuit,
tandis qu'ils dorment?

98 Les habitants de cette cité sont-ils sûrs
que notre rigueur ne les atteindra pas le jour
tandis qu'ils s'amusent?

99 Sont-ils à l'abri du stratagème de Dieu?
Seuls, les perdants
se croient à l'abri du stratagème de Dieu.

100 Ou bien n'a-t-il pas montré
à ceux qui héritent la terre
après ses premiers occupants,
que si nous le voulions,
nous leur enverrions quelque adversité,

à cause de leurs péchés.
Nous mettrons un sceau sur leurs cœurs
et ils n'entendront plus rien.

101 Voici les cités dont nous te racontons l'histoire.
Leurs prophètes étaient venus à eux
avec des preuves évidentes,
mais ils ne crurent pas
dans ce qu'ils avaient auparavant traité de mensonges.
Voilà comment Dieu met un sceau
sur le cœur des incrédules.

102 Nous n'avons trouvé,
chez la plupart d'entre eux
aucune trace d'alliance
et nous avons trouvé
que la plupart d'entre eux sont pervers.

103 Après eux[1], nous avons envoyé Moïse avec nos Signes
à Pharaon et à ses conseillers,
mais ils se montrèrent injustes envers nos Signes.
— Vois quelle a été la fin des corrupteurs! —

104 Moïse dit :
« Ô Pharaon!
Oui, je suis un prophète du Seigneur des mondes.
105 Je ne dois dire que la Vérité sur Dieu.
Oui, je suis venu à vous
avec une preuve manifeste
provenant de votre Seigneur.
Renvoie donc avec moi les fils d'Israël[1] ».

106 Pharaon dit :
« Si tu es venu avec un Signe,
montre-le donc,
si tu es véridique ».

107 Moïse jeta son bâton :
et le voici : véritable dragon.

108 Il étendit sa main :
et la voici : blanche pour ceux qui regardaient[1].

109 Les chefs du peuple de Pharaon dirent:
« Celui-ci est un savant magicien
110 et il veut vous chasser de votre pays;
que prescrivez-vous ? »

111 Ils dirent :
« Remets-le à plus tard, lui et son frère,
et envoie dans les cités des agents qui rassembleront[1]
112 et qui t'amèneront tous les savants magiciens[1] ».

113 Les magiciens se rendirent auprès de Pharaon;
ils dirent :
« Obtiendrons-nous, vraiment, une récompense,
si nous sommes vainqueurs ? »

114 Il dit :
« Oui, et vous serez alors au nombre
de ceux qui font partie de mon entourage[1] ».

115 Ils dirent :
« Ô Moïse !
Est-ce toi qui jettes[1] ?
Ou bien est-ce à nous de jeter ? »

116 Il dit :
« Jetez ! »

Après qu'ils eurent jeté,
ils ensorcelèrent les yeux des gens;
ils les effrayèrent;
ils déployèrent une puissante magie.

117 Nous avons inspiré à Moïse :
« Jette ton bâton ! »
Et voici que ce bâton engloutit
ce qu'ils avaient fabriqué[1].

118 Ainsi, la Vérité se manifesta
et leurs manœuvres furent inutiles[1].
119 Ainsi, ils furent vaincus
et ils se retirèrent humiliés.

120 Les magiciens tombèrent prosternés
121 et ils dirent :
« Nous croyons au Seigneur des mondes,
122 au Seigneur de Moïse et d'Aaron! »

123 Pharaon dit :
« Croirez-vous donc en lui
avant que je ne vous le permette?
Ceci est une ruse que vous avez imaginée dans la ville
pour en expulser les habitants.
Vous saurez bientôt...

124 Je vous ferai couper la main droite et le pied gauche[1],
puis je vous ferai tous crucifier ».

125 Ils dirent :
« C'est vers notre Seigneur que nous nous tournons!

126 Tu nous reproches seulement
d'avoir cru aux Signes de notre Seigneur
lorsqu'ils nous sont parvenus.

Notre Seigneur!
Répands sur nous la patience;
rappelle-nous, soumis à toi! »

127 Les chefs du peuple de Pharaon dirent :
« Laisserez-vous Moïse et son peuple
corrompre la terre
et te délaisser, toi et tes divinités? »

Il répondit :
« Nous tuerons leurs fils;
nous laisserons vivre leurs filles[1]
et nous les dominerons! »

128 Moïse dit à son peuple :
« Demandez le secours de Dieu et soyez patients.
La terre appartient à Dieu
et il en fait hériter qui il veut,
parmi ses serviteurs.
L'heureuse fin sera pour ceux qui le craignent ».

[129] Ils dirent :
« Nous avons souffert
avant que tu viennes à nous
comme après ta venue ».

Il dit :
« Peut-être votre Seigneur fera-t-il périr votre ennemi
et, après la disparition de celui-ci,
vous donnera-t-il la terre[1]
pour voir comment vous vous comporterez ? »

[130] Nous avons frappé les gens de Pharaon
par des années de disette et la pénurie des fruits.
— Peut-être auraient-ils réfléchi ? —

[131] Ils disaient, lorsqu'un bonheur leur arrivait :
« Ceci est pour nous ! »

Mais quand un malheur les frappait,
ils rendaient Moïse et ses compagnons
responsables de leur sort[1].

Est-ce que leur sort
ne dépend pas uniquement de Dieu ?
Mais la plupart d'entre eux ne savent rien.

[132] Ils dirent :
« Quel que soit le Signe que tu nous apportes
pour nous ensorceler,
nous ne croirons pas en toi ! »

[133] Nous avons envoyé contre eux
l'inondation, les sauterelles, les poux,
les grenouilles et le sang[1],
comme Signes intelligibles.

Mais ils étaient remplis d'orgueil !
C'était un peuple criminel !

[134] Ils disaient, quand le châtiment tombait sur eux :
« Ô Moïse !
Invoque pour nous ton Seigneur
en vertu de l'alliance qu'il a conclue avec toi.

Si tu écartes de nous le châtiment,
nous croirons en toi
et nous renverrons avec toi les fils d'Israël ».

[135] Mais quand nous reportions le châtiment
au terme fixé que ces infidèles[1] devaient atteindre,
ils violaient leurs engagements[2].

[136] Nous nous sommes vengés d'eux;
nous les avons engloutis dans l'abîme[1]
parce qu'ils ont traité nos Signes de mensonges
et qu'ils ne s'en souciaient pas.

[137] Nous avons donné en héritage
aux gens qui avaient été opprimés
les contrées orientales
et les contrées occidentales de la terre
que nous avions bénies.

Ainsi s'accomplit
la très belle promesse[1] de ton Seigneur
envers les fils d'Israël,
parce qu'ils ont été patients.

Nous avons détruit
ce que Pharaon et son peuple avaient fabriqué
et ce qu'ils avaient construit.

[138] Nous avons fait traverser la mer aux fils d'Israël.
Ils arrivèrent auprès d'un peuple attaché à ses idoles
et ils dirent :
« Ô Moïse!
Fais-nous un dieu semblable à leurs dieux[1] ».

Il dit :
« Vous êtes un peuple ignorant.
[139] La voie suivie par ces gens-là sera détruite[1];
leurs actions sont vaines ».

[140] Il dit encore :
« Chercherai-je pour vous,
une autre divinité que Dieu?
Lui qui vous a préférés à tous les mondes[1]? »

141 Nous vous avons délivrés des gens de Pharaon;
ils vous infligeaient les pires tourments;
ils tuaient vos fils
et ils laissaient vivre vos filles.
Ce fut pour vous une terrible épreuve
de la part de votre Seigneur!

142 Nous avons fait un pacte avec Moïse
durant trente nuits,
nous les avons complétées par dix autres nuits,
en sorte que la durée de la rencontre[1] de son Seigneur
fut de quarante nuits.

Moïse dit à son frère Aaron :
« Remplace-moi auprès de mon peuple[2],
fais ce qui est bon
et ne suis pas le chemin des pervers ».

143 Lorsque Moïse vint à notre rencontre
et que son Seigneur lui parla, il dit :
« Mon Seigneur!
Montre-toi à moi pour que je te voie[1]! »

Le Seigneur dit :
« Tu ne me verras pas[2],
mais regarde vers le Mont :
s'il reste immobile à sa place,
tu me verras ».

Mais lorsque son Seigneur se manifesta sur le Mont,
il le mit en miettes[3]
et Moïse tomba foudroyé[4].

Lorsqu'il se fut ressaisi, il dit :
« Gloire à toi!
Je reviens à toi!
Je suis le premier des croyants! »

144 Le Seigneur dit :
« Ô Moïse!
Je t'ai choisi de préférence à tous les hommes[1]
pour que tu transmettes mes messages et ma Parole.

Prends ce que je t'ai donné
et sois au nombre de ceux qui sont reconnaissants ».

145 Nous avons écrit pour lui sur les Tables[1]
une exhortation sur tous les sujets
et une explication de toute chose[2].

« Prends-les avec fermeté;
ordonne à ton peuple de se conformer
à ce qu'elles contiennent de meilleur ».

Je vous ferai bientôt voir le séjour des pervers;
146 j'écarterai bientôt de mes Signes
ceux qui, sur la terre,
s'enorgueillissaient sans raison[1].

S'ils voient quelque Signe,
ils n'y croient pas.

S'ils voient le chemin de la rectitude,
ils ne le prennent pas comme chemin.

S'ils voient le chemin de l'erreur,
ils le prennent comme chemin.

Ils agissent ainsi,
parce qu'ils traitent nos Signes de mensonges
et qu'ils ne s'en soucient pas.

147 Vaines sont les œuvres
de ceux qui ont traité de mensonges
nos Signes et la Rencontre de la vie future.
Seront-ils rétribués
pour autre chose que ce qu'ils ont fait?

148 Moïse étant absent[1],
les fils d'Israël[2] firent, avec leurs parures,
le corps d'un veau mugissant.

Ne voyaient-ils pas
que ce veau ne leur parlait pas
et ne les dirigeait pas?

Ils l'adoptèrent[3]
et c'est ainsi qu'ils furent injustes.

149 Lorsqu'ils se reconnurent coupables[1]
et qu'ils s'aperçurent de leur égarement,
ils dirent :
« Oui, si notre Seigneur ne nous fait pas miséricorde,
s'il ne nous pardonne pas,
nous serons au nombre des perdants ».

150 Lorsque Moïse revint vers son peuple,
il dit, courroucé et affligé :
« Combien est exécrable
ce que vous avez fait en mon absence!
Voulez-vous hâter l'ordre de votre Seigneur? »
Il jeta les Tables[1]
puis il saisit son frère par la tête
en l'attirant à lui.

Aaron dit :
« Ô fils de ma mère!
Le peuple m'a humilié et ils ont failli me tuer.
Ne fais pas en sorte
que mes ennemis se réjouissent de mon malheur;
ne me laisse pas
en la compagnie de gens prévaricateurs ».

151 Moïse dit :
« Mon Seigneur!
Pardonne-moi, ainsi qu'à mon frère;
fais-nous entrer dans ta miséricorde.
Tu es le plus miséricordieux
de ceux qui font miséricorde[1] ».

152 Oui, la colère de leur Seigneur
et l'humiliation en cette vie
atteindront ceux qui ont adopté le veau[1].
— Nous rétribuons ainsi
ceux qui forgent des mensonges —

153 Quant à ceux qui ont accompli des actions mauvaises
puis qui, ensuite, se sont repentis et ont cru,
ton Seigneur leur pardonnera;
il est miséricordieux.

154 Lorsque la colère de Moïse se fut apaisée;
il prit les Tables sur lesquelles sont inscrites
une Direction et une Miséricorde
pour ceux qui craignent leur Seigneur.

155 Moïse choisit soixante-dix hommes, parmi son peuple,
pour assister à notre rencontre[1].

Il dit, lorsque le cataclysme les emporta :
« Mon Seigneur!
Si tu l'avais voulu,
tu les aurais déjà fait périr,
et moi avec eux.

Nous feras-tu périr pour les mauvaises actions
commises par ceux des nôtres qui sont insensés?

Cela n'est qu'une épreuve de ta part.
Tu égares ainsi qui tu veux
et tu diriges qui tu veux.
Tu es notre Maître!
Pardonne-nous!
Fais-nous miséricorde!
Tu es le meilleur de ceux qui pardonnent!

156 Écris pour nous de bonnes choses
pour cette vie et pour la vie future.
Nous revenons à toi! »

Le Seigneur dit :
« Mon châtiment atteindra qui je veux;
ma miséricorde s'étend à toute chose;
je l'inscris pour ceux qui me craignent,
pour ceux qui font l'aumône,
pour ceux qui croient en nos Signes,
157 pour ceux qui suivent l'envoyé :
le Prophète des Gentils
que ces gens-là[1] trouvent mentionné chez eux
dans la Tora et l'Évangile.

Il leur ordonne ce qui est convenable;
il leur interdit ce qui est blâmable;
il déclare licites, pour eux,

les excellentes nourritures;
il déclare illicite, pour eux,
ce qui est détestable;
il ôte les liens et les carcans qui pesaient sur eux[2].

Ceux qui auront cru en lui;
ceux qui l'auront soutenu;
ceux qui l'auront secouru;
ceux qui auront suivi la lumière descendue avec lui :
voilà ceux qui seront heureux! »

158 Dis :
« Ô vous, les hommes!
Je suis, en vérité, envoyé vers vous tous
comme le Prophète de celui à qui appartient
la royauté des cieux et de la terre.

Il n'y a de Dieu que lui.
C'est lui qui fait vivre et qui fait mourir.

Croyez en Dieu et en son envoyé[1],
le Prophète des Gentils
qui croit en Dieu et en ses Paroles;
suivez-le!
Peut-être, alors, serez-vous dirigés ».

159 Il existe, chez le peuple de Moïse, une communauté
dont les membres se dirigent selon la Vérité
grâce à laquelle ils observent la justice.

160 Nous les avons partagés en douze tribus[1],
en douze communautés.

Nous avons révélé à Moïse,
lorsque son peuple lui demanda à boire :
« Frappe le rocher avec ton bâton »;
douze sources en jaillirent[2]
et chacun des groupes sut où il devait boire.

Nous avons étendu sur eux
l'ombre d'un nuage;
nous avons fait descendre sur eux
la manne et les cailles[3] :

« Mangez des excellentes nourritures
que nous vous avons accordées ».

Ils ne nous ont pas lésés,
mais ils se sont fait tort à eux-mêmes.

161 Souvenez-vous!
On leur avait dit :
« Habitez cette cité;
mangez de ses produits, partout où vous voudrez;
dites :
"Pardon!"
et entrez par la porte en vous prosternant[1].
Nous vous pardonnerons vos péchés;
nous donnerons davantage à ceux qui font le bien ».

162 Ceux d'entre eux qui étaient injustes
substituèrent d'autres paroles
à celles qui avaient été dites.
Nous avons alors envoyé du ciel un châtiment sur eux,
parce qu'ils étaient injustes.

163 Interroge-les sur la cité établie au bord de la mer.
Ses habitants négligeaient le Sabbat,
quand les poissons[1] se présentaient à eux ce jour-là
à la surface de l'eau,
alors qu'ils ne venaient pas en dehors du Sabbat[2].

Nous les éprouvions ainsi,
parce qu'ils étaient pervers.

164 Lorsqu'une de leurs communautés dit :
« Pourquoi exhortez-vous
un peuple que Dieu va détruire,
ou punir d'un terrible châtiment? »

Ils répondirent :
« C'est pour avoir une excuse devant votre Seigneur,
et parce qu'il se peut qu'ils craignent Dieu ».

165 Après qu'ils eurent oublié
ce qui leur avait été rappelé,
nous sauvâmes ceux qui interdisaient le mal,

et nous frappâmes d'un châtiment douloureux[1]
ceux qui étaient injustes,
à cause de leur perversité.

[166] Nous leur avons dit,
quand ils se rebellèrent contre nos interdictions :
« Soyez d'ignobles singes[1] ! »

[167] Souvenez-vous !
Ton Seigneur a proclamé
qu'il enverrait contre eux
quelqu'un qui leur imposerait un dur châtiment
jusqu'au Jour de la Résurrection.

Ton Seigneur est prompt à châtier,
mais il est aussi celui qui pardonne,
il est miséricordieux.

[168] Nous les avons divisés, sur la terre, en communautés :
il y a parmi eux des justes,
et d'autres qui ne le sont pas.

Nous les avons éprouvés par des biens et par des maux.
Ils reviendront peut-être vers nous !

[169] Leurs successeurs sont venus après eux[1];
ils ont hérité du Livre.

Ils disent, en s'emparant des biens[2] de ce monde :
« Cela nous sera pardonné ! »

Si d'autres biens, égaux aux premiers,
leur sont offerts,
ils s'en emparent encore.

L'alliance du Livre n'a-t-elle pas été contractée?
Elle les oblige à ne dire, sur Dieu, que la vérité,
puisqu'ils ont étudié le contenu du Livre.

La demeure dernière est meilleure
pour ceux qui craignent Dieu;
— ne le comprenez-vous pas? —

[170] pour ceux qui s'attachent fermement au Livre;
pour ceux qui s'acquittent de la prière.

Nous ne laisserons certainement pas perdre
la récompense de ceux qui s'amendent.

[171] Souvenez-vous!
Nous avons projeté le Mont[1] au-dessus d'eux,
comme s'il avait été une ombre.
Ils pensèrent qu'il allait tomber sur eux :
« Prenez avec force ce que nous vous avons donné,
rappelez-vous son contenu.
Peut-être craindrez-vous Dieu! »

[172] Quand ton Seigneur tira une descendance
des reins des fils d'Adam,
il les fit témoigner contre eux-mêmes :
« Ne suis-je pas votre Seigneur[1]? »

Ils dirent :
« Oui, nous en témoignons! »

Et cela pour que vous ne disiez pas
le Jour de la Résurrection :
« Nous avons été pris au dépourvu »;
[173] ou que vous ne disiez pas :
« Nos pères étaient autrefois polythéistes;
nous sommes leurs descendants[1].
Nous feras-tu périr
à cause des actions accomplies par des imposteurs? »

[174] Nous expliquons les Signes de cette façon.
Peut-être reviendront-ils vers nous?

[175] Raconte-leur l'histoire
de celui auquel nous avions accordé nos Signes.
Il s'en débarrassa;
le Démon le poursuivit
et il fut au nombre de ceux qui s'égarent[1].

[176] Si nous l'avions voulu,
nous l'aurions élevé, grâce à ces Signes;
mais il s'est attaché à la terre,

il a suivi ses passions.
Il était semblable au chien :
il grogne quand tu l'attaques,
il grogne quand tu le laisses tranquille :
tel est le peuple qui traite nos Signes de mensonges.

Raconte-leur les récits :
peut-être réfléchiront-ils?

177 Quel mauvais exemple donnent les gens
qui traitent nos Signes de mensonges!
Ils se font tort à eux-mêmes.

178 Celui que Dieu dirige est bien dirigé;
quant à ceux qu'il égare :
voilà les perdants.

179 Nous avons destiné à la Géhenne
un grand nombre de djinns et d'hommes.

Ils ont des cœurs
avec lesquels ils ne comprennent rien;
ils ont des yeux
avec lesquels ils ne voient pas;
ils ont des oreilles
avec lesquelles ils n'entendent pas.

Voilà ceux qui sont semblables aux bestiaux,
ou plus égarés encore.
Voilà ceux qui sont insouciants.

180 Les plus beaux noms appartiennent à Dieu[1]!
Invoquez-le par ses noms;
écartez-vous de ceux qui profanent[2] ses noms;
ils seront rétribués pour ce qu'ils ont fait.

181 Il existe dans ce que nous avons créé une communauté
dont les membres se dirigent selon la Vérité,
et qui, grâce à celle-ci, observent la justice.

182 Nous conduisons par des chemins détournés
qu'ils ignorent,
ceux qui traitent nos Signes de mensonges.

183 Je leur accorderai un délai.
Oui, mon stratagème est sûr.

184 Ne réfléchissent-ils donc pas ?
Leur compagnon n'est pas un possédé[1];
il est seulement un avertisseur explicite.

185 N'ont-ils pas considéré
le royaume[1] des cieux et de la terre,
toutes les choses créées par Dieu ?
Ne savent-ils pas[2]
que leur terme est peut-être proche ?
A quel discours croiront-ils après cela ?

186 Il n'y a pas de guide pour celui que Dieu égare.
Il les abandonne dans leur rébellion,
égarés comme des aveugles.

187 Ils t'interrogent au sujet de l'Heure :
« Quand viendra-t-elle ? »

Dis :
« La connaissance de l'Heure n'appartient qu'à Dieu[1];
nul autre que lui ne la fera paraître en son temps.
Elle sera pesante dans les cieux et sur la terre,
et elle vous surprendra à l'improviste ».

Ils t'interrogent comme si tu en étais averti;
dis :
« La connaissance de l'Heure n'appartient qu'à Dieu ».
— Mais la plupart des hommes ne savent rien —

188 Dis :
« Je ne détiens pour moi-même, ni profit, ni dommage
en dehors de ce que Dieu veut[1].

Si je connaissais le mystère incommunicable,
je posséderais des biens en abondance
et le mal ne me toucherait pas.

Je ne suis qu'un avertisseur et un annonciateur
pour un peuple croyant ».

189 C'est lui qui vous a créés d'un seul être[1]
dont il a tiré son épouse
pour que celui-ci repose auprès d'elle.

Après qu'il eut cohabité avec elle,
elle portait un fardeau léger,
avec lequel elle marchait sans peine.

Lorsqu'elle s'alourdit,
tous deux invoquèrent Dieu, leur Seigneur :
« Si tu nous donnes un juste[2],
nous serons sûrement reconnaissants! »

190 Après qu'il leur eut donné un juste,
tous deux attribuèrent à Dieu des associés
parmi les enfants[1] qu'il leur avait donnés.
— Dieu est très élevé
au-dessus de ce qu'on lui associe —

191 Lui associe-t-on des divinités qui ne créent rien
alors qu'elles sont elles-mêmes créées,
192 et qu'elles ne peuvent ni les secourir,
ni se sauver elles-mêmes?

193 Si vous les appelez à la vraie Direction,
ils ne vous suivront pas.
Égal est pour eux
que vous les appeliez
ou que vous vous taisiez.

194 Ceux que vous invoquez en dehors de Dieu
sont des serviteurs semblables à vous.
Invoquez-les!
Qu'ils vous répondent,
si vous êtes véridiques!

195 Ont-ils des pieds pour marcher?
Ont-ils des mains pour saisir?
Ont-ils des yeux pour voir?
Ont-ils des oreilles pour entendre[1]?

Dis :
« Invoquez vos associés!
Usez de ruses contre moi!
Ne me faites pas attendre!

196 Oui, mon Maître est Dieu
qui a fait descendre le Livre.
C'est lui qui choisit les saints.

197 Ceux que vous invoquez en dehors de lui
ne peuvent, ni vous secourir
ni se sauver eux-mêmes ».

198 Si tu les appelles à la vraie Direction,
ils n'entendent pas.
Tu les vois;
ils tournent leurs regards vers toi,
mais ils ne te voient pas.

199 Pratique le pardon;
ordonne le bien[1];
écarte-toi des ignorants.

200 Quand une tentation du Démon t'incite au mal,
cherche la protection de Dieu,
car il est celui qui entend et qui sait tout.

201 Lorsqu'une légion de démons s'en prend
à ceux qui craignent Dieu,
ceux-ci réfléchissent
et voici qu'ils deviennent clairvoyants,
202 alors que les démons maintiennent leurs frères
dans l'erreur
et que ceux-ci n'y renoncent plus jamais par la suite.

203 Ils disent, quand tu ne leur apportes pas un Signe :
« N'as-tu pas choisi d'agir ainsi? »

Dis :
« Je ne fais que suivre
ce qui m'a été révélé par mon Seigneur.
Ce sont là, de la part de votre Seigneur :
des appels à la clairvoyance[1],
une Direction et une Miséricorde
pour un peuple qui croit ».

[204] Lorsque le Coran est récité,
écoutez-le et taisez-vous.
— Peut-être vous sera-t-il fait miséricorde? —

[205] Souviens-toi de ton Seigneur,
en toi-même, à mi-voix,
avec humilité, avec crainte,
le matin et le soir.
Ne sois pas au nombre de ceux qui sont négligents[1]

[206] Ceux qui demeurent auprès de ton Seigneur
ne se considèrent pas trop grands[1] pour l'adorer.
Ils le glorifient
et ils se prosternent devant lui.

SOURATE VIII

LE BUTIN

Au nom de Dieu :
celui qui fait miséricorde,
le Miséricordieux.

[1] ILS t'interrogent au sujet du butin[1].
Dis :
« Le butin appartient à Dieu et à son Prophète.
Craignez Dieu!
Maintenez la concorde entre vous.
Obéissez à Dieu et à son Prophète,
si vous êtes croyants! »

[2] Seuls, sont vraiment croyants :
ceux dont les cœurs frémissent
à la mention du Nom de Dieu[1];
ceux dont la foi augmente
lorsqu'on leur récite ses Versets;
— ils se confient en leur Seigneur —
[3] ceux qui s'acquittent de la prière,
ceux qui donnent en aumône
une partie des biens que nous leur avons accordés.

4 Voilà ceux qui, en toute vérité, sont les croyants.
Des degrés élevés leur sont réservés
auprès de leur Seigneur,
avec un pardon et une généreuse récompense[1].

5 Ainsi, c'est au nom de la Vérité[1]
que ton Seigneur t'a fait sortir de ta demeure
alors qu'une partie des croyants
éprouvaient de l'aversion pour cette mesure.

6 Ils contestent la Vérité
— bien qu'on la leur eût montrée clairement —
comme si on les avait poussés à la mort
et ils demeuraient dans l'expectative.

7 Lorsque Dieu vous promettait
qu'un des deux groupes se rendrait à vous[1],
vous désiriez
vous emparer de celui qui était désarmé,
alors que Dieu voulait
manifester la Vérité par ses paroles
et exterminer les incrédules jusqu'au dernier,
8 afin de faire apparaître la Vérité
et d'anéantir ce qui est vain,
en dépit des coupables[1].

9 Lorsque vous demandiez le secours de votre Seigneur,
il vous exauça :
« Je vous envoie un renfort de mille anges,
les uns à la suite des autres ».

10 Dieu n'a fait cela
que pour vous apporter une bonne nouvelle,
et que vos cœurs s'apaisent.

Il n'y a pas de victoire,
si ce n'est auprès de Dieu.
— Dieu est puissant et juste —

11 Lorsqu'il vous enveloppa de sommeil,
comme d'une sécurité venue de lui,
du ciel il fit descendre sur vous
de l'eau pour vous purifier,

pour écarter de vous la souillure du Démon,
pour fortifier vos cœurs
et pour affermir vos pas[1].

12 Ton Seigneur inspirait aux anges :
« Oui, je suis avec vous;
affermissez donc ceux qui croient.
Je vais jeter l'effroi dans les cœurs des incrédules :
frappez sur leurs cous;
frappez-les tous aux jointures ».

13 Il en fut ainsi, parce qu'ils se sont séparés
de Dieu et de son Prophète.
Dieu est terrible dans son châtiment
envers celui qui se sépare de Dieu et de son Prophète

14 Voilà pour vous!
Goûtez cela!
Le châtiment du Feu est destiné aux incrédules.

15 Ô vous qui croyez!
Lorsque vous rencontrez des incrédules
en marche pour le combat,
ne leur tournez pas le dos.

16 Quiconque tourne le dos en ce jour :
— à moins de se détacher pour un autre combat
ou de se rallier à une autre troupe —
celui-là encourt la colère de Dieu;
son refuge sera la Géhenne :
quelle détestable fin!

17 Ce n'est pas vous qui les avez tués;
mais Dieu les a tués.

Tu ne lançais pas toi-même les traits
quand tu les lançais,
mais Dieu les lançait
pour éprouver les croyants
au moyen d'une belle épreuve venue de lui.
— Dieu est celui qui entend et qui sait tout —

18 Voilà pour vous!
Oui, Dieu anéantit la ruse des incrédules.

19 Si vous cherchiez le succès,
vous l'avez obtenu;
si vous vous désistiez,
ce serait meilleur pour vous;
si vous recommencez,
nous recommencerons.

Vos troupes[1] ne vous serviront à rien,
même si elles sont nombreuses.
Dieu est avec les croyants.

20 Ô vous qui croyez!
Obéissez à Dieu et à son Prophète!
Ne vous détournez pas de lui,
alors que vous entendez...

21 Ne soyez pas comme ceux qui disent :
« Nous avons entendu »,
alors qu'ils n'entendent pas!

22 Les pires des bêtes au regard[1] de Dieu
sont les sourds et les muets qui ne comprennent rien[2].

23 Si Dieu avait reconnu quelque bien en eux
il aurait fait en sorte qu'ils entendent;
mais, même s'il les avait fait entendre,
ils se seraient détournés
et ils se seraient éloignés.

24 Ô vous qui croyez!
Répondez à Dieu et à son Prophète,
lorsqu'il vous appelle à ce qui vous fait vivre.

Sachez qu'en vérité,
Dieu se place entre l'homme et son cœur,
et que vous serez tous rassemblés devant[1] lui.

25 Craignez une épreuve qui n'atteindra pas spécialement
ceux d'entre vous qui sont injustes.
Sachez que Dieu est terrible dans son châtiment.

26 Souvenez-vous!
Lorsque, sur la terre,
vous étiez peu nombreux et faibles,
craignant que les hommes ne s'emparent de vous,
Dieu vous a procuré un refuge;
il vous a assistés de son secours;
il vous a accordé d'excellentes nourritures.
— Peut-être serez-vous reconnaissants —

27 Ô vous qui croyez!
Ne trahissez ni Dieu, ni son Prophète;
vous ne respecteriez donc pas
les dépôts qui vous ont été confiés,
alors que vous savez?

28 Sachez que vos biens et vos enfants
constituent pour vous une tentation,
mais qu'une récompense sans limites
se trouve auprès de Dieu.

29 Ô vous qui croyez!
Si vous craignez Dieu,
il vous accordera la possibilité
de distinguer le bien du mal[1];
il effacera vos mauvaises actions
et il vous pardonnera.
— Dieu est le Maître de la grâce incommensurable —

30 Lorsque les incrédules usent de stratagèmes contre toi,
pour s'emparer de toi,
pour te tuer ou pour t'expulser;
s'ils usent de stratagèmes,
Dieu aussi use de stratagèmes
et c'est Dieu qui est le plus fort en stratagèmes.

31 Lorsque nos Versets leur étaient récités,
ils disaient :
« Oui, nous avons entendu!
Nous en dirions autant, si nous le voulions;
ce ne sont que des histoires racontées par les Anciens ».

32 Lorsqu'ils disaient :
« Ô Dieu!

Si cela est la Vérité venue de toi,
fais tomber du ciel des pierres sur nous,
ou bien, apporte-nous un châtiment douloureux ».

33 Mais Dieu ne veut pas[1] les châtier
alors que tu es au milieu d'eux.
Dieu ne les châtie pas
quand ils demandent pardon.

34 Pourquoi Dieu ne les punirait-il pas[1]?
Ils écartent les croyants de la Mosquée sacrée,
et ils ne sont pas ses amis[2].
Ses amis sont seulement ceux qui le craignent;
mais la plupart des hommes ne savent rien.

35 Leur prière à la Maison
n'est que sifflements et battements de mains[1]...
« Goûtez donc le châtiment de votre incrédulité! »

36 Oui, les incrédules dépenseront leurs biens
pour éloigner les hommes du chemin de Dieu.
Ils les dépenseront,
puis ils déploreront de l'avoir fait
et ils seront ensuite vaincus.

Les incrédules seront réunis dans la Géhenne,
37 pour que Dieu sépare le mauvais du bon;
qu'il entasse les mauvais les uns sur les autres,
puis qu'il les amoncelle tous ensemble
et qu'il les mette dans la Géhenne.
— Voilà les perdants —

38 Dis aux incrédules que s'ils cessent,
on leur pardonnera ce qui est passé.
S'ils recommencent,
qu'ils se rappellent[1] alors l'exemple[2] des Anciens.

39 Combattez-les
jusqu'à ce qu'il n'y ait plus de sédition,
et que le culte soit rendu à Dieu en sa totalité.
S'ils cessent le combat,
qu'ils sachent
que Dieu voit parfaitement ce qu'ils font.

[40] S'ils tournent le dos,
sachez que Dieu est votre Maître,
un excellent Maître, un excellent Défenseur !

[41] Sachez que quel que soit le butin que vous preniez,
le cinquième appartient à Dieu,
au Prophète et à ses proches,
aux orphelins, aux pauvres et au voyageur[1],
si vous croyez en Dieu
et à ce qu'il a révélé à notre Serviteur
le jour où l'on discerna
les hommes justes des incrédules[2];
le jour où les deux partis se sont rencontrés.
— Dieu est puissant sur toute chose —

[42] Lorsque vous étiez sur le versant le plus proche
et les autres[1] sur le versant éloigné,
les cavaliers[2] se trouvaient plus bas que vous.
Si vous vous étiez fixé les conditions du combat,
vous n'auriez pas été d'accord
sur le lieu et la situation;
mais il fallait que Dieu parachève un décret[3]
qui devait être exécuté,
pour que celui qui devait mourir
périsse pour une raison évidente
et pour que celui qui demeurerait en vie
survive comme témoin d'une preuve irréfutable.
— Dieu est celui qui entend et qui sait —

[43] Lorsque Dieu te faisait voir en songe
tes ennemis peu nombreux :
s'il te les avait fait voir en grand nombre,
vous auriez été découragés;
vous auriez discuté de l'affaire.
Mais Dieu vous a préservés.
Il connaît le contenu des cœurs.

[44] Lorsque vous les avez rencontrés,
il vous les montrait peu nombreux à vos yeux;
de même qu'il vous faisait paraître à leurs yeux
peu nombreux
afin que Dieu parachève
un décret qui devait être exécuté.
— Les décisions dépendent de Dieu —

[45] Ô vous qui croyez!
Soyez fermes lorsque vous rencontrez
un groupe ennemi.
Pensez souvent à Dieu en l'invoquant[1].
Peut-être serez-vous victorieux[2].

[46] Obéissez à Dieu et à son Prophète;
ne vous querellez pas,
sinon vous fléchiriez
et votre chance de succès[1] s'éloignerait.
Soyez patients.
Dieu est avec ceux qui sont patients.

[47] Ne soyez pas semblables
à ceux qui sortirent de leurs demeures avec insolence,
pour être vus des hommes
et qui les écartaient du chemin de Dieu.
— La Science de Dieu s'étend à tout ce qu'ils font —

[48] Le Démon dit,
lorsqu'il embellit à leurs yeux leurs propres actions :
« Personne au monde ne vous vaincra aujourd'hui.
Je suis votre protecteur[1] ! »
Mais lorsque les deux troupes furent en présence[2],
il tourna les talons et il dit :
« Oui, je vous désavoue!
Je vois ce que vous ne voyez pas;
Je redoute Dieu!
Dieu est terrible dans son châtiment ».

[49] Les hypocrites
et ceux dont les cœurs sont malades disaient :
« Voilà ceux qui se sont trompés dans leur religion! »
— Mais Dieu est puissant et juste
pour celui qui se confie en lui. —

[50] Si tu voyais les Anges emporter les incrédules!
Ils frapperont leurs visages et leurs dos[1] :
« Goûtez le châtiment du Feu
[51] pour prix de ce que vous avez fait ».
— Dieu n'est pas injuste envers ses serviteurs —

52 Tel fut le sort[1] des gens de Pharaon,
et de ceux qui vécurent avant eux.
Ils ne crurent pas aux Signes de Dieu.
Dieu les a saisis dans leurs péchés.
— Dieu est fort et terrible dans son châtiment —

53 Il en est ainsi,
parce que Dieu ne modifie pas un bienfait
dont il a gratifié un peuple
avant que ce peuple change ce qui est en lui.
— Dieu est celui qui entend et qui sait —

54 Tel fut le sort des gens de Pharaon
et de ceux qui vécurent avant eux :
Ils traitèrent de mensonges les Signes de leur Seigneur.
Nous les avons fait périr à cause de leurs péchés.
Nous avons englouti les gens de Pharaon :
tous étaient injustes.

55 Les pires des êtres[1] devant Dieu
sont vraiment ceux qui sont incrédules;
ceux qui ne croient pas;
56 ceux d'entre eux avec qui tu as conclu un pacte
et qui, ensuite, ont toujours violé leurs engagements;
ceux qui ne craignent pas Dieu.

57 Si tu les rencontres à la guerre,
sers-toi d'eux pour disperser[1]
ceux qui se trouvent derrière eux.
Peut-être réfléchiront-ils!

58 Si tu crains vraiment une trahison
de la part d'un peuple,
rejette son alliance
pour pouvoir lui rendre la pareille.
— Dieu n'aime pas les traîtres —

59 Que les incrédules n'espèrent pas l'emporter sur vous!
Ils sont incapables de vous affaiblir.

60 Préparez, pour lutter contre eux,
tout ce que vous trouverez, de forces et de cavaleries,
afin d'effrayer l'ennemi de Dieu et le vôtre

et d'autres encore, que vous ne connaissez pas,
en dehors de ceux-ci.
mais que Dieu connaît.

Tout ce que vous aurez dépensé dans la voie de Dieu
vous sera rendu
et vous ne serez pas lésés.

61 S'ils inclinent à la paix,
fais de même[1];
confie-toi à Dieu
car il est celui qui entend et qui sait.

62 S'ils veulent te tromper,
Dieu te suffit.
C'est lui qui t'assiste de son secours
et par l'intermédiaire des croyants.

63 Il a uni leurs cœurs par une affection réciproque.
Si tu avais dépensé tout ce que la terre contient,
tu n'aurais pas uni leurs cœurs
par une affection réciproque;
mais Dieu a suscité entre eux cette affection.
— Il est puissant et juste —

64 Ô Prophète!
Dieu te suffit,
à toi et à ceux des croyants qui te suivent.

65 Ô Prophète!
Encourage les croyants au combat!

S'il se trouve parmi vous vingt hommes endurants[1],
ils en vaincront deux cents.
S'il s'en trouve cent,
ils vaincront mille incrédules :
ce sont des gens qui ne comprennent rien.

66 Dieu a maintenant allégé votre tâche;
il a vu votre faiblesse.

S'il se trouve parmi vous cent hommes endurants,
ils en vaincront deux cents.
S'il s'en trouve mille,
ils en vaincront deux mille,
avec la permission de Dieu.
— Dieu est avec ceux qui sont endurants —

67 Il n'appartient pas à un prophète de faire des captifs,
tant que, sur la terre,
il n'a pas complètement vaincu les incrédules.

Vous voulez les biens[1] de ce monde.
Dieu veut, pour vous, la vie future.
Dieu est puissant et juste.

68 Si une prescription de Dieu n'était pas déjà intervenue,
un terrible châtiment vous aurait atteints[1]
à cause de ce dont vous vous êtes emparés.

69 Mangez ce qui, dans le butin, est licite et bon.
Craignez Dieu!
Dieu est celui qui pardonne, il est miséricordieux.

70 Ô Prophète!
Dis à ceux des captifs qui sont tombés entre vos mains :
« Si Dieu reconnaît un bien en vos cœurs,
il vous accordera de meilleures choses
que celles qui vous ont été enlevées.
Il vous pardonnera :
Dieu est celui qui pardonne, il est miséricordieux! »

71 S'ils veulent te trahir,
ils ont déjà trahi Dieu;
mais Dieu vous a donné tout pouvoir sur eux.
Dieu est celui qui sait et qui est juste.

72 Ceux qui ont cru,
ceux qui ont émigré,
ceux qui ont combattu dans le chemin de Dieu
avec leurs biens et leurs personnes,
ceux qui ont offert l'hospitalité aux croyants[1]
et qui les ont secourus :
ceux-là sont amis, les uns des autres.

Mais vous ne serez pas les amis des croyants
qui n'ont pas encore émigré,
tant qu'ils n'auront pas émigré.
S'ils vous demandent votre aide
au nom[2] de la Religion,
vous devez les secourir;
sauf s'il s'agissait de combattre un peuple
avec lequel vous avez conclu une alliance.
— Dieu voit ce que vous faites.

73 Les incrédules sont amis les uns des autres —

Si vous n'agissez pas ainsi,
il y aura sur la terre
des rébellions[1] et une grande corruption.

74 Ceux qui ont cru,
ceux qui ont émigré,
ceux qui ont combattu dans le chemin de Dieu,
ceux qui ont offert l'hospitalité aux croyants
et qui les ont secourus :
ceux-là sont, en toute vérité, les croyants.
Un pardon et une généreuse récompense les attendent.

75 Ceux qui croient après avoir émigré,
ceux qui ont lutté avec vous,
ceux-là sont des vôtres.
Cependant, ceux qui sont liés par la parenté
sont encore plus proches les uns des autres,
d'après[1] le Livre de Dieu.
— Dieu est, en vérité, celui qui sait tout ! —

SOURATE IX

L'IMMUNITÉ[0]

1 UNE immunité[1] est accordée par Dieu et son Prophète
aux polythéistes
avec lesquels vous avez conclu un pacte.

[2] Parcourez la terre durant quatre mois.
Sachez que vous ne réduirez pas Dieu à l'impuissance[1].
— Dieu couvre de honte les incrédules —

[3] Proclamation de Dieu et de son Prophète
adressée aux hommes le jour du Pèlerinage :
« Dieu et son Prophète désavouent les polythéistes.
Si vous vous repentez,
ce sera un bien pour vous;
mais si vous vous détournez,
sachez que vous ne réduirez pas Dieu à l'impuissance ».

Annonce un châtiment douloureux aux incrédules,
[4] à l'exception des polythéistes
avec lesquels vous avez conclu un pacte;
de ceux qui ne vous ont pas ensuite causé de tort
et qui n'ont aidé personne à lutter contre vous.

Respectez pleinement le pacte conclu avec eux[1],
jusqu'au terme convenu.
— Dieu aime ceux qui le craignent —

[5] Après que les mois sacrés se seront écoulés,
tuez les polythéistes, partout où vous les trouverez;
capturez-les, assiégez-les,
dressez-leur des embuscades.

Mais s'ils se repentent,
s'ils s'acquittent de la prière,
s'ils font l'aumône,
laissez-les libres[1].
— Dieu est celui qui pardonne, il est miséricordieux. —

[6] Si un polythéiste cherche asile auprès de toi,
accueille-le
pour lui permettre d'entendre la Parole de Dieu;
fais-le ensuite parvenir dans son lieu sûr,
car ce sont des gens qui ne savent pas.

[7] Comment existerait-il un pacte,
admis par Dieu et par son Prophète,
avec des polythéistes,
autres que ceux avec lesquels

vous avez déjà conclu un pacte
auprès de la Mosquée sacrée?
Aussi longtemps qu'ils seront sincères avec vous,
soyez sincères envers eux.
— Dieu aime ceux qui le craignent —

8 Quand ils l'emportent sur vous[1],
ils ne respectent, à votre égard,
ni alliance, ni pacte qui assure la protection[2].

Ils cherchent à vous plaire avec leurs bouches,
mais leurs cœurs sont rebelles :
la plupart d'entre eux sont pervers.

9 Ils troquent à vil prix les Signes de Dieu;
ils écartent les hommes de son chemin.
Leurs actes sont très mauvais.

10 Ils n'observent à l'égard d'un croyant
ni alliance, ni pacte qui assure la protection :
tels sont les transgresseurs.

11 Mais s'ils se repentent,
s'ils s'acquittent de la prière,
s'ils font l'aumône,
ils deviennent vos frères en religion.
— Nous exposons les Signes à des gens qui savent —

12 S'ils violent leurs serments,
après avoir conclu un pacte,
s'ils attaquent votre religion,
combattez alors, les chefs de l'infidélité.
Ils ne respectent aucun serment[1].
Peut-être cesseront-ils.

13 Ne combattrez-vous pas des gens
qui ont violé leurs serments
et qui ont cherché à expulser le Prophète?
Ce sont eux qui vous ont attaqués les premiers.

Les redouterez-vous?
Alors que Dieu mérite plus qu'eux d'être redouté[1],
si vous êtes croyants.

14 Combattez-les !
Dieu les châtiera par vos mains;
il les couvrira d'opprobres;
il vous donnera la victoire[1];
il guérira les cœurs des croyants;
15 et il en bannira la colère.

Dieu revient vers qui il veut;
Dieu sait tout et il est juste.

16 Pensez-vous que vous serez délaissés[1],
tant que Dieu ne connaîtra pas
ceux d'entre vous qui auront combattu
et qui n'auront pas cherché d'alliés
en dehors de Dieu, de son Prophète et des croyants ?
— Dieu est parfaitement informé de ce que vous faites —

17 Il n'appartient pas aux polythéistes
de pénétrer dans les mosquées de Dieu
en portant contre eux-mêmes témoignage
de leur incrédulité.
Voilà ceux dont les œuvres sont vaines;
ils demeureront immortels dans le Feu.

18 Seul fréquentera les mosquées de Dieu :
celui qui croit en Dieu et au Jour dernier;
celui qui s'acquitte de la prière;
celui qui fait l'aumône;
celui qui ne redoute que Dieu.
— Peut-être ceux-là seront-ils au nombre
de ceux qui sont bien dirigés —

19 Placerez-vous celui qui donne à boire aux pèlerins[1]
et qui est chargé du service[2] de la mosquée sacrée,
au même rang
que celui qui croit en Dieu et au Jour dernier
et qui lutte dans le chemin de Dieu ?
Ils ne sont pas égaux devant Dieu.
— Dieu ne dirige pas les gens ignorants —

20 Ceux qui auront cru,
ceux qui auront émigré,

ceux qui auront combattu dans le chemin de Dieu
avec leurs biens et leurs personnes,
seront placés sur un rang très élevé auprès de Dieu :
voilà les vainqueurs !

21 Leur Seigneur leur annonce
une miséricorde venue de lui,
une satisfaction
et des Jardins où ils trouveront un délice permanent;
22 ils y demeureront, à tout jamais, immortels.
Oui, une récompense sans limites
se trouve auprès de Dieu.

23 Ô vous qui croyez !
Ne prenez pas pour amis vos pères et vos frères,
s'ils préfèrent l'incrédulité à la foi.
Ceux d'entre vous qui les prendraient pour amis[1],
seraient injustes.

24 Dis :
« Si vos pères, vos fils, vos frères,
vos épouses, votre clan,
les biens que vous avez acquis,
un négoce dont vous craignez le déclin,
des demeures où vous vous plaisez,
vous sont plus chers que Dieu et son Prophète
et la lutte dans le chemin de Dieu[1] :
attendez-vous à ce que Dieu vienne avec son Ordre. »
— Dieu ne dirige pas les gens pervers —

25 Dieu vous a secourus
en de nombreuses régions
et le jour de Hunaïn[1],
quand vous étiez fiers de votre grand nombre
— celui-ci ne vous a servi à rien —
quand la terre, toute vaste qu'elle est,
vous paraissait étroite,
et que vous avez tourné le dos en fuyant.

26 Dieu fit ensuite descendre sa Sakina[1]
sur son Prophète et sur les croyants.
Il fit descendre des armées invisibles[2].

Il a châtié ceux qui étaient incrédules.
Telle est la rétribution des incrédules;
27 mais après cela, Dieu reviendra vers qui il veut.
— Dieu est celui qui pardonne, il est miséricordieux —

28 Ô vous qui croyez!
Les polythéistes ne sont qu'impureté :
ils ne s'approcheront donc plus de la Mosquée sacrée
après que cette année se sera écoulée[1].

Si vous craignez la pénurie,
Dieu vous enrichira bientôt par sa grâce, s'il le veut.
— Dieu sait tout et il est juste —

29 Combattez :
ceux qui ne croient pas en Dieu et au Jour dernier;
ceux qui ne déclarent pas illicite
ce que Dieu et son Prophète ont déclaré illicite;
ceux qui, parmi les gens du Livre,
ne pratiquent pas la vraie Religion.

Combattez-les[1]
jusqu'à ce qu'ils payent directement le tribut[2]
après s'être humiliés.

30 Les Juifs ont dit :
« Uzaïr est fils de Dieu[1]! »

Les Chrétiens ont dit :
« Le Messie est fils de Dieu[2]! »

Telle est la parole qui sort de leurs bouches;
ils répètent ce que les incrédules disaient avant eux.
Que Dieu les anéantisse[3]!
Ils sont tellement stupides[4]!

31 Ils ont pris leurs docteurs et leurs moines
ainsi que le Messie, fils de Marie,
comme seigneurs, au lieu de Dieu.

Mais ils n'ont reçu l'ordre
que d'adorer un Dieu unique :

Il n'y a de Dieu que lui!
Gloire à lui!
A l'exclusion de ce qu'ils lui associent.

32 Ils voudraient, avec leurs bouches,
éteindre la lumière de Dieu,
alors que Dieu ne veut que parachever sa lumière,
en dépit des incrédules[1].

33 C'est lui qui a envoyé son Prophète
avec la Direction et la Religion vraie
pour la faire prévaloir sur toute autre religion,
en dépit des polythéistes.

34 Ô vous qui croyez!
Beaucoup de docteurs et de moines
mangent en pure perte les biens des gens
et ils écartent ceux-ci du chemin de Dieu.

Annonce un châtiment douloureux
à ceux qui thésaurisent l'or et l'argent
sans rien dépenser dans le chemin de Dieu,
35 le jour où ces métaux[1] seront portés à incandescence
dans le Feu de la Géhenne
et qu'ils serviront à marquer
leurs fronts, leurs flancs et leurs dos :
« Voici ce que vous thésaurisiez;
goûtez ce que vous thésaurisiez[2]! »

36 Oui, le nombre des mois, pour Dieu,
est de douze mois inscrits dans le Livre de Dieu,
le jour où il créa les cieux et la terre.
Quatre d'entre eux sont sacrés.
Telle est la Religion immuable.
Ne vous faites pas tort à vous-mêmes durant ce temps.

Combattez les polythéistes totalement,
comme ils vous combattent totalement,
et sachez que Dieu est avec ceux qui le craignent.

37 Le mois intercalaire[1]
n'est qu'un surcroît d'infidélité;
les incrédules s'égarent ainsi :

ils le déclarent non sacré, une année,
puis, l'année suivante, ils le déclarent sacré,
afin de se mettre d'accord sur le nombre de mois
que Dieu a déclarés sacrés.
Ils déclarent ainsi non sacré
ce que Dieu a déclaré sacré.

Leurs mauvaises actions leur semblent belles,
mais Dieu ne dirige pas les gens incrédules.

38 Ô vous qui croyez!
Qu'avez-vous?
Lorsque l'on vous a dit :
« Élancez-vous dans le chemin de Dieu[1] »,
vous vous êtes appesantis sur la terre.
Préférez-vous[2] la vie de ce monde à la vie future?

Qu'est donc la jouissance éphémère de cette vie
comparée à la vie future,
sinon bien peu de chose!

39 Si vous ne vous lancez pas au combat,
Dieu vous châtiera d'un châtiment douloureux;
il vous remplacera par un autre peuple;
vous ne lui occasionnerez aucun dommage.
— Dieu est puissant sur toute chose —

40 Si vous ne secourez pas le Prophète,
Dieu l'a déjà secouru,
lorsque les incrédules l'ont expulsé,
lui, le deuxième des deux[1],
le jour où tous deux se trouvèrent dans la caverne
et qu'il dit à son compagnon :
« Ne t'afflige pas;
Dieu est avec nous! »

Dieu a fait descendre sur lui sa Sakina;
il l'a soutenu avec des armées invisibles.
Il rendit vaine[2] la parole des incrédules.
La Parole de Dieu[3] est la plus forte[4];
Dieu est puissant et sage.

[41] Légers ou lourds, élancez-vous au combat.
Luttez avec vos biens et vos personnes,
dans le chemin de Dieu.
C'est un bien pour vous, si vous saviez!

[42] S'il s'était agi d'une affaire à leur portée[1]
ou d'un court voyage,
ils t'auraient suivi.

Mais la distance leur a paru longue :
ils se sont mis à jurer par Dieu :
« Nous serions partis[2] avec vous,
si nous en avions eu la possibilité! »

Ils se perdent eux-mêmes.
Dieu sait parfaitement qu'ils sont menteurs.

[43] Que Dieu te pardonne!
Pourquoi les as-tu dispensés du combat[1]
jusqu'à ce que ceux qui sont sincères
se manifestent à toi
et que tu connaisses les menteurs?

[44] Ceux qui croient en Dieu et au Jour dernier
ne te demandent pas de dispense
quand il s'agit de combattre
avec leurs biens et leurs personnes.
— Dieu connaît parfaitement ceux qui le craignent —

[45] Seuls,
ceux qui ne croient pas en Dieu et au Jour dernier
te demandent de les dispenser du combat.
Leurs cœurs sont indécis,
et, dans le doute, ils ne prennent aucune résolution[1].

[46] S'ils avaient voulu partir au combat[1],
ils s'y seraient préparés;
mais Dieu n'a pas approuvé leur départ,
il les a rendus paresseux;
on leur a dit :
« Restez avec ceux qui restent[2] ».

47 S'ils étaient partis avec vous,
ils n'auraient fait qu'ajouter à votre trouble;
ils auraient semé la défiance parmi vous[1]
en cherchant à vous inciter à la révolte,
puisque certains d'entre vous
les écoutent attentivement.
Mais Dieu connaît les injustes!

48 Ils voulaient auparavant susciter la révolte
et embrouiller tes affaires
jusqu'au moment où la Vérité est venue
et où l'Ordre de Dieu s'est manifesté,
en dépit de leur aversion.

49 Un d'entre eux a dit :
« Dispense-moi du combat;
ne me tente pas! »

Ne sont-ils pas tombés dans la révolte?
La Géhenne enveloppera sûrement les incrédules.

50 Si un bonheur t'arrive, ils s'en affligent;
si un malheur t'atteint, ils disent :
« Nous sommes hors de cause »
et ils se détournent, remplis de joie.

51 Dis :
« Rien ne nous atteindra,
en dehors de ce que Dieu a écrit pour nous.
Il est notre Maître!
Que les croyants se confient donc en lui! »

52 Dis :
« Qu'attendez-vous donc pour nous,
sinon l'une des deux très belles choses[1]?
Tandis que nous attendons pour vous,
que Dieu vous frappe d'un châtiment venu de lui
ou infligé par nos mains.
Attendez donc!
Nous attendons avec vous! »

53 Dis :
« Faites l'aumône de bon gré ou à contrecœur[1],

elle ne sera pas acceptée, venant de vous,
parce que vous êtes des gens pervers.

54 Rien n'empêcherait que leurs aumônes soient acceptées,
s'ils croyaient en Dieu et en son Prophète;
s'ils ne venaient pas paresseusement à la prière;
s'ils ne faisaient pas l'aumône à contrecœur ».

55 Que leurs richesses et leurs enfants
ne t'émerveillent pas;
Dieu ne veut par là
que les châtier en cette vie
et qu'ils meurent[1] incrédules.

56 Ils jurent, par Dieu, qu'ils sont des vôtres,
alors qu'ils n'en sont pas;
mais ce sont des gens qui ont peur.

57 S'ils trouvaient un asile,
des cavernes ou des souterrains,
ils s'y précipiteraient en toute hâte.

58 Plusieurs d'entre eux
te critiquent au sujet des aumônes.
Ils sont satisfaits quand on leur en donne une part;
ils se fâchent, si on ne leur en donne rien.

59 S'ils étaient satisfaits
de ce que Dieu et son Prophète leur donnent,
ils diraient :
« Dieu nous suffit!
Dieu nous accordera bientôt quelque faveur,
— et son Prophète aussi —
Oui, c'est Dieu que nous recherchons[1]! »

60 Les aumônes sont destinées :
aux pauvres et aux nécessiteux;
à ceux qui sont chargés de les recueillir
et de les répartir[1];
à ceux dont les cœurs sont à rallier[2];
au rachat des captifs[3];
à ceux qui sont chargés de dettes[4];
à la lutte dans le chemin de Dieu

et au voyageur[5].
Tel eſt l'ordre de Dieu.
Dieu sait et il eſt juſte!

[61] Plusieurs d'entre eux attaquent le Prophète en disant :
« Il eſt tout oreilles ».

Réponds :
« Il eſt tout oreilles pour ce qui concerne votre bien.
Il croit en Dieu
et il a confiance[1] en ceux qui croient;
il eſt miséricordieux
envers ceux d'entre vous qui croient ».

Un châtiment douloureux eſt réservé
à ceux qui attaquent le Prophète de Dieu.

[62] Ils jurent par Dieu pour vous plaire;
mais Dieu et son Prophète méritent bien plus[1]
qu'ils cherchent à leur plaire,
s'ils sont croyants.

[63] Ne savent-ils pas que le feu de la Géhenne eſt deſtiné
à celui qui s'oppose à Dieu et à son Prophète?
Il y demeurera immortel.
Voilà l'immense opprobre!

[64] Les hypocrites redoutent
que l'on fasse descendre sur eux une Sourate
leur montrant ce qui se trouve dans leurs cœurs.
Dis :
« Moquez-vous!
Dieu fera surgir ce que vous redoutez! »

[65] Si tu les interrogeais, ils diraient :
« Nous ne faisions que discuter et jouer! »

Dis :
« Vous moquez-vous de Dieu,
de ses Signes et de son Prophète?
[66] Ne vous excusez pas :
vous êtes devenus incrédules après avoir été croyants ».

Si nous pardonnons à une partie des vôtres,
nous châtierons certains d'entre eux
parce qu'ils ont été coupables.

67 Les hommes hypocrites et les femmes hypocrites
s'ordonnent mutuellement ce qui est blâmable;
ils s'interdisent mutuellement ce qui est convenable
et ils ferment leurs mains[1].
Ils ont oublié Dieu
et Dieu les a oubliés.
Oui, ce sont les hypocrites qui sont pervers.

68 Dieu a promis aux hommes hypocrites,
aux femmes hypocrites
et aux incrédules endurcis,
le feu de la Géhenne.
Ils y demeureront immortels.
Cela leur suffit!
Dieu les maudit!
Un châtiment permanent leur est destiné.

69 Ainsi en est-il pour ceux qui, avant vous,
possédaient plus de force que vous,
avec un plus grand nombre de richesses et d'enfants.

Ils ont joui de leur part;
vous avez joui de la vôtre
comme ceux qui ont vécu avant vous
jouissaient de leur part
et vous avez discuté,
comme ils ont discuté.

Voilà ceux dont les œuvres sont vaines
en ce monde et dans la vie future.
Voilà les perdants.

70 L'histoire de ceux qui vécurent avant eux
ne leur est-elle pas parvenue?
celle du peuple de Noé, des 'Ad, des Thamoud;
celle du peuple d'Abraham,
des hommes de Madian
et des cités renversées?

Leurs prophètes leur avaient apporté
des preuves incontestables.
Dieu ne voulait pas les léser,
mais ils se sont fait tort à eux-mêmes.

71 Les croyants et les croyantes sont amis
les uns des autres.
Ils ordonnent ce qui est convenable,
ils interdisent ce qui est blâmable;
ils s'acquittent de la prière,
ils font l'aumône
et ils obéissent à Dieu et à son Prophète.

Voilà ceux auxquels Dieu fera bientôt miséricorde.
Dieu est puissant et juste.

72 Dieu a promis aux croyants et aux croyantes[1]
des Jardins où coulent les ruisseaux.
Ils y demeureront immortels.

Il leur a promis[2] d'excellentes demeures
situées dans les Jardins d'Éden[3].
La satisfaction de Dieu est préférable :
voilà le bonheur sans limites!

73 Ô Prophète!
Combats les incrédules et les hypocrites;
sois dur envers eux!
Leur refuge sera la Géhenne :
quelle détestable fin!

74 Ils ont professé l'incrédulité[1],
puis ils ont juré, par Dieu
qu'ils n'avaient pas prononcé de telles paroles.
Ils furent incrédules après avoir été soumis.
Ils aspiraient à ce qu'ils n'ont pas obtenu
et ils n'ont trouvé à la place que la faveur
que Dieu et son Prophète ont bien voulu leur accorder[2].

S'ils se repentaient,
ce serait meilleur pour eux;
mais s'ils se détournent,

Dieu les châtiera d'un châtiment douloureux
en ce monde et dans l'autre
et ils ne trouveront, sur la terre, ni ami, ni défenseur.

75 Plusieurs d'entre eux font un pacte avec Dieu :
« S'il nous accorde une faveur[1],
nous ferons sûrement l'aumône
et nous serons au nombre des justes ».

76 Mais lorsque Dieu leur accorde une faveur,
ils en sont avares,
ils se détournent et ils s'écartent.

77 Dieu a donc suscité l'hypocrisie dans leurs cœurs
jusqu'au Jour où ils le rencontreront,
parce qu'ils n'ont pas accompli
ce qu'ils avaient promis à Dieu
et parce qu'ils mentaient.

78 Ne savent-ils pas
que Dieu connaît leurs secrets et leurs conciliabules
et que Dieu connaît parfaitement les mystères ?

79 Certains[1] critiquent et raillent
les croyants qui font des aumônes spontanées
comme ceux qui ne possèdent que le strict nécessaire.
Dieu se moquera de ces gens-là
et un douloureux châtiment leur est réservé.

80 Demande pardon pour eux
ou ne demande pas pardon pour eux;
si tu demandes pardon pour eux soixante-dix fois[1],
Dieu ne leur pardonnera pas,
parce qu'ils sont absolument incrédules
envers Dieu et son Prophète.
— Dieu ne dirige pas les gens pervers —

81 Ceux qui ont été laissés à l'arrière
se sont réjouis de pouvoir rester chez eux
et de s'opposer ainsi au Prophète de Dieu.

Ils éprouvaient de la répulsion
à combattre dans le chemin de Dieu

avec leurs biens et leurs personnes.
Ils disaient :
« Ne partez pas en campagne par ces chaleurs! »

Dis :
« Le Feu de la Géhenne est encore plus ardent! »
— S'ils comprenaient! —

82 Qu'ils rient donc un peu!
et qu'ils pleurent abondamment
en punition de ce qu'ils ont fait.

83 Quand Dieu te ramène vers un groupe de ces gens-là
et s'ils te demandent
la permission de partir en campagne,
dis-leur :
« Vous ne partirez plus jamais avec moi;
vous ne combattrez plus jamais avec moi un ennemi.
Vous avez été contents de rester chez vous
une première fois :
demeurez donc avec ceux qui se tiennent à l'arrière! »

84 Ne prie jamais pour l'un d'entre eux quand il est mort[1];
ne t'arrête pas devant sa tombe.
Ils ont été incrédules envers Dieu et son Prophète
et ils sont morts pervers.

85 Que leurs richesses et leurs enfants
ne t'émerveillent pas.
Dieu ne veut, par là, que les châtier en ce monde
et qu'ils meurent incrédules.

86 Lorsqu'une Sourate est révélée :
« Croyez en Dieu,
combattez avec son Prophète! »
les notables[1] te demandent de les dispenser du combat;
ils disent :
« Laisse-nous avec ceux qui restent chez eux! »

87 Ils sont contents de demeurer
avec ceux qui sont restés à l'arrière.
Un sceau a été placé sur leurs cœurs;
ils ne comprennent rien!

88 Mais le Prophète et les croyants combattent
avec leurs biens et leurs personnes :
voilà ceux qui jouiront des meilleures choses;
voilà ceux qui seront heureux!

89 Dieu a préparé pour eux
des Jardins où coulent les ruisseaux :
ils y demeureront immortels :
tel est le bonheur sans limites!

90 Ceux des Bédouins[1] qui allèguent des excuses
sont venus demander d'être dispensés du combat.
Ceux qui ont accusé de mensonge Dieu et son Prophète
sont restés chez eux.
Un châtiment douloureux atteindra bientôt
ceux d'entre eux qui sont incrédules.

91 Il n'y a rien à reprocher
aux faibles, aux malades,
à ceux qui n'ont pas de moyens,
s'ils sont sincères envers Dieu et son Prophète.

Il n'y a pas non plus de raison de s'en prendre[1]
à ceux qui font le bien,
— Dieu est celui qui pardonne, il est miséricordieux —
92 ni à ceux qui, venus à toi
pour que tu leur fournisses une monture,
et auxquels tu as dit :
« Je ne trouve aucune monture à vous donner »,
sont repartis, les yeux débordants de larmes,
tristes de ne pouvoir en faire la dépense.

93 Mais il y a une raison de s'en prendre
à ceux qui te demandent de les dispenser du combat,
alors qu'ils sont riches
et qu'ils seraient contents
de demeurer avec ceux qui restent à l'arrière.

Dieu a placé un sceau sur leurs cœurs,
c'est pourquoi ils ne savent rien.

94 Ils s'excuseront lorsque vous reviendrez vers eux.
Dis-leur :
« Ne vous excusez pas !
Nous ne vous croyons pas.
Dieu nous a déjà instruits sur votre compte[1].
Dieu et son Prophète verront bientôt vos actions.
Vous serez ensuite ramenés vers celui qui connaît
ce qui est caché et ce qui est apparent.
Il vous montrera ce que vous avez fait ».

95 Lorsque vous reviendrez vers eux,
ils vous feront des serments par Dieu
pour que vous vous détourniez d'eux[1].
Détournez-vous d'eux.
Ils sont souillures;
leur refuge sera la Géhenne,
pour prix de ce qu'ils ont fait.

96 Ils vous feront des serments pour vous plaire,
mais, si vous êtes satisfaits d'eux,
Dieu n'est pas satisfait d'un peuple pervers.

97 Les Bédouins sont les plus violents
en fait d'incrédulité et d'hypocrisie
et les plus enclins à méconnaître les lois
contenues dans le Livre[1]
que Dieu a fait descendre sur son Prophète.
— Dieu sait et il est juste —

98 Plusieurs Bédouins
considèrent leurs dépenses pour le bien
comme une charge onéreuse;
ils guettent vos revers.
Que le malheur retombe sur eux[1] !
— Dieu est celui qui entend et qui sait —

99 Certains Bédouins croient en Dieu et au Jour dernier.
Ils considèrent ce qu'ils dépensent pour le bien
comme des oblations offertes à Dieu
et un moyen de bénéficier des prières du Prophète.
N'est-ce pas une offrande qui leur sera comptée ?

Dieu les fera bientôt entrer dans sa miséricorde.
Dieu est celui qui pardonne, il est miséricordieux.

100 Quant à ceux qui sont venus les premiers
parmi les émigrés et les auxiliaires du Prophète
et ceux qui les ont suivis dans le bien :
Dieu est satisfait d'eux
et ils sont satisfaits de lui[1].

Il leur a préparé des Jardins où coulent les ruisseaux.
Ils y demeureront à tout jamais, immortels :
voilà le bonheur sans limites!

101 Parmi les Bédouins qui vous entourent
et parmi les habitants de Médine,
il y a des hypocrites obstinés.
Tu ne les connais pas;
nous, nous les connaissons.
Nous allons les châtier deux fois,
puis ils seront livrés à un terrible châtiment.

102 D'autres ont reconnu leurs péchés;
ils ont mêlé une bonne action à une autre mauvaise.
Il se peut que Dieu revienne vers eux.
Dieu est celui qui pardonne, il est miséricordieux.

103 Prélève une aumône sur leurs biens
pour les purifier et les rendre sans taches[1].

Prie sur eux;
tes prières sont un apaisement pour eux.
— Dieu est celui qui entend et qui sait —

104 Ne savent-ils pas
que Dieu accueille le repentir de ses serviteurs,
et qu'il agrée[1] les aumônes?
Dieu est celui qui revient sans cesse
vers le pécheur repentant,
et qui est miséricordieux.

105 Dis :
« Agissez!
Dieu verra vos actions,
ainsi que le Prophète et les croyants.

Vous reviendrez à celui qui connaît
ce qui est caché et ce qui est apparent.
Il vous fera connaître ce que vous avez fait ».

106 D'autres hommes attendent la décision de Dieu :
ou bien il les châtiera,
ou bien il reviendra vers eux.
— Dieu est celui qui sait et qui est juste —

107 Ceux qui ont édifié une mosquée nuisible et impie[1]
pour semer la division entre les croyants
et pour en faire un lieu d'embuscade
au profit de ceux qui luttaient auparavant
contre Dieu et contre son Prophète;
ceux-là jurent avec force :
« Nous n'avons voulu que le bien! »
Mais Dieu témoigne qu'ils sont menteurs.

108 Ne te tiens jamais dans cette mosquée.
Une mosquée fondée, dès les premiers jours,
sur la crainte révérencielle de Dieu
est plus digne de ta présence[1].
On y trouve des hommes qui aiment à se purifier.
— Dieu aime ceux qui se purifient —

109 Est-ce que celui qui a fondé son édifice
sur la crainte révérencielle de Dieu
et pour lui plaire[1]
n'est pas meilleur que celui qui a fondé son édifice
sur le bord d'une berge croulante, rongée par une eau
qui fait crouler la bâtisse et son bâtisseur[2]
dans le feu de la Géhenne?
— Dieu ne dirige pas un peuple injuste —

110 L'édifice qu'ils ont construit
ne cessera pas d'éveiller le doute en leurs cœurs,
jusqu'à ce que leurs cœurs soient brisés en morceaux.
— Dieu est celui qui sait et il est juste —

111 Dieu a acheté aux croyants
leurs personnes et leurs biens
pour leur donner le Paradis en échange.
Ils combattent dans le chemin de Dieu :
ils tuent et ils sont tués[1].

C'est une promesse faite en toute vérité
dans la Tora, l'Évangile et le Coran.

Qui donc tient son pacte mieux que Dieu?
— Réjouissez-vous donc
de l'échange que vous avez fait :
voilà le bonheur sans limites! —

112 Ceux qui reviennent à Dieu,
ceux qui l'adorent,
ceux qui le louent,
ceux qui se livrent à des exercices de piété,
ceux qui s'inclinent,
ceux qui se prosternent,
ceux qui ordonnent ce qui est convenable,
ceux qui interdisent ce qui est blâmable,
ceux qui observent les lois de Dieu...
— Annonce la bonne nouvelle aux croyants! —

113 Il n'appartient ni au Prophète, ni aux croyants,
d'implorer le pardon de Dieu pour les polythéistes,
— fussent-ils leurs proches —
alors qu'ils savent[1]
que ces gens-là seront les hôtes de la Fournaise[2].

114 Abraham ne demanda pardon pour son père
qu'en vertu d'une promesse qui lui avait été faite;
mais quand il vit clairement
que son père était un ennemi de Dieu,
il le désavoua[1].
— Abraham était humble[2] et bon[3] —

115 Il ne convient pas à Dieu
d'égarer un peuple après l'avoir dirigé,
jusqu'à ce qu'il lui montre ce qu'il doit craindre.
— Dieu connaît parfaitement toute chose —

116 La royauté des cieux et de la terre
appartient à Dieu.
Il fait vivre et il fait mourir.
Vous n'avez, en dehors de Dieu,
ni maître, ni défenseur.

117 Dieu est revenu vers le Prophète,
vers les émigrés
et vers les auxiliaires
qui l'ont suivi à un moment difficile[1]
alors que les cœurs de plusieurs d'entre eux
étaient sur le point de dévier.

Il est revenu ensuite vers eux.
Il est bon et miséricordieux envers eux.

118 Il est revenu vers les trois hommes
qui étaient restés à l'arrière,
si bien que, toute vaste qu'elle fût,
la terre leur paraissait exiguë;
ils se sentaient à l'étroit;
ils pensaient qu'il n'existe aucun refuge contre Dieu,
en dehors de lui.

Il est ensuite revenu vers eux,
afin qu'ils reviennent vers lui.
Dieu est celui qui revient sans cesse
vers le pécheur repentant;
il est miséricordieux.

119 Ô vous qui croyez!
Craignez Dieu
et restez avec ceux qui sont sincères.

120 Il n'appartient pas aux habitants de Médine
ni à ceux des Bédouins qui sont autour d'eux
de rester en arrière du Prophète de Dieu,
ni de préférer leur propre vie à la sienne.

Ils n'éprouveront ainsi
ni soif, ni fatigue, ni faim
dans le chemin de Dieu.

Ils ne fouleront aucune terre
en provoquant la colère des incrédules
et n'obtiendront aucun avantage sur un ennemi
sans qu'une bonne œuvre ne soit inscrite en leur faveur.
— Dieu ne laisse pas perdre la récompense
de ceux qui font le bien —

121 Ils ne feront aucune dépense, petite ou grande,
ils ne franchiront aucune vallée
sans que cela ne soit inscrit en leur faveur
afin que Dieu les récompense
pour les meilleures de leurs actions.

122 Il n'appartient pas aux croyants
de partir tous ensemble en campagne.

Pourquoi quelques hommes[1] de chaque faction
ne s'en iraient-ils pas s'instruire de la Religion
afin d'avertir leurs compagnons
lorsqu'ils reviendraient parmi eux?
Peut-être, alors, prendraient-ils garde.

123 Ô vous qui croyez!
Combattez ceux des incrédules qui sont près de vous.
Qu'ils vous trouvent durs.
Sachez que Dieu est avec ceux qui le craignent.

124 Certains disent,
quand une Sourate est révélée :
« Quel est celui d'entre vous
dont elle augmente la foi ? »

Elle augmente la foi de ceux qui croient
et ils se réjouissent.

125 Elle ajoute une souillure
à la souillure de ceux dont les cœurs sont malades
et ils meurent incrédules.

126 Ne voient-ils pas que chaque année
ils sont tentés de se révolter une fois ou deux?
Ils ne s'en repentent pas ensuite
et ils ne s'en souviennent plus.

127 Ils se regardent les uns les autres,
quand une Sourate est révélée :
« Quelqu'un vous voit-il donc? »
puis ils se détournent.

Que Dieu détourne leurs cœurs,
puisque ce sont des gens qui ne comprennent rien.

128 Un Prophète, pris parmi vous,
est venu à vous[1].
Le mal que vous faites lui pèse;
il est avide de votre bien[2].
Il est bon et miséricordieux envers les croyants.

129 S'ils se détournent de toi, dis :
« Dieu me suffit!
Il n'y a de Dieu que lui!
Je me confie entièrement à lui!
Il est le Maître du Trône immense! »

SOURATE X

JONAS

Au nom de Dieu :
celui qui fait miséricorde,
le Miséricordieux.

1 Alif. Lam. Ra.
Voici les Versets du Livre sage.

2 Est-il étonnant pour les hommes
que nous ayons inspiré à l'un d'entre eux :
« Avertis les hommes!
Annonce aux croyants
qu'ils bénéficient devant leur Seigneur
d'un avantage mérité par leur sincérité[1] ».

Les incrédules disent :
« C'est un sorcier! »

3 Votre Seigneur est Dieu
qui a créé les cieux et la terre en six jours;
puis il s'est assis en majesté sur le Trône[1].
Il dirige toute chose avec attention[2].
Il n'y a d'intercesseur qu'avec sa permission.

Tel est Dieu, votre Seigneur!
Adorez-le donc!
Ne réfléchissez-vous pas?

4 Vous retournerez tous vers lui.
— Voici, en toute vérité, la promesse de Dieu —
C'est lui qui donne un commencement à la création,
puis il la renouvellera
pour récompenser avec équité ceux qui auront cru
et qui auront accompli des œuvres bonnes.

Quant à ceux qui auront été incrédules :
une boisson brûlante et un châtiment douloureux
leur sont destinés,
parce qu'ils ont été incrédules.

5 C'est lui qui a fait du soleil une clarté
et de la lune, une lumière.
Il en a déterminé les phases afin que vous connaissiez
le nombre des années et le calcul du temps[1].
Dieu n'a créé cela qu'en toute Vérité.
Il expose les Signes pour les gens qui savent.

6 Dans la succession de la nuit et du jour,
dans ce que Dieu a créé dans les cieux et sur la terre,
il y a des Signes pour les hommes qui le craignent.

7 Quant à ceux qui n'attendent pas notre rencontre,
à ceux qui sont satisfaits de la vie de ce monde,
à ceux qui y trouvent la tranquillité
et qui restent indifférents[1] à nos Signes :
8 voilà ceux dont le refuge sera le Feu,
pour prix de ce qu'ils ont fait.

9 Quant à ceux qui croient
et qui accomplissent des œuvres bonnes,
leur Seigneur les dirigera, à cause de leur foi.

Les ruisseaux couleront à leurs pieds
dans les Jardins du délice
10 où leur invocation sera :
« Gloire à toi, Ô Dieu! »

leur salutation :
« Paix[1] ! »
et la fin de leur invocation :
« Louange à Dieu, Seigneur des mondes ! »

11 Si Dieu hâtait le malheur destiné aux hommes
avec autant d'empressement
que ceux-ci recherchent le bonheur,
le terme de leur vie aurait été décrété,
mais nous laissons
ceux qui n'attendent pas notre rencontre
marcher aveuglément dans leur rébellion.

12 Lorsque le malheur atteint l'homme
couché sur le côté, assis ou debout,
il nous invoque;
mais quand nous écartons de lui ce malheur,
il passe,
comme s'il ne nous avait pas appelé
au moment où le mal le touchait.
Ainsi, les actions des impies leur semblent belles.

13 Nous avons fait périr avant vous des générations
lorsqu'elles se montrèrent injustes.
Leurs prophètes leur avaient apporté
des preuves certaines
et elles n'y ont pas cru.
— Nous rétribuons ainsi les criminels[1] —

14 Nous vous avons établis sur la terre, après eux,
comme leurs successeurs[1],
afin de voir comment vous agiriez.

15 Ceux qui n'attendent pas notre Rencontre disent,
lorsque nos Versets leur sont lus
comme autant de preuves évidentes :
« Apporte-nous un autre Coran ! »
ou bien :
« Change celui-ci ! »

Dis :
« Il ne m'appartient pas de le changer
de mon propre chef :

je ne fais que me conformer à ce qui m'a été révélé.
Oui, je crains, si je désobéis à mon Seigneur,
le châtiment d'un Jour terrible ».

16 Dis :
« Si Dieu l'avait voulu,
je ne vous l'aurais pas communiqué
et il ne vous l'aurait pas fait connaître.
J'ai passé toute une vie avec vous;
ne comprenez-vous pas ? »

17 Qui est plus injuste
que celui qui forge un mensonge contre Dieu
ou celui qui traite ses Signes de mensonges ?
— Dieu ne permettra pas
que les coupables soient heureux —

18 Ce qu'ils adorent en dehors de Dieu
ne peut ni leur nuire, ni leur être utile.

Ils disent :
« Voilà nos intercesseurs auprès de Dieu ! »

Dis :
« Informerez-vous Dieu de ce qu'il ne connaît pas
dans les cieux et sur la terre ? »

Gloire à lui !
Il est très élevé au-dessus de ce qu'ils lui associent !

19 Les hommes ne formaient qu'une seule communauté[1],
puis ils se sont opposés les uns aux autres.
Si une Parole de ton Seigneur
n'était pas intervenue auparavant[2]
une décision concernant leurs différends
aurait été prise.

20 Ils disent :
« Si seulement on avait fait descendre sur lui un Signe
de la part de son Seigneur[1] ! »

Dis :
« Le mystère n'appartient qu'à Dieu.

Attendez!
Oui, je suis avec vous parmi ceux qui attendent! »

21 Quand nous faisons goûter aux hommes
une miséricorde
après qu'un malheur les a touchés,
voilà qu'ils usent de stratagèmes contre nos Signes.

Dis :
« Dieu est plus rapide, en fait de stratagèmes,
et nos envoyés[1] consignent les vôtres par écrit ».

22 C'est lui qui vous fait parcourir la terre et la mer.
Quand vous vous trouviez
sur des bateaux qui voguaient, grâce à un bon vent,
les hommes étaient heureux.

Un vent impétueux se leva;
des vagues surgirent de tous côtés,
ils se voyaient encerclés.

Ils invoquèrent Dieu en lui rendant un culte pur[1] :
« Si tu nous sauves,
nous serons au nombre
de ceux qui sont reconnaissants[2] ».

23 Quand Dieu les eut sauvés,
ils se montrèrent insolents et injustes sur la terre[1].

« Ô vous, les hommes!
Votre insolence retombera sur vous :
vous jouissez momentanément de la vie de ce monde;
vous reviendrez ensuite vers nous[2]
et nous vous ferons connaître ce que vous faisiez ».

24 La vie de ce monde est seulement comparable
à une eau :
nous la faisons descendre du ciel
pour qu'elle se mélange à la végétation terrestre
dont se nourrissent les hommes et les bêtes.

Quand la terre revêt[1] sa parure et s'embellit,
ses habitants s'imaginent

posséder quelque pouvoir sur elle.
Notre Ordre vient alors, de nuit ou de jour,
nous en faisons un champ moissonné,
comme si, la veille, elle n'avait pas été florissante.

Nous expliquons nos Signes, de cette façon,
à des hommes qui réfléchissent.

25 Dieu les appelle au séjour de la Paix[1];
il dirige qui il veut sur la voie droite.

26 La très belle récompense,
— et quelque chose de plus encore[1] —
est destinée à ceux qui auront bien agi.
Nulle poussière, nulle humiliation
ne couvriront leurs visages.
Voilà ceux qui seront les hôtes du Paradis
où ils demeureront immortels.

27 Une rétribution égale au mal qu'ils ont commis
est destinée à ceux qui auront accompli
de mauvaises actions;
l'humiliation les enveloppera
— ils ne trouveront aucun défenseur contre Dieu —
comme si leurs visages étaient couverts
par des lambeaux de ténèbres nocturnes.
Voilà ceux qui seront les hôtes du Feu
où ils demeureront immortels.

28 Nous dirons aux polythéistes,
le Jour où nous rassemblerons tous les hommes :
« Restez à votre place, vous et vos associés ».
— Nous les aurons séparés les uns des autres —

Leurs associés diront :
« Ce n'est pas nous que vous adoriez :
29 Dieu suffit pour témoigner entre nous et vous
que nous restions indifférents à votre adoration ».

30 Chaque homme éprouvera ainsi
les conséquences
de ce qu'il aura accompli précédemment.

Les incrédules seront ramenés vers Dieu
leur vrai Maître
et leurs inventions s'écarteront d'eux.

31 Dis :
« Qui donc vous procure la nourriture
du ciel et de la terre ?
Qui dispose de l'ouïe et de la vue ?
Qui fait sortir le vivant du mort ?
Qui fait sortir le mort du vivant[1] ?
Qui dirige toute chose avec attention ? »

Ils répondront :
« C'est Dieu ! »

Dis :
« Ne le craindrez-vous pas ? »

32 Tel est Dieu, votre vrai Seigneur !
Qu'y a-t-il en dehors de la Vérité,
sinon l'erreur ?
Comment, alors, pouvez-vous vous détourner ?

33 La Parole de ton Seigneur
s'est ainsi réalisée contre les pervers :
ils ne croiront pas.

34 Dis :
« Qui donc, parmi vos divinités[1],
donne un commencement à la création,
et la renouvelle ensuite ? »

Dis :
« Dieu donne un commencement à la création,
puis il la renouvelle.
Comment, alors, pouvez-vous vous détourner ? »

35 Dis :
« Qui donc, parmi vos divinités,
dirige les hommes vers la Vérité ? »

Dis :
« Dieu dirige les hommes vers la Vérité.

Eh quoi!
Celui qui dirige les hommes vers la Vérité
n'est-il pas plus digne d'être suivi
que celui qui ne dirige les hommes
que dans la mesure où il est lui-même dirigé?
Qu'avez-vous donc?
Comment pouvez-vous juger ainsi? »

36 La plupart des incrédules
se contentent[1] d'une supposition.
La supposition ne prévaut pas contre la Vérité.
Dieu sait parfaitement ce que vous faites.

37 Le Coran n'a pas été inventé par un autre que Dieu
mais il est la confirmation
de ce qui existait avant lui[1];
l'explication du Livre
envoyé par le Seigneur des mondes
et qui ne renferme aucun doute.

38 S'ils disent :
« Il l'a imaginé »,
dis :
« Apportez donc une Sourate semblable à ceci[1]
et invoquez qui vous pourrez en dehors de Dieu,
si vous êtes véridiques ».

39 Bien au contraire :
ils ont traité de mensonge
ce qu'ils ne comprennent pas[1]
et ce dont l'explication ne leur est pas parvenue.
Ceux qui vécurent avant eux criaient au mensonge
de la même façon.
— Considère quelle a été la fin des injustes —

40 Plusieurs d'entre eux y croient,
d'autres n'y croient pas,
mais ton Seigneur connaît les corrupteurs.

41 Dis-leur, quand ils te traitent de menteur :
« A moi mes actes, à vous les vôtres.
Vous désavouez ce que je fais,
et je ne suis pas responsable de ce que vous faites ».

[42] Plusieurs d'entre eux t'écoutent.
Feras-tu entendre les sourds,
alors qu'ils ne comprennent rien?

[43] Plusieurs d'entre eux te regardent.
Dirigeras-tu les aveugles,
alors qu'ils ne voient rien?

[44] Dieu ne lèse pas les hommes,
mais les hommes se font tort à eux-mêmes.

[45] Le Jour où il les réunira,
il leur semblera n'être restés dans leurs tombeaux[1]
qu'une heure du jour;
et ils se reconnaîtront entre eux.

Ceux qui traitent de mensonge la rencontre de Dieu
seront perdus;
car ils n'étaient pas dirigés.

[46] Soit que nous te montrions
une partie de ce que nous leur promettons,
soit que nous te rappelions tout de suite,
ils reviendront vers nous.
Dieu est, en outre, témoin de leurs actions.

[47] Un prophète est envoyé à chaque communauté :
quand vient son prophète,
tout est tranché avec équité entre ses membres,
personne n'est lésé.

[48] Ils disent :
« A quand donc la réalisation de cette promesse,
si vous êtes véridiques? »

[49] Dis :
« Je ne détiens, pour moi-même, ni dommage, ni profit,
en dehors de ce que Dieu veut[1] ».

Un terme est fixé à chaque communauté;
lorsque son terme arrive,
elle ne peut ni le retarder d'une heure,
ni l'avancer[2].

Dis :
« Que vous en semble ?
Si le châtiment de Dieu tombait sur vous
de nuit ou de jour,
les coupables lui demanderaient-ils de hâter sa venue ?

Est-ce que vous y croirez plus tard,
quand il fondra sur vous,
alors que maintenant, vous voudriez le hâter ? »

52 On dira ensuite à ceux qui ont été injustes :
« Goûtez le châtiment éternel[1] !
Êtes-vous rétribués pour autre chose,
que ce que vous avez accompli ? »

53 Ils s'informeront auprès de toi :
« Est-ce là, la Vérité ? »

Réponds :
« Oui, par mon Seigneur, c'est assurément la Vérité,
et vous ne réduirez pas Dieu à l'impuissance[1] ».

54 Si chaque homme injuste
possédait ce qui est sur la terre,
il le donnerait alors pour sa rançon[1].

Ils dissimuleront leurs regrets,
quand ils verront le châtiment.

On décidera entre eux avec équité.
Personne ne sera lésé.

55 Ce qui est dans les cieux et sur la terre
n'appartient-il pas à Dieu ?
La promesse de Dieu n'est-elle pas la Vérité ?
— Mais la plupart des hommes ne savent rien —

56 C'est lui qui fait vivre et qui fait mourir[1],
et c'est vers lui que vous retournerez.

57 Ô vous, les hommes !
Une exhortation de votre Seigneur,
une guérison pour les cœurs malades[1],

une Direction et une Miséricorde
vous sont déjà parvenues,
à l'adresse des croyants.

[58] Voilà une grâce et une miséricorde de Dieu;
que les hommes s'en réjouissent!
C'est un bien beaucoup plus précieux
que ce qu'ils amassent!

[59] Dis :
« Voyez-vous ce que Dieu a fait descendre sur vous
afin de pourvoir à vos besoins?
Vous faites des distinctions
entre ce qui est interdit et ce qui est licite ».

Dis :
« Dieu vous a-t-il permis ces choses,
ou bien avez-vous inventé contre Dieu,
ces distinctions? »

[60] Que penseront, le Jour de la Résurrection,
ceux qui forgeaient un mensonge contre Dieu?

Oui, Dieu est le Maître de la grâce[1]
envers les hommes,
mais la plupart d'entre eux ne sont pas reconnaissants.

[61] Quelle que soit
la situation dans laquelle tu te trouves,
quel que soit
ce que tu lises du Coran, à ce sujet,
quelque action que vous accomplissiez,
nous sommes témoin[1] lorsque vous l'entreprenez.

Le poids d'un atome[2] n'échappe à ton Seigneur,
ni sur la terre, ni dans les cieux.
Il n'y a rien de plus petit ou de plus grand que cela
qui ne soit inscrit dans un livre explicite[3].

[62] Non, vraiment,
les amis de Dieu n'éprouveront plus aucune crainte,
ils ne seront pas affligés;
[63] — ceux qui croient en Dieu et qui le craignent —

[64] ils recevront la bonne nouvelle,
en cette vie et dans l'autre.

Il n'y a pas de changement
dans les Paroles de Dieu :
c'est là le bonheur sans limites.

[65] Que leur parole ne t'attriste pas.
La puissance entière appartient à Dieu.
C'est lui qui entend et qui sait.
[66] Ce qui est dans les cieux et sur la terre
n'appartient-il pas à Dieu ?

Que suivent donc
ceux qui invoquent des associés en dehors de Dieu ?
Ils ne suivent que des conjectures
et ils se contentent de suppositions.

[67] C'est lui qui a fait pour vous
la nuit pour que vous vous reposiez
et le jour pour que vous voyiez clair.
Il y a vraiment là des Signes,
pour un peuple qui entend !

[68] Ils ont dit :
« Dieu s'est donné un fils ! »
Mais gloire à lui !
Il se suffit à lui-même.
Ce qui est dans les cieux
et ce qui est sur la terre
lui appartient.

Avez-vous quelque autorité pour parler ainsi ?
Dites-vous sur Dieu ce que vous ne savez pas ?

[69] Dis :
« Ceux qui forgent un mensonge contre Dieu
ne seront pas heureux.
[70] Ils jouiront momentanément de ce monde
et ils retourneront ensuite vers nous ;
nous leur ferons alors goûter un dur châtiment,
pour prix de leur incrédulité ».

[71] Raconte-leur l'histoire de Noé;
il dit à son peuple :
« Ô mon peuple!
Si ma présence parmi vous
et mon rappel des Signes de Dieu
vous paraissent insupportables,
je me confie en Dieu.
Mettez-vous d'accord avec vos associés
et ne vous inquiétez plus de votre affaire.
Prenez ensuite une décision à mon sujet;
ne me faites pas attendre!

[72] Si vous tournez le dos,
sachez que je ne vous demande pas de salaire.
Mon salaire n'incombe qu'à Dieu[1]
et j'ai reçu l'ordre d'être au nombre des soumis ».

[73] Ils le traitèrent de menteur!
Nous l'avons sauvé dans le navire[1],
lui et ceux qui se trouvaient avec lui;
nous les avons fait survivre[2]
après avoir englouti
ceux qui traitaient nos Signes de mensonges.
Regarde quelle fut la fin
de ceux qui avaient été avertis.

[74] Nous avons ensuite envoyé à leur peuple des prophètes
qui sont venus à eux avec des preuves évidentes.
Mais ils n'étaient pas à même de croire
à ce qu'ils avaient précédemment traité de mensonges
Ainsi, nous mettons un sceau
sur les cœurs des transgresseurs.

[75] Nous avons ensuite envoyé avec nos Signes,
Moïse et Aaron
à Pharaon et à ses conseillers[1];
mais ceux-ci s'enflèrent d'orgueil,
car c'était un peuple coupable.

[76] Ils dirent, quand la Vérité leur vint, de notre part
« C'est évidemment de la magie! »

77 Moïse dit :
« Direz-vous de la Vérité qui vous est parvenue :
“C'est de la magie!”? »
— Les magiciens ne seront jamais heureux —

78 Ils dirent :
« Es-tu venu à nous pour nous détourner
de ce que nous avons trouvé chez nos pères[1],
et pour que la puissance terrestre
appartienne à vous deux?
Nous ne croyons pas en vous[2]! »

79 Pharaon dit :
« Amenez-moi tous les savants magiciens[1] ».

80 Lorsque les magiciens furent venus,
Moïse leur dit :
« Jetez ce que vous avez à jeter ».

81 Lorsqu'ils eurent jeté,
Moïse dit :
« Ce que vous avez apporté est de la magie :
Dieu le réduira à néant.
Dieu ne fait pas prospérer l'œuvre des corrupteurs.
82 Dieu confirme la Vérité, par ses paroles,
en dépit des coupables[1] ».

83 Les descendants de Moïse furent les seuls
à croire en lui,
malgré leur crainte
d'être mis à l'épreuve
par Pharaon et par leurs propres chefs.

Pharaon était arrogant sur la terre;
il était au nombre des pervers.

84 Moïse dit :
« Ô mon Peuple!
Si vous croyez en Dieu,
confiez-vous à lui,
si vous lui êtes soumis ».

85 Ils dirent alors :
« Nous nous confions à Dieu !...
Ô notre Seigneur !
Ne nous désigne pas à ce peuple injuste
pour susciter en lui la tentation de nous nuire[1].
86 Délivre-nous, par ta miséricorde,
de ce peuple incrédule ».

87 Nous avons inspiré à Moïse et à son frère :
« Établissez, pour votre peuple, des maisons en Égypte
et disposez vos demeures les unes en face des autres[1].
Acquittez-vous de la prière.
Annonce la bonne nouvelle aux croyants ».

88 Moïse dit :
« Notre Seigneur !
Tu as donné à Pharaon et à ses conseillers
des parures et des biens dans la vie de ce monde,
afin, ô notre Seigneur,
qu'ils s'écartent de ton chemin.

Notre Seigneur !
Anéantis leurs richesses;
endurcis leurs cœurs, afin qu'ils ne croient pas
jusqu'au moment
où ils verront le châtiment douloureux ».

89 Dieu dit :
« Votre prière est exaucée.
Marchez droit, vous deux !
Ne suivez pas le chemin de ceux qui ne savent rien ».

90 Nous avons fait traverser la mer aux fils d'Israël[1].
Pharaon et ses armées les poursuivirent
avec acharnement et hostilité,
jusqu'à ce que Pharaon, sur le point d'être englouti,
dît :
« Oui, je crois :
il n'y a de Dieu
que celui en qui les fils d'Israël croient;
je suis au nombre de ceux qui lui sont soumis[2] ».

[91] Dieu dit :
« Tu en es là, maintenant,
alors que, précédemment, tu étais rebelle
et que tu étais au nombre des corrupteurs.

[92] Mais aujourd'hui, nous allons te sauver en ton corps
afin que tu deviennes un Signe
pour ceux qui viendront après toi.
Cependant, un grand nombre d'hommes
sont complètement insouciants
à l'égard de nos Signes ».

[93] Nous avons établi les fils d'Israël dans un pays sûr[1].
Nous leur avons accordé d'excellentes choses.
Ils ne se sont opposés à nous
qu'au moment où la Science leur est parvenue.

Oui, ton Seigneur jugera entre eux,
le Jour de la Résurrection,
les raisons de leurs différends.

[94] Si tu es dans le doute au sujet de notre Révélation,
interroge ceux qui ont lu le Livre avant toi.

La Vérité t'est parvenue, émanant de ton Seigneur;
ne sois donc pas au nombre de ceux qui doutent;
[95] ne sois pas non plus au nombre
de ceux qui traitent de mensonges les Signes de Dieu,
sinon tu serais parmi les perdants.

[96] Ceux contre qui s'est réalisée la Parole de Dieu
ne croiront sûrement pas,
[97] — même si tous les Signes leur parvenaient —
tant qu'ils ne verront pas le châtiment douloureux.
[98] Si seulement il existait une cité qui ait cru
et à laquelle sa foi eût été utile,
en dehors du peuple de Jonas[1]!

Lorsque ces gens-là crurent,
nous avons écarté d'eux le châtiment ignominieux
dans la vie de ce monde
et nous les avons laissés en jouir momentanément.

99 Si ton Seigneur l'avait voulu,
tous les habitants de la terre auraient cru.

Est-ce à toi de contraindre les hommes à être croyants,
100 alors qu'il n'appartient à personne de croire
sans la permission de Dieu?

Il fait sentir le poids de sa colère
à ceux qui ne comprennent pas.

101 Dis :
« Considérez ce qui est dans les cieux
et ce qui est sur la terre :
ni les Signes, ni les avertissements ne suffisent
à un peuple qui ne croit pas. »

102 Qu'attendent-ils donc?
Sinon des jours semblables
à ceux des hommes qui ont vécu avant eux?

Dis :
« Attendez!
Je suis avec vous, au nombre de ceux qui attendent ».

103 Nous délivrerons ensuite
nos prophètes et les croyants :
délivrer les croyants est un devoir pour nous.

104 Dis :
« Ô vous, les hommes!
Si vous êtes dans le doute au sujet de ma Religion :
Je n'adore pas ceux que vous adorez en dehors de Dieu,
mais j'adore Dieu qui vous rappellera à lui.
J'ai reçu l'ordre d'être au nombre des croyants ».

105 Il m'a été dit[1] :
« Acquitte-toi des devoirs de la Religion[2]
en vrai croyant[3].
Ne sois pas au nombre des polythéistes.

106 N'invoque pas, en dehors de Dieu
ce qui ne peut ni t'être utile, ni te nuire.
Si tu agissais ainsi,
tu serais au nombre des injustes ».

[107] Si Dieu te frappe d'un malheur,
nul autre que lui ne l'écartera de toi.

S'il veut pour toi un bien,
nul ne détournera de toi sa faveur.

Il la donne à qui il veut, parmi ses serviteurs.
Il est celui qui pardonne, il est miséricordieux.

[108] Dis :
« Ô vous, les hommes !
La Vérité, émanant de votre Seigneur,
vous est parvenue :
Celui qui est dirigé
n'est dirigé que pour lui-même.
Celui qui s'égare
ne s'égare qu'à son propre détriment.
Je ne suis pas un protecteur pour vous ».

[109] Conforme-toi à ce qui t'est révélé.
Sois patient, jusqu'à ce que Dieu juge.
Il est le meilleur des juges !

SOURATE XI

HOUD

Au nom de Dieu :
celui qui fait miséricorde,
le Miséricordieux.

[1] ALIF. Lam. Ra.
Voici un Livre
dont les Versets ont été confirmés,
puis expliqués
de la part d'un Sage parfaitement informé.

[2] « N'adorez que Dieu !
Envoyé par lui, je suis pour vous
un avertisseur et un annonciateur.

[3] Demandez pardon à votre Seigneur,
puis revenez vers lui :
il vous accordera, en ce monde, une belle jouissance
jusqu'à un terme irrévocablement fixé.
Il accorde sa grâce
à tout homme qui en a déjà bénéficié[1].

Si vous vous détournez,
je crains pour vous
le châtiment d'un grand Jour.

[4] Vous retournerez vers Dieu.
Il est puissant sur toute chose ».

[5] N'est-ce pas pour se cacher de lui
qu'ils se replient sur eux-mêmes[1] ?
Mais lorsqu'ils se couvrent de leurs vêtements
ne connaît-il pas ce qu'ils cachent ?
— Il connaît le contenu des cœurs —

[6] Il n'y a pas de bête sur la terre
dont la subsistance n'incombe à Dieu
qui connaît son gîte et son repaire[1] :
tout est consigné dans le Livre explicite.

[7] C'est lui
qui a créé les cieux et la terre en six jours[1],
— son trône était alors sur l'eau[2] —
pour vous éprouver et pour savoir
qui d'entre vous accomplit les meilleures actions[3].

Si tu dis :
« Vous serez certainement ressuscités après votre mort »,
les incrédules diront :
« Ce n'est là que magie évidente ! »

[8] Si nous écartons d'eux le châtiment
jusqu'à une génération déterminée,
ils diront :
« Qu'est-ce qui l'arrête ? »
mais le jour où il surviendra,
il ne sera pas détourné de ces gens-là
et ce dont ils se moquaient les cernera de toutes parts.

[9] Si nous faisons goûter à l'homme
une miséricorde venue de nous
et qu'ensuite, nous la lui arrachons,
le voilà désespéré et ingrat.

[10] Si nous lui faisons goûter un bienfait,
après que le malheur l'a touché,
il dit :
« Les maux se sont éloignés de moi ! »
et le voilà joyeux et fier.

[11] Il n'en sera pas ainsi
pour ceux qui sont patients
et qui font des œuvres bonnes :
ceux-là obtiendront un pardon
et une grande récompense.

[12] Peut-être négliges-tu
une partie de ce qui t'a été révélé
et ressens-tu de l'angoisse[1] quand ils disent :
« Que n'a-t-on fait descendre sur lui un trésor ! »
ou bien :
« Pourquoi donc un Ange ne l'a-t-il pas accompagné ? »

Tu n'es qu'un avertisseur.
Dieu veille[2] sur toute chose.

[13] Diront-ils :
« Il a forgé cela » ?

Dis :
« Apportez donc dix Sourates forgées par vous
et semblables à ceci[1] !
Invoquez alors qui vous pourrez, en dehors de Dieu,
si vous êtes véridiques ».

[14] S'ils ne vous répondent pas,
sachez qu'en vérité, ceci est descendu
avec la Science de Dieu.
Il n'y a de Dieu que lui.
Lui serez-vous soumis ?

[15] Nous rétribuons les actions accomplies ici-bas
par ceux qui aimaient la vie de ce monde et ses parures[1]
et ils ne subiront aucune injustice :
[16] voilà ceux qui, dans la vie future,
ne trouveront rien d'autre que le Feu.
Ce qu'ils auront accompli en ce monde
constitue un échec :
ce qu'ils font est vain.

[17] Celui auquel une preuve de son Seigneur a été donnée
peut-il rester dans le doute[1] ?
D'autant plus
qu'un témoin venu de la part de son Seigneur
lui communique ceci[2]
et qu'avant lui le Livre de Moïse était déjà
un guide[3] et une miséricorde.
— Voilà ceux qui croient
en ce qui leur est communiqué —

Quiconque, parmi les factions,
est incrédule à son égard
aura le Feu comme lieu de rencontre.

Ne mets pas en doute cette Révélation[4];
c'est sûrement la Vérité venant de ton Seigneur,
mais la plupart des hommes ne croient pas.

[18] Qui est plus injuste
que celui qui forge un mensonge contre Dieu ?

Lorsque les injustes paraîtront devant leur Seigneur,
leurs témoins diront :
« Voilà ceux qui ont menti contre leur Seigneur ».

La malédiction de Dieu
ne tombera-t-elle pas sur les injustes
[19] qui détournent les hommes de la voie de Dieu ?
Ils voudraient la rendre tortueuse
et ils ne croient pas à la vie future.

[20] Voilà ceux qui, sur la terre,
ne pouvaient pas réduire Dieu à l'impuissance[1].

Il n'y a pas pour eux de protecteur en dehors de Dieu.
Le châtiment sera doublé pour eux.
Ils ne pouvaient pas entendre
et ils ne voyaient rien.

21 Voilà ceux qui se perdent.
Ce qu'ils avaient forgé s'est écarté d'eux.
22 Oui, sans aucun doute,
ils seront, dans la vie future,
les plus grands perdants.

23 Ceux qui croient,
ceux qui accomplissent des œuvres bonnes
et qui sont humbles devant leur Seigneur :
voilà ceux qui seront les hôtes du Paradis
où ils demeureront immortels.

24 Les hommes se partagent en deux groupes[1] :
d'une part : l'aveugle et le sourd,
d'autre part : celui qui voit et celui qui entend.
Sont-ils comparables[2] ?
Ne réfléchissez-vous pas ?

25 Nous avons envoyé Noé vers son peuple[1] :
« Je suis pour vous un avertisseur explicite
26 pour que vous n'adoriez que Dieu.
Je crains, pour vous,
le châtiment d'un jour douloureux ».

27 Les chefs de son peuple, qui n'étaient pas croyants,
dirent :
« Nous ne voyons en toi qu'un mortel semblable à nous[1].
Nous ne te voyons, à première vue,
suivi que par les plus méprisables d'entre nous.
Nous ne voyons en vous aucune supériorité sur nous.
Nous vous prenons, au contraire, pour des menteurs ».

28 Il dit :
« Ô mon peuple !
Qu'en pensez-vous[1] ?
Si je m'appuie sur une preuve irréfutable
envoyée par mon Seigneur
— il m'a accordé sa miséricorde[2] —

et qu'elle vous reste cachée
à cause de votre aveuglement,
devrons-nous vous l'imposer,
alors que vous y répugnez ?

29 Ô mon peuple !
Je ne vous demande pas de richesses ;
mon salaire n'incombe qu'à Dieu[1].
Je ne repousse pas
ceux qui croient qu'ils rencontreront leur Seigneur ;
mais je vois que vous êtes des gens ignorants[2].

30 Ô mon peuple !
Qui donc me secourra contre Dieu
si je les repousse ?
Ne réfléchissez-vous pas ?

31 Je ne vous dis pas :
« Je possède les trésors de Dieu »
— car je ne connais pas le mystère incommunicable —
Je ne vous dis pas :
« Je suis un Ange[1] ».
Je ne dis pas à ceux que vos yeux méprisent :
« Dieu ne leur accordera aucun bien ».
— Dieu sait parfaitement ce qui est en eux —
Sinon je serais au nombre des injustes.

32 Ils dirent :
« Ô Noé !
Tu discutes avec nous,
tu multiplies les discussions.
Apporte-nous donc ce dont tu nous menaces,
si tu es au nombre des véridiques ».

33 Il dit :
« Dieu seul vous l'apportera, s'il le veut.
Vous ne pouvez pas vous opposer à sa puissance.

34 Mon conseil vous serait inutile
si je voulais vous le donner
et que Dieu veuille vous égarer.
Il est votre Seigneur ;
vers lui vous serez ramenés ».

[35] S'ils disent :
« Il a forgé cela »;
dis :
« Que mon crime retombe sur moi, si je l'ai inventé.
Je suis innocent de ce dont vous m'accusez ».

[36] Il fut révélé à Noé :
« Nul parmi ton peuple ne croit,
à part celui qui croyait déjà.
Ne t'attriste pas de ce qu'ils font.

[37] Construis le vaisseau sous nos yeux
et d'après notre révélation[1].
Ne me parle plus des injustes,
ils vont être engloutis ».

[38] Chaque fois
que les chefs de son peuple passaient près de Noé,
lorsqu'il construisait le vaisseau,
ils se moquaient de lui[1].

Il dit :
« Si vous vous moquez de nous,
nous nous moquerons de vous,
comme vous vous moquez de nous.
[39] Vous saurez bientôt
qui sera frappé d'un châtiment humiliant
et sur qui s'abattra un châtiment sans fin ».

[40] Nous avons dit,
lorsque vint notre Ordre
et que le four se mit à bouillonner[1] :
« Charge sur ce vaisseau un couple de chaque espèce;
et aussi ta famille[2]
— à l'exception de celui dont le sort est déjà fixé[3] —
et aussi les croyants[4] ».
— Mais ceux qui partageaient la foi de Noé
étaient peu nombreux —

[41] Il dit :
« Montez sur le vaisseau :
qu'il vogue et qu'il arrive au port, au nom de Dieu[1] ».

— Mon Seigneur est celui qui pardonne,
il est miséricordieux —

42 Le vaisseau voguait avec eux
au milieu de vagues semblables à des montagnes.

Noé appela son fils, resté en un lieu écarté :
« Ô mon petit enfant!
Monte avec nous;
ne reste pas avec les incrédules! »

43 Il dit :
« Je vais me réfugier sur une montagne
qui me préservera de l'eau ».

Noé dit :
« Personne, aujourd'hui, n'échappera à l'ordre de Dieu,
sauf celui à qui il fait miséricorde ».

Les vagues s'interposèrent entre eux
et il fut au nombre de ceux qui périrent engloutis[1].

44 Il fut dit :
« Ô terre! Absorbe cette eau qui t'appartient!
Ô ciel! Arrête-toi! »

L'eau fut absorbée,
l'ordre fut exécuté :
le vaisseau s'arrêta sur le Joudi[1].

Il fut dit :
« Arrière au peuple injuste! »

45 Noé invoqua son Seigneur en disant :
« Mon Seigneur!
Mon fils appartient à ma famille.
Ta promesse est sûrement la Vérité;
tu es le plus juste des juges ».

46 Il répondit :
« Ô Noé!
Celui-là n'appartient pas à ta famille
car il a commis un acte infâme.

Ne me demande pas ce que tu ne connais pas;
si je ne t'exhortais pas,
tu serais au nombre des ignorants ».

[47] Il dit :
« Mon Seigneur !
Préserve-moi[1] de te demander ce que j'ignore.
Si tu ne me pardonnes pas,
si tu ne me fais pas miséricorde,
je serai au nombre des perdants ».

[48] Il fut dit :
« Ô Noé !
Descends[1] avec la paix que nous te donnons
et des bénédictions sur toi
et sur les communautés de ceux qui sont avec toi.

Il y a des communautés
auxquelles nous accorderons une jouissance éphémère,
puis notre châtiment douloureux les atteindra ».

[49] Ceci fait partie des récits[1] que nous t'avons révélés concernant le mystère.
Ni toi, ni ton peuple ne les connaissaient auparavant.

Sois patient !
Une heureuse fin est destinée
à ceux qui craignent Dieu.

[50] Aux ʿAd,
nous avons envoyé[1] leur frère Houd.
Il dit :
« Ô mon peuple !
Adorez Dieu !
Il n'y a pour vous de Dieu que lui !
Vous n'êtes que des fabulateurs !

[51] Ô mon peuple !
Je ne vous demande pas un salaire pour cela.
Mon salaire n'incombe qu'à celui qui m'a créé.
Ne comprenez-vous pas ?

52 Ô mon peuple!
Demandez pardon à votre Seigneur,
puis revenez vers lui.
Il enverra du ciel, sur vous, une pluie abondante
et il ajoutera une force à votre force.
Ne vous détournez pas de lui en devenant coupables ».

53 Ils dirent :
« Ô Houd!
Tu ne nous as pas apporté une preuve décisive;
nous n'abandonnerons pas nos divinités sur ta parole.
Nous ne croyons pas en toi;
54 nous disons simplement
qu'une de nos divinités t'a puni[1] ».

Il dit :
« Oui, je prends Dieu à témoin;
soyez, vous aussi, témoins :
je désavoue ce que vous lui associez
55 en dehors de lui.

Usez tous de stratagèmes contre moi;
ne me faites pas attendre.

56 Je me confie à Dieu, mon Seigneur et votre Seigneur.
Il n'existe aucun être vivant[1]
qu'il ne tienne par son toupet.
— Mon Seigneur est sur une voie droite —

57 Si vous vous détournez,
— je vous ai transmis le message
que j'étais chargé de vous faire parvenir —
mon Seigneur vous remplacera par un autre peuple;
vous ne lui nuirez en rien.
— Mon Seigneur est le Gardien vigilant[1]
de toute chose » —

58 Lorsque notre Ordre vint,
nous sauvâmes Houd, et, avec lui, ceux qui croyaient,
par une miséricorde venue de nous.
Nous les avons délivrés d'un terrible châtiment.

59 Ces ʻAd nièrent les Signes de leur Seigneur.
Ils désobéirent à ses prophètes;
ils obéirent aux ordres de tout tyran opiniâtre.
60 Une malédiction les poursuivra
en ce monde et le Jour de la Résurrection.

Les ʻAd n'ont pas cru à leur Seigneur.
Ne faut-il pas dire[1] :
« Arrière aux ʻAd, peuple de Houd »?

61 Aux Thamoud,
nous avons envoyé leur frère Çalih.
Il dit :
« Ô mon peuple!
Adorez Dieu!
Il n'y a de Dieu que lui.
Il vous a créés de cette terre où il vous a établis.
Demandez-lui pardon, puis revenez repentants vers lui.
— Mon Seigneur est proche et il exauce[1] — »

62 Ils dirent :
« Ô Çalih!
Tu étais, auparavant, un espoir pour nous.
Nous interdis-tu d'adorer ce que nos pères adoraient?
Nous voilà dans une profonde incertitude
au sujet de ce vers quoi tu nous appelles ».

63 Il dit :
« Ô mon peuple!
Qu'en pensez-vous?
Si je m'appuie sur une preuve évidente
envoyée par mon Seigneur
qui m'a accordé sa miséricorde,
qui donc me secourra contre Dieu, si je lui désobéis?
Vous ne ferez qu'ajouter à ma perte.

64 Ô mon peuple!
Voici la chamelle de Dieu[1]!
Elle est un Signe pour vous.
Laissez-la donc paître sur la terre de Dieu;
ne lui faites pas de mal;
sinon un châtiment vous atteindra bientôt[2] ».

[65] Ils lui coupèrent les jarrets[1].
Çalih dit :
« Jouissez durant trois jours de vos demeures :
voici une promesse qui n'est pas mensongère ».

[66] Lorsque notre Ordre vint,
nous avons sauvé de l'opprobre de ce jour,
et par un effet de notre miséricorde,
Çalih et ceux qui avaient cru en même temps que lui.
— Ton Seigneur est fort, il est le Tout-Puissant —

[67] Le Cri[1] saisit ceux qui avaient été injustes
et, le matin suivant,
ils gisaient dans leurs demeures[2]
[68] comme s'ils n'y avaient jamais habité.

Les Thamoud n'étaient-ils pas incrédules
à l'égard de leur Seigneur?
Ne faut-il pas dire :
« Arrière aux Thamoud »?

[69] Nos envoyés[1] apportèrent à Abraham
la bonne nouvelle.
Ils dirent : « Salut! »
il répondit : « Salut! »
et il apporta sans tarder un veau rôti[2].

[70] Mais lorsqu'il vit
que leurs mains n'en approchaient pas,
il ne les comprit pas et il eut peur d'eux[1].
Ceux-ci dirent :
« Ne crains pas!
Nous sommes envoyés au peuple de Loth ».

[71] La femme d'Abraham se tenait debout et elle riait.
Nous lui annonçâmes la bonne nouvelle d'Isaac[1],
et de Jacob, après Isaac.

[72] Elle dit :
« Malheur à moi!
Est-ce que je vais enfanter, alors que je suis vieille,
et que celui-ci, mon mari[1], est un vieillard?
Voilà vraiment une chose étrange! »

73 Ils dirent :
« L'ordre de Dieu te surprend-il?
Que la miséricorde de Dieu et ses bénédictions
soient sur vous,
Ô gens de cette maison[1]!
Dieu est digne de louange et de gloire! »

74 Lorsqu'Abraham fut rassuré,
et que la bonne nouvelle lui fut parvenue,
il discuta avec nous en faveur du peuple de Loth[1].
75 — Abraham était bon, humble[1] et repentant[2] —

76 « Ô Abraham!
Renonce à cela!
L'ordre de ton Seigneur vient sûrement;
un châtiment inéluctable les atteindra ».

77 Lorsque nos envoyés[1] arrivèrent auprès de Loth,
celui-ci s'en affligea;
car son bras était trop faible[2] pour le protéger.
Il dit :
« Voici un jour redoutable! »

78 Son peuple vint à lui;
ces gens se précipitèrent vers lui,
— ils avaient auparavant commis
de mauvaises actions[1] —
et il leur dit :
« Ô mon peuple!
Voici mes filles[2]!
Elles sont plus pures pour vous!
Craignez Dieu et ne m'outragez pas dans mes hôtes.
N'y aurait-il pas parmi vous un seul homme juste[3]? »

79 Ils dirent :
« Tu sais parfaitement
que nous n'avons aucun droit sur tes filles,
et tu sais ce que nous voulons ».

80 Il dit :
« Si seulement je pouvais m'opposer à vous
par la force[1]
ou bien, si je trouvais un appui solide!... »

81 Nos envoyés dirent :
« Ô Loth !
Nous sommes les messagers de ton Seigneur;
ces gens ne parviendront pas jusqu'à toi.
Pars avec ta famille, à la fin de la nuit.
Que nul d'entre vous ne regarde en arrière.
— Ta femme, cependant, se retournera[1]
et sera atteinte par ce qui frappera les autres —
Cela se produira certainement à l'aube[2];
l'aube n'est-elle pas proche ? »

82 Lorsque vint notre Ordre,
nous avons renversé la cité de fond en comble[1].
Nous avons fait pleuvoir sur elle, en masse[2],
des pierres d'argile
83 marquées d'une empreinte par[1] ton Seigneur.
— Une chose pareille[2] n'est pas loin des injustes —

84 Aux gens de Madian[1],
nous avons envoyé leur frère Chu'aïb.
Il dit :
« Ô mon peuple !
Adorez Dieu !
Il n'y a pour vous de Dieu, que lui !

Ne faussez[2] pas la mesure et le poids.
Je vous vois dans la prospérité,
mais je crains pour vous
le châtiment d'un Jour qui enveloppera tout.

85 Ô mon peuple !
Donnez la mesure et le poids exacts[1].
Ne causez pas de tort aux hommes dans leurs biens;
ne commettez pas de crimes sur la terre,
en la corrompant.

86 Ce qui demeure auprès de Dieu
est meilleur pour vous,
si vous êtes croyants.
— Je ne suis pas un gardien pour vous » —

87 Ils dirent :
« Ô Chu'aïb !

Ta religion[1] t'ordonne-t-elle
que nous abandonnions ce que nos pères adoraient,
ou bien que nous ne disposions plus de nos richesses
comme nous le voulons?
— Tu es bon et droit » —

88 Il dit :
« Ô mon peuple!
Qu'en pensez-vous?
Si je m'appuie sur une preuve évidente
envoyée par mon Seigneur
et qu'il m'accorde une belle part :
je ne cherche pas à vous contrarier
lorsque je vous défends quelque chose;
je veux seulement vous réformer,
autant que je le puis.
Le secours ne me vient que de Dieu.
Je me confie à lui et je reviens repentant vers lui.

89 Ô mon peuple!
Puisse notre séparation
ne pas vous occasionner des maux semblables
à ceux qui atteignirent :
le peuple de Noé,
ou le peuple de Houd,
ou le peuple de Çalih!
— Le peuple de Loth n'est pas très loin de vous —

90 Demandez pardon à votre Seigneur,
puis revenez, repentants, vers lui.
Mon Seigneur est miséricordieux et aimant[1]! »

91 Ils dirent :
« Ô Chu'aïb!
Nous ne comprenons guère ce que tu dis.
Nous te voyons faible, au milieu de nous,
et, sans ton clan, nous t'aurions certainement lapidé,
car tu ne détiens aucune force à nous opposer ».

92 Il dit :
« Ô mon peuple!
Mon clan vous semble-t-il plus puissant que Dieu

et pensez-vous
que vous puissiez tourner le dos à Dieu[1]?
— La science de mon Seigneur
s'étend à tout ce que vous faites.

93 Ô mon peuple!
Agissez selon votre situation,
moi, j'agis et vous saurez bientôt
qui sera frappé par un châtiment ignominieux
et qui est menteur.
Veillez donc; je veille avec vous ».

94 Lorsque vint notre Ordre,
nous avons sauvé,
par un effet de notre miséricorde,
Chu'aïb et, avec lui, ceux qui avaient cru.

Le Cri saisit ceux qui avaient été injustes
et, le matin suivant, ils gisaient dans leurs demeures
95 comme s'ils n'y avaient jamais habité[1].

Ne faut-il pas dire :
« Arrière aux gens de Madian! »,
comme il fut dit :
« Arrière aux Thamoud »?

96 Nous avons envoyé Moïse
avec nos Signes et une autorité incontestable
97 à Pharaon et à ses conseillers[1],
mais ceux-ci obéirent à Pharaon,
bien que l'ordre de Pharaon fût injuste[2].

98 Le Jour de la Résurrection,
il marchera en tête de son peuple
et il le conduira au Feu[1]
comme on conduit un troupeau à l'abreuvoir[2].
Quel détestable abreuvoir!

99 Une malédiction les poursuivra
ici même, comme le Jour de la Résurrection.
Quel détestable cadeau!

[100] Voici les récits que nous te racontons,
concernant les cités :
Plusieurs d'entre elles sont encore debout,
d'autres ont été moissonnées.

[101] Nous n'avons pas lésé leurs habitants :
ils se sont fait tort à eux-mêmes.

Ils invoquaient, en dehors de Dieu, leurs divinités
qui ne leur ont servi à rien;
lorsque l'Ordre de ton Seigneur est arrivé,
elles n'ont fait qu'ajouter à leur ruine.

[102] Tel est le châtiment[1] de ton Seigneur,
quand il frappe[2] les cités injustes.
— Son châtiment est douloureux et violent —

[103] Il y a vraiment là un Signe
pour celui qui craint le châtiment de la vie future.
Ce sera un Jour où les hommes seront tous réunis,
un Jour solennel.
[104] Nous ne le retarderons
que jusqu'au terme fixé d'avance.

[105] Le Jour où cela arrivera,
nul ne parlera, sans la permission de Dieu.
Il y aura des gens malheureux,
et d'autres seront heureux.

[106] Les malheureux seront dans le Feu
où retentiront des gémissements et des sanglots;
[107] ils y demeureront immortels,
aussi longtemps que dureront les cieux et la terre,
à moins que ton Seigneur ne le veuille pas
car ton Seigneur fait ce qu'il veut[1].

[108] Les bienheureux seront au Paradis
où ils demeureront immortels,
aussi longtemps que dureront les cieux et la terre,
à moins que ton Seigneur n'en décide autrement;
— c'est un don inaltérable —

[109] Ne sois pas dans l'incertitude
au sujet de ce qu'ils adorent;
ils n'adorent
que ce que leurs pères adoraient auparavant.
Nous allons leur donner leur part,
sans en rien retrancher.

[110] Nous avons donné le Livre à Moïse;
mais ce Livre a été l'objet de discussions.
Si une Parole de ton Seigneur
n'était pas intervenue auparavant,
une décision concernant leurs différends
aurait été prise[1].
Ils se trouvent dans un profond embarras
au sujet de ce Livre.

[111] Ton Seigneur donnera certainement à tous
l'exacte rétribution de leurs œuvres.
Il est parfaitement informé de ce qu'ils font.

[112] Sois droit, comme tu en as reçu l'ordre,
ainsi que ceux qui, avec toi, sont revenus repentants.
Ne vous révoltez pas.
— Dieu voit parfaitement ce que vous faites —

[113] Ne vous appuyez pas sur les injustes,
car le Feu vous atteindrait
— vous n'avez pas de défenseur autre que Dieu —
et vous ne seriez pas secourus.

[114] Acquittez-vous de la prière le matin, le soir[1]
et plusieurs fois au cours de la nuit[2].

Les bonnes actions dissipent les mauvaises.
Ceci est un Rappel pour ceux qui se souviennent.

[115] Sois patient!
Dieu ne laisse pas perdre
la rétribution de ceux qui font le bien.

[116] Parmi les générations qui vous ont précédés,
pourquoi les hommes de piété
qui interdisaient la corruption sur la terre

et que nous avons sauvés,
n'étaient-ils qu'un petit nombre?

Ceux qui étaient injustes ont préféré[1]
le luxe dont ils jouissaient
et ils se rendirent coupables.

117 Il ne convient pas à ton Seigneur
de détruire, sans raison,
les cités dont les habitants se réforment.

118 Si ton Seigneur l'avait voulu,
il aurait rassemblé tous les hommes
en une seule communauté.

Mais ils ne cessent pas de se dresser
les uns contre les autres,
119 à l'exception
de ceux auxquels ton Seigneur a fait miséricorde
et c'est pour cela qu'il les a créés.

La Parole de ton Seigneur s'accomplit[1] :
« Je remplirai certainement la Géhenne
de Djinns et d'hommes réunis[2] ».

120 Tous les récits que nous te rapportons
concernant les prophètes
sont destinés à affermir ton cœur.

Ainsi te parviennent, avec la Vérité,
une exhortation et un Rappel
à l'adresse des croyants.

121 Dis à ceux qui ne croient pas :
« Agissez selon votre situation,
nous aussi, nous agissons.

122 Attendez!
nous aussi, nous attendons! »

123 Le mystère des cieux et de la terre appartient à Dieu.
Toute chose[1] revient à lui;
Adore-le donc et confie-toi à lui.
Ton Seigneur n'est pas indifférent[2]
à ce que vous faites.

SOURATE XII

JOSEPH

Au nom de Dieu :
celui qui fait miséricorde,
le Miséricordieux.

[1] ALIF. Lam. Ra.
Voici les Versets du Livre clair :
[2] nous les avons fait descendre sur toi
en un Coran arabe.
— Peut-être comprendrez-vous! —

[3] Nous allons, grâce à ce Coran,
te communiquer les plus beaux récits,
bien que tu aies été, auparavant,
au nombre des indifférents.

[4] Quand Joseph dit à son père[1] :
« Ô mon père!
J'ai vu onze étoiles, le soleil et la lune :
oui, je les ai vus se prosterner devant moi[2] ».

[5] Il dit :
« Ô mon fils!
Ne raconte pas ta vision à tes frères,
car ils trameraient alors des ruses contre toi[1] ».
— Le démon est l'ennemi déclaré de l'homme —

[6] Ton Seigneur te choisira;
il t'enseignera l'interprétation des récits;
il parachèvera sa grâce en toi
et en faveur de la famille de Jacob,
comme il l'a parachevée
en faveur de tes deux ancêtres : Abraham et Isaac.
— Ton Seigneur est celui qui sait, il est sage —

[7] Il y a vraiment en Joseph et ses frères
des Signes pour ceux qui posent des questions.

[8] Lorsqu'ils dirent :
« Joseph et son frère[1]
sont plus chers que nous à notre père,
bien que nous soyons plus nombreux.
Notre père se trouve dans un égarement manifeste[2].

[9] Tuez Joseph,
ou bien éloignez-le dans n'importe quel pays,
afin que vous restiez seuls à jouir
de la bienveillance de votre père[1];
après quoi vous serez des gens bien considérés[2] ».

[10] L'un d'eux prit la parole en disant :
« Ne tuez pas Joseph;
mais jetez-le
dans les profondeurs invisibles du puits;
si vous procédez ainsi,
un voyageur le recueillera ».

[11] Ils dirent :
« Ô notre père!
Pourquoi n'as-tu pas confiance en nous
au sujet de Joseph?
Nous sommes sincères vis-à-vis de lui!
[12] Envoie-le demain avec nous;
il s'ébattra, il jouera
tandis que nous veillerons sur lui ».

[13] Il dit :
« Je suis triste que vous l'emmeniez.
Je crains que le loup ne le dévore
au moment où vous ne ferez pas attention à lui[1] ».

[14] Ils dirent :
« Si le loup le dévorait,
alors que nous sommes nombreux,
c'est que nous serions des imbéciles[1]! »

[15] Ils l'emmenèrent, puis ils tombèrent d'accord
pour le jeter dans les profondeurs invisibles du puits.

Nous lui avons alors révélé :
« Oui, tu leur diras plus tard ce qu'ils ont fait,
alors que, maintenant, ils n'en ont pas conscience »

16 Ils revinrent le soir chez leur père en pleurant
17 et ils dirent :
« Ô notre père!
Nous étions partis pour jouer à la course;
nous avions laissé Joseph auprès de nos affaires.
Le loup l'a dévoré[1].
Tu ne nous croiras pas,
et, cependant, nous sommes véridiques »

18 Ils apportèrent sa tunique[1] tachée d'un sang trompeur.
Leur père dit :
« Votre imagination vous a suggéré cela
en vous faisant croire que votre action était bonne[2]
Patience!
C'est à Dieu qu'il faut demander secours
contre ce que vous racontez ».

19 Des voyageurs arrivèrent :
ils envoyèrent l'homme chargé de puiser de l'eau;
celui-ci fit descendre son seau.
Il dit :
« Quelle bonne nouvelle!
Voici un jeune garçon! »

Ils le cachèrent comme une marchandise
mais Dieu savait parfaitement
ce qu'ils allaient faire!

20 Ils le vendirent à vil prix,
pour quelques pièces d'argent[1],
car ils ne voulaient pas le garder[2].

21 En Égypte, son acquéreur dit à sa femme :
« Fais-lui bon accueil;
peut-être nous sera-t-il utile
ou l'adopterons-nous[1] pour fils ».

Nous avons ainsi établi Joseph en ce pays
afin de lui enseigner l'interprétation des récits.

— Dieu est souverain[2] en son commandement,
mais la plupart des hommes ne savent rien —

[22] Lorsqu'il eut atteint l'âge viril,
nous lui donnâmes la sagesse et la science.
Voici comment nous récompensons
ceux qui font le bien.

[23] Celle qui l'avait reçu dans sa maison[1] s'éprit de lui[2].
Elle ferma les portes et elle dit :
« Me voici à toi! »

Il dit :
« Que Dieu me protège!
Mon maître[3] m'a fait un excellent accueil;
mais les injustes ne sont pas heureux ».

[24] Elle pensait certainement à lui
et il aurait pensé à elle
s'il n'avait pas vu
la claire manifestation[1] de son Seigneur.
Nous avons ainsi écarté de lui le mal et l'abomination;
il fut au nombre de nos serviteurs sincères.

[25] Tous deux coururent à la porte;
elle déchira par-derrière la tunique de Joseph[1];
ils trouvèrent son mari à la porte;
elle dit alors :
« Que mérite celui qui a voulu nuire[2] à ta famille?
la prison, ou un douloureux châtiment? »

[26] Joseph dit :
« C'est elle qui s'est éprise de moi! »

Un homme de la famille de celle-ci témoigna :
« Si la tunique a été déchirée par-devant,
la femme est sincère et l'homme menteur.

[27] Si la tunique a été déchirée par-derrière,
la femme a menti et l'homme est sincère ».

[28] Lorsque le maître vit la tunique déchirée par-derrière,
il dit

« Voilà vraiment, une de vos ruses féminines :
votre ruse est énorme!

29 Joseph, éloigne-toi[1]!
et toi, femme, demande pardon pour ton péché :
tu es coupable ».

30 Les femmes disaient en ville .
« La femme du grand Intendant[1]
s'est éprise de son serviteur :
il l'a rendue éperdument amoureuse de lui;
nous la voyons complètement égarée! »

31 Après avoir entendu leurs propos,
celle-ci leur adressa des invitations,
puis elle leur fit préparer un repas[1]
et elle donna à chacune d'elles un couteau.

Elle dit alors à Joseph :
« Parais[2] devant elles! »

Quand elles le virent,
elles le trouvèrent si beau[3],
qu'elles se firent des coupures aux mains[4].

Elles dirent :
« A Dieu ne plaise!
Celui-ci n'est pas un mortel;
ce ne peut être qu'un Ange plein de noblesse ».

32 Elle dit :
« Voici donc celui à propos duquel
vous m'avez blâmée!
Je me suis éprise de lui, mais il est resté pur...

S'il ne fait pas ce que je lui ordonne,
il sera mis en prison
et il se trouvera parmi les misérables ».

33 Joseph dit :
« Mon Seigneur!
La prison me semble préférable

au péché qu'elles m'incitent à commettre[1].
Mais si tu ne détournes pas de moi leurs ruses,
j'y céderai[2] et je serai au nombre des ignorants ».

[34] Son Seigneur l'exauça,
il détourna de lui leurs ruses.
Il est celui qui entend et qui sait.

[35] Il leur parut bon, ensuite,
de l'emprisonner pour un certain temps[1],
bien qu'ils aient vu les Signes.

[36] Deux jeunes gens entrèrent en prison,
en même temps que lui[1].
L'un d'eux dit :
« Je me voyais[2] pressant du raisin ».

L'autre dit :
« Je me voyais portant sur ma tête du pain
dont les oiseaux mangeaient.
Fais-nous connaître la signification de tout ceci,
nous te voyons au nombre de ceux qui font le bien ».

[37] Joseph dit :
« La nourriture qui vous est destinée
ne vous parviendra pas,
elle ne vous sera pas apportée
avant que je vous aie fait connaître
l'interprétation de ceci,
d'après les enseignements de mon Seigneur.

J'ai abandonné la religion d'un peuple
qui ne croyait pas en Dieu
et qui était incrédule à l'égard de la vie future.

[38] J'ai suivi la Religion[1] de mes pères :
Abraham, Isaac et Jacob.
Nous ne pouvons associer quoi que ce soit à Dieu.
C'est là une grâce de Dieu
pour nous et pour tous les hommes;
mais la plupart d'entre eux ne sont pas reconnaissants.

[39] Ô vous, mes deux compagnons de prison!
Est-ce que plusieurs maîtres séparés[1]
seraient meilleurs pour vous que Dieu,
l'Unique et le Dominateur suprême?

[40] Ceux que vous adorez en dehors de lui
ne sont que des noms
que vous et vos pères, vous leur attribuez.
Dieu ne leur a concédé[1] aucun pouvoir.
Le jugement n'appartient qu'à Dieu.
Il a ordonné que vous n'adoriez que lui :
telle est la Religion immuable;
mais la plupart des hommes ne savent rien!

[41] Ô vous, mes deux compagnons de prison!
L'un de vous sera chargé
de servir le vin à son maître[1];
quant à l'autre,
il sera crucifié
et les oiseaux dévoreront sa tête.
Le décret sur lequel vous me consultez
est irrévocablement fixé ».

[42] Il dit alors
à celui qui, à son avis, devait être délivré :
« Souviens-toi de moi auprès de ton maître ».

Mais le démon lui fit oublier
de rappeler Joseph au souvenir de son maître,
et Joseph resta plusieurs années en prison.

[43] Le roi[1] dit :
« Je voyais sept vaches grasses
que dévoraient sept vaches maigres.
Je voyais sept épis verts,
et les autres desséchés.
O vous, mes conseillers[2]!
Expliquez-moi ma vision,
si vous savez interpréter les visions ».

[44] Ils dirent :
« Ce n'est qu'un amas de rêves;
nous ne savons pas interpréter les rêves ».

[45] Celui des deux prisonniers qui avait été délivré,
et à qui la mémoire était enfin revenue, dit :
« Je vais, moi, vous faire connaître
la signification de ceci;
confiez-moi cette affaire...

[46] Ô toi, Joseph, le juste!
Réponds-nous au sujet des sept vaches grasses
que dévorent sept vaches maigres,
et au sujet des sept épis verts
et des autres desséchés ».
— Peut-être reviendrai-je vers les hommes,
peut-être sauront-ils? —

[47] Joseph dit :
« Vous sèmerez, comme d'habitude,
durant sept années.
Laissez en épis ce que vous aurez moissonné,
sauf la petite quantité que vous consommerez.

[48] Sept années dures[1] viendront ensuite,
elles mangeront
ce que vous aurez amassé en les prévoyant,
sauf la petite quantité que vous aurez réservée.

[49] Une année suivra,
durant laquelle les gens seront secourus
et se rendront au pressoir[1] ».

[50] Le roi dit :
« Amenez-le-moi! »

Joseph dit,
lorsque le messager arriva auprès de lui :
« Retourne auprès de ton maître,
demande-lui quelle était l'intention des femmes
qui se firent des coupures aux mains ».
— Mon Seigneur connaît parfaitement leur ruse! —

[51] Le roi leur dit :
« Quelle était donc votre intention
lorsque vous vous êtes éprises de Joseph? »

Elles répondirent :
« A Dieu ne plaise!
Nous ne connaissons aucun mal à lui attribuer ».

La femme du grand Intendant dit :
« Maintenant la vérité éclate :
c'est moi qui étais éprise de Joseph,
et c'est lui qui est sincère.
52 Voilà, pour que mon mari sache
que je ne le trahis pas en secret
et que Dieu ne dirige pas la ruse des traîtres.

53 Je ne m'innocente pas.
L'âme est instigatrice du mal,
à moins que mon Seigneur ne fasse miséricorde.
Mon Seigneur est celui qui pardonne,
il est miséricordieux ».

54 Le roi dit :
« Amenez-moi Joseph;
je vais l'attacher à ma personne ».

Après que Joseph eut parlé, le roi lui dit :
« Dès aujourd'hui, te voilà, auprès de nous,
placé à un poste d'autorité et de confiance ».

55 Joseph dit :
« Confie-moi l'intendance des dépôts de ce pays,
j'en serai le gardien compétent[1] ».

56 Nous avons ainsi établi Joseph dans cette contrée.
Il s'y installait, partout où il le voulait.

Nous accordons notre miséricorde à qui nous voulons,
et nous ne laissons pas perdre la rétribution
de ceux qui font le bien;
57 cependant,
la rétribution de la vie future est meilleure
pour ceux qui auront cru et qui auront fait le bien.

58 Quand les frères de Joseph arrivèrent[1],
ils pénétrèrent auprès de lui;
il les reconnut, mais ceux-ci ne le reconnurent pas.

59 Il dit,
après leur avoir fait remettre leurs provisions :
« Amenez-moi un de vos frères, né de votre père.
— Ne voyez-vous pas que je fais pleine mesure
et que je suis le meilleur des hôtes ? —
60 Si vous ne me l'amenez pas,
il n'y aura plus, chez moi, de blé[1] pour vous,
et vous ne m'approcherez plus ».

61 Ils dirent :
« Nous allons le demander à son père,
oui, nous le ferons ! »

62 Joseph dit à ses serviteurs :
« Remettez leurs marchandises[1] dans leurs sacs.
Peut-être les reconnaîtront-ils,
lorsqu'ils seront de retour dans leur famille
et peut-être, alors, reviendront-ils ici ».

63 Revenus chez leur père,
ils lui dirent :
« Ô notre père !
le blé nous sera refusé;[1]
envoie donc notre frère avec nous;
nous ferons nos provisions
et nous veillerons sur notre frère ».

64 Il répondit :
« Vais-je vous le confier,
comme autrefois je vous ai confié son frère[1] ?
Mais Dieu est le meilleur gardien[2],
il est le plus miséricordieux
de ceux qui font miséricorde ! »

65 Ils trouvèrent, en ouvrant leurs sacs,
les marchandises qui leur avaient été rendues.
Ils dirent :
« Ô notre père !
Que pourrions-nous désirer de plus ?

Voilà que nos marchandises nous ont été rendues.
Nous approvisionnerons notre famille,
nous protégerons notre frère
et nous ajouterons le chargement d'un chameau :
c'est une charge facile! »

[66] Il dit :
« Je ne l'enverrai pas avec vous
tant que vous n'aurez pas pris, devant Dieu,
l'engagement de me le ramener,
à moins que vous ne soyez cernés ».

Leur père leur dit,
après qu'ils eurent pris cet engagement :
« Dieu est garant de ce que nous disons ».

[67] Il dit encore :
« Ô mes fils!
N'entrez pas par une seule porte[1],
mais entrez par des portes différentes.
Je ne vous serai d'aucune utilité contre Dieu;
le jugement n'appartient qu'à Dieu;
je me confie en lui;
qu'en lui se confient
ceux qui s'en remettent entièrement à lui! »

[68] Lorsqu'ils entrèrent,
comme leur père le leur avait ordonné,
cela ne leur aurait servi à rien auprès de Dieu
si cela n'avait été, dans l'esprit de Jacob,
une chose décrétée par Dieu[1].
Jacob possédait la science
que nous lui avions enseignée;
mais la plupart des hommes ne savent pas.

[69] Lorsqu'ils pénétrèrent auprès de Joseph,
celui-ci prit son frère à part et lui dit :
« Je suis ton frère;
ne t'attriste pas de ce qu'ils m'ont fait[1] ».

[70] Après leur avoir fait remettre leurs provisions, —
il plaça la coupe[1] dans le sac[2] de son frère,

puis, le crieur proclama :
« Ô vous, les caravaniers !
Vous êtes des voleurs ! »

71 Ceux-ci dirent, en se retournant :
« Que cherchez-vous ? »

72 Ils répondirent :
« Nous cherchons la coupe du roi :
celui qui la rapportera
recevra en récompense
la charge qu'un chameau peut transporter.
J'en suis garant ! »

73 Ils dirent :
« Par Dieu !
Vous savez que nous ne sommes pas venus ici,
pour corrompre le pays
et que nous ne sommes pas des voleurs ».

74 Ils répondirent :
« Quelle sera la punition du voleur, si vous mentez ? »

75 Les frères de Joseph dirent :
« Sa punition ?
Celui dans le sac duquel on trouvera la coupe
sera lui-même retenu captif[1].
Voilà comment nous punissons les prévaricateurs ».

76 Joseph commença par examiner les autres sacs
avant celui de son frère ;
puis il retira la coupe du sac de son frère.
— Nous avons suggéré cette ruse à Joseph
car il ne pouvait pas se saisir de son frère,
d'après la religion du roi
et sans que Dieu l'ait voulu.
Nous élevons d'un degré qui nous voulons.
Celui qui sait tout est au-dessus
de tout homme détenant la science. —

77 Plusieurs dirent :
« S'il a volé,
un de ses frères aussi, a volé autrefois[1] ».

Joseph tint sa pensée secrète[2],
il ne la leur dévoila pas.
Il dit :
« Vous voilà dans la pire des situations.
Dieu sait parfaitement ce que vous insinuez ».

78 Ils dirent :
« O toi, le grand Intendant!
Son père est très âgé;
prends l'un de nous à sa place.
Nous voyons que tu es au nombre
de ceux qui font le bien ».

79 Il dit :
« Que Dieu me préserve de prendre un autre
que celui chez qui nous avons trouvé notre bien!
Sinon, nous serions injustes! »

80 Désespérant de le fléchir,
ils se consultèrent :
l'aîné dit :
« Ne savez-vous pas que votre père a reçu de vous
une promesse formelle devant Dieu,
et que déjà, vous y avez manqué autrefois,
à propos de Joseph?
Je ne quitterai donc pas ce pays
avant que mon père ne me le permette,
ou bien que Dieu ne juge en ma faveur.
Il est le meilleur des juges.

81 Retournez chez votre père et dites-lui :
« Ô notre père!
Ton fils a réellement volé;
nous n'attestons que ce que nous savons;
nous ne connaissons pas ce qui est caché;
82 interroge les habitants de la cité où nous étions
et la caravane avec laquelle nous sommes venus;
nous sommes sincères ».

83 Jacob dit :
« Non...
Vos âmes vous ont inspiré quelque chose[1]...
Patience!...

Dieu, peut-être, me les rendra tous[a]!...
Il est, en vérité, celui qui sait, le Sage! »

[84] Il dit, en se détournant d'eux :
« Hélas!... Ô Joseph!... »

Ses yeux devinrent aveugles[1]
par suite de son affliction
et il était accablé de chagrin.

[85] Ils dirent :
« Par Dieu!
Tu ne cesseras pas de penser à Joseph,
jusqu'à en dépérir et à mourir[1] ».

[86] Il dit :
« Je me plains seulement à Dieu
de mon malheur et de mon affliction.
Je sais, par Dieu, ce que vous ne savez pas.
[87] Ô mes fils!
Partez, et enquérez-vous de Joseph et de son frère;
ne désespérez pas de la bonté de Dieu;
Seuls les incrédules désespèrent de la bonté de Dieu ».

[88] Ils dirent,
quand ils pénétrèrent auprès de Joseph :
« Ô grand Intendant!
Le malheur nous a touchés, nous et notre famille.
Nous apportons une marchandise de peu de valeur;
donne-nous une pleine mesure de blé,
fais-nous l'aumône.
Dieu récompense ceux qui font l'aumône ».

[89] Il dit :
« Ne savez-vous pas ce que, dans votre ignorance,
vous avez fait à Joseph et à son frère? »

[90] Ils dirent :
« N'es-tu pas Joseph? »

Il répondit :
« Je suis Joseph et voici mon frère.
Dieu nous a accordé sa faveur.

Que celui qui le craint et qui est patient
sache que Dieu ne laisse pas perdre
la récompense de ceux qui font le bien ».

91 Ils dirent :
« Par Dieu!
Dieu te préfère à nous!
Nous avons commis une faute ».

92 Il dit :
« Qu'aucun reproche ne vous soit fait aujourd'hui;
que Dieu vous pardonne!
Il est le plus miséricordieux
de ceux qui font miséricorde.

93 Emportez ma tunique que voici;
appliquez-la sur le visage de mon père;
il recouvrera la vue[1];
puis amenez-moi votre famille ».

94 Tandis que la caravane était sur le chemin du retour[1],
leur père dit :
« Je sens[2] l'odeur de Joseph;
puissiez-vous ne pas m'accuser de radotage ».

95 Ils dirent :
« Par Dieu!
Te voilà encore dans ton ancien égarement! »

96 Quand arriva le porteur de bonnes nouvelles,
il appliqua la tunique sur le visage de Jacob :
celui-ci recouvra la vue
et il dit :
« Ne vous avais-je pas affirmé
que je sais, par Dieu, ce que vous ignorez? »

97 Ils dirent :
« Ô notre père!
Implore, pour nous, le pardon de nos péchés;
nous avons commis une faute ».

98 Il dit :
« Je vais, pour vous,
demander le pardon de mon Seigneur.
Il est celui qui pardonne, il est miséricordieux ».

[99] Quand ils pénétrèrent auprès de Joseph,
celui-ci accueillit son père et sa mère en disant :
« Entrez en Égypte avec la paix, si Dieu le veut ».

[100] Il fit monter son père et sa mère sur le trône[1]
et ses frères tombèrent prosternés.
Il dit:
« Ô mon père!
Voici l'explication de mon ancienne vision :
mon Seigneur l'a réalisée[2];
il a été bon pour moi,
lorsqu'il m'a fait sortir de prison
et qu'il vous a fait venir du désert,
après que le démon eut suscité la discorde
entre moi et mes frères.
Mon Seigneur est bienveillant[3] en toutes ses volontés;
il est celui qui sait tout, le Sage!

[101] Ô mon Seigneur!
Tu m'as conféré un certain pouvoir
et tu m'as enseigné l'interprétation[1] des récits.
Créateur[2] des cieux et de la terre,
tu es mon Maître, en ce monde et dans l'autre.
Fais-moi mourir[3] soumis à toi
et accorde-moi de rejoindre les justes[4] ».

[102] Voici donc un des récits que nous te révélons
concernant le mystère[1].
Tu n'étais pas auprès d'eux
lorsqu'ils tombèrent d'accord
et qu'ils combinèrent[2] leur affaire.

[103] La plupart des hommes ne sont pas croyants,
malgré ton désir ardent.

[104] Tu ne leur demandes pas de salaire;
ceci n'est qu'un Rappel adressé aux mondes.

[105] Que de Signes contiennent les cieux et la terre!
Les hommes passent auprès d'eux et s'en détournent.

[106] La plupart d'entre eux ne croient en Dieu
qu'en lui associant d'autres divinités[1].

107 Sont-ils sûrs
que le châtiment de Dieu ne les enveloppera pas[1]?
Ou bien que l'Heure
ne viendra pas soudainement à eux
alors qu'ils n'en ont pas conscience?

108 Dis :
« Voici mon chemin!
J'en appelle à Dieu, moi, et ceux qui me suivent,
en toute clairvoyance.
Gloire à Dieu!
Je ne suis pas au nombre des polythéistes ».

109 Nous n'avions envoyé avant toi
que des hommes résidant dans des cités,
et que nous inspirions.

Ces gens-là ne parcourent-ils pas la terre
et ne voient-ils pas
quelle a été la fin de ceux qui vécurent avant eux?

Oui, la demeure de la vie future est meilleure
pour ceux qui craignent Dieu.
Ne comprenez-vous pas?

110 Quand les prophètes se désespéraient
en pensant qu'on les traitait de menteurs,
notre secours leur est parvenu.

Ceux que nous voulions sauver l'ont été;
mais notre rigueur ne se détourne pas
des hommes coupables.

111 Un enseignement destiné
aux hommes doués d'intelligence
se trouve dans les histoires des prophètes.

Ce n'est pas ici un conte imaginé,
mais c'est la confirmation
de ce qui existait avant ceci[1];
l'exposé détaillé de toute chose;
une Direction et une Miséricorde
pour un peuple qui croit.

SOURATE XIII

LE TONNERRE

Au nom de Dieu :
celui qui fait miséricorde,
le Miséricordieux.

1 ALIF. Lam. Mim. Ra.
Voici les Versets du Livre.
Ce qui t'a été révélé
de la part de ton Seigneur est la Vérité,
mais la plupart des hommes ne croient pas.

2 Dieu est celui qui a élevé les cieux
sans colonnes visibles[1].
Il s'est ensuite assis en majesté sur le Trône[2].
Il a soumis le soleil et la lune;
— chacun d'eux poursuit sa course
vers un terme fixé —
il dirige toute chose avec attention[3]
et il explique les Signes.
— Peut-être croirez-vous fermement
à la rencontre de votre Seigneur! —

3 C'est lui qui a étendu la terre;
il y a placé des montagnes[1] et des fleuves;
il y a placé deux couples de tous les fruits;
il recouvre le jour de la nuit.
— Il y a vraiment là des Signes
pour un peuple qui réfléchit —

4 Il y a sur la terre
des parcelles voisines les unes des autres;
des jardins plantés de vignes;
de céréales et de palmiers,
— disposés en touffes ou bien dispersés —
Ils sont tous arrosés avec la même eau,
mais nous rendons les uns plus savoureux que les autres.
— Il y a vraiment là des Signes
pour un peuple qui comprend —

[5] Si tu t'étonnes,
leur parole, en effet, est étonnante :
« Lorsque nous serons poussière
deviendrons-nous[1], vraiment,
une nouvelle création ? »

Voilà ceux qui sont incrédules
à l'égard de leur Seigneur.
Voilà ceux aux cous desquels on mettra des carcans[2].
Voilà ceux qui seront les hôtes du Feu
où ils demeureront immortels !

[6] Ils te demandent de hâter la venue du malheur
avant celle du bonheur;
de semblables choses se sont pourtant produites
avant eux.

Ton Seigneur est, pour les hommes
et malgré leur injustice,
le Maître du pardon[1];
mais ton Seigneur est redoutable dans son châtiment.

[7] Les incrédules disent :
« Pourquoi n'a-t-on pas fait descendre sur lui[1] un Signe
de la part de son Seigneur[2] ?

Tu n'es qu'un avertisseur.
Un guide est donné à chaque peuple.

[8] Dieu sait ce que porte chaque femelle
et la durée de la gestation[1].
Toute chose est mesurée par lui.

[9] Il est celui qui connaît ce qui est caché
et ce qui est apparent.
Il est le Grand, le Très-Haut.

[10] Égaux sont devant lui :
celui qui, parmi vous, tient secrète sa parole
et celui qui la divulgue;
celui qui se cache la nuit
et celui qui se montre au grand jour.

[11] Des Anges sont attachés aux pas[1] de l'homme;
devant lui et derrière lui :
ils le protègent, sur l'ordre de Dieu.

Dieu ne modifie rien en un peuple,
avant que celui-ci ne change ce qui est en lui[2].

Quand Dieu veut un mal pour un peuple,
nul ne peut le repousser :
il n'y a pas pour lui de défenseur en dehors de Dieu.

[12] C'est lui qui vous fait voir l'éclair;
— sujet de crainte et d'espoir —
c'est lui qui fait naître les lourds nuages.

[13] Le tonnerre et les Anges
célèbrent ses louanges avec crainte[1].
Il lance les foudres en atteignant qui il veut,
tandis que les hommes discutent au sujet de Dieu,
alors qu'il est redoutable en sa force.

[14] La véritable invocation s'adresse à lui.
Ceux que les hommes invoquent en dehors de lui
ne leur répondent d'aucune façon;
pas plus que l'eau ne parvient à la bouche
de celui qui tend ses deux paumes vers elle
pour qu'elle y parvienne.
— L'invocation des incrédules n'est que vanité —

[15] Ceux qui sont dans les cieux
et ceux qui sont sur la terre
se prosternent devant Dieu[1]
— ainsi que leurs ombres —
de gré ou de force,
le matin et le soir.

[16] Dis :
« Qui est le Seigneur des cieux et de la terre? »

Dis :
« C'est Dieu! »

Dis :
« Prendrez-vous en dehors de lui des maîtres
qui ne détiennent pour eux-mêmes,
ni profit, ni dommage[1] ? »

Dis :
« L'aveugle est-il semblable à celui qui voit[2] ?
Les ténèbres sont-elles semblables à la lumière ?
ou bien ont-ils donné à Dieu des associés
qui auraient créé comme lui-même a créé[3],
en sorte que cette création leur paraîtrait
identique à la sienne ? »

Dis :
« Dieu est le Créateur de toute chose,
il est l'Unique, le Dominateur suprême ! »

[17] Il fait descendre une eau du ciel.
Elle coule dans les vallées
à la mesure de leur capacité.
L'inondation charrie une écume qui surnage.

Ce que l'on fait fondre au feu[1]
pour en retirer des bijoux et des outils,
produit une écume semblable.

Ainsi Dieu propose en paraboles le vrai et le faux.
L'écume s'en va au rebut,
mais ce qui est utile aux hommes reste sur la terre.
Dieu propose ainsi des paraboles.

[18] La très belle récompense est destinée
à ceux qui auront répondu à leur Seigneur.
Quant à ceux qui ne lui auront pas répondu,
— même si, possédant tout ce qui se trouve
sur la terre,
et même le double[1]
ils l'offraient en rançon pour leurs péchés —
voilà ceux dont le compte est très mauvais ;
leur refuge sera la Géhenne :
quel détestable lit de repos !

[19] Celui qui sait que la Révélation
que ton Seigneur a fait descendre sur toi[1]
est la Vérité,
serait-il semblable à l'aveugle?

Seuls réfléchissent :
ceux qui sont doués d'intelligence,
[20] ceux qui observent fidèlement le pacte de Dieu
et ne violent pas son alliance;
[21] ceux qui maintiennent les liens
que Dieu a ordonné de maintenir;
ceux qui redoutent leur Seigneur
et qui craignent que leur compte
ne soit très mauvais;
[22] ceux qui recherchent constamment
la Face de leur Seigneur;
ceux qui s'acquittent de la prière;
ceux qui font l'aumône, secrète ou publique,
avec les biens que nous leur avons accordés;
ceux qui repoussent le mal par le bien[1] :
voilà ceux qui posséderont la demeure finale,
[23] les Jardins d'Éden.

Ils y entreront avec ceux qui ont été justes,
ainsi que leurs pères, leurs épouses et leurs enfants.
Les anges entreront auprès d'eux,
par toutes les portes[1].

[24] « Que la paix soit sur vous,
parce que vous avez été constants[1] ».
— La demeure finale est excellente —

[25] Ceux qui violent le pacte de Dieu
après avoir accepté son alliance;
ceux qui tranchent les liens
que Dieu a ordonné de maintenir;
ceux qui corrompent la terre :
voilà ceux qui seront maudits;
ceux auxquels la détestable demeure est destinée[1].

[26] Dieu dispense largement ou mesure ses dons
à qui il veut.

Ils ont joui de la vie de ce monde.
Qu'est donc la vie de ce monde
en comparaison de la vie dernière,
sinon une jouissance éphémère?

27 Les incrédules disent :
« Pourquoi n'a-t-on pas fait descendre sur lui un Signe
de la part de son Seigneur? »

Dis :
« Dieu égare qui il veut[1]
il dirige vers lui :
celui qui revient à lui repentant;
28 ceux qui croient;
ceux dont les cœurs s'apaisent au souvenir de Dieu[1];
— les cœurs ne s'apaisent-ils pas
au souvenir de Dieu? —
29 ceux qui croient et qui font le bien.

Le bonheur et un excellent lieu où ils retourneront[1]
sont destinés à tous ceux-là.

30 Nous t'avons envoyé à une Communauté,
— que d'autres communautés avaient précédée —
pour que tu lui communiques
ce que nous t'avons révélé,
alors que ces gens sont incrédules
à l'égard du Miséricordieux.

Dis :
« C'est lui, mon Seigneur!
Il n'y a de Dieu que lui!
Je me confie en lui;
vers lui est mon retour. »

31 S'il existait un Coran par la vertu duquel
les montagnes seraient mises en marche,
la terre se fendrait,
les morts parleraient!...

Mais non!...
Le commandement appartient entièrement à Dieu.
Les croyants pourraient-ils ne pas espérer
que Dieu dirigerait tous les hommes, s'il le voulait?

Un cataclysme
ne manquera pas d'atteindre les incrédules,
pour prix de leurs actions,
ou bien, il s'abattra près de leurs demeures
jusqu'à ce que vienne la promesse de Dieu.
— Dieu ne manque pas à sa promesse —

[32] Des prophètes venus avant toi
ont été en butte aux railleries;
j'ai accordé un répit aux incrédules,
puis, je les ai saisis.
Quel fut alors mon châtiment!

[33] Qui donc se tient auprès de chaque homme
comme témoin de ce qu'il fait?...

Ils ont attribué des associés à Dieu.
Dis :
« Nommez-les!
Ferez-vous connaître à Dieu
ce qu'il ignore sur la terre?
Ou bien, est-ce une façon de parler? »

Tout au contraire :
les ruses des incrédules leur semblaient belles
et ils ont été écartés du chemin droit.

Il n'y a pas de guide pour celui que Dieu égare.
[34] Dès cette vie, un châtiment atteindra les incrédules,
mais le châtiment de la vie future
est vraiment plus écrasant;
et ils n'auront pas de protecteur en dehors de Dieu.

[35] Tel est le Jardin promis à ceux qui craignent Dieu :
les ruisseaux y coulent,
ses fruits et ses ombrages sont perpétuels.

Voilà la fin de ceux qui auront craint Dieu,
tandis que la fin des incrédules sera le Feu.

[36] Ceux auxquels nous avons donné le Livre,
se réjouissent de ce qu'on a fait descendre vers toi.

Certaines factions en rejettent une partie.
Dis :
« J'ai seulement reçu l'ordre d'adorer Dieu
et de ne rien lui associer.
Je l'invoque.
Mon retour se fera vers lui ».

37 Nous avons ainsi révélé en arabe une Sagesse.
Si tu suis leurs désirs
après que la Science t'est parvenue,
il n'y aura pour toi
ni maître, ni protecteur contre Dieu.

38 Nous avons envoyé des prophètes avant toi
et nous leur avions donné des épouses et des enfants.

Il n'appartient pas à un prophète d'apporter un Signe,
si ce n'est avec la permission de Dieu.
Un Livre a été envoyé
pour chaque époque bien déterminée.

39 Dieu efface ou confirme ce qu'il veut.
La Mère du Livre[1] se trouve auprès de lui.

40 Soit que nous te montrions une partie
de ce que nous promettons aux hommes,
soit que nous te fassions mourir[1];
seule t'incombe la communication
du message prophétique;
le compte final nous appartient[2].

41 Ne voient-ils pas
que nous intervenons dans les pays infidèles
pour en diminuer l'étendue[1]?

Dieu juge!
Personne ne s'oppose à son jugement.
Il est prompt dans ses comptes!

42 Ceux qui ont vécu avant eux ont usé de stratagèmes :
les stratagèmes appartiennent tous à Dieu;
il sait ce que chacun acquiert par ses œuvres.

Les incrédules sauront bientôt
à qui appartiendra la demeure dernière.

[43] Les incrédules disent :
« Tu n'es pas un envoyé! »

Dis :
« Dieu suffit comme témoin entre moi et vous;
lui qui possède la Science du Livre ».

SOURATE XIV

ABRAHAM

Au nom de Dieu :
celui qui fait miséricorde,
le Miséricordieux.

[1] ALIF. Lam. Ra.
Voici un Livre!
Nous l'avons fait descendre sur toi
pour que tu fasses sortir les hommes
des ténèbres vers la lumière[1],
— avec la permission de leur Seigneur —
sur la voie du Tout-Puissant,
de celui qui est digne de louanges;
[2] la voie de Dieu, à qui appartient
ce qui est dans les cieux
et ce qui est sur la terre.

Malheur aux incrédules!
Ils subiront un dur châtiment.

[3] Ceux qui préfèrent la vie de ce monde
à la vie dernière
détournent les hommes de la voie de Dieu
et ils voudraient la rendre tortueuse :
voilà ceux qui se trouvent dans un profond égarement.

[4] Chaque prophète envoyé par nous
ne s'exprimait, pour l'éclairer,
que dans la langue du peuple auquel il s'adressait[1].

Dieu égare qui il veut;
il dirige qui il veut[2];
il est le Puissant, le Sage.

[5] Oui, nous avons envoyé Moïse avec nos Signes :
« Fais sortir ton peuple des ténèbres vers la lumière;
rappelle-lui les jours de Dieu ».

Il y a vraiment là des Signes
pour tout homme constant et reconnaissant.

[6] Quand Moïse dit à son peuple :
« Rappelez-vous les bienfaits de Dieu envers vous,
lorsqu'il vous a délivrés du peuple de Pharaon
qui vous infligeait les pires tourments :
il égorgeait vos fils
et il laissait vivre vos filles[1].
Ce fut, pour vous, une terrible épreuve
de la part de votre Seigneur ».

[7] Quand votre Seigneur proclama :
« Si vous êtes reconnaissants,
je multiplierai pour vous mes bienfaits;
mais si vous êtes ingrats,
mon châtiment sera terrible ».

[8] Moïse dit alors :
« Si vous êtes ingrats,
vous et tous ceux qui sont sur la terre,
sachez que Dieu se suffit à lui-même
et qu'il est digne de louanges ».

[9] Le récit concernant ceux qui vécurent avant vous,
— le peuple de Noé, les 'Ad et les Thamoud —
ne vous est-il pas parvenu
ainsi que le récit concernant
ceux qui vécurent après eux?
— Dieu seul les connaît —

Leurs prophètes étaient venus à eux
avec des preuves évidentes;
mais ils portèrent leurs mains à leurs bouches
et ils dirent :

« Nous ne croyons certainement pas au message
que vous étiez chargés de nous faire parvenir.
Oui, nous demeurons dans un doute profond
au sujet de ce vers quoi vous nous avez appelés ».

10 Leurs prophètes dirent :
« Est-il possible de douter de Dieu,
le Créateur[1] des cieux et de la terre ?
Il vous appelle
pour vous pardonner une partie de vos péchés
et vous donner un délai jusqu'à un terme fixé ».

Ils répondirent :
« Vous n'êtes que des mortels comme nous.
Vous voulez nous éloigner
de ce que nos pères adoraient.
Apportez-nous donc
une preuve incontestable de votre pouvoir ».

11 Leurs prophètes leur dirent :
« Nous ne sommes que des mortels comme vous,
mais Dieu accorde sa grâce
à qui il veut parmi ses serviteurs.
Il ne nous appartient pas de vous apporter
une preuve de notre pouvoir,
si ce n'est avec la permission de Dieu.
Que les croyants placent donc leur confiance en Dieu !

12 Pourquoi ne placerions-nous pas
notre confiance en Dieu
alors qu'il nous a dirigés sur nos chemins ?
Nous sommes patients
dans les peines que vous nous infligez.
— Ceux qui ont confiance en Dieu
s'en remettent entièrement à lui —

13 Les incrédules dirent à leurs prophètes :
« Nous allons vous chasser de notre pays,
à moins que vous ne reveniez à notre religion ».

Leur Seigneur leur révéla :
« Nous allons faire périr les injustes

14 et vous établir ensuite sur la terre ».
— Voilà pour celui qui redoute ma présence[1],
pour celui qui redoute ma menace. —
15 Ils recherchaient la victoire,
mais tout tyran insolent est perdu;
16 il est tiré[1] vers la Géhenne
où il sera abreuvé d'une eau fétide
17 qu'il essayera d'avaler par petites gorgées.

La mort l'assaillira de toutes parts
mais il ne pourra pas mourir.
Il est promis à un terrible châtiment.

18 Les actions de ceux qui ne croient pas en leur Seigneur
sont semblables à de la cendre
sur laquelle le vent s'acharne un jour d'ouragan.

Ils ne peuvent donc attendre aucune rétribution[1]
pour les œuvres qu'ils ont accomplies :
c'est là le profond égarement.

19 Ne vois-tu pas
que Dieu a créé les cieux et la terre en toute vérité?
Il vous ferait disparaître, s'il le voulait,
et il ferait surgir[1] une nouvelle création.
20 — Cela n'est pas difficile pour Dieu —

21 Ils comparaîtront tous devant Dieu.
Les faibles diront à ceux qui furent orgueilleux :
« Nous vous avons suivis!
Pouvez-vous nous être utiles
en nous préservant du châtiment de Dieu? »

Ils diront :
« Si Dieu nous avait dirigés,
nous vous aurions dirigés.
Il est indifférent pour nous de nous plaindre
ou d'être patients,
nous ne connaissons aucun lieu où fuir! »

22 Lorsque le décret aura été décidé, le Démon dira :
« Dieu vous a certainement fait une promesse vraie,
tandis que je vous ai fait une promesse
que je n'ai pas tenue.

Quel pouvoir avais-je sur vous,
sinon celui de vous appeler?
Vous m'avez répondu.
Ne me blâmez donc pas,
blâmez-vous vous-mêmes!

Je ne vous suis d'aucun secours,
vous ne m'êtes d'aucun secours.
J'ai été incrédule
envers ceux auxquels vous m'avez autrefois associé ».
— Oui, les injustes subiront
un douloureux châtiment —

23 On introduira ceux qui croient
et qui font des œuvres bonnes
dans les Jardins où coulent les ruisseaux.
Ils y demeureront immortels,
— avec la permission de leur Seigneur —
ils y seront accueillis avec le mot : « Paix! »

24 N'as-tu pas vu
comment Dieu propose en parabole[1]
une très bonne parole?
Elle est comparable à un arbre excellent
dont la racine est solide,
la ramure dans le ciel
25 et les fruits abondants en toute saison,
— avec la permission de son Seigneur —

Dieu propose aux hommes des paraboles;
peut-être réfléchiront-ils?

26 Une parole mauvaise est semblable à un arbre mauvais :
déraciné de la surface de la terre,
il manque de stabilité.

27 Dieu affermit ceux qui croient, par une parole ferme,
dans la vie de ce monde et dans la vie future;
tandis que Dieu égare les injustes.
— Dieu fait ce qu'il veut —

[28] N'as-tu pas vu
ceux qui échangent les bienfaits de Dieu
contre l'incrédulité
et qui établissent leur peuple
dans la demeure de la perdition;
[29] dans la Géhenne où ils brûleront?
— Quel détestable lieu de séjour! —

[30] Ils ont donné des égaux à Dieu
afin de détourner les hommes de sa voie.
Dis :
« Jouissez pour un temps de cette vie,
votre fin sera le Feu! »

[31] Dis à mes serviteurs croyants
de s'acquitter de la prière,
de faire l'aumône secrète ou publique
avec les biens que nous leur avons accordés,
avant que vienne le Jour
où il n'y aura plus ni rachat, ni amitié.

[32] Dieu!...
C'est lui qui a créé les cieux et la terre
et qui fait descendre du ciel une eau
grâce à laquelle il fait pousser des fruits
pour votre subsistance.

Il a mis à votre service le vaisseau
pour que celui-ci, par son ordre, vogue sur la mer.
Il a mis à votre service les fleuves.
[33] Il a mis à votre service le soleil et la lune
qui gravitent avec régularité.
Il a mis à votre service la nuit et le jour.
[34] Il vous a donné tout ce que vous lui avez demandé.
Si vous vouliez compter les bienfaits de Dieu,
vous ne sauriez les dénombrer.
— L'homme est vraiment très injuste et très ingrat —

[35] Abraham dit[1] :
« Mon Seigneur!
Fais de cette cité un asile sûr.
Préserve-nous, moi et mes enfants,
d'adorer des idoles,

[36] — Ô mon Seigneur! —
car elles ont égaré un grand nombre d'hommes.

Quiconque me suit est des miens,
mais, pour quiconque me désobéit,
tu es celui qui pardonne, tu es miséricordieux.

[37] Notre Seigneur!
J'ai établi une partie de mes descendants
dans une vallée stérile, auprès de ta Maison sacrée[1],
— Ô notre Seigneur!... —
afin qu'ils s'acquittent de la prière.

Fais en sorte
que les cœurs de certains hommes s'inclinent vers eux;
accorde-leur des fruits, en nourriture.
Peut-être, alors, seront-ils reconnaissants.

[38] Ô notre Seigneur!
Tu connais parfaitement ce que nous cachons
et ce que nous divulguons.
Rien n'est caché à Dieu sur la terre et dans le ciel.

[39] Louange à Dieu!
Dans ma vieillesse il m'a donné Ismaël et Isaac!
— Mon Seigneur est celui qui exauce la prière —

[40] Mon Seigneur!
Fais que je m'acquitte de la prière,
moi, ainsi que ma descendance[1].
Exauce ma prière, ô notre Seigneur!

[41] Notre Seigneur!
Accorde ton pardon
à moi-même, à mes parents et aux croyants
le Jour où apparaîtra le compte final! »

[42] Ne pense pas
que Dieu soit inattentif aux actions des injustes.
Il leur accorde un délai[1]
jusqu'au Jour où leurs yeux se fixeront d'horreur

[43] tandis qu'ils viendront suppliants, la tête immobile,
— leurs regards ne se retourneront pas
sur eux-mêmes —
et le cœur vide.

[44] Avertis les hommes du Jour
où le châtiment les atteindra.

Ceux qui auront été injustes diront alors :
« Notre Seigneur!
Accorde-nous un court délai[1]
pour que nous répondions à ton appel
et que nous suivions les prophètes ».

N'aviez-vous pas juré autrefois
qu'il n'était pas question
que vous disparaissiez?

[45] Vous avez habité les maisons
de ceux qui s'étaient fait tort à eux-mêmes,
alors que ce que nous en avions fait
vous était parfaitement connu
et que nous vous avions donné des exemples.

[46] Ils ont usé de stratagèmes
mais leurs stratagèmes sont connus de Dieu,
— même si leurs stratagèmes étaient assez puissants
pour déplacer les montagnes. —

[47] Ne pensez pas que Dieu manque à la promesse
qu'il a faite à ses prophètes.

Dieu est puissant!
Il est le Maître de la vengeance[1]
[48] le Jour
où la terre sera remplacée par une autre terre,
où les cieux seront remplacés par d'autres cieux[1].

Les hommes seront alors présentés à Dieu,
l'Unique, le Dominateur suprême!

[49] Tu verras, ce Jour-là,
les coupables enchaînés deux à deux.

50 Leurs tuniques seront faites de goudron;
le feu couvrira leurs visages.

51 Dieu rétribuera ainsi chaque homme
pour ce qu'il aura accompli.
Dieu est prompt dans ses comptes.

52 Voici une communication adressée aux hommes
afin qu'ils soient avertis;
qu'ils sachent seulement que lui,
il est un Dieu unique
et que réfléchissent
ceux qui sont doués d'intelligence.

SOURATE XV

AL HIJR

Au nom de Dieu :
celui qui fait miséricorde,
le Miséricordieux.

1 ALIF. Lam. Ra.
Voici les Versets du Livre
et d'un Coran lumineux!

2 Les incrédules aimeraient parfois être soumis.
3 Laisse-les manger et jouir un temps.
L'espoir les distrait,
mais bientôt, ils sauront!

4 Nous ne détruisons pas de cité
dont le sort n'a pas été fixé
dans un Livre connu de nous[1].
5 Nulle communauté ne devance
ni ne retarde son terme[1].

6 Ils ont dit :
« Ô toi, sur qui on a fait descendre le Rappel!
Tu es sûrement un possédé[1]!

[7] Pourquoi, si tu es véridique,
n'es-tu pas venu à nous avec les Anges?

[8] Nous ne faisons descendre les Anges qu'avec la Vérité.
Ces gens ne resteront pas longtemps dans l'expectative.

[9] Nous avons fait descendre le Rappel;
nous en sommes les gardiens.

[10] Nous avons, avant toi, envoyé des prophètes,
parmi les partisans des Anciens.

[11] Aucun prophète n'est venu à eux,
sans qu'ils se soient moqués de lui.

[12] Voilà comment nous procédons
dans les cœurs des coupables.

[13] Ils ne croient pas en lui,
malgré l'exemple que les Anciens leur ont laissé.

[14] Même si nous leur ouvrions une porte du ciel
et qu'ils puissent y monter,
[15] ils diraient :
« Nos regards sont certainement troublés;
ou, plutôt, nous sommes des gens ensorcelés ».

[16] Nous avons placé ces constellations[1] dans le ciel
et nous l'avons orné pour ceux qui le regardent.

[17] Nous le protégeons contre tout démon maudit[1];
[18] mais si l'un d'eux parvient subrepticement à écouter,
une flamme brillante le poursuit[1].

[19] Quant à la terre :
Nous l'avons étendue,
nous y avons jeté des montagnes[1],
nous y avons fait croître toute chose avec mesure[2].

[20] Nous y avons placé des aliments pour vous
et pour ceux que vous ne nourrissez pas[1].

21 Il n'y a rien
dont les trésors[1] ne soient pas auprès de nous;
nous ne les faisons descendre
que d'après une mesure déterminée[2].

22 Nous envoyons les vents chargés de lourds nuages.
Nous faisons descendre du ciel une eau
dont nous vous abreuvons
et que vous n'êtes pas capables de conserver.

23 Oui, c'est nous qui faisons vivre
et qui faisons mourir.
Nous sommes l'Héritier Suprême[1].

24 Nous connaissons
ceux d'entre vous qui sont venus les premiers
et nous connaissons ceux qui tardent encore.

25 C'est ton Seigneur qui les rassemblera.
Il est sage et il sait tout.

26 Nous avons créé l'homme
d'une argile, extraite d'une boue malléable.

27 Quant aux Djinns,
nous les avions créés, auparavant,
du feu de la fournaise ardente[1].

28 Lorsque ton Seigneur dit aux Anges :
« Je vais créer un mortel
d'une argile extraite d'une boue malléable[1].

29 Après que je l'aurai harmonieusement formé[1],
et que j'aurai insufflé en lui de mon Esprit[2] :
tombez prosternés devant lui ».
30 Tous les Anges se prosternèrent ensemble,
31 à l'exception d'Iblis qui refusa de se prosterner[1].

32 Dieu dit :
« Ô Iblis !
Pourquoi n'es-tu pas au nombre
de ceux qui se prosternent ? »

33 Il dit :
« Je n'ai pas à me prosterner devant un mortel
que tu as créé
d'une argile extraite d'une boue malléable ».

34 Dieu dit :
« Sors d'ici!
Tu es maudit!
35 Sur toi la malédiction
jusqu'au Jour du Jugement! »

36 Il dit :
« Mon Seigneur!
Accorde-moi un délai
jusqu'au Jour où les hommes seront ressuscités ».

37 Dieu dit :
« Ce délai t'est accordé[1]
38 jusqu'au Jour de l'instant connu de nous ».

39 Il dit :
« Mon Seigneur!
C'est parce que tu m'as induit en erreur
que je leur montrerai sur la terre le mal,
sous des apparences trompeuses.

Je les jetterai tous dans l'aberration,
40 à l'exception
de ceux de tes serviteurs qui sont sincères ».

41 Dieu dit :
« Voilà pour moi une voie droite!

42 Tu n'as aucun pouvoir sur mes serviteurs
à l'exception de celui qui te suivra,
parmi ceux qui sont dans l'erreur ».

43 La Géhenne sera sûrement pour eux tous
leur rendez-vous.
44 Elle a sept portes :
un groupe d'entre eux se tiendra devant chaque porte[1].

[45] Oui, ceux qui craignent Dieu
seront au milieu des Jardins et des sources :
[46] « Entrez ici, en paix et en sécurité! »

[47] Nous avons arraché
ce qui se trouvait de haine dans leurs cœurs[1].
Ils deviendront comme des frères
sur des lits de repos se faisant vis-à-vis[2].

[48] Nul peine ne les touchera;
ils ne seront jamais expulsés.

[49] Informe mes serviteurs que je suis, en vérité,
celui qui pardonne, le Miséricordieux,
[50] et que mon châtiment est le châtiment douloureux.

[51] Informe-les au sujet des hôtes d'Abraham[1].
[52] Ils dirent, en entrant chez lui :
« Salut! »

Il dit :
« Nous avons peur de vous! »

[53] Ils dirent :
« N'aie pas peur!
Nous t'annonçons la bonne nouvelle
d'un garçon plein de science ».

[54] Il dit :
« M'annoncez-vous cette bonne nouvelle
alors que la vieillesse m'a atteint?
Que m'annoncez-vous donc? »

[55] Ils dirent :
« Nous t'annonçons cette bonne nouvelle
en toute vérité.
Ne sois donc pas au nombre de ceux qui désespèrent ».

[56] Il dit :
« Qui donc désespère de la Miséricorde de son Seigneur,
sinon ceux qui sont égarés? »

[57] Il dit encore :
« Ô vous, les envoyés !
Quelle est donc votre mission ? »

[58] Ils dirent :
« Nous sommes envoyés à un peuple criminel,
[59] mais non pas à la famille de Loth
que nous allons sauver entièrement
[60] à l'exception de sa femme ».
— Nous avions décrété qu'elle serait au nombre
de ceux qui resteraient en arrière —

[61] Quand les envoyés vinrent auprès de la famille de Loth,
[62] celui-ci dit :
« Vous êtes des inconnus ! »

[63] Ils dirent :
« Non...
Nous sommes venus chez toi
en apportant ce dont ils doutent ;
[64] nous sommes venus à toi avec la Vérité ;
nous sommes véridiques !

[65] Pars de nuit avec ta famille ;
suis-la
et que nul d'entre vous ne se retourne.
Allez là où on vous l'ordonne ».

[66] Nous en avons décrété ainsi, pour le sauver,
parce que, le matin suivant,
ces gens-là devaient être anéantis,
jusqu'au dernier.

[67] Les gens de la ville vinrent,
en quête de nouvelles.
[68] Loth leur dit :
« Ceux-ci sont mes hôtes ;
ne me déshonorez pas.
[69] Craignez Dieu
et ne me couvrez pas de honte ! »

[70] Ils dirent :
« Ne t'avons-nous pas interdit
de t'occuper des mondes ? »

[71] Il dit :
« Voici mes filles !
Si vous les voulez[1] ! »

[72] Oui, par ta vie !
Ces hommes s'aveuglaient dans leur ivresse.
[73] Le Cri[1] les saisit à l'aube.

[74] Nous avons renversé cette cité de fond en comble
et nous avons fait pleuvoir des pierres d'argile
sur ses habitants[1].
[75] — Voilà vraiment des Signes
pour ceux qui les observent —
[76] Elle se trouvait sur un chemin connu de tous[1].
[77] — Il y a vraiment là un Signe pour les croyants ! —

[78] Les habitants d'al 'Aïka[1] étaient injustes :
[79] nous nous sommes vengé d'eux.

Ces deux cités[1] sont un exemple[2] incontestable.

[80] Les habitants de Hijr[1]
ont traité les prophètes de menteurs.
[81] Nous leur avions apporté nos Signes,
mais ils se sont détournés.

[82] Ils creusaient les montagnes en toute sécurité
pour en faire des demeures.

[83] Le Cri les saisit au matin ;
[84] leurs actions ne leur ont pas été profitables.

[85] Nous n'avons créé qu'avec la Vérité
les cieux, la terre
et ce qui se trouve entre les deux.

L'Heure vient sûrement !
Pardonne d'un beau pardon !

86 Oui, ton Seigneur est le Créateur
qui ne cesse de créer[1];
celui qui sait tout.

87 Nous t'avons donné sept versets[1] que l'on répète,
et aussi, le très grand Coran.

88 Ne porte pas tes regards vers les choses
que nous avons accordées à certains d'entre eux
à titre de jouissance éphémère[1].

Ne t'afflige pas à leur sujet.
Abaisse ton aile sur les croyants.

89 Dis :
« Oui, je suis l'avertisseur explicite ».

90 Nous avions fait descendre ainsi le châtiment[1]
sur les conjurés[2]
91 qui ont mis le Coran en pièces.

92 Par ton Seigneur!
Nous les interrogerons tous
93 sur ce qu'ils faisaient.

94 Proclame ce qui t'est ordonné
et détourne-toi des polythéistes.

95 Nous te suffisons, face aux railleurs
96 qui placent une autre divinité à côté de Dieu.
Ils sauront bientôt!

97 Nous savons que ta poitrine se resserre
en entendant[1] ce qu'ils disent.

98 Proclame la louange de ton Seigneur!
Sois au nombre de ceux qui se prosternent!
99 Adore ton Seigneur,
jusqu'à ce que la certitude te parvienne!

SOURATE XVI

LES ABEILLES

Au nom de Dieu :
celui qui fait miséricorde,
le Miséricordieux.

1 L'Ordre de Dieu arrive!
Ne cherchez pas à hâter sa venue.
Gloire à Dieu!
Très élevé au-dessus de ce qu'on lui associe.

2 Il fait descendre les Anges
avec l'Esprit qui provient de son Commandement[1]
sur qui il veut parmi ses serviteurs :
« Avertissez les hommes qu'en vérité,
il n'y a de Dieu que moi :
craignez-moi donc! »

3 Il a créé les cieux et la terre en toute vérité.
Il est très élevé au-dessus de ce qu'on lui associe!

4 Il a créé l'homme d'une goutte de sperme[1],
et voilà que celui-ci se montre querelleur[2].

5 Il a créé pour vous les bestiaux.
Vous en retirez des vêtements chauds,
d'autres avantages encore
et vous vous en nourrissez.

6 Ils vous semblent beaux
quand vous les ramenez le soir
et quand vous partez au matin.

7 Ils portent vos fardeaux vers une contrée
que vous n'atteindriez qu'avec peine.
— Votre Seigneur est bon et miséricordieux —

[8] Il a créé pour vous
les chevaux, les mulets et les ânes,
pour que vous les montiez et pour l'apparat.
Il crée ce que vous ne savez pas!

[9] La voie droite appartient à Dieu;
certains s'en détachent,
mais Dieu vous dirigerait tous,
s'il le voulait.

[10] C'est lui qui fait descendre du ciel
l'eau qui vous sert de boisson
et qui fait croître les plantes
dont vous nourrissez vos troupeaux.

[11] Grâce à elle, il fait encore pousser pour vous
les céréales, les oliviers, les palmiers, les vignes
et toutes sortes de fruits.
Il y a vraiment là un Signe
pour un peuple qui réfléchit[1]!

[12] Il a mis à votre service
la nuit, le jour, le soleil et la lune.
Les étoiles sont soumises à son ordre.
Il y a vraiment là des Signes
pour un peuple qui comprend!

[13] Ce qu'il a créé pour vous sur la terre
est de couleurs variées.
Il y a vraiment là un Signe
pour un peuple qui réfléchit!

[14] C'est lui qui a mis la mer à votre service
pour que vous en retiriez une chair fraîche
et les joyaux dont vous vous parez,
— Tu vois le vaisseau fendre les vagues avec bruit —
pour que vous partiez à la recherche de ses bienfaits.
Peut-être serez-vous reconnaissants!

[15] Il a jeté sur la terre des montagnes comme des piliers[1]
— afin qu'elle ne branle pas et vous non plus[2] —
des rivières,
des chemins qui serviront peut-être à vous guider

[16] et des points de repère.
— Les hommes se dirigent d'après les étoiles —

[17] Celui qui crée
est-il semblable à celui qui ne crée rien ?
Ne réfléchissez-vous pas ?

[18] Si vous comptiez les bienfaits de Dieu,
vous ne sauriez les dénombrer.
Dieu est celui qui pardonne, il est miséricordieux.

[19] Dieu connaît ce que vous cachez
et ce que vous divulguez.

[20] Ceux qu'ils invoquent en dehors de Dieu
ne créent rien ;
ils sont eux-mêmes créés ;
[21] ils sont morts, et non pas vivants ;
ils ne savent pas
quand ils seront ressuscités.

[22] Votre Dieu est un Dieu unique.
Ceux qui ne croient pas à la vie future
le nient en leurs cœurs
et ils s'enorgueillissent.

[23] Sans aucun doute,
Dieu connaît parfaitement
ce qu'ils cachent et ce qu'ils divulguent.
Il n'aime pas les orgueilleux !

[24] Lorsqu'on leur dit :
« Qu'est-ce que votre Seigneur a fait descendre ? »
ils répondent :
« Des histoires racontées par les Anciens ».

[25] Qu'ils portent donc leur fardeau en entier,
le Jour de la Résurrection,
avec une partie du fardeau de ceux qu'ils égaraient,
sans le savoir.
Leur fardeau n'est-il pas détestable ?

[26] Ceux qui ont vécu avant eux ont usé de stratagèmes.
Dieu a sapé leur édifice par la base[1];
le toit s'est écroulé sur eux;
le châtiment est venu à eux
d'où ils ne l'avaient pas pressenti.

[27] Ensuite, le Jour de la Résurrection,
Dieu les couvrira d'opprobres et leur dira :
« Où sont mes associés
au sujet desquels vous n'étiez pas d'accord? »

Ceux qui auront reçu la Science diront :
« L'opprobre et la honte
tombent aujourd'hui sur les incrédules
[28] que les anges rappellent,
alors qu'ils se font tort à eux-mêmes ».

Ceux-ci feront leur soumission :
« Nous ne faisions pas de mal! »
Bien au contraire!
Dieu sait parfaitement ce que vous faisiez.

[29] « Franchissez les portes de la Géhenne[1]
pour y demeurer immortels! »
Combien est détestable le séjour des orgueilleux!

[30] On dira à ceux qui craignaient Dieu :
« Qu'est-ce que votre Seigneur a fait descendre? »

Ils répondront :
« Un bien ».
Une chose excellente est destinée
à ceux qui, en cette vie,
accomplissent des œuvres bonnes;
mais la demeure de la vie future est meilleure,
et combien délicieuse,
la demeure de ceux qui craignent Dieu!

[31] Ils pénétreront dans les Jardins d'Éden
où coulent les ruisseaux.
Ils trouveront là tout ce qu'ils voudront.

Dieu récompense ainsi ceux qui le craignent;
32 ceux que les Anges rappellent, alors qu'ils sont bons,
et à qui ils disent :
« La Paix soit sur vous!
Entrez au Paradis, en récompense de vos actions[1]! »

33 Les autres attendent-ils seulement
que les Anges viennent à eux
ou que l'Ordre de ton Seigneur survienne?

Ceux qui ont vécu avant eux ont agi ainsi :
Dieu ne les a pas lésés;
mais ils se sont fait tort à eux-mêmes.

34 Les méfaits qu'ils ont commis les frapperont.
Ce dont ils se moquaient les cernera de toutes parts.

35 Les polythéistes diront :
« Si Dieu l'avait voulu,
nous n'aurions rien adoré en dehors de lui,
— nous et nos pères —
nous n'aurions rien interdit
en dehors de ses prescriptions ».
Ceux qui ont vécu avant eux agissaient ainsi.

Qu'incombe-t-il aux prophètes,
sinon de transmettre le message prophétique
en toute clarté?

36 Oui, nous avons envoyé un prophète
à chaque communauté :
« Adorez Dieu!
Fuyez les Taghout! »

Il y en eut, parmi eux, que Dieu dirigea
tandis que l'égarement des autres devint inéluctable.

Parcourez la terre :
voyez quelle fut la fin
de ceux qui criaient au mensonge.

37 Même si tu désirais ardemment qu'ils soient guidés,
Dieu ne dirige pas ceux qui s'égarent
et il n'y a personne pour les secourir.

[38] Ils ont juré par Dieu
en prononçant leurs serments les plus solennels :
« Dieu ne ressuscitera pas celui qui est mort ! »

Bien au contraire!
C'est une promesse vraie
dont la réalisation lui incombe;
mais la plupart des gens ne savent pas.

[39] Pour expliquer aux incrédules
les motifs de leurs dissensions
et pour qu'ils sachent qu'ils sont menteurs :
[40] notre seule Parole,
lorsque nous voulons une chose,
est de lui dire : « Sois ! »
et elle est[1].

[41] Nous rétablirons en cette vie,
dans une situation favorable,
ceux qui ont émigré pour Dieu
après avoir subi des injustices;
mais la récompense de la vie future
est plus grande encore.

S'ils savaient,
[42] eux qui furent constants
et qui se sont confiés en leur Seigneur!

[43] Nous n'avons envoyé avant toi
que des hommes que nous avons inspirés.
Si vous ne le savez pas,
interrogez les gens auxquels le Rappel a été adressé[1].

[44] Nous avons envoyé les prophètes[1]
avec des preuves irréfutables et les Écritures[2].

Nous avons fait descendre sur toi le Rappel
pour que tu exposes clairement aux hommes
ce qu'on a fait descendre vers eux.
— Peut-être réfléchiront-ils! —

[45] Ceux qui ont usé de mauvais stratagèmes sont-ils sûrs[1]
que Dieu ne les fera pas engloutir par la terre,

ou que le châtiment ne les saisira pas,
là où ils ne s'y attendaient pas;
46 ou qu'il ne les saisira pas en pleine activité,
sans qu'ils puissent le repousser,
47 ou qu'il ne les saisira pas en plein effroi?
— Mais votre Seigneur est bon et miséricordieux! —

48 N'ont-ils pas vu
que les ombres de toutes les choses créées par Dieu
s'allongent à droite et à gauche,
en se prosternant humblement devant Dieu?

49 Tout être vivant[1], dans les cieux et sur la terre,
se prosterne devant Dieu
ainsi que les Anges qui ne s'enorgueillissent pas.

50 Ils craignent leur Seigneur, au-dessus d'eux
et ils font ce qui leur est ordonné.

51 Dieu dit :
« Ne révérez[1] pas deux dieux.
Il n'y a, en vérité, qu'un Dieu unique.
Redoutez-moi donc! »

52 A lui appartient ce qui est dans les cieux
et ce qui est sur la terre.
Une obéissance continuelle lui est due[1].
Craindrez-vous un autre que Dieu?

53 Quel que soit le bien que vous possédiez,
il vient de Dieu.
Quand, ensuite, le malheur vous touche,
c'est à Dieu que vous adressez vos supplications;
54 puis, lorsque le malheur s'éloigne de vous,
voilà que certains d'entre vous donnent des associés
à leur Seigneur,
55 méconnaissant[1] ainsi ce que nous leur avons donné.

Jouissez donc, pour un temps, de la vie présente;
bientôt, vous saurez...

56 Ils affectent une partie des biens
que nous leur avons accordés,
à ce[1] qu'ils ne connaissent pas.

Par Dieu!
On vous demandera compte
de ce que vous avez inventé!

57 Ils attribuent des filles à Dieu[1],
— Gloire à lui! —
alors qu'ils n'en veulent pas pour eux-mêmes!

58 Lorsqu'on annonce à l'un d'eux
la naissance d'une fille,
son visage s'assombrit,
il suffoque[1],
59 il se tient à l'écart, loin des gens,
à cause du malheur qui lui a été annoncé.

Va-t-il conserver cette enfant, malgré sa honte,
ou bien l'enfouira-t-il dans la poussière[1]?
— Leur jugement n'est-il pas détestable? —

60 Ceux qui ne croient pas à la vie future
présentent l'image du mal
tandis que les comparaisons les plus élevées
s'appliquent à Dieu.
— Il est le Puissant, le Sage! —

61 Si Dieu s'en prenait aux hommes,
à cause de leur injustice,
il ne laisserait, sur la terre, aucun être vivant[1].

Il les prolonge jusqu'à un terme fixé;
mais lorsque leur terme viendra
ils ne pourront ni le retarder,
ni l'avancer d'une heure[2].

62 Ils attribuent à Dieu
ce qu'ils détestent pour eux-mêmes[1].
Leurs langues profèrent le mensonge
lorsqu'ils disent qu'une belle récompense les attend.
C'est le Feu qui leur est réservé sans aucun doute,
et ils y seront envoyés les premiers.

63 Par Dieu!
Nous avons envoyé des prophètes

aux communautés avant toi.
Le Démon a embelli à leurs yeux leurs propres actions.
C'est lui qui, ce Jour-là, sera leur maître.
Un châtiment douloureux leur est réservé.

64 Nous n'avons fait descendre sur toi le Livre
que pour que tu leur expliques
les motifs de leurs dissensions, en ce qui le concerne,
et comme une Direction et une miséricorde
pour un peuple qui croit.

65 Dieu a fait descendre du ciel une eau
par laquelle il fait revivre la terre après sa mort.
— Il y a vraiment là un Signe
pour un peuple qui entend. —

66 Vous trouverez un enseignement dans vos troupeaux.
Nous vous abreuvons de ce qui, dans leurs entrailles,
tient le milieu entre le chyme et le sang :
un lait pur, délicieux à boire.

67 Vous retirez une boisson enivrante
et un aliment excellent
des fruits des palmiers et des vignes.
— Il y a vraiment là un Signe
pour un peuple qui comprend! —

68 Ton Seigneur a révélé aux abeilles :
« Établissez vos demeures dans les montagnes,
dans les arbres et les ruches;
69 puis mangez de tous les fruits.
Suivez ainsi docilement les sentiers
de votre Seigneur ».

De leurs entrailles sort une liqueur diaprée
où les hommes trouvent une guérison[1].
— Il y a vraiment là un Signe
pour un peuple qui réfléchit! —

70 Dieu vous a créés,
puis il vous rappellera.
Certains parmi vous sont prolongés
jusqu'à la décrépitude,

afin qu'après avoir su quelque chose,
ils ne sachent plus rien[1].
— Dieu sait tout et il est puissant —

[71] Dieu a favorisé
certains d'entre vous, plus que d'autres,
dans la répartition de ses dons.

Que ceux qui ont été favorisés
ne reversent pas ce qui leur a été accordé
à leurs esclaves,
au point que ceux-ci deviennent leurs égaux[1].
— Nieront-ils les bienfaits de Dieu ? —

[72] Dieu vous a donné des épouses nées parmi vous.
De vos épouses, il vous a donné des enfants
et des petits-enfants ;
il vous a accordé des choses excellentes.

Vont-ils donc croire ce qui est faux,
et méconnaître les bienfaits de Dieu ?

[73] Ils adorent, à côté de Dieu,
ce qui ne peut leur procurer aucune nourriture
des cieux ou de la terre,
et ce qui n'est capable de rien.

[74] N'attribuez donc pas des égaux à Dieu.
Dieu sait, et vous, vous ne savez pas.

[75] Dieu propose en parabole un serviteur,
— un esclave qui ne peut rien —
et un homme
à qui nous avons accordé d'amples ressources
dont il fait des aumônes secrètes et publiques.
Ces deux hommes sont-ils égaux ?

Louange à Dieu !
mais la plupart des hommes ne savent pas !

[76] Dieu propose en parabole deux hommes :
l'un est muet, il ne peut rien faire,
il est à charge à son maître.

Quelque lieu où celui-ci l'envoie,
cet homme ne lui rapporte rien de bon.
Est-il l'égal de celui qui ordonne l'équité
et qui suit une voie droite?

77 Le mystère des cieux et de la terre
appartient à Dieu.
L'ordre concernant l'Heure sera comme un clin d'œil[1]
ou plus bref encore.
— Dieu est puissant sur toute chose —

78 Dieu vous a fait sortir du ventre de vos mères.
Vous ne saviez rien.
Il vous a donné l'ouïe, la vue, des viscères.
— Peut-être serez-vous reconnaissants! —

79 N'ont-ils pas vu
les oiseaux assujettis au vol[1] dans l'air du ciel,
où rien, sauf Dieu, ne les soutient?
— Il y a vraiment là des Signes pour les croyants! —

80 Dieu vous a procuré un abri dans vos maisons
comme il vous a procuré des habitations
faites de peaux de bêtes,
afin que vous les trouviez légères
le jour où vous vous déplacez
et le jour où vous campez.

Des effets et des objets d'un usage précaire
proviennent de la laine, du poil et du crin.

81 Parmi ce que Dieu a créé :
il vous a procuré les ombrages;
il vous a procuré des abris dans les montagnes;
il vous a procuré des vêtements qui vous protègent
de la chaleur
et des vêtements qui vous protègent des coups[1].

Il parachève ainsi ses bienfaits envers vous;
peut-être lui serez-vous soumis.

[82] S'ils tournent le dos,
sache qu'il t'incombe seulement
de transmettre le message prophétique en toute clarté.

[83] Ils reconnaissent les bienfaits de Dieu,
puis ils les nient.
La plupart d'entre eux sont ingrats.

[84] Le Jour
où nous susciterons un témoin
de chaque communauté,
la parole ne sera pas donnée aux incrédules
et ils ne seront pas excusés.

[85] Lorsque ceux qui étaient injustes
verront le châtiment,
celui-ci ne sera pas allégé pour eux :
ils n'auront pas de répit.

[86] Lorsque les polythéistes verront
ceux qu'ils ont associés à Dieu,
ils diront :
« Notre Seigneur!
Voici ceux que nous t'avons associés
et que nous avons invoqués en dehors de toi ».

Ceux-ci leur rétorqueront[1] :
« Vous êtes des menteurs. »

[87] Ils offriront alors à Dieu leur soumission
mais ce qu'ils avaient inventé est perdu pour eux.

[88] A ceux qui sont incrédules,
à ceux qui écartent les hommes du chemin de Dieu,
nous infligerons châtiment sur châtiment,
pour prix de la corruption qu'ils ont semée.

[89] Comme le Jour où nous enverrons
à chaque communauté
un témoin contre eux, choisi parmi eux,
nous t'avons suscité comme témoin contre ceux-ci.

Nous avons fait descendre le Livre sur toi,
comme un éclaircissement de toute chose,
une Direction, une Miséricorde
et une bonne nouvelle pour ceux qui se sont soumis.

90 Oui, Dieu ordonne l'équité,
la bienfaisance
et la libéralité envers les proches parents.

Il interdit la turpitude,
l'acte répréhensible et la rébellion.
Il vous exhorte.
Peut-être réfléchirez-vous.

91 Soyez fidèles à l'alliance de Dieu
après l'avoir contractée.

Ne violez pas les serments,
après les avoir solennellement prêtés
et avoir pris Dieu comme garant contre vous.
— Dieu sait parfaitement ce que vous faites —

92 N'imitez pas celle qui défaisait le fil de son fuseau
après l'avoir solidement tordu.
Ne considérez pas vos serments
comme un sujet d'intrigues entre vous,
en estimant que telle communauté
l'emportera sur telle autre[1].

Dieu vous éprouve ainsi :
le Jour de la Résurrection,
il vous montrera clairement
les vraies raisons de vos dissensions.

93 Si Dieu l'avait voulu,
il aurait fait de vous une seule communauté.
Mais il égare qui il veut;
il dirige qui il veut[1].
Vous serez interrogés sur ce que vous faisiez.

94 Ne faites pas de vos serments un moyen d'intrigues
sinon vos pas glisseraient après avoir été fermes
et vous goûteriez le malheur

pour avoir écarté les hommes du chemin de Dieu.
Vous subiriez alors un terrible châtiment.

95 Ne troquez pas à vil prix l'alliance de Dieu.
Ce qui se trouve auprès de Dieu
est encore meilleur pour vous,
si vous saviez!

96 Ce qui se trouve auprès de vous s'épuise;
ce qui se trouve auprès de Dieu, demeure.

Oui, nous donnerons leur récompense
à ceux qui auront été constants,
en fonction de leurs meilleures actions.

97 Nous ressusciterons, pour une vie excellente,
tout croyant, homme ou femme, qui fait le bien[1].
Nous leur donnerons leur récompense
en fonction de leurs meilleures actions.

98 Lorsque tu lis le Coran,
demande la protection de Dieu
contre le Démon maudit[1].

99 Le Démon n'a aucun pouvoir sur les croyants
ni sur ceux qui se confient en leur Seigneur.

100 Son pouvoir s'exerce seulement
contre ceux qui le prennent pour maître
et qui sont polythéistes.

101 Lorsque nous changeons un Verset
contre un autre Verset[1]
— Dieu sait ce qu'il révèle —
ils disent :
« Tu n'es qu'un faussaire[2]! »
Non!...
Mais la plupart d'entre eux ne savent pas.

102 Dis :
« L'Esprit de sainteté l'a fait descendre avec la Vérité,
de la part de ton Seigneur

comme une Direction
et une bonne nouvelle pour les soumis,
afin d'affermir les croyants ».

103 Nous savons qu'ils disent :
« C'est seulement un mortel qui l'instruit ! »

Mais celui auquel ils pensent[1]
parle une langue étrangère[2],
alors que ceci est une langue arabe claire.

104 Dieu ne dirige pas
ceux qui ne croient pas aux Signes de Dieu.
Un douloureux châtiment les attend.

105 Ceux qui ne croient pas aux Signes de Dieu
sont les seuls à inventer ce mensonge.
Tels sont les menteurs.

106 Celui qui renie Dieu après avoir cru,
— non pas celui qui subit une contrainte
et dont le cœur reste paisible dans la foi —
celui qui, délibérément, ouvre son cœur à l'incrédulité :
la colère de Dieu est sur lui
et un terrible châtiment l'atteindra.

107 Il en est ainsi,
parce qu'ils ont préféré la vie de ce monde
à la vie future.
Dieu ne dirige pas les incrédules.

108 Voilà ceux auxquels Dieu a scellé
le cœur, l'ouïe et la vue.
Voilà ceux qui sont insouciants ;
109 ils perdront tout, indubitablement,
dans la vie future.

110 Cependant ton Seigneur,
envers ceux qui ont émigré
après avoir subi des épreuves,
ceux qui ont ensuite lutté et qui ont été constants ;
oui, ton Seigneur sera, après cela,
celui qui pardonne et qui fait miséricorde.

[111] Le Jour où chaque homme viendra,
plaidant pour lui-même :
chaque homme sera exactement rétribué
pour ce qu'il aura fait :
personne ne sera lésé.

[112] Dieu propose la parabole d'une cité :
elle était paisible et tranquille;
les richesses[1] lui venaient en abondance de partout;
puis elle a méconnu les bienfaits de Dieu.
Dieu a fait alors goûter à ses habitants
la violence de la faim et de la peur[2]
en punition de leurs méfaits.

[113] Un Prophète pris parmi eux est venu à eux :
ils l'ont accusé de mensonge.
Le châtiment les a emportés
parce qu'ils étaient injustes.

[114] Mangez ce qui est licite et bon
parmi les choses que Dieu vous a accordées.
Remerciez Dieu pour ses bienfaits,
si c'est lui que vous adorez.

[115] Il vous a seulement interdit
la bête morte, le sang, la viande de porc
et tout animal sur lequel on aura invoqué
un autre nom que celui de Dieu.

Mais pour quiconque serait contraint d'en manger
sans pour cela être rebelle ni transgresseur[1],
Dieu est celui qui pardonne, il est miséricordieux.

[116] Ne dites pas,
d'après le mensonge proféré par vos propres langues :
« Ceci est licite;
ceci est interdit »
avec l'intention d'inventer un mensonge contre Dieu.

Ceux qui inventent le mensonge contre Dieu
ne seront jamais heureux :
[117] cette piètre jouissance éphémère
sera suivie d'un châtiment douloureux.

118 Nous avons interdit à ceux qui suivent le Judaïsme
ce que nous t'avons déjà énuméré.
Nous ne les avons pas lésés,
ils se sont fait tort à eux-mêmes.

119 Cependant, ton Seigneur,
envers ceux qui ont fait le mal par ignorance,
puis qui se sont repentis et se sont amendés;
oui, ton Seigneur sera, après cela,
celui qui pardonne et qui fait miséricorde.

120 Abraham représente vraiment tout un peuple[1] :
docile envers Dieu, c'était un vrai croyant[2];
il ne fut pas au nombre des polythéistes.

121 Reconnaissant envers Dieu pour ses bienfaits,
Dieu l'a choisi et l'a dirigé sur une voie droite.

122 Nous lui avons donné de bonnes choses en ce monde
et, dans la vie future,
il sera certainement au nombre des justes.

123 Nous t'avons ensuite révélé :
« Suis la Religion d'Abraham[1], un vrai croyant ».
— Il n'était pas au nombre des polythéistes —

124 Le Sabbat n'a été imposé
qu'à ceux qui étaient en désaccord à son sujet.
Oui, ton Seigneur jugera entre eux,
Le Jour de la Résurrection,
les raisons de leurs différends[1].

125 Appelle les hommes dans le chemin de ton Seigneur,
par la Sagesse et une belle exhortation;
discute avec eux de la meilleure manière.

Oui, ton Seigneur connaît parfaitement
celui qui s'égare hors de son chemin,
comme il connaît ceux qui sont bien dirigés.

126 Si vous châtiez,
châtiez comme vous l'avez été.

Mais si vous êtes patients,
c'est mieux pour ceux qui sont patients.

127 Sois patient!
Ta patience vient de Dieu.

Ne t'afflige pas sur eux[1].
Ne sois pas angoissé[2]
à cause de leurs ruses[3].

128 Dieu est avec ceux qui le craignent
et avec ceux qui font le bien.

SOURATE XVII

LE VOYAGE NOCTURNE

Au nom de Dieu :
celui qui fait miséricorde,
le Miséricordieux.

1 GLOIRE à celui qui a fait voyager de nuit son serviteur
de la Mosquée sacrée à la Mosquée très éloignée[1]
dont nous avons béni l'enceinte[2],
et ceci pour lui montrer certains de nos Signes.
— Dieu est celui qui entend et qui voit parfaitement —

2 Nous avons donné à Moïse le Livre
dont nous avons fait une Direction
pour les fils d'Israël :
« Ne prenez pas de protecteur en dehors de moi ».

3 Ô vous les descendants[1]
de ceux que nous avons portés[2] avec Noé!
— il fut un serviteur reconnaissant —
4 Nous avons décrété dans le Livre,
à l'adresse des fils d'Israël :
« Vous sèmerez deux fois le scandale sur la terre,
et vous vous élèverez avec un grand orgueil ».

5 Lorsque l'accomplissement
de la première de ces deux promesses est venu,
nous avons envoyé contre vous
certains de nos serviteurs doués d'une force terrible.
Ils pénétrèrent à l'intérieur des maisons
et cette promesse se réalisa.

6 Nous vous avons donné ensuite une revanche sur eux.
Nous avons accru vos richesses
et le nombre de vos enfants[1].
Nous avons fait de vous un peuple nombreux.

7 Si vous faites le bien
ou si vous faites le mal,
vous le faites à vous-mêmes.

Lorsque l'accomplissement de la seconde promesse
est venu,
c'était pour vous affliger[1],
pour permettre à vos ennemis[2]
de pénétrer dans la mosquée[3]
comme ils l'avaient fait une première fois
et pour détruire entièrement
ce dont ils s'étaient emparé.

8 Peut-être votre Seigneur vous fera-t-il miséricorde.
Si vous recommencez, nous recommencerons[1].
Nous avons fait, de la Géhenne,
une prison pour les incrédules.

9 Oui, ce Coran conduit dans une voie très droite.
Il annonce aux croyants qui font le bien
la bonne nouvelle d'une grande récompense;
10 il annonce également
que nous préparons un châtiment douloureux
pour ceux qui ne croient pas à la vie future.

11 L'homme appelle de ses vœux le mal,
comme il appelle le bien.
L'homme est toujours pressé.

12 Nous avons fait de la nuit et du jour deux Signes.
Nous avons rendu sombre le Signe de la nuit,

et clair, le Signe du jour
pour que vous recherchiez
les bienfaits[1] de votre Seigneur
et que vous connaissiez
le nombre des années et le calcul du temps[2].
Nous avons rendu toutes ces choses intelligibles.

13 Nous attachons son destin[1] au cou de chaque homme.
Le Jour de la Résurrection,
nous lui présenterons un livre qu'il trouvera ouvert[2] :
14 « Lis ton livre!
Il suffit aujourd'hui
pour rendre compte de toi-même ».

15 Quiconque est bien dirigé,
n'est dirigé que pour lui-même.

Quiconque est égaré
n'est égaré qu'à son propre détriment.

Nul ne portera le fardeau d'un autre[1].
Nous n'avons jamais puni un peuple,
avant de lui avoir envoyé un prophète.

16 Lorsque nous voulons détruire une cité,
nous ordonnons à ceux qui y vivent dans l'aisance
de se livrer à leurs iniquités.
La Parole prononcée contre elle se réalise
et nous la détruisons entièrement.

17 Que de générations avons-nous détruites après Noé!
Ton Seigneur suffit pour connaître
et pour voir parfaitement les péchés de ses serviteurs.

18 A quiconque désire ce qui passe promptement[1],
nous nous hâtons de donner ce que nous voulons,
à qui nous voulons.
Puis, nous le destinons à la Géhenne
où il brûlera méprisé et réprouvé.

19 Les croyants qui désirent la vie future
et qui font tous leurs efforts pour y tendre :
voilà ceux dont le zèle sera reconnu.

20 Nous accordons[1] largement à tous,
à ceux-ci et à ceux-là,
les dons de ton Seigneur.
Les dons de ton Seigneur ne sont refusés à personne.

21 Considère comment nous avons préféré
quelques-uns d'entre eux aux autres.
Mais il y aura des degrés élevés dans la vie future
et une supériorité plus grande encore.

22 Ne place pas une autre divinité à côté de Dieu[1],
sinon tu serais méprisé et abandonné.

23 Ton Seigneur a décrété que vous n'adoriez que lui.
Il a prescrit la bonté à l'égard de vos père et mère.
Si l'un d'entre eux ou bien tous les deux
ont atteint la vieillesse près de toi,
ne leur dis pas : « Fi ![1] »
ne les repousse pas,
adresse-leur des paroles respectueuses.
24 Incline vers eux, avec bonté, l'aile de la tendresse
et dis :
« Mon Seigneur !
Sois miséricordieux envers eux,
comme ils l'ont été envers moi,
lorsqu'ils m'ont élevé quand j'étais un enfant ».

25 Votre Seigneur connaît parfaitement
ce qui est en vous.
Si vous êtes justes,
il est alors, celui qui pardonne
à ceux qui reviennent repentants vers lui.

26 Donne à tes proches parents[1] ce qui leur est dû,
ainsi qu'au pauvre et au voyageur;
mais ne sois pas prodigue.

27 Les prodigues sont les frères des démons,
et le Démon est très ingrat envers son Seigneur.

28 Si, étant en quête d'une miséricorde de ton Seigneur
que tu espères,

tu es obligé de t'éloigner d'eux,
adresse-leur une parole bienveillante[1].

[29] Ne porte pas ta main fermée à ton cou[1],
et ne l'étends pas non plus trop largement,
sinon tu te retrouverais honni et misérable.

[30] Oui, ton Seigneur dispense largement
ou mesure ses dons à qui il veut.
Il est bien informé sur ses serviteurs
et il les voit parfaitement.

[31] Ne tuez pas vos enfants par crainte de la pauvreté[1].
Nous leur accorderons leur subsistance avec la vôtre.
Leur meurtre serait une énorme faute.

[32] Évitez la fornication;
c'est une abomination!
Quel détestable chemin!

[33] Ne tuez pas l'homme
que Dieu vous a interdit de tuer,
sinon pour une juste raison.

Lorsqu'un homme est tué injustement,
nous donnons à son proche parent
le pouvoir de le venger[1].
— Que celui-ci ne commette pas
d'excès dans le meurtre —
Oui, il sera secouru.

[34] Ne touchez à la fortune de l'orphelin,
jusqu'à ce qu'il ait atteint sa majorité,
que pour le meilleur usage.

Tenez vos engagements,
car les hommes seront interrogés
sur leurs engagements.

[35] Donnez une juste mesure, quand vous mesurez;
pesez avec la balance la plus exacte[1].
C'est un bien, et le résultat[2] en est excellent.

[36] Ne poursuis pas ce dont tu n'as aucune connaissance.
Il sera sûrement demandé compte de tout :
de l'ouïe, de la vue et du cœur.

[37] Ne parcours pas la terre avec insolence.
Tu ne peux ni déchirer la terre,
ni atteindre à la hauteur des montagnes.

[38] Ce qui est mauvais en tout cela
est détestable devant Dieu.

[39] Voici ce que ton Seigneur t'a révélé de la Sagesse.
Ne place aucune autre divinité à côté de Dieu;
sinon tu serais précipité dans la Géhenne,
méprisé et réprouvé.

[40] Votre Seigneur aurait-il choisi pour vous des fils,
et se serait-il donné des filles[1], parmi les Anges?
Vous prononcez là une parole monstrueuse!

[41] Nous avons exposé tout ceci dans ce Coran,
pour que les hommes réfléchissent;
mais cela ne fait qu'augmenter leur répulsion.

[42] Dis :
« Si, comme ils le prétendent,
d'autres divinités existaient avec lui,
celles-ci chercheraient un chemin
qui les conduirait jusqu'au Maître du Trône ».

[43] Gloire à lui!
Il est élevé à une grande hauteur,
au-dessus de ce qu'ils disent!

[44] Les sept cieux[1], la terre et tout ce qui s'y trouve
célèbrent ses louanges[2];
— Il n'y a rien qui ne célèbre ses louanges —
mais vous ne comprenez pas leurs louanges.
— Dieu est plein de mansuétude et il pardonne. —

[45] Quand tu lis le Coran,
nous plaçons un voile épais
entre toi et ceux qui ne croient pas à la vie future.

[46] Nous avons placé un voile épais sur leurs cœurs;
nous avons rendu leurs oreilles pesantes[1]
afin qu'ils ne comprennent pas.

Lorsque dans le Coran tu évoques ton Seigneur,
l'Unique,
Ils tournent le dos avec répulsion.

[47] Nous savons parfaitement ce qu'ils écoutent,
quand ils t'écoutent,
et aussi, quand ils sont en conciliabules
et que les injustes disent :
« Vous ne suivez qu'un homme ensorcelé[1] ! »

[48] Considère les comparaisons qu'ils t'appliquent;
ils s'égarent
et ils ne peuvent plus trouver aucun chemin.

[49] Ils ont dit :
« Quand nous serons ossements et poussière,
serons-nous ressuscités en une nouvelle création[1] ? »

[50] Réponds :
« Soyez pierre, ou fer,
[51] ou toute chose créée
que vous puissiez concevoir[1]... »

Ils diront :
« Qui donc nous fera revenir ? »

Réponds :
« Celui qui vous a créés la première fois ».

Ils secoueront la tête vers toi et ils diront :
« Quand cela se produira-t-il ? »

Réponds :
« Il se peut que ce soit bientôt.
[52] Le Jour où Dieu vous appellera,
vous lui répondrez en le louant
et vous penserez n'être restés
que peu de temps dans vos tombes ».

[53] Dis à mes serviteurs
de prononcer de bonnes paroles.
Le Démon se glisse entre eux;
le Démon est l'ennemi déclaré de l'homme.

[54] Votre Seigneur vous connaît parfaitement.
Il vous fera miséricorde, s'il le veut;
ou s'il le veut, il vous châtiera.

Nous ne t'avons pas envoyé
pour que tu sois leur protecteur.

[55] Ton Seigneur connaît parfaitement
ce qui est dans les cieux et sur la terre.

Nous avons préféré certains prophètes à d'autres
et nous avons donné les Psaumes à David.

[56] Dis :
« Invoquez ceux que vous prenez pour des divinités
en dehors de lui :
ils ne peuvent
ni écarter le mal de vous, ni le modifier[1] ».

[57] Ceux-là mêmes qu'ils invoquent, recherchent le moyen
de se rapprocher de leur Seigneur,
à qui sera le plus proche de lui.
Ils espèrent sa miséricorde;
ils redoutent son châtiment.
Le châtiment de ton Seigneur est effroyable.

[58] Il n'y a pas de cité
que nous ne détruirons
avant le Jour de la Résurrection,
ou que nous ne châtierons d'un terrible châtiment.
Voilà ce qui est écrit dans le Livre.

[59] Rien ne nous empêche d'envoyer des Signes,
sinon que les Anciens
ont traité nos Signes de mensonges.
— Nous avions donné la chamelle aux Thamoud[1]
pour les rendre clairvoyants[2],
mais ils l'ont maltraitée —
Nous n'envoyons les Signes qu'à titre de menace.

[60] Lorsque nous t'avons dit :
« Ton Seigneur embrasse les hommes
en sa connaissance »,
nous n'avons fait
de la vision que nous t'avons montrée
ainsi que de l'arbre maudit, mentionné dans le Coran,
qu'une tentation pour les hommes[1].

Nous les menaçons,
mais cela ne fait qu'accroître leur grande rébellion.

[61] Lorsque nous avons dit aux Anges :
« Prosternez-vous devant Adam »,
ils se prosternèrent, à l'exception d'Iblis[1].

Celui-ci dit :
« Me prosternerai-je
devant celui que tu as créé d'argile ? »

[62] Il dit encore :
« Quel est ton avis ?
Si tu me laisses subsister[1]
jusqu'au Jour de la Résurrection,
je dominerai sûrement, à un petit nombre près,
toute la descendance de celui-ci
que tu honores plus que moi[2] ».

[63] Dieu dit :
« Va-t'en !
Celui d'entre eux qui te suivra saura
que la Géhenne sera votre rétribution :
une large rétribution !

[64] Excite par ta voix ceux d'entre eux que tu pourras ;
rassemble contre eux tes cavaliers et tes fantassins ;
associe-toi à eux avec leurs biens et leurs enfants ;
fais-leur des promesses ! »
— Le Démon ne fait des promesses
que pour tromper —

[65] « Tu n'as aucun pouvoir sur mes serviteurs.
Ton Seigneur suffit comme protecteur ».

[66] Votre Seigneur est celui qui, pour vous,
fait voguer le vaisseau sur la mer
afin que vous recherchiez ses bienfaits.
Il est, en vérité, miséricordieux à votre égard.

[67] Quand un malheur vous touche en mer,
ceux que vous invoquez s'égarent, sauf lui.
Mais lorsqu'il vous a sauvés du danger
et ramenés à terre,
vous vous détournez.
L'homme est très ingrat!

[68] Êtes-vous sûrs[1]
que Dieu ne vous engloutira pas dans une crevasse[2]
ou qu'il ne vous enverra pas un ouragan
et que vous trouverez alors un protecteur?

[69] Ou bien êtes-vous sûrs
qu'il ne vous ramènera pas une seconde fois,
qu'il ne vous enverra pas une tornade,
qu'il ne vous engloutira pas,
à cause de votre incrédulité?

Vous ne trouverez alors personne
qui prendra, contre nous, votre défense[1].

[70] Nous avons ennobli les fils d'Adam.
Nous les avons portés
sur la terre ferme et sur la mer.
Nous leur avons accordé d'excellentes nourritures.
Nous leur avons donné la préférence
sur beaucoup de ceux que nous avons créés.

[71] Le Jour où nous appellerons
tous les groupements d'hommes
par la voix de leurs chefs;
ceux auxquels leur livre[1] sera donné
dans la main droite[2]
liront leur livre;
ils ne seront pas lésés d'un fil.

[72] Quiconque était aveugle en ce monde,
sera aveugle dans la vie future,
et plus égaré encore[1].

[73] Ils ont failli te détourner
de ce que nous t'avons révélé,
pour que tu inventes contre nous
autre chose que ceci[1].
Ils t'auraient alors pris pour ami.

[74] Si nous ne t'avions pas raffermi,
tu aurais failli t'incliner quelque peu vers eux.

[75] Nous t'aurions alors fait goûter
le double de la vie et le double de la mort.
Tu n'aurais pas, ensuite, trouvé de secours contre nous.

[76] Ils ont failli t'inciter à fuir cette région,
pour t'en bannir.
Ils n'y seraient, ensuite, restés que peu de temps
après toi,
[77] comme c'est arrivé à ceux de nos prophètes
que nous avons envoyés avant toi.
Tu ne trouveras pas de changement
dans notre coutume.

[78] Acquitte-toi de la prière au déclin du soleil,
jusqu'à l'obscurité de la nuit;
fais aussi une lecture à l'aube :
la lecture de l'aube a des témoins.

[79] Veille en prière, durant la nuit[1] :
ce sera pour toi une œuvre surérogatoire.
Peut-être ton Seigneur te ressuscitera-t-il
dans un état glorieux?

[80] Dis :
« Mon Seigneur!
Fais-moi entrer d'une entrée conforme à la justice,
fais-moi sortir d'une sortie conforme à la justice.
Accorde-moi, de ta part, une autorité qui me protège ».

81 Dis :
« La Vérité est venue,
l'erreur a disparu.
L'erreur doit disparaître! »

82 Nous faisons descendre, avec le Coran,
ce qui est guérison et miséricorde pour les croyants,
et ce qui ne fait qu'accroître
la perte des prévaricateurs.

83 Quand nous comblons l'homme de bienfaits,
il se détourne et s'éloigne.
Quand le malheur le touche,
il est désespéré.

84 Dis :
« Chacun agit à sa manière;
mais votre Seigneur connaît parfaitement
celui qui est le mieux dirigé dans le chemin droit ».

85 Ils t'interrogent au sujet de l'Esprit.
Dis :
« L'Esprit procède
du commandement de mon Seigneur[1] ».

Il ne vous a été donné que peu de science;
86 et si nous le voulions,
nous ferions disparaître ce que nous t'avons révélé.
Tu ne trouveras[1], ensuite,
aucun protecteur contre nous,
87 si ce n'est par une miséricorde de ton Seigneur,
car, en vérité, sa grâce est grande sur toi!

88 Dis :
« Si les hommes et les Djinns s'unissaient
pour produire quelque chose de semblable à ce Coran[1],
ils ne produiraient rien qui lui ressemble,
même s'ils s'aidaient mutuellement ».

89 Nous avons présenté aux hommes, dans ce Coran,
toutes sortes d'exemples;
mais la plupart des gens s'obstinent
dans leur incrédulité.

90 Ils ont dit :
« Nous ne croirons pas en toi,
tant que tu n'auras pas fait jaillir pour nous
une source de la terre.

91 Ou que tu ne posséderas pas[1]
un jardin de palmiers et de vignes
dans lequel tu feras jaillir les ruisseaux en abondance.

92 Ou que, selon ta prétention,
tu ne feras pas tomber le ciel en morceaux sur nous.

Ou que tu ne feras pas venir Dieu et ses Anges
pour t'aider.

93 Ou que tu ne posséderas pas une maison
pleine d'ornements.

Ou que tu ne t'élèveras pas dans le ciel.
— Cependant nous ne croirons pas à ton ascension
tant que tu ne feras pas descendre sur nous
un Livre que nous puissions lire » —

Dis :
« Gloire à mon Seigneur !
Que suis-je
sinon un mortel, un prophète ? »

94 Rien n'empêche les gens de croire
une fois que la Direction leur est parvenue,
sinon la question qu'ils posent :
« Dieu a-t-il envoyé un mortel comme prophète ? »

95 Dis :
« S'il y avait sur la terre
des anges qui marchent en paix,
nous aurions certainement fait descendre du ciel,
sur ces gens-là,
un ange comme prophète ».

96 Dis :
« Dieu suffit comme témoin entre moi et vous.

Il est, en vérité, bien informé
et il voit parfaitement ses serviteurs ».

97 Celui que Dieu dirige est bien dirigé.
Tu ne trouveras pas de maître, en dehors de lui,
pour ceux qu'il égare.

Le Jour de la Résurrection,
nous les rassemblerons face à face[1];
aveugles, muets et sourds.

Leur asile sera la Géhenne.
Chaque fois que le feu s'éteindra,
nous en ranimerons, pour eux, la flamme brûlante.

98 Voilà leur rétribution
pour n'avoir pas cru[1] à nos Signes
et pour avoir dit :
« Quand nous serons ossements et poussière,
serons-nous ressuscités en une nouvelle création[2]? »

99 Ou bien ne voient-ils pas
que Dieu qui a créé les cieux et la terre
a aussi le pouvoir de les créer de nouveau?

Il leur a fixé un terme, sans aucun doute[1];
mais les injustes s'obstinent dans leur incrédulité.

100 Dis :
« Si vous étiez maîtres des trésors
de la miséricorde de mon Seigneur,
vous les conserveriez, de peur de les dépenser ».
— L'homme est très avare! —

101 Nous avons donné à Moïse neuf signes manifestes[1].
— Interroge les fils d'Israël —
Lorsqu'il vint à eux[2] et que Pharaon lui dit :
« Ô Moïse!
Je pense que tu es ensorcelé! »

102 Il dit :
« Tu sais bien

que seul le Maître des cieux et de la terre
a fait descendre ces choses pour vous éclairer.
Ô Pharaon!
Je pense que tu es perdu! »

103 Pharaon voulut les chasser du pays,
mais nous l'avons noyé,
avec tous ceux qui se trouvaient avec lui.

104 Après sa mort[1],
nous avons dit aux fils d'Israël :
« Habitez la terre,
et lorsque s'accomplira la promesse de la vie future,
nous vous ferons revenir en foule ».

105 Nous avons fait descendre ceci[1] avec la Vérité;
il est descendu avec la Vérité.

Nous ne t'avons envoyé
que pour annoncer la bonne nouvelle
et avertir[2] les hommes.

106 Nous avons fragmenté cette Lecture[1]
pour que tu la récites lentement aux hommes.
Nous l'avons réellement fait descendre[2].

107 Dis :
« Croyez-y,
ou bien ne croyez pas! »

Oui, ceux qui ont déjà reçu la Science[1]
tombent prosternés sur leurs faces,
lorsqu'on leur lit le Coran.

108 Ils disent :
« Gloire à notre Seigneur!
La promesse de notre Seigneur s'est accomplie! »

109 Ils tombent sur leurs faces en pleurant;
leur humilité augmente.

110 Dis :
« Invoquez Dieu,

ou bien : invoquez le Miséricordieux.
Quel que soit le nom sous lequel vous l'invoquez,
les plus beaux noms lui appartiennent[1] ».

Lorsque tu pries :
n'élève pas la voix;
ne prie pas à voix basse;
cherche un mode intermédiaire,
111 et dis :
« Louange à Dieu!
Il ne s'est pas donné de fils;
il n'a pas d'associé en la royauté.
Il n'a pas besoin de protecteur
pour le défendre contre l'humiliation ».
Proclame hautement sa grandeur!

NOTES

REMARQUES CONCERNANT LES NOTES ET LES RÉFÉRENCES

On ne doit pas considérer ces *Notes* comme le résultat d'une étude exhaustive. Les références à des textes appartenant à des Traditions déjà connues à l'époque du Prophète Muhammad ne sont fournies qu'à titre indicatif; elles ne visent nullement à démontrer un « emprunt » quelconque; elles sont données à titre de comparaisons possibles et elles n'ont pas la prétention d'être complètes. — Les renvois aux textes coraniques semblables ou parallèles ne sont pas systématiques; ils ne sont signalés que pour préciser le sens d'un mot, d'une phrase; particulièrement lorsqu'il s'agit d'une question doctrinale ou de récits relatifs aux « Prophètes ». — Aucune addition n'a été faite au texte originel sans qu'elle fasse l'objet d'une note. — Enfin, nous avons été obligés à plusieurs reprises de signaler au lecteur que tel ou tel texte demeurait obscur et ne pouvait être interprété avec certitude.

Les références concernant les écrits apocryphes se rapportent (sauf indication contraire) :

pour l'Ancien Testament à : R. H. Charles, *The Apocrypha and Pseudepigrapha of the Old Testament*, volume II (1913);

pour le Nouveau Testament à : M. R. James, *The Apocryphal New Testament* (1953).

ABRÉVIATIONS UTILISÉES DANS LES NOTES

Actes	Actes des Apôtres
Am.	Amos (prophète)
Apoc.	Apocalypse de Jean
Bar.	Baruch (prophète)
II Bar.	IIe Livre de Baruch (apocryphe)
Cant.	Cantique des cantiques
I Chron.	Ier Livre des Chroniques
II Chron.	IIe Livre des Chroniques
Col.	Épître de Paul aux Colossiens
I Cor.	Ire Épître de Paul aux Corinthiens
II Cor.	IIe Épître de Paul aux Corinthiens
Dan.	Daniel (prophète)
Deut.	Deutéronome
Eccl.	Ecclésiaste (Qohélet)
Eccli.	Ecclésiastique (Siracide)
Éphés.	Épître de Paul aux Éphésiens
Esd.	Le Livre d'Esdras
IVe Esd.	IVe Livre d'Esdras (apocryphe)
Esth.	Le Livre d'Esther
Ex.	Exode
Ézéch.	Ézéchiel (prophète)
Gal.	Épître de Paul aux Galates
Gen.	Genèse
Hébr.	Épître aux Hébreux
I Hén.	Version éthiopienne du Livre d'Hénoch
II Hén.	Livre des secrets d'Hénoch (version slave)
Is.	Isaïe (prophète)
Jc.	Épître de Jacques
Jér.	Jérémie (prophète)
Jn.	Évangile selon Jean
I Jn.	Ire Épître de Jean
II Jn.	IIe Épître de Jean
Job	Le Livre de Job
Joël	Joël (prophète)
Jon.	Jonas (prophète)
Jos.	Le Livre de Josué
Jude	Épître de Jude
Judith	Le Livre de Judith
Juges	Le Livre des Juges
Lam.	Lamentations

Lc.	Évangile selon Luc
Lév.	Lévitique
II Macc.	IIe Livre des Maccabées
Mc.	Évangile selon Marc
Mt.	Évangile selon Matthieu
Nahum	Nahum (prophète)
Nb.	Le Livre des Nombres
Néh.	Le Livre de Néhémie
Os.	Osée (prophète)
P. G.	Patrologie grecque de Migne
Philip.	Épître de Paul aux Philippiens
P. L.	Patrologie latine de Migne
P. O.	Patrologie orientale
I Pr.	Ire Épître de Pierre
II Pr.	IIe Épître de Pierre
Prov.	Le Livre des Proverbes
Ps.	Psaumes
P. S.	Patrologie syriaque
I Rois	Ier Livre des Rois
II Rois	IIe Livre des Rois
Rom.	Épître de Paul aux Romains
Sag.	Le Livre de la Sagesse
I Sam.	Ier Livre de Samuel
II Sam.	IIe Livre de Samuel
I Thes.	Ire Épître de Paul aux Thessaloniciens
II Thes.	IIe Épître de Paul aux Thessaloniciens
I Tim.	Ire Épître de Paul à Timothée
Tite	Épître de Paul à Tite
Tobit	Le Livre de Tobit
Zach.	Zacharie (prophète)

NOTES

P. 3. SOURATE I

o — *'al fātiḥa : l'ouverture,* le prologue ou : la Sourate liminaire.

1 — 1. La Tradition musulmane place cette invocation au début de chaque « Sourate » ou chapitre du Coran (à l'exception de la Sourate IX). — La formule : « au Nom de Dieu » ou : « au Nom du Seigneur », revient souvent dans les liturgies juive et chrétienne (cf. *Ps.* XX, 8; CXVIII, 10-12; CXXIV, 8; *Mt.* XXIII, 39). — Le « nom » chez les anciens Sémites est pris pour la personne nommée; ainsi, Dieu choisit un lieu « pour y faire habiter son Nom » (*Deut.* XII, 11; cf. XVI, 2, 6), « glorieux et redoutable » (*Deut.* XXVIII, 58). — Nommer quelqu'un, c'est déjà le connaître, et, par conséquent, saisir quelque chose de lui. Mais, Dieu seul se connaissant lui-même, tel qu'il est, on peut dire que son Nom appartient au domaine du mystère. Les Israélites se refusent à prononcer le « Nom » pourtant révélé à Moïse et la Tradition musulmane qui attribue quatre-vingt-dix-neuf noms à Dieu, enseigne que la connaissance du centième est réservée à la vie future. — Voir : D. Masson, *Monothéisme coranique et Monothéisme biblique,* p. 34-40. — Sur les deux noms-adjectifs : *raḥmān* et *raḥīm,* voir *note clé : miséricordieux.*

6 — 1. Cf. *Ps.* XXV, 4; XXVII, 11; LXXXVI, 11.

7 — 1. La colère attribuée à Dieu signifie que Dieu châtie les pécheurs; elle relève de sa justice. (Cf. *Ex.* XV, 7; *Ps.* VI, 2; LXIX, 25; LXXXV, 5; CX, 5; *Ézéch.* XVI, 42; *Mt.* III, 7, etc.)

2. Litt. : *de ceux qui s'égarent.*

P. 4. SOURATE II

1 — 1. Aucune interprétation n'a encore été donnée aux sigles que l'on trouve au début de vingt-six Sourates. — Voir

R. Blachère : *Introduction au Coran,* 1947, pp. 144-149; Hamidullah, *Le Coran, Traduction,* p. 4 note : II, 1.

3 — 1. Voir : *note clé : mystère.*

2. *'al çalā* est la prière obligatoire dont la Tradition a fixé, par la suite, les rites; elle se distingue de l'invocation spontanée : *da'wā.* — Le verbe *'aqāma* signifie littéralement : se lever, se dresser, se tenir debout. — Ces deux mots joints constituent une formule qui sera souvent reprise.

3. Litt. : *de ce que.*

4. Voir *note clé : subsistance.*

4 — 1. La Révélation est considérée comme une « descente ». (Voir *note clé : Révélation.*) — Ce qui a été révélé avant la venue du Prophète Muhammad est la Révélation monothéiste contenue dans la Bible.

7 — 1. Verbe : *ḫatama:* synonyme : *taba'a.*

2. *ġišawā :* couverture, bandeau, voile épais (comme en XLV, 23) à comparer avec *'akinnā* qui signifie enveloppe ou couverture : VI, 25; XVII, 46; XVIII, 57; XLI, 5. — Cf. *Is.* VI, 10 cité par *Jn.* XII, 40. — Les cœurs (ou les esprits), les yeux et les oreilles, considérés comme les organes de réception de la Révélation, sont encore cités dans plusieurs textes de la Bible (*Is.* XXIX, 10; *Mt.* XIII, 10-15; *Mc.* IV, 10-12; *Lc.* VIII, 9-10; *Actes,* XXVIII, 26-27; *Rom.* XI, 8). — Moïse avait dit aux Hébreux en parlant de l'époque antérieure à la promulgation de la Loi : « Iahvé ne vous a pas donné jusqu'à ce jour un cœur pour savoir, des yeux pour voir, des oreilles pour entendre ». (*Deut.* XXIX, 3.)

10 — 1. Voir *note clé : cœur.*

11 — 1. Litt. : *ne corrompez pas.*

19 — 1. Ces trois mots sont sous-entendus dans le texte.

21 — 1. Litt. : *ceux qui étaient avant vous.* (Cette expression reviendra souvent.)

23 — 1. Voir *note clé : serviteur.*

2. Ce mot désigne le Coran (cf. XVII, 88), comme en X, 38; XI, 13 (impossibilité d'imiter dix Sourates); LII, 34.

24 — 1. Cf. III, 10; LXVI, 6.

25 — 1. Le texte porte : *sous*. Voir *note clé : ruisseaux*.

2. Le texte porte : *pour eux là*. (Cf. III, 15 ; IV, 57.)

27 — 1. C'est le mot : *mīṯāq* qui est employé ici (cf. V, 7 ; XIII, 20, 25 ; LVII, 8) comme pour l'alliance contractée par Dieu au Sinaï avec le peuple d'Israël. (Cf. verset 63, note 1.)

28 — 1. Mot à mot : *lorsque vous étiez morts*.

2. Déjà, d'après l'Ancien Testament, Dieu a le pouvoir de donner la vie, de l'ôter et de faire remonter l'âme du shéol (*I Sam*. II, 6 ; *Sag*. XVI, 13). C'est ainsi que l'on peut interpréter les textes qui parlent de résurrection (*Ézéch*. XXXVII, 1-14 ; *Is*. XXVI, 19 ; *Dan*. XII, 2-3 ; *Ps*. XXX, 4). — Le Nouveau Testament affirme clairement la Résurrection des morts dont les Chrétiens ont fait un dogme (*Jn*. V, 21 ; *Rom*. IV, 17 ; *Hébr*. XI, 19 etc.).

29 — 1. La mention de la pluralité des cieux paraît dans la Bible (*Deut*. X, 14 ; *I Rois*, VIII, 27 ; *Ps*. CXLVIII, 4, etc.) et les « sept cieux » font partie de la cosmologie babylonienne. On les retrouve dans les écrits rabbiniques : *Hagigah*, 12 b ; *Abot de Rabi Natan*, version A, chap. 37 ; *Midrash des dix commandements : Beth ha Midrash* (édition Jellinek I, 63 ss.) ; dans les Apocryphes juifs : *Ascension d'Isaïe*, XI, 32 ; *Testament de Lévi*, III B. Le Livre des secrets d'Hénoch (*II Hén*. III-XXII) décrit dix cieux. — On retrouve des allusions aux sept cieux chez Irénée (*Demonstratio* 9, P. O. XII, 761 ; *Contra Hæreses*, I, V, 2, P. G. VII, 494), Épiphane (*Adversus Hæreses*, XXXI, 18, P. G. XLI, 510), Clément d'Alexandrie (*Stromatum*, IV, 25, P. G. VIII, 1367).

30 — 1. *ḫalīfā* : celui qui tient la place d'un chef et qui commande en son absence. — D'après la Genèse (I, 26), Dieu avait dit : « Faisons l'homme à notre image, à notre ressemblance ! Qu'ils aient autorité sur les poissons de la mer et sur les oiseaux des cieux, sur les bestiaux, sur toutes les bêtes sauvages et sur tous les reptiles qui rampent sur la terre ! » (Cf. 27-30 ; *Ps*. VIII, 6-7 ; *Sag*. II, 23 ; IX, 2 ; X, 2.) — Philon (*La Création du Monde*, traduction Arnaldez, N° 143, p. 237) considère Adam comme « le Citoyen du monde » qui « avait pour gouvernement celui du monde entier ». — Le Coran dit plusieurs fois que le monde a été « mis au service de l'homme », qu'il lui est « assujetti » : XIV, 32-33 ; XVI, 12, 14 ; XXII, 65, etc.

2. Cf. *Is*. VI, 1-3 ; *Ps*. CIII, 20 ; CXLVIII, 2 ; *Apoc*. VII, 11-12, etc.

31 — 1. Ceci constitue une nouvelle affirmation du pouvoir de l'homme sur la création. On lit dans la Genèse (II, 20) :

« L'homme appela... de leurs noms tous les bestiaux, les oiseaux des cieux, tous les animaux des champs ». Cf. Jean Chrysostome, *Homelia IX in Genesim*, II, 19, P. G. LIII, 79; Philon, *op. cit.*, N° 148, p. 241.

34 — 1. Cf. *Hébr.* I, 6; *La vie d'Adam et d'Ève*, XII-XVI; Mar Barhadbasabba 'Arbaya, *Cause de la fondation des écoles*, P. O. IV, 350; Athanase d'Alexandrie (?), *Quæstio X ad Antiochum*, P. G. XXVIII, 603. — *Bereshit Rabbah*, 8,10; *Pirke Rabbi Eliezer*. 11; *Tanhuma Pequde*, 3 (fin).

2. Cf. XVII, 61 et XXXVIII, 74. Les raisons de ce refus sont données en VII, 12; XV, 26-28, XXXVIII, 76. — Le nom : *'Iblis* qui peut être rapproché du grec : *diabolos* semble être, dans le Coran, le nom propre du Démon ou de Satan (cf. XXVI, 95 et XXXIV, 20); mais les six autres textes où son nom apparaît dans les mêmes circonstances (VII, 11; XV, 31; XVII, 61; XVIII, 50; XX, 116; XXXVIII, 74) le situent également parmi les anges; puis, Dieu le maudit à cause de sa désobéissance orgueilleuse (VII, 13; XV, 34; XVII, 63; XXXVIII, 77). Est-il permis de voir ici un écho de la chute de certains anges, connue des traditions juive et chrétienne?

35 — 1. Cf. VII, 19-20; XX, 120 où il est question de « l'arbre de l'immortalité ». — D'après la Genèse (III, 6), Adam et Ève mangèrent le fruit de l'arbre qui leur donna « la connaissance du bien et du mal »; mais l'accès de « l'arbre de vie » qui les aurait rendu immortels, leur fut interdit (III, 22; cf. II, 15-17).

36 — 1. Voir : *note clé : démon.*

37 — 1. La Genèse ne fait aucune allusion au repentir d'Adam, mais plusieurs auteurs juifs et chrétiens l'ont retenu en se basant probablement sur le Livre de la Sagesse (X, 1). La Tradition juive cite Adam comme un modèle de pénitence : Talmud, *'Erubin*, 18 b; *'Aboda Zarah*, 8 a; *Abot de Rabbi Nathan*, I; *La Vie d'Adam et d'Ève*, XLII, XXVIII; *Apocalypse de Moïse*, XIII, XXVII; *II Hénoch*, XXXII. — Voir, parmi les auteurs chrétiens : Tertullien, *De Pœnitentia*, XII, P. L. I, 1248; Irénée, *Contra Hæreses*, III, 23, P. G. VII, 960; Augustin, *Epistula*, CLXIV, 3, P. L. XXXIII, 711.

2. Un seul mot en arabe : *tawwāb*; voir *note clé : pardonner.*

40 — 1. Dieu, dans sa miséricorde, contracta une alliance avec Abraham et ses descendants (*Gen.* XV, 18; XVII, 2-14; *Eccli.* XLIV, 20-21); il la renouvela, par l'intermédiaire de Moïse au Sinaï, lorsqu'il lui dicta les lois et les ordonnances rendues

obligatoires en vertu même de cette alliance contractée avec le peuple d'Israël (*Ex.* XIX, 5-6; XXIV, 7-8, etc.).

41 — 1. *muçaddiq :* ce participe actif paraît douze autres fois dans le Coran pour marquer le lien existant entre le message adressé au Prophète Muhammad et la Révélation antérieure : II, 89, 91, 97, 101 ; III, 3, 81 ; IV, 47 ; V, 48 ; VI, 92 ; XXXV, 31 ; XLVI, 12, 30 (cf. X, 37 et XII, 111).

43 — 1. Voir *note clé : aumône.*

2. Sous-entendu : pour la prière.

45 — 1. Voir *note clé : patience.*

47 — 1. Voir le verset 122 ; VII, 140 ; XLIV, 32 ; XLV, 16.

48 — 1. Litt. : *ils ne seront pas secourus.* — Mais au contraire, le Christ est considéré comme « intercesseur » : *Rom.* VIII, 34 ; *I Jn.* II, 1-2, etc.

49 — 1. La particule : *'iḏ,* « lorsque », est placée dans le Coran au début de nombreux versets pour inviter les croyants à se souvenir de bienfaits accordés par Dieu, ou bien d'événements passés, évoqués comme exemples, comme leçons ou comme preuves de la miséricorde divine.

2. Litt. : *femmes* (cf. VII, 127, 141 ; XIV, 6 ; XXVIII, 4 ; XL, 25). — On se souvient de l'ordre donné par les Égyptiens aux accoucheuses des femmes des Hébreux : « Si c'est un fils, faites-le mourir, si c'est une fille, laissez-la vivre » (*Ex.* I, 15-16).

50 — 1. Cf. *Ex.* XIV, 16, 21-30 ; *Ps.* LXXVIII, 13 ; CVI, 9-11.

51 — 1. Cf. *Ex.* XXIV, 18 ; *Deut.* IX, 9.

2. Litt. : vous avez *pris* le veau, sous-entendu : comme objet de culte (cf. versets 54, 92 ; IV, 153 ; VII, 148 ; XX, 85-97). — D'après l'Exode (XXXII, 4-6) et le Deutéronome (IX, 16) il s'agit, en effet, d'une statue de métal fondu, représentant un veau (cf. *Ps.* CVI, 19-20).

52 — 1. Verbe : *effacer;* voir *note clé : pardonner.*

53 — 1. Le terme : *furqān* désigne parfois le Livre révélé en tant que critère, discrimination entre le bien et le mal. Il revient encore en XXI, 48 au sujet de la Tora ; il est appliqué au Coran en II, 53 ; III, 4 et XXV, 1 ; il est encore employé avec le sens

de discernement entre le bien et le mal en VIII, 29, et, entre les justes et les incrédules, en VIII, 41.

54 — 1. Litt. : *tuez-vous vous-mêmes*. — Cf. *Ex*. XXXII, 27-28.

57 — 1. L'Exode (XIII, 21) mentionne « une colonne de nuée ».

2. Cf. VII, 160; XX, 80. — *Ex*. XVI, 13-15.

58 — 1. Ceci s'adresse aux fils d'Israël (cf. IV, 154; VII, 161). Autrement dit : « Entrez par la porte des commandements et prosternez-vous en signe d'acceptation ». Cf. *Mekilta Bahodesh* 3 (65 a); *'Abodah Zarah*, 2 b; *Midrash, Cantique* 44 a, etc.

60 — 1. Cf. VII, 160. — L'Exode (XVII, 6) cite les paroles de Yahvé adressées à Moïse : « Tu frapperas le rocher, l'eau en jaillira et le peuple boira » (ainsi fit Moïse). (Cf. *Ps*. LXXVIII, 15-16.) Il est noté que les Israélites avaient rencontré auparavant « douze sources » à Élim (*Ex*. XV, 27). Eusèbe (*Præparatio evangelica*, IX, 29 P. G. XXI, 746) cite Esechielus, poète juif alexandrin du IIe siècle avant l'ère chrétienne, qui bloque le miracle du rocher avec les douze sources trouvées à Élim. — Moïse a opéré ce miracle au moyen de son « bâton » (le mot *'açā* lui est exclusivement réservé dans le Coran). Déjà, au début de la mission de Moïse, il avait été transformé en « dragon » (VII, 107 et XXVI, 32) ou en serpent (XX, 20; *Ex*. IV, 3) ou rendu semblable à des « djinns » (XXVII, 10; XXVIII, 31) et il avait englouti ce que les magiciens égyptiens avaient fabriqué (VII, 117; XXVI, 45; *Ex*. VII, 12).

61 — 1. Cf. *Nb*. XI, 4-6.

2. Litt. : *sans droit*. Cf. verset 91; III, 21, 112, 181, 183; IV, 155; V, 70. — *I Rois*, XIX, 10, 14; *Néh*. IX, 26; *Mt*. XXIII, 30-31; *Lc*. XI, 47, 51; *Rom*. XI, 3.

62 — 1. Le terme : *naçārā*, utilisé ici, a sans doute la même origine que « nazaréens » qui signifie : disciples de Jésus le Nazaréen (transcription de l'araméen : *nasraya*). (Cf. *Mt*. II, 23; *Actes*, II, 22, etc.) Le terme « nazaréens » appliqué aux Chrétiens est placé dans la bouche d'un adversaire de Paul dans les Actes des Apôtres (XXIV, 5). Épiphane (*Adversus Hæreses, Panarium*, XXIX, 1, P. G. XLI, 389) remarque que les Chrétiens sont parfois désignés sous ce nom et que les Juifs l'utilisent en mauvaise part (cf. IX, 403); Jérôme, *In Isaiam commentarii*, V, 18-19, P. L. XXIV, 86; *Chemoné 'esré* : XIIe bénédiction.

2. *çābi'ūn* s'écrit ici avec *çad* (comme en V, 69 et XXII, 17), alors que la reine dont il est question en XXVII, 22-24, régnait

sur les *Saba'* (avec *sin*). La Genèse compte parmi les descendants de Cham : *Céba* et *Shéba* (*Gen.* X, 7, cf. *I Chron.* I, 9) et mentionne Shéba (*Gen.* XXV, 3, cf. *I Chron.* I, 32) parmi les petits-fils d'Abraham et de Qétura. — On a découvert, en Arabie méridionale, des inscriptions monothéistes sabéennes où Dieu est appelé : *Raḥmanan :* « Seigneur du ciel et de la terre » et des inscriptions chrétiennes portant des formules trinitaires. (Voir : Ryckmans, dans : *Histoire générale des Religions,* tome IV p. 331.) — Jamme (dans : *Histoire des Religions,* tome IV, p. 245) signale que vers 525 de notre ère, « de nombreuses colonies juives et des centres chrétiens monophysites importants » fleurissaient en Arabie du Sud.

3. Cf. *Apoc.* XXI, 4, comme pour les versets : 112, 262, 274, 277.

63 — 1. Cette alliance solennelle, contractée sur le Mont Sinaï (le mot : *ṭūr* lui est réservé alors que son nom ne lui est donné que deux fois : XXIII, 20 et XCV, 2), porte le nom de *mīṯāq,* comme plus loin aux versets 83, 93 et en III, 187; IV, 154-155; V, 12-14, 70; VII, 169.

2. Le texte porte seulement : *ce que.*

3. Yahvé, d'après l'Exode (XXXIV, 27), ordonna à Moïse de mettre par écrit les paroles de la Loi.

64 — 1. Mot à mot : *certes vous, au nombre (min) des perdants.*

65 — 1. Cf. V, 60 et VII, 166. — D'après une légende rapportée dans le Talmud (*Sanhedrin,* 109 a) le tiers des hommes qui bâtissaient la Tour de Babel furent changés en singes.

67 — 1. On lit dans le Livre des Nombres (XIX, 1-3) : « Iahvé parla à Moïse et à Aaron, en disant : "Ceci est une prescription de la Loi que Iahvé a ordonnée, en disant : Dis aux fils d'Israël qu'ils te procurent une vache rousse, parfaite, en laquelle il n'y a pas de tare et sur laquelle n'a pas été posé le joug. Vous la livrerez à Éléazar, le prêtre; il la fera sortir au dehors du camp et on l'immolera devant lui" ». D'après le Deutéronome (XXI, 1-3, 8) l'expiation pour un meurtre dont l'auteur est inconnu sera l'immolation d'une génisse « qu'on n'a pas encore fait travailler et qui n'a pas encore tiré au joug ». (Les Israélites se mettront ainsi à l'abri de la « vengeance du sang ».)

74 — 1. Cf. *Ézéch.* XI, 19; XXXVI, 26.

75 — 1. C'est-à-dire : les fils d'Israël.

2. Cf. verset 79; III, 78; IV, 46; V, 13. — *Constitutiones apostolorum*, VI, 20, P. G. I, 963-967; Pseudo-Clément, *Homilia*, II, 39, P. G. II, 103; Épiphane, *Adversus Hæreses*, XXX, 18, P. G. XLI, 435. — Allusions à ceux qui, en général, altèrent les Écritures : *Jér.* VIII, 8; XXIII, 30-32; *Apoc.* XXII, 18-19.

76 — 1. *fataḥa* : *il a ouvert.*

79 — 1. Voir *note clé : acquérir.*

80 — 1. Litt. : *des jours comptés.*

82 — 1. Voir *note clé : jardin.*

83 — 1. Les versets 83-84 sont à rapprocher de : *Ex.* XX, 3, 12-13; *Deut.* V, 7, 16-17.

85 — 1. Mot à mot : *ensuite, vous, ceux-ci.*

2. Ou bien : vous vous prêtez main-forte.

3. Mot à mot : *s'ils viennent à vous, captifs.*

87 — 1. Mot à mot : *nous* (l') *avons fait suivre par les prophètes après lui.*

2. *Maryam* est le seul nom propre féminin retenu par le Coran. L'appellation : « Jésus, fils de Marie » (*'īsā bnū maryam*) revient souvent, et chaque fois, comme une affirmation de sa naissance miraculeuse (cf. III, 47, note 2).

3. *rūḥ al qudus :* cette expression reviendra au verset 253 et en V, 110 à propos de Jésus; en XVI, 102 au sujet de la Révélation. Elle rappelle l'hébreu : *ruaḥ ha qodèš* (cf. *Ps.* LI, 13; *Is.* LXIII, 10, 11). — Cf. D. Masson, *op. cit.*, chapitre : *Rouh, dans le Coran*, p. 241 ss. et 220.

88 — 1. C'est-à-dire : les fils d'Israël (cf. IV, 155). — La « circoncision du cœur » est une image biblique qui évoque la fidélité intérieure à la Loi, supérieure au signe physique d'appartenance à la communauté israélite. (*Deut.* X, 16; XXX, 6; *Jér.* IV, 4; IX, 24-25; *Actes*, VII, 51; *Rom.* II, 25-29, etc.)

2. Voir *note clé : incrédulité.*

92 — 1. Voir verset 51, note 2.

95 — 1. Mot à mot: *ce que leurs mains ont placé en avant (qaddamat)*, (pour le Jour où le bien sera récompensé et le mal puni). Cette expression se trouve dix fois dans le Coran.

96 — 1. Mot à mot : *un, parmi ceux qui ont associé* (une divinité à Dieu). Voir *note clé : polythéistes.*

2. Voir *note clé : voir.* — Cf. *Jér.* XXXII, 19; *Ps.* XXXIII, 13-15; *Job,* XXXIV, 21.

97 — 1. Cf. LXVI, 4. — *Jibril;* « Gabriel » désigne, chez le Prophète Daniel (VIII, 16-26 et IX, 21-27) l'ange chargé par Dieu d'expliquer au prophète sa vision. C'est lui qui annoncera à Zacharie la naissance de Jean (*Lc.* I, 11-20) et à Marie, celle de Jésus (*Lc.* I, 26-37); I Hénoch (IX, 1 ss.; X, 9; XX, 7; XL, 9), le cite parmi les anges et lui attribue diverses fonctions. — Les commentateurs musulmans reconnaissent parfois Gabriel dans « l'Esprit » *(rūḥ)* cité plusieurs fois dans le Coran.

2. Le mot « Livre » est sous-entendu dans le texte (voir verset 41, note 1).

102 — 1. Voir *note clé : suivre.*

2. D'après la Tradition juive (cf. Jellinek, *Bet ha Midrash* II, 86), les anges déchus *Uzza* (Samhazaï) et *Azaël* (Azazel) communiquèrent à Salomon les secrets du ciel.

3. Nom d'un monticule situé dans la partie Nord de l'ancienne ville de Babylone (*Bab ili :* « porte de Dieu » en accadien).

4. Les noms *bārūt* et *mārūt* sont à rapprocher de *Haurvatat* (intégrité) et *Ameretat* (immortalité) qui régissent le domaine des eaux et des plantes d'après les Gatha de Zoroastre. Ces noms en moyen perse sont devenus : *Hordat* et *Amurdat.* Les légendes postérieures parlent de leur chute par amour pour une femme. (Cf. P. J. de Menasce, *Une légende indo-iranienne dans l'angéologie judéo-musulmane : à propos de Harut et de Marut, Études Asiatiques,* revue de la Société Suisse d'Études Asiatiques, I, 1947, pp. 10-18; d'après Adolphe Lods, *Histoire de la Littérature hébraïque et juive,* p. 865 s., il s'agirait d'un « mythe akkadien » que l'Iran aurait adapté à ses conceptions); la Tradition juive a retenu l'essentiel de ce mythe, basé sur la Genèse (VI, 1-4, cf. *Is.* XIV, 12) en donnant divers noms à ces « anges déchus ». On trouve, par exemple : *Azazel* et *Shembazaï* en *Yalqut* I, p. 44; *Aggada Bereshit,* introduction, 38, etc. (les noms varient suivant les documents et les éditions). D'après *I Hénoch* (VIII) les anges déchus en très grand nombre, apprennent aux femmes l'art de se parer de bijoux et de se farder; aux hommes, les secrets de la fabrication des armes; c'est eux aussi qui enseignent aux humains, en général, la magie, la sorcellerie et l'astrologie. Ils furent finalement punis. (Cf. *I Hén.* IX.)

104 — 1. Interprétation douteuse.

105 — 1. Les Israélites et les Chrétiens.

106 — 1. Cf. XVI, 101; XXII, 52.

107 — 1. L'idée de royauté et de possession de tout l'univers, appliquée à Dieu, revient souvent dans la Bible aussi bien que dans le Coran. (Cf. *Deut.* X, 14; *Ps.* XLVII, 8-9; XCV, 3-5; *Is.* XXXVII, 16; *Jér.* X, 7 et la doxologie de *I Tim.* I, 17.)

108 — 1. Litt. : *chemin uni.*

109 — 1. Le texte porte : *de leur part.*

2. Litt. : *effacez.*

3. Litt. : *ordre.*

110 — 1. Cf. LXXIII, 20.

112 — 1. Litt. : *celui qui a soumis son visage;* verbe : *'aslama, se soumettre.* Voir : *note clé : musulman* (comme pour le verset 131).

113 — 1. Mot à mot : *ils ne sont sur rien.*

2. Il s'agit, sans doute, du Livre commun : de la Tora.

115 — 1. Cf. *Ps.* CXXXIX, 7-10.

116 — 1. Les Israélites utilisent l'expression « fils de Dieu » (au pluriel) dans un sens figuré (*Deut.* XIV, 1; XXXII, 6; *Is.* LXIII, 16; cf. *Jn.* I, 12; *Rom.* VIII, 14-15). — Les Chrétiens croient à une génération du Verbe ou du Fils, à l'intérieur même de la Divinité, sans altérer en quoi que ce soit son unité. — Voir : D. Masson, *op. cit.*, p. 205 ss.

2. Cf. *Deut.* X, 14; *Is.* LXVI, 2; *Ps.* XXIV, 1 (cité en *I Cor.* X, 26); LXXXIX, 12.

3. Le verbe *qanata* renferme l'idée d'obéir sincèrement à Dieu et de passer beaucoup de temps en prière.

117 — 1. Cette formule peut être comparée avec le « fiat » du Ier chapitre de la Genèse. Elle revient huit fois dans le Coran : quatre fois au sujet de Jésus : le présent verset; III, 47, 59; XIX, 35 et quatre fois dans des textes relatifs à la Création : VI, 73; XVI, 40; XXXVI, 82 et XL, 68. — Cf. *Ps.* XXXIII, 6, 9; *Judith*, XVI, 14; *Lam.* III, 37; *Sag.* IX, 1; *Jn.* I, 1-3.

119 — 1. C'est-à-dire : « Tu ne seras pas considéré comme responsable des hôtes d'*al jaḥīm* ».

120 — 1. Voir *note clé : suivre.*

124 — 1. Ou : *par des paroles (kalimāt).* Dieu, en effet, d'après la Genèse, soumit Abraham à plusieurs épreuves : il lui ordonna de quitter son pays (XII, 1); de circoncire tous les mâles en signe de l'alliance (XVII, 11); d'immoler son propre fils (XXII, 1-10).

2. *'Imam : conducteur;* celui qui dirige les autres.

3. Abraham est donc considéré comme le père des croyants. Cf. XIV, 40 et XXII, 78. — *Mt.* III, 9; *Lc.* I, 73; III, 8; *Jn.* VIII, 33.

125 — 1. Cette *Maison (bayt)* qualifiée de *sacrée* en V, 2 et 97, est la *ka'ba,* sanctuaire ou temple et lieu de pèlerinage. (La Tradition musulmane l'appellera : *bayt 'Allah.*) — Le Temple décrit par Ézéchiel est appelé : *bèit.* Le nom de *bèit El* ou : *Béthel* se rencontre pour la première fois dans la Genèse (XII, 8).

2. L'expression : *maqām 'Ibrāhīm* reviendra encore en III, 97. Le mot : *maqām* évoque l'idée d'un lieu où l'on se tient debout. (verbe : *q-w-m :* se dresser, se tenir debout). L'hébreu : *maqom* désigne un lieu quelconque; mais on le trouve, avec la signification de lieu saint dans l'Exode (III, 5), le Livre de Josué (V, 15), etc.

3. D'après la Genèse (XVII, 2), Dieu dit à Abraham : « J'établis mon alliance entre moi et toi et je t'accroîtrai extrêmement. » On se souvient qu'Ismaël fut le premier circoncis par ordre de Yahvé (XVII, 23).

4. Les *ṭā'ifūn* (cf. plus loin verset 158; XXII, 26, 29) sont les pèlerins qui, en état de sacralisation (*'iḥrām*), accomplissent les sept circuits rituels (*ṭawāf*) en tournant de gauche à droite autour de la *ka'ba.* Cette pratique, usitée dans tous les sanctuaires de l'Arabie préislamique, vise, probablement, à capter les bénédictions qui émanent de l'édifice sacré. — La procession autour de l'autel, mentionnée dans le Livre des Psaumes (XXVI, 6), fait partie des rites anciens dans les religions sémitiques. On se souvient que les guerriers d'Israël, au temps de Josué, firent, sur l'ordre de Dieu une fois par jour le tour de la ville de Jéricho pendant six jours, sept fois le VIIe jour et la ville s'écroula (*Jos.* VI, 3-5; 14-16). — Le rituel israélite, d'après la Mishna Sukkah (IV, 5) prévoyait une procession autour de l'autel les six premiers jours de la fête des Tabernacles et sept tours le VIIe jour. — D'après le Pontifical romain, l'évêque fait sept fois, de gauche à droite, le tour de l'autel pour le consacrer. — Le pseudo-Matthieu (XII, 2-3) note que celui qui subit l'épreuve de l'eau, doit faire sept fois le tour de l'autel. — Ces divers objectifs (participer à la bénédiction émanant d'un lieu saint; s'assurer la possession

d'une ville; s'emparer d'un objet pour le consacrer ou le bénir) montrent qu'un même rite, maintenu au long des siècles, peut revêtir des significations différentes, d'après les croyances de ceux qui l'ont adopté.

126 — 1. Cette *cité* est la Mekke. Cf. XIV, 35; XXVII, 91; XXVIII, 57; XXIX, 67; XCV, 3.

2. Le texte comporte l'idée de : *forcer,* de contraindre.

3. *maçīr :* lieu où s'achève le « devenir ». Il s'agit ici, comme plus loin, au verset 285, de la fin dernière.

127 — 1. *'al samī' :* celui qui entend, ou : *celui qui exauce.* Cette appellation reviendra souvent dans le Coran. — On retrouve le nom propre : *Sami'* parmi ceux des divinités de l'Arabie préislamique.

129 — 1. Abraham, d'après la Tradition musulmane, demande ainsi à Dieu d'envoyer à ses descendants le Prophète Muhammad.

2. Voir *note clé : signe.*

3. Voir *note clé : sagesse.*

130 — 1. *milla 'Ibrāhīm :* voir *note clé : religion.*

133 — 1. D'après la Genèse (XLIX, 1), Jacob mourant réunit ses douze fils pour les bénir. Il avait, auparavant, béni Joseph en invoquant (c'est lui qui parle) : « le Dieu devant qui ont marché mes pères, Abraham et Isaac ». (*Gen.* XLVIII, 15.)

2. Le Dieu d'Abraham, d'Ismaël, d'Isaac et de Jacob est donc bien celui de l'Islam.

135 — 1. *hanīf :* ce mot qui, en sabéen, signifie : « attaché à la foi de ses pères », revient, à propos d'Abraham, en sept autres versets : III, 67, 95; IV, 125; VI, 79, 161; XVI, 120, 123 et de Muhammad en X, 105 et XXX, 30.

136 — 1. Il s'agit ici des douze tribus d'Israël.

2. Un texte semblable reviendra en III, 84; IV, 163 ajoute les noms de Noé, Job, Jonas, Aaron, Salomon et David.

137 — 1. Litt. : *scission,* désaccord, rupture (comme au verset 176).

2. Litt. : *contre eux.*

138 — 1. *çibġa :* ce mot, pris dans un sens concret, signifie : teinture, couleur.

2. Ou bien : ses *adorateurs*. — Voir *note clé : serviteur*.

139 — 1. *muḫliç :* celui qui est pur, sincère, et, par extension : celui qui rend au Dieu un, un culte pur, sincère, sans mélange. Ce terme s'oppose à la fois à « hypocrite » et à « polythéiste ».

141 — 1. Mot à mot : *vous ne serez pas interrogés sur...*

142 — 1. Direction vers laquelle se tourne celui qui prie. — Le Sémite se tournait pour prier dans la direction du soleil levant. Le Jardin d'Éden se situe « à l'orient » (*Gen.* II, 8). D'après l'Exode (XXVI, 22, 27), la porte de la Tente de réunion se trouvait à l'est, comme celle du Temple d'Ézéchiel (XLVII, 1). Le sacrificateur était donc placé face à l'est et aux assistants. — La lumière attendue chaque matin devient un symbole du Messie promis à Israël (*Mal.* III, 20) et Zacharie, père de Jean, compare Jésus au soleil levant (*Lc.* I, 78). — Les Chrétiens des quatre premiers siècles se tournaient vers l'orient pour prier. (Cf. *Constitutions apostoliques*, II, 57, P. G. I, 723 ; Origène, *In Numeros*, V, 1, P.G. XII, 603, etc. ; Basile, *Liber de Spiritu Sancto*, XXVII, 66, P. G. XXXII, 190-191 ; Tertullien, *Apologeticus*, XVI, P. L. I, 370 s.). — Mais, au temps de Salomon, les Israélites se tournaient, pour prier, dans la direction de Jérusalem (*I Rois*, VIII, 38, 44) ; ainsi faisait le Prophète Daniel (*Dan.* VI, 11). — Cf. Talmud, *Berakot*, IV, 6-7 ; *Sobré de Deutéronome* § 23 (70 b).

143 — 1. Cette Communauté *('umma)*, en tant que telle, ne peut donc s'écarter de la vérité (cf. IV, 115). — Un hadith fait dire au Prophète : « Ma communauté ne tombera jamais d'accord sur une erreur ». De là est née, dans l'Islam, la notion d'*'ijma'*, de consensus (cf. L. Gardet, *La Cité musulmane*, pp. 119-129).

2. La *qibla* de la première mosquée construite par Muhammad à Médine, en 622, était tournée vers Jérusalem ; puis, à la suite de dissensions avec les Juifs, deux ans environ plus tard, le Prophète ayant reçu la révélation du présent verset, décida que les Musulmans devraient dorénavant se tourner, pour prier, dans la direction de la Mekke.

3. Mot à mot : *il n'appartient pas à Dieu de laisser votre foi se perdre.*

149 — 1. Verbe : *sortir.*

151 — 1. Dieu avait dit à Moïse : « Je leur susciterai du milieu de leurs frères, un prophète ». (*Deut.* XVIII, 18 cité en : *Actes*, III, 22 ; VII, 37.)

2. Ou bien : il vous porte vers ce qu'il y a de plus pur; il accroît votre pureté.

152 — 1. Ou bien : *invoquez-moi.*

154 — 1. Cf. III, 169-171. — *Sag.* III, 1-3. — *Berakot,* 18 a; Mar Isaï, *Traité sur les Martyrs,* V, P. O. VII, 32; Tertullien, *De anima,* 55, P. L. II, 744; Augustin, *De civitate Dei,* XIII, 8, P. L. XLI, 382.

155 — 1. Litt. : *fruits.*

158 — 1. Le grand pèlerinage *'al ḥajja,* le Pèlerinage proprement dit, a lieu à la Mekke, au sanctuaire construit par Abraham et Ismaël, à la « Maison de Dieu » ou *ka'ba.* (Cf. verset 125 et note 1.) (Sur la portée du pèlerinage en général, voir D. Masson, *op. cit.* pp. 499-513 : « La notion du lieu saint » ainsi que le chapitre consacré au pèlerinage considéré comme un symbole de « retour au centre » : pp. 540-550.) — L'expression « petit pèlerinage » empruntée à M. Hamidullah, traduit le mot : *'umra.* Celui-ci désigne, d'après ce même auteur (comme au verset 196), un pèlerinage individuel accompli à n'importe quel moment de l'année, et qui, en plus des circuits autour de la *ka'ba,* comporte sept courses entre deux monticules situés à 400 mètres l'un de l'autre : *'al çafa* (le Rocher) et *'al marwa* (la pierre). — (L'hébreu *ḥaj* signifiait, primitivement : *chœur de danse,* et, ensuite : *fête*).

2. Le texte porte : *autour des deux.*

163 — 1. Cette affirmation qui constituera plus tard la première partie de la profession de foi musulmane *(šahāda)* revient quarante-neuf fois dans le Coran et sous plusieurs formes. — Cf. *Deut.* IV, 35; *Is.* XLIII, 10-11; *I Cor.* VIII, 4, etc.

167 — 1. Cf. XXIII, 99; XXVI, 102; XXXII, 12; XXXIX, 58; XLII, 44. — *Midrash Rabbah Eccl.* VIII, 4.

171 — 1. Mot à mot : *l'exemple de ceux qui sont incrédules est semblable à l'exemple de celui qui crie contre ce qui n'entend qu'un cri et qu'un appel.* L'emploi du verbe *n-'-q* qui signifie : *crier* soit pour appeler, soit pour éloigner du bétail semble justifier cette interprétation selon laquelle le verbe en question est traduit comme s'il était utilisé à la voix passive (cf. le Commentaire de Baïdawi et VIII, 22).

173 — 1. Cf. V, 3; VI, 145; XVI, 115. — Les interdictions alimentaires, en vigueur dans l'Ancien Testament, concernent entre

autres : la bête morte de mort naturelle (*Lév.* XXII, 8; *Deut.* XIV, 21, etc.); le sang (et toute viande non saignée) (*Gen.* IX, 4; *Lév.* III, 17; *Deut.* XII, 16, 23, etc.); le porc (*Lév.* XI, 7; *Deut.* XIV, 8). Elles furent maintenues quelque temps dans l'Église primitive (*Actes,* XV, 20, 28-29; XXI, 25). — La consommation des animaux sacrifiés aux idoles est interdite également dans le Livre des Actes des Apôtres (XV, 20, 29; XXI, 25) et déconseillée par Paul pour éviter le scandale et pour une raison de charité (*Rom.* XIV; *I Cor.* VIII). Mais le Christ a aboli toute distinction entre les aliments réputés purs ou impurs (*Mt.* XV, 11, 17-20; *Mc.* VII, 15-23).

2. Cf. VI, 119, 145; XVI, 115.

176 — 1. Mot à mot : *ils s'opposent les uns aux autres.*

2. Ces trois mots sont sous-entendus dans le texte où on lit seulement : *schisme éloigné,* lointain.

177 — 1. Cf. verset 285 et IV, 136.

2. Litt. : pour l'amour de *lui.*

3. Litt. : *pour les cous* (cf. IX, 60).

178 — 1. Le mot : *qiçâç* pour *talion* revient trois autres fois dans le Coran (versets 179, 194 et V, 45) mais l'idée y est exprimée cinq autres fois. La Loi juive (cf. V, 45 note 1), imposait le talion sous une forme qui fut abolie par Jésus (*Mt.* V, 38-39).

2. Traduction douteuse.

180 — 1. Voir *note clé : convenable.* — Ces lois relatives aux testaments sont complétées au verset 240 et en V, 106-107. La Sourate IV (7-13 et 176) indique la manière de partager les biens entre les héritiers. Le Synode nestorien (*Jesuyahb,* I, 585, *Synodicum Orientale,* traduction Chabot, 1902, p. 405) mentionne l'obligation de respecter la volonté des défunts, exprimée par leur testament.

185 — 1. Les versets 183-185, 187, sont les seuls où il est question du jeûne de Ramadan et qui en fixent les règles. — Le premier jeûne mentionné dans la Bible est celui de Moïse. Celui-ci resta à deux reprises, sur le mont Sinaï, 40 jours et 40 nuits « sans manger de pain ni boire d'eau » (*Deut.* IX, 9, 18). Le Prophète Éli en fit autant (*I Rois,* XIX, 8). Jésus jeûna, lui aussi, 40 jours et 40 nuits (*Mt.* IV, 2; *Lc.* IV, 2). — Le Prophète Daniel passa trois semaines dans le deuil et l'abstinence (*Dan.* X, 3), et, au temps de Joakim, le peuple se prépara par le jeûne à entendre la

lecture du Livre, faite par le Prophète Baruch (*Jér.* XXXVI, 9-10). — Le jeûne chrétien de 40 jours est mentionné au Concile de Nicée (en 325) : il consistait à ne faire qu'un seul repas (sans viande, sans œufs, sans laitages) après les vêpres qui étaient célébrées au coucher du soleil. Cette discipline s'adoucit progressivement au cours des siècles. — La Tradition juive a maintenu la pratique de 25 jours de jeûne répartis tout le long de l'année. Ce jeûne débute au coucher du soleil et se termine le lendemain soir, au moment de l'apparition des étoiles. — (Le verbe : *jeûner*, *ç-w-m*, est commun à l'arabe et à l'hébreu, mais le sens primitif en hébreu est : *incliner* (son âme), s'humilier, s'attrister.)

186 — 1. Cf. *Deut.* IV, 7; *Ps.* CXLV, 18.

187 — 1. Le carême primitif excluait toute relation conjugale : Augustin, *Sermo ad populum, in Quadragesimum*, CXLII, 7, P. L. XXXIX, 2024.

2. Cf. Talmud, *Berakot*, I, 5 et Mishna, *Berakot*, I, 2 : on peut réciter la prière matinale du *schem'a* à partir du moment où l'on peut distinguer un fil bleu d'un fil blanc.

3. Le mot : *ḥudūd* utilisé ici signifie : *lois*, avec le sens de « limites ». Il est dit ensuite : « Ne vous en approchez pas » : quiconque s'approche trop près des limites est tenté de les franchir, de passer outre, de transgresser.

189 — 1. Cf. VI, 96; X, 5; XVII, 12. — Le Psalmiste avait dit à Dieu : « Tu as fait la lune pour marquer les temps ». (*Ps.* CIV, 19; cf. *Gen.* I, 14; *Eccli.* XLIII, 6-8.)

2. *birr : bonté pieuse.*

3. Allusion probable à une coutume préislamique observée par les Arabes revenant de pèlerinage.

190 — 1. Les versets 190-195 posent le principe de la lutte *(jihād)* pour l'expansion et la défense de l'Islam.

194 — 1. Mot à mot : *aux interdits* (violés), *un talion.* — Il s'agit, sans doute, d'une trêve qui avait été conclue avant le mois sacré et pour sa durée.

196 — 1. Les versets 196-200 fixent les règles du Pèlerinage proprement dit. Il a été question du « petit pèlerinage » au verset 158; cf. note 1.

2. Ou bien : *assiégés*.

3. Ces trois mots sont sous-entendus dans le texte.

4. C'est ici la seule allusion à la coutume héritée des Arabes de l'époque préislamique, qui veut que le pèlerin se rase la tête avant le pèlerinage et s'en abstienne tant qu'il demeure en état de sacralisation (*'iḥrām*). — Le fait de ne pas se raser la tête était un signe de consécration, chez les Israélites, durant le naziréat (*Nb*. VI, 5, 8). Une interruption, même involontaire, de cet état de pureté devait être compensée par une offrande (*Nb*. VI, 9-12).

5. Ces deux mots sont sous-entendus dans le texte.

198 — 1. À l'occasion du pèlerinage.

203 — 1. Litt. : *comptés*.

2. Il s'agit des rites du pèlerinage.

3. Litt. : *vers lui*.

206 — 1. Litt. : son *compte*.

2. Le mot *jahannam* paraît soixante-dix-sept fois dans le Coran. Le nom grécisé : *géhenne*, vient de *Gê Hinnam* qui désigne, en araméen, la vallée d'*Hinnom* (cf. dans les Septante : *Jos*. XVIII, 16; la traduction de l'hébreu donne : « la vallée de Ben Hinnom »). Là, s'élevait le temple de Moloch où les idolâtres brûlaient des victimes humaines (*Jér*. XXXII, 35; cf. le souvenir de sa destruction par le feu et sa réduction en « poussière » : *II Rois*, XXIII, 10-12); leurs cadavres, jetés en plein air, continuaient à brûler et à se décomposer (*Jér*. VII, 31-33). Jérémie associe la description de ce lieu maudit au châtiment divin encouru par les péchés d'Israël. Le prophète Isaïe s'en souvient, sans doute lorsqu'il transporte ces éléments sur le plan eschatologique (*Is*. LXVI, 24). I Hénoch (LIV, 1 ss.; LVI, 3 ss.; XC, 26 ss.) parle, lui aussi, de « vallée », de « feu brûlant », d'« abîme » à propos des punitions de l'au-delà. Peu à peu on oublia la signification topographique du mot Géhenne (déjà au IVe *Livre d'Esdras*, VII, 36; et au IIe *Livre de Baruch*, LXXXV, 13) et il devint un synonyme de *shéol*, lieu de tourment et de ténèbres car il s'agit d'un feu qui brûle sans éclairer. — Le Nouveau Testament mentionne plusieurs fois la Géhenne (*Mt*. V, 22, 29-30; XVIII, 9; *Lc*. XII, 5, etc.) comme une « fournaise ardente », un « feu éternel » devenu « étang de feu » dans l'Apocalypse de Jean (XIX, 20); « étang de soufre embrasé » (XX, 10; 14-15, etc.). — La Tradition juive s'est plu à décrire la Géhenne. D'après le Talmud, elle est située au

centre de la terre (*Sanhédrin,* 110 b), (là où Coré fut précipité : *Nb.* XVI, 31-33 et *Cor.* XXVIII, 81); elle est immense et ne peut être mesurée (*Pesahim,* 94 a); elle est divisée en sept parties (*Sotah,* 10 b); son feu est soixante fois plus chaud que le feu terrestre (*Berakot,* 57 b) mais les ténèbres y règnent (*Yebamot,* 109 b).

3. Le mot *mihād* à la forme définie paraît uniquement au sujet de la Géhenne. Cf. III, 12, 197; VII, 41; XIII, 18; XXXVIII, 56.

208 — 1. *silm* est mis ici pour : *Islam.*

210 — 1. Litt. : *ordre* (commandement).

213 — 1. Cf. X, 19.

2. Le texte porte : *avec eux.*

214 — 1. Ces deux mots sont au singulier dans le texte.

2. Verbe : *zalzala* à la forme passive.

216 — 1. Ici, le mot *qitāl* revêt la signification de *jihād* (lutte); cf. verset 190.

218 — 1. Voir *note clé : émigrer.*

219 — 1. Cf. V, 90-91. Le Coran cite cependant la vigne, parmi les bienfaits de Dieu (comme en XVI, 67); les élus boiront au Paradis « du vin rare » (LXXXIII, 25) et ils y trouveront « des fleuves de vin » (XLVII, 15). — L'Ancien Testament place le vin parmi les bonnes choses procurées à l'homme par la Providence. (*Gen.* XXVII, 28; *Deut.* XI, 14; *Jér.* XXXI, 12, etc.) On lit, dans la Genèse (XIV, 18), que le roi Melchisédech, prêtre du Dieu Très Haut, présenta à Abraham « du pain et du vin ». Le livre des Nombres (XXVIII, 14) prescrit des libations de vin à l'issue des sacrifices offerts à chaque nouvelle lune, et le rituel israélite prévoit des formules de bénédiction sur les coupes de vin qui accompagnent le repas pascal. On connaît aussi son usage dans la liturgie catholique. — Le Livre des Nombres (VI, 2-4, cf. *Juges,* XIII, 4 et 7), compte l'abstinence de vin parmi les obligations du naziréat et la loi mosaïque l'imposait aux prêtres en fonction (*Lév.* X, 8-9; *Ézéch.* XLIV, 21). — Le jeu de hasard, mentionné ici, comme en V, 90-91, est appelé : *maysir.*

2. Ces deux mots sont sous-entendus dans le texte.

221 — 1. Cf. *Deut.* VII, 3-4; *Esd.* IX, 12. — *Mišna, Yebamoth,* 78 b.

222 — 1. Le Lévitique (XV, 19-30) expose les prescriptions relatives à l'impureté de la femme (cf. *Ézéch.* XVIII, 6). — Le Talmud lui consacre un traité appelé : *niddah.*

223 — 1. Plusieurs traditions assimilent la femme à un champ de labour. Voir : Mircéa Éliade, *Traité d'Histoire des Religions,* pp. 224-227; Van der Leeuw, *La Religion dans son essence et ses manifestations,* pp. 87-88. — Éphrem (traduction Lamy, 1886, *Hymni et Sermones,* tome II, *Hymnus de Beata Maria,* II, 4, p. 526), au contraire, compare la Vierge Marie à « un champ qui n'a jamais connu le labour ».

224 — 1. Cf. une des prescriptions du Décalogue : « Tu ne prononceras pas en vain le nom de Iahvé ton Dieu ». (*Ex.* XX, 7 et *Deut.* V, 11.)

225 — 1. *ḥalīm,* « bon », était le nom d'un dieu sabéen.

228 — 1. Ces quatre mots sont sous-entendus dans le texte. — Cf. LXV, 1-4. — Talmud, *Yebamot,* IV, 10.

2. La Loi mosaïque interdit à un homme de reprendre la femme pour laquelle il a rédigé un acte de répudiation. (*Deut.* XXIV, 1-4.)

3. Litt. : *un degré.* — Cf. *I Tim.* II, 11-15.

229 — 1. On lit dans la Genèse (XXI, 14) qu'Abraham renvoya sa femme Agar. Le Deutéronome (XXIV, 1) parle d'acte de répudiation et de remariage de la femme répudiée (cf. *Lév.* XXII, 13; *Is.* L, 1; *Mt.* I, 19). Mais Dieu dit au prophète Malachie (II, 16) : « Je hais la répudiation »; Paul (*I Cor.* VII, 10-11), la condamne et il interdit le remariage de la femme répudiée. (cf. *Mt.* V, 32; *Mc.* X, 11-12; *Lc.* XVI, 18).

2. Le verbe *'aftada* signifie : payer à quelqu'un une somme pour se racheter.

231 — 1. Litt. : leur *terme,* comme aux versets 232 et 234.

233 — 1. Cf. Talmud de Jérusalem, *Ketuboth,* 60, 1.

235 — 1. Le texte porte : mariage *des femmes.*

2. Mot à mot : *si vous le cachez en vous.*

3. On voit ici généralement une allusion au remariage des veuves.

236 — 1. Celles auxquelles vous n'avez pas été obligés de verser un douaire (ici : *farîḍa*).

237 — 1. Litt. : *crainte* révérencielle de Dieu.

2. Le verbe est, dans le texte, à la IIe personne du pluriel.

240 — 1. Ces trois mots sont sous-entendus dans le texte.

2. Cf. verset 234.

241 — 1. Litt. : *jouissance*, comme au verset précédent.

245 — 1. Litt. : il le *multiplie*; sur le *prêt* fait à Dieu voir : V, 12; LVII, 11, 18; LXIV, 17; LXXIII, 20. — *Prov.* XIX, 17; Cyprien, *Liber de Oratione dominica*, XXXIII, P. L. IV, 541.

246 — 1. Mot à mot : le *conseil* formé des principaux personnages *(mala') des fils d'Israël.* — L'Exode (XXIV, 1, 9) et le Livre des Nombres (XI, 16, 24-25) signalent auprès de Moïse la présence de « soixante-dix des anciens d'Israël ».

2. Cf. *I Sam.* VIII, 4-5, 20.

247 — 1. *ṭâlût*. — Cf. *I Sam.* IX, 17.

2. Cf. *I Sam.* X, 27.

3. Cf. *I Sam.* IX, 2.

248 — 1. Ce mot qui marque une certaine présence de Dieu en un lieu, provient de la racine *s-k-n* qui signifie *habiter* ou se tenir dans un lieu, se reposer, comme l'hébreu : *š-k-n*. Il s'agit ici du Tabernacle (*miškan* en *Ex.* XXV, 8). Dieu demeure « au milieu des fils d'Israël » (*Ex.* XXIX, 45-46; cf. *Nb.* XXXV, 34; *I Rois*, VI, 13; *Zach.* II, 14, etc.); dans un lieu déterminé comme le « buisson » où Yahvé parla pour la première fois à Moïse (cf. *Deut.* XXXIII, 16 qui rappelle : *Ex.* III, 1-3); le Mont Sinaï où se posa « la gloire de Yahvé » lors de la promulgation de la Loi (*Ex.* XXIV, 16). Yahvé sera considéré plus tard comme résidant d'une certaine façon « au milieu de Jérusalem » (*Zach.* VIII, 3); sur le Mont Sion (*Is.* VIII, 18; *Ps.* XV, 1; LXXIV, 2); à l'intérieur du Temple (*Ézéch.* XLIII, 7). — Le mot *šekina* est ignoré de la Bible; mais, dans le Nouveau Testament, il semble parfois que le mot « gloire » revêt une signification approchante. (Cf. *Rom.* IX, 4; *Hébr.* IX, 5.) Cette « gloire du Seigneur » apparaît au moment de la naissance du Christ (*Lc.* II, 9), de sa transfiguration (*Mt.* XVII, 5; *II Pr.* I, 17). Enfin Jean (I, 14) exprime l'idée de présence glorieuse *(šekina)* quand il dit : « Le Verbe a *demeuré*

parmi nous et nous avons vu sa gloire ». On peut supposer que l'évangéliste a choisi intentionnellement le verbe grec : *skènô* (habiter) dont la forme se rapproche de l'hébreu. (Cf. *demeure de Dieu: Apoc.* XXI, 3.) — Dans la Tradition juive : Targums, Mishna, Talmud, le mot *šekina* désigne l'immanence de Dieu, sa présence glorieuse en un lieu, ou Dieu lui-même (de la même façon que les expressions : Nom, Parole, Esprit, Sagesse). De plus, les Rabbins associent les anges à la présence constante de la *šekina* auprès d'Israël et à l'aide qu'elle lui apporte en cas d'épreuve ou de danger. (Cf. J. Abelson, *The Immanence of God in Rabbinical Literature,* 1912, p. 128 qui cite *Exodus Rabbah,* XXXII, 9.) — Deux fois, dans le Coran (IX, 26 et 40) la *sakīna* est associée à l'aide envoyée par Dieu aux croyants par l'intermédiaire des « anges combattants »; une autre fois, elle assure la victoire des Musulmans (XLVIII, 18) et dans cette même Sourate XLVIII (versets 4 et 26) elle apparaît comme un élément propre à affermir la foi des croyants.

2. L'arche porte ici le nom de *tābūt* (coffre en hébreu), qui reviendra dans l'histoire de Moïse petit enfant, avec le sens de *coffret* (XX, 39). — L'auteur de l'Épître aux Hébreux (IX, 4) note que l'arche contenait : « une urne d'or contenant la manne, le rameau d'Aaron qui avait fleuri et les Tables de l'alliance ». On lit cependant dans le Ier Livre des Rois (VIII, 9) : « Il n'y avait rien dans l'arche, sauf les deux Tables de pierre que Moïse y déposa à l'Horeb ». Cette arche avait été construite par Moïse sur l'ordre de Dieu (*Ex.* XXV, 10-22) : elle est appelée : « l'arche de Dieu » (*I Sam.* III, 3); « l'arche sainte » (*II Chron.* XXXV, 3). Les Philistins s'en emparèrent au temps de Samuel et du prophète Éli (*I Sam.* IV, 17); ils la renvoyèrent, sept mois plus tard, traînée par des vaches mystérieusement guidées (*I Sam.* VI); elle fut ensuite rapportée à Jérusalem sous le règne de David (*II Sam.* VI, 1-17; cf. *I Chron.* XIII et XV). — L'épisode coranique rapporté ici rappelle en outre le récit du Ier Livre de Samuel (VI) et qui se situe une cinquantaine d'années avant l'onction de Saül.

249 — 1. Le récit parallèle de la Bible met en scène Gédéon (*Juges,* VII, 4-7) et note que trois cents Israélites triomphèrent d'un ennemi beaucoup plus puissant. Le Lévitique (XXVI, 8) mentionne, parmi les « bénédictions », l'assistance divine accordée aux croyants qui luttent contre leurs ennemis : « cinq d'entre vous en poursuivront cent; cent en poursuivront dix mille ».

250 — 1. Le Ier Livre de Samuel (XVII, 32-54) ne retrace que le combat singulier entre David et Goliath. Après la mort de celui-ci, tous les Philistins s'enfuirent; les hommes d'Israël les poursuivirent et les tuèrent.

251 — 1. Cf. *II Sam.* V, 3; *I Chron.* XI, 3.

253 — 1. Cette formule, d'après les Commentateurs, peut désigner soit Muhammad, soit Moïse.

255 — 1. Cette même formule reviendra en III, 2 et XX, 111 (cf. XXV, 58; XL, 65). — L'expression « Dieu vivant » paraît souvent dans la Bible (*Deut.* V, 26; *Ps.* LXXXIV, 3; *I Tim.* IV, 10, etc.). — *'al qayyūm* (cf. III, 2; XX, 111) désigne Dieu comme « celui qui subsiste par lui-même » et qui maintient la Création tout entière dans l'être. — La Bible lui attribue la notion d'éternité en ce sens qu'il possède en lui-même sa raison d'être et qu'il n'aura pas de fin (*Gen.* XXI, 33; *Ex.* III, 15; *Ps.* IX, 8; X, 16, etc.).

2. Cf. XLVI, 33 note 1; *Ps.* CXXI, 4.

3. Litt. : *leur conservation* (à tous deux).

4. Litt. : *l'élevé.* — Cf. *Gen.* XIV, 18-20; *Ps.* XVIII, 14; LXXXIII, 19; *Lc,* I, 35, 76, etc.

5. *'al 'aẓīm.* Cf. XLII, 4 et LXIX, 33.

256 — 1. *taġūt :* la racine : *t-ġ-ā* signifie parfois : « être rebelle ». Ce nom, qui paraîtra encore sept fois dans le Coran, désigne probablement des idoles, à moins qu'il ne s'agisse de « démons » considérés comme des « rebelles ».

257 — 1. *walī :* ami, protecteur, patron, défenseur.

2. Cf. V, 16; XIV, 1,5; XXXIII, 43; LVII, 9; LXV, 11. — *I Pr.* II, 9.

258 — 1. Cf. *Deut.* XXXII, 39; Augustin, *In Joannis Evangelium, tractatus,* XXXVI, 11, P. L. XXXV, 1669.

259 — 1. Un texte éthiopien du Livre de Baruk, considéré comme apocryphe, retrace la légende d'Èbed Melek (personnage qui figure dans le Livre du Prophète Jérémie (XXXVIII, 7-13) : Èbed Melek le Kushite qui sauva Jérémie de la mort en le faisant remonter de la citerne où on l'avait jeté). Jérémie souhaite qu'Èbed Melek ne voie pas la destruction de Jérusalem; Dieu lui dit : « Envoie-le dans la vigne d'Agrippa... et je le cacherai jusqu'à ce que je ramène le peuple dans la ville ». Èbed Melek part en emportant « un panier de figues »; arrivé à la vigne, il « met sa tête sur le panier et s'endort soixante-six ans »... Il se réveille alors et « les figues du panier ne sont pas sèches »... (R. Basset, *Les Apocryphes Éthiopiens,* fascicule I, *Le Livre de*

Baruch, pp. 9-14). La durée du sommeil d'Èbed Melek correspondrait donc à peu près au nombre d'années comprises entre la prise et la destruction de Jérusalem et l'exil des Israélites à Babylone (587-586) et leur retour de captivité, soixante-dix ans plus tard. Le Temple reconstruit fut inauguré en 515.

2. Cf. *Ézéch.* XXXVII, 6.

260 — 1. D'après la Genèse (XV, 9-10, 17), Abraham, sur l'ordre de Dieu, partagea « par le milieu... une génisse... une chèvre... un bélier... une tourterelle et un pigeonneau ».

263 — 1. *ġaniy,* sous cette forme précise, ne s'applique qu'à Dieu dans le Coran où il revient dix-sept fois. Ce nom-adjectif signifie : riche, indépendant ; celui auquel rien ne manque.

264 — 1. Paul avait écrit : « Dieu aime qui donne avec joie ». (*II Cor.* IX, 7; cf. *Eccli.* XXXV, 8.)

2. Cf. IV, 38, 142. — Jésus condamne ceux qui font l'aumône et ceux qui prient avec ostentation (*Mt.* VI, 2, 5).

3. On trouve dans l'Évangile l'image de la bonne terre et celle de la mauvaise terre : *Mt.* XIII, 1-23; *Mc.* IV, 1-20; *Lc.* VIII, 4-15.

267 — 1. Litt. : *ne vous tournez pas* (comme au verset suivant).

271 — 1. Cf. *Tobit,* XII, 9.

272 — 1. Le « désir de la Face de Dieu » est une expression sémitique qui peut s'entendre comme une recherche de la présence de Dieu ou le désir de faire sa volonté. Cf. VI, 52; XIII, 22; XVIII, 28; XXX, 38-39; LXXVI, 9; XCII, 20. — *Ps.* XXIV, 6; XXVII, 8; CV, 4.

273 — 1. Ces cinq mots sont sous-entendus dans le texte.

2. Litt. : *abstinence,* retenue.

275 — 1. Les versets : 275-279 (cf. III, 130; IV, 161; XXX, 39) interdisent aux croyants tout prêt à intérêt. Le mot « usure » désigne proprement tout intérêt que produit l'argent, quel qu'en soit le taux et c'est par extension que ce mot caractérise plus généralement un profit illégal. — Le prêt à intérêt entre Israélites était déjà proscrit dans l'Ancien Testament (*Ex.* XXII, 24; *Lév.* XXV, 36-37; *Deut.* XXIII, 20-21) et on en trouve des traces dans le Talmud de Jérusalem (*Raba Mècia,* 5). Il fut condamné par les Pères de l'Église (Basile, *Homilia* II, in Psalmum,

XIV, P. G. XXIX, 266-279; Grégoire de Nysse, *In Ecclesiasten, Homilia*, IV, P. G. XLIV, 671-674 etc.), Ambroise lui consacre tout un traité : *In Librum de Tobia*, P. L. XIV, 759-794. Plusieurs conciles proscrivent l'usure : celui d'Elvire, notamment, vers l'an 300 (Mansi, *Sacrorum conciliorum nova et amplissima collectio*, tome II, col. 9), celui de Nicée, en 325 (cf. canon XVII, Mansi, *op. cit.*, col. 682). Voir aussi les canons XV et XVI du Synode Nestorien de 585. (*Synodicum orientale*, traduction Chabot, 1902, p. 412).

2. Ces quatre mots sont sous-entendus dans le texte.

3. Litt. : de (son) *contact* ou (son) toucher.

276 — 1. Sous-entendu : au Jour du Jugement dernier.

280 — 1. Mot à mot : *un sursis, jusqu'à une aise.*

2. Ces quatre mots sont sous-entendus dans le texte.

282 — 1. Cf. *Jn.* VIII, 17. — Le Deutéronome (XIX, 15, cité en *Mt.* XVIII, 16; *II Cor.* XIII, 1) dit : « Un seul témoin ne peut suffire pour convaincre un homme de quelque faute ou délit que ce soit... c'est au dire de deux ou trois témoins que la cause sera établie ».

2. Mot à mot : *une des deux fera se rappeler l'autre.*

283 — 1. Litt. : *ne cachez pas le témoignage.*

285 — 1. Le texte porte : *un des* prophètes.

286 — 1. Mot à mot : *Dieu n'impose à toute âme que sa capacité.* Cf. VI, 152; VII, 42; XXIII, 62.

P. 59. SOURATE III

2 — 1. Cf. II, 255, note 1.

3 — 1. Voir *note clé : révélation.*

2. Cf. II, 41 note 1.

4 — 1. Cf. II, 53, note 1.

2. Mot à mot : *il est celui qui détient une vengeance* (cf. V, 95; XIV, 47; XXXIX, 37); il se venge des coupables (XXXII, 22; XLIII, 41; XLIV, 16). — Dans la Bible, la vengeance est égale-

ment attribuée à Dieu dans un sens de justice punitive (*Deut.* XXXII, 35, cité en *I Thes.* IV, 6 et *Hébr.* X, 30). Le prophète Nahum (I, 2) dit que Dieu est « jaloux et vengeur, un vengeur ardent en sa colère », en ce sens qu'il châtie les coupables (cf. *Ps.* XCIV, 1; *Jér.* LI, 56).

6 — 1. Ou : qui vous *modèle.* On retrouvera sous cette même forme des allusions à la procréation en XVIII, 37; XXXII, 9; XL, 64; LXIV, 3; LXXV, 38-39; XCV, 4. — Cf. *Ps.* XXXIII, 15; *Jér.* I, 5. — Dieu ne cesse donc de créer : Jérôme, *Contra Joannem Hierosolymitanum,* XXII, P. L. XXIII, 372 s. (qui cite *Jn.* V, 17); *Apologia adversus Rufini,* II, 8, P. L. XXIII, 430; Augustin, *De Genesi ad litteram,* V, IV, 11, P. L. XXXIV, 325; Philon, *Legum allegoriæ,* I, 5, traduction C. Mondésert, *Œuvres de Philon d'Alexandrie,* 1962, tome II, p. 41.

7 — 1. *'umm 'al kitāb :* cette expression reviendra en XIII, 39 et XLIII, 4 pour désigner l'archétype du Coran, inscrit de toute éternité sur « la Table gardée » dont il est question une seule fois en LXXXV, 22, pour signifier l'éternité et l'immutabilité de la Parole divine.

2. *muḥkamāt :* désigne les versets qui ne laissent subsister aucun doute; ceux qui sont immuables. — *mutašābibāt* désigne les versets qui nécessitent des explications; ceux qui donnent lieu à plusieurs interprétations possibles, à des discussions; ceux qui sont ambigus (cf. L. Gardet, *Introduction à la Théologie musulmane,* 1948, p. 397).

3. Voir *note clé : suivre.*

4. Le texte porte : *de lui.*

5. *'albāb :* pluriel de *lubb,* cœur (comme au verset 190). Pour les Sémites, le cœur est l'organe de l'intelligence, de la compréhension et le siège de la science.

9 — 1. Cf. *Deut.* VII, 9; XXXII, 4; *Ps.* CXLV, 13; *I Cor.* I, 9; *I Thes.* V, 24; *II Thes.* III, 3.

10 — 1. Litt. : *contre Dieu;* c'est-à-dire : pour se préserver du châtiment infligé par Dieu aux incrédules.

2. Cf. II, 24.

12 — 1. Litt. : *vers.*

13 — 1. Mot à mot : *a été pour vous un Signe.*

2. Mot à mot : *une troupe combattait... une autre* (était) *incrédule. Ils* (les incrédules) *les voient deux fois comme eux, à vue d'œil.* L'explication de ce texte est donnée en VIII, 43.

14 — 1. Un seul mot en arabe : *zuyyina.*

2. Le texte porte : *qanāṭīr,* pluriel de *qinṭār*. On a parfois attribué à celui-ci la valeur de mille dinars ou mille pièces d'or; mais cette évaluation demeure incertaine.

3. *ma'āb :* ce mot désignera encore le Paradis en XIII, 29; XXXVIII, 25, 40, 49 et la Géhenne au verset 55 de cette même Sourate.

15 — 1. Les mots : *immortels en eux* (les jardins) sont placés, dans le texte, après « ruisseaux ». — Cf. II, 25.

19 — 1. Litt. : *l'Islam;* comme au verset 85.

20 — 1. Au singulier dans le texte.

21 — 1. Cf. II, 61, note 2, comme pour les versets 112, 181, 183.

23 — 1. C'est-à-dire : les Juifs.

2. Mot à mot : *pour qu'il* (le Livre) *juge entre eux.*

24 — 1. Cf. II, 80, note 1.

25 — 1. Litt. : *ils ne seront pas lésés,* comme au verset 161.

26 — 1. L'expression : *mālik al mulk* ne paraît que cette seule fois dans le Coran. L. Gardet (*Encyclopédie de l'Islam,* 1958, article : *Al Asma' al Husna,* n° 84) lui donne la signification suivante : « Le Maître (Roi) du Royaume, qui dispose en toute souveraine indépendance, du monde et de chaque créature ». — Cf. XX, 114, note 1.

2. Cf. *Dan.* II, 21; *I Sam.* II, 7 (repris en *Lc.* I, 52-53); *I Chron.* XXIX, 11-12.

27 — 1. Cf. VI, 95; X, 31; XXX, 19.

28 — 1. *'awliyā' :* protecteurs, patrons, proches.

2. C'est-à-dire : Dieu vous apprend à craindre son châtiment.

29 — 1. Cf. *Ps.* VII, 10; *Jér.* XVII, 10; *Rom.* VIII, 27; *Apoc.* II, 23.

30 — 1. Litt. : *esprit,* âme.

2. Mot à mot : *il aimerait qu'entre lui-même et lui* (le Jour), *s'étende* (une distance) *éloignée*. Voir le Commentaire de Baïdawi.

32 — 1. Cf. verset 132; VIII 1, 20, 46; LVIII, 13. — *Lc.* X, 16.

33 — 1. Cf. II, 47.

2. L'Exode (II, 1) dit que le père de Moïse appartenait à la tribu de Lévi, ce même livre donne le nom de ʿAmram (VI, 20) au père d'Aaron et de Moïse et fait allusion à Miriam, sœur d'Aaron (XV, 20). (Cf. *Nb.* XXVI, 59; *I Chron.* V, 29, où les trois enfants d'ʿAmram sont cités.) — Le Livre des Jubilés (XLVII) mentionne ʿAmram et Marie; Éphrem (*Carmina nisibena*, XLVIII, 4, traduction Bickel, 1866, p. 180) parle d'Aaron en tant que « fils d'ʿAmram ». — Ce personnage tient une assez large place dans les écrits rabbiniques. — Le nom de *ʿImrān* revient dans le Coran, au sujet de la mère de Marie, considérée comme « femme de *ʿImrān* » au verset 35; en LXVI, 12, Marie est appelée : « fille de *ʿImrān* ». (*ʿAmran* est, en outre, le nom d'une ville située à environ 70 km au nord-ouest de Çanʿa, sur le Baun supérieur.)

35 — 1. Ce verset débute par *'iḏ, lorsque* (comme les versets 42, 55, etc.). Voir II, 49 note 1. — Il s'agit ici de la mère de Marie, mère de Jésus. La tradition chrétienne lui donne le nom d'« Anne » (*Protévangile de Jacques*, IV-V; *Pseudo-Matthieu*, II, 2, etc.).

2. Le texte porte le mot *muḥarrar, consacré,* pour renforcer l'idée exprimée.

36 — 1. Le texte ne porte que le pronom féminin.

2. Litt. le *lapidé* (ou plutôt : celui qui devrait être lapidé); le banni, le maudit.

37 — 1. Mot à mot : *chaque fois que Zacharie entrait chez elle dans le sanctuaire : miḥrāb* désigne ici, comme au verset suivant, le Temple de Jérusalem. — Plusieurs textes mentionnent le séjour de Marie au Temple dont aucun évangile ne parle : Épiphane, *Adversus hæreses*, LXXIX, 5, P. G. XLII, 747; Grégoire de Nysse, *Oratio in diem nativitatis Christi*, P. G. XLVI, 1138 s.; *Protévangile de Jacques*, VII-IX; XIII, 2; *Pseudo-Matthieu*, VIII, 2; *Synaxaire éthiopien*, P. O. XV, pp. 569-575; *Synaxaire arménien*, P. O. XVI, 78 s.

38 — 1. Le texte porte : *ici*, c'est-à-dire : dans le Temple. — Ce récit en quatre versets (38-41), qui sera repris en XIX, 1-15, rappelle l'Évangile de Luc : I, 8-22.

39 — 1. Cf. verset 45 et IV, 171.

41 — 1. D'après Luc (I, 20), Zacharie est resté muet jusqu'au jour de la naissance de son fils Jean, c'est-à-dire neuf mois, environ.

42 — 1. Cette expression, qui reviendra à propos de Moïse en VII, 144, est déjà connue de la Bible. Le roi Ozias dit à Judith, d'après le livre qui porte le nom de celle-ci (XIII, 18) : « Sois bénie, ma fille, par le Dieu Très-Haut, plus que toutes les femmes de la terre ». (Cf. *Juges*, V, 24.) D'après Luc, (I, 42), Élisabeth salue Marie, sa cousine, en lui disant : « Tu es bénie entre les femmes ». (Cf. *Lc*. I, 28.)

44 — 1. *'anbā' al ġayb*, litt. : *les informations* (relatives au) *mystère*. Cette formule qui reviendra en XI, 49, et XII, 102, indique que les éléments connus des traditions antérieures au Coran et retrouvés dans celui-ci, ont fait l'objet de « révélations » personnelles au Prophète Muhammad.

2. *'aqlām*. Voir : *Protévangile de Jacques*, VIII-IX; *Pseudo-Matthieu*, VIII, 2; *Le livre de la Nativité de Marie*, VIII. — Ceci fait penser au « rameau » d'Aaron qui seul « fleurit » à l'exception de ceux de ses onze compagnons, marquant ainsi le choix divin (*Nb*. XVII, 16-24).

45 — 1. L'Évangile de Luc (I, 26-38) ne parle que de l'ange Gabriel.

2. *al masīḥ* : ce mot, avec l'article, revient onze fois dans le Coran où il est considéré comme un nom propre, réservé à Jésus. — L'hébreu : *mèšiḥa* appartient à la racine : *m-š-ḥ* qui signifie : essuyer, frotter et, de là : oindre, et il sert à désigner celui qui a reçu l'onction, celui qui est consacré. Son équivalent en grec a donné le mot « Christ » qui revient souvent dans le Nouveau Testament, appliqué uniquement à Jésus (cf. *Mt*. I, 16; XXVII, 17; *Jn*. I, 41; IV, 25, etc.).

46 — 1. Ce miracle, attribué uniquement à Jésus, est encore mentionné en V, 110 et XIX, 29. — D'après le Pseudo-Matthieu, (XVIII) Jésus petit enfant adresse la parole aux « dragons ». On lit dans le Livre de la Sagesse (X, 21) : « La Sagesse délia la langue des tout-petits » (cf. *Mt*. XXI, 16).

47 — 1. Cf. *Lc*. I, 34; *Protévangile de Jacques*, XIII, 3.

2. La conception miraculeuse de Jésus est un effet de la puissance créatrice (cf. II, 117; III, 59; XIX, 35).

49 — 1. *rasūl :* envoyé et prophète. — Les Patriarches et les prophètes de l'Ancien Testament ont annoncé la venue du Messie qui devait sauver le peuple d'Israël. Les Chrétiens croient que Jésus est le Messie promis. Il appartient à la famille de David mais il est venu pour tous les hommes. Siméon le considère comme une « lumière » qui éclairera « les nations », et une « gloire » pour « le peuple d'Israël »; il amènera « la chute et le relèvement d'un grand nombre en Israël » (*Lc.* II, 32, 34). Lui-même dira plus tard : « Je n'ai été envoyé que pour les brebis perdues de la maison d'Israël » (*Mt.* XV, 24), mais après sa résurrection, il dit à ses disciples : « Allez par le monde entier, proclamez la Bonne Nouvelle à toute la création » (*Mc.* XVI, 15); si bien que, d'après Paul (*Gal.* III, 28) il n'y a plus, parmi les baptisés, de distinction de race, ni de condition.

2. Cf. V, 110. — Jésus *crée* (ce verbe : *ḫalaqa* est réservé, dans le Coran, à la création opérée par Dieu); et il *souffle* (verbe : *nafaḫa*) pour créer comme Dieu le fit lorsqu'il créa Adam (XV, 29; XXXII, 9; XXXVIII, 72) et Jésus dans le sein de la vierge Marie (XXI, 91 et LXVI, 12). — Ce miracle des oiseaux est relaté dans le texte grec de l'*Évangile de Thomas* (III, 1-2) et dans le texte éthiopien intitulé : « *Les Miracles de Jésus* » : P. O. XII, 626.

3. Guérison d'un sourd-bègue : *Mc.* VII, 32-35 (cf. *Mt.* XV, 30); d'un lépreux : *Mt.* VIII, 1-3; *Mc.* I, 40-42; *Lc.* V, 12-13; de dix lépreux : *Lc.* XVII, 12-14; résurrection de Lazare : *Jn.* XI, 1-44; du fils d'une veuve : *Lc.* VII, 11-17; d'une jeune fille : *Lc.* VIII, 40-56.

50 — 1. Jésus n'est pas venu abolir la Loi ou les Prophètes; il dit : « Je ne suis pas venu abolir, mais accomplir » (*Mt.* V, 17); il a cependant aboli certaines règles relatives à la pureté corporelle (*Mt.* XV, 20) tout en édictant des prescriptions d'ordre moral plus strictes (cf. *Mt.* V, 20-48).

2. Cf. XLIII, 63. Cette formule prononcée aussi par Noé (LXXI, 3) est répétée par presque tous les prophètes, comme on le verra plus loin dans la Sourate XXVI.

51 — 1. *Jn.* XX, 17.

52 — 1. Le texte porte seulement : *pour Dieu,* en vue de Dieu.

2. L'expression :*'al ḥawāriyūn* qui reviendra en V, 111-112 et en LXI, 14 et qui signifie : *auxiliaires,* amis, assistants, est réservée aux compagnons de Jésus.

3. Mot à mot : *Témoigne que nous sommes vraiment musulmans.*

53 — 1. Cf. *Lc.* XXIV, 48; *Jn.* XV, 27; *Actes,* I, 8; X, 39, etc.

54 — 1. Six mots ont été ajoutés à ce texte qui porte seulement : *ils rusèrent.*

55 — 1. Le verbe *r-f-ʿ* n'est utilisé, dans ce sens, que trois fois dans le Coran. Voir : IV, 158 et, au sujet d'Idris : XIX, 56-57.

2. Litt. : *purifier.*

59 — 1. Voir plus haut, verset 47. — Pseudo-Clément, *Homilia*, III, 20, P. G. II, 123; Irénée, *Contra hæreses,* III, XXVI, 10-11, P. G. VII, 954 s; Augustin, *Sermones,* CXLVII, 2, P. L. XXXIX, 2031; Éphrem, *op. cit.* (II, 223, note 1), *Hymnus de Beata Maria,* XVII, 14-16, p. 610.

61 — 1. Ce mot est sous-entendu dans le texte.

2. Ce verset fait allusion à l'ordalie proposée aux Chrétiens du Najran. Voir : Massignon, *La Mubahala de Médine et l'hyperdulie de Fatima* (1944), *Opera Minora,* I pp. 550-572; voir aussi : *Introduction* p. XXXI.

66 — 1. Mot à mot : *voilà ce que vous êtes.*

67 — 1. *Nazaréen :* voir : II, 62 note 1.

2. Ici : *hanīf,* comme au verset 95; cf. II, 135 note 1.

68 — 1. *'awlā' :* disciples et amis dévoués.

2. Cf. II, 257, note 1.

73 — 1. Cf. LVII, 29.

75 — 1. Cf. verset 14, note 2.

78 — 1. Mot à mot : *ils enveloppent* (ou : ils enroulent) *leurs langues* avec le Livre. — Cf. II, 75, note 2.

2. Interprétation douteuse.

81 — 1. Ce verbe est placé, dans le texte, cinq lignes plus bas.

2. *mīṯāq 'al nabiyn :* cette expression reviendra en XXXIII, 7; (deux seules fois où le mot *mīṯāq* est employé dans ce sens). Voir VII, 172 et note 1. Ceci rappelle la Tradition juive d'après laquelle Dieu réunit, sur le Mont Sinaï, tous les prophètes à venir : *Tanhuma, Yitro* § 11, fol. 124; *Sanhedrin,* 59 a.

84 — 1. Voir II, 136, notes 1 et 2.

86 — 1. Mot à mot : *après leur foi* (comme au verset 90).

90 — 1. Mot à mot : *ils ont augmenté en incrédulité.*

92 — 1. *birr :* bonté pieuse.

93 — 1. Les premières interdictions alimentaires sont, en effet, antérieures à la Tora (cf. *Gen.* IX, 4).

95 — 1. Cf. II, 130, note 1.

96 — 1. Litt. : *Maison* (de Dieu); voir II, 125, note 1.

2. C'est-à-dire : la Mekke.

97 — 1. Cf. II, 125, note 2.

2. Le texte porte le mot : *chemin.*

3. L'expression : *ġaniy ʿan al ʿālamīn* que l'on retrouvera en XXIX, 6 signifie littéralement : *riche* (et indépendant), sans avoir besoin en quoi que ce soit *des mondes* (cf. II, 263, note 1).

98 — 1. Cf. *Jér.* XXIX, 23.

103 — 1. Litt. : *sur vous.*

104 — 1. Mot à mot : *afin que soit de vous.*

2. Voir : *note clé : convenable.* — Cette prescription qui revient à ordonner le bien et à interdire le mal apparaît sept autres fois dans le Coran : versets 110, 114; VII, 157; IX, 71, 112; XXII, 41; XXXI, 17 (cf. Cicéron, *De Legibus,* I, 6, 18).

3. Voir *note clé* à ce mot.

106 — 1. Cf. LXXV, 22-25; LXXX, 38-41; LXXXVIII, 2-8.

107 — 1. Mot à mot : (ils seront) *dans* une miséricorde de Dieu.

108 — 1. Litt. : *injustice.*

110 — 1. Cf. II, 143.

112 — 1. Ces quatre mots sont sous-entendus dans le texte.

113 — 1. L'Ancien Testament et les Psaumes, en particulier, montrent que la prière nocturne était d'un usage courant (*Ps.* XLII, 9; LXXVII, 3; CXIX, 55; CXXXIV, 2, etc.). Cette coutume fut maintenue dans le Christianisme (*Actes* XVI, 25).

Voir : Pseudo-Clément, *Recognitiones*, II, 1; III, 1, P. G. I, 1247, 1281; Athanase. *De Virginitate*, 20, P.G. XXVIII, 276; Basile, *Homilia, In martyrem Julittam*, 3-4, P. G. XXXI, 244. Le chapitre XVI de la Règle de saint Benoît la rend obligatoire et elle subsiste dans la liturgie catholique.

114 — 1. La IIIe forme du verbe *s-r-ʿ* qui reviendra aux versets 133 et 176, évoque l'idée de compétition, d'émulation et ce verbe signifie littéralement : *lutter de vitesse avec quelqu'un*.

116 — 1. C'est-à-dire: pour se préserver des rigueurs du Jugement dernier.

117 — 1. Traduction douteuse.

119 — 1. Litt. : *seuls*.

2. Cette idée revient souvent dans le Coran. — Cf. *Ps.* XLIV, 22.

120 — 1. Voir : *note clé : Science de Dieu*.

123 — 1. Première victoire remportée par les croyants sur les infidèles en l'an II de l'hégire (624).

124 — 1. Cf. VIII, 9-10; IX, 26, 40; XXXIII, 9. — Allusions aux armées célestes venues à l'aide des croyants : *II Sam*. V, 24; *II Macc*. V, 2-4; XI, 8-10 (*Mt*. XXVI, 53).

125 — 1. Les anges sont désignés comme : *ceux qui marquent :* c'est-à-dire : ceux dont chaque coup laisse une trace.

128 — 1. C'est-à-dire : « que Dieu leur pardonne ».

130 — 1. Cf. II, 275, note 1.

133 — 1. Cf. LVII, 21.

134 — 1. Litt. : ceux qui *effacent*, ou qui oublient les offenses.

137 — 1. *sunan* signifie : *chemin*, puis, règle de conduite. Baïdawi, dans son Commentaire, donne ici, à ce mot, le sens d'événements, *(waqāʾiʿ)*, ayant valeur d'exemples, de normes.

140 — 1. Sous-entendu : heureuses ou malheureuses.

143 — 1. Ou bien : *vous regardez.*

144 — 1. *muḥammad :* ce nom qui signifie : *loué,* digne de louanges, provient de la racine : *ḥ-m-d :* louer, glorifier. Il reviendra sous cette forme en XXXIII, 40; XLVII, 2; XLVIII, 29; et sous la forme : *'aḥmad, le très glorieux,* en LXI, 6.

145 — 1. *kitāb mu'wajjal* (seule fois dans le Coran). Voir avec *'ajal :* VI, 2; XVI, 61 (cf. VI, 59 et note 2). — Cf. *Job,* XIV, 5; *Ps.* CXXXIX, 16; *Eccli.* XVII, 2. — Un terme eśt également assigné, d'après le Coran : aux communautés (VII, 34; X, 49) et à la Création (XVII, 99; XXX, 8).

146 — 1. *ribbīyūn :* voir le Commentaire de Baïdawi.

2. Mot à mot : *par ce qui les atteignit.*

147 — 1. Le texte porte : *ils disaient.*

2. Litt. : *notre affaire.*

3. Litt. : *talons.*

151 — 1. Verbe : *nazzala (faire descendre)* à la forme passive.

152 — 1. Litt. : il a été *loyal,* droit.

2. Allusion, qui reviendra aux versets : 165-166 et 172, à la défaite subie par les Musulmans à Uhud, en l'an III de l'hégire (625).

153 — 1. Les commentateurs précisent : « de la Mekke à Médine ».

2. Ces deux mots sont sous-entendus dans le texte.

154 — 1. Mot à mot : *alors que les esprits d'un autre groupe les préoccupaient* (eux-mêmes).

2. Mot à mot : *ils pensaient sur Dieu autre chose que la vérité : la supposition de l'ignorance.* Voir *note clé* à ce mot.

3. Litt. : *nous n'aurions pas été tués.*

159 — 1. Mot à mot : *ils se sont dispersés* (d') *autour de toi.*

2. *Affaire* ou commandement (à la forme indéfinie), avec aussi le sens de décision à prendre.

160 — 1. Litt. : *après.*

161 — 1. Litt. : *avec sa fraude.*

163 — 1. Litt. : *ils sont* (par) *degrés.*

164 — 1. Cf. II, 151, note 1.

2. Cf. II, 129.

165 — 1. Sous-entendu : à Badr, en l'an II de l'hégire.

168 — 1. Le texte porte seulement : *ils étaient assis.*

169 — 1. Cf. II, 154 et note 1.

172 — 1. Cette ligne est placée, dans le texte, à la fin du verset.

2. Mot à mot : *après que la blessure* (la défaite de Uhud) *les eut atteints.*

173 — 1. *wakīl* : voir *note clé : protecteur;* cf. VI, 102; XI, 12; XXXIX, 62.

174 — 1. Litt. : *suivi.*

178 — 1. Mot à mot : *c'est pour qu'ils augmentent leur péché.*

182 — 1. Cf. II, 95, note 1.

183 — 1. Litt. : *donné,* apporté.

2. Le mot *qurbān,* dans son acception hébraïque de « sacrifice »; oblation, reviendra en V, 27. — Feu du ciel descendu pour consumer un holocauste : cf. *Lév.* IX, 23-24; *I Rois,* XVIII, 38.

3. Cf. II, 91.

184 — 1. Le mot *zubur* revient encore en XVI, 44; XXVI, 196; XXXV, 25; LIV, 43, 52, pour désigner les Écritures en général. Le singulier : *zabūr* s'applique aux Psaumes de David en IV, 163; XVII, 55 et XXI, 105.

185 — 1. Au pluriel dans le texte.

186 — 1. Litt. : *mal.*

187 — 1. Ces trois mots sont sous-entendus dans le texte.

2. Cf. *Néh.* IX, 26.

191 — 1. Cf. IV, 103. — *Deut.* VI, 7; XI, 19.

2. Cf. XXXVIII, 27.

193 — 1. Le texte porte *de* (avec le sens d'éloignement) *nous*.

2. Bons et pieux : cf. verset 198.

195 — 1. L'homme et la femme dépendent l'un de l'autre. Allusion possible à la procréation.

2. Cette ligne est placée, dans le texte, à la fin de la strophe.

198 — 1. Litt. : *réception*, accueil, hospitalité (auprès de Dieu). — Le mot *nuzul* évoque, non seulement l'idée de « halte », d'hôtellerie, mais encore de tout ce qui est présenté à l'hôte. Baïdawi, dans son Commentaire, compare l'accueil réservé aux bienheureux, dans le Paradis, à une hospitalité généreuse, au cours de laquelle des nourritures et des boissons variées sont offertes aux élus.

199 — 1. Au singulier dans le texte.

P. 91. SOURATE IV

1 — 1. *nafs : personne.*

2. Cf. VII, 189; XXX, 21; XXXIX, 6; XLII, 11. — *Gen.* II, 21-23.

3. Litt. : *d'eux deux.*

4. Le texte porte seulement le mot : *entrailles.*

2 — 1. Les Commentateurs ajoutent: «lorsqu'ils ont atteint leur majorité » (voir, plus loin, le verset 6).

2. Autrement dit : n'échangez pas ce que vous possédez de moins bon contre ce qu'il y a de meilleur parmi les biens des orphelins dont vous avez la charge.

3 — 1. La Bible n'attribue qu'une seule femme à Adam et à Noé. Par contre les patriarches et les rois d'Israël avaient deux ou plusieurs femmes et des esclaves. Plus tard, la monogamie apparut, chez les Prophètes, comme le symbole de l'union de Yahvé avec son peuple, ce qui tendrait à prouver qu'elle était devenue une habitude courante. (Cf. *Is.* LXII, 5 ; *Osée,* II, 18-23.) Les Chrétiens n'ont fait qu'en consacrer la pratique (cf. *Mt.* XIX, 5; *Mc.* X, 7; *Éphés.* V, 31 qui citent : *Gen.* II, 24).

2. Litt. : *ce que possèdent vos mains droites,* c'est-à-dire vos captives de guerre ou vos esclaves (cf. 24, 25 ; *Deut.* XXI, 10-14). Ailleurs, ce terme s'applique aux esclaves, en général (IV, 36), ou à des esclaves du sexe masculin (XXIV, 33 et 58).

4 — 1. *çaduqāt :* seule fois dans le Coran.

5 — 1. Litt. : *ne donnez pas.*

6 — 1. Litt. : *une manière d'agir droite et ferme.*

2. Mot à mot : *il* (en) *mangera* de la manière *reconnue* (convenable).

3. L'ordre de ces deux lignes a été interverti.

7 — 1. Litt. : *les deux qui les ont enfantés :* leurs père et mère. Cf. II, 180, note 1.

9 — 1. Litt. : *faible,* sans défense.

10 — 1. Verbe : *manger ;* deux fois.

2. Ou bien : ils seront brûlés dans le feu, comme aux versets 30 et 115.

11 — 1. Le mot « défunt » n'est pas dans le texte.

2. Cf. verset 176. — La loi mosaïque n'accordait aux femmes le droit d'hériter qu'en l'absence de tout héritier mâle (*Nb.* XXVII, 1-11).

15 — 1. Mot à mot : *jusqu'à ce que la mort les enlève.* Un autre texte (XXIV, 2) ordonne la flagellation des coupables. — L'Ancien Testament prévoyait, dans ce cas, la peine de mort : *Lév.* XX, 10 ; *Deut.* XXII, 22 ; cf. *Jn.* VIII, 5.

2. Litt. : *chemin.*

19 — 1. Allusion possible au lévirat (voir *Deut.* XXV, 5-10) ou à une coutume de l'Arabie préislamique.

2. Ces trois mots sont sous-entendus dans le texte.

21 — 1. Ici *mīṯāq* (seule fois dans ce sens), comme l'alliance contractée par Dieu avec les prophètes (cf. III, 81, note 2), avec le peuple d'Israël (II, 63, note 1), ou avec les croyants (II, 27, note 1).

23 — 1. Les règles énoncées dans ces deux versets rappellent les prohibitions du Lévitique (XVIII, 7-18). Voir : *Synode nestorien, Aba* I, *Synodicon Orientale*, traduction Chabot, 1902, p. 336.

2. Cette phrase a été ajoutée, comme au verset suivant, pour une meilleure compréhension du texte.

3. Cf. *Lév.* XVIII, 18; mais Jacob avait épousé deux sœurs (*Gen.* XXIX, 16-30).

24 — 1. Le terme *muḥçana* qui revient dans les versets suivants est d'une interprétation douteuse. La racine *ḥ-ç-n* signifie à la fois : être fort, se garder soi-même, vivre décemment.

2. Le Lévitique (XIX, 20) voit, dans un cas semblable, une faute non passible de la peine de mort.

3. *'ujūr : salaires,* comme au verset suivant.

27 — 1. Mot à mot: ils *veulent* que vous déviiez, que vous *incliniez d'une inclinaison considérable.*

31 — 1. Le texte porte : *pour vous.*

2. Litt. : d'une *noble introduction.* — « Paradis » est sous-entendu.

32 — 1. Cf. *Ex.* XX, 17.

2. Litt.: *de (min) sa grâce;* c'est-à-dire: quelque chose de sa grâce.

33 — 1. C'est-à-dire : ceux qui ont des *droits* (les parents ou les proches par consanguinité ou par contrat) *sur ce qu'ils laissent.*

34 — 1. Cf. *I Cor.* XI, 3; *Éphés.* V, 22-24.

35 — 1. Litt. : *entre eux deux.*

38 — 1. Cf. II, 264, note 2, comme pour le verset 142.

40 — 1. Cf. au sujet de la juste rétribution des œuvres, en général: *Ps.* LXII, 13; *Apoc.* XXII, 12. — *ḏarra* désigne une particule de poussière ou de poudre, impondérable et invisible à l'œil nu. Ce mot reviendra en X, 61; XXXIV, 3 et XCIX, 7-8, au sujet de la juste rétribution finale. (Cf. : *grain de moutarde* en XXI, 47; XXXI, 16 et : pellicule de datte en IV, 49, 77 et 124.) Le mot *ḏarra* reviendra encore en X, 61 et XXXIV, 3 à propos de l'omniscience divine.

42 — 1. Mot à mot : *ils ne cacheront à Dieu, aucun discours.*

43 — 1. Cf. : V, 6.

46 — 1. Mot à mot : *ils changent les mots de leurs places.* — Si l'on se rapporte à des textes traitant le même sujet (II, 75 et note 2; III, 78) on peut penser qu'il s'agit de paroles révélées.

2. Cf. II, 104.

47 — 1. C'est-à-dire : ceux qui transgressent le Sabbat (II, 65). — Cf. *Ex.* XXXI, 14; *Nb.* XV, 32-36.

49 — 1. Sous-entendu : le Jour du Jugement.

51 — 1. *jibt :* seule fois dans le Coran. Ce nom désigne de fausses divinités analogues aux *taġūt* (cf. II, 256, note 1).

56 — 1. Litt. : *desséchées* (au pluriel dans le texte).

57 — 1. Cf. II, 25.

59 — 1. Moïse était prophète et juge : *Ex.* XVIII, 13-26; *Deut.* XVII, 8; Salomon, roi et juge : *I Rois,* III, 16-28.

60 — 1. Litt. : *éloigné.*

62 — 1. Cf. II, 95, note 1.

66 — 1. Cf. II, 54, note 1.

69 — 1. Litt. : *compagnon.*

70 — 1. Mot à mot : *Dieu suffit comme Savant.*

72 — 1. *šahīd : témoin* et martyr.

75 — 1. Litt. : *d'auprès de toi.*

77 — 1. Litt. : *retirez vos mains* (comme au verset 91).

80 — 1. Cf. *Lc.* X, 16.

2. Ces deux mots sont sous-entendus dans le texte.

81 — 1. Litt. : *obéissance.*

83 — 1. Litt. : si une chose *vient à eux.*

2. Cette interprétation qui nécessite plusieurs additions, s'appuie sur le Commentaire de Baïdawi.

85 — 1. Sous-entendu : le Jour du Jugement.

2. *muqīt;* seule fois dans le Coran. Ce terme désigne à la fois le nourricier, le témoin, celui qui est présent.

86 — 1. Ces deux mots sont sous-entendus dans le texte.

87 — 1. Litt. : *en discours (ḥadīṯ).* Cf. *II Sam.* VII, 28; *Ps.* CXIX, 160; *Jn.* XVII, 17, etc.

88 — 1. Litt. : en deux *parties* ou fractions.

89 — 1. Cf. IX, 5. — *Deut.* XIII, 13-19; XX, 10-19.

90 — 1. Le texte porte : *de vous.*

2. Litt. : *aucun chemin, contre eux.*

94 — 1. Ou bien : « Voyez clair!... Faites la preuve!... »

95 — 1. Litt. : *ceux qui restent assis.*

2. *'al mujāhidūn* sont ceux qui luttent (la racine *j-h-d* évoque l'idée d'effort, de combat) pour l'expansion et la défense de la « vraie Religion », c'est-à-dire de l'Islam. Ce mot reviendra en XLVII, 31.

3. Le texte porte : d'*un degré,* alors que le verset suivant, où il s'agit de la vie future, contient ce même mot au pluriel.

97 — 1. C'est-à-dire : au moment de la mort.

2. Sous-entendu : à Médine.

102 — 1. Ces deux mots sont sous-entendus dans le texte.

103 — 1. Le verbe *ḏ-k-r* signifie, à la fois : se souvenir de Dieu et invoquer son nom.

2. Cf. III, 191, note 1.

114 — 1. Voir *note clé : convenable.*

116 — 1. Cf. verset 48.

119 — 1. Pratique superstitieuse de l'Arabie préislamique. Cf. V, 103.

2. Cf. VII, 30; XVI, 63.

125 — 1. Mot à mot : *qui est meilleur en fait de religion?*

2. Cf. II, 130, 135 et note 1.

3. *ḫalīl* : seule fois, dans le Coran, où ce terme est appliqué à Abraham. — Cf. II *Chron.* XX, 7; *Is.* XLI, 8; *Jc.* II, 23.

127 — 1. C'est-à-dire : les croyants.

128 — 1. Litt. : *abandon par dégoût.*

129 — 1. D'après l'Exode (XXI, 10), les épouses de conditions différentes devront être traitées de la même façon.

136 — 1. Cette formule reviendra en VII, 158; XXIV, 62; XLVIII, 9; XLIX, 15; LVII, 7; LVIII, 4; LXI, 11; LXIV, 8. — Cf. *Jn.* XIV, 1.

142 — 1. Ou : par ostentation : cf. CVII, 4-6. — *Mt.* VI, 5.

144 — 1. Mot à mot : *une puissance manifeste contre vous.*

145 — 1. Litt. : *au degré inférieur.* — D'après le mazdéisme, l'enfer comporte plusieurs degrés et le Talmud (*Sotab* 10 b) en compte sept.

148 — 1. Litt. : *le mal dans la parole.*

149 — 1. À la forme indéfinie dans le texte.

153 — 1. D'après VII, 143 et l'Exode (XXXIII, 18) c'est Moïse seul qui dit à Dieu : « Fais-moi voir ta gloire ».

2. Sous-entendu : comme objet de culte. Cf. II, 51 s.

154 — 1. Cf. II, 58, note 1.

155 — 1. L'expression : *à cause de...* qui revient au verset suivant, semble autoriser l'addition de cette ligne.

2. Le texte porte des noms d'action comme les versets 156-157.

3. Cf. II, 61, note 2.

4. Cf. II, 88, note 1.

156 — 1. Cf. *Mishna Yebamot*, IV, 3 (*Yebamot* 49 a); *Tosefta Yebamot*, III, 3 (*Yoma*, 66 b).

157 — 1. Mot à mot : *il lui fut ressemblé pour eux*. — L'auteur des « Actes de Jean » (99) : *The apocryphal new Testament*, traduction M. R. James (1953), fait dire à Jésus : « Je ne suis pas celui qui est attaché à la Croix ». Irénée (*Contra Hæreses*, I, XXIV, 4, P. G. VII, 677) évoque Basilide (IIe siècle), d'après qui Simon de Cyrène aurait été crucifié à la place de Jésus. Cf. Ignace d'Antioche, *Epistola ad Smyrnaeos*, P. G. V, 707; *Epistola ad Trallianos*, X, P. G. V, 682; Irénée, *op. cit.* : XXVI, 686; XXX, 702; Épiphane, *Adversus hæreses, Panarium*, XXIV, 3, P. G. XLI, 311. Les docètes (hérétiques qui se rattachaient aux gnostiques) croyaient, en général, que le corps du Christ n'avait été « qu'une apparence ».

158 — 1. Cf. III, 55, note 1.

159 — 1. Le sens de ces deux lignes, d'après tous les Commentateurs, demeure obscur. S'il s'agit de la mort de Jésus, elles font allusion à ses contemporains; s'il s'agit de la mort du croyant, elles signifient que la foi devient inutile si elle n'intervient qu'au moment de la mort (voir le Commentaire de Baïdawi).

2. On lit dans ce même commentaire : « Jésus témoignera contre les Juifs parce qu'ils l'ont accusé de mensonge et contre les Chrétiens, parce qu'ils l'ont appelé : "fils de Dieu" ». — Le dogme chrétien (voir le Symbole de Nicée) appuyé sur le Nouveau Testament (*Mt.* XXV, 31-46, etc.) reconnaît en Jésus le Juge suprême, mais il est aussi « l'avocat » qui intercède en faveur des coupables (*I Jn.* II, 1). — Le Prophète Muhammad, comme on l'a vu plus haut (verset 41; cf. XVI, 89), témoignera, lui aussi, contre les impies au Jour du Jugement. Chaque « communauté » aura son « témoin » (IV, 41; XVI, 84, 89; XXVIII, 75). Jésus est encore considéré comme une « annonce de l'Heure » en XLIII, 61.

161 — 1. Cf. II, 275, note 1.

163 — 1. Cf. II, 136.

2. Cf. III, 184, note 1.

164 — 1 Ces trois mots ont été ajoutés, comme au verset suivant, par référence au verset 163.

2. Cf. *Ex.* XXXIII, 11; *Nb.* XII, 8.

171 — 1. Cf. III, 45, note 2.

2. Cf. III, 39.

3. Cf. D. Masson, *op. cit.*, p. 212.

4. Cf. V, 73, 116. — Les Chrétiens croient en un Dieu unique, absolument *un* quant à son essence, au sein de laquelle ils reconnaissent trois Personnes divines. Au sujet des controverses sur la Trinité, voir D. Masson, *op. cit.*, p. 95-119.

5. Cf. II, 116.

172 — 1. Cf. XIX, 30; *note clé : serviteur*. — Jésus a dit en parlant de son Père : « Je fais toujours ce qui lui plaît » (*Jn.* VIII, 29).

174 — 1. Dans la Bible, la Révélation est souvent comparée à une lumière : cf. *Ps.* XXXVI, 10; *Is.* II, 5; IX, 1; *Lc.* I, 78-79; *Jn* VIII, 12, etc.

176 — 1. Ces trois mots sont sous-entendus dans le texte.

P. 124. SOURATE V

1 — 1. Mot à mot : *tenez les engagements.*

2. Le texte porte : *ḥurum :* cet état de sacralisation en fonction du pèlerinage implique une sorte de consécration temporaire, le port d'un vêtement nommé *'iḥrām,* les prohibitions imposées aux pèlerins et la pureté légale (cf. verset 96).

2 — 1. *ḥalāl :* ce qui est licite et permis; terme opposé à *ḥarām,* qualifiant ce qui est sacré, défendu, interdit.

2. Allusion à l'usage, courant en Arabie, de suspendre au cou des animaux choisis pour être sacrifiés des courroies de cuir, des cordons ou des guirlandes indiquant leur destination (cf. verset 97). — Ces « guirlandes » sont mentionnées dans les cultes païens, comme l'attestent le *Livre des Actes* (XIV, 13); Tertullien (*De Corona,* X, P. L. XI, 91); Ovide (*Métamorphoses,* XV, 130-132); Lucien (*De Sacrificiis,* XII).

3. *'al bayt* (cf. II, 125, note 1) *'al ḥarām* (comme au verset 97).

3 — 1. Cf. II, 173, note 1.

2. *nuçub :* pierres utilisées dans les cultes païens. — Les Israélites immolaient les victimes sur des pierres non taillées. (*Ex.* XX, 25; *Deut.* XXVII, 5.)

3. Cette ligne a été ajoutée au texte,

4. Le verbe : *'astaqsama* ne paraît que cette seule fois dans le Coran. Il sera de nouveau question des « flèches » (flèches sans pointes, ou simplement, baguettes) au verset 90. — On sait que, dès l'Antiquité, des flèches servaient à rendre des oracles en Arabie, en Assyrie, à Babylone (cf. *Ézéch.* XXI, 26).

5. Ces cinq mots sont sous-entendus dans le texte.

4 — 1. Ces deux lignes sont placées, dans le texte, à la fin du verset.

2. Le texte porte le verbe : *enseigner.*

6 — 1. Cf. IV, 43.

8 — 1. Ou bien : de la *crainte révérencielle* de Dieu.

12 — 1. C'est-à-dire : les douze fils de Jacob, chefs des douze tribus d'Israël.

13 — 1. Cf. II, 75, note 2.

2. C'est-à-dire : la Révélation (comme au verset 14).

3. Litt. : *efface d'eux.*

14 — 1. Cf. II, 62, note 1.

2. Cf. *Is.* XIX, 2.

16 — 1. L'expression : *subul al salām* ne se trouve que cette seule fois dans le Coran.

2. Cf. II, 257, note 2.

17 — 1. Cf. verset 72. — On a vu plus haut (III, 45, note 2) que le nom « le Messie » signifie : « celui qui a reçu l'onction », celui qui est « consacré ». La formule : « Dieu est le Messie » reviendrait à dire : « Dieu est le consacré ». — Le vocable « Messie » n'est pas un attribut divin ; il appartient à Jésus en tant qu'homme, mais non en tant que « Verbe éternel ». (Jésus et sa mère sont « mortels », comme l'affirme la suite du verset.) — Les Chrétiens croient que le Verbe, coéternel au Père (*Jn.* I, 1-5) est la deuxième Personne de la Trinité, le Fils, engendré de toute éternité. Jésus dit : « Si vous me connaissiez, vous connaîtriez aussi mon Père » (*Jn.* VIII, 19) : la Personne du Père est distincte de celle du Fils ; mais Jésus ajoute : « Le Père et moi, nous sommes un » (*Jn.* X, 30) ; c'est pourquoi il faut dire, dans un langage que la théologie chrétienne a, très tôt, emprunté à la philosophie, il faut dire, non seulement : le Père et le Fils sont de même nature (ce mot s'emploie pour des êtres de même espèce, il prête à équivoque : deux dieux et un troisième — voir, plus loin, verset 73) mais

leur substance est une (cf. Basile de Césarée, *Homilia* XXIV, *contra Sabellianos et Arium et Anomoeos*, 4, P. G. XXXI, 606). « Le verbe s'est fait chair et il a demeuré parmi nous » (*Jn.* I, 14); il s'est fait homme, « semblable aux hommes » (*Philip.* II, 7) sans rien perdre de ses prérogatives divines, sans que son Être divin subisse le moindre changement. Dieu un, en trois Personnes, est immuable en son éternité. — Il ressort du texte présent, comme de plusieurs affirmations attribuées par le Coran soit à des « naçara », soit à des « impies » (cf. II, 116, plus loin, verset 116; CXII, 3, note 1) que les Chrétiens peuvent souscrire aux attaques formulées par le Coran, contre des points de doctrine qu'ils jugent, en effet, incomplets ou erronés.

19 — 1. Litt. : *des prophètes.*

21 — 1. Ce pays est considéré comme « la Terre promise » : *Deut.* VII, 13; VIII, 1; X, 11; « un pays heureux » : *Deut.* I, 25; « une contrée où ruissellent lait et miel » : *Ex.* III, 8, 17; *Deut.* VI, 3; VIII, 7-10; *Jos.* V, 6, etc.

22 — 1. Ou bien : « tyrans ». — Cf. *Nb.* XIII, 31-33; *Deut.* I, 28.

23 — 1. Litt. : *la porte.*

26 — 1. Cf. *Nb.* XIV, 33; XXXII, 13; *Deut.* II, 7; VIII, 2; XXIX, 4; *Jos.* V, 6.

27 — 1. *qurbān* (cf. III, 183) : l'hébreu correspondant se trouve dans le Lévitique et les Nombres (deux fois chez Ézéchiel; cf. *Mc.* VII, 11). — Les versets : 27-30 sont à comparer avec *Gen.* IV, 3-12.

31 — 1. Mot à mot : *couvrir ce qui ne doit pas être vu.* — D'après le *Midrash Tanhuma* (*Bereshit*, 10) Caïn vit deux oiseaux qui se battaient : l'un des deux tua l'autre, puis « il creusa le sol de ses griffes pour l'enterrer ». Caïn apprit ainsi à « enterrer les morts ». Le *Pirke de Rabbi Éliezer* (XXI) attribue cet épisode à Adam qui, d'après l'exemple donné par le « corbeau », « enterra » son fils.

32 — 1. Verbe : *faire revivre.* Baïdawi, dans son Commentaire, ajoute ici l'idée de pardon. — Cf. *Abboth de Rabbi Nathan*, version A, XXXI (édition Schechter, 1887, 46 a); *Mishna, Sanhedrin*, IV, 5; *Talmud de Babylone, Kiddushin*, § 1.

33 — 1. Mot à mot : *les mains et les pieds opposés.* Cf. VII, 124; XX, 71; XXVI, 49.

36 — 1. Cf. X, 54; XIII, 18; XXXIX, 47; LXX, 11-14.

38 — 1. Le Deutéronome (XXV, 11-12) ordonne de couper la main de la femme coupable d'un geste impudent à l'égard d'un homme. Le code de Hammonrabi prévoit, comme châtiment de plusieurs crimes, l'amputation des deux mains.

39 — 1. Cf. *Zach.* I, 3; *Mal.* III, 7.

41 — 1. Ce mot est précédé de l'article dans le texte, comme au verset 67.

2. Mot à mot : *que ne t'attristent pas ceux qui...*

3. Cf. *Is.* XXIX, 13 cité en *Mt.* XV, 8 et *Mc.* VII, 6.

4. Litt. : *peuple;* comme aux versets : 54, 58; 77, 102.

5. Cf. IV, 46, note 1; II, 75, note 2.

42 — 1. Le texte porte : *suḥt* (cf. 62-63). La signification de ce mot est proche de celle de : *ḥarām* (interdit). Les Commentateurs voient surtout ici une allusion à la vénalité, au cadeau fait à un juge, à un fonctionnaire ou à un arbitre (synonyme : *rušā'*). — Cf. *Ex.* XXIII, 8; *Deut.* XVI, 19; XXVII, 25.

45 — 1. Cf. II, 178, note 1. — *Ex.* XXI, 23-25; *Lév.* XXIV, 17-20; *Deut.* XIX, 21.

2. Tous ces mots portent l'article dans le texte.

48 — 1. Litt. : *avec.*

2. Voir : II, 41, note 1.

3. Cf. XI, 118; XVI, 93; XLII 8

50 — 1. Voir : *note clé* à ce mot.

60 — 1. Cf. II, 65, note 1.

2. Au singulier dans le texte. — L'ordre des phrases a été interverti.

64 — 1. Cf. *Ps.* CIV, 27-28; CXLV, 15-16.

2. Litt. : *jeté.*

66 — 1. Mot à mot : *ils auraient mangé ce qui est au-dessus d'eux et ce qui est au-dessous d'eux.*

2. Litt. : une communauté.

69 — 1. Cf. II, 62.

70 — 1. Cf. II, 61, note 2.

71 — 1. Litt. : *épreuve,* tentation.

72 — 1. Cf. verset 17, note 1.

2. Cf. *Jn.* XX, 17.

73 — 1. Cf. IV, 171, note 4, comme pour le verset 116.

75 — 1. Le Christ est venu sur la terre comme « quelqu'un qui mange et qui boit » (*Lc.* VII, 34; cf. *Mt.* XI, 19; *Actes de Pierre,* XX, 5).

2. Sous-entendu : aux Chrétiens.

76 — 1. Cf. XIII, 16; XX, 89; XXV, 3. — *Bar.* VI, *Lettre de Jérémie,* 33-37.

78 — 1. Litt. : *langue.*

80 — 1. Mot à mot : *si mauvais ce que leurs esprits se sont préparé* (pour le Jour du Jugement) *que...* Cf. avec : *mains* au lieu de « esprits » : II, 95.

82 — 1. Voir, au contraire, une opinion péjorative en IX 31 34-35.

2. Cf. XXIV, 37; LVII, 27.

87 — 1. Cf. VII, 32.

89 — 1. Sous-entendu : et que vous n'avez pas tenus.

90 — 1. Cf. II, 219, note 1.

2. Voir : verset 3, note 4.

95 — 1. Cf. verset 1, note 2, comme pour le verset suivant.

2. Cf. II, 196, où il est question d'une offrande considérée comme une réparation.

3. Ce mot, qui reparaîtra encore une fois au verset 97 signifie : « cube » et désigne la construction carrée qui, à la Mekke, abrite la Pierre noire.

4. L'ordre des phrases a été modifié.

5. *'amr : ordre,* affaire.

6. Cf. III, 4, note 2.

97 — 1. *qiyām : dressé ;* racine : *q-w̄-m.* Ce mot est à rapprocher de *maqām, station,* lieu saint, qui, en II, 125 désigne cette même « Maison ».

2. Cf. verset 2, note 2.

101 — 1. Mot à mot : *il effacera pour vous.*

103 — 1. Ces noms s'appliquent à différentes catégories de chameaux que les Arabes idolâtres s'abstenaient de tuer pour les réserver à leurs divinités et qu'ils laissaient paître librement dans l'enceinte des sanctuaires. Le Coran (voir VII, 73, note 2) parle plusieurs fois de la chamelle que les Thamoudéens considéraient comme sacrée. D'après la forme de ces noms on peut rappeler que : *sā'yba* (racine : *s-y-b,* errer librement) désigne la chamelle sacrée qui n'est employée à aucun travail et qu'on laisse paître à son gré. — *baḥīra* (racine : *b-ḥ-r :* fendre) est une chamelle qui a les oreilles fendues. — *waçīla* (racine : *w-ç-l :* joindre) est une chamelle (ou une brebis) qui a mis bas, dans des conditions déterminées de continuité, des mâles et des femelles. — *ḥām* (racine : *ḥ-y-m :* défendre de toucher à quelque chose) est le chameau étalon qu'on laisse paître en liberté et qui n'est employé que pour couvrir les femelles.

105 — 1. Mot à mot : *sur vous, vos esprits.*

106 — 1. Mot à mot : *deux autres parmi d'autres.*

108 — 1. Mot à mot : *avec son visage* (le pronom se rapporte au mot : « témoignage »), ce qui signifie : en sa forme réelle.

2. Mot à mot : *après leurs serments.*

110 — 1. Ce verset, les deux suivants et le verset 116 débutent par *'id̲* (cf. II, 49, note 1). Cette particule paraît encore avant : « je t'ai fortifié »... « tu crées »... « tu ressuscites »... « j'ai éloigné »...

2. Cf. II, 87, note 3.

3. Cf. III, 46, note 1.

4. Cf. III, 49, notes 2 et 3.

5. Cf. *Mt.* XII, 24; *Mc.* III, 22; *Lc.* XI, 15 : Jésus est accusé d'être possédé par le démon ou d'agir par sa puissance.

111 — 1. Cf. III, 52, note 2.

2. Cf. *Jn.* XIV, 1.

114 — 1. Nourriture descendue du ciel : *Ex.* XVI, 4; *Deut.* VIII, 3; *Ps.* LXXVIII, 23-25; *Néh.* IX, 15; *Sag.* XVI, 20. — Récit du dernier repas pascal que Jésus prit avec ses disciples : *Mt.* XXVI, 26-28; *Mc.* XIV, 22-24; *Lc.* XXII, 19-20; *I Cor.* XI, 23-26.

115 — 1. Il convient de remarquer que cette formule particulièrement solennelle ne paraît que cette seule fois dans le Coran; c'est Dieu lui-même qui la prononce (cf. une forme atténuée en III, 56).

116 — 1. Les Pères de l'Église signalent, parmi les sectes accusées de « mariolâtrie » : les Collyridiens (cf. Épiphane, *Adversus hæreses, Panarium,* XIX, 4, P. G. XLI, 266; LXXVIII, 23, P. G. XLII, 735; *Hæresis* LXXIX *(adversus Collyridianos),* 739-755; Origène, *Contra Hæreses,* IX, 13, P. G. XVI, 3388); les Ophites confondaient la Vierge avec l'Esprit (*ruḥa :* mot féminin en araméen), d'après Irénée (*Contra Hæreses* I, XXX, *De Ophitis et Sethianis,* P. G. VII, 694, s.), Origène (*In Joannem commentarii,* II, 6, P. G. XIV, 131, s.), Aphraates (*Demonstratio* XVIII, 10, P. S. I, 839).

117 — 1. Litt. : *celui qui surveille.*

119 — 1. Cf. IX, 100; LVIII, 22; LXXXIX, 28; XCVIII, 8.

P. 149. SOURATE VI

1 — 1. Cette formule qui se trouve en *Gen.* I, 1, est souvent reprise par le Coran et la Bible (voir, par exemple : *Gen.* XIV, 19; *II Rois,* XIX, 15; *II Chron.* II, 11; *Ps.* CXV, 15; CXXI, 2, etc.).

2. Cf. *Gen.* I, 1-3.

2 — 1. Litt. : *chez lui,* auprès de lui. — Cf. *Eccli.* XVII, 2.

3 — 1. Voir *note clé : acquérir.*

6 — 1. C'est-à-dire : dans une situation meilleure.

8 — 1. Litt. : *ils n'attendraient pas* (car leur sort aurait été réglé comme celui de leurs prédécesseurs).

9 — 1. Mot à mot : *nous aurions fait de lui un homme.*

10 — 1. À la forme active dans le texte.

12 — 1. Ou bien : il s'impose, comme au verset 54.

2. Mot à mot : *pas de doute à son sujet* (au sujet du Jour).

14 — 1. Litt. : *patron.*

2. *fâṭir,* litt. : celui qui *sépare* (les cieux de la terre), comme en : XII, 101; XIV, 10; XXXV, 1; XXXIX, 46; XLII, 11; et avec le verbe *.f-t-q* en XXI, 30. — Le Ier chapitre de la Genèse (1-6) emploie plusieurs fois le mot « séparer » pour décrire la Création. — Voir le poème épique babylonien : *Enuma elish;* Ire tablette (E. Dhorme, *Choix de textes religieux assyro-babyloniens,* 1907, p. 2 s.).

3. Mot à mot : *il n'est pas nourri.* — cf. *Ps.* L, 9-13.

4. C'est-à-dire : le premier *Musulman;* cf. verset 163 et XXXIX, 12.

17 — 1. Verbe : *toucher,* atteindre (deux fois).

18 — 1. Mot à mot : *le Dominateur sur ('al qâhir fawqa) ses serviteurs;* comme au verset 61.

20 — 1. Ces deux mots sont sous-entendus dans le texte.

22 — 1. Litt. : *vos associés :* c'est-à-dire : les faux dieux. — Cf. 136-137.

25 — 1. Cf. II, 7 et les notes. Ici, le mot à mot donnerait : *nous avons placé... dans leurs oreilles un poids : waqr* (ce mot signifie : charge en général, poids en LI, 2). La même expression reviendra en : XVII, 46; XVIII, 57; XXXI, 7; XLI, 5, 44.

28 — 1. La particule : *bal* est placée au début du verset pour marquer une affirmation; on l'a rendue par : « ils parleront ainsi ». — Le mot à mot des deux lignes suivantes donnerait : *Il leur est manifesté ce qu'ils cachaient.*

29 — 1. Mot à mot : *nous ne serons pas rappelés* (à la vie).

32 — 1. Cf. XXIX, 64; XLVII, 36.

35 — 1. On lit dans le Livre du prophète Isaïe (VII, 10-12) : « Iahvé recommença à parler à Achaz pour dire : "Demande un signe à Iahvé ton Dieu, cherche-le soit au tréfonds du Shéol, soit situé plus haut". Mais Achaz dit : "Je n'adresserai pas de demande et je ne tenterai pas Iahvé". » — Cf. « l'échelle de Jacob » (*Gen.* XXVIII, 12); « la corde céleste » dont il est question en XXII, 15, note 1.

2. *jāhilūn :* ceux qui ignorent (l'Islam); les « sans loi », comme au verset 111. — Voir *note clé : ignorance.*

37 — 1. Cf. X, 20; XIII, 7, 27; XX, 133; XXI, 5; XXVI, 154, 187; XXIX, 50. La même idée est développée en XVII, 90-93 (cf. VIII, 32). — Cf. *Mt.* XVI, 1; *Mc.* VIII, 11.

43 — 1. Mot à mot : *il leur faisait paraître beau* (verbe : *embellir*) *ce qu'ils faisaient* (comme au verset 137).

48 — 1. Litt. : *réformer* sa conduite, s'améliorer.

50 — 1. Comparer les mêmes propos tenus par Noé : XI, 31.

51 — 1. Litt. : *vers*

52 — 1. Litt. : *ils désirent.*

57 — 1. *fāṣilūn :* ceux qui *séparent,* qui tranchent.

59 — 1. Seule fois où le mot *mafâtiḥ* est employé dans ce sens. Ailleurs, son synonyme : *maqālīd* est associé à l'idée de bienfaits accordés aux hommes par un effet de la libre volonté de Dieu. (Cf. XXXIX, 63, XLII, 12.)

2. Il s'agit ici (comme en X, 61; XI, 6; XXVII, 75; XXXIV, 3; LVII, 22) du « Livre des destinées », d'un Livre céleste où sont inscrits à l'avance tous les événements terrestres et les destinées de chaque individu. — La Bible et les traditions judéo-chrétiennes connaissent, elles aussi, ce « Livre », considéré comme un symbole de la prescience divine. (Dieu connaît à l'avance les événements, il les « prévoit » tout en ménageant la liberté de l'homme). — Cf. *Ps.* CXXXIX, 16; *Apoc.* V, 1; X, 2; *I Hénoch,* LIII, 2-3 et traduction Martin : CVIII, 7; *Jubilés,* I, 29; XXXII, 21; *Ascension d'Isaïe,* II, 31. — Dans le poème babylonien, déjà

cité plus haut (note 2 du verset 14) les *Tablettes* 2-4 mentionnent des « tablettes du destin » (cf. Sourate XCVII, 4, note 2).

60 — 1. Le verbe : *tawaffa* est associé à l'idée de la mort. — Cf. XXXIX, 42.

61 — 1. *ḥafaẓa :* litt. : ceux qui *gardent,* qui conservent, qui retiennent, qui enregistrent. Il s'agit des anges chargés de consigner par écrit tous les actes des hommes en vue du Jugement dernier (cf. LXXXII, 10-12; deux anges : L, 17, 21; un seul ange : LXXXVI, 4).

2. C'est-à-dire : les anges.

62 — 1. Cf. *Ps.* IX, 9; LXVII, 5; XCVI, 13; XCVIII, 9; *Jér.* XI, 20; XVII, 10, etc.

65 — 1. Verbe : *revêtir,* affubler.

68 — 1. Cf. *Ps.* I, 1.

69 — 1. Ces quatre mots sont sous-entendus dans le texte.

70 — 1. Mot à mot : *qu'ils perdent leurs esprits* (ou leurs âmes).

73 — 1. Cf. II, 117, note 1.

2. *ṣūr :* ce mot revient, en liaison avec le Jugement dernier, en : XVIII, 99; XX, 102; XXIII, 101; XXVII, 87; XXXVI, 51; XXXIX, 68; L, 20; LXIX, 13; LXXVIII, 18. Cf. avec *nāqūr :* LXXIV, 8. — D'après l'Exode (XIX, 16, 19) un son de trompe préluda à la promulgation de la Loi au Sinaï; puis Yahvé prescrivit à Moïse de fabriquer deux trompettes d'argent, destinées à « convoquer la communauté et à donner aux camps l'ordre du départ » (*Nb.* X, 1-2). Elles donnent le signal du combat (*II Chron.* XIII, 12; *Osée,* V, 8; *Psaumes de Salomon,* XI, 1) mais elles servent aussi dans la célébration des louanges divines (*II Chron.* V, 12-13; *Ps.* XCVIII, 6; *Psaumes de Salomon,* XI, 1). Le rituel israélite les utilise pour annoncer les nouvelles lunes, les sacrifices, le commencement et la fin du sabbat, la nouvelle année. — La trompette tient aussi une place dans les descriptions eschatologiques. Déjà, d'après le prophète Joël (II, 1), « le cor » annonce « le Jour de Yahvé », c'est-à-dire le jour du châtiment. On sait le rôle important que jouent les sept trompettes annonciatrices de calamités, dans l'Apocalypse de Jean (VIII-IX, XI, 15). On lit dans l'Évangile de Matthieu : « le Fils de l'homme » (le Christ), à la fin du monde « enverra ses anges avec une trompette

sonore, pour rassembler ses élus des quatre coins de l'horizon, d'un bout du monde à l'autre » (*Mt.* XXIV, 31) et d'après Paul, « la trompette finale » annoncera la Résurrection des morts (*I Cor.* XV, 52). — Cf. *I Thes.* IV, 16; *IV Esdras*, VI, 23; *Sibylle*, IV, ligne 174.

74 — 1. D'après la Genèse (XI, 27) le père d'Abraham se nommait Térah.

75 — 1. L'expression : *malakūt* reviendra en VII, 185; XXIII, 88; XXXVI, 83. Cette forme grammaticale, inhabituelle en arabe, rappelle le mot : *malkūt* que l'on trouve en hébreu et en chaldéen. L'idée du « Royaume de Dieu », celle du « Royaume des cieux » est développée dans la Bible et dans les traditions judéo-chrétiennes où cette expression s'emploie aussi dans un sens spirituel et dans un sens eschatologique. — Cependant, dans le Coran, ce mot évoque simplement une idée de puissance, de domination, de possession exercée par Dieu sur l'univers.

76 — 1. Le récit contenu dans les versets : 76-79 paraît dans le Midrash : *Berescit Rabbah*, 38, 13. — On sait que le culte du soleil et de la lune était communément pratiqué dans l'antiquité en Égypte, en Chaldée, en Assyrie et chez les Sémites, en général. Le peuple d'Israël fut constamment mis en garde contre les religions astrales. (Cf. *Deut.* IV, 19; XVII, 3; *II Rois*, XXI, 3; XXIII, 5; *Jér.* VIII, 1-2; *Sag.* XIII, 1-5, etc.)

78 — 1. Voir verset 19.

81 — 1. Mot à mot : *ce avec quoi Dieu n'a fait descendre...*

2. Litt. : *plus digne* (d'assurer) *la sécurité.*

86 — 1. Mot à mot : nous les avons *élevés ;* nous leur avons accordé des grâces de préférence aux mondes.

92 — 1. Voir II, 41, note 1.

2. C'est-à-dire : la Mekke (cf. XLII, 7). — Paul dit : « La Jérusalem d'en haut est votre mère » (*Gal.* IV, 26). Cf. *II Sam.* XX, 19; *IV Esdras*, X, 7; *Bar.* III, 1; X, 16.

93 — 1. Cf. *Ézéch.* XIII, 6-7.

2. Mot à mot : *faites sortir vos esprits.* — Il s'agit ici des anges chargés du châtiment (cf. VIII, 50; XLVII, 27; LXVI, 6). — La Bible mentionne plusieurs fois « l'ange exterminateur » comme

l'instrument de la colère divine (*Ex.* XII, 23, etc.); c'est « l'Exterminateur » de : *I Cor.* X, 10; *Hébr.* XI, 28. Des anges sont chargés du châtiment des hommes en ce monde (*Apoc.* VIII-X) et dans la Géhenne (*I Hén.* LIII, 13; LXII, 11, etc.). — Cf. le Talmud, *Shabbat* 152 b; *Bet ha-Midrash*, édition Jellinek, V, 44.

94 — 1. Cf. LXXIV, 11.

2. Le texte porte : *derrière vos dos.*

3. C'est-à-dire : comme les associés de Dieu.

95 — 1. Cf. III, 27, note 1.

96 — 1. Cf. II, 189, note 1.

98 — 1. Allusion au processus de la procréation.

99 — 1. Litt. : proches, *bas.*

2. Ces trois mots sont sous-entendus dans le texte.

3. Cf. XVI, 10-11; *Ps.* CIV, etc.

4. Le Coran revient souvent sur la valeur de ces « Signes » contenus dans l'univers en invitant le croyant à y réfléchir. Ils démontrent la toute-puissance du Créateur qui préside à tous les phénomènes de la nature et qui ressuscitera les hommes au dernier Jour.

100 — 1. Verbe : *décrire* comme dans les autres textes similaires.

101 — 1. Cf. LXXII, 3.

102 — 1. Litt. : il est *protecteur*; cf. III, 173, note 1.

103 — 1. Cf. *Ex.* XXXIII, 20; *Jn.* I, 18; *I Jn.* IV, 12.

2. Ou : le *bienveillant.*

104 — 1. *baçā'ir : vues intérieures.* — Le Coran est une lumière destinée à éclairer les cœurs, à les rendre capables de comprendre la Vérité (cf. VII, 203; XLV, 20).

105 — 1. Le verbe *d-r-s* est réservé, dans le Coran, à l'étude des Livres sacrés.

107 — 1. Mot à mot : tu n'es pas un *avocat* ou un défenseur *pour eux.*

108 — 1. Litt. : *sans science* comme aux versets 119, 140, 144.

113 — 1. Ces quatre mots sont sous-entendus dans le texte.

2. Verbe : *pencher*.

3. Mot à mot : *qu'ils gagnent selon ce qu'ils commettent.*

114 — 1. *mufaççal : exposé en détails.*

119 — 1. Cf. II, 173.

120 — 1. Litt. : *laissez le dehors et le dedans du péché.*

124 — 1. Il s'agit des prophètes antérieurs à l'Islam.

125 — 1. Cf. XX, 25. — *II Macc.* I, 4; *Actes*, XVI, 14.

127 — 1. *dār al salām : séjour* (ou demeure) *de la paix* (et de la sécurité). Cf. X, 25. — Paul écrit que « le règne de Dieu... est justice, paix et joie » (*Rom.* XIV, 17).

128 — 1. Ces deux mots sont sous-entendus dans le texte.

2. Cf. XI, 106-107 : deux seuls textes d'après lesquels le tourment des damnés pourrait ne pas être perpétuel, alors que vingt-sept autres posent le principe de l'« immortalité » des « hôtes de la Géhenne ».

131 — 1. Voir la *note clé* à ce mot.

133 — 1. Litt. : *après vous.*

134 — 1. Mot à mot : *vous n'êtes pas de ceux qui rendent* (Dieu) *impuissant ;* autrement dit : vous ne pouvez pas vous opposer à sa puissance.

136 — 1. Ceci rappelle l'offrande à Dieu des prémices du blé, du vin, des bestiaux (les premiers-nés des hommes devaient être rachetés) : *Ex.* XXII, 28-29; *Deut.* XXVI, 1-12. — Ce verset fait donc allusion à un usage ancien, alors que le verset 141 mentionne un impôt proprement dit.

2. Litt. : *nos associés ;* une expression semblable revient au verset suivant.

137 — 1. Allusion aux sacrifices d'enfants pratiqués dans l'Antiquité (cf. *Lév.* XVIII, 21 ; *Deut.* XII, 31 ; *II Rois,* XVI, 3 ; XVII, 17, 31 ;

Jér. XXXII, 35) et à la coutume de l'Arabie païenne de tuer les filles dès leur naissance (XVI, 59; LXXXI, 8-9), les enfants, « par crainte de la pauvreté » (voir, plus loin, verset 151; XVII, 31).

138 — 1. Mot à mot : *ceux dont les dos sont interdits,* c'est-à-dire : leur faire porter une charge ou les monter est interdit.

139 — 1. Litt. : *mâles.*

142 — 1. Mot à mot : *dans les animaux, il y a des moyens de transport* (*ḥamūlā;* racine : *ḥ-m-l :* porter) *et des tapis* (ou des couvertures). — Traduction douteuse.

144 — 1. Ces cinq mots sont sous-entendus dans le texte.

145 — 1. Cf. II, 173, note 1.

146 — 1. Le Lévitique (XI, 3-8 etc.) fait des distinctions entre les animaux purs et impurs, d'après la forme de leurs sabots.

2. La graisse était offerte à Yahvé « à titre de mets consumé », d'après le Lévitique (III, 3-5) et il était interdit d'en manger (*Lév.* VII, 22-25).

151 — 1. Cf. II, 83-84.

2. Litt. : *ne vous approchez pas.*

152 — 1. Cf. VII, 85; XI, 85; XVII, 35; XXVI, 181-183; LV, 7-9; LXXXIII, 1-3. — *Lév.* XIX, 35-36; *Deut.* XXV, 13-16; *Ézéch.* XLV, 10; *Prov.* XI, 1; XX, 23.

2. Cf. II, 286, note 1.

153 — 1. Verbe : *séparer.*

154 — 1. Ou bien : il est un *complément ;* il parachève le bien que Dieu lui a fait.

2. C'est-à-dire : les Juifs.

156 — 1. Litt. : *afin que vous* (ne) *disiez* (pas); comme au verset suivant.

2. C'est-à-dire : les Juifs et les Chrétiens.

160 — 1. Cf. *Mt.* XIX, 29.

2. Mot à mot : *ils ne seront pas lésés.*

161 — 1. Cf. II, 130, note 1 et 135, note 1.

164 — 1. Voir *note clé : acquérir*.

2. Cf. XVII, 15; XXXV, 18; XXXIX, 7; LIII, 38. — *Rom.* XIV, 12; *Gal.* VI, 5.

P. 179. SOURATE VII

2 — 1. Mot à mot : *pas de gêne dans ta poitrine* (provenant) *de lui.*

4 — 1. Litt. : *elle leur est venue,* comme au verset suivant.

2. C'est-à-dire : à l'heure de la sieste.

8 — 1. Litt. : *balances :* il s'agit de celles qui serviront, le Jour du Jugement dernier, à peser les actions des hommes. Cf. XXI, 47; XXIII, 102-103; CI, 6-9 et au singulier en XLII, 17 (seule fois dans ce sens). — *I Sam.* II, 3; *Job,* XXXI, 6. — D'après une croyance de l'Égypte ancienne, le cœur du défunt était placé sur un plateau de la balance, en présence de la déesse Mat. Dans le parsisme, les bonnes et les mauvaises actions sont évaluées d'après des mesures et des poids déterminés.

11 — 1. Cf. XV, 29, note 1.

2. Les versets 11-27 sont à comparer avec : II, 34-38 (voir les notes).

12 — 1. La même opposition entre l'Ange créé de feu et l'homme créé de terre paraît dans les mêmes circonstances en : XV, 26-28; XXXVIII, 76; LV, 14-15. Le mot employé ici et traduit par « argile » est : *ṭin;* en XV, 28, il sera question de « boue malléable ». — D'après la Tradition juive, les anges auraient été créés de feu : *Pesikta de Rab Kahana,* 57 a; *II Hén.* XXIX, 3.

13 — 1. Le pronom du texte se rapporte à : « Jardin d'Éden » (sous-entendu) comme aux versets 18 et 24.

19 — 1. Tous les mots se rapportant à Adam et à son épouse sont au duel dans ce verset et les suivants.

22 — 1. Cf. XX, 121 — *Gen.* III, 7.

26 — 1. Litt. : *plumes.*

29 — 1. Cf. II, 139, note 1.

30 — 1. Mot à mot : *est juste* (ou réel) *pour eux, l'égarement.*

31 — 1. Ou bien : *vos vêtements :* en opposition, sans doute, avec les pèlerins païens (cf. verset 28) qui accomplissaient les rites étant complètement nus.

33 — 1. Mot à mot : *ce qui apparaît d'elles et ce qui est caché.*

2. Ces trois mots sont sous-entendus dans le texte.

3. Mot à mot : *ce avec quoi il n'a fait descendre aucun pouvoir.*

34 — 1. Cf. X, 49; XV, 5; XXIII, 43.

37 — 1. Mot à mot : *ceux-là, leur destinée* (inscrite) *dans le Livre les atteindra.*

2. C'est-à-dire : les anges.

40 — 1. Cf. *Mt.* XIX, 24; *Mc.* X, 25; *Lc.* XVIII, 25. On trouve une image comparable, avec « éléphant » au lieu de « chameau », en : *Berakot,* 55 b et *Baba Mesia,* 38 b.

41 — 1. Litt. : *enveloppes,* couvertures qui empêchent de voir, qui rendent les hommes aveugles.

42 — 1. Cf. II, 286, note 1.

46 — 1. Ces six mots sont sous-entendus dans le texte. — En LVII, 13, il est question d'une « muraille ».

2. Ce mot n'a pas encore été traduit d'une façon satisfaisante; il peut signifier : élévation du sol, crête, frange, bordure, bord, lieu d'attente situé entre le Paradis et la Géhenne. (On ignore également qui sont ces « hommes » qui se tiennent là et ce qui distingue, à ce moment-là, les élus des damnés). Ailleurs (XXXVI, 66 et XXXVII, 23) il est question d'un « chemin », *çirāṭ,* que la tradition musulmane compare à un « pont » eschatologique, placé au-dessus de la Géhenne et sur lequel tous les hommes doivent passer après leur mort. Le mazdéisme lui donne le nom de « Cinvat » et le place au-dessus du fleuve et du

trou de l'Enfer. Le IVe Livre d'Esdras (VII, 6-8) mentionne un étroit sentier qui surplombe un abîme, de feu à droite et d'eau profonde à gauche.

49 — 1. Litt. : *ceux-là;* c'est-à-dire : les élus.

50 — 1. Cf. *Lc.* XVI, 19-26.

53 — 1. *tā'wīl* signifie, en général : « interprétation ». Ce mot revêt ici le sens de confirmation, de réalisation constituant une preuve évidente de la véracité du Livre. Baïdawi, dans son Commentaire, indique qu'il s'agit de « l'accomplissement des promesses et des menaces » contenues dans le Livre.

2. C'est-à-dire : les faux dieux.

54 — 1. Cf. X, 3; XI, 7; XXV, 59; XXXII, 4; L, 38; LVII, 4. — *Gen.* I, 31. On lit plus loin dans la Genèse (II, 2-3) : « Dieu acheva, au septième jour, l'œuvre qu'il avait faite et il se reposa, au septième jour, de toute l'œuvre qu'il avait faite. Dieu bénit donc le septième jour et le consacra »...

2. Cette expression revient six autres fois dans le Coran. — Cf. *I Rois,* XXII, 19; *Is.* VI, 1; *Ézéch.* I, 26-28; X, 1; *Dan.* VII, 9; *Ps.* XI, 4; CIII, 19; *Apoc.* IV, 2, etc.

55 — 1. Cf. *Mt.* VI, 6.

57 — 1. Litt. : *envoie.*

2. Litt. : *devant* (cf. XXV, 48; XXVII, 63).

3. Cf. XXII, 5-6; XXX, 19; XXXV, 9; XLI, 39. — Clément, *Epistula ad Corinthios,* XXIV, P. G. 1, 260.

59 — 1. Le récit des discussions entre Noé et son peuple (ici : 59-64) sera repris en X, 71-72; XI, 25-36; XXIII, 23-26; XXVI, 105-118. La Sourate LXXI retrace sa prédication. — Cf. *Midrash Tanhuma : Genèse, Noé* 5; *Sefer ha Yashar,* section *Noaḥ.*

60 — 1. *malā' :* les chefs qui composent le conseil de celui qui gouverne (cf. II, 246, note 1).

61 — 1. Mot à mot : *il n'y a pas en moi un égarement.*

63 — 1. Cf. XXIII, 32. La même formule est plusieurs fois appliquée au Prophète Muhammad (cf. II, 151, note 1).

65 — 1. Ces trois mots sont sous-entendus dans le texte; ils ont été ajoutés par référence au verset 59, comme aux versets 73 et 85.

2. Nom propre connu en sabéen (Voir : Ryckmans, *Les noms propres sud-sémitiques*, I p. 72). Mais aucun document ne permet de situer les *'ād* avec certitude.

66 — 1. Mot à mot : *nous te voyons dans la folie.*

69 — 1. *ḫulafā'* : les successeurs, les remplaçants de ceux qui avaient péri (comme au verset 74).

2. Ou bien : *il a accru pour vous, votre être physique* (ou votre corpulence, ou votre taille) *dans la création.*

73 — 1. *ṯamūd* est également le nom de la divinité arabe préislamique dans l'Arabie septentrionale (voir Ryckmans, *Les noms propres sud-sémitiques*, I p. 35).

2. Cf. plus loin, verset 77; XI, 64; XVII, 59; XXVI, 155-158; LIV, 27-28; XCI, 13-15.

3. Cf. V, 103, note 1.

74 — 1. Cf. XXVI, 149.

77 — 1. Forme de sacrifice. (Cf. XCI, 14.)

78 — 1. Mot à mot : *ils se trouvèrent au matin* (comme au verset 91).

80 — 1. Cf. II, 49, note 1. L'expression : « souvenez-vous » est donc ajoutée comme aux versets 161 et 167. — Le récit contenu dans les versets 80-84 sera repris en XI, 77-83; XV, 58-75; XXVI, 160-173; XXVII, 54-58; XXIX, 28-35. — Cf. *Gen.* XIX, 1-29.

82 — 1. Cf. XXVII, 56.

83 — 1. Loth est sauvé (XXI, 74), sa famille aussi (LIV, 34); mais sa femme périt (XI, 81; XV, 59-60; XXVI, 170-171; XXVII, 57; XXIX, 32; XXXVII, 134-135). — On lit dans la Genèse (XIX, 26) : « La femme de Loth regarda en arrière, et elle devint une colonne de sel » (cf. *Sag.* X, 7).

84 — 1. Cf. XXV, 40; XXVI, 173; XXVII, 58. — Pluie de pierres : XI, 82-83; ouragan : LIV, 34; cataclysme : XXIX, 34. — La Genèse (XIX, 24) mentionne une « pluie de soufre et de feu ». (Cf. *Jude*, 7; *II Pr.* 11, 6).

85 — 1. Ce nom, connu de la Bible, désigne une région située à l'est du golfe d'Aqaba; il reparaîtra à propos de Moïse (cf. XX, 40).

2. Cf. VI, 152, note 1.

89 — 1. L'ordre de ces lignes a été interverti.

2. Racine *f-t-ḥ* : deux fois.

96 — 1. Litt. : *ouvert*.

103 — 1. C'est-à-dire : les prophètes mentionnés plus haut. Le récit contenu ici : 103-141 est à comparer avec XX, 42-79 et XXVI, 10-66. — Cf. *Ex*. VII-XV.

105 — 1. Cf. XX, 47; XXVI, 17. — D'après l'Exode (V, 1; VII, 16; VIII, 16; IX, 1; X, 3), Dieu dit à Pharaon par la bouche de Moïse : « Renvoie mon peuple »...

108 — 1. Cf. XXVI, 32-33. — Ces deux miracles s'étaient déjà produits « dans la vallée de Tuwa » (XX, 18-22; XXVII, 10, 12; XXVIII, 31-32). — Voir dans l'Exode : l'épisode du buisson (IV, 2-8); le miracle du bâton renouvelé devant Pharaon (VII, 6-10).

111 — 1. Un seul mot en arabe : *ceux qui rassemblent*.

112 — 1. Cf. X, 79; XXVI, 36-37.

114 — 1. Litt. : de ceux qui sont *proches* (de moi) : *muqarrabūn*. La même expression est employée pour désigner ceux qui sont proches de Dieu (voir, par exemple : III, 45; IV, 172, etc.).

115 — 1. Sous-entendu : ton bâton.

117 — 1. Cf. XX, 69; XXVI, 45. — *Ex*. VII, 12.

118 — 1. Mot à mot : *ce qu'ils faisaient fut vain* (cf. verset 139).

124 — 1. Cf. V, 33, note 1.

127 — 1. Cf. II, 49, note 2, comme pour le verset 141.

129 — 1. Mot à mot : *il vous désignera comme successeurs sur la terre*.

131 — 1. Litt. : *oiseau* (de mauvais augure).

133 — 1. L'Exode (VII-XII) décrit « dix plaies » (cf. *Ps.* CV, 28-36). Le Coran parle de « neuf Signes » (XVII, 101; XXVII, 12) : cinq fléaux énumérés ici, le bâton de Moïse changé en serpent, sa main devenue blanche (VII, 107-108), la mer « fendue » pour livrer passage à Israël et qui, ensuite, « engloutit » l'armée de Pharaon (II, 50).

135 — 1. Ces deux mots sont sous-entendus dans le texte.

2. D'après l'Exode (VIII-XI), Pharaon, en présence de chaque désastre, disait aux Hébreux : « Je vous renverrai »... mais lorsque le fléau cessait, grâce à Moïse, Yahvé endurcissait son cœur et il ne renvoyait pas les fils d'Israël.

136 — 1. Cf. *Ex.* XIV, 27-28; *Deut.* XI, 4; *Ps.* CVI, 9-11; CXXXVI, 13-15.

137 — 1. Litt. : *parole.* — Cf. *Jos.* I, 3-4 : « Tout lieu que foulera la plante de vos pieds, je vous le donne, comme je l'ai déclaré à Moïse. Depuis le désert et le Liban jusqu'au grand fleuve, l'Euphrate; et jusqu'à la Grande Mer, vers le soleil couchant, tel sera votre territoire ».

138 — 1. D'après l'Exode (XXXII, 1) cette demande fut adressée plus tard à Aaron en l'absence de Moïse (cf. plus haut : II, 51).

139 — 1. Mot à mot : *ce dans quoi ils sont* (sera anéanti). Baïdawi voit ici une allusion à leur fausse religion ou à leurs idoles.

140 — 1. Cf. II, 47.

142 — 1. *mīqāt* traduit ailleurs par « moment » se réfère à une indication de temps plutôt que de lieu et pourrait aussi se rendre par « rendez-vous » (comme aux versets 143 et 155). — Le Coran parle des « quarante nuits » en II, 51. — La Bible mentionne « quarante jours et quarante nuits » (*Ex.* XXIV, 18; XXXIV, 28; *Deut.* IX, 9). Le récit, développé ici en 142-155, est à comparer avec *Ex.* XIX, XXIV, XXXII; *Deut.* V, 2-4; IX, 8-21.

2. Cf. *Ex.* XXIV, 14.

143 — 1. Cf. IV, 153 : la même demande faite par les Israélites.

2. Moïse dit à Yahvé : « Fais-moi voir ta gloire », à quoi Dieu répond : « Tu ne peux pas voir ma face, car l'homme ne peut me voir et demeurer en vie » (*Ex.* XXXIII, 18, 20). Cependant, « Yahvé conversait avec Moïse face à face, comme

un homme converse avec un ami » (XXXIII, 11). — Jacob avait vu Dieu face à face (*Gen.* XXXII, 31), mais Jean (I, 18) écrit : « Nul n'a jamais vu Dieu ». — L'homme sans doute ne peut voir Dieu tel qu'il est en soi, même s'il entrevoit sa gloire, d'une façon miraculeuse et qui reste fragmentaire. La vision face à face est réservée à la vie future (*I Cor.* XIII, 12).

3. On lit dans l'Exode (XIX, 18) : « Le mont Sinaï était tout fumant parce que Iahvé y était descendu dans le feu. La fumée s'en élevait comme d'une fournaise et toute la montagne tremblait violemment ».

4. D'après l'auteur de l'Épître aux Hébreux (XII, 21), Moïse était « effrayé et tout tremblant ». Le prophète Daniel (VIII, 18; X, 9) s'évanouit en voyant et en entendant l'ange Gabriel.

144 — 1. Voir la formule employée au sujet de Marie en III, 42.

145 — 1. *'alūāḥ;* hébreu : *lūḥot* (cf. versets 150 et 154). Ce mot ne paraît au pluriel, dans le Coran, qu'à cette occasion. — Cf. *Ex.* XXIV, 12; XXXI, 18, etc.

2. C'est-à-dire : la Loi proprement dite et le Code de l'Alliance — Voir l'Exode (XX-XXIII; XXV-XXXI), le Lévitique, etc...

146 — 1. Ou bien : *pour quelque chose autre que la vérité.*

148 — 1. Litt. : *après lui,* comme au verset 150.

2. Le texte porte : *le peuple de Moïse.*

3. Verbe *prendre;* sous-entendu : comme objet de culte. Cf. II, 51, note 2.

149 — 1. Mot à mot : *quand cela tomba dans leurs mains,* c'est-à-dire : devant eux, ce qui, d'après Baïdawi, provoqua leurs regrets.

150 — 1. Sous-entendu : à terre. — Cf. *Ex.* XXXII, 19.

151 — 1. Cf. *Ex.* XXXII, 32.

152 — 1. Cf. *Ex.* XXXII, 34-35.

155 — 1. L'Exode (XXIV, 1; cf. *Nb.* XI, 16, etc.) mentionne soixante-dix « Anciens ».

157 — 1. Ces trois mots sont sous-entendus dans le texte où on lit simplement : *chez eux*. Ce pronom ne peut désigner « les infidèles » de la ligne précédente car : *'ummi* est un adjectif masculin singulier qui se rapporte à « Prophète » (cf. LXI, 6, note 2).

2. Jésus avait aussi allégé les obligations extérieures de l'ancienne Loi : cf. III, 50 et note 1.

158 — 1. Cf. IV, 136, note 1.

160 — 1. Il s'agit des fils d'Israël (cf. V, 12 où il est question des douze « chefs »).

2. Cf. II, 60, note 1.

3. Cf. II, 57.

161 — 1. Cf. II, 58, note 1.

163 — 1. Litt. : *leurs poissons.*

2. Voir les notes que M. Hamidullah et R. Blachère consacrent, dans leurs traductions à ce verset dont l'interprétation est douteuse.

165 — 1. Litt. : *mauvais.*

166 — 1. Cf. II, 65.

169 — 1. Mot à mot : *un successeur succéda après eux.*

2. Litt. : *ce qu'offre* (la vie) *immédiate.*

171 — 1. C'est-à-dire : le Mont Sinaï.

172 — 1. Alors que le Coran mentionne le pacte *(mīṯāq)* contracté par Dieu avec les seuls prophètes (cf. III, 81 et note 2), et bien que le mot ne figure pas dans le présent verset, plusieurs auteurs musulmans voient ici une allusion au pacte, au contrat de foi octroyé par Dieu aux hommes, avant leur naissance. C'est, d'après L. Gardet (*Les Noms et les Statuts, Studia Islamica,* V, 1956, p. 67), « un sceau de foi, scellé par Dieu même, que tout homme porte en son cœur à sa naissance » et qui constitue une « prédisposition à recevoir l'Islam » (cf. du même auteur : *Fins dernières selon la Théologie musulmane, Revue Thomiste,* 1957, II, p. 257). — L. Massignon estime que ce verset caractérise « la force de la Foi musulmane »; il dit : « Dieu "extrait des reins

d'Adam" sa postérité future, non encore née, pour lui faire répondre "oui" à sa question "ne suis-je pas votre Seigneur?"; afin que cette postérité s'en souvienne quand, au Jour du Jugement, le juste Juge les interrogera sur le service auquel ils ont été ainsi prédestinés »... « Dans la mentalité traditionnelle des masses musulmanes, le Jour du Covenant est avant tout un geste de témoignage, de *šabāda*... le *mīṯāq* est qualifié de *šabāda al ḏarr* "témoignage (rendu au Dieu unique) par la postérité (d'Adam)" » (L. Massignon, *Le « Jour du Covenant »*, article publié dans la revue *Oriens*, volume 15, 1962, pp. 86 et 90; voir aussi : *La Passion d'al Hallaj*, 1922, pp. 35; 607-608).

173 — 1. Le texte précise : *après eux*.

175 — 1. Allusion probable à un contemporain du Prophète.

180 — 1. Cf. XVII, 110; XX, 8; LIX, 24.

2. Ou bien : ceux qui *blasphèment* ses noms.

184 — 1. Cf. V, 110, note 5.

185 — 1. Cf. VI, 75, note 1.

2. Ces quatre mots sont sous-entendus dans le texte.

187 — 1. Cf. *Mt.* XXIV, 36.

188 — 1. Cf. X, 49.

189 — 1. Cf. IV, 1, notes 1 et 2.

2. Sous-entendu : fils.

190 — 1. Ce verset, comme le suivant, porte seulement : *ce que*. — La tradition biblique ne contient aucune trace de ce polythéisme attribué ici à Adam et Ève.

195 — 1. Cf. *Ps.* CXV, 2-8; CXXXV, 15-18; *Is.* XLIV, 9-20; *I Rois*, XVIII, 27.

199 — 1. Litt. : *ce qui est reconnu* (comme étant le bien).

203 — 1. Cf. VI, 104, note 1.

205 — 1. Ou bien : insouciants.

206 — 1. Mot à mot : *ils ne s'éloignent pas par orgueil de l'adoration.*

P. 212. SOURATE VIII

1 — 1. Ici : *'anfāl : butin* ou dépouilles ; synonyme : *ġanīma* dont le verbe paraît aux versets 41 et 69.

2 — 1. *ḏukira :* litt. : *lorsque* (Dieu) *est rappelé,* mentionné.

4 — 1. *rizq,* avec le sens de bienfait accordé en vertu d'un décret divin.

5 — 1. Litt. : *avec* la Vérité. — Les versets de cette Sourate qui parlent de « victoire » des croyants sur les infidèles, concernent la bataille de Badr (cf. III, 123-127), ceux qui font allusion à des revers rappellent, sans doute, la défaite de Uhud dont le nom ne paraît pas dans le Coran.

7 — 1. Litt. : *serait.*

8 — 1. Mot à mot : *bien que les coupables détestent cela.*

11 — 1. Mot à mot : pour qu'il *lie* (ou qu'il ranime) *vos cœurs et qu'il affermisse vos talons.*

19 — 1. Litt. : *votre masse.*

22 — 1. Litt. : *chez.*

2. Cf. II, 171, note 1.

24 — 1. Litt. : *vers.*

29 — 1. Un seul mot : *furqān* (cf. verset 41, note 2).

33 — 1. Mot à mot : *Dieu n'est pas pour les châtier ;* ou bien : il ne convient pas à Dieu de les châtier tandis que... (deux fois).

34 — 1. Mot à mot : *Qu'ont-ils pour que Dieu ne les punisse pas ?*

2. S'agit-il des « amis de Dieu » ou des « desservants de la Mosquée » ? Traduction douteuse.

35 — 1. On peut voir ici une allusion aux danses exécutées par les pèlerins idolâtres.

38 — 1. Ces quatre mots sont sous-entendus dans le texte.

2. Mot à mot : *la règle de conduite (sunna)*, ou l'usage, *a passé* (pour servir d'exemple).

41 — 1. Cf. LIX, 6-10 : les riches ne doivent pas toucher au butin. — D'après la Genèse (XXXIV, 25-29), les deux fils de Jacob, Siméon et Lévi, pour venger leur sœur, Dina, tuèrent les hommes de Sichem, pillèrent leur ville et s'emparèrent de tous leurs biens. Le Deutéronome (XIII, 17) ordonne de consumer par le feu et sous forme d'offrande à Dieu, la ville et les dépouilles d'un peuple idolâtre, mais il permet de s'emparer du butin trouvé dans les villes conquises (XX, 10-14). On trouve encore des allusions au butin dans le Livre des Juges (VIII, 24); dans le Ier Livre de Samuel (XXX, 26), etc.

2. Litt. : Le jour de la *séparation*, de la discrimination, du critère; cf. verset 29.

42 — 1. C'est-à-dire : vos ennemis.

2. Guerriers montés sans doute sur des chameaux; ou bien : la caravane.

3. Ou un ordre.

45 — 1. Mot à mot : *souvenez-vous beaucoup de Dieu.* La double acception du verbe : *ḏ-k-r : se souvenir* de Dieu et *invoquer* son Nom, permet, sans doute, cette interprétation (voir *note clé : souvenir*).

2. Litt. : *vous gagnerez.*

46 — 1. Litt. : *vent.*

48 — 1. *jār : voisin,* proche, associé.

2. Litt. : verbe *voir.*

50 — 1. Cf. VI, 93, note 2.

52 — 1. Litt. : *comme,* comme au verset 54.

55 — 1. Litt. : *bêtes* (voir verset 22).

57 — 1. Mot à mot : *disperse donc par eux.*

61 — 1. Mot à mot : *incline à elle.*

65 — 1. Litt. : *patients*, comme au verset suivant.

67 — 1. Litt. : *ce qui est offert* (en ce monde).

68 — 1. Mot à mot : si un *écrit* de Dieu n'avait *précédé*, un terrible châtiment vous aurait *touchés*.

72 — 1. Ces deux mots sont sous-entendus dans le texte (comme au verset 74).

2. Litt. *dans*, ou : à cause de...

73 — 1. Au singulier dans le texte.

75 — 1. Litt. : *dans* (cf. XXXIII, 6).

P. 223. SOURATE IX

0 — Cette Sourate est également intitulée : « le repentir » (voir verset 118). L'absence de la formule initiale « Au nom de Dieu »... a donné lieu à plusieurs hypothèses signalées par R. Blachère dans sa traduction du Coran (loc. cit.).

1 — 1. Ce mot (*barā'a*) est parfois rendu avec le sens de « désaveu »; mais la présente interprétation semble trouver sa justification au verset 4 où la même idée revient et au verset 5 qui fait allusion à une trêve conclue avec les infidèles, puis dénoncée par ceux-ci.

2 — 1. Cf. VI, 134 et note 1.

4 — 1. Mot à mot : *accomplissez pour eux leur pacte*.

5 — 1. Mot à mot : *laissez leur chemin* (libre).

8 — 1. Ce verset débute par : *comment !*

2. *dimma*, comme au verset 10.

12 — 1. Litt. : *pas de serment pour eux*.

13 — 1. Mot à mot : *il a plus de droit que vous le redoutiez*.

14 — 1. Ou bien : il vous secourra *contre eux*.

16 — 1. Litt. : *oubliés*.

19 — 1. Le sujet de la phrase est : la *fonction* (de donner à boire).

2. Ou : du contrôle des visiteurs (traduction douteuse).

23 — 1. Proches, compagnons, patrons, associés.

24 — 1. Cf *Mt*. X, 37; *Lc*. XIV, 26.

25 — 1. Nom d'une vallée située à l'est de la Mekke. Ce combat eut lieu en l'an VII de l'hégire (630).

26 — 1. Cf. II, 248, note 1, comme pour le verset 40.

2. Litt. : *que vous ne voyez pas :* allusion aux anges combattants, comme au verset 40 (cf. III, 124, note 1).

28 — 1. La description du Temple de Jérusalem qui comprenait le parvis des gentils, le parvis des femmes, le Saint où seuls les prêtres en état de pureté légale pouvaient pénétrer et le Saint des saints où le Grand Prêtre n'entrait qu'une fois par an, suffit à démontrer que la notion du lieu saint, interdit aux incroyants et aux impurs, remonte à la Tora. — Moïse (*Ex*. III, 5) et Josué (V, 15) sont invités à « ôter leurs sandales » avant de fouler une « terre sainte ». — Cf. *Ézéch*. XLIV, 9; *Actes*, XXI, 28-29. — *Mishna Kelim*, I, 8 : Flavius Josèphe, *De Bello Judaïco*, livre 5, chapitre V, 6-7.

29 — 1. Ces deux mots sont sous-entendus dans le texte.

2. Mot à mot : *ils donnent la jizya des mains*. Le terme *jizya* qui ne paraît que cette seule fois dans le Coran désignera plus tard la capitation exigée des non-musulmans ou la taxe perçue sur leurs personnes et sur leurs biens (ils n'étaient pas assujettis à la *zaka*). — L'expression : « des mains » peut avoir le sens, adopté ici, de « directement » ou bien encore, signifier que cet impôt serait payé sur les gains provenant « des mains », c'est-à-dire d'un métier manuel.

30 — 1. Plusieurs auteurs pensent que le personnage israélite cité ici serait Esdras (hébreu *'Azra,* abréviation probable de : *'Azaryahu:* Dieu aide) qui tient une place importante dans l'histoire du judaïsme et la littérature rabbinique sans que jamais il soit appelé « fils de Dieu » ni considéré comme tel.

2. Cf. II, 116, note 1 et *Mt*. XVI, 16 : Pierre dit à Jésus : « Tu es le Christ, le Fils du Dieu vivant ».

3. Litt. : verbe *combattre* ou tuer.

4. C'est-à-dire : peu intelligent ou bien : « la tête à l'envers ».

32 — 1. Voir VIII, 8, note 1, comme pour le verset suivant et le verset 48.

35 — 1. Le texte porte : *eux*, c'est-à-dire l'or et l'argent mentionnés au verset précédent.

2. Cf. *Jc.* V, 3.

37 — 1. Ce mois *intercalaire* ou ajouté permettait aux Juifs de rétablir périodiquement la concordance entre l'année solaire (365 jours) et l'année lunaire (354 jours). Dorénavant, l'année musulmane comprendra uniformément douze mois (voir *Introduction*, note p. XXVII-XXVIII).

38 — 1. Ceci est un appel à la lutte pour l'Islam, avec le verbe : *n-f-r*, traduit par : se lancer ou partir au combat ou en campagne, comme aux versets 39, 41, 81, 122.

2. Litt. : avez-vous été *satisfaits* de...

40 — 1. Cette expression désigne Abou Bakr qui se réfugia, avec le prophète Muhammad, dans une caverne alors qu'ils « émigraient » de la Mekke à Médine en 622.

2. Litt. : la plus *inférieure*.

3. *kalima 'Allah :* seule fois où cette expression paraît dans le Coran.

4. Litt. : la plus *élevée*.

42 — 1. Litt. : *proche*.

2. Verbe *sortir*.

43 — 1. Racine : *'a-d-n; permettre*, dispenser de. Le mot « combat » est ici sous-entendu comme dans les autres passages de cette Sourate où l'on rencontre cette même racine.

45 — 1. Verbe *aller et venir d'un endroit dans un autre*.

46 — 1. Litt. : la *sortie*.

2. Racine *q-'-d :* s'asseoir. Ce verbe sera rendu, dans cette Sourate par « rester chez soi », « s'abstenir de combattre » par opposition à « partir en campagne ».

47 — 1. Ou bien : ils auraient poussé leurs montures au milieu de vous.

52 — 1. C'est-à-dire : la victoire, ou bien : le martyr récompensé au Paradis.

53 — 1. Litt. : en ayant de l'*aversion.*

55 — 1. Mot à mot : que leurs *esprits disparaissent*; comme au verset 85.

59 — 1. Ou bien : que nous désirons ardemment.

60 — 1. Un seul mot en arabe : *'āmilūn* pour désigner ceux qui exercent cette double fonction.

2. Sous-entendu : à l'Islam.

3. Cf. II, 177, note 3.

4. Litt. : les *débiteurs.*

5. Cf. II, 215.

61 — 1. Litt. : *il croit.*

62 — 1. Litt. : il a plus de *droit.*

67 — 1. C'est-à-dire : ils ne donnent rien.

72 — 1. Cf. XLVIII, 5; LVII, 12. — *I Pr.* III, 7 : « La femme est cohéritière de la grâce de vie ».

2. Ces trois mots sont sous-entendus dans le texte.

3. *'adn:* ce mot paraît onze fois dans le Coran, toujours accouplé au mot « jardins » et, toujours pour désigner le séjour des élus dans la vie future. — Le nom hébreu *'eden* est appliqué par la Genèse (II, 8-10) au jardin où jaillissait le fleuve qui l'arrosait et où Dieu plaça le premier couple humain. Ce nom est à comparer avec l'assyrien et le babylonien *édinu,* du sumérien *edin* qui signifie, au contraire : « plaine, steppe ». Mais le mot « Éden » évoque un lieu de délices (cf. *Ézéch.* XXXI, 9). La littérature rabbinique emploie souvent l'expression : *gan 'eden;* elle en mentionne deux : le terrestre, jardin fertile et rempli d'arbres, et le céleste, lieu d'habitation des justes après leur mort. Tandis que le Coran parle de « deux jardins » (LV, 46) puis de deux autres (LV, 62) à propos de la vie future.

74 — 1. Mot à mot : *ils ont dit la parole de l'incrédulité.*

2. Traduction douteuse.

75 — 1. Le texte porte : (quelque chose) *de sa grâce,* comme le verset suivant.

79 — 1. Litt. : *ceux qui...*

80 — 1. Cf. ce même chiffre à propos du pardon mutuel des offenses : *Mt.* XVIII, 22. — Le présent verset, ainsi que les versets 84, 103, 113, témoigne de l'usage de la prière d'intercession.

84 — 1. Ce texte semble démontrer que la prière pour les morts était en usage au temps du Prophète Muhammad. — (Cf. *II Macc.* XII, 44-45; Tertullien, *De Corona* 3, P. L. II, 79; Cyrille de Jérusalem, *Catecheses* 23, P. G. XXXIII, 1116; Augustin, *Sermones,* 159, I, 1, P. L. XXXVIII, 868, etc.).

86 — 1. C'est-à-dire: ceux qui *(parmi eux)* possèdent la puissance et la richesse.

90 — 1. *'aʿrāb:* comme aux versets 97-99, 101, 120.

91 — 1. Mot à mot : *pas de chemin contre...* (comme au verset 93).

94 — 1. Mot à mot: Dieu nous a fait connaître *vos nouvelles,* votre renommée.

95 — 1. Sous-entendu : sans les punir.

97 — 1. Litt. : *dans ce que.*

98 — 1. Mot à mot: *il attend pour vous le revers* (ou le revirement du sort). *Que le revers du malheur soit sur eux !*

100 — 1. Cf. V, 119, note 1.

103 — 1. Alors qu'ici (cf. XCII, 18) il est question de la purification de celui qui fait l'aumône (cf. *Eccli.* III, 30; Jean Chrysostome, *In Joannem, Homilia* LXXIII, 3, P. G. LIX, 398); Boukhari (*Hadith,* tome I : *Obligation de la zaka*) écrit : « Dieu fit de la *zaka,* la purification de la fortune : *ṭahr lil 'amwāl* », c'est-à-dire que l'aumône légale rend licite (purifie) la propriété des biens sur lesquels elle est prélevée (cf. *Lc.* XI, 41).

104 — 1. Litt. : *il prend.*

107 — 1. Les historiens disent que le Prophète Muhammad fit incendier, à son retour de Tabouk, cette mosquée rivale et schismatique.

108 — 1. Litt. : *que tu t'y tiennes.*

109 — 1. C'est-à-dire : pour sa satisfaction.

2. Le texte porte seulement : *qui la fait crouler avec lui.*

111 — 1. Cf. *Deut.* XX.

113 — 1. Mot à mot : *il leur apparaît clairement.*

2. Cf. *Jér.* VII, 16.

114 — 1. Le jeune Abraham revint sans doute de sa rigueur; voir XIX, 47; XXVI, 86; LX, 4.

2. *'āwwāh* (cf. XI, 75) : celui qui *gémit,* qui soupire et qui implore la miséricorde de Dieu.

3. Avec une idée de « mansuétude ».

117 — 1. Litt. : l'heure de la difficulté, de la *gêne.*

122 — 1. Litt.. : *un groupe.*

128 — 1. Cf. II, 151, note 1.

2. Litt. : *pour vous.*

P. 246. SOURATE X

2 — 1. Traduction douteuse.

3 — 1. Cf. VII, 54, note 1.

2. Ou bien : il a décidé en toute connaissance, comme au verset 31.

5 — 1. Cf. II, 189, note 1. — La même expression reviendra en XVII, 12.

7 — 1. *Insouciants,* négligents, inattentifs (comme au verset 92).

10 — 1. *salam : salut* et *paix.*

13 — 1. Le texte porte : *le peuple des coupables.*

14 — 1. Ou : *remplaçants,* lieutenants, comme au verset 73.

19 — 1. Cf. II, 213.

2. *kalima : parole,* dans le sens de *décret;* et verbe *précéder.* — Cf. XI, 110; XX, 129; XLI, 45; XLII, 14.

20 — 1. Cf. VI, 37, note 1.

21 — 1. C'est-à-dire : les anges.

22 — 1. Cf. II, 139, note 1.

2. Cf. *Ps.* CVII, 23-30.

23 — 1. Mot à mot : *ils furent insolents sans droit.* — Cf. XXIX, 65; XXXI, 32.

2. Le texte porte : *jouissance* (éphémère) et *retour* (comme le verset 70).

24 — 1. Verbe : *prendre.*

25 — 1. Cf. VI, 127, note 1.

26 — 1. Plusieurs commentateurs pensent que ce « surplus » *(zyāda)*, complément de bonheur, désigne la vue de la « Face de Dieu »; alors que les Chrétiens, s'appuyant sur la parole que le Christ adressait à son Père : « La vie éternelle, c'est qu'ils te connaissent, toi, le seul véritable Dieu et ton envoyé, Jésus-Christ » (*Jn.* XVII, 3) enseignent que le bonheur futur consiste essentiellement dans la vision béatifique de Dieu.

31 — 1. Cf. III, 27, note 1.

34 — 1. Litt. : *associés,* comme au verset suivant.

36 — 1. Verbe *suivre.*

37 — 1. C'est-à-dire : les Écritures antérieures (cf. II, 41, note 1). En arabe, le pronom se rapporte grammaticalement à « Dieu » mais il désigne en réalité le Coran.

38 — 1. Cf. II, 23, note 2.

39 — 1. Mot à mot : *ce qu'ils n'embrassent pas en leur science.*

45 — 1. Ces trois mots sont sous-entendus dans le texte.

49 — 1. Cf. VII, 188.

2. Cf. VII, 34, note 1.

52 — 1. Cf. XXXII, 14.

53 — 1. Cf. VI, 134, note 1.

54 — 1. Cf. V, 36, note 1.

56 — 1. Cf. II, 258, note 1.

57 — 1. Mot à mot : *une guérison pour ce qui se trouve dans les poitrines.*

60 — 1. Litt. : *possesseur* et donateur *d'une grâce.*

61 — 1. Le texte précise : *contre vous.*

2. Cf. IV, 40, note 1. — *Mt.* X, 30.

3. Cf. XXXIV, 3.

72 — 1. Cf. XI, 29; XXVI, 109. Les mêmes propos sont attribués à Muhammad en XXXIV, 47; à Loth en XXVI, 164; à Houd en XI, 51; XXVI, 127; à Çalih en XXVI, 145; à Chu'aïb en XXVI, 180.

73 — 1. Cf. VII, 64 et le récit plus détaillé de XI, 25-49.

2. Mot à mot : *nous en avons fait des successeurs* (cf. verset 14).

75 — 1. Cf. VII, 60, note 1 (comme pour les versets 83 et 88) et VII, 103.

78 — 1. Allusion probable au culte des idoles (cf. VII, 70).

2. Mot à mot : *nous ne sommes pas parmi ceux qui croient en vous deux.*

79 — 1. Les versets 79-80 sont à comparer avec VII, 111-118.

82 — 1. Cf. VIII, 8, note 1.

85 — 1. Le texte porte seulement le mot *tentation.*

87 — 1. Ce texte a donné lieu à plusieurs interprétations dont aucune n'est satisfaisante.

90 — 1. Cf. II, 50. Ce récit sera repris en XX, 78; XXVI, 63-66.

2. Ce texte ferait croire à la conversion de Pharaon, alors que d'autres parlent de sa punition dans la Géhenne : XI, 98; XL, 45-46.

93 — 1. Litt. : *établissement.*

98 — 1. L'histoire de Jonas sera reprise en XXXVII, 139-148 (cf. XXI, 87-88; LXVIII, 48-50) et elle rappelle les principaux épisodes développés dans le livre de la Bible qui porte son nom.

105 — 1. Ces cinq mots sont sous-entendus dans le texte.

2. Le texte porte: *'aqim,* ce qui signifie littéralement: «tiens-toi debout», sous-entendu : pour t'acquitter de la prière, et il ajoute : *ta face.*

3. *hanīf.* Voir *note clé : croyants.*

P. 263. SOURATE XI

3 — 1. Litt. : *possesseur d'une grâce,* d'une faveur.

5 — 1. Mot à mot : *ils replient leurs poitrines.*

6 — 1. Cf. *Ps.* CIV, 11-12; CXLV, 15-16.

7 — 1. Cf. VII, 54, note 1.

2. On lit dans la Genèse (1, 2) : « L'esprit de Dieu planait au-dessus des eaux ».

3. Litt. : *qui est meilleur en action.*

12 — 1. Mot à mot : *ta poitrine en est à l'étroit.*

2. Cf. III, 173, note 1.

13 — 1. Cf. II, 23, note 2.

15 — 1. *zīna : ornement,* clinquant. — L'ordre de ces deux lignes a été interverti et l'expression « ici-bas » ajoutée.

17 — 1. Cette ligne a été ajoutée par référence à la suite du verset.

2. C'est-à-dire : le Coran.

3. *'imām :* litt. : celui qui *dirige.*

4. Le texte porte *ceci,* comme plus haut.

20 — 1. Cf. VI, 134, note 1, comme pour le verset 33.

24 — 1. Le texte porte : *exemple* (comparaison, représentation), construit avec le mot : *groupe* au duel.

2. Mot à mot : *sont-ils égaux en exemple ?*

25 — 1. Ce récit qui s'étend aux versets 27-49 est à comparer avec celui de la Genèse de VI, 5 à VIII, 15. — Les versets 25-36 rappellent VII, 59-64.

27 — 1. Cf. XXIII, 24.

28 — 1. Litt. : *que voyez-vous ?* (comme aux versets 63 et 88).

2. Litt. : *il m'a donné une miséricorde* (venant) *de lui* (comme au verset 63).

29 — 1. Cf. X, 72, note 1, comme pour le verset 51.

2. Mot à mot : *vous, un peuple, vous* (êtes) *ignorants* (racine *j-h-l*).

31 — 1. Cf. les mêmes affirmations placées dans la bouche du Prophète Muhammad en VI, 50.

37 — 1. Cf. XXIII, 27.

38 — 1. Cf. *Midrash Tanhuma, Genèse, Noé,* 5.

40 — 1. Cf. XXIII, 27. — On lit dans le Talmud de Jérusalem (*Sanhedrin* X, 5, traduction M. Schwab) : « Chaque goutte d'eau que Dieu fit pleuvoir sur les contemporains du Déluge avait été chauffée d'abord dans l'enfer, puis versée sur la terre ». Sur l'association : eau-feu comme instrument du châtiment divin, voir : D. Masson, *op. cit.*, p. 347-348 et n. 182.

2. Cf. XXI, 76; XXIII, 27; XXVI, 119-120; XXIX, 14-15; XXXVII, 76. — La Genèse (VII, 13) mentionne huit personnes sauvées du Déluge : Noé, sa femme et ses trois fils avec leurs épouses (cf. *I Pr.* III, 20; *II Pr.* II, 5). — Le Coran (LXVI, 10) mentionne la femme de Noé et celle de Loth comme ayant toutes deux trahi leurs maris qui étaient des hommes justes.

3. Mot à mot : *sauf celui contre qui la Parole* (qui fixe son destin) *a précédé*. Il s'agit d'un des fils de Noé (cf. verset 43).

4. On lit dans l'Épître de Clément aux Corinthiens (VII, 6, traduction Hemmer, 1926, p. 21) : « Noé prêcha la pénitence et ceux qui l'écoutèrent furent sauvés » (cf. Théophyle d'Antioche, *Ad Autolycum*, III; 19, P. G. VI, 1164).

41 — 1. Mot à mot : *sa course et son arrivée au port*. — La formule « Au nom de Dieu » se retrouve en XXVII, 30 au début de la lettre de Salomon.

43 — 1. Cet épisode ne paraît pas dans la tradition biblique.

44 — 1. On hésite entre la Haute Djézirée et le massif montagneux de l'Arabie pour situer le Joudi. D'après la Genèse (VIII, 4), l'arche se serait arrêtée sur les monts d'Ararat ou Urartu en Arménie, mais A. Clamer dans son commentaire de la Genèse, au texte cité, écrit : « Selon une autre tradition, le pays d'Ararat serait à identifier avec le Kurdistan, au nord de l'Assyrie et de la Mésopotamie ».

47 — 1. Mot à mot : *je cherche ta protection contre...*

48 — 1. Sous-entendu : du vaisseau.

49 — 1. Cf. III, 44, note 1.

50 — 1. Ces trois mots ont été ajoutés (comme aux versets 61 et 84), par référence au verset 25 (cf. VII, 65, note 1).

54 — 1. Mot à mot : *qu'elle t'a frappé d'un mal.*

56 — 1. Litt. : *bête* comme au verset 6.

57 — 1. C'est-à-dire que Dieu est celui qui veille sur l'univers et qui l'observe.

60 — 1. L'interrogation du texte, suivie d'une négation : *est-ce que... pas ?* semble autoriser l'addition de ces cinq mots, comme aux versets 68 et 95.

61 — 1. Cf. II, 186.

64 — 1. Cf. VII, 73 et les notes.

2. Litt. : *un châtiment proche vous atteindra.*

65 — 1. Cf. VII, 77, note 1.

67 — 1. Les textes parallèles de VII, 78 et 91 portent le mot: *cataclysme*.

2. Cf. VII, 78, note 1.

69 — 1. C'est-à-dire : les anges, comme au verset 77. — Le récit contenu dans les versets 69-73 rappelle celui de la Genèse (XVIII, 1-15).

2. Cf. LI, 26.

70 — 1. D'après le Livre des Juges (XIII, 16), l'ange de Iahvé refusait de manger. L'ange qui accompagna Tobit (XII, 19) ne mangeait pas. — Le refus de partager le repas offert est, chez les Arabes, un signe de méfiance et d'hostilité; c'est pourquoi Abraham est effrayé à la vue de ses hôtes qui ne mangent pas.

71 — 1. C'est-à-dire : la bonne nouvelle de la naissance d'Isaac. Cf. XV, 54 et LI, 28.

72 — 1. Ou bien *mon maître (baʿlī)*; cf. *Gen.* XVIII, 12 : *adōnī*.

73 — 1. Cette expression qui reviendra en XXXIII, 33 au sujet du Prophète Muhammad, signifie *famille*.

74 — 1. Cf. *Gen.* XVIII, 23-32.

75 — 1. Cf. IX, 114, note 2.

2. Litt. : celui qui *revient* vers Dieu.

77 — La Genèse (XIX, 1) parle de deux anges. — Le récit contenu dans les versets 77-83 rappelle la Genèse (XIX, 1-25).

2. Litt. : *étroit*.

78 — 1. Cf. VII, 80-81.

2. Cf. XV, 71.

3. Litt. : bien *dirigé*.

80 — 1. Mot à mot : *si vraiment* (était) *à moi une force contre vous*.

81 — 1. Le texte porte seulement : *sauf ta femme* (cf. VII, 83, note 1).

2. Litt. : *leur rendez-vous à l'aube* (cf. XV, 73 ; LIV, 34. — *Gen.* XIX, 23).

82 — 1. Cf. *Gen.* XIX, 25.

2. Litt. : disposées par *couches entassées* les unes au-dessus des autres.

83 — 1. *Auprès* (avec le sens de prédestination). Cf. VII, 84, note 1.

2. Le texte porte seulement : *elle.*

84 — 1. Cf. VII, 85, note 1.

2. Litt. : *ne diminuez pas.*

85 — 1. Cf. VI, 152, note 1.

87 — 1. Litt. : *prière.*

90 — 1. Le nom *wadūd* donné à Dieu, reparaîtra avec l'article en LXXXV, 14. — Cf. *Jér.* XXXI, 3; *Eccli.* XVIII, 13. La Révélation contenue dans le Nouveau Testament est, pour ainsi dire, centrée sur l'amour de Dieu envers tous les hommes (cf. *I Jn.* IV, 8, 16; *Jn.* III, 16-17; *Rom.* V, 8, etc.).

92 — 1. Ou bien : *le prenez-vous pour* (quelque chose) *à laisser derrière le dos.*

95 — 1. Cf. versets 67-68.

97 — 1. Cf. VII, 60, note 1.

2. Litt. : *pas dirigé,* c'est-à-dire : non conforme à la vraie direction.

98 — 1. Cf. XL, 45-46.

2 Cf. XIX, 86 et XXI, 99.

102 — 1. Litt. : le *coup* ou la saisie.

2. Verbe *saisir.*

107 — 1. Cf. VI, 128, note 2.

110 — 1. Cf. X, 19, note 2.

114 — 1. Mot à mot : *aux deux extrémités du jour.*

2. Cf. III, 113, note 1.

116 — 1. Verbe *suivre*.

119 — 1. Ou bien : *s'achève*.

2. Cf. XXXII, 13.

123 — 1. Mot à mot : *l'ordre* (le commandement) *en son entier*.

2. *Insouciant*, inattentif.

P. 282. SOURATE XII

4 — 1. Son nom : « Jacob », ne paraît, dans la narration, qu'au verset 68, et, occasionnellement, aux versets 6 et 38; mais on sait par ailleurs qu'il est fils d'Isaac et, par conséquent, petit-fils d'Abraham (voir : II, 140; III, 84; IV, 163; XII, 38; XXXVIII, 45). Son autre nom : « Israël » figure en XIX, 58 en relation avec celui d'Abraham. L'expression « fils d'Israël » revient quarante et une fois dans le Coran.

2. Voir la réalisation partielle de cette prémonition au verset 100. — La Genèse (XXXVII, 9-10) mentionne « onze étoiles » figurant les frères de Joseph. Rachel, sa mère, mourut bien avant cet épisode, en donnant le jour à son fils Benjamin. (Cf. *Gen.* XXXV, 19.) La Genèse (XLVII, 11) se borne à décrire l'accueil que Joseph, parvenu aux plus hautes fonctions auprès de Pharaon, réserva à sa famille retrouvée.

5 — 1. Les versets 4-21 sont à comparer avec le chapitre XXXVII de la Genèse.

8 — 1. La Genèse le nomme « Benjamin ». Joseph et Benjamin sont les deux fils que Rachel donna à Jacob.

2. Cf. *Genesis Rabbah*, LXXXIV, 8.

9 — 1. Mot à mot : *la face de votre père se tournera vers vous*.

2. Ou : des gens de bien; litt. : *un peuple de justes*.

13 — 1. Litt. : vous serez *insouciants*, distraits. — D'après la Genèse (XXXVII, 13), Jacob envoie simplement Joseph à la recherche de ses frères.

14 — 1. Litt. : nous serions *perdants*. Les commentateurs voient ici un synonyme de : faibles, incapables, sans intelligence.

17 — 1. Le texte parallèle de la Genèse (XXXVII, 20) porte : « bête féroce »; et le *Sefer ha Yashar*, section *Wayesheb*, le mot « loup ».

18 — 1. On lit dans la Genèse (XXXVII, 3) : « Israël aimait Joseph plus que tous ses autres enfants... il lui fit faire une tunique à longues manches ». — Le mot *qamîç* (bas-latin : *camisia*, français : *chemise*) ne paraît, dans le Coran, que dans cette Sourate et toujours pour désigner une tunique portée par Joseph : tachée de sang, d'après le présent verset. Déchirée, plus tard, par la femme de l'intendant; elle servira à prouver l'innocence de Joseph (versets 25-28); puis à guérir Jacob de sa cécité (verset 93).

2. Mot à mot : *vos esprits vous ont présenté, sous des apparences belles et fausses, une affaire.*

20 — 1. Litt. : *des dirhams comptés.* — La Genèse (XXXVII, 28) parle de « vingt pièces d'argent ».

2. Mot à mot : ils étaient *parmi ceux qui ne désirent pas* (quelque chose).

21 — 1. Litt. : *nous le prendrons.* — Cf. *le Testament de Joseph*, III, 7. D'après la Genèse (XXXIX, 4) Joseph est simplement attaché au service de son maître égyptien.

2. Litt. : *vainqueur.*

23 — 1. Mot à mot : *celle dans la maison de qui il était.*

2. Mot à mot : *elle lui demanda sa personne* (elle le désira); comme aux versets 26, 30, 32, 51. — Le récit contenu dans les versets 23-34 est à comparer avec la Genèse (XXXIX, 7-20). De plus, l'histoire de Joseph et de « Zulaïkha, femme de Potiphar » (alors que le Putiphar de la Genèse (XXXVII, 36; XXXIX, 1) est « eunuque de Pharaon et commandant des gardes » et que la « séductrice » est simplement « la femme » du « maître » de Joseph) est racontée avec force détails dans le Midrash Tanhuma (*Genèse Vayescheb*, 5), le *Sefer ha Yashar wa Jesheb* (compilation tardive d'éléments anciens) édition L. Goldschmidt, 1923, pp. 158-165; cf. *le Testament de Joseph* (III-X).

3. Ce mot, d'après les Commentateurs, peut désigner, soit Dieu qui protège Joseph, soit le maître de maison.

24 — 1. Litt. : *preuve décisive*, démonstration claire. — La Tradition juive raconte qu'à ce moment l'image de son père apparut à Joseph, pour le réconforter (*Sotah*, 36 b; *Genesis Rabbah*, LXXXVII, 5).

25 — 1. D'après la Genèse (XXXIX, 12-18) Joseph abandonna son vêtement et s'enfuit (cf. *Genesis Rabbah*, LXXXVII, 8).

2. Litt. : un *mal*.

29 — 1. Litt. : *détourne-toi de cela*.

30 — 1. *'al 'azīz*, litt. : *le puissant*, comme aux versets 51, 78 et 88.

31 — 1. *muttakā'* signifie, littéralement : lit de repos avec des coussins pour s'accouder durant un repas; et les « couteaux » dont il est question, évoquent plutôt l'idée de fruits à couper. Le texte parallèle du Midrash Tanhuma (*Genèse Vayescheb*, 5) parle d'oranges (cf. *Yalkut Genesis*, 146), tandis qu'il est question d'un repas composé « de pain et de viande » dans le Midrash Hagadol (édition Schechter, XXXIX, 14, p. 590).

2. Litt. : *sors !*

3. On lit dans la Genèse (XXXIX, 6) : « Joseph avait une belle prestance et un beau visage ».

4. Sous-entendu : dans leur émoi.

33 — 1. Mot à mot : *à ce à quoi elles m'invitent*.

2. Litt. : *j'inclinerai vers elles*.

35 — 1. Cf. *Gen.* XXXIX, 20.

36 — 1. Le récit contenu dans les versets 36-56 est à comparer avec le chapitre XLI de la Genèse, qu'il semble résumer.

2. Sous-entendu : en songe, comme plus loin et au verset 43.

38 — 1. Cf. II, 130, note 1.

39 — 1. C'est-à-dire : des faux dieux.

40 — 1. Mot à mot : Dieu *n'a fait descendre avec* (ou : par) *eux*...

41 — 1. Mot à mot : *il donnera à boire à son maître le vin*.

43 — 1. La Genèse l'appelle tantôt : « Pharaon », tantôt : « roi d'Égypte ».

2. Cf. VII, 60, note 1.

48 — 1. C'est-à-dire : les années (ce mot est sous-entendu dans le texte) de disette.

49 — 1. Allusion aux récoltes de raisins et d'olives.

55 — 1. Mot à mot : gardien et savant.

58 — 1. Le récit contenu dans les versets 58-100 est à comparer avec les chapitres XLII-XLIV de la Genèse.

60 — 1. Litt. : *charge* et sac de blé, comme aux versets 63 et 88.

62 — 1. Il s'agit de marchandises apportées en troc (comme aux versets 65 et 88).

63 — 1. Au parfait dans le texte.

64 — 1. Il s'agit de Joseph (voir versets 11-14).

2. Cf. XI, 57, note 1.

67 — 1. Sous-entendu : dans la ville. — Cf. Midrash Rabbah (*Gen.* XCI, 2) et Midrash Tanhuma, *Miquets*, 10, édition Buber, I, 97 b.

68 — 1. Ces deux mots sont sous-entendus dans le texte.

69 — 1. La Genèse ne dit pas que Joseph se fit connaître à Benjamin en particulier et à ce moment-là, mais qu'il l'entoura d'attentions spéciales (*Gen.* XLIII, 34).

70 — 1. *siqāya :* mot employé cette seule fois dans le Coran. Cette « coupe », d'après la Genèse (XLIV, 2 et 5) était « en argent ». Joseph s'en servait pour boire et pour « lire les présages ».

2. *rabl :* sacoche ou selle de chameau.

75 — 1. C'est-à-dire : il payera le vol de sa propre liberté. — On lit dans l'Exode (XXII, 2) : « Si un voleur n'a pas de quoi s'acquitter... on le vendra lui-même pour rembourser le prix de son larcin ».

77 — 1. D'après le Midrash Rabbah (92, 8) c'est Benjamin qui est traité de « voleur, fils de voleur », parce que sa mère Rachel avait dérobé les Téraphim de Laban (*Gen.* XXXI, 19).

2. Mot à mot : il *cacha cela dans son esprit.*

83 — 1. Allusion à la disparition de Joseph enfant.

2. C'est-à-dire : il me rendra tous mes fils.

84 — 1. Litt. : *ses yeux blanchirent.*

85 — 1. Mot à mot : *tu seras parmi ceux qui auront péri.*

93 — 1. Ce miracle est ignoré de la Bible.

94 — 1. Verbe *quitter :* la caravane quittait l'Égypte pour se rendre dans le pays de Jacob.

2. Litt. : *je trouve.*

100 — 1. D'après la Genèse (XLVII, 11), Joseph établit simplement son père, ses frères et leurs familles, au pays d'Égypte.

2. Mot à mot : *il en a fait une vérité* (cf. verset 4, note 2).

3. *'al latīf :* autre sens : *le subtil* (cf. VI, 103, note 2).

101 — 1. Litt. *quelque chose du pouvoir...* et *quelque chose de l'interprétation.*

2. *fātir :* cf. VI, 14, note 2.

3. Litt. : *rappelle-moi,* enlève-moi.

4. En dehors de cette Sourate consacrée à l'histoire de Joseph, son nom paraît encore en VI, 84 et XL, 34.

102 — 1. Cf. III, 44, note 1.

2. Litt. : *tromper,* user de ruse.

106 — 1. Ou bien : sans être de *ceux qui associent* (polythéistes).

107 — 1. Le texte porte : *ġāšiya,* litt. : *celle qui couvre,* qui enveloppe (mot associé avec « châtiment »). — Cette expression reviendra en LXXXVIII, 1.

111 — 1. C'est-à-dire : les Livres révélés avant le Coran.

P. 299. SOURATE XIII

2 — 1. Litt. : *que vous voyez* (cf. XXXI, 10). — Le Livre de Job (XXVI, 11) assimile les montagnes, censées supporter la voûte céleste, aux « colonnes des cieux ».

2. Cf. VII, 54, note 2.

3. Cf. X, 3, note 2.

3 — 1. *rawāsiyā :* litt. : *celles qui sont immobiles,* fixées solidement dans le sol. Idée complétée en XVI, 15 ; XXI, 31 ; XXXI, 10.

5 — 1. Mot à mot : *certes nous, dans une nouvelle création.* — Le même doute est exprimé par les infidèles en XVII, 49, 98 ; XXXII, 10 ; XXXIV, 7. — Cf. la Résurrection considérée comme une « nouvelle création » : L, 15.

2. Cf. XXXIV, 33 ; XXXVI, 8 ; XL, 71 ; LXIX, 30 ; LXXVI, 4.

6 — 1. À la forme indéfinie dans le texte.

7 — 1. Le pronom désigne le Prophète Muhammad.

2. Cf. VI, 37, note 1, comme pour le verset 27.

8 — 1. Ou bien : ce que les matrices absorbent.

11 — 1. *mu'aqqibāt :* litt. : *celles qui sont attachées aux pas...* (le mot « anges » est sous-entendu dans le texte).

2. Cf. VIII, 53.

13 — 1. Cf. II, 30, note 2.

15 — 1. Cf. XVI, 48-49 ; XXII, 18 ; *Ps.* CXLVIII.

16 — 1. Cf. V, 76, note 1.

2. Cf. VI, 50.

3. Le texte porte le substantif : *ḫalq.*

17 — 1. C'est-à-dire : les métaux en fusion.

18 — 1. Cf. V, 36, note 1.

19 — 1. Mot à mot : *est-ce que celui qui sait que ce qui est descendu sur toi ?...*

22 — 1. Cf. *Lc.* VI, 27-28 ; *I Pr.* III, 9.

23 — 1. Cf. XXXVIII, 50 ; XXXIX, 73. — La Jérusalem céleste qui figure, dans l'Apocalypse, la demeure des élus, compte douze portes sur lesquelles veillent des anges (*Apoc.* XXI, 12-13 comme dans le Coran : XXXIX, 73). Les portes du Paradis sont mentionnées en *I Hénoch,* CIV, 2 ; *Testament de Lévi,* XVIII, 10 et dans les écrits rabbiniques.

24 — 1. Cf. XVI, 32 ; XXXIII, 44.

25 — 1. Mot à mot : *à eux la malédiction et le mal de la demeure.*

27 — 1. Cf. XIV, 4; XVI, 93; XXXV, 8; LXXIV, 31; mais, d'après *Eccli.* XV, 12, Dieu n'égare pas les hommes

28 — 1. Ou bien : à l'évocation, au rappel de son Nom (cf. VIII, 2, note 1).

29 — 1. Cf. III, 14, note 3.

39 — 1. Cf. III, 7, note 1.

40 — 1. Litt. : *que nous* (c'est-à-dire : Dieu) *te rappelions* (à nous).

2. C'est-à-dire : la reddition des comptes le Jour du Jugement.

41 — 1. Mot à mot : *ne voient-ils pas que, certes, nous venons à la terre; nous la réduisons par ses extrémités.* — Baïdawi, d'après son Commentaire, voit ici une allusion à l'extension de l'Islam au détriment des infidèles, ce qui semble autoriser cette glose (cf. XXI, 44).

P. 307. SOURATE XIV

1 — 1. Cf. II, 257, note 2, comme pour le verset 5.

4 — 1. Mot à mot : *nous n'avons envoyé aucun prophète, sinon avec la langue de son peuple.*

2. Cf. XIII, 27, note 1.

6 — 1. Cf. II, 49, note 2.

10 — 1. *fāṭir :* cf. VI, 14, note 2.

14 — 1. *maqāmī : mon lieu,* c'est-à-dire : le lieu où je me tiens, où je suis présent (cf. II, 125, note 2). La même expression revient dans la bouche de Noé en X, 71.

16 — 1. Mot à mot : *par-derrière lui, la Géhenne.*

18 — 1. Ces trois mots sont sous-entendus dans le texte.

19 — 1. Litt. : verbe *apporter* (cf. XXXV, 16).

24 — 1. Les symboles contenus dans les versets 24-26 comportent des éléments qui rappellent les paraboles des évangiles synopti-

ques : le Royaume de Dieu comparé à un arbre (*Mt.* XIII, 32; *Mc.* IV, 30-32; *Lc.* XIII, 19); « l'arbre bon et l'arbre mauvais » (*Mt.* VII, 17-18; *Lc.* VI, 43); la Parole de Dieu assimilée à des grains semés par le semeur (Dieu même) sur des « terrains » (c'est-à-dire : « le cœur des hommes ») plus ou moins bons (*Mt.* XIII, 3-8; *Mc.* IV, 3-8; *Lc.* VIII, 5-6).

35 — 1. Cf. II, 49, note 1.

37 — 1. Cf. II, 125, note 1.

40 — 1. Cf. II, 124, note 3.

42 — 1. Litt. : il les *retarde* ou il les recule.

44 — 1. Mot à mot : *retarde-nous jusqu'à un terme proche.*

47 — 1. Cf. III, 4, note 2.

48 — 1. Le texte porte seulement : *et les cieux.* — Cf. *Apoc.* XXI, 1, qui rappelle *Is.* LXV, 17.

P. 315. SOURATE XV

4 — 1. Mot à mot : *si elle n'a pas un écrit connu.*

5 — 1. Cf. VII, 34.

6 — 1. Cf. XXIII, 70; XXXIV, 8; XLIV, 14; LII, 29; LXVIII, 51; « poète possédé » en XXXVII, 36; même accusation portée contre Noé en LIV, 9; contre Moïse en XXVI, 27; LI, 39; contre chacun des prophètes : LI, 52. — D'après l'Évangile, la même accusation fut formulée contre Jésus (*Mc.* III, 22); contre Jean, fils de Zacharie (*Mt.* XI, 18).

16 — 1. *burūj :* ce mot reviendra, avec la même signification, en XXV, 61 et en LXXXV, 1.

17 — 1. Litt. : *lapidé,* banni.

18 — 1. Cf. XXVI, 212; XXXVII, 8-10; LXVII, 5; LXXII, 8-9. — Les démons chassés du ciel : cf. *Lc.* X, 18; *I Hén.* XL.,

7. — D'après le Talmud (*Berakot,* 18 b) les anges déchus se tiennent derrière le « rideau » qui cache le trône de Dieu, pour essayer de surprendre les secrets divins; mais, d'après *Genesis Rabbah* (L, LXVIII) ils sont chassés du ciel.

19 — 1. Cf. XIII, 3.

2. Litt. : *toute chose pesée;* racine *w-z-n* (seule fois dans ce sens). Cf. XLII, 27; *Sag.* XI, 20; *Is.* XL, 12; *Job,* XXVIII, 25.

20 — 1. C'est-à-dire : à la subsistance (racine *r-z-q*) desquels vous ne pourvoyez pas; il s'agit des animaux sauvages.

21 — 1. Cf. *Job,* XXXVIII, 22-23.

2. Litt. : *connue* (de Dieu).

23 — 1. Au pluriel dans le texte. — Cela signifie que Dieu subsistera après la disparition des créatures et que tout reviendra à lui.

27 — 1. Cf. VII, 12, note 1.

28 — 1. Cette argile, extraite d'une boue malléable, rappelle l'acte créateur comparé au travail du potier, évoqué en LV, 14, par le prophète Isaïe (LXIV, 7) et l'Ecclésiastique (XXXIII, 10, 13). (Cf. *Job,* X, 8-9.) Philon dit que Dieu choisit pour la création de l'homme non pas « une motte quelconque de terre », mais « le plus pur de la matière pure » (cf. *Les Œuvres de Philon d'Alexandrie,* tome I : *De Opificio Mundi,* traduction R. Arnaldez, § 137, p. 233; voir encore : Irénée, *Démonstration de la Prédication apostolique,* XI, P. O. XII, 762). — Le récit contenu dans les versets 28-40 sera repris en XXXVIII, 71-83.

29 — 1. Le Coran revient plusieurs fois sur la forme harmonieuse dans laquelle Dieu créa l'homme : XXXII, 9; XXXVIII, 72; LXXV, 38; LXXXII, 7; LXXXVII, 2; XCI, 7. L'homme a été créé « dans la forme la plus parfaite » : XL, 64; LXIV, 3; XCV, 4. — La Genèse (I, 26) dit qu'il fut créé « à l'image de Dieu »; formule reprise, d'après L. Massignon (*La Passion d'al Hallaj,* p. 599), par deux « hadith ». — Cf. *Sag.* II, 23; Philon (*op. cit.* § 136, p. 233) dit que le premier homme était « beau et bon ».

2. Cf. XXXII, 9; XXXVIII, 72. — On lit dans la Genèse (II, 7) : « Iahvé Élohim forma l'homme, poussière provenant du sol, et il insuffla en ses narines une haleine de vie et l'homme devint âme vivante ». (cf. *Eccl.* XII, 7; *Ps.* CIV, 30). — Le Coran mentionne le rôle de l'Esprit « insufflé dans la Vierge Marie »

lors de la conception miraculeuse de son fils (XXI, 91 ; LXVI, 12) et Jésus souffle sur les oiseaux qu'il crée, pour leur donner la vie (III, 49; V, 110).

31 — 1. Cf. II, 34 et les notes.

37 — 1. Mot à mot : *tu es, certes, parmi ceux qui attendent.*

44 — 1. Cf. XVI, 29; XXXIX, 71-72; XL, 76 où il est question de plusieurs portes sans en fixer le nombre. — Le Talmud (*'Erubin*, 19 a) en compte trois.

47 — 1. Litt. : *poitrines.*

2. Cf. XXXVII, 44; LII, 20; LVI, 16; LXXXVIII, 13. — *I Hén.* XXXIX, 4-5 ; *Bét ha Midrash*, édition Jellinek, II, 29.

51 — 1. Ces « hôtes » sont les envoyés de Dieu, c'est-à-dire les anges, comme aux versets 57 et 61. — Les versets 51-77 sont à comparer avec XI, 69-83.

71 — 1. Le texte porte le participe actif du verbe *faire.*

73 — 1. Cf. XI, 67, note 1 (comme pour le verset 83).

74 — 1. Cf. XI, 82. — Le texte porte seulement : *sur eux.*

76 — 1. Litt. : *bien établi.*

78 — 1. Ce peut être un nom de lieu qui ferait penser à Madian, le pays de Chu'aïb. On a également traduit : « les hommes du fourré ». Le Commentaire de Baïdawi note ces deux interprétations.

79 — 1. Le texte porte seulement : *ces deux* (-là), c'est-à-dire la « ville » de Loth et al 'Aïka.

2. *'imām :* ce qui *guide*, ce qui indique une ligne de conduite.

80 — 1. Il s'agit sans doute des Thamoud. Al Hijr se situe au nord de Médine, sur la route menant en Syrie.

86 — 1. *ḫallāq :* nom-adjectif de forme renforcée, comme en XXXVI, 81.

87 — 1. Le mot « verset » n'est pas dans le texte. Il s'agit peut-être des sept versets de la Sourate I, la Fatiha.

88 — 1. Mot à mot : *n'étends pas tes deux yeux vers ce que nous avons accordé comme jouissance temporaire* (six mots, en français, pour traduire : *matta'a*) *à des couples d'entre eux.*

90 — 1. Ce mot est sous-entendu dans le texte.

2. On hésite à identifier ces « conjurés » (voir le Commentaire de Baïdawi).

97 — 1. Litt. : *à cause de.*

P. 323. SOURATE XVI

2 — 1. *'amr,* comme au verset 1 (cf. XVII, 85; XL, 15; XLII, 52).

4 — 1. Ici : *nutfa,* comme en onze autres textes. « Goutte d'eau vile » en XXXII, 8; LXXVII, 20... « répandue » en LXXXVI, 6.

2. Mot à mot : *il est querelleur manifeste.*

11 — 1. Cf. VI, 99 et note 4.

15 — 1. Cf. XIII, 3, note 1.

2. Cf. *Ps.* CIV, 5.

26 — 1. Litt. : *les fondations.*

29 — 1. Cf. XV, 44 et note 1.

32 — 1. Cf. XIII, 24.

40 — 1. Cf. II, 117, note 1.

43 — 1. Litt. : *les gens du Rappel,* comme en XXI, 7; c'est-à-dire: les Juifs et les Chrétiens.

44 — 1. Ces cinq mots ont été ajoutés par référence au verset précédent.

2. *zubur :* cf. III, 184, note 1.

45 — 1. Avec l'idée d'être à l'abri, d'être préservé des châtiments.

49 — 1. Litt. : *bête,* comme au verset 61 (cf. XIII, 15).

51 — 1. Litt. verbe *prendre,* se donner à soi-même.

52 — 1. Mot à mot : *à lui perpétuellement le culte (dīn).* Le Commentaire de Baïdawi rend ce mot par : « obéissance ».

55 — 1. Racine *k-f-r,* comme au verset 72.

56 — 1. C'est-à-dire : aux faux dieux.

57 — 1. Ce texte rappelle que les Arabes païens rendaient un culte à des anges de sexe féminin, et vénérés en tant que « filles de Dieu ». On lit en XLIII, 19 : « Ils considèrent les Anges... comme des femelles » (cf. XVII, 40).

58 — 1. Cf. XLIII, 17.

59 — 1. Cf. VI, 137, note 1.

61 — 1. Cf. *Ps.* CXXX, 3 : « Si tu prends garde aux fautes, Iahvé, Seigneur, qui subsistera ? »

2. Cf. III, 145, note 1.

62 — 1. C'est-à-dire : les filles (cf. verset 58).

69 — 1. On trouve dans les versets 65-69 une énumération de quatre boissons terrestres : « eau, lait, vin, miel » que les élus retrouveront dans les fleuves du Paradis (cf. XLVII, 15). — Une description approchante est donnée dans le Deutéronome (VIII, 7-10) à propos de la « Terre promise » (cf. *Joël,* II, 22-24).

70 — 1. Toute cette phrase est au singulier dans le texte. — Cf. XXII, 5.

71 — 1. Cf. verset 75 et XXX, 28. — D'après la Loi mosaïque l'esclave devait être libéré après six ans de services (*Ex.* XXI, 2 ; *Deut.* XV, 12-15). On lit dans l'Ecclésiastique (VII, 21) : « Aime comme toi-même l'esclave intelligent ». Enfin, d'après Paul, le baptême abolit toute distinction entre les hommes (*I Cor.* XII, 13 ; *Gal.* III, 28 ; *Col.* III, 11).

77 — 1. Paul dit que la Résurrection se fera « en un instant, en un clin d'œil » (*I Cor.* XV, 52). — Cf. Augustin, *Sermones*, CCCLXII, XVIII, P. L. XXXIX, 1625; Pseudo-Hippolyte, *De Consumatione Mundi* X, P. G. XXXVII, 939; Éphrem, *op. cit.* (II, 223, note 1) *Sermo : De magis incantatoribus et divinis, et de fine et consummatione*, 3, p. 402; 4, p. 408, etc.

79 — 1. Ces deux mots sont sous-entendus dans le texte.

81 — 1. Litt. : de votre *mal*, c'est-à-dire : de votre rigueur ou des coups que vous échangez.

86 — 1. Mot à mot : *ils leur ont jeté la parole.*

92 — 1. C'est-à-dire : une communauté plus éminente, plus nombreuse, et, par conséquent, une communauté dont l'alliance vous serait plus profitable que celle de toute autre communauté.

93 — 1. Cf. XIII, 27, note 1.

97 — 1. L'ordre de ces deux lignes a été interverti.

98 — 1. Litt. : *lapidé.*

101 — 1. Cf. II, 106.

2. Litt. : *inventeur* (d'un mensonge).

103 — 1. Litt. : ils *imputent* (son instruction) à...

2. *'aʿjamī : barbare*, non arabe.

112 — 1. *rizq.*

2. Ces deux mots sont construits avec : *libās, vêtement*, enveloppe.

115 — 1. Cf. II, 173, note 1.

120 — 1. Mot à mot : *certes, Abraham était un peuple*, c'est-à-dire le chef, le guide, et l'ancêtre des monothéistes.

2. *ḥanīf*, comme au verset 123 (cf. II, 135, note 1).

123 — 1. Cf. II, 130, note 1.

124 — 1. Cf. X, 93.

127 — 1. C'est-à-dire : sur les incrédules.

2. Litt. : *dans l'étroitesse.*

3. À la forme verbale dans le texte.

P. 340. SOURATE XVII

1 — 1. Cette « Mosquée très éloignée » pourrait symboliquement désigner le Paradis, mais on pense plutôt au Temple de Jérusalem où le Prophète Muhammad se vit transporté.

2. Mot à mot : *autour de laquelle nous avons béni.* — L'ordre des phrases a été modifié.

3 — 1. Le texte porte seulement : *descendance.*

2. Sous-entendu : dans le vaisseau (cf. VII, 64, etc.).

6 — 1. Mot à mot : *nous vous avons renforcés en biens et en enfants.*

7 — 1. Mot à mot : *pour qu'ils affligent vos visages.*

2. Ces trois mots sont sous-entendus dans le texte.

3. Bien que le texte porte : *masjid,* on voit généralement ici une allusion à la destruction du temple de Jérusalem, en 70, par Titus. — L'interprétation de ce verset reste douteuse.

8 — 1. Sous-entendu : à commettre le mal... à vous punir.

12 — 1. Au singulier et à la forme indéfinie dans le texte (cf. XXVIII, 73).

2. Cf. II, 189, note 1.

13 — 1. Litt. : *oiseau,* comme en VII, 131.

2. *kitāb,* comme au verset 71 et en : XVIII, 49; XXIII, 62; XXXIV, 3; XXXIX, 69; XLV, 28-29; LXIX, 19, 25; LXXVIII, 29; LXXXIV, 7, 10; cf. *kitāb ḥafīẓ :* L, 4; verbe « écrire » : XIX, 79; *ṣuḥuf :* LXXIV, 52 et LXXXI, 10; *zubur :* LIV, 52-53. — Le ou les livres où sont inscrites les actions des hommes en vue du Jugement dernier sont déjà mentionnés dans l'Ancien Testament (*Is.* LXV, 6; *Dan.* VII, 10; *Ps.* CXXXIX, 16); dans le Nouveau Testament (*Apoc.* XX, 12); dans la Tradition chrétienne (Augustin, *De civitate Dei,* XX, 14, P. L. XLI, 680), il

s'agit de livres individuels. La littérature apocryphe et la Tradition juive reviennent souvent sur cette image : on se contentera de citer : *I Hénoch* (LXXXI, 2; XCVII, 6; XCVIII, 7-8); le *Livre des Jubilés* (XXX, 23; XXIX, 6); le IIe Livre de *Baruch* (XXIV, 1); le Talmud de Jérusalem (*Kiddushin,* 1, § 10, 61 d); le *Pirke Abot* (II, 1).

15 — 1. Cf. VI, 164, note 2.

18 — 1. C'est-à-dire : la vie de ce bas monde.

20 — 1. Verbe *étendre.*

22 — 1. Dieu avait dit à Moïse : « Nul autre avec moi n'est Dieu » (*Deut.* XXXII, 39; cf. *Is.* XLII, 8).

23 — 1. Cf. XLVI, 17.

26 — 1. Litt. : *donne au proche.*

28 — 1. Litt. : *facile,* aisée.

29 — 1. Sous-entendu : pour ne pas donner; ce geste est attribué à l'avare.

31 — 1. Cf. VI, 137, note 1.

33 — 1. Allusion à la loi du talion (cf. II, 178, note 1).

35 — 1. Cf. VI, 152, note 1.
2. Ou bien : interprétation (de la loi).

40 — 1. Cf. XXXVII, 149-153; XLIII, 16.

44 — 1. Cf. II, 29, note 1.
2. Cf. débuts des Sourates LVII, LIX, LXI, LXII, LXIV; *Ps.* XIX, 2-3.

46 — 1. Cf. II, 7, note 2, VI, 25, note 1.

47 — 1. *mashūr;* cf. XXV, 8.

49 — 1. Cf. XIII, 5 note 1, comme pour le verset 98.

51 — 1. Mot à mot : *ce qui grandit* (c'est-à-dire : ce qui vous paraît important) *dans vos poitrines*. Le sens est : quel que soit ce que vous serez, vous ressusciterez.

56 — 1. Cf. *Is.* XLI, 23-24; *Sag.* XIII, 17-18.

59 — 1. Cf. VII, 73 et les notes.

2. Ou bien : d'une façon visible.

60 — 1. L'ordre de ces deux lignes a été interverti. — On voit généralement ici une allusion à l'arbre de la Géhenne, nommé *zaqqūm* en XXXVII, 62-66; XLIV, 43-44 et LVI, 52.

61 — 1. Cf. II, 34 et les notes.

62 — 1. Litt. : si tu me *repousses*, c'est-à-dire : si tu me retardes.

2. L'ordre des propositions a été modifié pour plus de clarté.

68 — 1. Cf. XVI, 45, comme pour le verset suivant.

2. Litt. : *flanc de la terre*.

69 — 1. Mot à mot : *vous ne trouverez ensuite en votre faveur* (et) *contre nous* (nul) *assistant*.

71 — 1. Cf. verset 13, note 2.

2. Cf. LXIX, 19; LXXXIV, 7.

72 — 1. Le texte porte : *en* (fait de) *chemin*.

73 — 1. C'est-à-dire : le Coran.

79 — 1. Verbe *tahajjada* (seule fois dans le Coran) (cf. III, 113, note 1).

85 — 1. Cf. XVI, 2, note 1.

86 — 1. Le texte porte : *pour toi*.

88 — 1. Cf. II, 23, note 2.

91 — 1. Verbe *être*, comme au verset 93.

97 — 1. Litt. : *sur leurs visages.*

98 — 1. Litt. : *parce qu'ils ont été incrédules.*
2. Voir verset 49.

99 — 1. Cf. XXX, 8.

101 — 1. Cf. VII, 133, note 1.
2. C'est-à-dire : auprès des Égyptiens.

104 — 1. Litt. : *après lui.*

105 — 1. C'est-à-dire : le Coran.
2. Litt. : comme *annonciateur* et *avertisseur.*

106 — 1. *qur'ān* : une lecture, c'est-à-dire : le Coran.
2. Mot à mot : *nous l'avons fait descendre d'une descente.*

107 — 1. C'est-à-dire : les monothéistes qui ont vécu avant l'Islam.

110 — 1. Cf. VII, 180, note 1.

TABLE DES MATIÈRES

TABLE DES MATIÈRES

LE CORAN

Impression Bussière
à Saint-Amand (Cher),
le 2 juillet 2007.
Dépôt légal : juillet 2007.
1er dépôt légal dans la collection : octobre 1980.
Numéro d'imprimeur : 072291/1.
ISBN 978-2-07-037233-1./Imprimé en France.